HEYNE <

Zum Buch

Explodierende Rohölpreise, ein Billionen-Dollar-Vertrag, weltweite Attentate, dubiose Informanten und ein skrupelloser, chinesischer Geheimdienstgeneral: In *Trias* geht es um einen Geheimvertrag rohstoffhungriger Großmächte. Doch kurz vor seiner Unterschrift auf dem G8-Wirtschaftsgipfel im deutschen Seebad Marienstrand geschehen vor den Augen weltweiter Sicherheitsbehörden tödliche Attentate, die in Washington, Berlin und Moskau die Regierungen ins Wanken bringen. Wer sind die Drahtzieher hinter den Anschlägen? Markus Croy taucht als Undercover-Agent des BKA tief in den Sumpf aus Machtspielen, Intrigen und kalter Berechnung ein. Dabei stößt er nicht nur auf blutige Spuren, die bis nach Peking führen, er gerät auch an eine der gefährlichsten, rechtsradikalen Geheimorganisationen, die Deutschland je kannte. Für Croy entwickeln sich die Ereignisse und Ermittlungen zu einem dramatischen Wettlauf mit der Zeit. Doch da ist noch der Joker, mit dem niemand rechnete ...

»Ein Buch mit beklemmenden Visionen.«
Claudia Roth, Die Grünen

»Eine Geschichte, so spannend wie die Zukunft. Ein Buch, das weiter denkt.«
Dominik Graf, Filmregisseur

Zum Autor

Marc Kayser wurde 1961 in Potsdam geboren. Neben dem Studium an der Hochschule für Politik in München war er viele Jahre lang als Redakteur und Redaktionsleiter bei der Süddeutschen Zeitung, Financial Times Deutschland, DIE ZEIT, Die Weltwoche sowie verschiedenen Sendern und TV-Produktionen tätig, bevor er sich dem Romanschreiben zuwandte. *Trias* ist sein erstes Werk, er arbeitet bereits an der Fortsetzung. Besuchen Sie den Autor im Internet unter www.marckayser.de

MARC KAYSER

Trias

Thriller

WILHELM HEYNE VERLAG
MÜNCHEN

FSC
Mix
Produktgruppe aus vorbildlich bewirtschafteten Wäldern und anderen kontrollierten Herkünften
Zert.-Nr. SGS-COC-1940
www.fsc.org
© 1996 Forest Stewardship Council

Verlagsgruppe Random House
FSC-DEU-0100
Das FSC-zertifizierte Papier *München Super*
für Taschenbücher aus dem Heyne Verlag
liefert Mochenwangen Papier.

Originalausgabe 01/2008

Printed in Germany 2008
Umschlagfoto: © Jac Depczyk/Photographer's Choice/Getty Images
Umschlaggestaltung: Init GmbH, Bielefeld
Illustrationen: Jan Heidebreck
Satz: KompetenzCenter, Mönchengladbach
Druck und Bindung: GGP Media GmbH, Pößneck
ISBN: 978-3-453-43294-9

www.heyne.de

In Erinnerung an zwei Menschen,
deren Leben im Dezember 2006
eine dramatische Wendung nahm.
Ihre Namen codierten sie wie Agenten,
denn sie hoben einen Schatz,
der für Geld nicht zu haben ist.

Dieses Buch ist kein Schlüsselroman. Der Inhalt dieses Buches spielt in der Zukunft und ist ein Produkt meiner Fantasie. Jede noch so winzige Ähnlichkeit mit lebenden oder verstorbenen Personen ist unbeabsichtigt und wäre rein spekulativ. Spekulationen sind irrational und führen demzufolge ins Nichts. Dies gilt auch für Rückgriffe auf die Vergangenheit: Auch deren Schilderungen und Schlussfolgerungen sind rein fiktiv.

»Mit dem Aufstieg von Verbrauchsriesen wie China und Indien sind die Rohstoffe eine wirtschaftliche Waffe der Abschreckung, wenn nicht gar der Massenvernichtung geworden …«

Aus einem Kommentar der
französischen Tageszeitung Le Monde,
Ausgabe vom 3. Januar 2006

Freunde und Feinde

Lydia Sprado	deutsche Bundeskanzlerin
Henrik Kohlhoff	deutscher Außenminister
Stefan Wilkens	Kanzleramtschef
Eberhard Cromme	deutscher Innenminister
Henning Kühl	Chef der deutschen Bundespolizei
Sergej Iwanowitsch Semjonow	russischer Präsident
Nancy Wood	amerikanische Präsidentin
Peter Gordon Smith	Senator im Kapitol
Konrad Kaltenborn	BKA-Vizepräsident
Markus Croy	BKA-Sonderermittler; Erster Kriminaldirektor in der Abteilung Terrorabwehr und Polizeilicher Staatsschutz (ST)
Paul Becker	BKA-Verbindungsmann in Prag
Jiri Malik	Kommissar im FBI-Büro Prag
Vincent Talo	CIA, Special Agent
Carl Rubens	Chef des BND
Paul Hess	BND-Abteilungsleiter Terrorabwehr Osteuropa
Hans Strachow	BND-Agent

General Lee Kong	Spionagechef des chinesischen Ministeriums für Staatssicherheit, Guoanbu
Ling Yu	chinesische Residentin des Guoanbu, New York
Alister Hu McCann	chinesischer Agent
Kamidou Saanigri	marokkanischer V-Mann
Thomas Gordon Spread	Chef des Federal Institute for Energy Sources (FIES)
Ralph Weinstein	FIES-Fellow
Boyan Chopov	FIES-Fellow
Stefan Rumpf	Staatssekretär im Auswärtigen Amt
Emma Rumpf	Referatsleiterin im Auswärtigen Amt
Katja Kirchner	Zeitungskorrespondentin
Franz Hilpert	Ex-Auslandsagent des ehemaligen DDR-Ministeriums für Staatssicherheit
Michael Storm	Optikspezialist und früherer Führungsoffizier des ehemaligen DDR-Ministeriums für Staatssicherheit
Paul Graf von Sprock	Düngemittelfabrikant und deutscher Rechtsnationaler

Teil 1

DUNKEL

1

Bundesstraße B 115,
Richtung Görlitz, Ostsachsen,
11. November 2010, 14:25 Uhr

Das Wetter war mies an diesem Novembertag. Vom nahen Grenzgebiet zu Polen zog Nebel Richtung Westen, der sich kalt und schwer auf die Straßen legte.

Fichtenwälder erstreckten sich an der breiten Allee zwischen den Käffern Krauschwitz und Weißkeißel; die wenigen Laubbäume dazwischen hatten ihre Blätter längst verloren und bildeten an den Enden der Zweige feine braune Spitzen heraus.

Die Nebelwand verschluckte den mächtig wirkenden Audi für einige hundert Meter. Sein Fahrer nahm das Tempo zurück. Während er auf die von den gleißenden Scheinwerfern bestrahlte Waschküche starrte, las Stefan Rumpf, Staatssekretär im Auswärtigen Amt, unter einem Leselicht die aktuellen Börsendaten der *FAZ*. Der ranghohe Beamte hatte zwei Tage zuvor für etliche tausend Euro Öl-Aktien des russischen Unternehmens *Petrolis* geordert.

Rumpf war 62 Jahre alt. Er trug das Haar kurz geschoren und hatte ein gebräuntes Gesicht; der Hemdkragen unter seiner Krawatte stand offen. Sein Referent, ein alerter Typ mit Gel in den Haaren, saß schweigend neben dem Fahrer und döste.

Ein Handy klingelte.

»Ja?«, sprach der Staatssekretär in sein Telefon. Seine Frau Emma war in der Leitung. Sie waren seit achtzehn Jahren verheiratet. Am Morgen hatten sie sich mal wieder mit scharfen Worten verabschiedet. Sie waren sich längst nicht mehr so nahe wie einst.

»Müssen wir uns denn jeden Morgen im Streit verabschieden?«, drang ihre Stimme aus dem Hörer.

Rumpf legte schützend eine Hand vor den Mund. »Nur dann, wenn du jedes Wort von mir auf die Goldwaage legst«, zischte er.

»Sei nicht albern, Stefan. Sind wir wirklich nicht mehr in der Lage, ein normales Gespräch zu führen?«

Rumpf hörte, wie seine Frau schwer in den Hörer atmete.

»Offensichtlich nicht«, sagte er. Seine Stimme klang rau.

Es hatte ihnen geschadet, seit Jahren den gleichen Arbeitgeber zu haben. Die Themenlagen am Abend und in der Freizeit waren beinahe deckungsgleich. Seine Frau sah das ähnlich, nur nicht so rigide.

»Manchmal denke ich, wir sollten uns trennen«, sagte sie eher flüsternd, auch wenn es das Gegenteil von dem war, was sie eigentlich wollte.

»Können wir dieses Gespräch auf später verschieben?«, erwiderte Rumpf herrisch. Er spürte einen starken Unmut in sich aufsteigen.

Rumpf war mit seinem Referenten auf dem Weg zu einer inoffiziellen Lagebesprechung der Bundespolizei in Görlitz. Dort machte man sich Sorgen über eine zunehmende Anzahl von Schleusergruppen, mit deren Hilfe Arbeit suchende Südosteuropäer über den Grenzfluss Neiße nach Deutschland einsickerten und irgendwo als Schwarzarbeiter landeten. Auffällig war deren jugendliches Alter. Rumpfs blutige Aktentasche enthielt Papiere mit einer kompletten Suchliste von Männern, die aus beiden Ländern geflüchtet waren und in Deutschland vermutet wurden. In Görlitz warteten seine Amtskollegen aus Bukarest und Tirana. Sie erhofften sich Unterstützung bei der Verhinderung dieser Nomadenbewegungen.

Das Treffen war auf 14 Uhr 30 angesetzt. Wegen des Nebels würden sie unpünktlich sein.

»Wie du meinst«, antwortete sie kühl.

Rumpf drückte ohne Abschied auf die Taste seines Mobiltelefons, das einen piepsenden Klagelaut von sich gab. Nur Sekunden später bereute er seinen Jähzorn.

Das Funkgerät im Wagen fiepte, ein rotes Lämpchen leuchtete. Der Fahrer drückte auf einen Knopf.

»Wie weit seid ihr denn?«, ertönte verzerrt eine Stimme. Der Miniaturlautsprecher des Geräts klang überfordert.

»Schon im Sorbengebiet, kurz hinter Weißkeißel und ein paar Kilometer vor Görlitz«, antwortete der Fahrer in das Gerät, ohne die Hände vom Lenkrad zu nehmen.

»Ihr hättet längst da sein sollen, Henze.«

»Wir sind eingenebelt, und die Straßen sind rutschig.«

»Gib dennoch Stoff.«

»Ja. Ich melde mich wieder, wenn wir da sind.«

»Gut. Ende.«

Das Lämpchen erlosch.

»Wer war das?«, fragte Rumpfs Referent schleppend.

»Der Dispatcher des Fahrdienstes. Er ist ein neugieriger Knochen.« Henze klang genervt.

»Die in Berlin sollen doch ihre Klappe halten«, sagte sein Beifahrer anbiedernd und strich mit seinen angeknabberten Fingernägeln über das feine Leder des Sitzes.

Henze nickte. Endlich mal einer, der ihn verstand.

Er war ein kleiner Mann mit schütterem Haar, einem Oberlippenbart und kurzen Koteletten. Ein erfahrener Chauffeur, der sich bislang stoisch an die Geschwindigkeitsbegrenzungen gehalten hatte, weil er dem Verkehr auf den Straßen Ostsachsens misstraute. Er wusste, dass vor allem junge Autofahrer gerne die Golfs, Opels und Fords älterer Baujahre frisierten und mit ihnen über die Straßen jagten, als seien sie auf der Flucht vor der eigenen Gegenwart.

Missmutig blickte er durch die Scheibe auf die feuchte Straße vor ihm. Sie fuhren nun zügiger. Nach weniger als 500 Metern lief die B 115 auf einen Kreisverkehr zu, von dem aus man nach Breslau in Polen und in die Städte Niesky und Görlitz gelangte. Der gepanzerte Audi fuhr halb rechts weiter, folgte der Zielbeschilderung und überfuhr wenige Meter später einen unbeschrankten Bahnübergang.

Die Reifen schlugen dumpf gegen die Stahlschienen, als sie das unbedeutende Hindernis passierten. Der Fahrer balancierte den Wagen so geschickt aus, dass er trotz des Aquaplanings in seiner Spur blieb.

Ein entgegenkommender Polizeiwagen fuhr mit grellem Nebellicht. Kurz darauf trödelte ihnen ein grauer Transporter entgegen.

»Noch zwei Kilometer«, sagte der Fahrer zu Rumpfs Referent und wies dabei nach vorne, wo schon die Neonlichter des Görlitzer Einkaufszentrums die Einfahrt zur Stadt kalt beleuchteten. Links und rechts hatte sich der Nebel etwas verzogen und hinterließ zwischen den Zweigen der dunklen Fichten weiße Waben, so leicht wie die Netze von Spinnen.

In Sichtweite der Ortseinfahrt erfassten die Scheinwerfer neben der Fahrbahn einen einsamen grauen Müllcontainer, der an der Front merkwürdig verspiegelt war und aus der heraus ein greller roter Punkt aufleuchtete.

»Eine Radarfalle«, bemerkte der Referent.

Außenamts-Staatssekretär Rumpf hob träge den Kopf. Plötzlich rumpelte es unter dem Wagen, als seien die Reifen über lose Steine gefahren. Zeitgleich passierten sie den grauen Container – der einen Wimpernschlag später eine gewaltige Explosion auslöste.

Der Audi stieg einen halben Meter in die Höhe, die Beifahrerseite riss auf. Der Wagen kippte über das Dach auf die Motorhaube und schlug mit ungeheurem Getöse auf den Asphalt. Obwohl sie angeschnallt waren, riss es den Staatssekretär, seinen Referenten und den Fahrer aus den Sitzen. Ihre Köpfe prallten gegen Front- und Seitenscheiben, die dem ersten Überschlag standgehalten hatten. Aus ihren Nasen und Mündern schossen Blut und Sekrete. Der Tank riss in seiner ganzen Breite auf, und dort, wo das Benzin ausgelaufen war, entzündeten sich die Rinnsale mit einem böse knisternden Geräusch.

Die nächste Explosion hob das brennende Auto so kerzengerade in die Luft, als zöge Gott an einem Seil. Der Wagen schmierte nach unten ab, schoss auf die Straße und schlitterte als bizarrer Klumpen Blech in den Graben zwischen Asphalt und Fichtenwald. Flammen schlugen meterhoch aus deformierten Sitzen und gebrochenen Armaturen. Blitzschnell verschmolz menschliches Fleisch mit Kunststoff, Plastik und Leder.

Jetzt ergriff das Feuer auch die straßennahen Bäume, die mit ihren brennenden Zweigen flackernde Schatten auf die dramatische Szene warfen. Aufsteigender gelber Qualm vermengte sich mit dem Nebel zu einem giftigen Gemisch. Die Überreste des Autos und seiner Insassen wehten träge in den dichten Wald und blieben wie die Flocken nasser Papiertaschentücher an den Nadeln der Bäume kleben.

2

Luftraum über Kirow,
Wolgagebiet, östliches Russland,
gleicher Tag, 19:45 Uhr Ortszeit

Die zweimotorige Cessna war mit sechs Passagieren bis auf den letzten Platz besetzt. Viktor Kirijenko, der stellvertretende Außenminister Russlands, schien nicht gerade in bester Stimmung zu sein.

»Niesen Sie gefälligst woandershin, Sie Trottel«, knurrte er seinen Sitznachbarn an, einen Abteilungsleiter im russischen Energieministerium.

Tröpfchen waren bis auf seine Papiere geflogen, die er bis zur Ankunft in Moskau durcharbeiten wollte. Kirijenko strich mit nikotinverfärbten Fingern die Nässe weg, dann lehnte er den massigen Kopf mit dem kahl rasierten Schädel zurück. Mit seiner stark untersetzten Statur passte er gerade so in den eher schmalen Sitz.

Er spürte ein inneres Frösteln.

Es war eisig gewesen da draußen in der Baracke auf dem Ölfeld. Eisig war es aber auch bei seinen Gesprächen mit den Vertretern der Sibirien-Kommission zugegangen. Das Treffen zwischen russischen Regierungsvertretern und den selbst ernannten Wächtern über die Rohstoff-Vorräte Sibiriens war lange verabredet gewesen, aber von Moskau absichtlich immer wieder blockiert worden. Als man nun endlich nahe der westsibirischen Industriestadt Omsk zusammengetroffen war, hatten sich Kirijenko und Oleg Grischenko, der Chef der einflussreichen Vereinigung, lautstarke Wortgefechte geliefert.

Voller Wut registrierten die Sibirier ein Ölgeschäft, das nach Meinung Grischenkos unlauter war. Das Moskauer Energieministerium hatte nämlich von Russlands drittgrößtem Erdölproduzenten *Petrolis* anstatt der abgesprochenen Fördermenge eine Erhöhung um fast ein Viertel verlangt und nun auch bekommen. Allen Protesten zum Trotz hatte der Vorstandsvorsitzende des sibirischen Rohstoffkonzerns erfreut die Vereinbarung unterschrieben und damit Grischenko und andere Ökoaktivisten gegen sich aufgebracht.

Das Hauptargument vieler Naturschützer beschrieb die Furcht vor einer Zerstörung des ökologischen Gleichgewichts durch die immer rasantere Ausbeutung Sibiriens. Ihrer

Einschätzung nach fielen russische und internationale Konzerne wie Blutsauger in ihrem Land ein und heizten einen Wettbewerb an, der zu immer neuen Ausbeutungsorgien führt.

Immerhin hatte Grischenko erleichtert zur Kenntnis genommen, dass der Vertrag mit *Petrolis* auf gerade mal sechs Monate befristet war. Warum das so war, blieb jedoch Kirijenkos Geheimnis.

Dass ein Mann aus dem Außenministerium die Verhandlungen führte, hatte einen einfachen Grund: Moskau hatte der Großmacht Indien zuliebe auf diese erhöhte Ölförderung gedrängt. Und wenn es um bilaterale Beziehungen ging, verbat sich Kirijenko jede Einmischung anderer Ministerien. Dennoch hatte er zur Stärkung seiner Position drei Unterabteilungsleiter aus dem Energie- und Wirtschaftsministerium mitgebracht.

Zum Ende des Disputs hatte er Grischenko versprochen, mit den Indern über die zukünftigen Fördermengen Gespräche zu führen. Ob sich das hungrige Riesenreich allerdings in neuer Bescheidenheit üben würde? Kirijenko hatte seine Zweifel deutlich ausgesprochen, Grischenko aber nicht damit beeindrucken können. Im Gegenteil: Der Aktivist hatte mit seinen Forderungen nachgelegt und Drohungen ausgestoßen … Wenn Moskau weiterhin Frieden auf den sibirischen Ölfeldern wolle, erwarte man von der Regierung Entgegenkommen. Kirijenko hatte versprochen, Moskau von den Sorgen der Sibirier zu berichten.

Aus den engen Bullaugen der Cessna blickte der stellvertretende Außenminister in die dunkle Nacht.

Plötzlich sackte das Flugzeug ab.

Die Passagiere sahen alarmiert auf. Mehr als eine Stunde waren sie jetzt in der Luft.

»Vorübergehende Turbulenzen«, sprach der Pilot in sein

Mikrofon. Die Passagiere schienen beruhigt. Im weiteren Reiseverlauf blieben ihre Hände trocken.

Die beinahe 2600 Kilometer lange Strecke von Omsk nach Moskau verlangte einen Tankstopp auf einer Militärbasis in Kirow. Diffus beleuchteten rostige Laternen das kleine Rollfeld. Nacheinander verließen die Passagiere samt Pilot das Flugzeug, drückten ihre Rücken durch und vertraten sich die Beine. Einige von ihnen lästerten ein bisschen über das politische Moskau und rauchten dabei deutsche und amerikanische Zigaretten. Derweil pumpte ein eisernes Ungetüm Kerosin in die zweimotorige Maschine. Zwei Männer in schwarzen Overalls, Wollmützen und mit größeren Werkzeugkoffern in der Hand machten sich am Heck der Maschine mit Taschenlampen zu schaffen. Ein letzter technischer Check, erklärte der Pilot.

Kirijenko zündete sich eine weitere Zigarette an und telefonierte mit seiner Frau. Spätestens in zwei Stunden würden sie sich wiedersehen – wenn der Gegenwind sich nicht verstärkte.

Nach rund 300 Metern Anrollstrecke war die Maschine erneut in der Luft. Der Pilot flog einen Kreis über der Basis Kirow und stieg dann langsam auf die Reiseflughöhe von etwa 6000 Metern auf.

Sterne glühten nun über ihnen, am Horizont versank ein sehr blasses Licht. Kirijenko spürte ein erhabenes Gefühl. Es würde ein ruhiger Flug werden, denn das Wetter war klar, ohne polternde Wolken und rasanten Höhenwind.

Ein schepperndes Geräusch drang vom Flugzeugboden hinauf in den Passagierraum, dann ein ächzendes Knirschen, als rieben Metallplatten aneinander. Wer nicht eingenickt war, blickte den anderen beunruhigt an. Der Pilot sah weiter gleichmütig aus dem Bugfenster. Er trug ein Headset, aus dem die übliche Konversation zwischen ihm und dem Bodenpersonal tönte. Hatte er von dem Problem nichts mitbekommen?

Dann plötzlich: ein kurzer, trockener Knall. Ein Teil der Außenhaut riss auf, die Beine des Hauptfahrwerks brachen aus ihren Verankerungen. Unter den entsetzten Blicken der Passagiere wurden sie ins Irgendwo geschleudert. Die Cessna sackte hart durch. Hysterie und Panik kamen auf. Der Pilot umklammerte mit aller Kraft das Höhenruder. Noch hatte er die Maschine unter Kontrolle, auch wenn sie sich stark zur Seite neigte. Die Geschwindigkeit betrug jetzt 185 Meilen. Sie überflogen gerade die berühmtesten Seen Sibiriens: Linjowo, Danilowo und Schaitan.

Mit gepresster Stimme meldete er ein schwer wiegendes Problem. »Tower, mit der Maschine stimmt etwas nicht. Halte die Cessna kaum noch in der Luft.«

»Versuchen Sie eine Notwasserung«, empfahl der Towerlotse mit ruhiger Stimme.

»Wie? Ich kann Sie nicht verstehen! Was ist mit Wasser?« Panik schnürte dem Mann die Stimme ab.

»Notwassern! Versuchen Sie eine Landung!«, schnarrte es aus dem Tower zurück.

»Ja, verstanden!«

Der Pilot schaltete auf interne Kommunikation um und bemühte sich um eine gefasste Stimme.

»Machen Sie sich auf eine harte Landung gefasst. Bleiben Sie angeschnallt sitzen, und nehmen Sie den Kopf zwischen die Beine. Und vermeiden Sie Panik.«

Kirijenko faltete die nassen Hände, Schweiß rann ihm in den Hemdkragen, seine Sinne drohten ihm vor Angst zu schwinden. Er dachte an seine Frau, an die Kinder und dann an seine Ölaktien.

Hinter den Sperrzäunen der Militärbasis in Kirow standen zwei Männer in schwarzen Overalls und hielten Funkgeräte mit Joysticks in der Hand. Insgesamt klebten vier winzige

Sprengladungen mit Magneten an Bug und Heck der Cessna. Wenn sie jetzt ein drittes und viertes Mal drückten, würde ein Teil des Höhenruders und des rechten Seitenflügels abgesprengt. Mit nur einem Flügel, beschädigtem Höhenruder und ohne Fahrgestell war eine tödliche Bruchlandung unausweichlich.

Wie ein sterbendes Glühwürmchen verschwand die Cessna urplötzlich vom Radarschirm der Flugüberwachung Scheremetjewo-1 bei Moskau.

3

Berlin-Treptow, Bundeskriminalamt, Abteilung Terrorabwehr und Polizeilicher Staatsschutz (ST), gleicher Tag, 14:55 Uhr Ortszeit

Das Attentat auf Außenamts-Staatssekretär Stefan Rumpf war seit genau vierzehn Minuten Geschichte. Konrad Kaltenborn, der Vizepräsident des Bundeskriminalamts, balancierte den Telefonhörer zwischen Ohr und Schulter. Ein Mitarbeiter vom Landeskriminalamt Dresden war am Apparat, der ihm die dürftigen Informationen eines überforderten Streifenpolizisten zutrug.

Kaltenborns sonst eher knurrig-ruhige Stimme schnappte über. »Wer ist denn da vor Ort?«, schnauzte er. »Etwa nur die Dorfpolizisten aus der Oberlausitz? Scheiße noch mal, die sollen die Finger davon lassen. Landpolizei und ein explodierter Staatssekretär passen nicht zusammen, Sie Spezialist! Das machen wir! Die sollen die Straße für mindestens drei Tage absperren, Posten aufstellen, Spuren sichern und vor allem die Medien beruhigen. Fahren Sie mit den Beamten von der Bundespolizei rüber und bringen Sie die Lage unter Kontrolle. Und nun: Marsch!«

Er ließ den Hörer ungerührt von seinem Ohr auf den Holzschreibtisch fallen, auf dem das arme Ding krachend aufschlug.

Sein Gesicht war feuerrot, der Adrenalinspiegel bedenklich hoch. Er presste den Oberkörper an den Schreibtisch, die rechte Hand hielt die Computermaus umklammert. Mit einem kurzen Ruck riss er das Gerät über das Gummi-Pad, rammte den kleinen Pfeil auf den Button einer Nachrichten-Onlineseite und rechnete längst damit, dass Journalisten vor Ort mal wieder mehr wussten als er selbst. Ein *GAU* mit einer Nummer zwei hatte ihm gerade noch gefehlt.

Aber Rumpfs Tod hatte die Redaktionen offensichtlich noch nicht erreicht. Dafür sorgte eine andere Eilmeldung der Nachrichtenredaktionen bei Kaltenborn für Entsetzen.

> **MOSKAU.** *Beim Absturz eines Geschäftsflugzeugs, das sich auf dem Weg in die russische Hauptstadt befand, sind vor wenigen Minuten sieben Menschen ums Leben gekommen, unter ihnen der stellvertretende russische Außenminister Viktor Kirijenko. Die Maschine vom Typ Cessna verunglückte auf ihrem Weg von Omsk nach Moskau über Sibirien, teilte der stellvertretende Generalstaatsanwalt Nikolai Sawtschenko mit. Die Ermittler nannten einen Pilotenfehler als wahrscheinliche Absturzursache. Zur Unfallzeit herrschte allerdings gutes Wetter. Augenzeugen wollen eine nächtliche Explosion noch in der Luft beobachtet haben. Beim Aufprall auf den Boden war das Flugzeug fast komplett ausgebrannt.*

Kaltenborns Gedanken zuckten wie elektrische Funken durch sein Hirn. Er zerrte eine Zigarette aus einem Metalletui, inhalierte tief und sah mit rot umränderten Augen durch das Panoramafenster seines hoch gelegenen Büros in den Treptowers auf die Spree. Ruhig und für ihn unhörbar glitten Schubverbände in Richtung Westen. Sein Blick schweifte über den weitläufigen Treptower Park mit dem russischen Mahnmal für die gefallenen Helden im Krieg gegen Deutschland, der sich in östlicher Richtung erstreckte. Sehnsucht nach Wiesbaden kam in ihm auf. Die BKA-Zentrale, der ebenso wie den Lauschern vom BND ein endgültiger Umzug nach Berlin bevorstand, hatte ihm lange Jahre einen famosen Blick auf den Wiesbadener Neroberg und die trutzige Kuppel der russisch-orthodoxen Kirche geboten.

Kaltenborn atmete kräftig durch. Rumpf und Kirijenko?, überlegte er hektisch. Beinahe gleichzeitig? War das nur Zufall? Aber was sollten die beiden miteinander zu tun haben? Ihm war regelrecht übel angesichts der Tatsache, dass der G8-Weltwirtschaftsgipfel bevorstand.

Seit Jahren war kein Angriff dieser Art auf einen hochrangigen Vertreter der Bundesrepublik Deutschland verübt worden. Zwar hatten alle politisch Verantwortlichen und vor allem die Spezialisten des Staatsschutzes vor einem solchen Ereignis gewarnt, es dann aber als unwahrscheinlich eingestuft.

Konrad Kaltenborn warf mit bitterer Miene den Zigarettenstummel in den traurig-grauen Öko-Trennkorb.

Der groß gewachsene, sportlich wirkende Mittfünfziger, der vor mehr als zwanzig Jahren seine Karriere als Kriminalkommissar beim BKA begonnen hatte, galt in der Behörde als abgebrühter Spürhund mit klarem Verstand, der gern zu unkonventionellen Mitteln griff, wenn es die Situation erforderte. Es war nicht nur einmal vorgekommen, dass er an den Amtsgerichten vorbei Hausdurchsuchungen anordnete oder aber Menschen und ihre Privatsphäre ausspähen ließ, obwohl er nur *glaubte*, sie seien verdächtig. Auch behielt er sich vor, bei schwierigen Fällen selbst die Ermittlungen zu leiten, statt sich zurückzulehnen und den abgehobenen Behördenchef zu geben.

Gemeinsam mit seinem Team und den Spezialisten vom LKA Hamburg war es ihm vor zwei Jahren gelungen, eine brandgefährliche Kölner Zelle der Amsterdamer Al-Qaida-Attentäter zu ermitteln und auszuheben. Für den Profi war das Meisterstück nicht ohne angenehme Konsequenz geblieben: Mit der Beförderung zum Vizepräsidenten war er nur noch einen Stuhl weit vom Chefzimmer entfernt.

Kaltenborn telefonierte zunächst mit seinem Vorgesetzten, dem Präsidenten des BKA, der nach einem Schlaganfall schon seit Wochen dienstunfähig war. Der murmelte etwas von »Jagd frei!« und verabschiedete sich wieder in den Dämmerschlaf. Als dessen Stellvertreter rief Kaltenborn zunächst den Staatssekretär im Bundesinnenministerium, dann den Innenminister selbst und anschließend den BKA-Verbindungsmann im Auswärtigen Amt an. Er brauchte dringend Informationen über Stefan Rumpf. Presseagenturen verbreiteten derweil Zusammenfassungen über den Flugzeugabsturz in Sibirien und erste Eilmeldungen über einen mutmaßlichen Bombenanschlag auf ein Regierungsfahrzeug bei Görlitz.

4

**Bundeskanzleramt Berlin,
15:35 Uhr**

Im Berliner Bundeskanzleramt herrschte eine Art Ausnahmezustand. Referenten liefen über die Flure; Gesprächsfetzen aufgeregter Telefonate wehten aus Büros, und vereinzelt standen Grüppchen beieinander und diskutierten die entstandene Lage. Mitten in eine schwierige innenpolitische Situation und die Vorbereitungen zum G8-Gipfel war mit dem gewaltsamen Tod von Außenamts-Staatssekretär Rumpf ein Ereignis geplatzt, das schon oft befürchtet, aber bislang nie eingetreten war.

Noch waren die brisanten Nachrichten nicht zu Bundeskanzlerin Lydia Sprado vorgedrungen, die sich seit dem frühen Nachmittag mit Kanzleramtsminister Stefan Wilkens und Bundesinnenminister Eberhard Cromme über die brisante innenpolitische Lage besprach. Die Tür zum Kanzlerbüro war verschlossen, die Telefone wurden in Referentenbüros umgeleitet.

Der Raum hatte die Größe eines Lofts, und an den Wänden hingen Bilder mit Motiven von Landschaften am Meer. Durch die großflächigen Fenster schickte die tief stehende Novembersonne ein lahmes Gelb.

Eben strich sich die zweitmächtigste Person des Staates einzelne Strähnen ihres Ponys aus der Stirn. Ansonsten saß ihre auftoupierte Frisur, die an den Ohren und im Nacken kurz gehalten war, wie betoniert. Ihr eng geschnittenes marineblaues Kostüm, die Leiste aus goldenen Knöpfen, der weiße Hemdkragen und streng geformte, flache Schuhe gaben Sprado das Aussehen einer Dame von Ende fünfzig, die sich vorgenommen hatte, in Würde zu altern.

Angestrengt blickte sie auf einen Stapel Papiere, eine umfangreiche Analyse des politischen Brandherdes Deutschland. Ihre Augen rannten so schnell über die Zahlen und Fakten, als fürchte sie um den Verlust ihres augenblicklichen Wahrheitsgehalts.

Wie den Papieren des größten deutschen Gewaltforschungsinstituts mit Sitz in Hannover zu entnehmen war, hatten sich die wirtschaftlichen Probleme Deutschlands aufgrund des extrem hohen Ölpreises dramatisch verschärft. Seither nahm auch die Gewalt auf den Straßen exorbitant zu. Die deutsche

Gesellschaft befand sich inmitten verhängnisvoller Auseinandersetzungen zwischen Polizei und Einsatzkräften der Bundeswehr diesseits und einer neuen außerparlamentarischen Opposition und ihren militanten Anhängern jenseits der Barrikaden. Nach einem vorübergehenden Aufschwung in den vergangenen zwei Jahren knackten die Arbeitslosenzahlen nun wieder die Marke von sechs Millionen Menschen; die Sozialsysteme standen unmittelbar vor dem Kollaps.

»Alles alter Tobak«, kommentierte Sprado das Gelesene grimmig. »Dass sich die Fronten aus *Links*, *Mitte* und *Nationalkonservativ* verhärtet haben und sich unversöhnlicher denn je gegenüberstehen, ist eine mir bekannte Erkenntnis.«

Sie versenkte ihren Kopf erneut in die Akten. Wilkens und Cromme beobachteten ihre Chefin mit einigem Unwohlsein. Sie mochten ihre Laune nicht. Sie ahnten, dass dies kein guter Nachmittag werden würde. Die Bundeskanzlerin würde ihre schlechte Stimmung erfahrungsgemäß für den Rest des Tages beibehalten und auch versöhnlichen Worten gegenüber unbeeindruckt bleiben.

»Aber wir trudeln ja nicht allein«, ließ sich der Kanzleramtsminister jetzt vernehmen. »Das gesamte Westeuropa leidet unter neu entflammten Kriegsherden in Nahost, Terroranschlägen in Europa und den globalen Kämpfen um die weltweiten Energieressourcen. Diese Phänomene treiben die Preise für Öl, Strom und Gas auf sagenhafte Höhen. Erst mit dem Erreichen des Benzinpreises von zwei Euro für den Liter sind in Europa die Dämme gebrochen.«

Sprados Augen blitzten. »Luft holen, Wilkens«, stieß sie mit Häme in der Stimme hervor.

Unbeeindruckt fuhr er fort: »Vielleicht hätten wir in der Vergangenheit die Autoindustrie zu einem größeren Engagement bei benzinunabhängigen Antriebsmotoren zwingen sollen? Stattdessen haben wir auf immer strengere Abgasnormen geachtet, die Menschen mit teuren Abgasplaketten bestraft und der Bevölkerung statt den Autoproduzenten in die Taschen gegriffen.«

Sprado sah jetzt mit feindseligem Blick auf den Mann, der gleichzeitig auch ihr Vizekanzler war. Das dichte graue Haar klebte ihm verschwitzt am Kopf. Seine Stirn warf Falten wie ein Plisseerock; und die klobige Nase prangte leicht schief unter Augen, die steingrau waren und derzeit kein Fünkchen Freude kannten.

»Und wie, bitte schön, können wir als Staat die Wirtschaft zu irgendetwas zwingen? Solange die Ölindustrie sehr, sehr gut verdient und die Käufer Diesel- und Benzinmotoren nicht boykottieren, geschieht da gar nichts.« Die Kanzlerin warf sich in ihrem Stuhl zurück. Sie machte den Eindruck, hart genug für eine Welt zu sein, in der es momentan nicht leicht war zurechtzukommen.

Wilkens knickte ein und schwieg. Der Staat war zumindest auf diesem Gebiet gegenüber der Industrie vollends in die Defensive geraten, das war ihm nicht erst seit heute klar.

Die Kanzlerin hatte sich indes Eberhard Cromme zugewandt. »Und was sagen Sie zu der neu etablierten außerparlamentarischen Opposition mit Namen ROK, Herr Innenminister?« Cromme erwiderte unsicher ihren Blick. Er litt unter einer Form von Basedow; seine braunen Augen wölbten sich aus dem runden Gesicht wie bei einem Lurch. Er schielte seine Chefin unsicher an.

»Dass die *Revolutionäre Oppositionelle Kraft* als Splittergewerkschaft aus den fünf großen Einzelgewerkschaften des DGB ausgeschert ist, hätten wir verhindern sollen. Sie macht sich natürlich jetzt die aggressive Stimmung zu Nutze und bietet nicht nur den militanten Gegnern der Globalisierung und dem hilflos wirkenden neoliberalen Wirtschaftskurs der Bundesregierung ein Dach ...«

»Das ist ja das Horrorszenario«, unterbrach Lydia Sprado ihn harsch. Ein kraftvolles Wort, dachte sie kurz. »Selbst die normalen Bürger schließen sich mittlerweile den täglichen Demonstrationen und Ausschreitungen an. Die Unterschicht wächst allmählich zu einer unkalkulierbaren Macht heran. Gewalt und Chaos werden als selbstverständliches Mittel des Widerstands akzeptiert. Wohin soll das alles führen? Selbst die Eliten aus Universitäten, Manager aus der wohlhabenden Oberschicht und nationalkonservative Kräfte üben sich in öffentlicher Kampfrhetorik.«

»Und setzen sich vom Solidaritätsgedanken mit den Schwächeren radikal und selbstbewusst ab«, legte Wilkens nach.

Sprado nickte zustimmend. Cromme indes schwieg wieder. In seinem Kopf rumorten böse Vorahnungen. Diese Spaltungsbewegungen verhießen nichts Gutes, dachte er. Das roch nach Überforderung der Polizei, nach Einsatz der Bundeswehr und nach noch mehr Einfluss der Späher vom Verfassungsschutz. Er stöhnte kurz auf. Zwei Augenpaare kommentierten dieses Atemgeräusch mit missbilligendem Blick.

»Wir sollten den amerikanischen Vorschlag nun schnell in die Tat umsetzen«, beeilte sich Cromme zu sagen. Seine Gegenüber nickten bedeutungsvoll.

Auf einem Treffen der G8-Staaten im vergangenen Jahr in Lissabon hatte ein exzellent deutsch sprechender Mann die Bundeskanzlerin angesprochen. Er hatte sich als Thomas Gordon Spread vorgestellt.

»Ich bin Chef der renommierten amerikanischen Denkfabrik *Federal Institute for Energy Sources«*, hatte er zu ihr gesagt, »und habe eine großartige Idee.«

Kanzlerin Sprado hatte zunächst etwas unsicher reagiert. Sie war es nicht gewohnt, ohne Referenten mit Menschen zu reden, deren Anliegen die Belange des deutschen Staates betrafen.

»Sagen Sie mir in aller Kürze, worum es geht«, hatte sie erwidert, um Spread auf Distanz zu halten.

Und dann hatte er ihr ein Billionen-Dollar-schweres trilaterales Wirtschaftsabkommen zwischen Russland, den USA und Deutschland vorgeschlagen, das in seinen Ausmaßen und der Bedeutung für Bundeskanzlerin Lydia Sprado geradezu ungeheuerlich geklungen hatte. Legitimiert sei sein Handeln durch bereits erfolgte Absprachen mit der russischen und der amerikanischen Regierung. Neugierig geworden, hatte die Kanzlerin ihn kurz darauf nach Berlin eingeladen. Das Treffen hatte nicht länger als eine Stunde gedauert. »Klingt alles rasend spannend«, hatte sie ihm gegenüber verlauten lassen, nur mühsam ihre innerliche Erregung verbergend.

Er hatte sie fein angelächelt.

Bedenken darüber, dass die anderen europäischen Regierungen ein solches Geschäft als Affront empfinden müssten, hatte die Kanzlerin in einer ersten Reaktion beiseitegeschoben. Ihr erschienen nationale Alleingänge in Anbetracht der wirtschaftlichen Misere als lebensnotwendig und politisch vertretbar. In Absprache mit Moskau und Washington und unter höchster Geheimhaltung hatte T. G. Spread kurze Zeit später den Auftrag erhalten, mit jeweils einem Vertreter Deutschlands, Russlands und der USA das Konzept für einen unterschriftsreifen Vertrag zu entwickeln. Dafür ersannen die Unterhändler den Codenamen Trias, das lateinische Wort für *Drei*.

Als Datum der Unterzeichnung hatten die Regierungschefs den bevorstehenden Herbstgipfel der G8-Mitgliedsländer im deutschen Ostseebad Marienstrand gewählt.

Innenminister Cromme und Kanzleramtschef Wilkens gehörten zum kleinen Kreis derer, die von Kanzlerin Sprado in

Trias eingeweiht waren. Zu groß war ihre Furcht, andere europäische Regierungen könnten davon erfahren und zu einem Zeitpunkt gegen Trias intervenieren, der das gesamte Projekt noch vor der Unterschrift zerstörte.

Im Kanzlerbüro referierte Kanzleramtsminister Wilkens mit giftiger Stimme nun die Ereignisse der letzten Tage.

»Die Spitzen der ROK rufen immer unverhohlener ihre Mitglieder dazu auf, jeweils zu Schichtbeginn oder anderen sensiblen Zeitpunkten die Arbeit niederzulegen und in Massen in Berlin zu demonstrieren. In einzelnen Ballungsräumen haben Müllmänner ihre LKW-Ladungen als Blockaden auf wichtige Kreuzungen geschüttet, Mitarbeiter von Stromversorgern minutenlang Energieströme für Firmen ab 5 000 Mitarbeitern abgeschaltet, und besonders motivierte Bauarbeiter haben in spontanen Aktionen Flüssigbeton zwischen die Schienen des öffentlichen Nahverkehrs geschüttet.«

Auf dem Gesicht der Kanzlerin stand Verblüffung. »Beton auf die Schienen? Und was ist, wenn der hart wird?«

Kanzleramtsminister Wilkens sah verdutzt zu ihr hin. Er atmete kurz durch.

Lydia Sprado kam in Fahrt. Die Wut über die ROK-Aktionen war ihr deutlich anmerken. Ihre Augen blitzten, ihre Stimme überschlug sich. Sie sprach von »subversiven Angriffen auf das demokratische Zusammenleben« und bemühte dabei auch Begriffe wie »Aushöhlung der Errungenschaften des Rechtsstaates«, »Sabotage« und »organisierte Verschwörung Einzelner«.

Mit einer Hand schleuderte sie den Stapel mit den Analysen beiseite und sah mit kämpferischem Ausdruck auf ihre Gegenüber. Ihre Augenbrauen besuchten ihre Stirn.

»Wenn Deutschland in den nächsten Monaten nicht die Kurve kriegt, versinken wir in einem Chaos, ähnlich dem in

Frankreich und Holland. Wollen wir das? Wollen wir, dass Deutschland brennt? Also müssen wir die ROK möglichst neutralisieren und damit unwirksam machen. Gibt es Vorschläge?«

Statt einer Antwort flog die Tür ihres Arbeitszimmers auf. Der Büroleiter der Bundeskanzlerin, ein Mann von Ende vierzig, in vielen Krisen erfahren, sah mit entsetztem Gesichtsausdruck auf das politische Führungstrio. Er durchbrach jäh die angespannte Situation mit einem Satzgetöse ohne Vorwort.

»Entschuldigen Sie meine Störung, doch es gab ein Attentat auf Staatssekretär Rumpf. Und über Sibirien ist der stellvertretende Außenminister Viktor Kirijenko abgestürzt. Ich habe hier einen ersten Lagebericht.«

Kanzlerin Sprado erstarrte. Sie saß aufrecht auf ihrem Chefstuhl wie eine Statue aus Bronze. Ihr erster Gedanke war: Was würde passieren, wenn die Ermittlungen zu den Attentätern ans Licht brächten, was die Vereinigten Staaten von Amerika, Deutschland und Russland seit Monaten so sorgsam hüteten wie Geheimdienste ihre Aufklärungsmethoden?

»Geben Sie ihn mir!«, herrschte sie den Mann an.

Sie überflog den Bericht in aller Eile. Als sie aufsah, waren ihre Augen vollkommen leer und ihr Gesicht so weiß und kalt wie Marmor. Sie warf den Lagebericht auf den Tisch, sprang auf und gab ihrem Stuhl einen bösen Tritt.

»Sind Verfassungsschutz und BND informiert?«

Ihr Büroleiter nickte stumm.

»Lassen Sie uns beraten, wie wir darauf reagieren«, fuhr sie in unbeherrschtem Ton ihre Minister an.

5

Ostseebad Marienstrand,
Bundesland Mecklenburg-Vorpommern,
16:55 Uhr

Die Sonne versank hinter den Bäumen des Küstenwaldes, die ihre langen Schatten auf die Sandwellen des gräulich leuchtenden Strandes warfen. Wilde Gischt und scharfe Novemberwinde hatten die Steilküste wie die Hand eines Bildhauers ausgeformt.

Hier war erst kürzlich das mondäne Hotel *Albatros* aus Ruinen auferstanden. Es gehörte zu einem Ensemble aus klassizistischen Villen und dem Hotel *Storch*, die noch bis vor einigen Monaten restlos vom Seewetter geschliffen waren. Wasserflecken am Mauerwerk, zerborstene Fensterrahmen und zerbrochene Scheiben hatten für lange Zeit das jammervolle Bild bestimmt. Doch seit ein privater Investor insgesamt 250 Millionen Euro für die Sanierung des maroden Seebades aufgebracht hatte, war Marienstrand zu einem ansehnlichen Tagungsort geworden.

Nun würden die Regierungschefs der reichsten und mächtigsten Industrieländer der Welt – die G8 – hier in wenigen Wochen ihr alljährliches Gipfeltreffen abhalten. Der frühere Kurort gelangte nicht ganz zufällig zu dieser Ehre: Zur Freude der Geheimdienste aller teilnehmenden Großmächte war der Ort von Land, See und aus der Luft viel effektiver und hermetischer abzuriegeln als eine Großstadt.

Störer sollten draußen bleiben. Ein zweites München oder Genua sollte es nicht wieder geben. Soldaten waren dabei, einen mehr als drei Meter hohen und etwa 15 Kilometer langen Sperrzaun zu errichten, der sich wie eine Zange um dieses schöne Fleckchen Erde legen würde. Passierscheine für die Bewohner des Dorfes hinter dem Strand waren bereits in den Druck gegangen. Die Sicherheitsbehörden wollten nichts dem Zufall überlassen.

Im dritten Stock des Grandhotels *Albatros* saß ein sportlich wirkender Mann in einem einfachen weißen T-Shirt und blauen Jeans an einem mit Intarsien verzierten Schreibtisch. Er reinigte seine Waffe, eine schwarze Sig Sauer P 200. Eine Routinearbeit.

Sein Name war Markus Croy. Er war ein achtunddreißig Jahre alter Kriminalbeamter, dessen Karriere vor zehn Jahren beim Bundeskriminalamt in Wiesbaden begonnen und der es mittlerweile zum Kriminaldirektor in der Abteilung Polizeilicher Staatsschutz in Berlin gebracht hatte. Er hielt den Kopf gesenkt, während er die Waffe besah. Einzelne Strähnen seines weizenblonden Haares fielen ihm über die Stirn und Augen. Kurz sah er auf. Seine auffällig blauen Augen hatten die Farbe eines Saphirs und gaben dem etwas pausbäckigen Gesicht den Ausdruck eines unschuldigen Kindes.

Zwei Tage zuvor war Croy hierher abkommandiert worden. Obwohl europäische Widerstandsgruppen übers Internet ihre alljährlichen Drohgebärden gegen den Weltwirtschaftsgipfel ausstießen und sich mehrfach zu so genannten Initiativtreffen versammelt hatten, war der Aufenthalt für den Kriminaldirektor normaler Alltag.

Seine Gespräche mit beflissenen lokalen Sicherheitschefs über die erforderlichen Abwehrmaßnahmen waren öde und vorhersehbar. Zwar hatten die Beamten aus Mecklenburg das Recht, Vorschläge zu machen; doch es war klar, dass nicht hier, sondern in Berlin und Washington die Entscheidungen zu Art und Weise der Sicherheitsvorkehrungen fielen.

Die Anschläge auf Rumpf und Kirijenko waren noch nicht bis zu Croy vorgedrungen. Als sein Videotelefon klingelte, war Kaltenborn in der Leitung. Die Stimme des BKA-Vizepräsidenten klang rau und belegt. Sein Gesicht war blass, die Nasenflügel bebten. Er kam gleich zur Sache.

»Wir und die Russen haben vor nicht ganz einer Stunde jeweils eine Nummer zwei bei einem GAU verloren. Machen Sie sich morgen früh auf den Weg zurück nach Berlin. Wir brauchen Sie hier.«

Croy war augenblicklich klar, was diese Nachricht bedeutete. Doch ehe er auch nur den Hauch einer Chance hatte, Näheres in Erfahrung zu bringen, war die Leitung wieder getrennt. Er kannte diese Attitüde seines Chefs, doch heute störte sie ihn nicht nur, heute verwünschte er sie.

Hastig schaltete er einen Nachrichtensender ein. Doch statt einer Live-Sendung berichtete nur ein Laufband über das Attentat in Ostsachsen und den Flugzeugabsturz über Sibirien. Die Informationen waren anscheinend noch spärlich und ungenau.

Croys Gedanken kreisten um die nahe Vergangenheit. Unzählige Male hatten Kaltenborn, andere Kommissare und er wie Feldherren um ein Sandkastenmodell vor Flipcharts gestanden und mögliche Gefährdungen und ihre Verhinderung durchgespielt. Der Nahe Osten war längst nicht mehr das alleinige Zentrum gewaltbereiter Terroristen. Es waren vor allem die neu entstandenen Terrornester in Westeuropa, die die Ermittler der europäischen Polizeibehörden um den Schlaf brachten. Täterprofile, Zusammenfassungen von Attentaten aus früheren Jahren, Ermittlungsberichte ausländischer Dienste und Verhörprotokolle geständiger Terroristen und Gewalttäter: all das hatten sie über Monate hinweg gelesen, referiert und analysiert.

Er musste mehr erfahren über die Attentate. Er konnte nicht bis morgen warten. In diesem Hotel fühlte sich der BKA-Kommissar wie ein Pensionär, der seine besten Zeiten hinter sich hatte.

Er bestellte beim Zimmerservice einen halben Liter Weißwein und wählte dann Kaltenborns Nummer.

»Am Apparat.«

»Croy hier. Das ging mir eben alles zu schnell. Erzählen Sie mir mehr über den Anschlag!« Seine Stimme vibrierte.

»Schon gut«, sagte sein Vorgesetzter tonlos, »ich musste mich selbst erst mal sammeln. Das Bundeskanzleramt reagiert ziemlich kopflos. Sprado macht uns, dem Verfassungsschutz und dem BND die Hölle heiß. Sie erwartet möglichst bis morgen eine Aufklärung der Sache. Die Generalbundesanwältin wird wohl unserer Behörde die Ermittlungen übergeben. Wir haben, denke ich, die meisten Erfahrungen mit Terroranschlägen dieser Art.«

Croy lief im Zimmer wie ein hungriges Tier auf und ab. »Weiß man schon etwas über die Bombe?«

»Ich warte auf einen ersten Bericht. Unser Verbindungsmann im Auswärtigen Amt stellt mir im Augenblick die Namen derer zusammen, die zuletzt mit Rumpf und seinem Adlatus Kontakt hatten.«

»War Rumpf verheiratet?«, fragte Croy.

»Ja. Sie arbeitet im gleichen Haus als Botschaftsrätin, Abteilung Südostasien. Wieso?«

»Dann waren beide Geheimnisträger«, folgerte der Kommissar. »Ist sie auch gefährdet?«

»Wissen wir noch nicht«, sagte Kaltenborn wahrheitsgemäß. »Möglich ist alles. Rumpf war übrigens eine ganz große Nummer bei der Aufdeckung des Visa-Skandals. Erinnern Sie sich? Ist etwa sechs Jahre her. Damals verteilten die Grünen Visa an Osteuropäer wie Süßigkeiten an Kinder. Angeblich gab Rumpf der politischen Opposition die entscheidenden Tipps. Das Ergebnis kennen wir.«

»Schadete den Grünen schwer und belastete die Jahre danach das Verhältnis zur Ukraine, Russland und Weißrussland«, wusste Croy. »Aber ist das nicht zu lange her für einen derartigen Racheakt?«

»Auch die schlechten Dinge brauchen Zeit, sich zu entwickeln«, fuhr Kaltenborn fort. »Nehmen Sie die Al-Quaida-Schläfer in Köln und Amsterdam. Sie schlugen erst zu, als wirklich jeder Handgriff für ihren Kamikaze im Concertgebouw saß. Ich muss nun aber …«

Croy ahnte, was passieren würde.

»Moment!«, verhinderte er einen vorzeitigen Abgang seines Chefs. »Ich schlage vor, die Ermittlungen in diesem Fall an mich zu übergeben«, fügte er an. »Eine gute Gelegenheit, der Theorie endlich mal Praxis folgen zu lassen. Unsere Strategiespiele der letzten Monate können jetzt beweisen, ob sie im Alltag etwas taugen. Was meinen Sie?«

»Sie als mein Sonderermittler? Undercover? Keine schlechte Idee, ich denke darüber nach. Bis morgen.«

Croy war immer noch extrem angespannt. Das Herz pochte ihm bis zum Hals.

Als es nur wenig später klopfte, schreckte er leicht zusammen.

»Darf ich eintreten?« Die Stimme klang hell und jung.

Das Mädchen trug eine blaue Dienstmütze und ein blaues kurzes Kostüm.

Sie betrat schüchtern den Raum. Er sah gebannt zu ihr hin. Sie war ganz und gar sein Typ. Wenn es Wassernixen gäbe, sähen sie bestimmt *so* aus, dachte er. Am Kragen ihrer Bluse klebte ein Schildchen mit einem Namen: *Janina.*

»Wein und Wasser«, sagte sie und stellte vorsichtig das Tablett mit zwei Gläsern und zwei Karaffen vor ihn auf den

Tisch. Dabei fiel ihr Blick auf Croys Oberarme, auf die Muskeln, die sich unter seinem Shirt sichtbar spannten. Sie wandte sich scheu ab, wollte zurück zur Tür.

»Warten Sie, bitte«, sagte Croy. »Würden Sie mir noch einen Gefallen tun?«

Sie nickte leicht.

In seiner Fantasie begann sie sich langsam auszuziehen, kam zu ihm herüber, drückte ihn aufs Bett ... Er riss sich zusammen:

»Lassen Sie bitte mein Oberhemd bügeln. Ich brauche es morgen zeitig.«

»Natürlich. Wird erledigt.« Sie hielt seinem Blick kurz stand. Ihre Augen streiften beim Hinausgehen die auf dem Tisch liegende Waffe des Kommissars. Ihre Augenbraue hob sich für den Bruchteil einer Sekunde. Die Mündung zeigte auf ihren Rock.

Sie verließ den Raum. Die Tür fiel beinahe lautlos ins Schloss. Er hörte sie raschelnd zum Fahrstuhl gehen.

Nebel war vom Meer her aufgezogen und hatte die grelle Hotelbeleuchtung zu einem diffusen Licht abgeschwächt. Der Wind hatte stark aufgefrischt. Croy schloss das Fenster und grübelte über die letzten Minuten nach. Bald danach zog er sein GT-Rennrad unter dem Hotelbett hervor, trug es aus dem Zimmer und kämpfte auf der Promenade entlang des Wassers verbissen gegen die Böen an.

6

Bundeskanzleramt Berlin,
18:32 Uhr

Im politischen Berlin hatte der Tod der beiden Politiker Entsetzen und eine beträchtliche Ratlosigkeit ausgelöst. Einzig die Karlsruher Generalbundesanwältin hatte kühl reagiert, die Ermittlungen sofort an sich gezogen und mit der Bundeskanzlerin ausführlich telefoniert. Karlsruhe würde nun unverzüglich das Bundeskriminalamt mit den polizeilichen Ermittlungen beauftragen.

Während Innenminister Cromme gerade eben noch aus dem Kanzlerbüro mit Rumpfs Ehefrau Emma telefoniert und ihr sein Beileid ausgesprochen hatte, redete Kanzleramtschef Wilkens heftig auf Bundeskanzlerin Lydia Sprado ein, die mit leerem Blick auf ihre verknoteten Finger starrte. Ihr war klar, dass dieser Verlust dramatische Auswirkungen auf ihr Projekt Trias haben konnte, welches der ermordete Staatssekretär zur Unterschriftsreife hatte treiben sollen.

Das rote Telefon klingelte.

Sie hob ab. »Ja?« Als sie kurz darauf weitersprach, wechselte sie ins Russische. »Dobri den, Sergej Iwanowitsch. Ich weiß, dass wir kurz vor dem G8-Gipfel stehen. Das ist ein *Horrorszenario*, völlig klar. Aber so etwas haben ja auch nicht einmal Sie erwartet, oder?« Angespannt lauschte sie in den Hörer. Ihre Hände umkrampften das Telefon, sahen seltsam blutleer aus. Dann sagte sie heiser: »Ich empfehle abzuwarten, was die Ermittlungen ergeben. Vielleicht hat das eine mit dem anderen gar nichts zu tun, und Trias …«

Sie schwieg kurz, ließ die andere Seite ausreden. Dann antwortete sie mit schneidender Stimme: »Danke für den Hinweis. Es ist wohl klar, dass wir uns eng bei dem abstimmen, was an die Öffentlichkeit geht. Wir kennen unsere Pflichten.« Ihre Augen leuchteten jetzt wie gefrorenes Wasser.

Russlands Präsident hatte offenbar viel zu sagen, denn sie schwieg eine Weile. Langsam tauten ihre Augen wieder auf. »Sie meinen wirklich, Kiew könnte ...? Hm, ich werde darüber nachdenken, Sergej Iwanowitsch.«

Die erste Frau im Staate strahlte plötzlich wieder Stärke und Selbstzufriedenheit aus. Ihr Blick war angriffslustig, das Lächeln überlegen.

»Do swidanja, Sergej.« Sie legte auf.

»Meine Herren«, wandte sie sich Cromme und Wilkens zu, »aus Moskau gibt es einen ersten Verdacht auf ein mögliches Motiv: Rumpf und Kirijenko könnten nach Ansicht des russischen Geheimdienstes FSB Racheopfer von militanten Ukrainern geworden sein. Schließlich kannten sich die beiden seit Jahren und arbeiteten auf dem Gebiet der Visa-Vergabe eng zusammen. Ich finde, das klingt plausibel. Unsere Ermittlungen sollten sich also, zumindest was Rumpf angeht, auf die Ukrainer-Mafia konzentrieren. Wilkens, Sie übernehmen BKA und BND und instruieren deren Chefs Kaltenborn und Rubens dementsprechend.«

Überrascht sahen sich Cromme und Wilkens an. Beide dachten wohl ähnlich. Je schneller man ein Motiv hatte, je eher war die unangenehme Sache aus der Welt. Jäh lächelten sie.

»Eigentlich schade«, meinte Wilkens nach einem kurzen Moment. »Es würde uns nützen, wenn wir die militanten Störer von der ROK mit dem Anschlag in Verbindung bringen könnten. Wir hätten einen Grund, sie zu verfolgen, zu verbieten und so ein Exempel zu statuieren.«

»Nein!«, entgegnete Lydia Sprado scharf. »Das müssen wir

aushalten können. Wir machen es so wie eben besprochen. Und Cromme: Machen Sie mir Vorschläge für einen Nachfolger Rumpfs bei der Fortführung des Vertragsabschlusses. Kontaktieren Sie Spread. Vielleicht hat er ja eine zündende Idee. Der Zeitplan darf nicht gefährdet werden.« Die Hände der Bundeskanzlerin wirkten wieder rosig und frisch, ihre Augen blitzten vor Tatendrang.

7

Hauptquartier der Sibirischen Naturkommissare, Omsk, Ostrussland, 21:55 Uhr Ortszeit

Als die sibirischen Öko-Aktivisten vom Tod Kirijenkos erfuhren, beschlichen sie böse Ahnungen.

Grischenko war es, der eilig seine engsten Vertrauten im kleinen Hauptquartier der Sibirien-Kommission um sich scharte. Es war karg eingerichtet mit hohen Regalen, in denen sich die Berichte über den Abbau von Öl, Gas und Diamanten der letzten vierzig Jahre stapelten.

Der Aktivist sah mit angespanntem Blick auf seinen Trupp. Mit seiner kräftigen Statur und dem kämpferischen Gesichtsausdruck eines Mannes, der mit allem rechnete, wirkte er auf seine Männer mehr als vertrauensvoll.

»Dieser Absturz, Männer … er bereitet mir Kopfschmerzen. Meint ihr, dass eine Cessna einfach so vom Himmel fällt? Ich kann es nicht glauben.«

Ein zustimmendes Murmeln war zu vernehmen. Dann sagte einer, dessen Gesicht von der Kälte gegerbt war: »Nehmen wir an, dass es kein Unfall war. Wo steckt das Motiv? Kirijenko war kein Kreml-Hardliner. Er machte einen vernünftigen Eindruck.« Grischenko nickte; er war dem stellvertretenden Außenminister zwar hart und unnachgiebig begegnet; doch der hatte nicht nach gewohnter Moskauer Art zurückgeschossen.

»Vielleicht hatte er deshalb Feinde im Kreml«, gab er zu bedenken. »So, wie wir von Feinden unserer Organisation umzingelt sind. Mich irritiert, dass Kirijenko ausgerechnet nach einem Treffen mit uns starb. Wir müssen tatsächlich auf alles gefasst sein. Mich würde nicht wundern, wenn Agenten des FSB bald bei uns auftauchen. Wir sollten eine Stellungnahme im Internet verbreiten und Kopien auch an die *Russian Association of Indigenous Peoples of the North* und die deutsche *Gesellschaft zur Rettung bedrohter Völker* in Göttingen schicken.« Er sah in die Runde. Zustimmendes Nicken.

Wenig später hatte er einen Text verfasst:

> *Die Sibirien-Kommission bedauert zutiefst den Tod von Viktor Kirijenko. Er war uns ein guter Zuhörer im Kampf gegen den Raubbau an der Natur und den Bodenschätzen Sibiriens. Vorsorglich weisen wir in diesem Zusammenhang jegliche Beteiligung an diesem tragischen Unglücksfall zurück. Gewalt gegen Menschen ist unsere Sache nicht; die Gewalt, die es bislang gab, ging immer von Moskau aus. Die Sibirien-Kommission verurteilt in diesem Zusammenhang jegliche Angriffe des russischen Staates auf die Bevölkerung Sachalins und protestiert auf das Schärfste gegen die Vergabe der Schürf- und Abbaurechte an amerikanische und deutsche Konzerne.*
>
> *Gezeichnet: Oleg Grischenko*

Der Aktivist rieb sich vor Müdigkeit die Augen. Er hätte längst eine Brille tragen müssen, doch seine starke Weitsichtigkeit erforderte teure Gläser. Das schüttere Haar klebte ihm schweißnass an der Stirn. Er goss den Männern Tee aus einem Samowar nach.

Grischenko hatte ein mulmiges Gefühl. Dass sie zahlreiche Feinde hatten, lag nicht nur an ihren Protesten gegen den Raubbau an Sibiriens Bodenschätzen. Moskau fürchtete auch den guten Kontakt der Naturschützer ins Ausland.

Bevor der 51-jährige Grischenko aus Omsk mehr als zehn Jahre zuvor die Sibirien-Kommission gründete, hatte er als Maschineningenieur mit der Rohstoffausbeutung selber gutes Geld verdient. 1995 akzeptierte er freiwillig eine Versetzung seines Teams nach Sachalin, der östlichsten Insel Russlands. Es lockte ein guter Verdienst, aber auch die Chance, selbstständig neue Erdgasvorkommen zu erkunden und zu erschließen. Doch das bergige Eiland von der doppelten Größe Italiens wirkte auf die Männer wie ein aus dem Schoß gefallener Engel von Mütterchen Erde. Zerborstene Lastwagen, zerfallene Häuser, treibende Autowracks an den Stränden des Ochotskischen und des Japanischen Meeres bestimmten das Bild; Kinder spielten zwischen Abfallbergen aus feuchten Mauersteinen und stinkendem Hausmüll. Und wo sich Felsen erhoben, zeichneten sie mit ihren gespenstischen Formen ein Bild der Unwirtlichkeit. Die Menschen, die hier lebten, hatten schon beinahe asiatisch geschnittene Gesichter. Sie arrangierten sich mit der wenig stimmungsvollen Landschaft und suchten ihr Auskommen im Handel mit Flussfischen aus dem Amur, mit Seefischen aus dem Meer oder schufteten für wenig Lohn auf den Gasfeldern des Rohstoffkonzerns *Petrolis*. Sie wussten nichts von den Milliarden Tonnen an Erdöl und Erdgas, die sich hier im Verlauf der letzten 95 Millionen Jahre im Boden unter ihren Füßen gebildet hatten.

Im Städtchen Juschno-Sachalinsk bezogen die Männer Quartier und erkundeten im Auftrag ihres Arbeitgebers

Petrolis neue Rohstofflager. Doch als sie schließlich auf die weithin sichtbaren Auswirkungen des Abbaus stießen, stürzten sie diese Beobachtungen in echte Gewissenskonflikte. Sie sahen auf verbrannte Natur, ölverschmutzte Strände, verendete Fische und Vögel. Die Insel der Ureinwohnergemeinschaften der Nivchen, Nanai, Ewenken, Oroken und Orotschen ächzte sichtbar unter den Folgen des staatlich geförderten Raubbaus.

Grischenko wurde klar, dass auch er sich an der weiteren Zerstörung Sachalins würde beteiligen müssen, wenn sie den Konzern nicht verließen. Schließlich sorgte ein dramatischer Zwischenfall für eine endgültige Entscheidung.

Bei der Errichtung eines Terminals für die Verschiffung von Flüssiggas in der Hafenstadt Korsakow stürzten auf Grund mangelnder Sicherheitsvorkehrungen zwei ewenkische Arbeiter vom Pumpenturm in 30 Meter Tiefe. Dieses Ereignis war der Tropfen, der das Fass voll aufgestauter Wut zum Überlaufen brachte. Sie boykottierten Transportwege, entzündeten Weizenfelder und zerstörten Pumpstationen an den kilometerlangen Leitungen. Russisches Militär rückte von See und aus der Luft auf die Insel vor und bombardierte die Dörfer der Ureinwohner. Marinesoldaten sicherten indes die Pumpstationen.

Nur kurze Zeit später hatte die Großmacht Russland die Insel unter Kontrolle. Oleg Grischenko und sein Team zogen Konsequenzen. Sie meldeten sich offiziell von ihrer Arbeit ab und kündigten mit der Begründung, dem Konzern auf Grund der Vorkommnisse nicht mehr loyal gegenüberstehen zu können.

»Auf welcher Seite wollt ihr zukünftig stehen?«, fragte er die Männer seines Teams damals. Bis auf einen, der wirtschaftliche Sorgen fürchtete, fanden sich fünf Spezialisten zur Sibirien-Kommission zusammen, gaben sich die Bezeichnung

Naturkommissare und sprachen im Moskauer Energieministerium vor. Den Aktivisten reichten nur wenige Wochen, um einen Freundeskreis um die Sibirien-Kommission aufzubauen. Denn immer dort, wo ausländische Konzerne nach Öl und Gas suchten, fühlten sich die Bewohner der jeweiligen Gebiete um ihre Heimat gebracht. Grischenko und seine Naturkommissare sahen sich als Ankläger und waren so innerhalb von wenigen Monaten zu einer gefürchteten Macht geworden. Der russische Geheimdienst wartete nur auf eine Gelegenheit, die »Feinde des russischen Wohlstands« zu neutralisieren.

Und heute, fünf Jahre nach Gründung der Sibirien-Kommission, bot sich dafür eine überraschende Gelegenheit für die Agenten des russischen Inlandsgeheimdienstes.

8

Berlin-Mitte,
Auswärtiges Amt,
nächster Tag, 18:55 Uhr

Die Tür zu Raum 1808 war fest verschlossen. Dennoch drangen aus seinem Innern Wortfetzen erhitzter Diskussionen nach draußen. Die zehn Männer und Frauen, die hier jedes noch so kleine Detail aus dem Arbeitsleben Stefan Rumpfs zusammentrugen, waren an einem Punkt angelangt, an dem die Öffentlichkeit besser nicht zugegen war. Der Stuhl von Botschaftsrätin Emma Rumpf war am Morgen leer geblieben. Man hatte ihr freigestellt, ob sie kommen oder den Verlust erst einmal verarbeiten wollte. Vor Außenminister Henrik Kohlhoff stapelten sich Aktenordner, in denen bis zum kleinsten Notizzettel die Ergebnisse eines Untersuchungsausschusses zu fragwürdigen Visa-Vergaben an Osteuropäer abgelegt waren.

Kohlhoff war ein ansehnlicher, mittelgroß gewachsener Mann mit breiten Schultern und Haaren in der Farbe von Teer. Sie waren so präzise gescheitelt, als schlafe er nur im Stehen.

Der Außenminister, der über Rumpf viel mehr wusste als die anderen Anwesenden im Raum, verfolgte eine genaue, mit der Kanzlerin abgestimmte Strategie. Dazu gehörte auch sein rüder Ton. Er würde nicht zulassen, dass die anwesenden Krisenanalytiker ihren Fantasien zu sehr freien Lauf ließen.

Jetzt meldete sich eine Frau mit hennarot gefärbten Haaren zu Wort. »Herr Minister, es scheint, dass Stefan Rumpf zwei Dinge erreicht hat: Einer Ihrer Vorgänger musste vor einem unangenehmen Ausschuss aussagen, woraufhin seine Umfrageergebnisse dramatisch einbrachen. Unsere progressive Visa-Politik wurde in den Dreck gezogen …« Sie warf kämpferisch ihr Haar zurück.

»Lassen wir doch die Kirche im Dorf und Ideologie beiseite«, dröhnte Kohlhoffs Bass in den Raum. »Stefan Rumpf hat seine Pflicht getan und dafür gesorgt, dass die Konsulate in Kiew, Minsk, Moskau, Bukarest und Sofia ihre Bauchläden für windige Visa-Anträge geschlossen haben. Und meinen Sie wirklich, verehrte Frau Kollegin, dass Rumpf aus politischen Motiven gemeinsame Sache mit dem damaligen Vorsitzenden des Untersuchungsausschusses gemacht hat? Meines Wissens gehört er der CDU gar nicht mehr an. Wollen Sie einen Toten belasten und Ihre eigenen Fehler nachträglich damit rechtfertigen? Sollten wir nicht eher gemeinsam nach Hinweisen auf ein Motiv für dieses furchtbare Verbrechen suchen?«

Lauernd betrachtete er die Frau. Die grüne Politikerin mit der Haarfarbe eines Feuerlöschers war unfreiwillig aus dem Bundestag ins Auswärtige Amt gewechselt und ausgerechnet im Referat »Osteuropa« gelandet. Die Wahlen zum Deutschen Bundestag hatten sie, auch aufgrund der Visa-Affäre, vor sechs Jahren das Mandat gekostet. Seither waren die Grünen nie wieder in die Regierung gekommen.

»Ich denke auch«, gab sie klein bei, »dass dies nicht der richtige Zeitpunkt für einen Disput darüber ist, wer in welcher Weise für was verantwortlich zu machen ist. Bleiben wir also bei den Tatsachen von heute. Ihnen zufolge könnten Außenstehende vermuten, dass erst durch Rumpf die Affäre ins Rollen kam, die schlussendlich die Schotten im Osten dicht gemacht hat. Ich erinnere an die Tausende von Drohbriefen, die uns aus Minsk und Kiew erreichten. Sind sie jemals vom BND ausgewertet worden? Könnten wir es mit gewaltbereiten Osteuropäern zu tun haben?« Sie kaute auf ihrem Stift.

»Genau das bitte ich Sie herauszufinden.« Kohlhoff griff so behände nach der Kaffeekanne wie ein Börsianer nach dem Verkaufen-Telefon. Seine geteerten Haare bewegten sich dabei nicht einen Millimeter. Diese Wendung passte ihm gut ins Konzept.

»Wir halten fest«, sagte er souverän in die Runde, »solange der Generalbundesanwalt die Ermittlungen noch nicht offiziell an eine Behörde vergeben hat, erhält er die vor mir liegenden Akten in Gänze. Ich schließe die Sitzung.«

Etwa dreißig Minuten später, als der Saal leer und die Monitore abgeschaltet waren, öffnete eine zierliche Frau mit brünetten Haaren die Tür zum Saal des Krisenstabs. Emma Rumpf setzte sich auf den leer gebliebenen Stuhl und starrte auf den Tisch, an dem bis eben noch Außenminister Kohlhoff die Sitzung geleitet hatte. Sein Ledersessel warf eine Unmenge Falten; auf der Tischplatte stand die Kaffeekanne in einem See aus brauner Brühe. Die Witwe strich sich das braune Haar aus der Stirn, entnahm ihrer Aktentasche ein Etui mit einem Spiegel und sah sich ins Gesicht. Strenger als sonst wirkten die

Linien um ihren Mund. Sie lächelte sich zu, doch der Spiegel zeigte ihr unbarmherzig die Furchen der letzten schmerzvollen Stunden.

Emma Rumpf verließ mit schleppenden Schritten den Raum.

9

**Berlin-Mitte,
Alexanderplatz,
19:40 Uhr**

Der Fahrstuhl hielt im Dachgeschoss des Hauses ihrer Wohnung am Berliner Alexanderplatz. Emma Rumpf betrat mit schnellen Schritten den Flur, warf Schal und Mantel auf einen verblichenen Teakholzstuhl und sah auf die Uhr über der Küchentür: 19 Uhr 40. Aus einem Regal zog sie eine Flasche 96er *Dignus*, einen Rotwein mit Brombeernote aus dem spanischen Navarratal. Diese erlesene Sorte hatte ihr Mann besonders gemocht.

Sie stieß die Tür zum Wohnzimmer auf, griff nach einem Glas aus dem Vertiko und ließ sich in einen grünen Ledersessel fallen. Sie füllte das Glas und leerte es in einem Zug. Sie schüttelte sich kurz. Dann starrte sie einige Minuten mit leerem Blick durch die großflächigen Scheiben ihres Esszimmers auf den Alexanderplatz mit seinem berühmten Wahrzeichen aus den Sechzigerjahren. Der mehr als 350 Meter hohe Televisionsturm mit seiner kugelförmigen Aussichtsplattform und der eindrucksvollen Antenne markierte einen starken Kontrast zu den sonst viel niedrigeren Gebäuden.

Emma war unfähig, einen klaren Gedanken zu fassen.

Der grau lackierte Golf, der soeben vor ihrem Haus hielt,

blieb für sie unsichtbar. Einer der Insassen strich mit einem Fernglas an den Fenstern ihres Wohngebäudes empor und hielt dann inne. Das Gesicht von Emma Rumpf war nur schemenhaft zu erkennen.

Eben ging eine blonde Frau mit einem Hund an der Leine an dem Auto vorbei, eine weiße Lilie in der Hand. Der Mann setzte schnell das Fernglas ab. Die Spaziergängerin hatte nichts bemerkt.

Emma Rumpf goss sich ein zweites Glas nach, als es an der Tür schellte. Es war Katja Kirchner, eine Journalistin, die letzte verbliebene Freundin aus gemeinsamen Studententagen.

»Komm herein«, sagte Emma gepresst. Ihr Körper begann zu zittern. Sie rieb die Hände so heftig aneinander, dass ihre Fingerknöchel weiß leuchteten.

»Oh, du Arme«, sagte Katja und umarmte sie fest. Emma ließ sich von ihr sanft ins Wohnzimmer schieben und auf ihre Couch drücken.

Katja war eine Spur kleiner als Emma, mit einem zierlichen Körperbau und blond gesträhnten Haaren, die hinter den Ohren steckten. Sie trug eine ausgeblichene Jeans, ein enges T-Shirt mit dem Aufdruck eines Pariser Labels und darüber eine rote Tweedjacke mit buntem Strass. Ihr Hund hieß Charlie, ein reinrassiger Boxer mit rehbraunem Fell. Er tänzelte nervös um sie herum und schnüffelte aufgeregt an Emmas Beinen.

»Charlie! Lieg!« Der Hund fiel auf der Stelle um.

Katja setzte sich neben Emma und nahm deren Weinglas, sie brauchte einen Schluck. »Cheers«, sagte sie, um Stimmungsaufhellung bemüht. »Das erste Glas ist meist das beste.« Sie leerte es gierig und musterte ihre Freundin mit besorgtem Blick. Scheu sah Emma zurück. Ihrer beider Gedanken schweiften in die Vergangenheit.

Als Emma, damals 27 Jahre alt, nach dem gemeinsamen Geschichts- und Politikstudium in Berlin an die deutsche Botschaft nach Warschau ging, versuchte es die gleichaltrige Katja mit einem Berufseinstieg bei der *Süddeutschen Zeitung* in München.

Wegen der hohen Fluktuation der Beamten in den deutschen Vertretungen der ehemaligen Ostblockstaaten wurde Emma schnell von einer Legationssekretärin zur Vizekonsulin und später zur Botschaftsrätin befördert. Katja volontierte indessen in den Ressorts Lokal-, Innen- und Außenpolitik, unterschrieb einen Redakteursvertrag und wartete fortan auf den richtigen Zeitpunkt zum Absprung ins politische Berlin. Die Kontakte der beiden Frauen lagen lange Zeit auf Eis, denn ihre Jobs kosteten sie viel zu viel Kraft, Zeit und vor allem Muße, um das kleine Frauennetzwerk aus dem Studium am Leben zu erhalten. Doch zufrieden waren beide an ihren Arbeitsorten nicht.

Als Emma bei einem Weihnachtsessen der Osteuropa-Botschafter im Berliner Auswärtigen Amt auf den damaligen Ministerialbeamten Stefan Rumpf traf, verliebte sie sich spontan, kehrte aus Warschau zurück und rückte mit viel Idealismus in die Abteilung Südostasien ein. Die Region war wegen des wirtschaftlichen Aufschwungs, aber auch aufgrund beginnender terroristischer Aktivitäten in und um Malaysia und Indonesien von strategischer Bedeutung. Emma lernte viel von ihrem Mann. Rumpfs Spezialität war das *Strippenziehen* bei der Lösung außenpolitischer Krisen, bei denen die Konfliktparteien gerne auf Deutschland setzten. Auf Emma machte Rumpfs Geschick sehr viel Eindruck, auch wenn sie seinen Hang zum Männerbündischen nicht so sehr mochte. Sie heirateten.

Auch Katja hatte Glück: Als eine Korrespondentin bei der Berliner *Tagespost* aus Altersgründen ausschied, übernahm sie den Posten, gab sich unerschrocken und boxte sich schnell gegen die Männerriegen durch, die um die Politikerinterviews stritten wie Hyänen um kranke Tiere. Doch für ihr Privatleben taugte das couragierte Konzept nur bedingt: Es gab nicht viele Männer, die Katjas starke Persönlichkeit längere Zeit ertrugen.

Katja seufzte und ergriff scheu das Wort. »Wie fühlst du dich?«, fragte sie ihre Freundin vorsichtig.

Emma sah sie müde an. »Ich wollte mich mit Arbeit ablenken«, sagte sie schleppend. »Doch Kohlhoff sagte, ich solle mich schonen …« Sie hielt inne.

Sollte sie ihrer Freundin anvertrauen, wie schlecht es um ihre Ehe gestanden hatte? Wie dicht sie aber auch davor gewesen waren, noch einmal neu zu beginnen? Emma war einer inneren Ohnmacht nahe, die sie mit einem weiteren Glas Wein unterdrückte.

»Ich habe jeden Tag Kontakt zu seiner Sekretärin. Sie hat ihre Ohren gerade überall. Der Krisenstab sucht nach Anhaltspunkten und Hinweisen. Man glaubt, Stefan könnte das Opfer kriminellen Abschaums aus Weißrussland oder der Ukraine geworden sein, die in ihm einen Gegner sahen, weil er die Visa-Geschichte ins Rollen brachte …«

»… in dessen Folge die Konsulate nur noch in Ausnahmefällen Visa für Deutschland erteilen … Verstehe«, führte Katja den Gedanken fort. Sie kaute auf ihrer Unterlippe. »Als mögliches Motiv könnte es taugen. Der Minsker und Kiewer Mafia ist alles zuzutrauen.« Sie war froh, dass das Gespräch in diese Richtung ging. Was sollte sie Emma denn auch Tröstendes sagen, angesichts solch eines Schicksals?

Emma nickte schwach. Sie musterte ihre Freundin. Kam sie aus ehrlichen Motiven oder als Journalistin, um Informationen abzuschöpfen? Im Großen und Ganzen war ihr das egal,

Hauptsache, sie war da. Emma wollte nicht allein sein. Sie schob den Gedanken beiseite und sagte stattdessen: »Es ist lieb von dir, dass du gekommen bist, ich kann ein bisschen Ablenkung gebrauchen.«

»Willst du einfach erzählen?« Katja setzte sich näher an ihre Freundin heran und nahm ihre Hand.

Emma schossen Tränen in die Augen. Ihr innerer Druck hatte sich einen Weg nach außen gebahnt.

»Ich denke, Stefan stand kurz davor, mich zu verlassen«, sagte sie leise.

»Wollte er das nicht schon öfter?«

»Er hat höchstens mal das Zimmer verlassen«, sagte Emma mit einem Anflug von verzweifelter Ironie. »Aber nie für immer.«

»Wie kam es dazu?« Katja sah erst auf ihren Hund und dann an ihm vorbei auf den Boden. Das Parkett war hell und wirkte warm.

»Wir haben in den letzten Monaten nur noch über unsere Jobs geredet, über Kollegen in anderen Abteilungen, regten uns über diesen oder jenen auf und bemitleideten uns selbst. Aber über uns, unsere Gefühle und Interessen, unsere eigenen Begehrlichkeiten und Wünsche haben wir gar nicht mehr gesprochen. Wir schliefen zum Schluss in getrennten Wohnungen. Er in seinem Apartment, ich hier. Dazu kamen kleine, aber schreckliche Streits um Nichtigkeiten. Dies alles hätten wir vielleicht überwinden können. Doch in den letzten Wochen tat Stefan irgendwie geheimnisvoll, er redete von zusätzlicher Belastung, über die er aber mit mir nicht sprechen dürfe.«

Katja warf ihr einen fragenden Blick zu. Emma zuckte mit den Schultern.

»Ich habe es nicht aus ihm herausgekriegt. Manchmal saß er bis weit nach Mitternacht in seinem Büro. Und er besuchte einen Englischkurs, um, wie er sagte, sein Wirtschaftsenglisch aufzufrischen.«

»Na gut«, sagte Katja, »das will ja alles noch nichts heißen …«

»Stefan hat mir sonst immer brühwarm erzählt, was lief und was er plante«, entgegnete Emma. »Ich wusste von den Vorgängen in den Botschaften, lange bevor die Medien daraus eine große Nummer machten und der Außenminister rapportieren musste.« Während sie sprach, war sie in sich zusammengesunken, richtete sich jetzt aber jäh wieder auf.

»Ich rief ihn an, als er auf dem Weg nach Görlitz war. Ich dachte, er langweilt sich im Wagen, und wir hätten ein paar Minuten für ein Gespräch. Ich fragte ihn, ob es nicht besser wäre, sich zu trennen. Obwohl ich das nicht gewollt hätte, drängte es mich zu erfahren, wie er die Sache sah.«

»Und was hättest du gewollt?«

»Einen neuen Anlauf für unsere …«

»Und? Was antwortete er?«, unterbrach Katja sie vorschnell.

»Er war kurz angebunden, knurrte, er habe jetzt nicht die Ruhe dafür …« Emma war wieder den Tränen nah, ihre Stimme war kurz davor zu kippen. »Irgendwann danach muss es passiert sein …«

Katja legte ihr den Arm um die Schultern und wiegte sie wie ein kleines Kind.

Emma hatte die zweite Flasche geöffnet, ihr viertes Glas geleert, ihre siebte Zigarette geraucht und sah nun deutlich verändert aus. Die Blässe ihres Teints war einem leuchtenden Rot gewichen. Ihre Augen waren angeschwollen und die Netzhaut von den Tränen ebenfalls stark gerötet.

»Alles, was ich dir jetzt erzähle, ist top secret …«

Emma hatte ihre Stimme wieder unter Kontrolle, auch

wenn sie immer noch traurig klang und ihr die Worte eher lahm von den Lippen gingen.

Katja nickte rasch, ihre Augen brannten vor Neugier. Etwas zu erfahren, was andere nicht wussten, war schließlich berufliches Credo.

»Stefan hatte seinen gesamten E-Mail-Verkehr zur Visa-Affäre ausgedruckt und in einem Ordner in seinem Sekretariat abgelegt. Praktisch jeder konnte darauf zugreifen. Ich denke, dass sowohl der BKA-Verbindungsmann als auch die Abteilung ›Konsulate Osteuropa‹ darüber informiert waren, was Stefan an brisanten Informationen zusammengetragen hatte. Und wer weiß, wer noch alles.«

Katja zündete sich eine Zigarette an, sah beunruhigt durch den Rauch. »Du meinst, es gibt eine undichte Stelle bei euch?«

Emma zuckte mit den Schultern. »Wer weiß das schon? Der Staub, den der Untersuchungsausschuss aufgewirbelt hat, dürfte bis in die letzten Winkel Osteuropas geweht sein.«

»Immer vorausgesetzt«, warf Katja ein, »dass dein Mann Opfer von osteuropäischen Kriminellen wurde.«

»Kohlhoff, das BKA und auch der Krisenstab sehen kein anderes Motiv«, entgegnete Emma. »Seit einem Jahr ist die Visa-Vergabe derartig restriktiv, dass wir schon von Familien in Deutschland hörten, deren engste Angehörige vergeblich in Kiew oder Minsk vor den Konsulaten standen. Da staut sich enorme Wut auf. Du weißt doch, wie das ist: Hat sich die Hand erst mal an Futter gewöhnt, bleibt sie immer ausgestreckt. Und derzeit bleiben die Hände eben leer. Es sieht nicht so aus, als werde der neue Minister die Fehler seines Vorgängers wiederholen.«

Katja stand jäh auf. Ihr Hund Charlie wechselte seine Seitenlage, riss das Maul auf und gähnte. Seine Zähne glänzten wie vereiste Steine. Sie kraulte seine Ohren. Er schmatzte genießerisch.

»Das klingt alles zu einfach, findest du nicht?«, sagte sie dann. »Ich meine, wie bedrohlich war die Lage wirklich? Ich habe die Einzelheiten nicht mehr so genau auf dem Schirm.«

Emma nippte nur noch an ihrem Glas. Ihr war schwummrig vom Alkohol, und wenn man sie fragen würde, was ihr jetzt am liebsten wäre, würde sie sagen: Die Welt soll schweigen, die Königin braucht Ruhe.

Doch Katja war im Recherchefieber. Interessierte sie der Gefühlszustand ihrer Freundin nicht länger? Ging es jetzt nur noch um Journalismus? Miststück, dachte Emma, meinte es aber eigentlich nicht so. Sie wusste, dass der Tod Stefan Rumpfs die Presse elektrisierte. Spekulationen kochten hoch, Genaueres wusste niemand. Noch einmal holte sie weit aus und fasste für Katja zusammen, welche neuralgischen Punkte schließlich zur Vorladung der beiden ehemaligen Innen- und Außenminister vor den von der CDU geführten Untersuchungsausschuss geführt hatten.

In mehr als 300 Aktenordnern waren Vorgänge, Memoranden, Bescheide und Namen abgelegt. Sie beschrieben nicht nur eine gefährlich-laxe Praxis bei der Visa-Erteilung deutscher Konsulate in Osteuropa. Da war von etlichen Warnungen vor der wachsenden Zahl an Kleinkriminellen, Drogenkurieren und Schmugglerbanden aus der Ukraine, Weißrussland und den muslimischen Republiken der einstigen Sowjetunion die Rede; man las von erfundenen Gastfamilien, gefälschten Arbeitsverträgen und bestochenen Grenzbeamten.

»Doch wie strickt ihr daraus die Möglichkeit, dass es ein Racheakt an Stefan war? Gibt es Indizien?«

Emma winkte ab und griff nach einem Pullover, den sie am Abend zuvor als Kissen benutzt hatte.

»Es gab Drohbriefe an die Konsulate in Minsk und Kiew.«

Katja blickte überrascht zu ihr auf.

»Eine unbekannte Gruppe, die sich ›Starkes Weißrussland‹ nannte, stieß deutliche Warnungen Richtung Deutschland aus. Die Verfasser drohten mit Anschlägen auf deutsche Konsulate und Botschaftsangehörige, weil angeblich Familien auseinandergerissen würden. Allerdings denke ich, dass eher die russische Mafia dahintersteckte, die über Jahre ihr Personal auffrischte, um ihre Geschäftsverbindungen vor allem im Berliner Raum, in Frankfurt und Hamburg weiter anzukurbeln. Briefe mit besonders aggressivem Inhalt leiteten wir in Kopie an den Bundesnachrichtendienst weiter.«

Katja sog heftig an ihrer Zigarette. An ihrem Hals zeigten sich die ersten roten Flecken. Sie rang nach Worten. »Und passiert ist offenbar nichts. An die Öffentlichkeit gelangen diese Briefe jedenfalls nicht.«

»Nicht, dass ich wüsste«, sagte Emma matt. »Unsere Kompetenzen enden mit der Diplomatie. Wenn der BND wirklich die Verursacher der Drohungen aufgespürt hätte, wüssten wir davon. Unsere internationalen Konsulate sind schließlich auch Agentennester.«

»Das wäre … das ist … natürlich ein ziemlicher Hammer.«

»Natürlich«, sagte Emma und legte in ihre Stimme wieder mehr Kraft. »Ich ahne, dass dich das interessiert. Es könnte mich zwar den Job kosten, dir das alles zu erzählen, aber ich glaube, dass die Mauscheleien im Auswärtigen Amt weitergehen, wenn auch wesentlich verdeckter. Ich frage mich beispielsweise, warum der BND damals nicht aktiv geworden ist und die Gruppe unter die Lupe genommen hat? Vielleicht könnte Stefan noch leben, wenn man diesen Drohungen auf den Grund gegangen wäre. Aber das kriegst du sicher heraus, meine Liebe.« Sie legte die Hände ineinander, als wolle sie beten. Durch die Fensterscheiben blickte sie auf die Zufahrten zum Alexanderplatz mit seinen Elektromärkten, den Warenhäusern und dem Hotel *Park Inn*. Autos stauten sich auf einer

Länge von mehreren hundert Metern. Ihre Abgase waberten wegen der abendlichen Kühle als weißer Dampf in die Luft. Irgendwo heulte eine Polizeisirene.

»Und jetzt«, sagte sie mit belegter Stimme, »möchte ich nur noch schlafen ...«

Katja drückte ihre Freundin zum Abschied an sich und hielt sie fest umarmt.

Als sie gegen 21 Uhr 30 das Haus verließ, setzte sich der graue Golf in Bewegung. Nachdem Katja die Alexanderstraße überquert hatte, stellte der Fahrer den Wagen quer und versperrte ihr so den Weg. Die Journalistin erstarrte. Die Männer zeigten ihre Ausweise und drückten sie samt Hund in den Wagen. Sie sah noch kurz aus der Heckscheibe auf die Fenster von Emmas Wohnung. Die Lichter waren bereits gelöscht.

Katja blieb äußerlich so entspannt, wie es ihr nur gelang. Es war nicht das erste Mal, dass man sie einschüchtern wollte. Doch nicht nur ihrem Hund Charlie stand Angst in den Augen.

10

Berlin-Mitte,
Invalidenstraße, Restaurant La Vendetta,
21:35 Uhr

Giovanni Spagnolo führte sein Restaurant *La Vendetta* seit etwas mehr als zwei Jahren. Ihm war kein Tag in Erinnerung, an dem der stark übergewichtige Mann nicht zum Abendessen kam. Er wusste nicht, was dieser Mann tagsüber tat; er sah jedenfalls nicht aus wie ein flinker und immer in Bewegung befindlicher Gemüsehändler eines Marktes.

Sein treuer Gast verlangte stets nach dem gleichen Tisch, der verdeckt hinter den breiten Säulen des Kamins stand und deshalb vom Eingang aus nicht einzusehen war. Mit einer öligen Handbewegung, die eine dramatische Fortsetzung versprach, servierte Spagnolo seinem Gast die Speisekarte.

Schnaufend bestellte der fette Mann als Vorspeise marinierten grünen Kürbis und gefüllte Champignons, als Hauptgang Hasenbraten mit italienischer Schokoladensauce und zum Dessert ein Tiramisu. Dazu eine Flasche Trebbiano aus Umbrien und einen halben Liter Leitungswasser.

»Eine sehr gute Wahl«, meinte Spagnolo, »doch es wird etwas dauern.« Sein Gast keuchte ein paar zustimmende Worte. Spagnolo nickte lächelnd und verschwand tänzelnd, eine Stoffserviette über dem Arm, in der Küche.

Eben war der Wein serviert, als das Mobiltelefon des Gastes klingelte.

»Hier Paul Hess.«

Eine kehlige Männerstimme war in der Leitung. »How are you, Mister Hess?«

Hess wechselte ins Englische und grüßte ergeben.

»Schön, dass wir uns wenigstens mal am Telefon kennen lernen«, klang es an sein Ohr. »Ich möchte Sie zunächst beglückwünschen. Mit der Ausschaltung Ihres Staatssekretärs haben Sie unserer Sache einen großen Dienst erwiesen.«

Hess blickte auf sein Weinglas. Lichtpunkte schimmerten auf dem aromatisch duftenden Inhalt.

»Ich danke Ihnen«, gurrte er. »Ihre Leute waren über Sibirien aber auch erfolgreich«, turtelte er zurück. »Ich denke, wir sollten nun auf die konventionelle Art …«

Sein Gesprächspartner unterbrach ihn rasch. »Mister Hess«, sagte er in einem Ton wie zu einem Kind, »was nun folgt, ist der normale Lauf der Dinge. Es wird ermittelt, analysiert, es werden Schlussfolgerungen gezogen. Sie haben in Ihrer langen

Karriere gelernt, wie man Spuren so verwischt, dass weder Ihr noch unser Dienst ins Fadenkreuz geraten. Also Routine. Darüber hinaus müssen wir weiter *groß* denken …«

»Das ist ja klar«, warf Hess ein, aber der Mann sprach unbeirrt weiter.

»… das Baby darf nicht auf die Welt kommen. Das müssen wir mit allen Mitteln verhindern. Hören Sie? *Mit allen Mitteln!*«

»Wie meinen Sie das?«, fragte Hess angestrengt. Unter seinen fleischigen Achseln zeigte das Hemd bereits tellergroße Schweißflecken.

»Wir müssen sichergehen, dass mein Land wirtschaftlich nie wieder so in die Enge getrieben wird. Zur Abschreckung wird es auf Seiten der Politik weitere Opfer geben müssen. Das verstehen Sie doch, oder? In den nächsten Tagen wird sich ein alter Bekannter aus Marokko bei Ihnen melden. Von ihm erfahren Sie mehr. Und nun lege ich auf, Mister Hess. Einen schönen Abend noch.«

Das Lämpchen auf dem Telefon erlosch. Hess blickte noch einige Sekunden reglos auf den Tisch vor sich.

Ein alter Bekannter aus Marokko? Wer konnte gemeint sein? In Hess stieg ein enormes Druckgefühl auf, das ihm im nächsten Moment vollständig den Appetit nahm.

Er rief nach dem Wirt und bestellte das Menü wieder ab.

»Das ist aber sehr bedauerlich, Signore«, winselte der Italiener. Hess wuchtete sich aus der Ecke, griff nach Hut und Mantel und verließ grußlos das Lokal. Spagnolo sah ihm ratlos hinterher.

Dabei war der Chef des BND-Referats *Organisierte Kriminalität und Internationaler Terrorismus Osteuropa* zuvor noch so gut gelaunt gewesen wie seit Tagen nicht mehr. Zwar tat er für Außenstehende so, als quäle es ihn, dass er bei den Ermittlungen im Mordfall Rumpf vom Generalbundesanwalt übergangen worden war; aber so, wie es sich nun ergeben hatte, konnte er ungestört an den Fäden weiterspinnen.

Ein Fahrer brachte Hess in die Philippstraße nahe dem Berliner Invalidenfriedhof. Defekte Straßenlaternen hatten Überreste von verwitterten Hörsälen der medizinischen Fakultät der Humboldt-Universität in ein diffuses Dunkel geschickt.

In der ersten Etage eines fünfstöckigen Hauses entriegelte er eine Tür. Auf sie folgte, nach einem sehr knappen Zwischenraum, eine weitere Tür. Er drückte Daumen, Zeige- und Mittelfinger auf einen handtellergroßen Scanner und wartete. Die zweite Tür, ebenfalls mit einem Scanner versehen, blieb vor ihm verschlossen. Wieder identifizierte er sich und betrat schließlich einen etwa zwei Mal drei Meter großen Raum, in dem ein sargähnliches Gebilde auf zwei breiten Sockeln stand. Der Deckel hob sich. Mit leisem Surren fuhr eine Konsole heraus. In ihre metallene Oberfläche waren zwei Bildschirme mit Lautsprechern, zwei Computertastaturen, zwei winzige Kameralinsen und zwei mit feinen Gittern überspannte Mikrofone eingelassen. An den Seiten verliefen jeweils sechs übereinanderliegende Soft-Touch-Tasten.

Der Agent sagte seinen Namen, winzige LED-Lämpchen sprangen an, und das Betriebssystem mit Namen *Sonic* kam in Gang. Über das Menü gelangte er zum Button *Call.*

Er gab eine Nummer aus Zahlen, Buchstaben und Sonderzeichen ein. Das System verschlüsselte den Code aus 0 und 1er-Zahlen in rasanter Folge. Hess, der nun frei geschaltet war, tippte eine Telefonnummer ein, die vom Verschlüsselungsprogramm *Wi-Fi Protected Access 4* in Sekundenbruchteilen zu einem Algorithmus umgebaut wurde. Ein Rufzeichen ertönte, auf das eine Zeit lang niemand reagierte. Unruhig scharrte er mit den Schuhen.

»Marlowe am Apparat«, tönte schließlich eine Stimme aus

dem Hörer. Hans Strachow, Agent seiner Abteilung und enger Vertrauter, kannte jede Zeile der Romane über Chandlers unermüdlichen Ermittler mit dem Gemüt von heißer Lava.

»Okay, Marlowe, hier Nogard. Wo seid ihr?«

»Wir haben die Zielperson an Bord. Schüttelfahrt.«

»Gibt es Zecken?«

»Vielleicht die Konkurrenz. Nähern uns jetzt der Spedition.« Hess alias Nogard stellte sich vor, wie der graue Golf in diesem Augenblick die Berliner Stadtbezirksgrenze von Mitte nach Wedding passierte und in Kürze am Berliner Stadthafen ankommen würde. Hier hatte sich der Bundesnachrichtendienst in einem der Lagerhäuser eingenistet. An die Front des Gebäudes hatten behördeneigene Handwerker den Tarnnamen *Spedition Blau* gepinselt und unter die Dachrinnen unsichtbare Kameras angeschraubt.

»Wir begeben uns jetzt mit der Zielperson hinein, alles ruhig«, schnarrte Marlowe aus der Leitung.

»Gehen Sie vor wie besprochen. Es hängt von ihr ab, wie sicher ihr Leben und das ihrer Freundin in Zukunft sind. Und bleiben Sie mit Ihren Agenten an der zweiten Zielperson.«

11

**Berlin-Wedding,
an der Spree,
22:11 Uhr**

Die Lagerhalle am Berliner Westhafen hatte bis zu seiner Übernahme durch den BND als Speicher für Getreide gedient. Die Höhe der Decke betrug mehr als acht Meter. Vier Ventilatoren in der Größe von Kutschenrädern hingen von ihr herab. Aus dem rohen Betonboden wuchsen einzelne Stützpfeiler an die Decke. Ihre Kanten wiesen Schlagspuren auf, der Putz war rissig und grau.

Neu und sogar elegant wirkte eine Konstruktion aus Holz und Glas, die als eine Art Kontor am Ende der Halle an die Wand gesetzt war. Zwei Tische, vier Stühle, zwei Telefone und zwei Lampen waren die einzige Ausstattung. Zwei der Stühle waren gepolstert, einer aus rissigem Holz, staubig und hart. Die beiden Agenten hatten der Journalistin den Holzstuhl zugewiesen, sich ihr gegenübergesetzt und sahen sie an. Einer von ihnen war BND-Agent Hans Strachow. Von der Decke saugte ein Kameraobjektiv mit einem empfindlichen Mikrofon jede Bewegung und jedes Geräusch auf die Festplatte eines handtellergroßen Computers.

»Ich habe Durst, ich möchte rauchen, und eigentlich würde ich doch ganz gerne gehen«, sagte die Journalistin. Ihre Stimme war viel zu wacklig, als dass sie einen bleibenden Eindruck hinterließ. Erwartungsgemäß blieben beide Männer unnachgiebig.

»Arbeiten Sie nicht mit uns zusammen, können wir für Emma Rumpfs und Ihr Wohlergehen nicht garantieren«, gab ihr Strachow zur Antwort. Seine langen, zu einem Zopf gebundenen Haare lagen als schwere Strähnen auf seinem Kragen. Er sah mit kaltem Blick auf ihren Hund.

»Ich könnte ihn erschießen«, sagte er leichthin, »und das wäre erst der Anfang aller Qualen.«

»Was wollen Sie genau von mir?«, gab sich Katja konstruktiv.

»Informationen«, antwortete Strachow. »Sie wären nicht die erste Journalistin, die uns unterstützt. Von Ihren männlichen Kollegen ganz zu schweigen. Wir verstehen uns als Beschützer, nicht als Angreifer.« Der Agent lächelte gewinnend. Er strich sich über den aschblonden Zopf. Sein Blick wurde eine Spur wärmer.

Katja betrachtete die beiden Männer mit kunstvoll-zynischem Interesse. Sie fuhr sich durch die blonden Haare. Trotz ihrer Anspannung schaltete sie ihren inneren Motor auf einen hohen Gang.

»Agenten, die sich missverstanden fühlen? Ach, mir bricht es fast das Herz. Und das soll ich Ihnen glauben? Wen schützen Sie denn? *Mich* haben Sie angegriffen, in Ihr Auto gezerrt, praktisch entführt ... Und da erwarten Sie von mir Entgegenkommen?!«

Ihre Stimme hatte sich überschlagen. Ihr Hund Charlie sah erschreckt zu ihr auf und ließ ein unrhythmisches Hecheln hören. Dann machte er sich wieder flach.

»Wonach suchen Sie? Informationen kriegen Sie doch auch auf andere Weise. Leitungen abhören, hinter Menschen herspionieren, Betäubungsmittel in Weingläser schütten. All dieses Zeug, was man so hört und liest und im Kino sieht. Ihr ...«, verfiel die Journalistin in eine abschätzige Duzform, »habt doch für alles einen Freibrief, ihr seid doch der Staat im Staate ...« Sie bemerkte eine Abnahme ihrer Energien. Eigentlich war ihr zum Heulen.

Katjas Rage ließ die Agenten scheinbar kalt. Sie hörten ihr zwar zu, aber Strachow besah sich unbeeindruckt den Dreck unter den Fingernägeln, während der andere, ein Mann mit einem Gesicht wie eine Spitzmaus, ihre Beine fixierte. Er hatte sich in anbiederischem Ton als *Lutz* vorgestellt, einen Vornamen, den sie nicht mochte. Er sprach in einem Kölner Unterschichtdialekt.

»Hören Sie«, sagte Lutz jetzt, »wir wissen nicht, ob Ihre Freundin Emma Rumpf in das Attentat verwickelt ist. Ihr Mann war Geheimnisträger, hatte mit vertraulichen oder streng vertraulichen Dokumenten zu tun. Wir wollen nur, dass Sie Ihre Augen und Ohren offen halten und uns berichten, was die Dame gerade treibt. Vielleicht ist sie ja auch in Gefahr? Natürlich könnten wir sie beschatten lassen, ihr Telefon anzapfen, ihre Post kontrollieren, aber ...«

»Was aber?«, unterbrach Katja. Sie klang wieder eingeschüchtert.

»Wir denken, dass Sie als Ihre Freundin großes Vertrauen genießen und uns und ihr mit einer vorübergehenden Mitarbeit einen Gefallen tun.«

»Ich bin Journalistin, keine Zuträgerin.«

Strachow hatte ihr mit lebhaftem Gesichtsausdruck zugehört, geriet jetzt aber in Rage:

»Ihr Journalisten tut immer so, als ginge ohne euch die Gesellschaft unter. Aber wenn ihr dem Land mal ganz konkret einen wirklichen Dienst erweisen sollt, fühlt ihr euch gleich wie kaserniert.«

Diese Art des Streits war Katja nicht fremd. Und wäre die jetzige Situation eine andere, würde sie ihrem Streitpartner sogar Respekt zollen. Doch hier ging es um sie persönlich. Deshalb ließ sie die Meinung des Agenten nicht einen Zollbreit gelten. Sie nahm nochmals all ihre Kraft zusammen und wies wortreich auf den Segen journalistischer Unabhängigkeit hin, auf das Credo der Kontrolle und der Analyse der vielfältigen Machtinteressen von Politik und Wirtschaft.

Doch darüber lachte ihr Widerpart nur und sagte: »Es ist doch seit Jahren so, dass Journalisten nur noch über das schreiben, was die Politik, Wirtschaft oder Sicherheitskräfte sowieso freigegeben haben. Nehmen Sie die Geiselnahmen im Jemen und Irak, die Wirtschaftsverträge mit Russland und Saudi-Arabien oder die stille Diplomatie mit den Terrorstaaten des Nahen Ostens: Alles, was nicht unmittelbar der Regierung schadet, wird breit gestreut. Aber was wirklich hinter den Kulissen läuft, wer sich welche Informationen wann zuschiebt, also all das, was die Ruhe der Regierenden stören könnte, gelangt längst nicht mehr an die Öffentlichkeit.«

Katja wusste, dass er recht hatte, doch noch waren und blieben bissige und analytische Kommentare ein wichtiges Druckmittel gegenüber der Politik und ein Aufklärungsinstrument für die Öffentlichkeit.

Die Spitzmaus legte indes nach: »Was ist denn mit den einstigen Flaggschiffen der Nachrichtenmagazine? Zu zahnlosen Tigern mutiert. Auf den Titelblättern ist mehr Esoterik, Psychologie, Sex und Amerikazweifel zu finden als boshafte Sticheleien gegen den Kurs der Regierung. Oder irre ich? Erinnern Sie sich an einen Fall der letzten Jahre, in denen Journalisten eine grobe Scheiße der Politik aufdeckten, bevor die vornehmen Zeitungen und Magazine nur noch die Ergebnisse bejammern konnten?«

»Das müsste Ihnen doch entgegenkommen«, sagte sie letztmalig aufbegehrend. »Ist nicht Heimlichtuerei Ihr Geschäft?«

»O nein«, antwortete Strachow überzeugt. Er spürte, dass Katja Kirchner beinahe weich gekocht war. Sein Begleiter nickte zustimmend. Strachow wählte jetzt das Programm *Vertrauen schaffen mit treuem Blick.*

»Auch die Geheimdienste haben eine Vorstellung von Demokratie. Uns ist es lieber, der Regierung würde vom Volk aus auf die Finger geschaut, als dass wir diejenigen sind, die mit einem Heer von Spitzeln und Zuträgern die Dummheit manches Politikers und den daraus resultierenden Volkszorn eindämmen sollen.«

»Und warum erzählen Sie mir das alles?«, fragte sie Strachow schwach.

»Wir halten Sie für eine gute Journalistin. Wir möchten, dass Sie überzeugt und engagiert unserer Bitte entsprechen. Wir ziehen nämlich Freiwilligkeit dem Zwang vor.«

Katja Kirchner ahnte, dass sie keine Wahl hatte, und gab ihren Widerstand auf. Sie besprach mit Strachow die Modalitäten ihrer Informationsübergabe. Als er sie anschließend danach fragte, was sie und Emma Rumpf in der Wohnung am Abend geredet hatten, ließ sie nichts aus. Während sie davon sprach, dass die Ehe der beiden in einer Krise gesteckt hatte, sahen sich die Agenten nur kurz an. Sehr viel deutlicher fiel ihre Reaktion aus, als Katja Kirchner von Rumpfs Geheimnistuerei berichtete.

»Sind Sie sicher, dass seine Ehefrau nicht weiß, welchen Job er zuletzt machte?«

»Davon bin ich überzeugt«, antwortete Katja ehrlich.

Die Agenten besprachen sich kurz und fuhren sie dann bis vor ihre Haustür. Bei der Verabschiedung stießen sie eine der üblichen Drohungen aus:

»Falls Sie mit jemandem über unser Treffen und unsere Abmachung reden, müssen Sie mit ernsten Konsequenzen rechnen.« Sie nickte nur stumm und trieb Charlie strenger als sonst vor sich her in ihre Wohnung. Den Abend verbrachte sie in der Badewanne mit zu viel Weißwein und Kerzen, die sie wie auf einem Altar vor sich gruppiert hatte.

Währenddessen meldete Hans Strachow alias Marlowe an seinen Vorgesetzten Hess Vollzug.

»Sie hat sich unter den üblichen Protesten der Journalisten dennoch als Informantin verpflichtet.«

»Jetzt muss unser Huhn nur noch Eier legen«, gackerte Hess zufrieden in den Hörer.

»Niedliches Bild«, sagte sein Agent anbiedernd und legte auf.

12

**Moskauer Kreml,
Präsidialamt,
18. November, am Tag**

Die Russen hatten keine Eile, den Tod ihres ehemaligen stellvertretenden Außenministers aufzuklären. Die Gründe dafür lagen vor allem in der nebulösen Nachrichtenlage. Die *Bundesagentur für Sicherheit der Russischen Förderation*, FSB, hatte die Ermittlungen übernommen. In nüchternen Worten teilten Ermittler der KGB-Nachfolgeorganisation mit, dass man an Motiv und Tathergang »intensiv« arbeite.

Seit Präsident Sergej Iwanowitsch Semjonow mit der deutschen Bundeskanzlerin telefoniert hatte, waren ein paar Tage vergangen. Das Rachemotiv enttäuschter Osteuropäer war in Deutschland auf fruchtbaren Boden gefallen; für die Aufklärung des Mordes an Kirijenko taugte dieses Konstrukt jedoch nicht. Semjonow und seinen Beamten erschienen Spuren, die nach Sibirien führten, weitaus passender. Bei zwei Verhören in Omsk erfuhren die FSB-Ermittler von den handfesten Drohungen, die Grischenko und seine Aktivisten von der Sibirien-Kommission gegen Moskau ausgestoßen hatten. Die Agenten dehnten daraufhin ihre Ermittlungen auch auf Widerstandsgruppen in Westsibirien und der ostsibirischen Erdölinsel Sachalin aus. Im Präsidialamt vernahm man nicht ohne Sympathie, dass Grischenkos Leute und andere Aktivisten nun endlich begründet im Fokus des FSB standen.

Präsident Semjonow gab die Order aus, dass er die Ermittlungen über terroristische Umtriebe mit respektvoller Ruhe abwarten wolle. Unter keinen Umständen war er bereit, Kirijenkos Rolle bei den Trias-Verhandlungen preiszugeben. Die Gefahr war zu groß, dass irgendein schlauer Ermittler Querverbindungen zwischen Trias und dem Tod Kirijenkos ziehen würde. Nach Semjonows Überzeugung könnte auch nur der leiseste Verdacht das bedeutendste Nachkriegsgeschäft Russlands zunichte machen.

Sibirische Terroristen. Zwei Worte mit fettem Klang, dachte Semjonow. Er griff zum Hörer und ließ sich mit seinem Vertrauten verbinden, dem FSB-Chef Archaimow. Mit ihm hatte er schon zusammengearbeitet, als beide noch im Berliner Stadtteil Karlshorst die KGB-Residentur betrieben hatten. Vielleicht ließ sich ja ein Zusammenhang zwischen dem Tod Kirijenkos und militanten Gegnern der Rohstofferschließung herstellen?

13

Berlin-Treptow,
BKA-Zentrale,
gleicher Tag, 09:05 Uhr, Ortszeit

Die Spannung in Raum 5150, intern das *Mausoleum* genannt, war für jeden an diesem Morgen spürbar. Ungestrichene Betonwände, glatter Betonfußboden, ein Quadrat aus Holzplatten mit Metallfüßen und sieben verchromte Lederstühle: Eisiger konnte ein Raum kaum wirken. Den abweisenden Eindruck verstärkte ein bullaugenähnliches Fenster in der Decke, das gerade einmal so viel Licht hereinließ, dass man sich nicht ganz wie in einem Sarg fühlte. Doch der Raum war vollkommen abhörsicher und nur mit Panzerfäusten zu durchdringen.

Im Mausoleum fanden Besprechungen statt, die unter dem Signum *Strenge Geheimhaltung* liefen.

Kaltenborn hatte eine Zusammenfassung der momentanen Lage vorbereitet.

»Meine Herren«, sagte er von seinem Platz aus zu seinen Gästen, »fangen wir an.«

Markus Croy traf nicht zum ersten Mal auf die Vertreter des Bundesnachrichtendienstes, des Bundesamts für Verfassungsschutz, der Bundespolizei und des Landeskriminalamts in Sachsen. Er fixierte die fünf Gesichter neben sich, die unterschiedlicher nicht hätten sein können. Er sah Hochmut und Arroganz, Humor und Misanthropie, kalte und weniger kalte Augen. Waren dies die Abdrücke, die der Umgang mit Straftaten und Gewaltverbrechen, mit Opfern und Tätern unweigerlich hinterließ? Noch wirkte Markus Croy wie ein Novize unter alten Brüdern.

»Wie Sie vielleicht wissen«, sagte Kaltenborn mit einer gewissen Schärfe in der Stimme und kam damit gleich zur Sache, »rüsten wir im Zuge der Terrorprävention die Dienstwagen von Ministern und Staatssekretären mit der gleichen Blackbox aus, die auch in Flugzeugen verwendet wird. Diese Geräte zeichnen nicht nur die Gespräche der Insassen während der Fahrt auf, sondern sind auch mit einer winzigen Kamera verbunden, die wir neben die Abstandswarner im Frontteil des Wagens eingebaut haben. Wir haben diese Blackbox im Straßengraben gefunden. Sie ist zwar lädiert, hat aber, im Gegensatz zu den Insassen, sozusagen überlebt. Der Wagen hatte zum Zeitpunkt der Zündung der Bombe eine Geschwindigkeit von 81 Stundenkilometern auf dem digitalen Tachometer. Rumpfs persönlicher Referent hatte das letzte Wort mit der Bemerkung: ›Eine Radarfalle.‹ Danach brach die Sprachaufzeichnung ab.« Kaltenborn raschelte mit seinen Papieren. Seine Zuhörer blickten ihn gespannt an.

»Mal abgesehen von den verheerenden Folgen für die Verunglückten, konstatieren wir eine alarmierende Unruhe in den

Stabsdienststellen der ausländischen Dienste, die sich mit der Vorbereitung des G8-Gipfels beschäftigen. Vor allem beim amerikanischen Secret Service liegen offenbar die Nerven blank.«

Kaltenborn machte erneut eine Pause und atmete durch. »Man spricht bereits von einer Verschiebung des Gipfels in ein anderes Land«, fuhr er fort. »Das müssen wir, und das sage ich jetzt mit aller gebotenen Zurückhaltung, in jedem Fall verhindern. Wenn wir dies zuließen, gäben wir, ohne es zu wollen, Schwächen zu, die in Wirklichkeit aber gar nicht existieren.« Er lächelte dünn und presste dabei die Lippen aufeinander. »Lassen Sie mich zu dem Attentat zurückkehren ... Zum bisherigen Auswertungsstand ist Folgendes zu sagen: Als Explosionskörper wurde eine Blitzertonne benutzt, die man eigentlich nur im sicheren Bestand der Verkehrspolizei vermuten würde. Als Auslöser der Explosion wurde wiederum eine Art Schnur verwendet, die sowohl bei uns als auch in der früheren DDR und in einigen Ländern der früheren Warschauer-Pakt-Staaten bis vor rund zwanzig Jahren als Kontaktschleife in Gebrauch war. Mit ihr maß man die Geschwindigkeit darüberrollender Reifen. Ein perfektes System, das für den Anschlag allerdings modifiziert wurde. Die Kamera in der Blitzertonne reagierte zunächst auf das Nummernschild, worauf die Kontaktschleife blitzschnell die Explosion auslöste. Die Attentäter mussten auf diese Weise nicht selbst vor Ort sein.« Kaltenborn holte Luft. »Sie sind also auf Nummer sicher gegangen. Spurenleser fanden nahe der Unglücksstelle nicht nur Reste dieser speziellen Schnüre, sie entdeckten auch ein Stückchen Papier, ähnlich der Banderole einer Zigarettenpackung. Unser Labor ist dabei herauszufinden, um welche Zigarettenmarke es sich handelt ...«

»Und wenn die Packung von einem Grenzgänger stammt?«,

unterbrach ihn Sachsens LKA-Chef Schafgerber abrupt, doch Kaltenborn überhörte die Bemerkung und fuhr fort.

»Bei der Analyse der Sprengstoffspuren stießen wir – und das überraschte uns nicht – auf Y3 aus tschechischer Produktion. Wir nehmen an, dass etwa 150 Kilogramm hochgejagt wurden. Eine ausreichende Menge Plastiksprengstoff, um einen vorbeifahrenden Doppelstockbus zu zerlegen ...«

Kaltenborn sah über die Ränder seiner Lesebrille auf einen imaginären Punkt an der rohen Betonwand des Raumes. Dann kehrte er zu seinen Aufzeichnungen zurück.

»Interessanterweise findet heute C4-Sprengstoff und nicht das in die Jahre gekommene, aber nicht weniger gefährliche Y3 Verwendung. Diese spezielle Form des Semtex muss aus Altbeständen der tschechischen Armee oder aus Lagerbeständen der tschechischen Firma Explosia in Semtin selbst stammen. Y3 ist weder nach den NATO-Richtlinien ausreichend zertifiziert noch mit den heute gültigen metallischen Markierungen versehen.« Wieder schob der BKA-Vize eine Atempause ein.

»Im Zuge unserer Ermittlungen bei mehreren Feinoptik-Firmen stießen wir auf die thüringische *Klaroptik GmbH*, bei der sich ein Mann mit einem stark tschechisch gefärbten Akzent vor etwa zwei Monaten bei der Presseabteilung telefonisch als Mitarbeiter des Prager Verkehrsministeriums vorgestellt hatte. Er wollte wissen, ob *Klaroptik* noch immer Laserkameras für polizeiliche Geschwindigkeitskontrollen produziere. Man verwies ihn an die Firma *Kinetics* in Köln-Pulheim, eine Tochter von *Klaroptik*, die das Monopol auf die Blitzertonnen besitzt. Wir haben in Pulheim recherchiert. Dort wurde kein Auftrag nach Görlitz vergeben.« Kaltenborn erhob jetzt seine Stimme: »Wie Sie sehen, kann es sich durchaus um Täter aus Osteuropa handeln.« Mit Sarkasmus in der Stimme fügte er an: »Wir haben also nichts weiter zu tun, als Informationen zu sammeln und in den Hirnen der Täter nachzulesen, woher sie kommen, was ihre Motive sind und wie sie ...«, er holte tief Luft, »an diese verdammte technische Polizeiausrüstung gelangt sind.« Grimmig blickte er auf das Pult. Dann fuhr er, wieder etwas ruhiger, in seiner Rede fort. »Der Generalbundesanwalt hat uns soeben die Ermittlungen übertragen. Kriminalkommissar Markus Croy wird als Sonderermittler, neudeutsch Undercover-Agent, die Untersuchungen mit mir gemeinsam leiten und offen oder auch verdeckt ermitteln. Er bekommt alle damit verbundenen Kompetenzen. Das war's, meine Herren.« Kaltenborn schob seine Papiere beiseite.

Die alten Brüder schauten mit einer Mischung aus Achtung und Zweifel auf den Novizen. Kaltenborn trat vom Pult beiseite und stellte sich zwanglos zu den anderen Behördenchefs. Der zum Sonderermittler ernannte Croy gesellte sich etwas verlegen an die Seite seines Chefs, der ihm unbemerkt einen gefalteten Zettel in die Hand drückte und dabei murmelte: »Ein Termin für Sie. Morgen früh 9 Uhr.«

Croy fragte erst mal nicht weiter nach.

Kaltenborn sah derweil zu Carl Rubens und Paul Hess hinüber. Der BND-Chef und der Referatsleiter für Terrorabwehr Osteuropa hatten sich anscheinend viel zu sagen. Kaltenborn störte sie gern.

»Paul, wie viele von deinen Schnüfflern sind eigentlich schon unterwegs, hm?« Kaltenborn sah so gleichgültig wie möglich auf ein mit Schinken und sauren Gurken belegtes Brötchen, das er gerade von einem Tablett nahm, und biss herzhaft hinein.

»Eigentlich noch niemand«, log Paul Hess und sah dabei auf seinen Chef Rubens. Der wusste es wirklich nicht besser.

»Das ist ganz sicher nicht wahr«, behauptete Kaltenborn und rieb mit der Zunge an einem winzigen Schinkenrest zwischen seinen Zähnen.

»Wir haben lediglich mit unserer BND-Residentur in Prag gesprochen, als wir den Fund von Y3-Sprengstoff spitzkriegten«, gab der schwergewichtige Hess zu und sah dabei gierig auf das belegte Brötchen in Kaltenborns Hand.

»Stört mir Markus Croy nicht«, sagte Kaltenborn böse, »sonst sehen wir uns sehr schnell beim Innenminister oder beim Generalbundesanwalt wieder.« Er ließ die beiden Männer stehen und klopfte beim Hinausgehen seinem sächsischen LKA-Kollegen auf die Schulter, der gerade heftig auf den Chef des Bundesamtes für Verfassungsschutz einredete.

Hess sah BKA-Vizepräsident Kaltenborn mit geringschätzigem Blick hinterher. Verdammter Besserwisser, dachte er kalt und warf Croy einen raschen Blick zu, der jetzt hinter Kaltenborns Rücken den abhörsicheren Raum verließ.

Während der BKA-Vizepräsident mit entschuldigendem Blick kurz in die Sanitärräume verschwand, lehnte Markus Croy lässig an der Schreibtischkante der Chefsekretärin. Sie war eine brünette, zierlich gewachsene Frau von Anfang vierzig. Ihr Name war Roswitha, den Kaltenborn zu Witha reduziert hatte. Er war der Einzige, der sie so nennen durfte.

»Spart Zeit«, hatte er ihr gegenüber begründet, als sie vor beinahe fünfzehn Jahren ihren Dienst bei ihm angetreten hatte. Sie nahm es ohne Gegenwehr hin, wurde Kaltenborns Vertraute, und wenn es sein musste, hielt sie ihn aus der Schusslinie, indem sie die Wahrheit mitunter etwas beugte.

»Eine Form von Kreativität«, hatte sie einmal zu einer Freundin gesagt, »die unser Referat gegenüber den neugierigen Kontrollabteilungen der Behörde im Gleichgewicht hält.«

Witha kannte ihren Chef durch und durch. Die Wutausbrüche, die er sich oftmals leistete, prallten an ihr ab wie ein Tennisball an einer Steinwand. Die Genesis der Aufklärung von Fällen, die teilweise hochgeheimen Besprechungen und seine glückselige Stimmung beim Abschluss eines brisanten Falles: All diese Momente hatte Witha miterlebt. Sie wusste, dass sie für den erfolgreichsten BKA-Beamten der letzten Jahre arbeitete und war auch ein bisschen stolz auf sich selbst, es so lange mit ihm ausgehalten zu haben.

Seit einem Jahr arbeitete sie nun auch für Markus Croy.

»Jetzt bin ich mit zwei Männern verheiratet«, hatte die ledige Frau neulich zu einer Kollegin scherzhaft gesagt. Sie kam gut klar mit Croy, weil er nicht so ein Hitzkopf wie Kaltenborn war. Sie mochte seine charmante Art, sein Aussehen und sein Vermögen, dem abgebrühten Kaltenborn bestimmt, aber freundschaftlich Paroli zu bieten.

Witha saß hinter einem Schreibtisch aus dunklem Holz, vor sich Papierstapel mit Ermittlungsberichten, Zahlentabellen und Fachliteratur. Sie war schon seit einiger Zeit damit beschäftigt, für Kaltenborn eine Analyse über Gewalttaten von militanten Demonstranten in Deutschland zusammenzutragen.

Fragend sah sie zu Croy auf.

»Die Hütte brennt mal wieder ordentlich, was? Und Sie sind sein Feuerlöscher.«

Croy setzte ein Lächeln auf. Er mochte das dunkle Timbre ihrer Stimme.

»Darin bin ich Spezialist«, sagte er.

Kaltenborn kehrte zurück. »Kommen Sie«, murmelte er Croy im Vorübergehen zu und hielt ihm seine Bürotür auf. Croy warf Witha einen Handkuss zu. Sie träumte ihm kurz hinterher und versenkte dann wieder ihren Kopf in den Papieren. Kaltenborn brabbelte irgendeinen Kommentar dazu.

Sein Büro war nicht so, wie jedermann ein Büro gerne hat. Im Gegensatz zu den nüchtern eingerichteten Räumen seiner gleichrangigen Kollegen sah Croy auf eine Mischung aus Bibliothek, Museum und Hightechlabor. Es erzählte Geschichten. Drei von vier Wänden des geräumigen, hellen und stillen Raumes waren von Regalen eingekeilt, die vom Fußboden bis an die Decke reichten. In ihnen stapelten sich Bücher über Forensik, Profilanalysen, Observationstaktiken, Psychologie, Innere Sicherheit, Allgemeines Strafrecht, Strafvollstreckungen und Abhandlungen über Vernehmungsmethoden und Spurenanalysen. Dazwischen hatte Kaltenborn Kästen mit alten Revolvern, Messern und Spezialwerkzeugen gestellt, die die Fachbereiche voneinander trennten. Vor einem grau lackierten Safe in einer Ecke stand ein schwarzer Lederstuhl, auf dem es sich bequem saß, wenn man in geheimen Akten stöberte. Wie Fremdkörper wirkten dagegen die vier Kunstdrucke des Expressionisten Alexej von Jawlensky an der einzigen regalfreien Wand. Dessen bis zur Abstraktion reduzierte Gesichtsporträts schätzte Kaltenborn sehr. Jawlensky selbst hatte sie *Meditationen* genannt, und als solche nutzte der BKA-Vize sie auch oft.

Der weit ausladende Schreibtisch protzte ungeniert mit seinem Preis, der Chefsessel nicht minder. Ein Bildschirm war auf der Tischoberfläche eingelassen, auf dem Kaltenborn per Fingerdruck nicht nur Verbindungen ins Internet herstellte, sondern sich auch mit Behörden anderer europäischer Länder verband.

Akten, Tages- und Wochenzeitungen, Magazine der Kriminalistik und Gesetzveröffentlichungen der vergangenen Monate lagen auf dem Tisch oder auf dem Boden verstreut herum oder waren zu kleinen Türmen aufgeschichtet. Die Jalousien vor den Fenstern hingen auf halber Höhe. Croy fand den Raum zu dämmrig, sagte aber nichts.

»Einen Whisky?«, fragte Kaltenborn in gönnerischem Ton, während er sich hinter den Schreibtisch pflanzte.

»Gern«, hörte Croy sich sagen, obwohl es mit knapp zehn Uhr viel zu früh dafür war.

Kaltenborn schnalzte mit der Zunge, langte unter den Tisch

nach zwei Gläsern und einer Flasche fünfzehn Jahre altem *Cardhu*. Er hielt sie gegen das Licht.

»Sie ist beinahe noch voll«, freute er sich, während er sie tätschelte. Er goss beide Gläser einen Daumen breit ein und toastete: »Markus, das Leben könnte so schön sein.« Beide genossen sichtbar ihren ersten Schluck.

Croy blickte verstohlen zu Kaltenborn hinüber, der versonnen aus dem Fenster sah. Sein Chef war ein Mentor für ihn geworden. Nach so einem Vorbild hatte er lange gesucht. Ihm vertraute er, denn der BKA-Vizepräsident war zu ihm aufrichtig, forderte und förderte ihn. Seine Gedanken kippten in die Vergangenheit, dorthin, wo alles begann.

Seine Karriere war zwar typisch für den höheren Polizeidienst der Wiesbadener Behörde – Studium, Straßenpraxis, öde Ermittlungsarbeit –, seine Herkunft und Motivation waren aber so typisch nicht. Als Kind verbrachte er fünf Jahre in einem Kinderheim. Seine Erinnerungen daran waren spärlich und ungenau. Als ihn ein kinderloses Ehepaar aufnahm, erlebte er fortan eine christlich geprägte Erziehung, die den zivilen Ungehorsam beförderte.

Seine neuen Eltern hatten erlebt, wie russische Panzer in Prag Hoffnungen auf eine Abkehr vom ideologischen Sozialismus zerstörten. Sie versuchten, in der Kindheit und später in der Schulzeit ihres Zöglings den sozialistischen Korpsgeist von Pionier- und anderen Jugendorganisationen abzuwehren. Es gelang ihnen zwar nicht immer; doch es hinterließ Spuren.

Der kleine Markus, ein hübscher, aufgeweckter Knabe mit einer ausgeprägten Fantasie, liebte Atlanten und reiste mit seinem Finger in ferne Länder; er zeichnete wieder und wieder Jesus am Kreuz und schrieb darunter die Worte: »Du bist nicht tot.« Dachte er heute jedoch an die Zeit der Pubertät zurück, erinnerte er sich an die Gefühle von Verlust und innerer Leere. Und noch immer war er sich über deren Herkunft nicht klar. Waren es frühkindliche Erfahrungen aus dem Heim, ohne Mutter, ohne Vater?

Mit 19 Jahren brach er endgültig aus. Nach einer dreitägigen Besetzung der westdeutschen Botschaft in Warschau gelangte Croy kurz vor dem Fall der Berliner Mauer als 18-Jähriger in den Westen. Bei seiner Ankunft fragte ihn ein amerikanischer Geheimdienstoffizier im Flüchtlingslager Berlin-Marienfelde, wie er sich selber einschätze.

»Ich kann Ihnen noch nicht sagen, wer ich bin«, hatte er zum Erstaunen des Offiziers lapidar geantwortet.

Er träumte damals davon, eine gute Idee zu haben und aus ihr etwas Großartiges zu machen. Dabei hoffte er auf einen Mentor, der ihm einen Weg wies. Rastlos reiste er durch Frankreich, besuchte New York, Bangkok und Singapur. Er nahm Gelegenheitsjobs an, schloss oberflächliche Freundschaften, aber brach sie schnell wieder ab.

Zurück in Deutschland träumte der junge Mann weiter. Als Träumer geht man schnell denen in die Falle, die sich nach nichts mehr sehnen als der Realität. Polizisten sind solche Realisten. Wie nüchtern und real die Welt der Sicherheitsbehörden ist, schmeckte Markus Croy, als er im Jahr 1992 sein vorerst letztes Reiseziel erreichte: München. Er kam ausgerechnet zum G7-Weltwirtschaftsgipfel in die Stadt mit der größten Millionärsdichte, geriet dabei irrtümlich ins Fadenkreuz nervöser Polizeieinheiten, bezog Prügel und landete mit Hunderten Weltwirtschaftsgegnern in einem Polizeikessel, aus dem es kein Entrinnen gab. Stundenlange Verhöre, Durst, Angst und die Ohnmacht gegenüber einer Maschinerie, die keinen Unterschied zwischen Zufall und Absicht kannte, brachten ihn zu einer Erkenntnis: Es gibt keine Gerechtigkeit, die für beide Seiten gilt. Entweder man wird Polizist oder Gegner, dachte er damals. Obwohl er dieses Paradoxon sah, entschied er sich bewusst für die Seite der Exekutive. Er wurde

Kommissar. Ein Jäger, der Gerechtigkeit suchte, dabei aber menschlich bleiben wollte.

»Noch einmal *na sdrowje*, Markus«, sagte Kaltenborn gönnerhaft und verteilte den zweiten Schluck genießerisch mit der Zunge im Mund von links nach rechts. Croy kam in die Gegenwart zurück.

»Sie sahen so abwesend aus. Woran dachten Sie gerade?«

»An den lieben Gott«, antwortete Croy frei heraus.

»Gehen Sie noch immer regelmäßig in die Kirche, Markus?«

Croy war sich einen Moment lang nicht sicher, ob er diese Frage beantworten oder über sie hinweghören sollte. Kaltenborn hatte sich bislang noch nie im Detail für Croys Privatleben interessiert. Vielleicht lag es einfach nur am Whisky, dachte er etwas spöttisch.

»Wenn Sie Gottesdienste meinen, eher unregelmäßig. Zur stillen Andacht aber öfter.«

»Ist es die Hoffnung, die Sie in dieser beschissenen Welt suchen?« Kaltenborn sah nicht so aus, als meinte er diese Frage ironisch.

»Nein, nicht die Hoffnung, eher die Anstiftung zum Guten.«

Kaltenborn schluckte. Croy war sich jetzt sicher, zu dick aufgetragen zu haben.

Doch Kaltenborn lächelte gewinnend und sagte: »Ich gebe zu, meine Auseinandersetzung mit dem Glauben auf dem Altar der Arbeitsroutine geopfert zu haben. Ich gab dadurch mein gutes Verhältnis zu Gott preis, und damit verlor ich auch meinen inneren Frieden.«

Croy rührte es an, wie offen sein Vorgesetzter zu ihm war. Das war er nicht gewöhnt.

Er dachte kurz nach und antwortete dann: »Und genau aus diesem Grund verstehe ich meine Arbeit als eine Art Spiegelung meines Glaubens. Wenn die Menschen wirklich die Schafe sind und Gott der gute Hirte, bin ich der, der auf die Schafe achtet.«

»Ein Kriminalbeamter als guter Hirte?«

»Wenn Sie so wollen, ja. Um in den Bildern des Alten Testaments zu sprechen: Ich halte Terroristen für Wölfe, die die Schafe auseinandertreiben und sie nach Belieben reißen. Recht und Ordnung zu erhalten heißt, die Schafe können grasen, wo sie wollen. Und damit sie sicher grasen können, passe ich darauf auf, dass die Wölfe sie nicht erreichen.«

Kaltenborn lehnte sich entspannt zurück, sah zu seinem Kommissar und sagte: »Früher, als man noch regelmäßig in die Kirche ging, wusste man beinahe alles über alle. Wenn jemand Gutes oder Schlechtes tat, kam es schneller ans Licht. Ich will damit sagen: Wir hatten einander in kleinen Einheiten. Die Kirche war wie eine große Familie. Heute ist es schwer, selbst von den Nachbarn noch Persönliches zu erfahren. Wir brauchen Horden an Spionen und Informanten, Polizisten und inoffizielle Mitarbeiter, um den Teufel unter uns zu entdecken.«

Kurz entschlossen lud Croy seinen Vorgesetzten zu einem Abendmahls-Gottesdienst in der Kölner Antoniterkirche ein. Als Croy noch im rheinischen Brühl Kriminalistik studiert hatte, waren für ihn der dortige Citypfarrer ein Sinnstifter und die ehemalige Bettelmönchs-Kirche ein Ort des Innehaltens gewesen.

»Ich denke darüber nach«, antwortete Kaltenborn knapp. Seine Ausflüge ins Private waren nie von langer Dauer. Croy bedauerte das manchmal. »Wollen wir …«, hob Kaltenborn an.

Croy drückte den Rücken durch. »… wieder zum Thema kommen? Also gut: Was soll diese Geheimnistuerei mit dem Zettel? Was bedeutet der Name darauf? Muss ich jemanden kennen, der so heißt?«

Kaltenborn schien überrascht. »Sie kennen diesen Namen nicht? Michael Storm ist der wohl erfolgreichste ehemalige Auslandsagent der DDR-Staatssicherheit. Er kann eine Hilfe für uns sein.«

»Wieso?«

»Ich kenne ihn seit Ewigkeiten. Er ist ein alter Haudegen, der sich zwar längst aus dem Geschäft zurückgezogen hat, aber noch immer über hervorragende Kontakte verfügt. Ein Optikspezialist.«

Der Sonderermittler musterte seinen Chef. »Wie kamen Sie ausgerechnet auf ihn?«

Kaltenborn beugte sich vor. »Er hat mich ein paar Stunden nach dem Attentat kontaktiert und gefragt, ob er helfen könne.«

»Warum tut so jemand das?«, erwiderte Croy.

»Möglicherweise geht es Storm wie meinem Vorgänger beim BKA. Beide kennen sich hervorragend in der Welt der Geheimdienste und des Verbrechens aus. Wenn sie aus Alters- und anderen Gründen ihre Stühle räumen müssen, fallen ja Wissen und Erfahrung nicht von ihnen ab wie Blätter von Bäumen im Herbst. Sie wollen nicht zum alten Eisen gehören, auch wenn ihre Umwelt das gern so hätte. Ich denke, das ist der Grund, warum Storm sich anbot.« Kaltenborn nahm noch einen Schluck und fuhr dann fort: »Er geht wie ich davon aus, dass Ehemalige ihre Hände im Spiel haben könnten ...«

»Sie haben ihn tatsächlich in unsere Ermittlungen eingeweiht?«, unterbrach ihn Croy ungläubig.

Kaltenborn nickte jetzt beinahe fröhlich. »Der Kalte Krieg ist nun wirklich vorbei, Markus. Er wird uns nicht bescheißen, da können Sie sicher sein.«

Croy beschloss, konstruktiv zu sein. »Was könnte er uns sagen?«

»Viele DDR-Spitzel haben seit 1989 nichts mehr zu tun; ein

paar sind im unteren Polizeidienst oder als Wachleute in Sicherheitsfirmen untergekommen.«

»Das ist nicht neu«, antwortete Croy nach einigem Zögern. »Aber vielleicht geht es manchen gehörig auf die Nerven, dass auf ihrem ehemaligen Territorium kapitalistische Heilsbringer ihr Königsmeeting abhalten.« Er sah seinen Chef fragend an.

»Hm, an diesem Zusammenhang könnte etwas dran sein. Zumal beide Attentate auf *einen* Zeitpunkt fallen. Allerdings gibt es da noch etwas anderes. Seit etwa einem Jahr sind die Tore nach Deutschland, vor allem aus Weißrussland und der Ukraine, dichter als jemals zuvor. Darüber dürften vor allem diejenigen nicht erfreut sein, die mit schöner Regelmäßigkeit die Russenmafia in Berlin, Hamburg und Frankfurt mit frischem Personal durchlüftet haben. Rumpf war derjenige, der die damalige Visa-Affäre ins Rollen brachte und die politische Opposition mit Zündstoff versorgte. Die machte wiederum den früheren Außenminister nach Belieben fertig. Und seitdem«, atmete Kaltenborn durch, »ist das einstmals so freizügige Deutschland für Osteuropäer so dicht wie eine Tresortür der Deutschen Bank.«

»Sie denken an einen Racheakt militanter linker Grüner? Wie wäre es denn gleich mit radikalen Anhängern der Außerparlamentarischen Opposition, ROK?« Croy wollte sarkastisch klingen.

»Schließen wir erst mal nichts aus«, erwiderte Kaltenborn ernsthaft, nippte an seinem Glas und sah seinem Gegenüber direkt in die Augen. »Wenn wir schnell herausfinden, dass dieser ganze Zinnober nichts mit unserem G8-Meeting zu tun hat, sind wir wenigstens in diesem Punkt aus dem Schneider. Andernfalls bekämen wir mit dem hypervorsichtigen Secret Service ein echtes Problem.« Er pausierte wieder, sah aus dem Fenster. Die Spree war ein langsamer, ruhiger Fluss.

»Wann waren Sie das letzte Mal in Prag?«

»Als Kind. Familienurlaub.«

»Prag hat sich verändert«, sinnierte der BKA-Vize. »Renovierte Altstadt, gutes Bier, blonde Frauen ... Im Ministerium für Wirtschaft und Technologie sitzt eine Kontaktfrau, die offiziell in der Sprengstoffvertriebsabteilung als Sachbearbeiterin für uns die Augen und Ohren offen hält. Sie heißt Gabriela Malichova. Vielleicht hat sie Spuren zu dem verwendeten Y3. Ich gebe Ihnen ihre Telefonnummer, sie spricht Deutsch. Und besuchen Sie unseren Verbindungsmann Chris Becker. Doch nun trinken wir noch einen.«

Kaltenborn lehnte sich zurück, hob das Glas, blinzelte etwas weggetreten mit den Augen und fummelte währenddessen sein Zigarettenetui aus dem Jackett.

Wieder schweifte sein Blick aus dem Fenster. Urplötzlich hatte sich der Himmel verdunkelt. Croy holte ihn in die Realität zurück.

»Mir geht die Frau von Rumpf nicht aus dem Kopf«, sagte er. »Was weiß sie, und wie gefährdet ist sie?«

Kaltenborn dachte gerade über das Wort *Regenfront* nach. »Ich glaube nicht, dass sie jetzt unseren Schutz braucht. Wir reden morgen mit ihr. Sie ist bestimmt noch ganz durcheinander.«

Croy nickte zweifelnd. Die Begegnung mit dem ehemaligen Stasi-Agenten Michel Storm in Berlin bereitete ihm Unbehagen. Er spürte, wie zerrissen er war, wenn er an seine Vergangenheit dachte. Einerseits wusste er, dass seine Herkunft ein Schatz war; andererseits stand Storm für eine Art Dunkelheit, die Croy nie wieder erleben wollte. Er scheute sich davor, mit dem Vertreter eines Staates in Berührung zu kommen, der mit seiner exzessiven Schnüffelarbeit das sozialistische Experiment DDR am Leben erhalten hatte. Doch Croy ahnte, dass er keine Wahl hatte. Sein Vorgesetzter würde sogar mit dem Teufel paktieren, wenn der sich benutzen ließe.

Kaltenborn reichte ihm einen detaillierten Plan der Prager Innenstadt und beschrieb ihm ausführlich den Weg zum BKA-Verbindungsbüro und wie sie im Innern aufgebaut war.

»Und hier«, schob ihm sein Chef einen etwas verwirrend gezeichneten Plan über den Tisch, »ist der Zugang von den Büroräumen zur Waffenkammer.«

Croy grinste. »Die interessiert mich natürlich besonders.«

»Das habe ich mir gedacht.«

»Was werde ich dort finden?«

»Alles, was Menschen beeindruckt, die nicht schneller schießen als Sie.«

»Dann werde ich wohl gleich noch ein bisschen üben gehen.«

»Aber zerlöchern Sie nur die Puppen für die Profis. Ihre Schießwut hat uns neulich eine ganze Batterie an Dummys für unsere Neulinge gekostet.«

Croy erinnerte sich nur zu gut. Er hatte noch ein Magazin übrig gehabt und auch jene »Feinde« niedergemäht, die nur den Absolventen der Kriminalistikhochschulen vorbehalten waren. Puppen mit besonders großen Herzen und riesigen Köpfen aus Pappmaché.

14

Ostsibirien,
Insel Sachalin, Siedlung Jablochnyj,
gleicher Tag, 21:30 Uhr Ortszeit

Von dem Fischkutter mit dem roten Bug, der schon seit zwei Tagen in Höhe des Tartarensunds ankerte, nahm niemand Notiz. Das Boot schaukelte nicht mehr als 300 Meter von einer Bucht entfernt im Wasser, gehalten von zwei Ankern, unbeleuchtet.

Vom Meer aus gesehen verdiente die Bucht die strapazierte Beschreibung »malerisch«; sie war umgeben von Felsen, weit nach hinten gezogenen Dünen und hatte einen breiten Sandstrand, von dem die Franzosen in Nizza nur träumen können. Doch aus der Nähe betrachtet, ragten verrostete Stahlgerippe ehemaliger Militärfahrzeuge aus dem Sand. Baumüll, Hausabfälle und zerborstene Betonpfeiler niemals fertig gestellter Gebäude zeichneten ein trauriges Bild des Verfalls. In der Luft lag eine eisige Nässe.

Die Aktivisten um Oleg Grischenko bekamen von dem ankernden Boot nichts mit. Ihre Büros befanden sich im 6000 Kilometer entfernten Omsk an der Westgrenze der riesigen Landmasse Sibiriens. Aber auch ihre Verbindungsleute, die Arbeiter der Flüssiggasterminals und die Einheimischen vor Ort, nahmen von dem Boot keine Notiz, denn hier galt die Fischerei nicht nur als Hobby.

Zwei Männer und eine Frau hatten es sich auf dem Vorderdeck des etwa 17 Meter langen Kutters bequem gemacht. Eingehüllt in dicke Wattejacken, tranken sie schwarzen Tee aus einem Samowar und rauchten. Sie sprachen sehr leise miteinander. Unter ihren dunklen Wollmützen konnte man ihre Gesichter nur erahnen. Ihre Wangen leuchteten rötlich, und ihre Augen waren schon beinahe asiatisch. Einer stand jetzt auf, nahm eine kräftige Heringsangel zur Hand und warf sie ins Meer, doch sie war ohne Sehne, ohne Haken, ohne Lot.

Langsam brach die Dämmerung herein. Von See waren die vielen Scheinwerfer des Flüssiggasterminals als leuchtende Punkte gut zu sehen. Ein voll beladenes Tankschiff mit der Beflaggung Japans legte träge ab.

»Es ist die letzte Abfertigung für heute«, sagte einer der beiden Männer. Die Kälte machte seinen Atem weiß.

Die anderen nickten stumm. Sie wussten, was jetzt zu tun war. Vorsichtig ließen sie ein Beiboot zu Wasser und warfen drei Taschen hinein. Der kräftigere der beiden Männer packte die Ruder. Der Fischkutter blieb unbemannt und gut verankert.

Die Dämmerung war in eine Art Dunkelheit übergegangen, die nur durch einen hellen Streifen am Horizont gebrochen wurde.

Nach vielleicht zehn Minuten waren die drei an Land. Leise zogen sie das Beiboot ans Ufer. Geduckt und beinahe geräuschlos arbeiteten sie sich vorwärts. Ein Stück Drahtzaun, der das Flüssiggas-Terminal umgab, brach mithilfe eines Vereisungssprays auseinander. Jetzt bewegten sie sich nur noch kriechend vorwärts. Die Taschen trugen sie auf ihren Rücken festgeschnallt.

Mit dem Ablegen des letzten Tankschiffs verschwanden auch die Arbeiter in ihre leichten Containerunterkünfte. Nachtwachen zogen auf. Die Eindringlinge sahen auf drei Männer, die dem Zaun den Rücken kehrten und gemeinsam rauchten. Sie konnten deutlich ihre Stimmen hören; die Wachen sprachen Russisch miteinander. Sie trugen dicke Wattejacken und gegen die Kälte isolierte Hosen.

Dicht auf den Boden gepresst, warteten die drei auf einen bestimmten Augenblick. Es vergingen keine zwei Minuten, als die Terminalbeleuchtung erlosch und eine diffuse Notbeleuchtung aufflammte. Auf ein Handzeichen hin zogen die Vermummten Revolver mit Schalldämpfern aus ihren Innentaschen. Sie stülpten Nachtsichtbrillen über ihre Augen, legten an, zielten und drückten mehrmals ab. Die Wachen brachen fast gleichzeitig leise stöhnend zusammen.

Am Fuß des Terminals, im Schatten des Turmes, verteilten sich die drei und pressten fünf kleine Kästen mit jeweils sechs Sprengstoffstäben und dem Initialsprengstoff Bleistyphnat in ein Bett aus Kitt.

Blitzschnell installierten sie die Zünder, führten kleine Drähte zusammen und setzten sie mit Batterien unter Strom. Lämpchen glühten auf. Winzige Uhren mit kleinen Antennen begannen bei sechs Minuten rückwärts zu ticken. So lautlos, wie die drei Gestalten gekommen waren, zogen sie sich auch wieder zurück. Hinter den Zäunen streifte die Frau ihre Wollmütze ab, ließ sie auf die Erde fallen und warf das blonde Haar mit einem Ruck zurück.

Als sie das Beiboot erreicht hatten, waren etwa fünf Minuten vergangen. Noch auf See zog die blonde Frau ein präpariertes Mobiltelefon aus der Tasche, zog die Antenne heraus und drückte auf einen Knopf.

Ungerührt vernahmen die Terroristen den gewaltigen Lärm einer wuchtigen Explosion, der bis weit aufs Meer hinaus hallte. Sie sahen, wie Flammen emporschlugen und Metallgerüste auseinandersplitterten. Schmerzensschreie und Panikrufe der Arbeiter und die Geräusche berstender Gegenstände vermengten sich zu schrillen und klagevollen Tönen. Der Turm des Terminals schwankte kurz und sackte Sekunden später krachend in sich zusammen. Tonnen von flüssigem Gas regneten in die Tiefe und entzündeten sich zu einem lodernden Flammenmeer.

Die brennenden Rinnsale flossen in breiten Bächen wie die Lava eines Vulkans zum Strand hinunter. Auf ihrem Weg verbrannten sie alles, was lebte: Sträucher, Büsche und Kleinstlebewesen. Das Feuer erfasste den Unrat; stinkender, giftiger Rauch breitete sich aus und lag wie eine riesige Nebelwand über der unheilvollen Szene. Es folgten zwei, drei weitere Explosionen, die das gesamte Terminal mit seinen Rüsseln, Leitern, Streben, Halterungen, Rohrleitungen und Verkleidungen zerfetzten.

Nun wurden auch die rasenden Schreie brennender Menschen immer deutlicher. Von Bord ihres Fischkutters aus sahen die drei Attentäter mit Ferngläsern interessiert auf die Szene, tranken dabei Tee aus dem Samowar, einer rauchte.

Kurze Zeit später hielt der Mann mit der Zigarette ein Funkgerät in der Hand.

»Priwet, Aktion *Regen* erledigt. Komplettes Chaos. Haben Sie noch weitere Anweisungen für uns?«

Er lauschte auf die knarrenden Geräusche. Kurz darauf erhielt er eine Antwort auf Russisch: »Unauffällig zurückziehen. Wir fangen die Ratten in den nächsten Stunden selbst.«

»Habe verstanden. Konez.«

Mit Abebben des Explosionslärms starteten die Terroristen die Dieselmaschine, lichteten die beiden Anker und glitten, erneut ohne die Positionslichter zu setzen, gemächlich auf die offene See hinaus.

15

Haus der Sibirien-Kommission,
Omsk,
früh am nächsten Morgen

Das Haus der Sibirien-Kommission in Omsk war ein grauer, dreistöckiger Kasten mit einem grellgrünen Streifen, der sich unterhalb der Faschen um dessen gesamten Baukörper zog. Im zweiten Stock lagen die Büros, im ersten Obergeschoss schliefen Grischenko und vier seiner Männer, verteilt auf zwei nebeneinanderliegende Zimmer. Es war ungewöhnlich mild für eine Novembernacht. Die Fenster waren nur angelehnt und nicht verschlossen.

Von der Straße her näherte sich ein fünfköpfiger Trupp Männer, die in schwarzen Kampfanzügen und Stiefeln steckten und Helme auf dem Kopf trugen. Sie hatten Kalaschnikows umgeschnallt, die sie jetzt, als sie vom Haus der Sibirien-Kommission nur noch wenige Meter entfernt waren, von den Schultern in die Hände nahmen. Man hörte das metallische Klicken eines entsicherten Verschlusses. Ihr Anführer hatte eine schwarze Tasche geschultert, die er nun öffnete. Er verteilte an die vier anderen jeweils zwei elliptisch geformte Waffen, die etwa handtellergroß waren. Dann zog er eine paketgroße, in sich zusammengeschobene Leiter aus der Tasche. Er machte eine Handbewegung. »Dawai, dawai«, flüsterte er.

Außer ihnen war auf der Straße kein Mensch zu sehen. Laternen warfen ein diffuses Dämmerlicht. Die Schatten der Männer sahen bedrohlich aus.

Am Haus angelangt, zogen sie die Leiter vorsichtig aus und lehnten sie geräuschlos an eines der vier Fenster im ersten Stockwerk. Zwei der Granaten landeten im ersten Zimmer, die beiden anderen im Raum daneben. Sobald sie auf den Zimmerböden aufschlugen, setzten sie Tränengas frei. Die Männer trugen jetzt Gasmasken und glitten nacheinander über die Leiter in den ersten Raum. Sie zerrten die benommenen Männer aus ihren Betten, schleiften sie in ihren Schlafanzügen in den Flur, fesselten sie mit Handschellen und ließen sie liegen, wo sie waren.

Sie röchelten und husteten, kamen aber langsam wieder zu sich.

Grischenko hatte sich als Erster unter Kontrolle.

»Was soll das? Was wollen Sie von uns?« Seine Stimme war gezeichnet von der Wucht des Überfalls.

Der Kommandoführer antwortete harsch: »Sie sind verhaftet wegen Bildung einer terroristischen Zelle und schwerer Sabotage zum Nachteil der russischen Volkswirtschaft.«

»Was sollen wir denn getan haben?«, entgegnete Grischenko erregt. Er bekam einen erneuten Hustenanfall.

»Sie haben den Auftrag erteilt, ein Flüssiggasterminal in die Luft zu sprengen.«

»Warum sollte ich so etwas tun?«, fragte Grischenko feindselig. »Ich bin Naturschützer, kein Naturzerstörer.«

»Das können Sie dem Staatsanwalt erzählen. Man fand am Tatort eine Mütze mit Ihren Initialen als Beweisstück, das Ihre Gruppe überführen wird. Und nun halten Sie Ihr dreckiges Maul.« Vor dem Haus hielt ein länglicher Transporter der russischen Marke *UAZ*. Seine Fenster waren vergittert. Für Grischenko und seine Männer hieß das Ziel Untersuchungshaft in Moskau.

16

Berlin-Mitte,
gleicher Tag, 09:00 Uhr Ortszeit.

Obwohl das Nikolaiviertel hinter dem Berliner Alexanderplatz vermutlich das von den Touristen meistbesuchte Quartier im Osten Berlins ist, war es an diesem Morgen noch merkwürdig ruhig hier. Vielleicht lag es an dem scheußlichen Wind, der feinen Nieselregen durch die engen Straßen trieb. Vielleicht lag es aber auch an den Öffnungszeiten der Restaurants. Keines machte vor elf Uhr auf.

Das Viertel war ein Überrest aus der ältesten Geschichte Berlins. Hier mischten sich DDR-Architektur mit Fachwerkhäusern, Straßen und Plätze waren mit originalgetreuen Pflasterungen versehen. Das Quartier war nach wie vor eines der städtischen Lockmittel für Touristen, denen man in mehr oder weniger oberflächlichen Prospekten die »echte« Wiege Berlins verhieß. Zu Zeiten des Kalten Krieges war das Nikolaiviertel am Alexanderplatz für Agenten westlicher Dienste ein Tummelplatz. Sie hatten Mauervorsprünge der Nikolaikirche als tote Briefkästen genutzt, in denen sie Informationen in Kassibern hinterlassen oder empfangen hatten.

Markus Croy sah verdrießlich durch die Scheiben des Taxis, das ihn zur Adresse »Spreeufer 2« gebracht hatte. Er zahlte, stieg aus und blickte sich um. Er schmeckte den Regen, der in der Luft lag, dieses spezielle Gemisch von kalter Nässe und feuchter, schwerer Luft. Er hasste dieses Wetter, denn die Tropfen waren so klein, dass sie ihm zwischen Schal und Hals rannen und den Morgen verdarben. Er sah auf die weitläufigen Gebäude des Auswärtigen Amtes, in dessen hinterem Teil vormals das Zentralkomitee der Sozialistischen Einheitspartei Deutschlands von 1945 an bis zum Mauerfall residiert hatte.

Croys Blick fiel auf eine schlank gebaute, pechschwarz lackierte *Quicksilver Commander*, die am unteren Ende einer Steintreppe an der Kaimauer angebunden war und im Wasser auf und nieder tänzelte. Das zweisitzige Boot war leer und vom Niesel durchnässt. Ihn fröstelte bei dem Gedanken daran, bei diesem Wetter auf dem Fluss unterwegs zu sein.

Den schmutziggrauen Golf auf der anderen Uferseite bemerkte er nicht. Durch ein Fernglas beobachtete ein Mann Croy, wie dieser gerade auf einen Klingelknopf drückte.

Keine Reaktion. Croy drückte erneut die Klingel, unter der das Kürzel M.S. stand.

»Hallo?«, schallte schließlich eine tiefe Männerstimme aus der Klingelanlage. »Wer ist da?«

»Besuch vom Neffen«, sagte Croy verschwörerisch leise.

»Ah! Bleiben Sie, wo Sie sind«, tönte es aus dem Lautsprecher, »ich komme hinunter.«

Croy schlug den Mantelkragen hoch und sehnte sich nach heißem Tee mit Brandy, der die Bitternis des Wetters einfach wegschwemmen würde. Das kleine Boot schaukelte heftig in den Wellen der Spree, die mal stärker und mal schwächer gegen die Kaimauer schlugen.

Als plötzlich ein Mann seitlich vor ihn trat, zuckte er kurz zusammen. Dann sagte er: »Spanien ist ein schönes Land.«

»Da sind viele gestorben«, erwiderte sein Gegenüber.

»Okay, wohin gehen wir?« Der Mann musterte Croy mit wachen blauen Augen, die trotz seines Alters noch überraschend jung wirkten. Sein Haar war an den Schläfen zwar grau, aber ohne kahle Stellen und kaum länger als einen Zentimeter. Er trug einen schwarzen, hochgeschlossenen Mantel und derbe, halbhohe Stiefel. Er gab Croy die Hand.

»Michael Storm.«

Der Ermittler bemerkte einen goldenen Siegelring mit einem Drachenkopf. Storms Parfum, ein Geruch von Thymian und frischer Minze, wehte zu ihm herüber. Was Kaltenborn an dem Mann sympathisch findet?, fragte sich Croy.

»Kommen Sie, fahren wir Boot«, sagte Storm. »Wir bleiben allein, und es macht uns wach.«

Die teure Barke pendelte heftig, als die beiden Männer über die Stufen der Steintreppen auf ihre Plastikplanken traten. Croy dachte an sein Frühstück, das er wahrscheinlich noch nicht verdaut hatte.

Storm fingerte den Zündschlüssel aus der Manteltasche, setzte sich ein schwarzes Barett auf den Kopf und sagte: »Ich hoffe, Sie haben einen Hut dabei.« Ohne eine Antwort abzuwarten, startete er den Außenborder und wies Croy an, das schmale Tau zu lösen. Dann gab er ein bisschen zu viel Gas. Croy wankte zurück. Sein Magen bäumte sich leicht auf.

Der Mann am Steuer des grauen Golfs hieb verärgert auf sein Lenkrad. Es gab hier nur Gehwege entlang des Spreekanals. Storm wusste, was er tat.

Croy hielt die Erklärungen über neu errichtete, angeblich avantgardistische Architekturperlen des neuen Berlin nicht lange aus.

»Ja, ich weiß, dass dieses Hotel ein riesiges Aquarium hat, an dem jedermann in einem Glaslift vorbeifahren kann.«

»Warum so gereizt?«, fragte Storm und gab dann unbeirrt weiter den Berlinführer. »Dort vorne haben wir endlich die Museumsinsel fertig gestellt. Hat lange gedauert und viele Millionen gekostet.«

Wahrscheinlich wusste Storm noch nicht, dass Croy und er Landsleute waren, dachte der Ermittler. Wieder machte das Boot einen Satz nach vorn. Storm liebte es, abrupt am Gashebel zu ziehen.

Croy lächelte gequält. »Hören Sie«, sagte er mit einer gewissen Schärfe in der Stimme, »ich bin nicht zu meinem Vergnügen hier. Wir haben die intern höchste Alarmstufe, weil Terroristen einen Staatssekretär mitsamt seinem Referenten, dem Fahrer und Auto weggesprengt haben. Ich habe gerade nicht den Nerv für eine Stadtbesichtigung. Die Indizien sprechen dafür, dass zumindest ein ehemaliger DDR-Bürger daran beteiligt war.«

Er besah Storms Profil und bemerkte ein Zucken unter dessen linkem Augenlid.

Croy legte in seine Stimme jetzt eine Spur Dramatik. »Während wir hier auf der Spree herumtreiben, planen Unbekannte vielleicht schon ein nächstes Attentat. Wir müssen besprechen, was Sie davon halten, und zwar jetzt.«

Storm ließ ihn reden, dann drehte er sein Gesicht zu Croy und sagte mit ruhiger Stimme: »Es hat aufgehört zu regnen. Haben Sie das bemerkt?«

Tatsächlich war der Niesel mittlerweile in eine Art staubfeinen Wassernebel übergegangen, der wie die Luft in einer Waschküche war, in der es keine trockenen Plätze, sondern nur nasse Kleidung gab. Storm steuerte das Boot zu einer Anlegestelle kurz hinter dem Regierungsviertel von Berlin. Von ferne wehte das Sirenengeheul mehrerer Polizeiwagen zu ihnen heran. Schon war auch die Spitze eines Demonstrationszuges und seines Anführers zu sehen. Er hielt ein Schild weit über seinem Kopf, auf dem der trotzige Schriftzug ROK zu lesen war.

»Kommen Sie«, sagte er, während er das Seil um einen Poller warf und zu einem fachmännischen Kreuzknoten knüpfte. »Ich brauche ein Frühstück.«

Storm, der einst als hocheffektiver Geheimdienstoffizier und Wirtschaftsspion galt und noch immer enge Beziehungen zu ehemaligen Vizepräsidenten der CIA unterhielt, gab sich so ruhig wie einer, der nichts zu erzählen und schon gar nichts zu verlieren hatte. Wie konnte Kaltenborn denn auf den kommen?, dachte Croy. Was versprach er sich davon?

»Ich bin satt«, antwortete er gereizt. Storm winkte ab.

Er lenkte Croys Schritte zunächst über die Gotzkowskybrücke, auf die mehrere Straßen gleichzeitig mündeten. Sie überquerten die Straße Alt Moabit, in der sich ein türkisches Gemüsegeschäft an das andere reihte. Von Weitem sah man die wie zwei riesige Herzklappen weit auf die Spree hinausragenden Gebäudehälften des Innenministeriums. Der ehemalige Stasi-Agent drückte den BKA-Mann durch die Tür eines typischen Berliner Lokals. Von innen wehte ihnen der warme Geruch von Bohnensuppe und Kassler entgegen. Storm schnalzte genießerisch mit der Zunge.

»Gute Suppe, empfehlenswert.«

Sie setzten sich an den einzigen freien Tisch am Ende des Raumes, der von einer Lampe beleuchtet wurde, die an der Wand hinter ihnen in der Mitte einer Metallplatte angeschraubt war. In die Metallplatte waren Gravuren eingearbeitet, die an Wellen erinnerten. Der Tisch war aus dunklem

Holz, auf dem sich die Spuren von Bier, Fett und Zigarettenresten für immer verewigt hatten. Croy beobachtete Storm, wie er in der Karte las und sich dabei mit der Zungenspitze über die Lippen fuhr.

»Auch die Suppe?«

Croy schüttelte den Kopf. »Wird das Ihr Frühstück?«

Storm nickte begeistert. »Ich habe morgens gern etwas Kräftiges.«

Croy nahm Kaffee, Storm die Suppe.

»Sie haben da ein sehr unschönes Problem, Herr Croy.«

Der Ermittler war überrascht, wie schnell sein Gegenüber jetzt doch zur Sache kam. Storm strich mit den Händen über die rissige Kante des Tisches und fragte dann: »Was genau wollen Sie in Erfahrung bringen?«

Croy sah aus den Augenwinkeln auf die Tresenuhr. Es war kurz nach halb zehn.

»Was wissen Sie über Ihre ehemaligen Kollegen von der Auslandsaufklärung? Was tun die heute? Wie viele von denen langweilen sich zu Tode und könnten ein bisschen Abwechslung gebrauchen?«

Der ausrangierte Agent sah an ihm vorbei, irgendwohin. Vielleicht erinnerte er sich an etwas. Vielleicht verbaute er im Geiste gerade eine Radiobombe im Verstärker des schmuddeligen Restaurants, denn die Musik war eine Mischung aus billigem Schlager und scheußlichem deutschem Country.

»Sie meinen, ob ehemalige Kundschafter für verloren gegangene Ideale wieder in den Einsatz ziehen würden?«, fragte Storm gestelzt zurück.

Croy blieb kühl. »Drücken Sie es aus, wie Sie wollen.«

»Ich sehe mehr diejenigen, die jetzt aus diesem Grunde versuchen, sich politisch zu engagieren. Solche, denen die Deutsche Linke zu weit in die politische Mitte gewandert, also nicht revolutionär genug ist. Die suchen sich andere Tätigkeiten in linken Spektren, nicht nur in Deutschland, sondern auch in Frankreich, Italien oder Belgien.«

»Kein Wiedererweckungspotenzial für Pulverdampf und Minox-Snapshots?«

Storm lächelte. »Ich sehe keinen Wecker, der sie aufscheuchen würde. Wer abgeschaltet ist, tickt in der Regel zwar noch, klingelt aber nicht mehr. Vergessen Sie nicht, dass die meisten Ex-Kundschafter schon ein gewisses Alter haben.«

»Ach, reden Sie nicht«, erwiderte Croy. »Sie selbst sind doch erst Mitte sechzig. Da hat man noch genug Spannkraft zum Laden einer Knarre, oder etwa nicht?«

Storm tat so, als interessiere ihn die Karte mehr als sein Gegenüber. Croy ging in die Offensive.

»Wir wissen, dass Sie sich Anfang Juni mit mehr als dreißig ehemaligen Quellen, die Sie an westdeutschen Schaltstellen installiert hatten, im Café *Flora* im Berliner Stadtteil Pankow trafen. War das nur ein Kaffeekränzchen unter Freunden mit Bruderküsschen auf die Wangen?«

Storm sah zu Croy auf. Aus der Küche wehten neue Schwaden der köchelnden Bohnensuppe heran. Er verlagerte sein Gewicht. Die Stühle waren wohl nur etwas für Menschen mit einem schmalen Gesäß.

»Es gibt immer noch einen Zusammenhalt zwischen den ehemaligen Kundschaftern«, sagte er nun wieder merkwürdig hölzern. »Einige unserer ehemaligen Tschekisten leiden an den Nachwirkungen ihrer Haftzeit oder kommen noch immer nicht mit den Folgen des doppelten Lebenslaufs oder der Täuschung zurecht. Nehmen Sie die Romeo-Fälle, diesen Medienbegriff …« Storm sah ihn an, in seinen Augen lag eine Spur von Verachtung. »Es gab natürlich große Enttäuschungen, aber auch echte Liebe. Und Ehepaare, die vorher nicht heiraten konnten, weil das ihre Tätigkeit nicht zuließ. So fanden sich also Kundschafter unseres Auslandsgeheimdienstes mit ihren zum Teil schon erwachsenen Kindern ein. Aber«, und da machte Storm eine abwehrende Handbewegung, »das passt alles nicht in die Klischees, die über das MfS doch sehr stark verbreitet sind. Insofern …« Er unterbrach sich und sah freundlich lächelnd auf die Kellnerin, die ihm die Suppe servierte. »Insofern also war es ein Kaffeekränzchen, ja.«

Während er zu löffeln begann, dachte Croy über den Beginn von Storms Karriere nach. Sie war typisch für viele Stasi-Lebensläufe in der DDR.

Als Storm nach dem Pflichtwehrdienst Ökonomie und Feinoptik in Jena studierte, wehte der gesellschaftliche Wind schon rau. 1968 war in Prag der Kampf zwischen Sozialismusreformern und sowjettreuen Truppen entbrannt, der die Angst vor einer Unterwanderung durch den Westen in den gesamten Staatenbund östlich der Elbe hineintrug. Storms Eltern, die eine Kaffeerösterei besaßen, wurden enteignet, die Firma zu einem »Volkseigenen Betrieb« erklärt.

Bereits im ersten Semester war klar, dass man von Michael Storm als zukünftigem Ingenieur eine Mitgliedschaft in der SED erwartete, ohne die angeblich eine Arbeit mit internationalem Kontakt unmöglich sei. Storm ging darauf ein.

Aber dabei blieb es nicht: Als seine Eltern, enttäuscht von der unfähigen DDR-Planwirtschaft, von einer Reise nach Hamburg nicht mehr nach Dresden zurückkehrten und in einem Brief Michaels erwachsenes Alter und die Hoffnung auf seine Selbstversorgung als weitere Gründe nannten, war er erpressbar geworden.

Er fand auf seinem Konto wenige Tage später einen Betrag über fünfzigtausend Ostmark vor, eine Überweisung, die seine Eltern vor ihrer Flucht getätigt hatten. Doch kurz darauf zwangen ihn zwei Männer in Zivil direkt aus der Vorlesung in einen dunkelblauen »Wolga«, um ihn mehr als eine Woche in einer alten Gründerzeitvilla am Stadtrand von Dresden zu verhören.

Storm hatte nicht viel zu erzählen, denn die Flucht seiner Eltern hatte auch ihn überrascht. Unter dem Druck der Geheimdienstmänner unterschrieb er eine Verpflichtung zur Mitarbeit beim Ministerium für Staatssicherheit. »Arbeiten Sie jedoch nicht mit uns zusammen«, versuchte ihn einer der Männer einzuschüchtern, »können Sie das Studium vergessen und auch jeden anderen Beruf in diesem Land.«

Storm unterschrieb, ohne zu ahnen, dass die Staatssicherheit in ihm eine lukrative Investition sah, von der man sich später eine lohnende Rendite versprach.

»Na?«, fragte Storm, »worüber denken Sie nach?« Er leckte sich über die Lippen, als hoffe er auf eine zweite Portion Suppe.

»Über Sie. Wie Sie wurden, was Sie sind. Wie kam es eigentlich, dass Sie nach Ihrem Studium so schnell in den Westen gelangten?« Croy griff nach seinem Kaffee.

Storm zog die Mundwinkel herab. »Olle Kamellen«, sagte er kurz angebunden.

»Das sind meist die besten Geschichten«, sagte Croy ebenso kurz.

Storm schüttelte den Kopf. »Was hat das denn mit Ihrem Fall zu tun?«

»Ich habe da ein Informationsloch. Kann sein, dass Kaltenborn mehr weiß und Sie deswegen engagieren will. Mir hat er nichts über Sie erzählt. Doch ich muss mit Ihnen arbeiten. Also reden Sie schon.«

Storm sah missmutig auf seine Fingernägel. »Scheiß Stühle«, sagte er. »Sind noch DDR-Ware.«

Croy bestellte einen weiteren Kaffee, Storm zog eine Packung John Players aus der Tasche, entnahm eine Zigarette und spielte mit ihr, ohne sie anzuzünden.

»Ich brauchte damals keine großartig gestrickte Legende. In

meinem Pass stand Hamburg als Geburtsort, ich sächselte nicht, hatte noch etwas Plattdeutsch parat und brauchte lediglich einen Abschluss einer westdeutschen Universität. Und da sich Carl Zeiss nach der erzwungenen Abspaltung von Jena im schwäbischen Oberkochen eine neue Existenz aufgebaut hatte, konnte ich relativ mühelos dort in die Optikforschung gehen.«

Croy nickte langsam. »Verstehe.«

Storm spielte weiter mit der Zigarette. »Ich kam als 26-jähriger Ingenieur in den Westen. Das war 1973. Die DDR war eine sehr junge Volkswirtschaft im Gegensatz zu den Amerikanern, den Briten oder den Franzosen. Meinen Eltern gegenüber war ich zu absolutem Stillschweigen verpflichtet, was mir keine Probleme bereitete, weil ich immer noch nicht darüber hinweggekommen war, dass sie mich über Nacht allein zurückgelassen hatten. Ich hatte eigentlich alles, was ich brauchte: einen gültigen Pass, die Legende eines aus dem Osten in den Westen gezogenen Kommunisten, einen gut bezahlten Job als Ingenieur und einen Auftraggeber, der von mir einmal im Monat einen detaillierten Bericht erwartete, was in unserer Forschungsabteilung ausgebrütet wurde.«

»In welcher Abteilung waren Sie?«

»Optoelektronik. Wir stellten Geräte für Satellitenvermessungen her, und Sie können sich vorstellen, dass man damit nicht nur die Landschaft vom Kosmos aus vermessen wollte.«

»Also auch fürs Militär für die Ausspähung von Truppenübungsplätzen, Raketensilos oder Abschussrampen«, stellte Croy fest.

»Da liegen Sie richtig. Meine Kontaktleute bekamen ihre Berichte über Kassiber, die ich im Café *Adler* in der Nähe des Checkpoint Charlie in der Friedrichstraße in einem Schränkchen hinterließ, das hinter einer Plakatwand in der

Mauer eingelassen war. Der Koch war ein Mann von uns und hatte als Einziger einen Schlüssel.« Storm hatte jetzt einen listigen Blick.

»Welchen Nutzen hatte die DDR davon?«, fragte Croy.

»Das meiste Material ging in die Sowjetunion«, erklärte Storm. »Carl Zeiss in Jena baute nach meinen Erkenntnissen die Optoelektronik in die russischen Satelliten ein, die ihrerseits die amerikanischen Basen in Europa ausspionierten.« Storm zog ein Feuerzeug aus seiner Manteltasche, doch er zündete sich die Zigarette nicht an. Wie in allen Kneipen Deutschlands herrschte auch hier ein staatlich verordnetes Rauchverbot.

»Was heißt das? Sie zweifeln an der Verwendung des Materials?«, fragte Croy vielleicht eine Spur zu neugierig, denn Storm zog die Augenbrauen hoch, lehnte sich in seinem Stuhl zurück und sah, anstatt zu antworten, mit Interesse auf die Risse in der Tischplatte.

»Wissen Sie«, sagte er nach einer Weile, »für jeden Agenten der Auslandsaufklärung existierte heute wie damals ein spiegelgenau ausgebildeter Mitarbeiter. Erstens brauchte es jemanden, der die Wichtigkeit und die Brisanz des gelieferten Materials einschätzen konnte, und außerdem blieben die Jungs in Ostberlin ihren Agenten gegenüber misstrauisch. Als ich beispielsweise in der *Frankfurter Allgemeinen Zeitung* im Mai 1977 las, dass man bei libanesischen Freischärlern Waffen gefunden habe, mit denen man auf weit reichende Entfernung zielgenau einen Menschen anvisieren könne, wusste ich, dass man dafür optoelektronische Bauteile verwendet hatte. Man peilte praktisch mit Okularen und einer Art Richtstrahl das Objekt an und vermaß damit die Entfernung. Heute kann man mit diesem Verfahren auf dichte und weite Entfernung sogar kleinste Details erkennen.«

»Auch Nummernschilder von vorbeifahrenden Autos aus

einer Blitzertonne heraus?«, fragte Croy und achtete dabei auf seine Stimme, damit sie nicht vibrierte.

»Natürlich. Sind Sie noch nie geblitzt worden? Anders läuft es ja bei den Messungen auf den Autobahnen für die Erfassung der LKW-Maut auch nicht«, sagte Storm. Er beugte sich zu Croy hinüber und legte die Ellenbogen in die Mitte des Tisches. »Warum fragen Sie mich das?«

Croy rückte genauso dicht an Storm heran und schnaubte. »Weil unser Staatssekretär nicht wegen seiner Geschwindigkeit, sondern wegen seines Nummernschildes in die Luft gejagt wurde.«

»Soviel ich weiß«, erwiderte Storm unbeeindruckt, »wird diese Technik mittels Laser lediglich zur Mauterfassung verwendet.«

Croy schüttelte unwirsch den Kopf. »Helfen Sie uns herauszufinden, welcher Spezialist diese Technik zur Tötung eines Politikers samt Entourage verwendet hat.«

»Deshalb habe ich bei Kaltenborn angerufen«, sagte Storm kalt lächelnd. »Was springt eigentlich für mich dabei heraus?«

»Wir ändern Ihre Rentenapanage. Die dürfte doch als ehemaliger Stasi-Offizier und Wirtschaftsspion immer noch nicht mehr als 400 Euro monatlich betragen, oder?«

Storm zögerte kurz, dann sagte er: »Sie haben Recht. Der deutsche Staat übt eine Art der Rache an uns, die wirklich schmerzt. Aber ich habe Freunde, die mich immer noch mit dem Nötigsten versorgen. Wir ehemaligen Tschekisten müssen zusammenhalten, wissen Sie.«

»Gehört dazu auch die Versorgung mit einer Quicksilver Commander und einer Wohnung in einem der teuersten Viertel an der Spree?« Croy bemühte sich, ironisch zu klingen.

Storm kaufte ihm den Schneid ab. »Oh, das Boot ist ein Geschenk eines früheren CIA-Mitarbeiters in Westberlin an mich. Er hat keinen Bootsschein mehr. Zu viel getrunken, Sie verstehen. Und die Wohnung?« Er wies mit der Hand zum Fenster. »Das gesamte Ufer besteht aus ehemaligen Wohnungen der Staatssicherheit. Der ganze Block ist 1987 nur für Ruheständler und Aktive errichtet worden.«

Croy war beeindruckt, fing sich aber wieder.

Storm sah amüsiert aus. »Ich werde über Ihr Angebot nachdenken. Und nun entschuldigen Sie mich. Ich habe noch eine weitere Verabredung. Danke für Ihre Gesellschaft.«

Er stand abrupt auf und drückte der Kellnerin im Vorbeigehen irgendetwas in die Hand. Während er durch die Tür ging, setzte er sein Barett auf den Kopf, trat mit federnden Schritten hinaus und verharrte für ein paar Sekunden auf einer Stelle. Als er nach wenigen Sekunden aus dem Blickfeld des Ermittlers verschwunden war, zeugte nur noch eine blasse Rauchschwade von Storms Aufenthalt.

Croy hatte ihm verdutzt nachgesehen und beschlossen, Storm nicht sympathisch zu finden. Er blieb noch eine Weile sitzen und fuhr schließlich zunächst mit öffentlichen Verkehrsmitteln und den Rest des Weges mit einem Taxi zum Berlin International Airport.

Der Taxifahrer war wegen des Ziels verärgert.

»Flughafen, jetzt? Die ganze Innenstadt ist dicht. Demonstration mit 80000 Menschen. Da kommen wir nicht durch.«

Croy fragte eher desinteressiert: »Wogegen sind sie denn heute?«

»Großkampftag gegen die Ölmultis, die steigenden Sprit- und Gaspreise, all das Zeug. Seitdem die Gewerkschaften dieses Feld als neues Protestpotential entdeckt haben, vergeht kein Tag in Berlin, an dem nicht demonstriert wird oder wegen irgendwelcher Chaoten ein Straßenzug brennt.«

Croy fühlte sich ertappt. Seit den Mordanschlägen war das politische Tagesgeschehen für ihn in den Hintergrund gerückt. Dabei empfand er Sympathie für die Proteste, denn die Politik der transnationalen Ölkonzerne erinnerte ihn in fataler Weise an die Wirtschaftsdiktatur in der untergegangenen DDR.

In Gedanken versunken, blickte er aus dem Wagenfenster. Er sah Transparente an Wohnungsfenstern hängen: »Esso, Shell, Aral: Euch droht die größte Qual«.

Es waren unruhige Zeiten, in denen sich der Staat nicht mehr darauf verlassen konnte, dass das Gewaltmonopol allein in seinen Händen lag. Zwischen die Profiteure der Ölknappheit und die Lordsiegelbewahrer von Recht und Ordnung auf dem Boden der Verfassung hatte sich eine harte Gegenbewegung geschoben. Und sie schien zu allem bereit.

Croy fühlte eine gewisse Unsicherheit. Einerseits vertrat er als Kommissar den staatlichen Machtapparat; andererseits empfand er Sympathie für die aufbegehrenden Menschen, die ihre Wut nicht mehr nur an Stammtischen ließen, sondern in aller Öffentlichkeit zeigten und damit die Regierung provozierten.

Als das Taxi im Westberliner Stadtteil Britz in die Gradestraße einbog, versperrten zwei Polizeilimousinen den Weg. Ihre blauen Lichter zuckten aufgeregt in den Nieseldunst des Tages. Croy reckte seinen Hals aus dem Fond in Richtung des Chauffeurs. Ein breiter Demonstrationszug bewegte sich auf die Polizeiwagen zu, die quer zur Straße standen. Fäuste ragten in die Luft, während Menschen des Protestzuges wild an ihren Transparenten rissen und sie teilweise über ihren Köpfen schwenkten. Croy ließ eine Seitenscheibe herunter. Die kehligen Laute verschieden gefärbter Stimmen zerrissen die Luft. »Nieder, nieder, nieder«, schallte es, »niemals wieder …«

Als das Taxi nach einem Umweg endlich am Flughafen angelangte, brauchte Croy wegen seiner Dienstwaffe und den beiden Munitionsmagazinen beim Check-in bedeutend länger als andere Passagiere.

Michael Storm aber war noch in Mantel und Barett, als er von seinem Hausanschluss aus zunächst eine Nummer in Berlin anrief. Er bat um Verschlüsselung seines Gesprächs.

Sekunden später sagte eine Stimme: »Sie können nun wählen und sprechen.«

Storm tippte eine längere Zahlenkolonne ein. Sein Gesprächspartner redete Englisch mit einem asiatischen Akzent.

17

Prag,
gleicher Tag,
17:25 Uhr Ortszeit

Es schneite stark, und durch die Bullaugen des Flugzeugs sah Croy nur ein graues Gemisch aus Wolkenhaufen und weißem Nebel unter sich. Mehrmals sackte die Maschine wegen heftiger Turbulenzen durch.

Als sich die Landeklappen gesenkt hatten, fuhr auch das Fahrwerk aus. Der Anflugwind verursachte mächtige Vibrationen, das Flugzeug kippte leicht nach vorn. Croy umkrampfte die Serviette, knüllte sie zu einem Ball zusammen und drückte den Kopf gegen die Lehne des Sitzes. Seine Hände wurden feucht.

Aufgetürmte, nasse Wolken rempelten gegen die kleine *Canadair*, ihre Tragflächen zitterten. Als endlich die zuckenden Lichter der Landebahn zu sehen waren, schwebte die Maschine bereits dicht über dem Boden und setzte wenige Augenblicke später schlingernd auf.

Draußen herrschte ein schummriges Zwielicht. Noch in der Halle nahm Croy Fühlung auf. Wegen vereister Docks hatte die Maschine an einem anderen Gate als vorgesehen festgemacht. Verstohlen blickte er in seiner Umgebung auf hastige Reisende. Er bemerkte niemanden, der sich für ihn interessierte. Im Büro der tschechischen Flughafenpolizei besah sich der Beamte Croys Ausweis gründlich und mit eingefrorener Miene. Der BKA-Ermittler entnahm der Box des Kuriergepäcks seine 45er Sig Sauer und ließ sie in sein Holster gleiten. Sein privates Gepäck war mit einer anderen Maschine vorausgeflogen und wartete bereits in der Prager BKA-Residentur.

Vor der Halle hielt er nach einem hellgrauen Skoda Octavia Ausschau, den der BKA-Verbindungsmann Chris Becker zum Ankunftsgate der Destination Berlin-Prag geschickt hatte. Die riesigen Lichtfluter vor dem Flughafengebäude tauchten die Umgebung in ein kaltes, fahles Licht.

»Achten Sie auf einen Mann mit einer Ausgabe von *Rude Pravo* und sagen Sie: ›Ich lese die *Rude Pravo* nie!‹«, hatte Becker ihm mitteilen lassen.

Croy machte sich auf den Weg, hielt sich dabei dicht am Gebäude, das sich, von Säulen gestützt, in einem Halbrund um den davorliegenden Parkplatz erstreckte.

Aus gut fünfzig Metern Entfernung erblickte er einen hellgrauen Wagen des gleichen Typs, an dem ein etwa dreißigjähriger Mann mit schwarzen Haaren und dunkler Haut lehnte und eine Zeitung las. Der Wind verwehte ihm die Blätter. Er sah aus wie ein Südeuropäer. Der Ermittler deutete die Zeitung als verabredetes Zeichen. Er war noch etwa 30 Meter entfernt, als er die Parole rief.

Der Mann antwortete nicht, sah allerdings jetzt zu ihm herüber.

Croy hielt inne. Dann machte er einen Schritt zur Seite, näher an die Säulen heran, und hob den Arm.

Anstatt zu reagieren, faltete der Mann die Zeitung zusammen und setzte sich in den Wagen. Croy griff vorsichtig in die Innenseite seines Mantels, schob sich seitlich hinter die Säule vor Gate 2 und legte den Kopf leicht schief.

Der Motor des Skodas sprang an. War es das falsche Auto?

Croy sah sich um. Geschäftiges Treiben, überall. Verschiedene Automarken, verschiedene Farben. Niemand sonst, der ihn beachtete.

Hinter ihm trat soeben eine Gruppe Chinesen aus der Empfangshalle, jeder in einen blauen Mantel gekleidet und laut miteinander diskutierend.

Sie boten ihm nach hinten hin Schutz. Noch immer lief der Motor des Skoda. Weißlicher Rauch waberte aus dem Auspuffrohr.

Was sollte er jetzt tun? Croy ordnete seine Gedanken. So eine Situation hatte er oft genug trainiert. Dabei war er erst einmal »erschossen« worden, weil er sich nicht nach hinten hin abgesichert hatte.

Croy kniff die Augen zusammen und vermaß im Kopf die Entfernungen. Es waren fünf große Schritte zurück ins Gebäude, fünfundzwanzig Schritte oder fünf große Sprünge bis zu dem Wagen, in dem dieser Mann saß, der aber offenbar kein BKA-Abgesandter war. Croy begann zu frösteln. Er glaubte, dass der Mann durch den Rückspiegel zu ihm blickte. Plötzlich war er sich sicher, dass hier etwas nicht stimmte.

Für ihn unsichtbar, näherte sich ein gedrungen wirkender Mann in einem dunkelblauen Mantel vorsichtig der Gruppe von Chinesen und mischte sich unter sie. Während sie weiter ihre Gepäckstücke ordneten, machten sie ihm Platz. Der Unbekannte schlug den Mantelkragen hoch und trat an den Ermittler heran.

Gerade bereit, sich jetzt doch an den hellgrauen Wagen und seinen Fahrer heranzupirschen, tippte ihm der Unbekannte auf die Schulter. Croy sah aus den Augenwinkeln dessen Statur und den blauen Mantel, ordnete ihn den Chinesen zu und drehte sich um, ein höfliches Lächeln im Gesicht.

Er blickte in kalte graue Augen, sah eine fleischige Nase und Lippen, so dünn wie zwei Striche. Im nächsten Moment schnellte eine Faust mit Schlagring an sein Kinn.

Der Schmerz fuhr Croy ins Hirn und machte ihn für Sekundenbruchteile unfähig zu denken. Die Chinesen stoben erschrocken auseinander. Den nächsten Schlag wehrte Croy mit dem rechten Arm ab und hieb dem Mann gleichzeitig seine linke Faust direkt aufs Ohr.

Er nutzte die Schmerzsekunden des anderen und legte nach. Der Unbekannte wankte und fiel rücklings über einen Koffer. Croy stieß sich von der Säule ab, schnellte im Zickzack-Kurs auf den Skoda zu und zerrte im Sprint an der Knopfleiste seines Mantels. Er riss die Tür zum Fond auf und langte gleichzeitig nach seiner Waffe in dem Holster an seiner Hüfte.

»Get moved!«, rief er und hielt die Waffe an den Hinterkopf des dunkelhäutigen Fahrers. Der sah perplex durch die Frontscheibe, unfähig, den Anweisungen Croys sofort zu folgen. Croy beugte sich nach vorn und zog nun selbst den Automatikhebel in die »Drive«-Position. Der Wagen ruckte an, und Croy zischte: »Slow speed, Buster!«

Während der Skoda anrollte, blieb er weit nach vorn gebeugt und griff mit der linken Hand nach dem Stahl an der Hüfte des Fahrers. Es waren keine zehn Sekunden vergangen.

Croy sah in den Rückspiegel, der ihm zeigte, was hinter dem Skoda passierte. Zugleich hielt er mit der rechten Hand seine eigene Waffe an das schweißnasse Genick seines Vordermanns gepresst.

Sein Angreifer hatte sich inzwischen orientiert und sprintete nun auf das Heck des hinwegrollenden Autos zu.

»Slower!« Der Wagen verlangsamte sein Tempo.

Croy entsicherte die fremde Waffe, hielt sie fest in der Linken, lehnte sich mit einem Schulterblatt an die Seitenscheiben. Während er auf die Beine des rennenden Mannes zielte, rollten seine Augen wie unter Strom gesetzt zwischen dem Fahrer und seinem Zielobjekt hin und her. Er wollte nichts riskieren.

Das fahle Licht der Straßenlaternen beleuchtete die Szene wie einen Film in Schwarzweiß. Der Agent drückte zweimal ab. Der Gangster stürzte noch im Lauf zu Boden und überschlug sich dabei mehrmals. Er blieb regungslos liegen. Die Kugeln waren glatt durch die Scheibe gegangen und hatten dabei ein bizarres Muster aus Rissen hinterlassen. Croys Kopf schnellte augenblicklich zum Fahrer zurück.

»Hurry up!«

Auf dem Gesicht des zweiten Gangsters lag jetzt blanker Hass. Der Wagen beschleunigte rasant, und Croy hatte Mühe, die Waffe am nassen Genick des Mannes zu halten.

»Slower, Guy! Normal speed!«

Sie bogen von der Zufahrt des Flughafens auf eine breite Einfallstraße zum Zentrum ein. Croy befahl ihm, die Residentur anzusteuern, Adresse: Karlova Uliza.

Es war eine schweigsame Fahrt, auf der sich Croy nur mühsam orientierte. Sein Kinn fühlte sich taub an. Ihm war nach einem kräftigen Schluck Schnaps.

Bald danach erreichten sie ihr Ziel, eine Straße, so alt wie Prag. Nach Verlassen des Wagens tastete der Ermittler das Braungesicht nach weiteren Waffen ab.

Für Passanten unsichtbar, drückte er ihm den Lauf seines Revolvers durch den Mantel in den Rücken. Er wies auf ein Haus mit hohem Giebel. »This way«, sagte er und schob den Mann vor sich her. Er klingelte kurz – lang – lang – kurz. Mit dem Summer sprang die Tür zu einem Vestibül auf, das von einer mondänen, dreiarmigen Jugendstillampe von der Decke beleuchtet wurde. Eine Kamera filmte den Eingang. Croy orientierte sich kurz, Kaltenborns Zeichnung war besser als gedacht.

Er schob den Mann in einen Seitenraum mit Tisch, zwei Stühlen und einem Telefon.

»Take a seat.« Mit einem kräftigen Ruck riss er die Kordel vom Vorhang und fesselte den Mann an den Stuhl, den er wiederum mit den Heizkörperrippen unter dem Fenster fest verknotete. Croy sah seinen Gefangenen nochmals an. Ein ausdrucksloses Gesicht, eiskalte braune Augen, funkelnde Abwehr.

Wortlos verließ er den Raum und löschte das Licht. Sein Gefangener blieb im Dunkel zurück.

In der oberen Etage über dem Vestibül befanden sich drei Räume. Eine Tür war einen Spaltbreit geöffnet. Croy hörte das trockene Klackern einer Computertastatur.

Er betrat den offenen Raum und sah sich einer Frau gegenüber, die ihm fremd war. Sie war eine Dame, kein Zweifel. Sie mochte Ende Zwanzig sein; ihr platinblond gefärbtes Haar war zu einem kunstvollen Dutt gelegt. Ihre Wangen zeigten ein zartes Rot, die Lippen hatten mehr Farbe abbekommen.

»Markus Croy?«

Er nickte, gab ihr die Hand und machte einen höflichen Diener. Sie errötete.

»Ich bin Jana Haintlova.« Sie hatte einen starken tschechischen Dialekt und rollte das »R« meisterhaft. Er zeigte auf eine vom Büro abgehende Tür. »Ist Chris da drin?«

Haintlova nickte. »Ihr rechter Schuh ist offen.« Croy bückte sich. Unter dem Schreibtisch sah er aus den Augenwinkeln auf ihre weiß-schwarz gestreiften, halbhohen Schuhe und die grazil geformten Beine mit niedrigen Absätzen. Sein Blick glitt weiter an ihr hoch und stoppte erst dort, wo ihr Wollkostüm an den Knien endete. Sie tat, als bemerke sie es nicht.

Mit beherrschter Miene sagte er: »Hatte einen turbulenten Nachmittag. Im Besucherraum sitzt ein Mann, der allein dort nicht mehr wegkommt. Sie sollten da jetzt nicht hineingehen. Er könnte sich erschrecken.«

Jana sah ihn mit großen blauen Augen prüfend an.

»Sie brauchen ein Pflaster. Warten Sie.« Sie griff in Ihre Handtasche. Als sie sich an seinem Kinn zu schaffen machte, roch er einen schweren Duft, der ihn an Maiglöckchen erinnerte.

»Eigentlich hätte ich lieber einen Whisky«, murmelte er.

Sie sah ihn direkt und ungeniert an. Ihre Augen machten den Eindruck, als könnten sie zur rechten Zeit und am rechten Ort die Hitze einer Glühlampe entwickeln. Sie blieben jetzt nur warm.

»Tschechen trinken lieber Slivovic. Er ist stark, er ist rein, er wirkt sofort. Wollen Sie einen?«

Er nickte. Irgendwo aus der Tiefe ihres Schreibtisches kam eine durchsichtige Flasche ohne Etikett zum Vorschein.

»Selbst gebrannt. 65 Prozent. Von meiner Familie. Sie leben in Bartonov, einem Dorf in Ostmähren. Großes Glas voll?«

Er lächelte sie an und zeigte mit der Hand, wie viel er wollte. Dann kippte er den Klaren in einem Zug. In seinem Magen feierten Zotten ein spontanes Fest. Er schüttelte sich kurz, dann drückte er den Rücken durch. »Oh, tut das gut …«

Sie setzte sich wieder und sah mit wichtigem Blick auf ihre Tastatur. Ihre Gedanken aber waren bei Croy. Er gefiel ihr, gab sie vor sich selbst zu.

Der Ermittler drückte pfeifend auf die Klinke zu Chris Büro. Bemuttert zu werden gehörte für Croy zu den wichtigeren Gefühlen Frauen gegenüber. Das würde er auch niemals verleugnen. Eine fabelhafte Person, diese Jana, dachte er.

Chris war ein kleiner Mann mit sehr heller Haut. Sein dunkler, kurz geschnittener Schnurrbart punktete in seinem blassen Gesicht wie Bitterschokolade auf weißer Sahne. Das Kopfhaar, das an den Schläfen ein schmutziges Grau zeigte, war kraus. Mit einer weichen Handbewegung, die Croy kurz stutzig machte, wies der Prager BKA-Resident auf einen Stuhl aus braunem Leder.

»Sie sind allein gekommen?«

Croy nickte: »Mit einem Kerl, den ich nicht bestellt hatte.«

»Das verwundert mich jetzt. Einer unserer Männer sollte Sie abholen.« Bevor Croy antworten konnte, schwenkte Beckers Arm ein flaches Metalletui zu Croy hinüber. »Zigarette?«

Croy verneinte. »Rauchen Sie gern? Schmeckt es Ihnen?«

»O ja«, sagte Becker, »sogar vorzüglich.« Er steckte sich eine Golden Virginia an, und sogleich schwebte ein Aschestäubchen auf seine Hose, das Becker hektisch abklopfte. Er sog erneut. Croy war kurz amüsiert, dann machte er seine Gesichtszüge hart.

»Man versuchte mich abzufangen, und Ihre Leute waren zu blöd, um das zu verhindern.«

Becker sah erschrocken auf, dann zuckte er hilflos mit den Schultern. »Das kann nur ein Missverständnis sein. Wie gesagt, ich hatte ...«

»Nur das Ankunftsgate war geändert«, unterbrach Croy ihn scharf. »Man hätte mich umbringen können.«

»Haben Sie noch nie Fehler gemacht?«, schoss Becker zurück.

»Solche nicht.«

Beckers Stimmlage wechselte von hart auf weich. »Und nun?«

»Ich habe einen von den Burschen mitgebracht. Ich werde ihn verhören.« Croy sah sich um. Ein sauberes Büro, clean wie ein Krankenzimmer. Weiße Wände, weiße Gardinen, weiße Regale, weiße Luft. »Ich will wissen, wer die Männer am Flughafen waren. Und ich will weiter wissen, ob das Semtex, das beim Anschlag auf Rumpf verwendet wurde, hier aus Tschechien stammt. Können Sie mir dabei helfen?«

Becker zog die Nase kraus und schielte mit einer Miene höchster Konzentration an ihr entlang. Dann sagte er hölzern: »Sie wissen, dass es mir als offiziellem Vertreter des deutschen Bundeskriminalamts im Ausland verboten ist, im Gastland eigene Ermittlungen anzustellen?«

Croy wusste es. Doch manchmal hätte er gern einen Partner an seiner Seite, der sich nicht so anstellte. Er gab einen stöhnenden Laut von sich.

Becker blickte mitfühlend.

»Ich kann mir denken, dass es für Sie allein nicht immer einfach ist. Doch die Tschechen sehen mir auf die Finger. Ich habe für morgen Vormittag ein Treffen mit Gabriela Malichova arrangiert. Allerdings wissen wir nicht, ob die Informationen über Ihre Ankunft aus Malichovas Umfeld irgendwohin durchgesickert sind.«

»Vermutlich werde ich auch weiterhin beobachtet«, sagte Croy abwesend. »Verbinden Sie mich doch mal mit Kaltenborn.«

Becker drückte auf einen Knopf seines Telefons. Als Kaltenborn endlich abnahm, schniefte der BKA-Vizepräsident nasal in den Hörer. Becker hatte auf Mithören gestellt; die Lautsprecher rasselten.

Croy grüßte kurz und berichtete: »Statt unseres Residenten standen zwei miese Kerle am Flughafen und wollten mir an den Kragen. Habe einen von ihnen verhaftet, den anderen angeschossen. Interessiert mich brennend, wer mehr weiß, als wir sagen würden.«

»Mich auch«, meinte Kaltenborn betroffen und nieste in den Hörer. »Erkältet?« Croy klang mitfühlend.

»Mistwetter in Berlin. Tja … der Malichova selbst traue ich

so einen Verrat nicht zu, denn man beißt schließlich nicht die Hand, die einen füttert. Aber vielleicht hat sie es versehentlich ausgeplaudert? Vielleicht sitzt sie in einem Schlangennest und weiß es nicht einmal? Seien Sie bei einem Treffen mit ihr sehr vorsichtig. Und suchen Sie sich in Prag eine neue Bleibe. Vertrauen Sie Becker. Er ist ein Guter.«

Becker grinste selbstgefällig.

Kaltenborn wechselte das Thema.

»Unser Mann im Auswärtigen Amt hat ein paar Unterlagen eingesehen. Demnach soll es in den letzten Jahren mehr als 3000 handfeste Drohbriefe aus Russland, Weißrussland und der Ukraine an unsere Vertretungen gegeben haben. Unsere Rechercheure lesen sich da gerade ein. Vielleicht gibt es Hinweise auf die Täter.«

Croy fand es sonderbar, dass das BKA erst jetzt davon erfuhr. Doch er hörte weiter zu und schwieg. Becker fielen wieder Aschestäubchen auf die Hose.

»Interessanterweise sind die Dokumente immer auch als Kopie an den BND gegangen. Die Berliner Geheimniskrämer hätten sich auf jede Art von Reaktion seitens krimineller und gewaltbereiter Banden einstellen und uns und die Regierung informieren müssen.«

»Warum müssen?«, fragte Croy.

»Es ist die Rede von konkreten Drohungen gegen namentlich genannte Personen. Selbst der damalige Außenminister taucht in den Pamphleten als Ziel möglicher Racheakte auf.«

»Und da ist der BND tatsächlich nicht früher aktiv geworden? Hat Quellen eingeschleust oder Warnungen ausgesprochen?« Croy zerquetschte fast den Hörer. Seine Augäpfel glühten vor Zorn.

»Offenbar nicht. Was erwarten Sie von den Pennern, die sich ihre Informationen offenbar am liebsten aus Tageszeitungen abschreiben?«

Croy wusste, dass Kaltenborn mehrere Feindbilder hatte; die Schnüffler aus Berlin und München-Pullach gehörten unbedingt dazu. Ihm fiel ein interner Bericht aus der Kieler Staatskanzlei ein. Der Chef des Landesamtes für Verfassungsschutz hatte einen Vortrag vor dem Stab der damaligen Ministerpräsidentin über rechtsradikale Gewalt gehalten und dabei überwiegend mit Wissen aus Medienberichten geglänzt. Die Artikel klebten als Redemanuskript auf seinen Papieren. Das Auditorium hatte vor Wut damit gedroht, die Zuschüsse an das Schnüffelamt um die Hälfte abzuschmelzen.

Croy sagte: »Ich frage mich nur, warum unser BKA-Mann im Auswärtigen Amt von den Briefen nichts mitbekommen hat. Hätte er, würden wir jetzt keine Fragen stellen.«

»Sie wissen doch«, knurrte Kaltenborn, »dass wir da gerade mal gelitten, aber nie aktiv eingebunden werden. Nichts fürchten Politiker mehr als Kontrolle.«

»Das stimmt«, sagte Croy und sah zu Becker hin. Der blickte leicht desinteressiert aus dem Fenster. Niesel hatte die Scheiben nass gemacht. »Wie gehen wir weiter vor?«

»Ich gehe jetzt erst mal einen Hot Dog essen.«

Croy blieb kurz die Luft weg. Doch er fing sich schnell wieder und fragte ironisch: »Wir reden von einer Bedrohungslage, und Sie denken an Hot Dog? Womöglich im Gourmettempel *Rasant*?«

»O ja. Nur dort.« Kaltenborn wieherte kurz in die Leitung. »Sie wissen doch, dass der Laden meine ganz persönliche, authentische Illusion des Großstadtlebens ist. Ich mag es, wenn die Betreiber die zahlreichen Freunde des Fast Food auf engstem Raum zum Essen und Trinken zusammenpressen. Ich werde am Eingang direkt hineinniesen und mich diebisch darüber freuen, dass Millionen Bakterien neue Wirte finden.«

»Zusammenpressen ist mein Stichwort«, unterbrach Croy

Kaltenborns soziologischen Gastronomieausflug. »Ich bin gespannt, was der Killer vom Flughafen zu sagen hat.«

»Ich wünsche Glück!«, flötete Kaltenborn in den Hörer und nieste zum Abschied nochmals kräftig hinein. Die Lautsprecher reagierten mit erbärmlichen Klagegeräuschen.

Croy erhob sich mit entschuldigendem Gesichtsausdruck. Becker winkte ab. »Sie kennen ihn ja. Mein halbwüchsiger Sohn würde dieses Verhalten *cool* nennen.«

Croy verzog kurz die Mundwinkel. Er hielt das Wort *durchgeknallt* in diesem Moment für passender.

Auf dem Weg ins Erdgeschoss stellte sich Jana Haintlova Croy in den Weg.

»Gefangene wie er wollen rauchen. Ein beliebtes Druckmittel.«

»Wie recht Sie haben«, grinste Croy. Sie drückte ihm ein Päckchen Sparta-Zigaretten in die Hand.

»Er wird sie hoffentlich kennen«, sagte sie mit sybillinischem Unterton.

18

**BKA-Residentur,
Prag,
18:30 Uhr**

Der Mann hatte mit der Kordel gekämpft, an ihr gezerrt und gerissen. Es hatte ihm nichts genützt. Schicksalsergeben saß er da, mit gesenktem Kopf, müde. Die welligen, öligen Haare hingen ihm strähnig über die Stirn. Auf dem dunklen Gesicht glitzerten Tropfen von Schweiß.

Markus Croy öffnete eines der vergitterten Fenster, richtete den scharfen Schein der Schreibtischlampe auf den Tschechen, zog sich einen Stuhl heran und stellte das Diktiergerät auf *Record*.

»What do you have to tell me, Guy?« Der Mann sah ohne Ausdruck auf sein Gegenüber. Er schüttelte den Kopf.

»Cigarette?«

Der Mann nickte. Croy schob ihm den Glimmstängel zwischen die Lippen, wo er bei jedem gierigen Zug auf und nieder wippte. Dann nahm er ihm die Zigarette wieder ab. Hautreste seiner Lippen klebten am Filter.

Der Tscheche sah zu ihm hoch. Dann sagte er: »Mlouvim pouze cesky«, und grinste Croy herausfordernd an.

Er spricht nur tschechisch? Im Wagen hatte er ihn noch verstanden. Croy dachte zur Strafe kurz über einen Schwinger nach. Zu früh, entschied er. Er rief durch die geöffnete Tür nach Jana, die kurz darauf die Treppen heruntergeeilt kam.

»Der Mann braucht einen Dolmetscher.«

Sie nickte freudig, zog sich einen Stuhl heran und erwartete die erste Frage. Doch zunächst wandte sich Croy ihr zu.

»Verstehen Sie mich nicht falsch, Jana. Aber kann ich Ihnen vertrauen?«

Sie sah ihn einen Moment lang verdutzt an, dann versicherte sie ihm: »Ja, das können Sie. Ich spiele in Ihrem Team.«

Croys Augen spielten den Prüfer eines Wahrheitsseminars. »Gut«, sagte er schließlich und wandte sich seinem Gefangenen zu. Während er mit der Zigarettenpackung spielte, fragte er: »Mögen Sie überhaupt diese Sorte?« Jana übersetzte rasch.

Das Braungesicht nickte freudig und sprudelte gleich los.

»Sparta sind unsere besten Zigaretten. Ich rauche sie, seit ich fünfzehn bin. Müssen Sie unbedingt mal probieren.« Croy wartete die Übersetzung ab. Dann grinste er schief. Er versuchte sich in einer gewagten Schlussfolgerung.

»Wissen Sie, vor ein paar Tagen gab es einen merkwürdigen

Unfall in Deutschland, bei dem nicht nur eine Frau ihren Mann verlor, sondern unser Land auch einen Politiker. Am Ort des Geschehens fand man eine Sparta-Banderole. Heute komme ich in Prag an und werde von zwei Männern erwartet, die mir an den Kragen wollten. Einer von denen sitzt vor mir und ist ganz heiß auf diesen Tabak. Ich frage mich: Ist das alles nur ein Zufall?« Während der tschechischen Übersetzung sah Markus Croy seinem Gegenüber scharf ins Gesicht. So blickten sie sich einen Moment lang an.

Als Antwort setzte der Mann einen weinerlichen Ton auf.

»Ich habe Ihnen nichts zu sagen. Sie haben doch, was Sie wollten. Ihn und mich, und nun spielen Sie doch nicht Ihre Stärke aus. Was weiß ich von Deutschland ...«

Es war genau so, wie Croy es von anderen Verhören gewohnt war. Der Täter war in die Opferrolle geschlüpft. Eine gern genutzte Taktik und ein häufiges Phänomen bei der Aufklärung von Gewalttaten.

Croy versuchte dennoch die harte Tour.

»Von wem habt ihr den Auftrag erhalten, mich abzufangen? Den Namen!«

Jana spielte den Ton mit.

Der Gefangene schüttelte nur schweigend den Kopf. Die Zeit hinkte irgendwohin. Croy kämpfte mit Ungeduld, blickte auf Beckers Assistentin. Sie zischelte: »Mluvite rychleji.« Freundlich klang das nicht. Wieder schwieg der Mann ein paar Sekunden lang. Schließlich fiel ihm ein Name aus dem Mund. »Kovarik.«

»Wer ist das?«, fragte Croy.

»Weiß ich nicht«, log der Mann.

»Was genau war das für ein Auftrag?«

»Nichts weiter ... nichts ... nichts ...«

Der Mann sprach jetzt so flüssig wie Schlamm.

Jana wurde sauer.

»Mluvite rychlej!«, fauchte sie. Croy war es recht. Er mochte hübsche Frauen, die hart werden konnten.

»Wir sollten Sie am Flughafen aufhalten, Ihnen Angst einjagen.«

Kaum hatte Haintlova diesen Satz übersetzt, schnellte Croys Hand wie aus Reflex gegen das Kinn des Mannes. Sein Kopf kippte nach hinten, als sei das Genick aus Gummi. Croy griff nach ihm und zog ihn wieder in eine bequemere Position.

»Ich habe nicht viel Zeit, Freund. Woher kommt ihr? Wer sind eure Auftraggeber?«

Stockend begann der Mann zu reden. »Ich komme aus Usti nad Labem, bin Autoelektriker. Mein Freund wohnte ein paar Häuser weiter und hilft in einer Reifenwerkstatt aus. Wir haben nicht viele Aufträge. Manchmal treiben wir von Schuldnern Geld ein.«

»Was habe ich Ihnen denn geschuldet?«, fragte Croy spitz. Jana mühte sich um den gleichen Ton.

Der Mann sah ihn mit kalten Augen an. Dann sagte er etwas, was Croy erstaunte.

»Sie schulden uns vor allem Respekt. Alle Westler schulden uns Respekt.« Hass lag in seinen Augen. Er dachte, was in Tschechien viele dachten. Spätestens mit dem Eintritt Tschechiens in die EU fielen Firmen aus Österreich und Deutschland wie Heuschrecken in das kleine Land ein und drückten den stolzen Tschechen die westeuropäische Mentalität auf. Lange arbeiten für wenig Lohn. Croy wusste genau, was der Mann meinte. Erst kürzlich hatte er wieder gelesen, dass tschechische Angestellte westeuropäischer Firmen nicht mal ein Viertel von dem verdienten, was in Westeuropa für die gleiche Arbeit gezahlt wurde.

Croy schob das Thema weg und konzentrierte sich wieder. Er rutschte mit dem Stuhl ganz dicht an seinen Gefangenen heran. Jana folgte mit ihrem Stuhl.

»Wo waren Sie am 11. November, am frühen Abend, so gegen halb fünf?«

Der Mann sah zu Boden. Croy ließ ihm Zeit.

»Zu Hause«, sagte er schließlich. »Auf meinem Hof. Habe bestimmt ein Auto repariert.«

»Nelzete!«, keifte Jana Haintlova. »Lüg nicht!«

Der Tscheche schüttelte den Kopf. Croy legte Schmelz in seine Stimme.

»Also? Wo waren Sie?«

»Ich sagte Ihnen schon …« Jana übersetzte und sah dann mit einem bestimmten Blick auf Markus Croy.

»Sie waren in Deutschland«, sagte der Ermittler. »Besser gesagt, in der Nähe von Görlitz. Sie haben da nämlich etwas verloren. Ein Stückchen Banderole Ihrer heiß geliebten Zigaretten.« Er wartete, bis die Übersetzung angekommen war.

»Nein, nein, nein.«

»Und dort habt ihr einen deutschen Staatssekretär umgebracht. Mit tschechischem Sprengstoff. Aber in wessen Auftrag? Das frage ich mich die ganze Zeit, Guy.«

Croy nahm eine weitere Zigarette aus der Packung, hielt sie ihm hin – und zog sie sofort wieder zurück.

»Wenn du redest, kannst du sie bis zum Ende rauchen.« Doch der Mann blieb stur. Janas Übersetzung klang jetzt nach großer Ungeduld.

Croy flüsterte ihr etwas zu. Sie verließ sofort den Raum und kam nach kurzer Zeit mit einem gefüllten Wassereimer zurück. Sie stellte ihn Croy vor die Schuhe. Ängstlich sah der Tscheche auf die Szene.

Der Ermittler fragte nochmals.

Doch der Mann schüttelte nur den Kopf. Jana ging in Deckung.

Croy ergriff den Eimer, holte weit aus und schleuderte seinen Inhalt aus kurzer Distanz direkt in das Gesicht des Mannes. Der jaulte auf wie ein getretener Hund.

»Rede!«

Der Tscheche sah gar nicht gut aus. Die Unterseite seines Kinns war blau angelaufen, seine Kleidung völlig durchnässt. Er wimmerte wie ein Kleinkind am viel zu kalten Taufbecken.

Stotternd sagte er: »Es gibt da einen Mann ... in München ... Wer dieser Mann genau ist, weiß ich nicht. Und dann ist da noch ein anderer aus Dresden. Sein Name ist Hilpert. Sie sollen etwas mit dieser Sache zu tun haben.« Der Tscheche sprach das H des Namens aus wie ein hartes Ch. Sein Kinn sackte immer wieder zur Brust.

»Sollen? Was heißt das? Haben sie etwas damit zu tun oder nicht? Und welche Rolle spielst *du* dabei?« Croy sah garstig zu ihm hin, spielte weiter mit der Zigarette. Während die Sekretärin übersetzte, dachte er über den Münchner nach, den sein Delinquent nicht kennen wollte. Der Tscheche zuckte mit den Schultern und zeigte mit einem Finger auf die Kippe.

Croy steckte sie ihm zwischen die Lippen und entzündete sie. Ihr Rauch roch wie brennende Lumpen.

»Wenn Sie zugeben, bei dem Mordanschlag dabei gewesen zu sein, und mir die anderen Namen nennen, kann ich Sie vielleicht vor einer langen Haft bewahren. Wegen der Sache am Flughafen hat Sie der Staatsanwalt sowieso am Arsch. Ich tippe, dass die Anklage auf versuchten Mord lauten wird. Oder, Jana?«

Sie nickte, und während sie übersetzte, sah Croy dem Gefangenen in die Augen. Der hielt dem Blick nicht lange stand, sog nervös Rauch ein und blickte schnell auf die Pfützen unter sich.

Croy packte das Kinn des Mannes und hob es an. Er hatte dessen tiefbraune Augen jetzt dicht vor sich. Er blickte in einen Abgrund voller Angst.

»Rede …«, versuchte Croy es jetzt verschwörerisch leise. Jana bekam den Ton nur mit Mühe hin.

»Ich bin kein Berufskiller. Ich habe eine Familie, eine kleine Werkstatt, meine Freunde. Was soll ich nur tun? Was soll nun werden?«

Croy hörte gespannt auf das, was Jana übersetzte. Er atmete durch. Das klang nach Kooperation.

»Was werden wird, sehen wir später. Sagen Sie mir jetzt, was Sie wissen. Und schön der Reihe nach.« Der Mann hatte in Croys Augen keinesfalls den Eindruck eines hart gesottenen Killers gemacht – eher den eines kriminellen Autoelektrikers, der Verhöre nicht gewohnt war und der etwas wusste, was ihn, Croy, brennend interessierte.

»Ich weiß von Hilpert, dass er Staatssicherheitsagent in der DDR war. Von wem er den Auftrag bekam, weiß ich nicht. Wir haben die Sache in Görlitz nur ausgeführt. Wir waren Befehlsempfänger, mehr nicht. Glauben Sie mir doch endlich …« Ein Tränchen schwitzte aus seinen Augen. Er rieb die gefesselten Hände aneinander. Sie waren bereits stark angeschwollen.

»Hast du die Zündschnüre zusammengebastelt? Als Autoelektriker weißt du ja, wie so was geht.« Einen kurzen Moment später nickte der Mann. Croy und Haintlova sahen sich bedeutsam an. Das Diktiergerät lief mit.

»Ihr wart also zu dritt. Hilpert, du und dein Kumpan vom Flughafen.«

Wieder bewegte der Mann den Kopf. Die Zigarette war heruntergeglüht und drohte ihm die Lippen zu verbrennen. Er versuchte sie auszuspucken, doch das Filterpapier klebte fest an seinen Lippen. Hilfe suchend sah er auf Croy. Der blieb bewegungslos.

Dann bellte der Ermittler los:

»Ich möchte ein deutliches *Ja* als Antwort hören. Habt ihr einen silbernen Audi mit einer Blitzertonne in die Luft gesprengt?!« Jana tat es ihm gleich, als sie übersetzte. Sie klang wie eine Marketenderin mit zu viel Ware.

»Ano«, knickte der Tscheche ein. »Ja …«

Croy streifte ihm den Stummel von den Lippen. »Gut«, sagte er und atmete durch. Er erhob sich für einen Moment und lief durch den Raum.

Jana Haintlova beobachtete ihn dabei. Ihr war aufgefallen, wie oft der Ermittler einen unnachgiebigen Ausdruck in seine Stimme und Blicke legte; aber gleichzeitig bemerkte sie auch das Zittern seiner Hände, die verschwitzte Stirn und die Vibrationen, während er sprach. Er ist kein wirklich aggressiver Mann, dachte sie, eher einer, der diese Art des Verhörs zwar zu seinem Vorteil nutzt, einen starken, kräftigen Gestus hat, aber im Grunde einen sensiblen Kern. Das gefiel ihr, es machte ihn attraktiv und männlich.

Croy setzte sich und rückte wieder ganz dicht an seinen Gefangenen heran.

»Wie kam es zu dem Auftrag, mich am Flughafen zu erledigen? Wer ist dieser Kovarik?« Croy hoffte, dass es nun einfacher werden würde und der Mann rascher redete.

»Er besorgte das Semtex aus Semtin.«

»Einfach so? Mit dem Messer aus dem großen Block geschnitten?«

»Da lagern mehr als hundert Tonnen, alte Armeebestände, längst abgeschrieben.«

»Wer weiß davon?« Jana fuhr jetzt ein hohes Übersetzungstempo. Croy blickte anerkennend.

»Wer es wissen will, weiß es«, antwortete der Tscheche.

Croy stutzte kurz. Diese Antwort beunruhigte ihn.

»Wie kam es zu dem Kontakt mit Kovarik?«

»Hilpert und er trafen sich in einem Restaurant im Stadtteil Zizkov. Da war auch dieser Mann aus München dabei. Ich war nur der Chauffeur an diesem Tag.«

»Wie sieht Kovarik aus?«, fragte Croy.

»Groß, schlank, Mitte vierzig, Nase wie ein Haken …«

Jana verkniff sich bei ihrer Übersetzung nur mühsam ein Lachen. Croy blieb ernst. Hakennasen, die Killeraufträge erteilten, amüsierten ihn nicht.

»Und der Münchner?«

»Blonder Zopf, vielleicht Ende dreißig, deutsches Gesicht wie ein Bandit …«

»Was war denn Kovarik mein Tod wert?«

Der Tscheche sah vorsichtig zu ihm hoch. Er zögerte mit einer Antwort. Croy verlor kurz die Geduld, packte ihn an den Schultern und schüttelte ihn durch.

»*Wie viel*?«

Der Tscheche sah Hilfe suchend zu Jana. Sie blickte ungerührt zurück und übersetzte rasch.

»Dreißigtausend Kronen …« Die Summe kroch nur langsam aus ihm heraus.

»Ihr wolltet mich für tausend Euro kaltmachen?!« Croys Empörung wirkte echt.

»Ich wäre nicht mal hundert wert«, sagte der Mann.

Croy steckte ihm eine weitere Zigarette in den Mund und zündete sie an. Kalt sagte er: »Sie sind verhaftet.«

Er nahm das Diktiergerät und verließ mit schnellen Schritten den Raum.

Oben erstattete er Becker Bericht und bat ihn, Namen und die Beschreibung von Kovarik und Hilpert zunächst an Kaltenborn und später an die tschechische Polizei weiterzugeben. Er beauftragte Jana Haintlova mit der Abschrift und Weiterleitung des Verhörs, griff nach seinem Gepäck und verließ die Residentur.

Der Münchner ging ihm nicht aus dem Kopf. Über ihn wollte er mit seinem Vorgesetzten persönlich sprechen.

Croy machte sich auf den Weg in eine kleine, unauffällige Pension außerhalb des Zentrums. Sie galt als sicher und hatte sich als Polizeiabsteige bewährt. Um kein Risiko einzugehen, wechselte er während des Weges zweimal das Taxi. Eiskristalle glitzerten im Licht der Laternen. Sie knirschten unter seinen Schuhen, als er die letzten 100 Meter zu Fuß zurücklegte. In Gedanken ging er nochmals das Verhör durch. Er war mit dem Ausgang nicht zufrieden.

Die Vermieterin saß hinter einem billig wirkenden Empfangstisch und schenkte Croy ein Lächeln, das so trocken, müde und verwelkt war, dass es sicherlich sogleich zu Staub zerfiele, wenn man es berührte. Ihr Blick war so schläfrig wie der Ausdruck einer satten Katze. Als sie missmutig in ihrem Anmeldebuch blätterte, sah man die gelblichen Fingerkuppen einer starken Raucherin.

»Fritz Köhler, Duisburg«, sagte Croy freundlich, bezahlte für zwei Nächte und legte 300 Kronen als Trinkgeld oben drauf.

Sie griff sich in ihr hochgestecktes schwarzes Haar, rückte es zurecht und kullerte jetzt nicht mehr ganz so müde mit den Augen. Das Herbergsbuch schloss sie ohne einen Eintrag, langte blitzschnell nach dem Geld und sagte mit starkem tschechischem Akzent: »Danke, Herrrr Köhlerrr.«

Es war ein karges Zimmer mit einer Doppelbettliege, zwei Stühlen aus Eichenholz, einer Kofferablage mit Regalen und einem runden Tisch mit einer Vase, in der eine klägliche Plastikrose steckte. Der Boden war mit Linoleum ausgelegt, das an den Ecken schwarz angelaufen war.

Croy öffnete die Fenster und atmete die Luft aus Schnee und Holzbrand ein. Während er das heiße Wasser der Dusche genoss, fragte er sich, warum das Attentatsmotiv so einfach war. Oder verbarg sich hinter der politischen Vergangenheit Rumpfs noch sehr viel mehr? Und wo hielt sich der angebliche

Attentäter jetzt auf? Wie hieß er gleich? Hilpert? Ein Ex-Stasi-Agent, hatte sein Gefangener gesagt. Kannten er und Michael Storm sich? Wusste Storm von Hilperts Aktivitäten? Machten sie vielleicht sogar gemeinsame Sache? Ihm fiel auf, wie wenig er Storm traute. Und wie sehr er im Grunde Stasi-Agenten verachtete, die sich auch früh in sein Leben eingeschlichen hatten.

Er kam aus der Dusche mit einer gerunzelten Stirn. Offene Fragen machten ihn unzufrieden und verspannt. Er legte sich nieder, konnte aber nicht schlafen. Für solche Situationen hatte Croy eine Taktik entwickelt, die ihm meistens half: Er dachte an Menschen, die er lange nicht gesehen hatte, die er aber mochte, und stellte sich vor, was sie jetzt wohl gerade taten. Heute war es Shirley, eine Amerikanerin, in die er sich als 16-jähriger Schüler im damaligen Ostberlin verliebt hatte …

Shirley war kleiner als er, mit langen braunen Haaren, grünen Augen, einer kleinen Nase mit Sommersprossen und einem kraftvoll geschwungenen Mund. Sie trug meistens weit geschnittene, geblümte Kleider mit langen Knopfverschlüssen. An ihren Händen glänzten zwei goldene Ringe mit braunen Steinen. Sie war zwei Jahre älter und als Gaststudentin für zwei Semester an der Freien Universität Westberlin in den Fächern Geschichte und Germanistik eingeschrieben. Neugierig auf das Berlin hinter der Mauer, nahm sie den Zwangsumtausch in Kauf, suchte Gespräche in Cafés, auf den Straßen oder ging in die wenigen Tanzclubs im Ostteil Berlins. Im Café der Lindenoper, in den späten Achtzigerjahren eine der beliebtesten Ostberliner Diskotheken, schnipste er, Croy, ihr versehentlich einen glühenden Zigarettenstummel gegen die Beine. Sie schrie auf, er sprang hinzu und kühlte ihre Brandblase mit einer kalten Flasche Wasser. Sie kamen ins Gespräch; sie war begierig darauf, mehr über das Leben in einer zugemauerten Republik zu erfahren. Später setzte er sie auf die Stange seines Rennrads und fuhr sie zum Grenzbahnhof Berlin-Friedrichstraße. Sie küssten sich zum Abschied auf die Wangen, dann auf den Mund. Sie verabredeten ein weiteres Treffen. Es war der Beginn einer ein Jahr währenden romantischen Beziehung zwischen einem verliebten jungen Mann und einer wissbegierigen Studentin, die meist nur Fragen stellte und angefüllt mit Erlebnissen aus einer anderen Welt nachdenklich nach Westberlin zurückkehrte. Es war aber auch der Anfang einer monatelangen Observierung durch Mitarbeiter des ostdeutschen Staatssicherheitsdienstes. Ohne es zu ahnen, hatte Croy Menschen angelockt, die sich wie Wespen auf zwei Erdbeeren stürzten.

Shirley war die erste Frau seines Alters, die ihm ernsthaft zuhörte, die seine innere Zerrissenheit spürte, die von den Verlusten und Ängsten in seiner Kindheit und von den Zweifeln am vorherrschenden Staatssystem genährt war. Reflektionen, Leidenschaft, aufkeimende Zuneigung.

Shirley schenkte ihm Platten von Grateful Dead und Tom Waits. Sie schmuggelte den *Spiegel* in den Osten und auch schon mal die *Bravo*. Sie steckte Croy, der notorisch klamm war, stets ein paar D-Mark zu, die er auf dem Schwarzmarkt für einen happigen Umtauschkurs in Ostmark zurückwechselte. Wurde sie an der Grenze darauf angesprochen, wo sie ihr Geld ausgegeben habe, verwies sie auf die Intershops, in denen Besucher aus dem Westen auch Waren aus dem Westen kaufen konnten.

Sie, die aus dem kleinen Kaff Rutherford in New Jersey stammte, war nicht nur am interessantesten Ort der Welt angekommen. Sie hatte dazu noch einen gut aussehenden, intelligenten jungen Mann kennen gelernt, für den sie nicht nur das »Mädchen aus Amerika«, sondern auch der Kontakt zu einer anderen Welt war.

Fieberhaft dachte Markus damals darüber nach, wie er es schaffen könnte, mit ihr ein gemeinsames Leben im Westen zu führen. Sie war ein Leitbild für ihn geworden, ein leuchtender Stern an einem düsteren Himmel, eine Frau, die ihre Überlegenheit in Bezug auf Wissen und Weltgereistheit ohne Arroganz, aber deutlich zeigte.

Shirley bekam die Macht des MfS als Erste zu spüren. Am Grenzübergangspunkt Checkpoint Charlie hielten sie zwei Grenzbeamte auf:

»Sie sind in der Deutschen Demokratischen Republik ab sofort unerwünscht.«

»Warum?«, fragte sie bestürzt.

»Keine Fragen. Gehen Sie dorthin, wo Sie hergekommen sind«, stutzte sie einer der Männer zurecht.

Vor dem Haus von Markus Croy in der Ostberliner Lychener Straße tauchten Männer mit wachen Blicken auf und blieben für ihn sichtbar wie Wachhunde vor dem Eingang stehen. Er sah sie, wenn er das Haus verließ; sie verfolgten sein Rennrad und waren bereits vor seiner Tür, wenn er heimkehrte. Mal lungerten sie im Innenhof des Gebäudes herum, mal saßen sie in der Straßenbahn ein paar Reihen hinter ihm oder begleiteten ihn mit mehreren Metern Abstand in eine Kneipe. Sie wurden so offensichtlich zu seinem Schatten, dass er sich beim *Amt für Inneres* über ihre Aufdringlichkeit beschwerte. Croys Dreistigkeit zahlte sich aus. Die Männer zogen sich weiter zurück, blieben aber präsent.

Shirley und er schrieben sich ab sofort Briefe mit harmlosem Inhalt. Ob er wirklich jeden Brief erhalten hatte, wusste er nicht. Obwohl sie sich schworen, dass niemand die Macht haben würde, ihr Glück zu zerstören, kam es anders. Die Behörden blieben hart, Shirleys Gastsemester lief aus, sie kehrte nach New York zurück. Ihr Kontakt wurde immer spärlicher, schließlich brach er ab. Da hatte Croy längst beschlossen, seinem Land den Rücken zu kehren. Er wollte selbst bestimmen, wohin der Wind ihn wehte. Es war die Zeit, in der er seinen Kompass neu justierte.

Als er endlich eingeschlafen war, blieb seine erste Nacht in Prag ohne Traum.

19

Bundesnachrichtendienst, Berlin-Mitte, am nächsten Tag, 10:30 Uhr

BND-Referatsleiter Paul Hess war ähnlich gut ausgebildet wie BKA-Vizepräsident Konrad Kaltenborn. Beide hatten Erfahrungen im Streifendienst, hatten Selbstverteidigungskurse absolviert und vier Jahre lang an der gleichen Fachhochschule in Brühl Kriminologie und Soziologie studiert.

Doch im Gegensatz zu Kaltenborn konnte Hess der polizeilichen Kärrnerarbeit nichts abgewinnen. Er liebte das Konspirative, Kaltenborn das offene Visier. Hess kungelte gern, labte sich an Wissen, das er mit niemandem teilen musste, und schätzte das Gefühl eines gewissen Abenteurertums.

Er bemerkte sehr früh, wie leicht Menschen auf Grund ihrer Stärken oder Schwächen zu beeinflussen waren, und nutzte diese Erkenntnis radikal aus. Wer bei ihm arbeitete, hatte eine eigene Akte, die gierig auf Futter war. Fehler, Erfolge, Eitelkeiten, fachliche Stärken oder charakterliche Schwächen seiner zwölf Mitarbeiter notierte er ohne deren Wissen. Versagte seiner Meinung nach ein Agent, verweigerte er ihm kurzerhand den Trog mit geheimen Informationen – und schlimmer kann es für einen Geheimen kaum kommen.

Die Nachrichten aus Prag lösten bei Paul Hess Magengrimmen aus. In barschem Ton rief er seinen Agenten Hans Strachow zu sich. Er war einer seiner besten Männer. Dessen Akte war noch dünn. Das musste nicht so bleiben.

Strachows Job war der einer Drohne in einem Bienenstaat. Allerdings war er nicht eine Drohne unter vielen, sondern ein besonderes Exemplar. Strachow hatte schon einigen Chefs als verdeckter BND-Ermittler gedient, doch unter Hess hatte er es am längsten ausgehalten

Die Bürotür stand offen. Hess las eine Boulevardzeitung, wie sie jeder liest: blätternd und mit raschem Blick.

»Guten Morgen, Strachow. Schlecht geschlafen? Sie sehen müde aus.« Er warf das bunte Blatt achtlos zur Seite und wies auf einen Stuhl.

Strachow war erst spät nachts aus Prag gekommen. Dass die Aktion am Flughafen ein Reinfall gewesen war, machte ihn kleinlaut und vorsichtig. Ihm schwante Unheil. Die Beschattung von Katja Kirchner und das anschließende Verhör zuvor in Berlin waren zwar Routine gewesen, hatten aber zusätzlich an seinen Nerven gezerrt.

»Fassen wir mal zusammen«, japste der BND-Mann, der unter heftigem Übergewicht litt.

»Das BKA hat in Prag ein paar Funken geschlagen und dabei einen alten Bekannten von uns versengt. Der andere ist kassiert und wird verhört. Was ich nicht verstehe …«, Hess beugte den massigen Leib mühsam zu seinem Gegenüber vor, »… ist, warum die beiden Kerle sich am Flughafen so unendlich dämlich angestellt haben. Oder waren Sie in der Vorbereitung zu lax, Strachow?«

Der Agent beugte sich nun seinerseits vor und sagte: »Beide haben versagt, zugegeben. Dafür haben sie sich in Görlitz bewährt.«

»Das interessiert mich nicht! Sie sind geschnappt worden. Was ist, wenn sie singen wie Amseln?«

Strachow zuckte betroffen zusammen und fiel in die

Rückenlehne zurück. Dabei klemmte er sich seinen Zopf. Er jaulte kurz auf. Jammernd sagte er: »Wir wollten ja Croy nicht umlegen, sondern einschüchtern, um Zeit zu gewinnen.«

Hess sah ihn entgeistert an.

»Wie naiv sind Sie eigentlich? Glauben Sie etwa, der wäre mit vollen Hosen wieder in sein geheimes Nest nach Treptow zurückgeflogen?«

Strachow starrte sprachlos auf Hess. Er mochte es nicht, von seinem Vorgesetzten gedemütigt und zurechtgestutzt zu werden.

»Unsere Operation ist eine verdammt heiße Kartoffel«, erregte sich Hess erneut. »Die Rächerlegende von Ukrainern und Weißrussen *muss* funktionieren. Unsere Auftraggeber verlassen sich auf uns.«

Strachow sah aus dem Fenster auf die kahlen Bäume des Innenhofs. Als Hess ihn vor einigen Wochen in den brisanten Plan der Vereitelung des Drei-Länder-Geschäfts eingeweiht hatte, hatten ihn jene Aussichten gelockt, die bislang nur in seinen kühnsten Obsessionen Platz gehabt hatten: Von Anwerbung über Bestechung bis Liquidierung waren alle Zutaten dabei, die er sich als Geheimdienstagent insgeheim wünschte. Trias roch nach großem Abenteuer, nach heißen Fährten, nach echter Observation und Abwehr, nach Kampf, Revolvern und Pulverdampf: eben nach einem richtigen *Bäng-Bäng*. Strachow war beeindruckt von den Chancen und ergriff sie kühl und mit Berechnung. Was ihm nicht gefiel: Ihre Auftraggeber setzten sie nach Belieben unter Druck. Und wer der *Große Vorsitzende* hinter all den Vereitelungsplänen und Liquidierungen war, wusste nur Hess. Aber eigentlich waren sie beide nichts als Werkzeuge – und ließen sich dafür teuer bezahlen.

»Wer könnte noch, außer dem Regierungstrio, von Rumpfs Doppelspiel wissen? Offiziell kannten ihn alle als Staatssekretär, der die wilde Sau bei der Visa-Affäre spielte. Wer aber weiß noch von seiner Rolle bei Trias außer der Kanzlerin und ihren beiden Vizekanzlern? Seine Ehefrau?« Hess japste erneut nach Luft.

»Um das herauszufinden, haben wir ja ihre Freundin. Sie wird uns vorsingen, was Emma Rumpf ihr zugezwitschert hat«, passte sich Strachow jetzt dem Büroslang an.

»Müssten wir nicht vorsichtshalber Emma Rumpf eher ausschalten?«, fragte Hess lauernd.

»Menschenskinder«, entfuhr es Strachow. »Wenn die Sache schiefgeht, kommen wir aus dem Knast nicht mehr lebend raus.«

»Da geht nichts schief. Sie haben doch ab sofort hoffentlich alles unter Kontrolle, oder?« Hess erhob sich schnaufend, lief um seinen Schreibtisch herum und legte dem Agenten die feisten Pranken auf die Schultern.

Strachow machte sich frei und erhob sich ebenfalls. Er steckte seine Hände in die Hosentaschen und sah zum Fenster auf das Hofgelände hinaus, das mit Lichtschranken umbaut war und jede noch so kleinste Bewegung registrierte. Er drehte sich auf den Hacken um und sagte: »Ich kümmere mich um zwei Flanken. Die Beobachtung von Rumpfs Ehefrau und die Observierung von Markus Croy. Sobald irgendetwas darauf hindeutet, dass sie auf Trias stoßen, ziehen wir sie aus dem Verkehr.«

»Und ich schlage Alarm wegen dieser längst abgelegten Drohbriefe an die Botschaft in Kiew. Wär' doch gelacht, wenn uns niemand glauben würde, dass durch den Außenministerwechsel vor ein paar Jahren einiges liegen geblieben oder ungelesen in die Archive gewandert ist. Anhand dieser geballten Informationen wird das BKA noch heißer auf die Ukrainer werden. Wie bewerten Sie, dass Kaltenborn den alten Stasi-Fritzen Michael Storm reaktiviert hat? Könnte der uns gefährlich werden? Was weiß der Mann, was uns nicht gefallen könnte?« Hess keuchte. Es waren mal wieder viel zu viele Sätze auf einmal.

»Storms Kenntnisse über Optik- und Lichtleitertechnik sind gut, aber nicht auf dem neuesten Stand«, antwortete Strachow beflissen.

»Sehen Sie trotzdem zu, dass sich Storm bei seinem Auftrag nicht zu wohl fühlt. Vielleicht steigt er ja doch aus. Kriegen Sie das hin?«

»Okay.« Strachow leckte sich über die Lippen, tippte Hess beim Verlassen des Raumes auf die Schultern, zog gleichzeitig sein Funktelefon aus der Tasche und hielt es sich vor der Tür ans Ohr. Durch die Fenster gegenüber sah ihn Hess im Flur auf- und abgehen und gestenreich in sein Telefon hineinreden. Als Hess wenig später in die Waschräume stampfte, schallte Musik aus Strachows Büro über den Gang: Nancy Sinatras *Bang, Bang*.

I was 5 and he was 6
we rode on horses made of sticks
he will black and I will white
he would always win the fight
bang bang
he shoot me down
bang bang
I hit the ground
bang bang
that awful sound
bang bang
my baby shoot me down

20

Café Slavia,
Prager Altstadt,
zur gleichen Zeit

An den Prager Stammtischen drehten seit Jahren die Geschichten über Vaclav Havel blumige Pirouetten. Der ehemalige tschechische Präsident stand den Kommunisten immer sehr kritisch gegenüber und wurde so zum Symbol einer Freiheit, von der die Tschechen mehr als fünf Jahrzehnte träumten.

Dass Malichova im Café *Slavia* ausgerechnet jenen Tisch reserviert hatte, an dem der ehemalige Staatspräsident oft getafelt hatte, berührte Croy.

Zde sedel Vaclav Havel war in die Tischkante eingeprägt – hier saß Vaclav Havel.

Es war der beste Tisch mit Blick auf die Mala-Strana-Brücke und den Fluss. Der riesige Gastraum war in eine Nichtraucher- und eine Raucherzone eingeteilt. Zwischen dieser Front verlief eine Wand, in der eine Schwingtür hing.

Gabriela Malichova sah aus wie Mitte dreißig, trug das blond gebleichte Haar streng nach hinten frisiert und hatte ein blaues Hütchen keck mit Klammern auf dem Hinterkopf befestigt. Sie war in ein beigefarbenes Wollkleid gekleidet und hatte auf den Lippen zu viel Rot. Es steckten zwei Ringe an ihren Fingern, die zu groß für die zierlichen Hände und sicherlich ziemlich teuer gewesen waren. Sie schimmerten beide matt golden und hatten fast die Farbe ihrer Haare.

Zur Begrüßung nickte sie befangen, streifte das Kleid glatt, setzte sich und verströmte dabei einen Geruch von Thymian und Minze. Croy verschlug es den Atem. Er ließ sich zur Stuhllehne zurückfallen.

»Sie sind sehr pünktlich, Frau Malichova.« Sie hätte es beinahe nicht rechtzeitig geschafft. Ihre Sekretärin hatte ihr noch einen zusätzlichen Termin in den ohnehin sehr engen Tagesplan gedrückt. Als Leiterin der Technologieabteilung im tschechischen Wirtschaftsministerium war sie vor allem für den Export tschechischen Know-hows verantwortlich und als Verhandlungspartnerin entsprechend begehrt.

Sie lächelte etwas verkniffen.

»Tschechen sind zuverlässig«, sagte sie.

»Ach ja?«, entgegnete er und sah ihr direkt in die hübschen Veilchenaugen. »So zuverlässig, dass mich jemand am Flughafen fast drangekriegt hätte?«

Malichovas Augen wechselten zu Violett. »Kaltenborn hat mich kurz davon unterrichtet. Es tut mir leid …«

»Wer wusste davon, dass ich mich mit Ihnen treffen wollte?«, fragte Croy eisig.

Sie vergrub eine Hand in ihrer Tasche und brachte ein Taschentuch zum Vorschein. Sie schnäuzte sich.

»Ich habe einen Kollegen im Wirtschaftsministerium, der für uns als Dolmetscher arbeitet. Er ist sehr zuverlässig und hat einige Übersetzungen für Ihre Kollegen beim BKA gemacht. Sie erinnern sich? Von ihm bekamen Sie die Informationen über die Art des Sprengstoffs, der beim Anschlag auf die Eisenbahn in Madrid verwendet wurde. Nur *er* wusste von mir, dass Sie kommen würden. Er heißt Kovarik.«

Croy zuckte zusammen. Von einem Mann dieses Namens hatte sein Gefangener gesprochen.

»Wo ist dieser Kovarik jetzt?«

»In seinem Büro, nehme ich an.« Sie entnahm ihrer Tasche ein Päckchen *Petra*, zog mit ihren lackierten Fingernägeln eine Zigarette heraus und zündete sie an.

Croy traute ihr nicht. Er fragte: »Aus dem Verhör mit einem der ungebetenen Gäste am Flughafen erfuhr ich von Hunderten Tonnen ausrangiertem Semtex-Sprengstoff. Was wissen Sie darüber? Ich sitze nicht hier, weil ich in Prag Urlaub mache. Also?«

Sie sah ihn unsicher an. Croy hatte jetzt seinerseits den Eindruck, dass sie ihm nicht traute. Sie entschloss sich zu reden.

»Neben C4-Sprengstoff, der auch noch heute verwendet wird, stellte die damalige ČSSR den so genannten Y3-Sprengstoff her. In seiner Zusammensetzung unterschied er sich nur unwesentlich von C4. Das Y3 ist in Semtin, einem Vorort von Pardubice, hergestellt worden; die Reste werden dort auch noch in einem Salzschacht gelagert. Die Abnehmer saßen in der ganzen Welt, aber vor allem in Syrien, Iran, Irak, dem Libanon und Libyen. Die NATO glaubte lange, die tschechische Armee hätte die gesamten Altbestände vernichtet. Dem ist aber nicht so. Und über die Jahre sind den Herstellern auf dubiose Weise immer wieder ganze Pakete abhanden gekommen.«

Die durch das Fenster hereinfallende schummrige Novembersonne zeigte auf ihrem Gesicht deutliche Spuren eines braunen Make-ups. Als sie hinaussah, ritten Möwen auf den Wellen des Flusses und spreizten dabei ihre Flügel. Sie genossen die letzten Sonnenstrahlen eines kalten Novembervormittags.

»Ihr Land hat während des Kalten Krieges gut daran verdient«, sagte der Ermittler und sah dabei auf ihr Profil. »Wenn man das Zeug nur für die Sprengungen im Berg- oder Tunnelbau eingesetzt hätte, wäre dies auch nicht ehrenrührig gewesen. Doch spätestens seit Lockerbie, den Anschlägen auf die amerikanische Botschaft in Paris und das Concertgebouw in Amsterdam hat Semtex ein hässliches Image.«

»Eben«, entgegnete sie und wandte sich vom Fenster ab.

»Wie gesagt: Zu militärischen Zwecken hat die tschechische Armee immer noch jede Menge davon. Nicht zuletzt durch die Eingliederung in die NATO ist Y3 jedoch überflüssig geworden. Deshalb wollte das Prager Verteidigungsministerium schon im Februar diesen Jahres 150 Tonnen per öffentliche Ausschreibung verkaufen. Das Teuflische an dem Zeug ist, dass es von den Überwachungsdetektoren der Flughafenkontrollen nicht erkannt wird, weil ihm die heute üblichen Markierungen fehlen. Deshalb auch das Nachfolgeprodukt C4, das man nicht einfach so durch Sicherheitsschleusen schmuggeln kann.«

Croy wusste Bescheid. »Y3 hat eine etwas andere Zusammensetzung als der herkömmliche Semtex-Sprengstoff. Aber er ist ebenso auf Trommeln aufgewickelt, ist biegsam, formbar und enthält nichts Metallisches.«

»Deshalb kommt man mit dem Zeug auch durch jeden Metalldetektor. Sie sind wirklich gut informiert, Herr Croy«, sagte sie anerkennend und zündete sich gleich noch ein Räucherstäbchen an. Sie hatten noch immer nichts bestellt. Der Kellner, ein Tscheche mit rundem Kopf, Glatze und einer schwarzen Fliege auf einem rot-weiß gestreiften Hemd, sah schon seit einiger Zeit missmutig zu ihnen herüber. Croy winkte ihm zu. Er bestellte für sich einen Kafe s mlekem, einen simpel aufgebrühten Kaffee mit Milch; Malichova nahm Tschernej Chaj s zitronem, schwarzen Tee mit Zitrone. Der Blick des Kellners wurde keine Spur freundlicher.

»Ein Verkauf kam glücklicherweise nicht zustande. In letzter Konsequenz hätte der Sprengstoff in die Hände von Terroristen gelangen können. Doch es gibt ein weiteres Problem, dessen sich die tschechischen Beamten bisher noch zu wenig bewusst sind …« – Malichova kramte erneut nach ihrem Taschentuch. »Entschuldigung, das Wetter …«

Er nickte ungeduldig.

»Der Sprengstoff muss heute gekennzeichnet sein, um bei Sicherheitskontrollen auch erkannt zu werden. Tschechien hat dazu die internationale Vereinbarung zur Kennzeichnung von Plastiksprengstoff unterschrieben, die hierzulande seit Mitte des Jahres 1998 verbindlich ist. Aus dieser Vereinbarung geht hervor, dass jede Vertragsseite innerhalb von drei Jahren dafür sorgen muss, dass von deren Armee oder Polizei verwahrter Sprengstoff nach NATO-Standards zu behandeln oder andernfalls zu vernichten ist. Dies ist in Tschechien bisher nicht erfolgt.«

Der Kellner brachte die Getränke. »Prosim«, sang er im typischen Prager Slang.

»Es wundert mich nicht, dass Ihr deutscher Staatssekretär durch Y3 umgekommen ist«, sagte sie dann.

»Warum?«, fragte er überrascht.

»Wir haben Hinweise, dass etwa seit Juli mehr als 500 Kilogramm Y3 in Semtin vermisst werden. Wir wissen nicht, wohin es gegangen ist. Fakt ist aber: Es ist weg, und kein Detektor der Welt kann es erkennen.«

»Haben Sie das dem BKA damals mitgeteilt?«, fragte er sie und spürte einen undefinierbaren Magendruck.

»Ich weiß es auch erst seit der Untersuchung aus dem BKA-Labor«, log sie und sah dabei wieder eigenartig unbeteiligt aus dem Fenster.

»Scheint ja eine eigenwillige Ordnung in der vielleicht gefährlichsten Firma der Welt zu herrschen, hm?« Croy griff nach ihrem Handgelenk. Ihr Kopf flog heftig zu ihm herum. »Ist Ihnen eigentlich klar, was diese Informationen bedeuten? Es ist ungeheuerlich!«

»Au, Sie tun mir weh!« Sie versuchte vergeblich, sich aus seinem Klammergriff zu befreien.

»Was wissen Sie noch erst seit gestern? Dass Ihr feiner Dolmetscher den Auftrag gab, mich am Flughafen umzulegen?

Steckt ihr bei dem Abgang des Y3 vielleicht alle unter einer Decke?« Seine linke Faust hielt ihr Handgelenk jetzt hart umschlossen. Mit der rechten Hand führte er sein Kaffeeglas zum Mund und nippte bescheiden. »Wie viel von dem Zeug lagert noch in Semtin?«, fragte er gallig.

»Wenn wir richtig informiert sind, etwa 150 Tonnen.« Sie wand sich vor Schmerzen.

»Das Zeug muss verschwinden. Endgültig.«

»Das wissen wir auch. Doch wie wollen Sie das anstellen?«

Er ließ sie wieder frei. Sie rieb sich das Handgelenk.

»Das Zeug wird von Männern aus früheren Staatssicherheitsdiensten bewacht. Eine solche Menge in die Luft zu sprengen würde bedeuten, eine Stadt von der Größe Prags vollständig zu evakuieren.«

Er gab sich ungerührt. »Alles, was ich brauche, ist ein Ausweis mit Namen als Controller Ihres Ministeriums. Und einen Dienstwagen, wie Sie ihn benutzen.« Croy wunderte sich jetzt selbst über seine markigen Worte. Er hatte weder den Auftrag noch die Lizenz, in einem fremden Land den Aufräumer zu spielen. Doch ein plötzlich aufkommendes Gefühl innerer Stärke sagte ihm, dass nur einer diese Arbeit erledigen konnte: er selbst. Croy stand auf, seine Augen verrieten Entschlossenheit. Malichova entging dieser Blick nicht.

»Ist das nicht etwas übereilt?«, hielt sie dagegen.

»Ich werde mich mit Kaltenborn besprechen. Er wird sicher ähnlich denken. Der Stoff gehört in jedem Fall aus der Welt. Wissen Sie, was man mit einhundertfünfzig Tonnen Plastiksprengstoff anstellen kann?«

»Terroranschläge verüben und jede Menge Menschen töten«, meinte sie nüchtern.

»Oder Tausende Selbstmordattentäter aussenden«, spann Croy weiter.

Malichova erhob sich und sagte: »Sie können sich auf mich verlassen.«

Sie griff nach ihrer Handtasche, ihrem Mantel, schob den Stuhl an den Tisch und verließ grußlos das Lokal. Croy sah ihr fassungslos hinterher. War er zu aggressiv gewesen? Er war unsicher, was er von ihr halten sollte. Einerseits wusste sie viel, andererseits machte sie einen merkwürdig hilflosen Eindruck. Er sah, wie sie den Rest ihrer Zigarette vor der Tür in den Staub warf.

Um Michael Storm zu kontaktieren, brauchte Croy einen Internetanschluss. Eine *Herna* erschien ihm am sichersten. Diese Art des Gesellschaftslokals mit Billardtischen, einarmigen Banditen und Glücksautomaten war so alt wie die Tschechische Republik selbst. Tschechen sehen das Leben gern als Spiel.

Er schrieb Storm eine E-Mail und verlangte nach einem Treffen noch in diesen Tagen. Storms elektronische Kenntnisse, so sein Kalkül, könnten ihm von Nutzen sein, wenn er die Sprengstofflager in Semtin zu einer einzigen, riesigen Bombe verbaute.

Croy überlegte kurz, wie er Kaltenborn davon überzeugen konnte, dass der ihm das *Go* für die Vernichtung des Y3-Vorrats gab. Er klemmte sich ein Headset hinter das Ohr, trat vor die Tür auf die Straße, drückte sich hinter eine Tramhaltestelle und sah sich dabei aufmerksam um. Im Schatten einer bunt bepflasterten Litfasssäule ließ er sich von der gemeinsamen Sekretärin Witha mit dem BKA-Vizepräsidenten verbinden. Seine Nummer war weder registriert noch konnte jemand, dank einer raffinierten Verschlüsselungstechnik, die Leitung abhören oder nachverfolgen. Croy schaltete aus Sicherheitsgründen dennoch die Funktion der Videoübertragung ab.

Als Kaltenborn in der Leitung war, klang sein Ton freundlich genug, um Croy an ein zuversichtliches Ende des Gesprächs glauben zu lassen. Zunächst spulte der Ermittler schnell seine Erkenntnisse über den mutmaßlichen Verräter im tschechischen Wirtschaftsministerium, Kovarik, ab.

Kaltenborn sagte: »Leite ich an Becker weiter. Der hat mit den Tschechen eigene spezielle Erfahrungen. Was gibt's noch?«

Klug baute Croy nun noch einmal das Gespräch mit Malichova nach. Am Ende angelangt, sagte er in bestimmtem Ton: »Bevor ein paar korrupte Militärs auf eigene Faust das abgeschriebene Y3 anbieten, sollte das Depot vernichtet werden.« Angespannt lauschte er in den Hörer.

»Und wer sollte das Ihrer Meinung nach tun? Die Tschechen sicher nicht.«

»Wir«, antwortete Croy in forschem Ton. »Wir sind vor Ort und können eine Bombe im Schlaf ...«

»Viel zu gefährlich«, unterbrach Kaltenborn. Seine Stimme klang zunehmend knurriger.

»Mit Storm und seinen Optikkenntnissen ist das ein Kinderspiel«, entgegnete Croy.

»Ich bin nicht dafür. Außerdem brauchen wir grünes Licht aus dem Kanzleramt. Wenn in Semtin was schiefgeht, machen uns der Kanzleramtsschef, der Innenminister, am Ende die Kanzlerin und dazu noch die Prager Regierung die Hölle heiß.«

Croy ließ nicht locker. »Es ist eine einmalige Chance. Die Tschechen sind nicht zimperlich, wenn es um Devisenbeschaffung geht.«

»Kennen Sie deutsche Untersuchungsausschüsse? Da geht's nicht nur um Wahrheit, da geht's auch um Parteiinteressen. Cromme ist ein Roter und fürchtet nichts mehr als Freistöße von den Schwarzen. Wenn die den Ball im Tor versenken, sind die Sozis geschwächt und Cromme wird geschlachtet.«

Croy überging den Fußballvergleich und legte nach: »Geht etwas schief, könnten wir immer noch Storm die Sache in die Schuhe schieben. Ich könnte Spuren hinterlassen …«

Kaltenborn grunzte etwas Unverständliches. Dann fragte er eher beiläufig: »Sie würden Storm ans Messer liefern? So wenig mögen Sie ihn?«

»Ich würde jedenfalls von ihm ganz sicher keinen Gebrauchtwagen kaufen«, schoss es aus Croy heraus.

»Verstehe«, kommentierte Kaltenborn kurz. »Wie sieht denn Malichova die Sache?«

»Sie bekam leuchtende Augen«, flunkerte Croy.

»Das wundert mich nicht«, murmelte Kaltenborn in den Hörer. Bevor Croy nachfragen konnte, wechselte sein Chef kurzerhand das Thema. »Es gibt Neuigkeiten über den Cessna-Absturz. Die Blackbox hat Explosionsgeräusche und eine Diskussion der Piloten aufgezeichnet. Am Wrack fand man die gleichen Sprengstoffspuren wie an Rumpfs Wagen. Y3. Es ist vielleicht eine gewagte Vermutung, aber könnte es sein, dass sich die Täter den in Semtin vermissten Y3-Sprengstoff aufgeteilt haben?« Er machte eine winzige Pause. Croy hörte schweigend zu. »Sie müssen sehr vorsichtig operieren, Markus. Wir sind unter Umständen einer riesigen und verdammt clever strukturierten Terrorzelle auf der Spur. Wenn Sie in Gefahr geraten, sagen Sie es. Wir arbeiten von hier aus mit Mann und Maus an dem Fall.«

Croy spürte seinen Puls. »Sind denn unsere Truppen schon in Dresden aktiv?«

»Bisher haben wir noch keine Spur von diesem Hilpert. Wir klappern derzeit alle V-Leute in der Szene ab.«

»Gut.« Croy sah sich mit witternden Augen um.

»Und wegen Semtin hören Sie von mir. Ich starte mal intern ein paar Meinungsballons«, sagte Kaltenborn. »Ansonsten: übliche Vorgehensweise. Und bleiben Sie wachsam.«

Croy gab den folgsamen Ermittler, trennte die Leitung und versorgte sich an einem mobilen Imbissstand mit heißem Tee und einer Ladung frittierter Kartoffelchips.

21

**Kurort Piečany,
Slowakische Republik,
gleicher Tag, 12:44 Uhr**

Wenn man kurz vor Bratislava in Richtung Südwesten die Staatsstraße N 54 verlässt, führt eine schlau ausgebaute Abkürzung in den etwa 100 Kilometer entfernten Kurort Piečany. Das von Bergen umschlossene Kaff bietet ein Wellness-Zentrum von der Güte Karlsbads, hat aber gerade mal die Mondänität einer Garage in Monte Carlo.

Hier trifft man vor allem Menschen, die Gicht, Rheuma, Osteoporose oder sonstige kranke Knochen haben.

Vor beinahe vierzig Jahren hatte hier das DDR-Ministerium für Staatssicherheit ein Kurheim für erholungsbedürftige oder ausrangierte Agenten gebaut, eine Art Rückzugsgebiet, in dem es den unausgesprochenen Kodex gab, sich gegenseitig nicht zu behelligen. Hier hatte man sich in der Abgeschiedenheit der slowakischen Berge in trauter Eintracht Schattengeschichten erzählt und den Doktoren – ohne Angst vor einem überraschenden Tod – den eigenen Leib überantwortet.

Michael Storm war hier immer noch bekannt. Eine alte Verbindung hatte ihm ein Apartment gebucht, obwohl das Kurheim längst von einem privaten Investor aufgekauft und für jedermann umgebaut worden war. Storm, der an einem Hüftleiden litt, lag seit acht Uhr auf verschiedenen Massagebänken. Der Mittagstermin war von seinem behandelnden

Arzt überraschend anberaumt worden. Eine neuartige Lehmbehandlung, hatte man ihm gesagt, sei besonders günstig für den Wärmeaustausch zwischen Gewebe und Knochen.

Während er von der Schwester mit der braunen Masse zugespachtelt wurde, freute er sich auf das Mittagsmenü – Wachtelbrüstchen und Chicoréesalat –, das er nun bald einnehmen würde.

Als ihm die Masseuse überraschend einen Zettel reichte, stand dort etwas, das ihn unangenehm zu elektrisieren schien. »Nirgendwo hat man seine Ruhe vor den Kollegen«, zischelte Storm und zerknüllte den Zettel, den er schnell in den Papierkorb neben der Behandlungsliege warf. Mit einem kräftigen Ruck richtete er sich auf, verscheuchte die Masseuse aus dem warmen Behandlungszimmer, stellte sich mit seinem lehmigen Körper ans Fenster und zog die Vorhänge zurück.

Auf der Straße vor dem Haus parkte mitten in einer ausladenden Pfütze ein Honda-Kombi älteren Baujahrs, in schmutzigem Weiß und mit am Heck verdunkelten Scheiben. Zwei Männer in Lederjacken und derben Jeans redeten aufeinander ein. Er wandte sich vom Fenster ab. Er kannte sie nicht. Sie interessierten ihn auch nicht. Männer dieses Aussehens gab es hier genug. Während er schnell duschte, dachte er darüber nach, welcher Grund wohl so wichtig wäre, dass zwei ehemalige Staatssicherheitsagenten die weite Reise von Berlin in die Slowakei auf sich nahmen.

Als er aus dem Bad trat, flog die Tür zum Behandlungsraum krachend auf. Die beiden Männer stürmten herein. Bevor Storm sich schützen konnte, rammte ihm einer von ihnen, ein besonders kräftig gebautes Exemplar, zur Begrüßung die Faust in die nackten Leisten. Storm japste kurz auf, erbrach sich röchelnd und kippte nach vorn aufs Gesicht. Mister Eisenfaust stierte auf den Abgang Storms.

»Das war dafür, dass Sie Ihren Arsch fürs BKA verkaufen«,

zischte der Schläger in lupenreinem Deutsch. Er umklammerte den pensionierten Geheimdienstoffizier, hob ihn wieder auf die Füße. Dann schlug er erneut zu. Storm kippte lautlos zu Boden.

»Und das ist dafür, dass Sie uns niemals vergessen.« Eisenfaust lachte gehässig.

Sie verließen den Behandlungsraum, setzten sich in ihr Auto und fuhren gemächlich davon. Storm blieb in einer Lache Erbrochenem reglos auf dem Boden liegen.

Aus dem Auto meldeten die Männer Vollzug nach Berlin. BND-Agent Strachow war zufrieden. Storm würde zweimal nachdenken, bevor er weiter für Croy arbeitete.

Der ehemalige Stasi-Agent brauchte einige Zeit, bis er wieder vollständig zu sich kam. Dann führte er ein längeres Telefonat in englischer Sprache. Er dachte kurz darüber nach, ob er Kaltenborn oder Croy kontaktieren sollte. Es war noch zu früh dafür, entschied er. Er beschloss, noch am gleichen Tag abzureisen.

Die lahme Novembersonne warf lange Schatten auf das Städtchen Piečany, in dem man für ein bisschen Geld eine wirklich fabelhafte Betreuung bekommen konnte.

22

Dresden-Neustadt,
ein Apartment in der Louisenstraße,
gleicher Tag, gegen 21:00 Uhr

»Bleibe niemals stehen, wenn du auf der Flucht bist. Und laufe niemals geradeaus.« Obwohl Franz Hilpert diese für einen Geheimdienstagenten lebenswichtigen Sätze kannte, richtete er sich nicht danach. Er erlag den Verlockungen weiteren Agentenlohns. Seine beiden Männer hatten am gestrigen Morgen Dresden mit Ziel Prager Flughafen verlassen, um einen BKA-Beamten abzufangen, der seinen Auftraggebern im Weg war. Zusätzlich dazu erschien ihm ein überstürzter Abgang aus Dresden als zu gefährlich; das Attentat lag zwar schon mehr als eine Woche zurück, doch waren die Straßen, Bahnhöfe und der Dresdner Flughafen voll von Männern in Zivil und Streifenbeamten, die nach dem Zufallsprinzip Ausweiskontrollen vornahmen. Rumpfs Tod machte die Beamten des Sächsischen Innenministeriums aktiv und weckte vollstreckerische Fantasien.

Spätestens um Mitternacht würden seine Kumpane hier wieder auftauchen. Er fragte sich, ob alles glatt gelaufen war. Einen BKA-Beamten an einem Vormittag zumindest krankenhausreif zu schlagen, war zwar als Auftrag an sich nicht schwierig; aber man wusste vorher nie, welche Zufälle einem den Plan vermiesten.

Hilperts Verbleiben in Dresden und seine falsche Einschätzung der Lage waren aber auch ein Resultat seines wechselvollen Lebens. An diesem Mittwochabend stand eine Flasche polnischer *Wodka Wyborova* vor ihm, aus der er sich mit kräftigen Schlucken bediente. Er ließ es geschehen, dass seine Gedanken in die Vergangenheit kippten. Er dachte an die Stationen seiner Agentenkarriere und wie es dazu kam, dass er eines der größten militärischen Geheimnisse der Amerikaner erst an die DDR und dann weiter an den KGB verraten konnte. Dass er sich nach Jahren im Gefängnis und einem Job im zivilen Leben nun selbst wieder aktiviert hatte, war nur eine Folge seiner Enttarnung, die er bis heute nicht verstand und verarbeitet hatte.

Hilperts Blick verschleierte allmählich, er spürte Gefühle der Dankbarkeit. Er sah liebevoll und angetrunken auf die Gegenstände der kleinen Wohnung, von der er glaubte, dass sie ihm ausreichend Schutz bot. Die Einrichtung war schlicht:

ein Zimmer, ein fensterloses Bad, eine winzige Küche. Die Wände waren ohne Tapeten und weiß gekalkt; ein stabil gearbeitetes Doppelstockbett und eine Einzelliege, ein runder Tisch, drei Lederstühle und eine alte Kommode aus den Zwanzigerjahren waren das einzige Inventar. Die schmucklose Miniwohnung bot allerdings eine Raffinesse, die für ungebetene Gäste nicht auf den ersten Blick erkennbar war. In die niedrige, abgehangene Decke war eine Klappe eingelassen, durch die man zu einem lang gezogenen Stauraum von etwa einem Meter Höhe kam.

Dass er hier mit den anderen Mördern Rumpfs unterkommen konnte, verdankte er einem alten Bekannten, einem Ex-Major des MfS, der vor mehr als zwanzig Jahren sein Führungsoffizier gewesen war. Die Wohnung lag dicht an der Elbe, von wo aus man im Schatten der Nacht per Boot unbemerkt die Stadt verlassen konnte. Alle wichtigen Verkehrsverbindungen auf Straßen und Schienen waren zu Fuß schnell zu erreichen, und die für Besucher beinahe unsichtbare Klappe in der Decke eignete sich vorzüglich zur Tarnung auffälliger Gerätschaften. Hier hatten die Männer zur Vorbereitung des Attentats auf Rumpf ihre 45er Heckler & Koch Revolver, Munition, drei Tauchermesser, Elektromaterial wie Schnüre, Schalter und Lämpchen, einen teuren Laptop mit Steuerungsprogrammen, in Ölpapier sorgfältig verpackten und verschnürten Y3-Sprengstoff, Taschenlampen, Handschuhe, Mützen, Pflaster zum Abkleben von Schuhabsätzen, zwei starke Linsen und einen Laser mit dazugehörigen Batteriepaketen gelagert.

Durch die Fenster des Apartments sah Hilpert in das Dunkel dieses Spätherbstabends hinein. Er war zu einem elenden Trinker mutiert, der das Leben eines Staatssekretärs, seines Referenten und eines Chauffeurs nüchtern, intelligent und ohne Skrupel ausgelöscht hatte. Trotz seines Zustands trieb es ihn hinaus.

Er griff nach seinem Parka, zog sich eine schwarze Wollmütze über den Kopf, schnallte sich – eher unbewusst – ein Tauchermesser aus seiner Waffentasche um die Wade und erhoffte sich vor der Tür einen passenden Ausklang des Tages. Es hatte sich eingeregnet. Die Tallage Dresdens gab für Wasser von oben ein gutes Ziel ab.

Im Stadtteil Neustadt überquerte Hilpert, der Anführer von Rumpfs Attentätern, die Kamenzer Straße, lief weiter geradeaus zur Böhmischen Straße und betrat nach wenigen Metern das Lokal *Pinotage,* eine Weinstube mit fleckigem Holzmobiliar und einer Speisekarte, die ihren Namen nicht verdiente.

Die Uhr an der Wand des Lokals zeigte auf 21 Uhr 12. Im Berliner BKA-Präsidium wurde in diesem Moment die Fahndung nach Hilpert vorbereitet und in den Druck gegeben. Ihr Inhalt würde zusätzlich in Kürze an alle Polizeidienststellen in Sachsen mittels Fax, E-Mail und das behördeneigene Intranet gesendet werden.

Außer Hilpert war nur die Bedienung in der Weinstube anwesend.

»Falls Sie etwas essen wollen, müssen Sie sich was anderes suchen«, begrüßte ihn die Kellnerin am Eingang. Sie war klein, etwas rundlich, wirkte aber kräftig und trug ihre kastanienbraun gefärbten Haare kurz geschnitten. »Der Koch hat sich krank gemeldet.«

Hilpert schüttelte nur kurz den Kopf, schwang sich etwas unsicher auf einen Barhocker, bestellte Wodka mit Orangensaft und trank ihn in einem Zug aus. Er sah etwas benebelt über die schwarze, blanke Theke hinüber zum Flaschenregal. Dann bestellte er einen weiteren Saft mit Schnaps, den er genauso schnell hinunterkippte. Die Kellnerin brachte Haselnüsse in einer Plastikverpackung. Er riss sie auf, verstreute die Hälfte der Nüsse. Sie fielen zu Boden.

»Schmecken fabelhaft«, krähte er über die Bar.

»Trinken Sie noch einen, dann schmeckt Ihnen sogar die Packung«, schallte es zurück.

Der Wodka machte seine Sinne stumpf, seine Gedanken begannen zu schwimmen. Wie plötzlich freigelassene Geister wirbelten ihm die Ereignisse der vergangenen Tage durch den Kopf. Er hatte wegen des Anschlags kein schlechtes Gewissen; vielmehr dachte er, dass manche Dinge eben erledigt werden mussten. Dennoch kamen ihm diffuse Zweifel. Einmal Tschekist, immer Tschekist, wehrte er diese Gefühle im Innern ab, ballte dabei die Fäuste und empfand doch seine Hände als seltsam willenlos.

Der Spiegel dem Tresen gegenüber zeigte ein aufgedunsenes Gesicht mit rötlicher Haut und verlebtem Ausdruck. Die dunklen Haare des Kopfes standen von der Nässe borstig ab.

Hilpert wankte vom Tresen zu einem in der Ecke halb verdeckten Ecktisch und fiel mit schweren Beinen betrunken in den Stuhl. Dort blieb er eine Weile regungslos sitzen. Draußen vor der Tür wirbelte der Wind aus dem Dunkel eine gelbe Einkaufstüte in die Luft und schleuderte sie gegen ein Fenster des Lokals.

»Gesegnet sind Menschen, die an etwas g ...glauben«, stolperte seine schwere Zunge zu einem imaginären Gegenüber.

»An Musik, an eine Frau, an einen anständigen Drink ... und an das große Bäng-Bäng.« Hilperts Zähne mahlten, obwohl sein Mund leer war. Er nahm eine Serviette und wischte sich den Mund. »Ich war mal Dirigent«, lallte er, »aber wo ist mein Orchester?« Er hieb mit der Faust auf den Tisch.

»Bedienung!«, brüllte er.

Hinter der Theke rührte sich was.

»Ihnen reicht's wohl für heute«, stellte die Kellnerin unerbittlich fest, als sie an seinen Tisch trat. Sie griff nach dem leeren Viertelliterglas. Hilpert packte sie hart am Handgelenk.

»Schätzchen«, drohte er, »willst du Ärger machen?«

»Lassen Sie mich los«, fauchte sie, »ich hol sonst die Polizei!«

»Die Polizei?« Hilpert prustete lauthals über den Tisch. »Ich *bin* die Polizei!«

»Ach so?«, höhnte sie. »Dann bin ich *Lara Croft*, die sich das nicht mehr lange mit ansieht. Also lassen Sie mich verdammt noch mal los!«

Hilpert schien überrascht und parierte sofort. Die rundliche Kellnerin kehrte zum Tresen zurück. Aus sicherer Entfernung sagte sie: »Und nun verlassen Sie schleunigst das Lokal, bevor ich Sie dazu zwingen muss.«

Hilpert stierte sie an.

»Mach mal halblang, Mädchen. Einen bringst du mir noch, und dann bist du mich los.«

Sie kaute auf ihren Lippen und dachte nach. Doch sie blieb hart.

Hilpert drückte sich aus dem Stuhl und wankte auf sie zu. Sie wich vom Tresen rückwärts weg, verstolperte sich. Geistesgegenwärtig griff sie nach dem Kneipentelefon, das in einer Funkstation friedlich blinkte. Sie glitt in die Küche zurück, schlug die dünne Holztür zu und verriegelte sie von innen. Dann wählte sie hektisch die Notrufnummer der Dresdner Polizei.

Hilpert war ihr langsam gefolgt, nahm Anlauf und warf sein gesamtes Gewicht gegen die Barrikade. Die Küchentür war nur aus billiger Spanplatte gebaut, brach sofort aus den Angeln und krachte gegen einen Metallblock, der in der Mitte des Kochraums installiert war. Rumpfs Mörder verlor das Gleichgewicht und schlug hart auf dem Fliesenboden auf. Die Kellnerin floh an ihm vorbei in den benachbarten Büroraum, den sie zweimal hinter sich verschloss. Mit aller Kraft schob sie den Schreibtisch von innen gegen die Tür. Sie atmete erschöpft durch.

Hilpert rappelte sich auf und lehnte, mit einer Platzwunde am Kopf, an der lang gestreckten Arbeitsplatte des Kochs. Sein Blick war verschwommen, er schwankte, hielt sich kaum aufrecht. Blut hämmerte in seinen Schläfen. Er presste eine Serviette an die Wunde auf der Stirn. Dabei versuchte er, seine Blicke scharf zu stellen. Es gelang ihm nur mit Mühe. Er machte sich über ein Holzbrett mit aufgeschnittenen Käse- und Wurstscheiben her. In aller Ruhe aß er, durchsuchte dann die Vorratsschränke, fand ein Baguette und riss es grob auf.

Es waren etwa zehn Minuten vergangen, als er das Geräusch neuer Gäste hörte, die das Lokal betraten.

Eine kräftige Männerstimme sagte: »Hier ist die Polizei. Ist dort jemand?«

Plötzlich wurde Hilpert klar, dass er einen Fehler gemacht hatte. Sein Herzschlag nahm Fahrt auf. Ihm fiel ein, dass sein Parka im Gastraum hing. Er sah auf die zerstörte Tür. Die Polizisten schritten vorsichtig durch das Lokal auf den Tresen zu. Noch konnten sie Hilpert nicht sehen, weil die Küchentür am Ende eines schmalen Ganges lag, der durch eine Wand vom Tresen abgetrennt war. Der Exagent dachte so scharf über einen Ausweg nach, wie es ihm der Alkohol in seinem Blut erlaubte. Da die Küche zu ebener Erde lag, waren ihre Fenster vergittert. Der Weg nach draußen führte über den Tresen. Ihm blieb die alleinige Erkenntnis, sich der Situation zu ergeben. Hilbert versuchte jetzt nur noch, so nüchtern wie möglich zu denken.

Die Beamten kamen nacheinander auf ihn zu, wobei der kleinere der beiden an seiner Pistolentasche nestelte.

»Bleiben Sie sehr ruhig dort stehen, wo Sie jetzt sind.« Die Stimme klang nach einem Mann, der gut ausgeschlafen hatte. Hilpert war brav. Der Polizist war nicht nur sehr viel größer als er, sondern auch auffällig breit gebaut. »*Sie* haben *hier* doch ganz sicher nichts verloren«, schnarrte er. »Drehen Sie sich um und legen Sie die Hände auf die Arbeitsplatte – aber *ganz* langsam!«

Der Muskelprotz tastete Hilpert von oben bis unten ab.

»Was ist denn das hier?«

Der Beamte zog erstaunt das Tauchermesser aus dem Halfter, das Hilpert an seiner Wade umgeschnallt trug.

»Das ist *mein* Schutz«, sagte Hilpert forsch. Der Polizist reichte das Messer stumm an seinen kleineren Kollegen weiter, der es intensiv begutachtete.

Inzwischen war auch die Kellnerin aus dem sicheren Büroraum geeilt und hatte sich hinter die Männer in Uniform gestellt.

»Er ist ein mieser Typ«, sagte sie. »Gewalttätig und unzurechnungsfähig. Am besten, Sie stecken ihn in eine Ausnüchterungszelle.«

»Stopp …«, schnitt ihr der Muskelprotz das Wort ab und wandte sich wieder Hilpert zu.

»Haben Sie das hier angerichtet?«

Hilpert nickte wortlos.

»Sachbeschädigung, vielleicht unerlaubter Waffenbesitz, vielleicht auch Nötigung. Haben Sie Ihren Ausweis dabei?«

»In meiner Jacke. Sie hängt über dem Stuhl am Tisch«, sagte Hilpert kleinlaut.

Auf ein Zeichen hin schoben die Polizisten Hilpert an der immer noch wütend blickenden Kellnerin vorbei aus der Küche in den Gastraum.

Mit breiten Beinen blieb der trainierte Polizist vor Hilperts Tisch stehen und hielt den Ausweis ins Licht. »Hilpert, Franz, wohnhaft in Trier, Jesuitenstraße.« Der nickte wie mechanisch. Er ärgerte sich jetzt, keinen gefälschten Pass für diesen Auftrag benutzt zu haben. Ich werde zu alt für diesen Job, dachte er.

Das Foto auf dem Ausweis zeigte einen Mann um die fünfzig mit dunklen Locken, die ein wenig über die Ohren standen. Die hellen Augen bildeten einen scharfen Kontrast zu den Haaren auf dem schwarz-weißen Foto.

»Und wo wohnen Sie hier in Dresden? Hotel? Pension? Privat?« Der Polizist klang genervt.

Hilpert dachte scharf nach und sagte: »Privat. Bin auf Besuch bei einem alten Freund aus Studententagen. Sie wissen schon, Erinnerungen auffrischen und so.«

»Ah ja, Erinnerungen auffrischen. Sagen Sie uns die Adresse.«

»Ich reise morgen ab«, sagte Hilpert viel zu schnell.

»Ach wirklich?« Der Polizist hatte plötzlich ein hartes Glitzern in den Augen. »Dann nehmen wir Sie besser gleich mit, was?«

Hilpert knickte ein. »Louisenstraße 54, dritter Stock, rechts. Name fehlt an der Haustür.«

»Und wie heißt … Ihr werter … Studienfreund?«, fragte der Polizist gedehnt.

Hilpert sagte den Namen.

»Überprüfe sie beide mal«, wandte sich der große an den kleinen Polizisten, der eilfertig nickte, aus dem Lokal schlurfte, sich hinters Steuer setzte und ein Sprechgerät vor den Mund drückte.

Hilperts Hände waren nass, sein Gleichgewichtssinn spielte verrückt. In Sekundenbruchteilen schossen ihm Gedanken darüber durch den Kopf, ob er oder sein Vermieter wegen *irgendetwas* bei der Polizei aktenkundig sein könnten. Er lenkte sich mit Reden ab, sprach von Lunge auf Zunge, plapperte einfach drauflos.

»Ich war besoffen und hatte noch Durst. Dann wurde ich wütend, weil ich von der Dame des Hauses nichts mehr zu trinken bekam. Entschuldigen Sie diesen Ausrutscher.«

Der Polizist sah ihn mit wachen Augen regungslos an. Das Glitzern war verschwunden.

»So eine Überprüfung kann ein paar Minuten dauern.« Hilpert griff in seine Innentasche. Der Polizist knurrte: »Na?«

Hilpert hielt eine Zigarettenpackung in den Händen.

»Stört es Sie, wenn ich rauche?«

Der Polizist schüttelte so unbeteiligt den Kopf wie ein Mann ohne Gedächtnis. Er starrte stattdessen in den Spiegel an der Wand. Sein Gesicht wurde nicht gnädiger behandelt als das seines Gegenübers.

Sie standen und warteten. Noch immer war kein weiterer Gast in das Lokal gekommen. Es hatte zu schneien begonnen. Die Kellnerin polierte Gläser und sah ab und an neugierig auf die beiden Männer, die sich gegenüberstanden wie zwei Rivalen, die einander eine Pause gönnten. Endlich kam der zweite Polizist zur Tür herein und wedelte dabei mit einem grünlichen Zettel. Die Beamten besprachen sich kurz am Tresen und winkten dann die Kellnerin zu sich.

»Wenn Sie eine Anzeige wegen Sachbeschädigung und Nötigung machen wollen, haben Sie jetzt die Gelegenheit.« Sie wollte.

Und dann, an Hilpert gewandt, sagte er: »Je nachdem, wie der Staatsanwalt entscheidet, werden Sie entweder nochmals vorgeladen oder müssen schriftlich zu den Vorgängen hier im Lokal Stellung nehmen. Ansonsten können Sie gehen. Gegen Sie liegt aktuell nichts vor. Schlafen Sie sich aus.«

Hilpert nickte wortlos und verließ mit schnellen Schritten das Lokal. Weg aus Dresden, dachte er nervös, und zwar auf kürzestem Wege.

Nur kurze Zeit später bekamen die Polizeidienststellen Dresdens Post vom Bundeskriminalamt in Berlin. Hilperts zeitlicher Vorsprung betrug nicht einmal fünf Minuten.

Für Katja Kirchner waren die vergangenen Tage eine Qual gewesen. Ihre erzwungene Anwerbung als *Quelle* machte der

Journalistin zu schaffen; sie wehrte sich auch mit Vehemenz dagegen, zu einer Verräterin für ihre beste Freundin Emma zu mutieren. Sie sah in ihr weder eine Gefahr für den Staat noch konnte und wollte sie glauben, dass sie überhaupt für irgendjemanden eine Bedrohung darstellte. Also fand sie immer wieder Ausreden, ihr nicht zu begegnen oder sie gar zu besuchen.

Anrufe Emmas ließ sie unbeantwortet oder ging erst gar nicht ans Telefon. In der Redaktion ihrer Zeitung meldete sie sich krank. Zwar hatte sie noch einen längeren Kommentar über das Attentat an Rumpf und die möglichen Hintergründe veröffentlicht, doch geschrieben war er einen Tag, bevor die unbekannten Männer sie in den Golf gezerrt und in das Lagerhaus gebracht hatten.

Wie Rotorblätter eines Windkraftwerks kreisten ihre Gedanken immer um die gleiche Frage: Wem konnte sie sich anvertrauen? Der Druck, der seit einigen Tagen auf ihr lastete, wurde zum ständigen Begleiter, am Tag und in der Nacht. Sie fühlte sich schlapp und krank. Einerseits wollte sie ihre Freundin Emma trösten und ihr in ihrem Schmerz beistehen; andererseits erwarteten die dubiosen Agenten Ergebnisse. Ihr Hund spürte die seelischen Kämpfe; er verkroch sich tagsüber meist in seinem Korb neben der Eingangstür ihres Berliner Apartments.

Berichte von Journalisten über Geheimdienste und ihre umstrittenen Zugänge zu Informationen hatte sie zwar gelesen, doch besonders berührt war sie davon nie gewesen. Ihre Meinung glich der anderer Journalistenkollegen auch: Geheimdienste waren ein notwendiges Übel und deren Informanten wie Larven, die sich in menschliches Übel hineinfraßen und fett darüber wurden. Niemals zuvor hatte sie auch nur einen Gedankenfetzen daran verschwendet, selbst zu einer solchen Larve zu werden und andere zu nähren.

23

Manhattan, New York City,
gleicher Tag,
10:12 Uhr Ortszeit

Die Firma *Autumn Leaves Inc.* residierte in einem eher unauffälligen Haus aus den Siebzigerjahren, das mit seiner Eingangsfront zur Südseite des Rector Place in Downtown Manhattan zeigte. Der Bürgersteig davor war mit weißen und anthrazitfarbenen Marmorplatten belegt, die über den Sommer und den fortgeschrittenen Herbst eine Patina aus Moos und Mikroschlamm angesetzt hatten. Zwei Videokameras waren links und rechts an der Häuserwand zur Straße angeschraubt. Das Haus war viereckig und zwei Etagen hoch. Das obere Stockwerk war nach hinten versetzt und hatte eine Terrasse. Darunter waren zwei breite, nebeneinanderliegende Fenster in die Front eingelassen, über die der Architekt jeweils zwei hervorspringende Leisten aus braunem Backstein gesetzt hatte.

Der einzige Zugang zum Haus von der Straße war eine rund zwei Meter hohe Pforte, die mit schmiedeeisernen Verzierungen versehen war. Den Mittelpunkt des linken Tores bildete ein Putte mit Flügeln an den Schultern, der in der rechten Hand einen Kreuzstab und in der linken ein Stilett hielt. Um den barocken Engel herum rankten sich schmiedeeiserne Zweige mit Weinblättern und Trauben.

Ein schwarzer Geländewagen hielt vor dem Haus, ein nur wenige Tage alter *Dodge Nitro*, der mit seiner martialisch wirkenden Front – einem übergroßen, verchromten Malteserkreuz auf einem riesigen Grill – wie ein Gefährt aussah, das in einen Glaubenskrieg zog. Sein Besitzer, Thomas Gordon Spread, der Chef der Firma, durchschritt auf seinem Weg ins Haus eine Art Laubengang, der von beiden Seiten durch eine inzwischen kahle Rosenhecke begrenzt wurde und hoch genug war, um sie gefahrlos passieren zu können. Spread kam von einem Termin im World Financial Center. Er schritt mit schnellem Gang über das mit einem lackierten Holzfußboden ausgelegte Eingangsvestibül. Spread war ein elegant gekleideter Mann. Sein grauer Flanellanzug saß maßgerecht an ihm; der Hemdkragen schien betoniert, und die Ledersohlen seiner schwarzen Budapester machten auf dem Holz vornehm klackernde Geräusche.

Die Gesellschaft saß im ersten Stock hinter schwingenden Glastüren. Die Scharniere waren mit schwarzem Marmor eingefasst. Im offenen Empfangsraum, der durch einen halbrunden Tresen aus schwarzem Mahagoniholz in ein Davor und ein Dahinter geteilt war, saß eine Frau Mitte dreißig mit brünetten Haaren in einem hellblauen Kostüm mit einer goldenen Brosche über der linken Brust und tippte etwas in ihren Macintosh-Computer. Die Frau beugte sich über den Tresen und sah mit gewinnendem Lächeln zu ihrem Chef. Spreads knochiges Kinn ragte viel zu lang und spitz aus seinem Gesicht heraus, als dass sie hätte sagen können, er sehe gut aus.

Leise fragte sie: »Hatten Sie einen angenehmen Tag, Mr. Spread?« Ihre Augen leuchteten dabei wie zwei Kristalle.

Spread verscheuchte mit der Hand eine Fliege, die sich auf das Flanell seines Armes gesetzt hatte.

»Ja, Emily, und Sie?«

»Natürlich, Sir. Ihre beiden Besucher sind schon da. Sie haben sogar schon etwas vorlaut gefragt, wo Sie denn blieben.«

Spread warf seine Stirn in Falten. Das Meeting war für

zehn Uhr verabredet, und er mochte es nicht, ein schlechtes Gewissen zu haben, nur weil die Zeit etwas fortgeschritten war.

Unsichtbar für ihn spähte ein klein gewachsener Mann mit rötlichen Haaren und asiatisch geschnittenen Augen um die Ecke des Flures und sah, wie Spread den Besucherraum betrat. Als er verschwunden war, schlenderte der Halbasiate an den Tresen und flüsterte dem Mädchen etwas zu.

Emily nickte wortlos und lächelte dabei verschwörerisch.

Der Mann verschwand hinter einer weiteren Glastür am gegenüberliegenden Ende des Flurs. In ein messingfarbenes Schild waren sein Name und seine Stellung eingraviert: *Alister Hu McCann · Finance Controlling*. Sein Chef vertraute ihm und mochte ihn, er war seine rechte Hand.

Spread, der sich dem Lager amerikanischer Rechtskonservativer zugehörig fühlte, war ein Wirtschafts- und Politikwissenschaftler, der seit seiner Pensionierung vor zwei Jahren als Senior Fellow des *Federal Institute for Energy Sources (FIES)* die Fäden des einflussreichen Think Tanks der Vereinigten Staaten in der Hand hielt. *Autumn Leaves* war nur ein Zweig des Netzwerks, allerdings ein bedeutender. Er stellte die Verbindung in das politische Europa und zu seinen Vertretern aus Politik und Wirtschaft her.

Einer von Spreads Besuchern hieß Boyan Chopov, ein 35-jähriger Yale-Absolvent, der nach einem Slawistik- und Ökonomiestudium in einer der größten Wirtschaftsberatungsgesellschaften New Yorks arbeitete. Er beriet vor allem russische Klienten aus der Energiewirtschaft und half ihnen, den Weg nach Westen zu finden. Da die großen Öl- und Gaskonzerne mehrheitlich in Staatsbesitz waren und noch immer sind, war sein Tätigkeitsfeld so vielgestaltig wie die Fantasien der Russen über den Wert eigener Energiereserven.

Der andere Besucher, der ein Jahr ältere Ralph Weinstein, war ebenfalls Absolvent der Yale University und steuerte inzwischen als Anlageberater bei Goldman Sachs von New York aus Termingeschäfte am Ölmarkt in Rotterdam.

Beide waren sie zwar nur assoziierte Mitglieder des *Federal Institute for Energy Sources*, strebten aber wie Einser-Studenten mit unübersehbarem Ehrgeiz danach, vollwertige Mitglieder in jenem Geheimclub zu werden, der die US-Administration seit den Sechzigerjahren mit mehr oder weniger großem Druck in bestimmte außenpolitische Entscheidungen drängte. Für sie war, wie für viele andere Mitglieder auch, der *FIES*-Gründer Samuel Linklater eine Art Vaterfigur, ein Gott, der den Traum von amerikanisch definierter Freiheit und Profit zum selig machenden Credo erhoben hatte.

Chopov und Weinstein hatten sich gerade über das vom Fenster aus gut sichtbare Staten Island unterhalten, als Spread von hinten an sie herantrat.

»Fantastische Aussicht, nicht wahr?« Unter ihnen kräuselte sich das Wasser des Hudson River, auf dem jetzt unzählige Fähren unterwegs waren, die einen Teil der Inselbewohner zur Arbeit nach New York City brachten.

»Ich hörte, Sie waren ungeduldig? Die Präsidentin ist keine Frühaufsteherin, müssen Sie wissen …« Ihr Gastgeber lächelte süffisant.

Spread setzte sich dem Fenster gegenüber an die Stirnseite des schmalen, nur etwa zwei Meter langen Konferenztisches, während die beiden anderen sich jeweils links und rechts von ihm niederließen.

Der Senior Fellow zog einen schwarzen Ordner aus seiner Aktentasche. Er hielt ihn geschlossen.

»Dieses Treffen und alle Informationen, die Sie nun hören, sind *top secret*. Haben wir uns verstanden?«

Beide Männer nickten stumm und sahen ergeben auf Spread.

»Sie werden sich sicher fragen, warum Sie hier sind?«

Die gleichen Blicke.

»Abgesehen von Ihren hervorragenden Referenzen verfügen Sie beide über die außerordentliche Qualifikation, die jeweiligen Sprachen der beiden Partnerländer nicht nur fließend zu sprechen, sondern auch deren Mentalität und wirtschaftsgeschichtliche Entwicklung zu kennen. Und da Sie auch noch dem FIES zumindest als assoziierte Mitglieder angehören, dürften Ihre Interessen mit denen unserer Stiftung übereinstimmen.«

Chopov und Weinstein fühlten sich sichtbar geschmeichelt. Spread, dem das nicht entgangen war, fuhr ein wenig eisig fort: »Ich hoffe, mich in Ihnen nicht geirrt zu haben.«

»Oh, nein«, beeilte sich Chopov zu sagen, »ganz sicher nicht. Ihre Einladung kam für uns ein wenig überraschend, müssen Sie wissen.«

»Gut«, erwiderte Spread, »kommen wir zu den Details.«

Chopov und Weinstein richteten sich synchron auf.

»Der Jahrtausendvertrag mit Russland und Deutschland hat, wie Sie sich denken können, geopolitische Gründe. Der Irak und jüngst auch Saudi-Arabien taumeln wegen innenpolitischer Krisen und den terroristischen Anschlägen des Al-Qaida-Netzwerks an den Rand des Abgrunds, ergo: Ihre Ölmengenproduktion ist unvorhersehbar und dadurch für die Kunden im Westen zu einem erheblichen Unsicherheitsfaktor geworden. Ähnlich verhält es sich mit anderen arabischen Ländern, die quasi über Nacht ihre Haltung zu Israel dramatisch verändern und damit auch Amerika meinen. Bleiben noch die Libyer, die Wölfe im Schafspelz ...«

Chopov hob den Finger. »Da sind aber auch noch die Lateinamerikaner ...«

Spread zog die Augenbrauen hoch. »Sehen Sie, Chopov, zu denen wollte ich gerade kommen.«

Chopov lächelte unsicher.

»Seit wir in Bolivien und Venezuela Linke als Präsidenten haben, wächst vor unserer Haustür ein Kosmos heran, der ebenfalls geeignet ist, unsere Wirtschaft aus der Bahn zu werfen. Wer weiß schon, ob andere Erdölförderländer wie Argentinien oder gar Panama mit seinem sensiblen Kanal nicht auch irgendwann linke Natterngezüchte an der Regierung haben? Kurzum ...«, Senior Fellow Spread sah bedeutsam auf seine beiden Besucher, »Amerika, und das hat Präsidentin Wood erst kürzlich wieder betont, muss sich unabhängig machen vom Öl und seinem Transport aus den muslimischen und nun auch lateinamerikanischen Ländern. Der Dreiachsen-Vertrag mit dem Codenamen Trias zwischen uns, den Russen und den Deutschen wird uns – was die Rohstoffe anbelangt – auf wundersame Weise auf Jahrzehnte hinaus vom Rest der Welt entkoppeln ...«

Weinstein, der bislang still und aufmerksam zugehört hatte, ergriff das Wort. »Mr. Spread, denken Sie nicht, dass die betroffenen arabischen Länder diesen Vertrag hassen werden? Er raubt ihnen ja nicht nur einen wichtigen Absatzmarkt, sondern auch die Chance, durch eine rigide Opec-Politik Druck auf uns auszuüben. Und da ist noch was ...« An Weinsteins Hals waren vor Aufregung rote Flecken aufgetaucht. »Die meisten Europäer sind, mit Ausnahme der Skandinavier, auch vom Öl des Opec-Kartells abhängig. Werden die Franzosen, die Italiener, die Spanier, die Portugiesen, die Benelux-Länder und nicht zuletzt auch die osteuropäischen EU-Beitrittsländer diese wirtschaftlich enorme Vormachtstellung der USA und Deutschlands nutzen, um neue Zollschranken gegen uns aufzubauen? Oder Russland die gute Nachbarschaft aufkündigen? Und was ist mit den Chinesen?«

Spread hatte all diese Fragen erwartet. Er schnipste mit den Fingern gegen sein Tonicglas.

»Sehr verkürzt kann ich Ihnen erst einmal nur so viel sagen: Die Idee, von Russland die gesamten Milliardentonnen Vorräte an Öl zu leasen, besteht seit vielen Jahren. Diese gewagte und andererseits großartige Idee scheiterte damals sowohl an der Wankelmütigkeit von Präsident Bush senior, der nach Operation Desert Storm in Kuwait keine neuen Unruhen in der arabischen Welt riskieren wollte; sie scheiterte aber auch an der Trunksucht Jelzins, seiner Unberechenbarkeit und eingeschränkten Entscheidungskraft. Vergessen Sie nicht die andauernden Misserfolge der Russen in Afghanistan und Tschetschenien. Und – das will ich besonders betonen – Trias scheiterte damals auch an der CIA selbst, die sich durch ihre Unterstützung der Taliban in Afghanistan und anderswo keinen Millimeter weit bewegen konnte oder wollte.«

»Warum hätte man für Trias die CIA gebraucht?«, fragte Weinstein erstaunt.

»Um mögliche Widerstände einzelner Regierungsmitglieder und anderer Administrationen schon im Vorfeld beeinflussen oder sogar brechen zu können«, sagte Spread kurz.

Weinstein, der es gewohnt war, als Anlageberater erst einmal auf die Risiken zu sehen, fühlte Spread weiterhin auf den Zahn. »Und warum sollte sich nun die Situation anders darstellen? Amerika und unsere Befreiungstruppen werden wegen des Irak-Engagements gehasst, die CIA operiert mit undurchsichtiger Strategie in Pakistan, dem Iran und im Jemen. Das politisch schwankende Russland wird es sich mit dem mächtigen Nachbarn China niemals verscherzen wollen, und Deutschland ächzt unter dubiosen Entführungsfällen mit muslimischem Hintergrund. Keines der drei Länder könnte sich derzeit sicher sein, nicht eine weltpolitische Bombe zu zünden, deren Folgen unabsehbar wären.«

»So berechtigt Ihre Zweifel auch immer sein mögen«, erwiderte Spread kühl, »so sehr erwarte ich von Ihnen beiden die Überzeugung, dass wir mit Trias kein Feuerwerk in einem trockenen Wald zu zünden gedenken. Wenn der Billionen-Dollar-Vertrag zum G8-Gipfel in Ostdeutschland unterschriftsreif sein soll, müssen wir noch einige Brocken aus dem Weg räumen. Und dafür brauche ich Sie.«

Spreads Mund war trocken geworden. Er griff schweigend nach seinem Tonicglas und leerte es in drei langen Schlucken. Chopov und Weinstein sahen dabei auf seinen dünnen Hals und den knochigen Adamsapfel, der bei jedem Schluck wie ein Jojo auf und nieder hüpfte.

»Noch eine Frage, Sir …«

Spread stellte sein leeres Glas ab. »Ja, Chopov?«

»In Washington, aber auch hier im Finanzdistrikt wimmelt es von Agenten unterschiedlichster Dienste und von Wirtschaftsspionen, gerade von europäischen und asiatischen Firmen. Wie kann man Trias so geheim halten, dass die Vorbereitungen und die Verhandlung der sensiblen Punkte des Vertrages ungestört bleiben?«

Spreads Begeisterung über die Frage hielt sich in Grenzen. Er müsste eigentlich jetzt davon berichten, dass es innerhalb des FIES eine verschworene Gruppe aus fünfzehn Männern gab, die in den USA, Deutschland und Russland in den jeweiligen Regierungen, Botschaften und Wirtschaftsministerien, bei global operierenden Energieversorgern und in den Präsidialkanzleien saßen und die Verantwortlichen auf Kurs trimmten. Er lächelte dennoch.

»Wir verlieren durch Entführungen im Irak, in Afghanistan, aber auch im Jemen, in Algerien und Marokko jährlich vorübergehend eine dreistellige Zahl amerikanischer Staatsbürger. Wie solche Befreiungen vonstatten gehen, welche diplomatischen Wege die amerikanische Regierung einschlägt, welche Vermittler wir einschalten und wie hoch die Summen sind, die dabei fließen – all das gelangt selten oder überhaupt nicht an die Öffentlichkeit. Seien Sie also versichert, dass unsere Task Force auch bei Trias geräuschlos und unsichtbar agiert.«

Chopov und Weinstein sahen mit fragenden Blicken auf Spread. »Wie geht es nun weiter?«, fragte Weinstein schließlich.

Spread öffnete seinen schwarzen Ordner, die Heftklammern schnappten hoch.

»In den nächsten Tagen lasse ich Ihnen Unterlagen über den Stand der Vorbereitungen zukommen. Danach werden Ihre jeweiligen Arbeitgeber einen Brief der US-Regierung erhalten. Darin steht ...«, Spread hielt nun ein solches Schreiben in der Hand, »dass Sie vom State Department gebeten werden, im Interesse der guten außenwirtschaftlichen Beziehungen zu Europa einen sechsmonatigen Beraterjob im neu gegründeten Wirtschaftsausschuss der EU-Kommission in Brüssel anzunehmen. Ihre Arbeitgeber erhalten für die Monate Ihrer Auszeit eine Ausgleichszahlung, die wiederum so hoch sein wird, dass man Sie ziehen lassen wird. Ihr Honorar, das Sie für diesen Job erhalten, wird um ein Vielfaches höher sein als Ihr jetziger Verdienst. Chopov, Sie werden in etwa zehn Tagen in Moskau erwartet, und Sie, Weinstein, in Berlin.«

Spread sah auf die Uhr. Die drei Männer verabschiedeten sich. Spread war zufrieden. Dass Rumpf und Kirijenko von zwei jungen, aber talentierten amerikanischen Unterhändlern ersetzt wurden, würde im deutschen Bundeskanzleramt und der Moskauer Präsidialkanzlei mit Sicherheit nicht begeistert aufgenommen werden. Doch dort würde man sich fügen müssen. Der G8-Gipfel war bereits für den nächsten Monat anberaumt.

Ein paar Räume weiter trug der Mann mit dem irischen Namen und den chinesischen Gesichtszügen immer noch Kopfhörer und schlug gerade eine neue Seite seines Notizbuchs auf. Er schrieb das Wort *Verabschiedung*.

Kaum hatte Spread seine Firma verlassen, stand Alister Hu McCann am Eingangstresen. Emily drückte Spreads Finanzcontroller einen Briefumschlag in die Hand, den er auf der Herrentoilette sorgsam in der Sohle seines rechten Schuhs einfaltete. Dann verließ er das Haus.

24

West New York,
Konsulat der Volksrepublik China,
wenig später

Dort, wo von West New York kommend der Lincoln-Tunnel unter Wasser den Hudson River unterquert und auf die 12th Avenue in Manhattans Stadtteil Chelsea trifft, hält die Maut-Kreuzung den Straßenverkehr ewig auf. Hat man die öffentliche Schikane aber erst einmal hinter sich gelassen, ist der Weg zum Generalkonsulat der Volksrepublik China nur noch kurz.

Die Nummer 520, 12th Avenue, ist ein breit gezogener Kasten aus Glas und rötlichem Sandstein, vor dem auch an diesem Tag einige Demonstranten standen. Sie forderten die politische Unabhängigkeit Tibets und die Freilassung inhaftierter Regimekritiker. Heute war es der Name von Yue Tianxiang, dessen Konterfei auf gelbe Tafeln mit roter Schrift gepinselt war – ein Arbeiterführer der verbotenen Demokratischen Partei Chinas. Er war schon vor Jahren, genauer 1999, verhaftet worden und saß gemeinsam mit tibetischen Mönchen eine langjährige Haftstrafe ab.

Die Absperrungen vor dem Generalkonsulat waren so überflüssig wie lächerlich: Gerade mal eine Hand voll chinesischer Regimegegner sah sich einer beinahe gleichen Anzahl von Polizisten gegenüber, die nicht so wirkten, als wären sie über ihren Job besonders amüsiert. Gelangweilt lehnten sie an ihren Motorrädern und brabbelten irgendetwas in ihre Walkie-Talkies.

Ein unscheinbar gekleideter rothaariger Mann in einem blauen Mantel mit hoch geschlagenem Kragen und schräg stehenden Augen drückte die Tür der Telefonzelle an der Ecke zur 42. Straße auf und wählte die Nummer: 212-244-9456.

Er war mit einem Taxi vom Rector Place gekommen und hatte etwas mehr als eine halbe Stunde gebraucht.

Am anderen Ende meldete sich eine piepsige Frauenstimme, die ihn sogleich weiterverband.

»Ling?«, fragte McCann auf Chinesisch. Er hatte die New Yorker Residentin des chinesischen Ministeriums für Staatssicherheit, MSS, in der Leitung.

»Ja, am Apparat. Ah, Alister Hu. Was hat unser Freund heute so erzählt?«

»Reden wir bei Ihnen im Büro darüber«, forderte Spreads rechte Hand.

»Zu viele Ohren«, wehrte sie ab. »Wo sind Sie?«

»Vor dem Haus.«

»Machen wir lieber eine kleine Spazierfahrt. Wir holen Sie in zehn Minuten neben dem Tiefgaragenausgang ab.«

McCann schlenderte über die Straße zum Gebäude des chinesischen Generalkonsulats, vorbei an den Demonstranten, die Transparente schwenkten und dabei Parolen skandierten.

»Pack«, murmelte McCann. Er war der Sohn einer Chinesin und eines Iren und verabscheute die Regimekritiker seines Landes. Sie waren in seinen Augen nicht reif, die große Idee

Chinas zu begreifen. Und für eine solche hielt McCann die Verknüpfung von Staatssozialismus und liberalem Wirtschaftssystem. Nur auf diese Weise konnte es seiner Meinung nach gelingen, China die geistige, politische und wirtschaftliche Vorherrschaft im pazifischen Raum auf ewige Zeit zu sichern.

Spreads Vertrauensmann stellte sich in einen Hauseingang, von dem aus er die Tiefgaragenausfahrt gut im Blick hatte.

Zwei Jahre war es her, dass er Ling Yu über eine Freundin bei einem Abendessen kennen und fürchten gelernt hatte. Sie feierten damals den zehnten Jahrestag ihres New-York-Aufenthalts bei Pekingente, Glasnudeln, Morcheln und zwei Litern französischem Sancerre. Die attraktive Ling saß neben ihm, verströmte ein atemberaubendes Parfum und trug ein orangefarbenes Seidenkleid, das nicht viel Zweifel daran ließ, wie fraulich der chinesische Gast war. McCann dankte seiner Freundin Laura im Stillen für die Tischnachbarin, auch wenn ihm immer noch niemand erzählt hatte, wer sie eigentlich war. Zunächst sparten sie ihre Jobs aus und sprachen über ihre Familien in Amerika und China, über die wilde Kulturszene in Brooklyn und über die immer schlechter werdende Qualität mancher feiner Chinarestaurants zwischen Mott Street und Columbus Park.

»Da haben wir schon mal die Chance, New York unseren Stempel aufzudrücken«, erregte sich McCann, »und dann muss man von vergammeltem Fisch oder gepanschtem spanischem Reserva lesen.«

»Na, wenn Sie bedenken«, parierte Ling Yu lachend, »dass sich auf knapp zwei Quadratmeilen nahezu einhundertfünfzigtausend Chinesen drängen – diesem wirklich kleinen Fleckchen zwischen Lafayette, Worth, Grand Street und East Broadway –, dann wundert es mich nicht, dass darunter ein paar hundert schwarze Schafe sind.« Doch ehe sie ihren Disput fortführen konnten, begann Laura die angeblich neuesten Übernahmegerüchte unter den Buchverlagen zu verbreiten, was Ling Yu dazu nutzte, sich am Thema Job festzubeißen. Sie hörte auffällig interessiert zu, was McCann über die Firma *Autumn Leaves Inc.* zu berichten hatte, während sie mal chinesisch und mal amerikanisch miteinander sprachen.

Heute wusste McCann, warum: Ling Yu war auf der Suche nach einem Informanten, den sie bei Thomas Gordon Spread platzieren konnte, und Laura war offensichtlich eingeweiht. Obwohl es ihm als Finance Controller verboten war, Firmeninterna auszuplaudern, wirkten der Weißwein, Lings Anziehungskraft und seine Eitelkeit wie ein Türöffner zu seinem Wissen. Er erzählte Geschichten über die Kreuzverbindungen zwischen amerikanischem Kongress, Fachausschüssen und den Beratertätigkeiten des *FIES*. Über die Beeinflussbarkeit von Senatoren hatte er pikante Anekdoten parat und ließ dabei nicht unerwähnt, dass vom Weißen Haus unterschriebene Schecks sehr regelmäßig im Haus am Rector Place eingingen.

Ling Yu bekam glühende Ohren. Sie wusste nun, dass sie mit dem Halbchinesen Alister Hu McCann auf den richtigen Mann gestoßen war, den es jetzt nur noch zu ködern galt. Dass Geld kein Lockmittel sein würde, war ihr klar. Sie griff nach dem einfachsten Mittel der Geheimdienste und fragte: »Sind Sie denn sicher, in New York bleiben zu können, Mr. McCann?« Diese Frage überraschte ihn. Er griff nach seiner Serviette und wischte sich über den Mund.

»Mich brächte nichts mehr zu meinen Vorfahren zurück, wenn Sie das meinen. New York ist meine Heimat geworden. Außerdem …«, er lachte etwas zu laut, »sind mir Dollars lieber als Yuans.«

Ling Yu lächelte jetzt ebenfalls. »Ja, wir Chinesen passen uns schnell an neue Gegebenheiten an. Da haben Sie recht.

Aber Sie wissen ja: Wir sind ein großes Volk, ein gut ausgebildetes Volk, und für jeden Auslandschinesen gibt es massenweise Ersatz in China, der nur darauf wartet, die frei gewordene Position eines chinesischen Staatsbürgers einzunehmen.« Während sie ihn mit ihren dunklen, fein geschnittenen Augen ansah, fühlte er plötzlich eine unbestimmte Kälte, die von ihr ausging. Der Frost erreichte ihn, er fühlte Unbehagen.

»Ach, reden wir doch lieber über unsere Familien …«, meinte er, um dem Gespräch eine andere Richtung zu geben.

Sie hatte ihn verunsichert. Doch sie legte nach.

»Und gerade in Finanzangelegenheiten sind ja die meisten Menschen ersetzbar, es sei denn, sie sind in höchst vertrauliche Dinge eingeweiht.«

»Eben«, sagte McCann trocken. »Was meine Arbeitgeber angeht, genieße ich das höchste Vertrauen.«

»Aber auch Sie könnten Fehler machen.«

»Warum sollte ich?«

»Weil Sie vielleicht nichts dafür können.«

»Wer sollte daran interessiert sein, dass ich Fehler mache?«

»Es könnte Leute geben, die denken, dass Sie sich für einen im Sinne unserer Ideale erzogenen Chinesen zu sehr den imperialistischen Ideen Ihrer Arbeitgeber untergeordnet haben. Ja, sogar von ihnen so profitieren, dass Sie im Grunde gar kein Chinese mehr, sondern ein – verzeihen Sie dieses harte Wort – Verräter sind.«

Ling Yu wandte den Blick von McCann auf ihr Weinglas, auf das der Name des Restaurants eingraviert war. Sie ließ ihre Worte wirken, die bei McCann voll ins Schwarze trafen.

»Wie kommen Sie darauf, dass meine Seele gekauft ist?«, erwiderte er erregt. »Ich glaube an die große chinesische Sache, und niemand von den amerikanischen Langnasen könnte mich vom Gegenteil überzeugen. Wirklich nicht.« Er nahm einen tiefen Schluck.

»Dann beweisen Sie es«, sagte Ling Yu freundlich, aber fest im Ton.

»Was sollte ich beweisen, das schon da ist?«, fragte McCann unbeholfen zurück.

»Hören Sie«, antwortete Ling Yu streng. »Sie verdienen 9000 Dollar im Monat, verwalten jährlich Summen in sechsstelliger Höhe und gehören zu einer Beratungsfirma, deren Einfluss in der amerikanischen Regierung so enorm ist wie die des Zentralkomitees unseres großartigen Landes. Wir ...«, und da versprach sie sich, ohne es zu bemerken, »haben das Gefühl, dass Sie bereits von der Farbe des Geldes geblendet sind.«

Spreads Buchhalter wurde langsam wütend. Seine gute Erziehung verhinderte, dass er sie anpöbelte. Stattdessen sagte er scharf: »Wer ist denn *wir*? Sind Sie auf der Welt, um in New York lebende Chinesen zu kontrollieren und, wenn Sie Lust dazu haben, in die nächste Maschine nach Peking zu setzen?«

Ling Yu ärgerte sich jetzt furchtbar über ihren Versprecher. Doch wenn sie einen Mann wollte, der ohne Firlefanz eine Menge wichtiger Informationen absaugte, musste sie McCann als Quelle gewinnen, egal, wie viel Galle er vorher spuckte.

»Ich hatte vorhin vergessen, mich vorzustellen«, sagte sie mit vor Freundlichkeit triefender Stimme. »Ling Yu vom chinesischen Ministerium für Staatssicherheit, Residentin am chinesischen Konsulat. Wir sind zu Ihrem und dem Schutz aller im Ausland lebenden Chinesen hier.« Sie hob ihr Glas.

McCann war so verdutzt, dass auch er das Glas hob. Sie stieß mit ihm an und sagte mit fester Stimme: »Auf die chinesische Revolution!«

McCann, dem nicht entging, wie aufmerksam sie ihn bei ihrem Trinkspruch beobachtete, antwortete: »Darauf trinke ich doch gern.«

Als sie ihre Gläser absetzten, sagte Ling Yu: »Unsere Revolution muss täglich bewahrt und weiterentwickelt werden. Und dafür brauchen wir Sie, Mr. McCann.« Er nickte nur und ahnte, was ihn erwartete. Dass er keine Chance hatte, dieses Angebot abzulehnen, war ihm vollkommen klar.

Seine folgende Ausbildung übernahmen Spezialisten des chinesischen Geheimdienstes. Er opferte seinen Urlaub und viele Stunden seiner Freizeit. Agenten bildeten ihn in Nahkampftechnik aus, brachten ihm das zielsichere Schießen bei und stärkten seine Psyche bei einem längeren Aufenthalt in einem Shaolinkloster in der chinesischen Provinz Henan.

Er als informeller Mitarbeiter und Ling Yu als seine Führungsoffizierin waren mittlerweile so eng miteinander verwoben wie gute Koalitionäre einer Zwei-Parteien-Regierung. Ling Yu war Agentin mit Leib und Seele, McCann hingegen eher ein Zweifler, der allerdings erkannt hatte, wie sehr ihm seine Verbindungen zum MSS nutzten. Unterschiedliche Ansichten regelten sie bei gemeinsamen Essen oder klärenden Gesprächen an neutralen Orten.

Heute, nach zwei Jahren ihrer Zusammenarbeit, galt McCann als eine der herausragenden Quellen Pekings. Ohne ihn wären die Pläne zu Trias wohl nie ins Reich der Mitte gedrungen – Pläne, die im Pekinger Regierungspalast für ein Erdbeben gesorgt hatten.

Endlich öffnete sich die Schranke, und ein dunkelblauer Ford Maverick schoss in schneller Fahrt aus dem Dunkel der Tiefgarage ins Dämmerlicht des späten Nachmittags. McCann löste sich vom Hauseingang und überquerte die Straße. Der Wagen hielt kurz, er stieg ein, Ling Yu beugte sich zu ihm nach hinten und sagte knapp: »Gute Arbeit, Mr. McCann. Ich bin gespannt, was auf dem Chip zu hören ist. Wie groß ist Ihr Vertrauen zu Spreads Empfangsperson?«

»Sie ist fest in meiner Hand, wenn Sie das meinen«, sagte er vieldeutig. »Außerdem kann sie das Geld gut gebrauchen.«

Ling Yus Miene zeigte eine Mischung aus Zufriedenheit und Gleichmut. Sie reichte den Chip dem Fahrer und sagte: »Legen Sie den mal ein und fahren Sie uns an die Stadtgrenze zu New Jersey und dann wieder zurück. Länger dürfte die Aufzeichnung wohl nicht dauern, oder, Alister Hu?«

Er schüttelte den Kopf. Während sie, abgeschottet durch die einen Zentimeter dicken Sicherheitsscheiben des Geländewagens, den heimlich mitgeschnittenen Ausführungen Spreads folgten, tobte außerhalb des Wagens der gewöhnliche Lärm des New Yorker Verkehrswahnsinns. Hunderte Taxis kämpften gegen den Privat- und Lieferverkehr. Die Hupkonzerte waren polytonal, die Menschen hinter den Lenkern aber wirkten erstaunlich entspannt. Doch die schusssicheren Scheiben des schweren Geländewagens ließen nur einen Bruchteil der Geräusche herein.

Schweigend und mit angestrengten Gesichtern hörten Ling Yu und McCann auf die sonore Stimme Spreads, die Einwürfe von Chopov und Weinstein, ihre gedanklichen Pausen, ihr Räuspern und Atmen. Nach dem Ende der Aufzeichnung griff die MSS-Residentin zum Hörer des Autotelefons und ließ sich über das an einen Kryptonator angeschlossene Hausnetz mit dem Hauptquartier des MSS in Peking verbinden. Wer jetzt mithören wollte, würde nur noch ein Kauderwelsch aus zerhackten chinesischen Silben vernehmen.

Ling Yu schilderte das Treffen der drei Männer am Rector Place ausführlich; zwischendurch streute sie kurze, aber scharfe auf Spread gemünzte Kommentare ein. Als Sie geendet hatte, lauschte sie angestrengt in den Hörer. Sie sah durch die

Frontscheibe auf die Straße. Alister McCann wunderte sich, warum sie so still geworden sein mochte.

»Gao bie«, sagte sie schließlich und legte auf.

Sie drehte ihr Gesicht zu McCann. »Es war Peking. Ein Befehl von höchster Stelle. Unser Klient soll sofort ausgeschaltet werden. Sie sind ihm am nächsten. Jetzt können Sie beweisen, ob Ihre Ausbildung gut war. Haben Sie schon mal einen Menschen getötet, Alister Hu?«

Teil 2

SCHATTEN

1

**Peking,
Ministerium für Staatssicherheit, MSS (Guoanbu),
25. November, 9:00 Uhr Ortszeit**

Der Mann, der soeben am Rande des *Tianmen*-Platzes die Allee aus Platanen entlangspazierte, war aus dem nahe gelegenen, eleganten Hotel *Oriental Plaza* gekommen. Er durchquerte jetzt das *Quianmen*-Tor und betrat eine enge, geschäftige Verkaufsstraße, die ihn an Basare in Drittweltstädten erinnerte.

Einfache Garküchen reihten sich an Geschäfte mit billigen Gebrauchsgütern, Gemüse- und Fischstände. Im *Ritan*-Park sah er den Menschen zu, wie sie in Zeitlupe Taiji-Übungen oder mit Holzschwertern Kung-Fu-Techniken trainierten. Der Mann fühlte sich immer noch müde von der langen Flugreise. Er war mehr als fünfzehn Stunden unterwegs gewesen. In der Nähe der linken Schläfe klebte ein kleines Pflaster, das eine leichte lokale Schwellung aber nicht vollständig überdecken konnte. Die Haut leuchtete an dieser Stelle grünlich-blau.

Es tat gut zu laufen, auch wenn die Luft von Fäkalien, Kochgerüchen und dem vorherrschenden Smog verseucht war. Er betrat die rustikalen *Hutongs*, die alten, einfachen Wohnquartiere mit ihren verwinkelten Straßen. Die Menschen, die ihm begegneten, spuckten nach chinesischer Manier ihren Rotz vor sich auf die Straße. Karren mit Lebensmitteln und Trauben von Radfahrern kreuzten seinen Weg. Er blickte durch offene Türen in enge Wohnräume hinein, in deren Zentrum plärrende Fernseher standen. Hier fühlte er sich wie in der Altstadt von Delhi oder Lahore.

Er hatte mit Lee Kong eine Menge zu bereden. Seit zwei Politiker aus zwei G8-Staaten den Tod gefunden hatten, war die Nervosität unter den jeweiligen Regierungen der reichsten Industriestaaten gestiegen. Nachdem die Amerikaner mit ungebremster Energie die Achse Washington-Berlin-Moskau vorantrieben, fühlte sich Peking in der Defensive. Das große Vorhaben Chinas, in Wirtschaftswachstum und politischem Einfluss an die Weltspitze vorzustoßen, war derzeit mehr als gefährdet. Die Zeit war reif dafür, Washington zu zeigen, wer das größere Potenzial unter den Supermächten hatte.

Der Mann wusste, dass seine Mission nicht ungefährlich für ihn war: Der Einsatz für zwei Seiten barg immer das Risiko der Enttarnung, die den sicheren Tod bedeutete. Um die Gedanken seiner Gegner zu kennen, musste er ihnen jedoch nah sein. Er hatte die philosophischen Lektionen in einem Camp der Samurai verinnerlicht. In Lee Kong hatte er zwar nicht seinen Meister gefunden, aber es beeindruckte ihn, mit welcher Gnadenlosigkeit Peking selbst gesteckte Ziele verfolgte. Das Töten von Gegnern war dabei ein ganz normaler Bestandteil des langen Marsches auf das so begehrte Ziel hin: die Macht.

Durch einen Seiteneingang betrat er das riesige Gebäude des Ministeriums für Staatssicherheit. Zwei bewaffnete Männer begleiteten ihn in die oberste Etage des lang gestreckten, achtstöckigen Hauses. Die Tür zu Lee Kongs Büro war halb geöffnet. Aus dem Innern drang traditionelle chinesische Musik.

Lee Kong thronte auf einem mit Schnitzereien reich verzierten Stuhl, der mit rotem Samt gepolstert war. Der 51-Jährige war seit zehn Jahren Chef des chinesischen Ministeriums für Staatssicherheit *Guojia Anquan Bu*, kurz *Guoanbu*. Er war stolz auf sein Heer an Spionen, das weltweit mit mehr als

800000 Agenten in 50 Ländern und 170 Residenturen aktiv war. Das chinesentypische »Staubsaugerprinzip«, nach dem jede noch so winzige Information gesammelt und ausgewertet wurde, hatte sich durchaus bewährt. Die Kundschafter waren die wichtigsten Spritlieferanten für den Motor des rasanten Wirtschaftswachstums und des technologischen Fortschritts geworden. Und weil Chinas Agenten dem MSS ergeben waren wie Shaolinmönche ihrem Glauben, hatte Lee Kong kaum Ausfälle zu beklagen. Wer sich dennoch umdrehen ließ und als Doppelagent das Lager wechselte, wurde zu Freiwild erklärt.

Lee Kong freute sich auf seinen Gast. Der Mann hatte eine lange Zeit als Geheimdienstler hinter sich, hatte erfolgreich Tausende von Auslandsagenten geführt und machte nicht den Eindruck, als könne ihn etwas erschüttern. Wäre er Chinese, so wäre er ein Drache, dachte Kong mit Sympathie.

Er wies mit der Hand auf einen Bambussessel, der seinem Schreibtisch gegenüberstand.

»Willkommen in Peking, Mister Storm«, sagte er auf Englisch. »Haben Sie sich verletzt?«

»Ausgerutscht im Bad. Ich sollte besser auf mich achten.«

Trotz der Schatten des Jetlags blitzten Storms Augen wach und hell. Um seinen Mund lag ein herrischer Zug. Niemals würde er dem General gegenüber zugeben, von zwei Schlägern überrumpelt worden zu sein. Agentenstolz ist Agentenstolz, dachte er bei sich.

Lee Kong fragte nicht weiter nach. Er spazierte zu seiner Teeküche, die in einem Bambusschränkchen eingebaut war, und bediente sich.

»Schön, mal wieder hier zu sein«, fuhr Storm fort. »Es ist Jahre her, dass wir uns das letzte Mal trafen.«

General Kong war die eigene Zeit in Europa noch lebendig in Erinnerung. In der damaligen Bonner Botschaft der Volksrepublik China hatte er die Agenten angeleitet, die als Konsulatsmitarbeiter getarnt gewesen waren und die Bonner Politszene abgeschnüffelt hatten.

»Bevor wir über G8 und Marienstrand reden«, begann Kong, der wieder Platz genommen hatte, »interessiert mich die Antwort auf eine andere Frage.« Er zündete eine chinesische Zigarette an, die in einer Elfenbeinspitze steckte.

Storm sah ihn aufmerksam an. Kong drehte an seinem Ring. Das Drachenmotiv war jetzt deutlich zu erkennen.

»Werden Sie von Ihren Freunden vom BKA nicht vermisst? Wird da niemand stutzig, wo Sie die ganze Zeit abbleiben?«

»Ich habe mich unsichtbar gemacht«, erwiderte er. »Aus den Augen, aus dem Sinn. Von dem man nichts hört, der fällt auch nicht auf. Die Ermittler haben derzeit so viel um die Ohren, dass sie sich nicht mit einem Phantom beschäftigen.«

Kong nickte und sagte: »Wirklich interessant. Bei uns in China denkt man anders. Bei uns gilt das Aufmerksamkeitsprinzip. Wir finden es auffällig, wenn wir von uns bekannten Menschen nichts hören. Es könnte ihnen ja etwas zugestoßen sein. Oder sie könnten zu Verrätern geworden sein.«

Storm hob abwehrend die Arme. »Wollen wir jetzt wirklich in einen Diskurs über unsere unterschiedlichen Mentalitäten einsteigen?«

Kong wechselte folgsam das Thema.

»Wie Sie wissen, hat unsere Regierung auf Trias anfangs panisch und kopflos reagiert. Man könnte auch sagen: Es machte sich pures Entsetzen breit. Amerika und Deutschland würden durch Trias praktisch auf Jahre von der OPEC von Rohstoffen unabhängig. Und da unsere Verträge mit den Russen spätestens im nächsten Jahr auslaufen, würden wir in der Zukunft einen unserer verlässlichsten Rohstofflieferanten verlieren. Wir stünden als Bittsteller da. Wir! Die Chinesen!« Kong tupfte sich Schweiß von der Stirn und spann seinen Monolog im Fach Politische Analyse weiter. »Wir ringen seit

Jahren mit den USA um Jobs, Märkte, Ressourcen *und* um die globale Vorherrschaft. Unsere Regierung sieht das Ministerium für Staatssicherheit dabei in einer Art Schlüsselstellung.« Kong sprang plötzlich auf und sah beschwörend an die Decke.

Doch Gott war gerade nicht in Peking.

»God damned, wir stehlen ja nicht nur Patente, sondern wir unterwandern auch systematisch die globalen Konzerne mit unseren Leuten.«

Er setzte sich wieder. Storm sah ihn belustigt an.

»Wirtschaftsspionage«, warf der ehemalige DDR-Geheimdienstmann jetzt ein, »ist ein Geschäft mit Zukunft. Insofern …«

»Sie sagen es«, fuhr Kong grob dazwischen. »Nur auf diese Art des Krieges wird unser wunderbares Land das Machtmonopol der Amerikaner brechen können. Und derzeit hat die Verhinderung von Trias oberste Priorität.« Als stünde er im Bann seiner eigenen Worte, sah Kong mit verschleiertem Blick aus dem Fenster auf die Pagoden eines alten Klosters, das einer Bergkette vorgelagert war. Für den Geheimdienstgeneral hatte die Zeitenwende längst begonnen. Für ihn stand das 21. Jahrhundert nicht mehr im Zeichen von *Uncle Sam*, sondern im Zeichen der chinesischen Urkraft. Im Zeichen des Drachen. Für ihn war schon der Codename des Vertrages eine reine Provokation. Er missbrauchte nach chinesischem Verständnis etwas überaus Positives: das Symbol für die Triade Himmel, Erde und Mensch und die Dreieinigkeit der Lehren von Konfuzius, Dao und Buddha.

»Mittlerweile haben sich die Gemüter unserer Partei- und Staatsführung etwas beruhigt«, fuhr er fort. »Wir sind alle kühl genug, mit dieser Situation umzugehen. Unsere Strategie, erfahrene deutsche Agenten in die Operation *Kiss* mit einzubeziehen, scheint aufzugehen.«

»Ein etwas merkwürdiger Name für eine geheime Kommandosache«, sagte sein Besucher mit einem Anflug von Ironie. »Aber sie war bisher erfolgreich, nach allem, was ich gehört habe.« Er warf einen anerkennenden Blick auf Kong. Der General galt als einer der talentiertesten Geheimdienstchefs der Welt. Ein Grund dafür war seine Vorliebe für europäische Denkweisen.

»Wir liquidieren alle Beteiligten schnell und effizient«, meinte Kong und lehnte sich mit einem selbstgefälligen Ausdruck zurück. »Wir bringen jeden um, der diesen Vertrag unterstützt. Wir haben keine Zeit zu verlieren. Ich bin ein Anhänger des Kiss-Prinzips. Kennen Sie es?«

Storm sah aus, als dächte er scharf nach. Er hatte davon gehört, doch er hielt Lee Kong gegenüber die Strategie der Zurückhaltung und des Nachfragens für klüger.

»Wenn Sie es mir erklären wollen?«

»Das Kiss-Prinzip besagt, dass man stets die einfachste mögliche Lösung eines Problems wählen sollte. Sein Erfinder war natürlich ein Amerikaner. In vollem Wortlaut bedeutet es: *Keep it straight and simple.*«

Storm dachte kurz nach. Er sagte: »Trias ist also das Problem – und die Liquidierung seiner geistigen Väter die Lösung?«

»So ist es.« Lee Kong lächelte.

Der frühere Staatssicherheitsagent wechselte kurz seine Sitzposition und drückte dabei den Rücken durch. Ihm war der spöttische Gesichtsausdruck Kongs nicht entgangen.

»Was ich aber nicht verstehe: Warum haben Sie es nicht zunächst mit einem formalen Protest in Washington, Berlin und Moskau über die üblichen diplomatischen Kanäle versucht?«

»Ich riet Ministerpräsident Jiang davon ab, weil uns so eine Vorgehensweise nur aufhalten würde. Mal abgesehen von meinem Verständnis von Problemlösungen: Wir beide kennen doch das Geschäft. Trias ist so geheim wie die Stationierung chinesischer atomgetriebener Lenkwaffen in Nordkorea. Würde *uns* darauf jemand ansprechen, würden wir scharfe Worte der Empörung finden. Glauben Sie etwa, dass auch nur eine Regierung eine Sache zugibt, die offiziell gar nicht existiert? Wir würden uns vor der Weltöffentlichkeit nur lächerlich machen. Ich sehe schon die Erwiderungen in sämtlichen großen Zeitungen: ›China leidet unter Verfolgungswahn‹. Nein, mein Lieber, diese Blöße geben wir uns nicht.«

»Und was ist mit Moskau? Peking gilt als enger Verbündeter.«

»Ach, Verbündeter«, sagte Kong verächtlich. »Seit die Russen jedem x-beliebigen Land, so auch uns, ihre Rohstoffpreise diktieren können, ist das Verhältnis stark abgekühlt. Wir befinden uns im Krieg um Öl, Gas, Diamanten und Gold. Die Verbündeten von einst sind zu Feinden geworden. Und wir führen diesen Krieg ab sofort auf unsere Weise.«

Michael Storm erkannte, dass die Spirale chinesischer Gegenwehr eine Geschwindigkeit aufgenommen hatte, die einen Stopp beinahe unmöglich machte. Er spürte einen undefinierbaren Magendruck. Der nächste Satz Kongs bestätigte sein Gefühl.

»Der amerikanische Verhandlungsführer von Trias muss allerdings noch ausgeschaltet werden. Diesen Auftrag übernehmen unsere Kollegen in New York. Wir haben eine sehr talentierte Residentin vor Ort.«

Kong sah Storm jetzt prüfend an, als frage er sich, ob er ihm zu diesem Zeitpunkt wirklich voll und ganz vertrauen konnte.

»Sie meinen Ling Yu? Eine tapfere Frau, überzeugte Kommunistin, eiskalte Killerin. Trifft diese Einschätzung in etwa zu?«, meinte Storm grienend.

Kong feixte anerkennend. »Woher kennen Sie Ling Yu?«

»Ich bereite mich auf meine Jobs immer gut vor.«

»Tee?«, fragte Kong unvermittelt.

»Gern«, antwortete Storm. »Ich möchte aber kurz auf etwas anderes zu sprechen kommen, wenn Sie gestatten.«

Kong nickte. Storm atmete durch. »Die Deutschen sind einem Tatmotiv auf der Spur. Was ist mit den Russen? Funktioniert die Strategie?«

Der General zeigte ein überlegenes Lächeln.

»Kirijenko kam von einem Treffen mit aufrührerischen Naturschützern aus Sibirien. Es war nicht allzu schwer, eine Spur dorthin zu legen. Wir waren erfolgreich.«

Kong hielt immer noch die leere Tasse in der Rechten. Sein Gast erhob sich, nahm sie ihm aus der Hand und füllte sie, bevor er sich selbst einschenkte. Sein Gastgeber lächelte dankbar.

»Ich habe da noch eine weitere Idee«, meinte Storm, kehrte auf seinen Platz zurück und nahm einen Schluck Tee.

»Möglicherweise könnte es nicht reichen, lediglich das Personal um Trias zu eliminieren. Um ganz sicher zu gehen, sollten Sie auch einen Angriff auf den G8-Gipfel als letzten Trumpf in der Hinterhand halten.«

Kong wiegte den Kopf. Zwar gefiel ihm spontan, was sein Gast sagte. Doch war das G8-Meeting das am meisten geschützte Politikertreffen der Welt. Da spazierte man nicht einfach hinein, schoss um sich und kam sicher wieder heraus.

Storm untermauerte seinen Vorschlag. »Über eine Verbindungsfrau in Tschechien erfuhr ich von einem Depot mit insgesamt einhundertfünfzig Tonnen Semtex-Plastiksprengstoff aus früheren tschechischen Armeebeständen. Es trägt die Bezeichnung Y3. Die NATO verlangt seine Vernichtung, die tschechische Armee würde es gern an den Meistbietenden veräußern. Was wäre denn, wenn es in Ihren Besitz gelangte,

General? Mit derartig viel Sprengstoff ließe sich doch ein effektives Drohpotenzial aufbauen, oder?«

Kong nagte an seiner Unterlippe, als sei sie aus Zucker. In seinen schmalen Augen passierte etwas. Seine Fantasie schillerte jetzt in den bunten Farben eines Pfauenrads, und seine Stimme klang vor Erregung ein wenig heiser. »Was Sie sagen, leuchtet mir ein, ja, es erfreut mich. Aber wir werden den Sprengstoff nicht kaufen, ein Geschäft dieser Art erregt Aufsehen. Es wird andere Wege geben.«

»Auch gut«, sagte Storm und zeigte ein Ganovenlächeln. Der General entzündete eine weitere Zigarette und produzierte beim Ausatmen zwei fabelhafte Ringe. Er sagte etwas, was auf Storms Gesicht einen überraschten Ausdruck zauberte.

»Könnten Sie sich eigentlich vorstellen, für mich fest zu arbeiten? Uns fehlt es an vertrauenswürdigem Personal in Deutschland.«

»Was erwarten Sie von mir, General?«, fragte Storm nach einem kurzen Moment.

»Sie leben Ihr Leben weiter wie bisher, aber arbeiten für uns als Guoanbu-Verbindungsmann in der Aufklärung und der Anwerbung von deutschen Quellen.«

Storm ließ sich ein paar Sekunden Zeit. Was der General ihm gerade anbot, hatte er jahrelang erfolgreich als Oberst des DDR-Ministeriums für Staatssicherheit betrieben. Außerdem fühlte er sich stark unterbeschäftigt, hielt sich aber als Pensionär für eindeutig überqualifiziert.

»Ich mache den Job«, sagte er kurz entschlossen. Über den Verdienst und die Bedingungen würde er später reden.

Kong war erfreut. Er lächelte breit und fragte: »Wie dicht ist Ihr Kontakt zu den deutschen Ermittlern?«

»Sehr gut. Habe mich aber in den letzten Tagen aus bekannten Gründen von ihnen ferngehalten. Bei doppelten Spielen kann man schnell die Übersicht verlieren.«

»Da ist was dran«, bestätigte der General, erhob sich und griff in seinem Bambusschränkchen nach einer Flasche Wu Chia Pi, einem hochprozentigen Kräuterschnaps, und zwei Gläsern.

»Wann stellen Sie mir den Marokkaner vor?«

»Sie meinen Kamidou Saanigri?«

Kong blickte auf die Uhr. »In etwa einer Stunde.« Er goss die Gläser als Doppelstöcker voll.

Beide sahen sich in die Augen.

»Auf die Revolution!«

»Auf die Revolution!«

Der Schnaps war mild, aber er hatte Feuer. Beide durchlief ein wohliger Schauer.

»Kommen Sie«, sagte Kong, »wir haben noch etwas Zeit. Ich zeige Ihnen unsere jüngste Beute. Totmacher einer Gruppe Ninjas. Absolut Hightech. Sie wollten letztes Jahr in Taiwan im Auftrag japanischer Imperialisten eine chinesische Bank sprengen. Wir haben sie aufgerieben und jeden von ihnen getötet.«

2

Berlin,
Auswärtiges Amt,
am Tag darauf, 20:00 Uhr

Früher als heute war es Emma Rumpf nicht möglich gewesen, die Diensträume im Auswärtigen Amt zu betreten. Zwei Wochen waren seit dem Attentat auf ihren Mann vergangen, und immer noch saß der Schock über den Verlust tief. Und hätte der Außenminister sie nicht persönlich gedrängt, langsam wieder zur »Normalität zurückzukehren«, wäre sie auch die folgenden Tage dem Amt ferngeblieben. Zu sehr waren die Räume mit Erinnerungen an ihren Mann und ihre gemeinsame Arbeit belastet.

Als Emma Rumpf das Büro des Krisenstabes betrat, nickten ihr die Mitarbeiter und ihr Dienstherr Kohlhoff freundlich zu. Sie setzte sich auf den einzigen freien Stuhl und blickte sich unsicher um. Vor Kohlhoff und den anderen Beamten lagen Aktenordner, Papiere mit E-Mails und persönlichen Schriftstücken Rumpfs, Kopien von zentimetergenauen Landkarten der Umgebung von Görlitz und eine mehrere Seiten umfassende Einschätzung der bisherigen Erkenntnisse. Kohlhoff referierte die mageren Ergebnisse beinahe eine halbe Stunde lang. Als er fertig war, nickte der Außenminister Rumpfs Witwe mitfühlend und freundlich zu.

»Liebe Kollegin Rumpf ...«, sprach er sie vorsichtig an und erntete von ihr einen kühlen Blick. »Ich bitte Sie, uns baldmöglichst mitzuteilen, ob sich in Ihrer gemeinsamen Wohnung noch weitere persönliche Unterlagen befinden, die wir für unseren Abschlussbericht auswerten müssen.«

Dieser Satz überraschte sie.

»*Das* glauben Sie?«

»Aus Pietät haben wir bisher unterlassen, uns selbst ein Bild zu verschaffen, obwohl die Herren vom BKA ...«

Emmas diplomatische Ausbildung verhinderte, dass sie ihren Chef anherrschte. Kalt sagte sie: »Niemand wühlt in unserer Wohnung herum. Sie nicht, das BKA nicht, niemand. Wenn ich wegen eines solchen Begehrs hierherkommen sollte, dann nenne ich das *infam*. Und jetzt entschuldigen Sie mich!«

Sie schob die Papiere vor sich zu einem ungeordneten Stapel zusammen und hatte zum wiederholten Male das Gefühl, die Welt um sie herum verenge sich zu einem Tunnel, aus dem es kein Entrinnen gab. Sie hatte sich längst noch nicht wieder so unter Kontrolle, wie sie es sich wünschte.

Der Außenminister sah sie prüfend an. Mit wohltemperierter Stimme sagte er in die Runde: »Der traurige Termin der Beerdigung unseres verehrten Kollegen Rumpf ist auf Freitag siebzehn Uhr auf dem Waldfriedhof in Berlin-Dahlem festgesetzt. Ich schließe unsere kurze Zusammenkunft und danke Ihnen.«

Außenminister Kohlhoff erhob sich und ging mit ausgestreckten Armen auf Rumpfs Witwe zu, die reflexartig zurückwich. Wer in ihren Gedanken hätte lesen können, hätte in einem wild zerklüfteten Tal gestanden, das umgeben war von Bergen aus Zweifeln, Vermutungen, bohrenden Fragen und Selbstvorwürfen.

Für Emma Rumpf wäre mit der Ergreifung der Attentäter die Tat längst nicht gesühnt. In ihr schwelte seit den vergangenen Wochen der Verdacht, dass ihr Mann noch viel heißere Eisen angefasst hatte als dieses. Zu sehr hatte sie seine barschen Worte im Kopf, wenn er abends nicht heimgekommen und stattdessen im Dienstapartment geblieben war.

Oder war alles ganz profan, und er war deshalb so oft nicht heimgekehrt, weil er eine heimliche Geliebte gehabt hatte? An die Möglichkeit einer Konkurrentin hatte sie noch gar nicht gedacht. Emma Rumpf schwirrte der Kopf.

»Entschuldigen Sie, werte Kollegin«, unterbrach der Außenminister ihre Gedanken mit gewinnender Stimme, »uns allen gehen der Tod Ihres Mannes und die Umstände sehr nahe. Doch Sie müssen verstehen, dass wir Sie um diese kleine Hilfe bitten müssen.«

Sie nickte wortlos, gab ihm jetzt doch die Hand und sah dabei an ihm vorbei. Dann ging sie in ihr Büro, vorbei an den Fächern mit dem Posteingang. Obwohl sie ihr Fach bereits am Vormittag geleert hatte, bemerkte sie einen Brief. Er war ohne Absender, ohne Briefmarke. Ihr Name war offensichtlich mit Schreibmaschine geschrieben.

Bevor sie ihn öffnete, kehrte sie in ihr Büro zurück und riss ihn auf. In der gleichen Schrift, nur etwas verschmiert gedruckt, standen folgende Zeilen auf dem weißen Blatt:

Manchmal liegt das Ferne in der Nähe. Manchmal direkt gegenüber.

Keine Unterschrift. Kein Datum.

Was mochte diese Geheimnistuerei bedeuten? Emma Rumpf sah aus dem Fenster ihres Arbeitszimmers. Ihr Blutdruck stieg merklich an. Katja hatte sich seit mehreren Tagen nicht gemeldet. Immer schaltete sich nur ihr Anrufbeantworter ein. Sie wird mit den Recherchen zu tun haben, versuchte Emma eine Entschuldung ihrer besten Freundin. Doch nein, dachte sie: Emma kümmerte sich eindeutig nicht genügend um das Leid ihrer besten Freundin. Sie verzog enttäuscht das Gesicht.

Erneut betrachtete sie das namenlose Schreiben.

Manchmal liegt das Ferne in der Nähe. Manchmal direkt gegenüber.

Gegenüber? Ihrem Bürofenster gegenüber verlief die Jägerstraße. Dort befand sich auch das Apartment ihres Mannes. Ihre Gedanken hielten inne. Gegenüber? In der Nähe? Das Ferne? Sie zögerte kurz. Dann nahm sie ihren Aktenkoffer, Mantel und Schirm. Sie war lange nicht dort gewesen. Den geheimnisvollen Brief steckte sie ein.

Gekleidet in einen hellen, knielangen Mantel, ein blau gemustertes Wolltuch und mit festen schwarzen Schuhen überquerte Emma Rumpf an diesem trüben Novemberabend den Werderschen Markt und bog in die Jägerstraße ab, die nur wenige Meter hinter dem Gebäude des Auswärtigen Amtes als Seitenstraße begann. Weil sie fröstelte, zog sie ihr Wolltuch vom Hals bis fast unter die Nase.

Es war kurz vor 21 Uhr. Aus den tief hängenden Wolken fiel feiner Nieselregen. Novemberwetter in Berlin: eine Sinfonie in Moll, eine Vertonung grauer Bilder.

»Sie geht jetzt rein.« Der Mann in dem grauen Golf sah verstohlen hinter seinem Lenkrad auf die Häuserfront vor sich.

»Behaltet sie im Auge«, sagte die Stimme hinter seinem Ohr.

»Alles klar. Ende.«

3

Berlin, Jägerstraße,
Apartment von Stefan Rumpf,
wenige Minuten später

Das herrschaftlich anmutende Mietshaus hatte vier Etagen und vier lang gestreckte Flure, von denen jeweils einzelne Zimmer abgingen. Diese hotelähnliche Aufteilung besaß nur deshalb Charme, weil die Außenhülle des Hauses mit seinen Erkern, dem Stuck und den restaurierten Putten ein Fest für die Augen war.

Die etwa 20 Quadratmeter großen Apartments waren schmucklos, funktional und jedes wie nach einem Baukastenprinzip eingerichtet: An den Wänden klebten weiße Tapeten mit einer wellenartigen Struktur, von den Decken hingen schwarze metallene Lampen mit runden Schirmen. Mitten im Raum standen zwei schwarze Sessel mit rundem Glastisch, seitlich davon eine mit grauem Holz eingefasste Liege und an ihrem Kopfende ein schmaler schwarzer Kleiderschrank. Ihm gegenüber befand sich eine Miniküche mit zwei Kochplatten, einem Kühlschrank und einer Edelstahlspüle. Das Bad war mit einer einfachen Dusche, Waschbecken und Toilettenanlage ausgestattet.

Obwohl Rumpf das Apartment mehr als zwei Jahre genutzt hatte, sah es doch merkwürdig unbewohnt aus. Vielleicht ist es gereinigt worden, dachte seine Frau müde. Sie sank in einen der beiden schwarzen Sessel und überließ sich ihren Gedanken.

Wie er hier wohl seine Abende verbracht hatte? Das Bett hätte ihm, wenn er denn wirklich eine andere Frau gehabt hätte, wohl kaum als außereheliche Spielwiese genügt. Es wäre ihm viel zu schmal gewesen.

Gab es vielleicht Spuren im Bad? Sie trat vor den Spiegel über dem Waschbecken, sah Augenringe, beugte sich hinunter zu einem Einbauschränkchen – es war gänzlich leer.

Durch das Fenster der Toilette gegenüber sah sie auf ein lang gestrecktes, aus grauem Stein neu erbautes Bürogebäude.

In einigen Räumen brannte noch Licht, doch es war ihr unmöglich zu sehen, was man dort trieb.

Sie zupfte vor dem Spiegel an ihrem Haar und kehrte in das Zimmer zurück. Die Stille des Raumes dröhnte in ihren Ohren.

Sie war unschlüssig. Sollte sie wieder gehen? Oder doch noch einmal nach etwas suchen, von dem sie nicht wusste, was es war?

Es ist wie die Suche nach Luft, dachte sie. Was war mit dem Schrank neben der Miniküche? Den hatte sie noch gar nicht geöffnet.

Sie zog die beiden Türen auf und blickte überrascht auf die Wäsche ihres Mannes. Sie strich mit den Fingerspitzen über Oberhemden, Hosen, Unterwäsche sowie eine Partie Bettzeug aus Laken, Kopf- und Deckenbezug. Sie spürte dabei ein Gefühl wie Glück.

Die Kleidung hatte er sorgfältig in drei Regale gestapelt. Auf den beiden leeren oberen Regalen lag eine dünne Schicht Staub. Und wo waren seine Schuhe? Standen sie auf dem Schrankboden?

Sie konnte nichts sehen, weil ihr das unterste Regal die Sicht versperrte. Sie ging in die Hocke und tastete mit der rechten Hand die für sie unsichtbaren Ecken ab. Keine Schuhe. Sie blieb mit ihren Fingernägeln in einer winzigen Spalte hängen, die sich zwischen der senkrechten Schrankwand und dem waagerechten Boden auftat.

Neugierig geworden hob sie das unterste Regalbrett aus seiner Verankerung, griff nochmals in den winzigen Zwischenraum – und tatsächlich: Sie konnte die Bodenplatte anheben, die nur auf schmale Holzschienen gelegt war und einen rechteckigen Hohlraum bedeckte.

Emma klappte das Brett vollständig zu sich heran und entdeckte einen Stapel Papiere von etwa fünf Zentimetern Dicke, den sie an sich nahm und, ohne ihn näher zu untersuchen, rasch in ihrer Aktentasche verstaute. Ein Gefühl von Aufregung durchfuhr sie und wich beherrschter Nüchternheit.

Sie legte das Brett wieder auf die Holzschienen, schob das Regal in seine Verankerung, beließ die restliche Kleidung im Schrank, ergriff ihren Mantel, Schal und Handschuhe. Leise verließ sie das Apartment mit ihrem Fund, vom dem sie ahnte, dass er der Schlüssel zum Parallelleben ihres Mannes sein würde.

Noch im Taxi zu ihrer Wohnung klappte sie ihre Aktentasche auf und sah auf das weiße Deckblatt des mit Klammern zusammengehaltenen Papierstapels. Sie erkannte die Schrift ihres Mannes, der mit Tinte undeutlich ein Wort auf das Deckblatt links oben in die Ecke geschrieben hatte: Trias.

Kaum war das Taxi außer Sichtweite, stürmten ihre Verfolger in das Haus, weiter ins Apartment und filzten den Boden des Schrankes.

»Sie hat die Papiere gefunden!«

Zurück im Wagen machten sie Meldung.

»Genie hier, sie hat die Mappe dabei. Wie verfahren wir weiter?«

»Postiert euch vor ihrer Adresse und wartet auf weitere Anweisungen von Marlowe. Ende.«

Noch im Mantel fiel Emma auf ihr Sofa und sichtete die Papiere. Gleich auf der ersten Seite las sie von einer Absichtserklärung zur Entwicklung eines amerikanisch-russisch-deutschen Vertrages, die von Bundeskanzlerin Sprado persönlich unterzeichnet war. Das Dokument trug das Datum des 4. Juli, des amerikanischen Unabhängigkeitstages. Sie blätterte fieberhaft weiter. Anschließend folgten fünfzehn Namen, von denen sie drei kannte: den ihres Mannes, Viktor Kirijenko und Gordon Smith, republikanischer Senator des Abgeordnetenhauses. Alle drei wurden als *Executive Fellows* des *FIES* genannt. Was war das nur für ein Verein? Sie schob aufgeregt ihr Haar aus der Stirn. Was hatten denn diese Leute mit ihrem Mann zu tun? Wer waren sie?

Es folgten Fragen, Memoranden, Briefe, Verhandlungen, Analysen und Empfehlungen zum Thema »Energiepolitik und wirtschaftliche Entwicklung bis 2056«. Insgesamt hatte Rumpf teils in seiner eigenen Handschrift, teils als Computerausdruck Informationen von mehr als zwanzig Staaten zusammengetragen, die er nach Größe, Einwohnerzahl, Bruttosozialprodukt und dem jeweiligen Rohstoffbedarf geordnet hatte: Kohle, Erdöl, Erdgas, Uran, Gold, Eisen, Zinn, Zink, Bauxit, Glimmer, Graphit und Diamanten. Die Machtzentren der Welt in PowerPoint-Optik. Wofür hatte er das getan?, fragte sie sich. Was hatte ihr Mann mit Rohstoffen zu tun? Und was bedeutete das Wort Trias auf der ersten Seite? Es steckt das Wort Satir darin, dachte sie sofort. Wie eine Satire kamen ihr die letzten Tage allerdings nicht vor. Es war alles bittere Realität.

Ganz am Ende fand sie einen handgeschriebenen Brief, auf dem in der unteren rechten Ecke eine kaum leserliche Unterschrift und eine Telefonnummer standen. Die Vorwahl wies auf die Nähe von Köln hin. Sie riss die Ecke heraus und schob sie in die Innentasche ihres Mantels, den sie noch immer trug. Der Inhalt des Briefes war rätselhaft. Sie las:

Verehrter Mister Spread, in gespannter Erwartung des gemeinsamen Unternehmens überreiche ich Ihnen ein paar wichtige Daten für die weitere Ausarbeitung unseres gemeinsamen Projektes. Grüße an den Kameraden P.S., Ihr S.R.

Spread? Gemeinsames Unternehmen? Projekt? Kameraden? P.S.? Immerhin stand S.R. wohl für Stefan Rumpf. Von ihrem Wohnzimmerfenster aus sah sie auf die Uhr am Roten Rathaus, dem Sitz der Berliner Landesregierung. Sie zeigte auf 21 Uhr 43.

Sie kam nicht weiter und wollte auch nicht mehr weiterkommen. Ein wenig spöttisch dachte sie, dass Männer im Gegensatz zu Frauen Probleme damit hätten, ihre Freunde auch als *Freunde* zu bezeichnen. Vielleicht war es eine Art männlicher Feigheit, dass sie eher »Kumpel« oder »Kamerad« sagten. Sie dachte an Katja, die sie niemals als Kameradin bezeichnen würde.

Sie war mit dem Ergebnis ihrer Suche unzufrieden, die Mappe hatte ihr kaum neue Erkenntnisse gebracht. Immerhin schien nichts darauf hinzudeuten, dass es eine Konkurrentin gegeben hatte.

Obwohl sie sich erschöpft fühlte, drängte es sie nach einer befreundeten Stimme. Sie drückte sich ein Kissen in den Rücken, wählte die Nummer Katjas und wartete einmal mehr vergebens auf ihre Stimme in Echtzeit. Sie verabscheute Mailboxen. Sie löschte das Licht über ihrer Couch.

Faule Gefühle aus Halbwissen und Verschwörungstheorien

keimten in ihr und begannen schnell zu rumoren. Von ihrem Fenster aus sah sie die aufblitzenden Positionslichter der Antenne des Berliner Fernsehturms.

Sie wollte ihren Mann so vieles fragen. Über diese Papiere, ihre Ehe, ob er bei seinem Tod gelitten hatte, ob es wirklich einen Himmel gab …

Sie warf eine Decke über sich und zog sie sich hoch bis zum Hals. Sie spürte ihren Herzschlag. Er schien ihr viel zu schnell. Ohne Gegenwehr ließ sie Erinnerungen zu, die plötzlich in ihr aufblitzten. Ihre Hochzeitsreise nach Saint-Tropez. Ihre Versuche, ein Kind zu zeugen; der Streit um ein blaues Ballkleid mit silbernen Pailletten; die Suche nach der gemeinsamen Wohnung – all die heiteren und ärgerlichen Momente. Sie blickte auf ihre Schlafzimmertür und wusste, dass es ihr in nächster Zeit nicht gelingen würde einzuschlafen. Unsicher, wie sie zur Ruhe finden sollte, erhob sie sich wieder, tapste vollständig bekleidet, aber mit nackten Füßen zu ihrem Kühlschrank und öffnete eine Flasche Grauen Burgunder. Sie schmiegte sich in ihre Kissen auf dem Sofa, sah auf den Alexanderplatz unter sich, ein Glas Wein in der Hand. Sie trank ihn in großen Schlucken. Wieder fragte sie sich, warum Katja sich nicht mehr meldete. Plausible Gründe wollten ihr nicht einfallen. Sie goss sich ein zweites Glas nach. Doch es schien ihr, als machte sie der Wein eher wacher als müder. Schließlich entschied sie sich für Schlaftabletten. Sie spürte zwar ein schlechtes Gewissen dabei; doch ihr Drang, diesen Tag endlich hinter sich zu lassen und einfach nur wegzudämmern, war stärker.

Sie schluckte eine Schlaftablette. Ob eine wirklich reichte? Sie schob eine zweite nach und spülte sie mit dem Wein hinunter. Ihr Mantel lag noch immer neben ihr auf der Couch. Wieder erreichten sie die Erinnerungen. Wieder war es das blaue Ballkleid mit den silbernen Pailletten – wie sie es anprobierte, sich vor dem Spiegel drehte, in ihrer Fantasie die passende milchfarbene Perlenkette umlegte. »Nein«, hatte Stefan damals zu ihr gesagt, »es passt nicht zu dir.« Er hatte sich durchgesetzt, gegen ihren Willen.

Sie stemmte sich mühsam aus dem Sofa, schon etwas wacklig auf den Beinen. Sie trug den Mantel samt Papiere in den Flur. Dort presste sie die Mappe in eine seiner Innentaschen. Ihr Kopf war bereits stark vernebelt. Sie schwankte durch das Wohnzimmer in ihr Schlafzimmer und fiel noch angekleidet auf ihr Bett. Minuten später packte der sedative Wirkstoff der Tabletten endgültig zu. Sie tauchte in ein tiefes Dunkel.

Am Fuß des Fernsehturmes saßen zwei Männer auf einer Parkbank, zwei Kabel hinter den Ohren. Sie fühlten sich unbeobachtet.

»Genie hier, die Wohnung ist jetzt dunkel.«

»Laut unseren Telefonaufzeichnungen hat sie versucht, ihre Freundin anzurufen. Ich nehme an, sie wollte ihr von der Mappe erzählen«, plärrte die Stimme von Marlowe alias Hans Strachow zurück. »Wir haben die wichtigsten Papiere vorher herausgenommen. Aber um sie unter dem Verdacht des Geheimnisverrats mitzunehmen, reicht es.«

»Heute Nacht noch?«

»Ja, fällt am wenigsten auf. Und dann gleich in die Spedition mit ihr. Habt ihr alles dabei?«

»Ja, zwei Ladungen.«

»Gut, setzt ihr alles, wenn es sein muss. Ende.«

Fünf Minuten später standen die beiden Männer vor Emmas Wohnung.

Die Tür war unverschlossen. Leichtes Spiel. Maskiert und mit Wärmebildbrillen, gelangten sie beinahe geräuschlos in das Schlafzimmer von Emma Rumpf. Sie lag leise schnarchend auf der linken Körperseite.

»Sie ist ja noch angezogen«, flüsterte Genie leise.

Der Agent drehte sie vorsichtig auf den Rücken. In der linken Hand hielt er eine Maske mit einem Reservoir aus Metall. Betäubt von den Schlaftabletten bekam Emma davon nichts mit.

Er hielt ihr das Gerät direkt über Mund und Nase. Dann entsicherte er einen winzigen Haken. Lachgas strömte aus, das Emma unfreiwillig einatmete. Ihr Atem wurde ganz flach.

»Jetzt die Spritze«, flüsterte Genie. Sein Begleiter, Tarnname Pontius, ein Mann mit einer fleischigen Nase, fleischigen Lippen und verfetteten Wangenpartien, klappte ein schmales Etui auf. Das Spritzenbesteck bestand aus einer dünnen Kanüle, einem Kunststoffzylinder und dem Druckkolben. Rasch schob er alles ineinander und zog acht Milligramm des Hypnoticums *Fabmarcian* auf. Seine Hand zitterte dabei.

»Menschenskinder, vorsichtig«, warnte Genie. Er schob behutsam einen Pulloverärmel von Emmas rechtem Arm bis zu ihrem Schulterblatt hoch.

Pontius drückte der betäubten Emma behutsam die gesamte Injektion in den Oberarmmuskel. Zwar würde die Wirkung länger brauchen als eine intravenöse Injektion; doch beide Agenten hatten befürchtet, die Vene nicht zu treffen und den Stich danebenzusetzen.

Sie warteten neben ihrem Bett.

»Lass uns rauchen«, schlug Genie vor.

»In ihrem Schlafzimmer?«, fragte Pontius.

»Lass uns nach nebenan gehen«, antwortete Genie. Sie schlichen aus Emmas Privatgemach.

»Hast du auch Durst?« Pontius nickte dem anderen zu.

Die halbe Flasche Grauburgunder war im Kühlschrank

schnell gefunden. Dass sie im Dienst waren, interessierte die Männer nicht. Sie sahen auf die Straßen vor dem Alexanderplatz hinunter, auf die verschwommenen Linien roter Rücklichter. Sie prosteten sich zu. Genie stieß kurz auf. Er sagte: »Wenn sie wieder aufgewacht ist, werden wir sie im Lagerhaus ausquetschen wie eine Zitrone. Wir müssen wissen, was *sie* weiß.«

Pontius klickte mit seinem Daumennagel gegen das halbvolle Weinglas. »Wenn sie über die Aktivitäten ihres Ehemannes im Bilde war, was dann?«

»Das muss Hans Strachow entscheiden. Er ist unser Boss.« Sie rauchten erneut und verloren sich in einem oberflächlichen Geplänkel über das Wetter und lästerten über Kollegen.

Etwa dreißig Minuten waren vergangen.

»Jetzt packen wir sie uns«, sagte Genie und grinste blöde. Als Pontius die völlig regungslose Emma Rumpf anhob, strich er ihr über den Kopf.

»Hübsche Madam«, sagte er mit einem einfältigen Gesichtsausdruck. Während Genie vorausging und die Etagen absicherte, trug sein Partner die kaum noch atmende Emma über das Treppenhaus nach unten. Genie fuhr den Wagen seitlich dicht vor die Hauseingangstür. Sie legten ihr Opfer auf die Rücksitze des Autos, beachteten Emma Rumpf nicht weiter und besprachen während der Fahrt die Strategie ihres Verhörs.

Als sie in der getarnten Lagerhalle im Berliner Westhafen angelangten, den Wagen stoppten und Pontius ihr Entführungsopfer heraushob, hatte er auf einmal ein mulmiges Gefühl.

»Sie wirkt so leblos«, sagte er zu Genie.

Er hielt Emma wie eine Braut, die er im nächsten Moment über die Türschwelle ins Glück hob.

»Kaltes Wasser hilft immer«, knurrte Genie.

Sie legten Emma Rumpf flach auf eine schmale Ledercouch, die in einem der quaderförmigen Büros an eine Wand geschoben stand.

Pontius tätschelte ihr die Wangen. Keine Reaktion. Er hob sie über den Hals zu sich heran. Doch ihr Kopf kippte zurück, als hinge er an einem weichen Gummiband. Pontius presste ein Ohr dicht an ihren Mund. Sein Blick wurde plötzlich leer.

»Ich spüre keinen Atem mehr«, sagte er mit Panik in der Stimme.

»Ich hole Wasser«, beschwichtigte ihn Genie. Er kehrte kurze Zeit später mit einem halbvollen Wassereimer zurück.

»Ich glaube, das nützt nichts mehr«, sagte Pontius tonlos.

»Ach Quatsch!«, kreischte Genie hysterisch. »Wir haben alles richtig gemacht!« Erbarmunglos vergoss er den Inhalt des Eimers auf Emmas Gesicht.

Pontius fühlte ihre Hände. Sie waren so kalt wie vereistes Glas.

»Ich habe sie umgebracht«, murmelte er. »Ich habe sie umgebracht!«

Genie stand mit hochrotem Kopf neben ihm und glotzte auf die Szene wie ein Autist.

Emma Rumpf war bereits tot gewesen, als der graue Golf die getarnte Spedition erreicht hatte. Ein tödlicher Cocktail aus Alkohol, Tabletten und der übermäßigen Gabe an Midazolam hatte sie umgebracht. Sie war während der Fahrt an plötzlichem Atemstillstand und akuter Herzinsuffizienz gestorben.

Die beiden Agenten versuchten, Strachow und dann Hess zu erreichen. Doch beide Mobilfunknummern klingelten ins Leere.

»Wir müssen die Leiche schnellstmöglich loswerden.« Genie sah Pontius auffordernd an. Sein Ton klang kalt und arrogant. Er hielt seinen Partner für derzeit nicht entscheidungsfähig.

»Wir werfen sie gleich hier in den Kanal. So gewinnen wir Zeit. Bis sie gefunden wird, haben wir Gelegenheit, in Deckung zu gehen. Schnapp sie dir, und los geht's.« Pontius fügte sich wortlos. Er hatte zuvor noch nie einen Menschen getötet.

4

**Bundeskriminalamt,
Berlin-Treptow,
am nächsten Morgen**

Die Nachricht vom Auffinden der Wasserleiche erreichte die Behörde in den darauf folgenden Morgenstunden. Der Dienst habende Kommissar hatte Kaltenborn ein ausführliches Protokoll der Ermittlungen und des ersten, nur oberflächlichen pathologischen Befundes ausgedruckt. Kaltenborn unterdrückte das Gefühl einer Mitschuld am Tode Emma Rumpfs. Er hatte, was die Gefährdung der Witwe anging, zwar noch die Zweifel seines Sonderermittlers Croy im Ohr. Doch von einer akuten Bedrohung war ihm tatsächlich nichts bekannt gewesen. War ihm da etwas entgangen?

Er wischte seine Überlegungen hinweg wie einen nassen Fleck auf dem Tisch. Dass ihn am Mittag der Innenminister wegen des schwerwiegenden Vorfalls sprechen wollte, behagte ihm allerdings ganz und gar nicht. Er ahnte, dass ihm zu seiner Entlastung noch ein paar Argumente fehlten. Die eigene Sicht der Dinge genügte dem Minister meistens nicht. Falls es keine Selbsttötung war – und von einer solchen konnte man wahrscheinlich nicht ausgehen –, fehlte von möglichen Tätern jede Spur. Kaltenborn beschloss, den Fall an das dem BKA untergeordnete Landeskriminalamt Berlin abzugeben. Er würde die Kollegen *expressis verbis* anweisen, die Medien von jeglicher noch so kleinen Information auszuschließen. Dem Innenminister würde er auf seine Art begegnen. Er würde ihn gegen sich anlaufen und wieder abprallen lassen.

Kaltenborn zog seine Schultern straff. Eine seiner Meinung nach viel bedrohlichere Kulisse begann sich aufzubauen, die alle Kraft der Ermittlungen brauchen würde.

Über einen Informanten in Berlin war ihm am Tag zuvor der Brief eines V-Mannes mit Namen Kamidou Saanigri zugeleitet worden, der seit Jahren für den marokkanischen Auslandsgeheimdienst arbeitete. Kein zimperlicher Dienst: 1965 hatten marokkanische Agenten mitten in Paris den damaligen führenden Oppositionellen Mehdi Ben Barka entführt – einen Freund Che Guevaras und Fidel Castros. Er wurde nie wieder lebend gesehen.

In dem Schreiben war von einem ominösen Vertrag die Rede. Es endete mit dem Satz: *Die Antworten zum Tod Stefan Rumpfs finden sich nicht nur in Prag, sondern auch in Berlin.*

Kaltenborn hatte daraufhin ausführliche Informationen verlangt. Der Marokkaner hatte ein Dossier versprochen und seinen Preis genannt. Kaltenborn hatte akzeptiert, wenn auch widerwillig. Dann hatte er Markus Croy vorsorglich aus Prag zurückbeordert. In wenigen Minuten würde der V-Mann hier erscheinen. Kaltenborn hatte gerade das Päckchen mit dem Honorar bereitgelegt, als es an seiner Bürotür klopfte. Es war Croy. »Unser Mann ist noch nicht da?«

Kaltenborn schüttelte den Kopf.

»Eine schöne Scheiße mit Emma …«

»Ach hören Sie auf, Markus. Wir haben jetzt wirklich andere Sorgen«, fiel er Croy ins Wort.

Croys Augen verengten sich. Es klopfte erneut an der Tür.

»Herein!«, rief Kaltenborn eine Spur zu laut. Es war Saanigri. »Ah, kommen Sie«, sagte er, während er um den

Schreibtisch herum auf seinen Besucher zuging und ihm kräftig den Arm drückte. Der Marokkaner war eher klein und schmächtig, hatte krause schwarze Haare, eine olivfarbene Haut, dunkelgrüne Augen und einen kurz geschnittenen schwarzen Schnurrbart. Er presste eine braune Ledertasche zwischen Brustkorb und Bizeps.

Saanigri hatte lange Zeit in der marokkanischen Botschaft in der damaligen Bundeshauptstadt Bonn gearbeitet. Kaltenborn vermutete, dass er ein Spion gewesen war. Noch heute war der Marokkaner ein umtriebiger Mann, der augenscheinlich für mehrere Seiten arbeitete.

»Zunächst freue ich mich, hier zu sein. Interessant eingerichtetes Büro«, sagte er und sah sich lächelnd um. Er sprach ein lupenreines Deutsch mit arabischem Akzent. Kurz verbeugte er sich vor den beiden BKA-Beamten.

Kaltenborn wedelte mit einer Hand. »Schon gut, Saanigri. Was haben Sie für uns?« Der Marokkaner setzte sich in einen der Sessel und schlug die Beine übereinander.

»Es gibt ein paar wirklich interessante Neuigkeiten. Radio Prag vermeldete am gestrigen Abend ein inoffizielles Treffen einer amerikanischen Wirtschaftsdelegation mit Vertretern der tschechischen Regierung. Ein Kontaktmann in der Staatskanzlei von Präsident Roman Mokry spricht von einem getarnten Treffen der amerikanischen Sektion des FIES. Wissen Sie, was sich hinter diesem Kürzel verbirgt?«

Der V-Mann mit der Olivenhaut sah lauernd auf den BKA-Vize. Der spazierte gemächlich zu seinem persönlichen Ruhesessel, sank hinein und sagte so gleichgültig wie möglich: »Natürlich.« Dabei streckte er die Beine von sich und sah auf seine Schuhspitzen, die etwas staubig waren. Nach einer kurzen, aber wirkungsvollen Pause verfiel er in einen dozierenden Ton. »FIES ist das Federal Institute for Energy Source, ein elitärer Zirkel, eine reine Ansammlung von hervorragend ausgebildeten Machtmenschen. Sie mischen sich vor allem gern in die amerikanische Außenpolitik ein. Alle Auslandseinsätze der USA in den letzten Jahrzehnten sind vom FIES ideologisch vorbereitet worden.«

Der Marokkaner nickte anerkennend. Er konnte es sich leisten, an Kaltenborn Noten zu vergeben. Er war ein geschätzter Mittelsmann sowohl im Westen als auch bei den Arabern. Dass er, ein gläubiger Muslim, ein entfernter Verwandter des Ministerpräsidenten war, kam ihm dabei nur zugute. Ohne seinen Einfluss hätten in der Vergangenheit verschleppte deutsche Geiseln ihr Heimatland nie lebend wiedergesehen. Er war ein bisschen stolz darauf, in diversen Fällen Kontaktleute von Regierungen mit Lösegelderpressern zusammengebracht zu haben. Dass er dabei auch immer an sein eigenes Wohlergehen dachte, hielt er für mehr als gerechtfertigt.

Er sah mit Sympathie auf Kaltenborn, der gerade seine Beine neu ordnete, sein Jackett ablegte und über die Sessellehne hing.

»Ich darf ergänzen«, sagte Saanigri, »dass im Internet natürlich ein Dutzend Verschwörungstheorien kursieren. Eine davon lautet, dass sich das FIES mit der Bilderberg Group und der Trilateral Commission zu einem Elitenetzwerk zusammengeschlossen habe. Eine interessante Dreierkonstellation.« Der Informant zeigte einen bedeutungsvollen Blick.

»Die fiesesten Mächte der Welt unter sich«, kalauerte Kaltenborn. Der Fall Rumpf bekam eine unerwartet neue Spannung.

»Sie schustern sich gegenseitig Aufträge zu, verdrängen auf unelegante Art andere Mitbewerber, gründen Scheinfirmen, saugen weltweit Fördergelder ab und umgehen Embargos. Eine feine Gesellschaft, die insgesamt Hunderte Billionen Dollar schwer ist.« Der Marokkaner atmete durch. »Einerseits werden die jeweils führenden Politiker der Länder innerhalb dieser Netzwerke mit Posten geködert. Andererseits ist die Öffentlichkeit mittlerweile politisch völlig desinteressiert, apathisch und ernüchtert. Hier anhaltend hohe Arbeitslosenzahlen, dort Milliardengewinne. Deshalb hat es das FIES fast unbemerkt geschafft, mit seinen einflussreichen Fellows nicht nur in den USA personell bis in die Zentren der Macht einzurücken. Wie mir zu Ohren kam, ist die feine Gesellschaft dabei, auch Netzwerke in Europa zu installieren, und zwar vor allem in den Zentralen der Großkonzerne.«

Mit diesen Worten schlug er seine geheimnisvolle Mappe auf. Croy beugte sich neugierig nach vorn. Von einem Federal Institute for Energy Source hatte er noch nie etwas gehört. Er bemerkte, wie Kaltenborn auf den Whisky schielte, der unter seiner Schreibtischplatte durch die Flasche funkelte.

»Doch viel interessanter erscheint mir, dass es innerhalb des FIES rechtsradikale Netzwerke gibt, die Jahr für Jahr Millionen an Dollars für Neonazi-Organisationen in der ganzen Welt sammeln.« Saanigri hielt kurz inne. »Ich habe hier für Sie einige detaillierte Informationen über das merkwürdige Gebaren des Instituts und seinen Senior Fellow Thomas Gordon Spread zusammengetragen und aufgeschrieben. Verzeihen Sie das etwas gestelzte Deutsch. Es ist eine Übersetzung aus dem Englischen.« Er reichte die Papiere herum. »Lesen Sie bitte selbst.«

Kaltenborns Blick wirkte jetzt hektisch. »Hat FIES etwas mit den beiden Attentaten zu tun?«

Der Marokkaner legte den Kopf schief. »Ich meine, ja. Lesen Sie. Vielleicht beantworten Sie sich die Frage dann selbst.«

Auf Kaltenborns Stirn hatten sich feine Schweißtropfen gebildet. Er begann zu lesen.

»In einem Artikel zur G7-Konferenz 1991 in London brachte Thomas Gordon Spread zum ersten Mal einen Vorschlag in Umlauf, der ihm ein gewaltiges Interesse bescherte. Der Senior Fellow des Federal Institute for Energy Source (FIES) hatte die wahnwitzige Idee, dass der Westen vom damals notorisch klammen Russland einen Großteil der Fläche Sibiriens leasen sollte. Waren die Rohstoffe abgebaut, ging die Landmasse wieder an Russland zurück. Für ihn lag die Lösung für die Rohstoffprobleme der USA und die finanziellen Probleme Russlands auf der Hand. Seine Begründung: Schließlich hatte schon 1805 Thomas Jefferson Napoleon Louisiana abgekauft.
Ein Jahr später schickte Spread dieser Idee einen ganzen Aufsatz voller Statistiken, Modelle und Trendanalysen zum amerikanisch-russischen Verhältnis hinterher. Dieser gipfelte in dem Vorschlag, dass es für beide Seiten nur Vorteile brächte, wenn die USA den Russen Sibirien vollständig abkauften. Die sibirische Landmasse, eine Region mit den gewaltigsten unerschlossenen Bodenschätzen der Welt, lag offensichtlich zu weit vom Herzen Russlands entfernt, um optimal und ohne Anstrengungen Moskaus genutzt und kontrolliert werden zu können.
Dieses Geschäft auf Leasingbasis soll nun Wirklichkeit werden. Seine Laufzeit beträgt fünfzig Jahre, die Kosten betragen drei Billionen Dollar …«

Kaltenborn sah mit nasser Stirn und zweifelndem Blick auf seinen Besucher, dann las er weiter.

»Eine komplette Entschuldung sowie der Wiederaufbau des wirtschaftlich angeschlagenen Russlands ist damit auf einen Schlag möglich. Russlands Weg hin zu einem wirtschaftlich gesunden kapitalistischen Staat kann vollzogen

werden ... Im Unterschied zu den damaligen Annahmen wäre der Billionen-Dollar-Vertrag aber ohne Partner heute nicht möglich. Deshalb bot sich vor gut einem Jahr Deutschland als Mitteilhaber an, was die Russen akzeptierten. Laut Spread zeitigt ein solcher Vertrag folgende Vorteile:
Die USA wären ihre prekäre Abhängigkeit von den arabischen Ländern los, hätten unbegrenzte Energieressourcen und gleichzeitig einen wirtschaftlich-politisch stabilen Partner im Osten Europas gewonnen. Deutschland, das sich aufgrund der Erdgas-Pipeline durch die Ostsee für das Mammutprojekt qualifiziert, wäre mit seinen beiden wichtigsten strategischen Partnern eng verbunden; Russland käme endlich aus seiner kritischen wirtschaftlichen Lage heraus und wäre politisch und wirtschaftlich nicht mehr erpressbar. Der Name des bislang streng geheim gehaltenen Projekts lautet ›Trias‹.
Kritische Fragen zu der kaum noch vorstellbaren Summe von drei Billionen US-Dollar beantwortete Spread erst kürzlich vor einem geheimen Auditorium mit einem Vergleich zu den US-Raumfahrtprogrammen:
›Als Michael Layle unter Peter Smith sen. amerikanischer Vizepräsident war, befürwortete er ein Zwei-Billionen-Dollar-Programm, um zum Mars zu fliegen. Da sage ich nur: Sibirien ist näher als der Mars, das Wetter ist besser, und auf dem Mars gibt es kein Öl.‹
Spread benennt in seinem Thesenpapier auch die möglichen Feinde des Billionen-Dollar-Vertrags: »Wir werden die ganze Welt gegen uns aufbringen, aber wir werden sie mit Vorzugspreisen und sehr viel größerer Verlässlichkeit, als es die arabischen Länder jemals wollten, wieder auf unsere Seite ziehen ...«

»Das ist wirklich ein Hammer«, entfuhr es Kaltenborn.

»So kann man es auch sagen«, erwiderte der Mann. »Aber es ist noch etwas anderes im Busch«, sagte er und kniff dabei die Augen zusammen wie ein Tier auf Beutejagd. Kaltenborn griff nun doch nach seiner Flasche Cardhu. Croy erteilte ihm mit einem kurzen Kopfnicken die Absolution. Kaltenborn grinste schief, Saanigri winkte ab. »Ich darf als Muslim nicht, wie Sie wissen.«

Croy und Kaltenborn durften auch nicht, weil sie im Dienst waren, taten es aber dennoch. Zu zweit stürzten sie jeweils einen Zentimeter Whisky hinunter.

»Spread wird heute ebenfalls in Prag erwartet. Ich habe hier ein Foto von ihm.« Er zog ein Bild des Amerikaners aus dem Folder.

Es zeigte einen Mann von Anfang sechzig, Haare so weiß wie Schnee, gerade gescheitelt. Um seinen Mund lagen die herrischen Züge einer Person, die es sich abgewöhnt hatte, auf andere zu hören.

»Aus sicheren Quellen weiß ich, dass der Amerikaner einen engen Freund in Deutschland hatte. Und nun raten Sie mal, wen …«

Kaltenborn schwieg.

Aus Croys Mund fiel ein Name.

»Stefan Rumpf?«

Der Marokkaner nickte anerkennend.

»Genau der. Würde er noch leben, wäre er mit auf dieser netten kleinen Veranstaltung. Wir fanden ihn auf der Gästeliste, allerdings mit einem Kreuz versehen.«

Kaltenborn hielt es nicht mehr auf seinem Stuhl. Wie eine weggesperrte Hyäne lief er einmal quer durch sein Büro und setzte sich wieder. Sein Besucher hatte sich inzwischen eine Zigarette angesteckt und sah dem Rauch hinterher, der geruhsam an die Decke stieg.

»Aber nach all dem, was wir wissen«, sagte Kaltenborn gepresst, »wurde Rumpf das Opfer einer Tätergruppe, deren Auftraggeber eher in Minsk oder Kiew zu finden sind. Wo soll da ein Zusammenhang zwischen seiner FIES-Mitgliedschaft und seinem Tod liegen? Vergessen Sie nicht, dass auch andere Deutsche Mitglieder dieses feinen Instituts waren oder sind. Und die leben noch.«

»Ja, aber Rumpf war noch nicht Mitglied, er war vielleicht gerade mal ein assoziiertes Mitglied. Sollte man ihn wirklich als Gastredner eingeladen haben – dann für welches Thema? Worüber könnte ein deutscher Staatssekretär auf Einladung dieser Truppe reden, wenn nicht über etwas, das eigentlich nicht an die Öffentlichkeit gehört?«

»Vielleicht ist G8 das Thema? Schließlich findet das Treffen bei uns statt.«

Der Marokkaner schüttelte den Kopf. »Der einzige Link zum G8-Gipfel ist, dass Trias genau an diesem Datum unterschrieben werden soll. Von deutscher Seite wird Ihre Staatschefin das Geheimprojekt absegnen.«

»Habe ich richtig gehört?«

»Ich fürchte, ja. So lauten meine Informationen aus dem Umfeld der Bundeskanzlerin. Ihr Land steht gemeinsam mit den USA kurz davor, den größten Teil der industriellen Welt – und vor allem China – vom Rohstoffmarkt abzuschneiden. Was das bedeutet, vermag selbst ich mir noch gar nicht vorzustellen.«

Kaltenborn sah hoch zur Decke, wo sich Fliegen an den Glühbirnen des völlig verstaubten Kronleuchters zu schaffen machten. Er löste den Blick wieder.

Als könne er Kaltenborns Gedanken lesen, sagte der Marokkaner: »Ein Sumpf tut sich auf. Und hinter all dem verbirgt sich immer wieder eine geheimnisvolle Zahl: die Drei. Dort Spreads FIES-Netzwerk, dazwischen das rechtsextreme

Netzwerk und hier eine noch unbekannte Terrorzelle, die munter Menschen hinrichtet. Und weiter: Die USA, Deutschland und Russland bilden eine Dreier-Achse. Eine Trias, wohin man blickt. Was glauben Sie, wer steckt hinter all dem? Was sagt Ihnen der Instinkt?«

Kaltenborn brauchte Zeit.

»Ich bin nicht beim BKA, weil ich an etwas glaube«, sagte er schnoddrig, »sondern weil ich mich vor etwas fürchte.«

»Ein feiner Satz«, antwortete der V-Mann sarkastisch. »Nur hilft der uns jetzt nicht weiter. Ich fürchte, das FIES trifft sich nicht in Prag, um über so etwas Harmloses wie den G8-Gipfel im Ostseekaff Marienstrand zu reden. Haben Sie mal darüber nachgedacht, dass Trias schon längst nicht mehr so geheim ist, wie alle annehmen? Und dass bestimmte Kräfte dieses Vertragswerk mit aller Kraft verhindern wollen? Schließlich sichert es den Deutschen und den Amerikanern eine unendliche Macht über Milliarden Tonnen an Öl-, Gas- und Goldreserven. Es gab schon einmal ein Deutschland, das andere Länder in die Knie zwingen wollte. Da hieß die Strategie: Blut für Boden. Heute heißt sie: Erpressung für Öl.«

»So sehen Sie das wirklich?«

»So könnte man Trias auch interpretieren, ja.« Saanigri sah Kaltenborn durchdringend an. Dem wurde ungemütlich.

Saanigri fuhr fort: »Wir reden gerade davon, dass sich drei Länder bis ins Jahr 2056 mehr als vierzig Prozent der Rohstoffvorräte der Welt untereinander aufteilen. Ist Ihnen das eigentlich klar?«

Der BKA-Vize warf seinem Gast einen Blick zu, der deutlich genug war. Saanigri schwieg jetzt. Das war viel Stoff. Kaltenborn wollte sich konzentrieren.

Saanigri zündete sich eine weitere Zigarette an.

Unvermittelt meldete sich Croy zu Wort. Ihm war in den Sinn gekommen, was sein Gedächtnis aus der jahrelangen

Christenlehre abgespeichert hatte. »Tri kommt aus dem Lateinischen und bedeutet drei. Das Besondere aber ist die Definition. Drei bestimmte Dinge, die auch unabhängig voneinander gelten könnten, werden als formale Einheit – oder korrekt ausgedrückt – als Dreiheit gesehen. In der christlichen Religion bezeichnet die Trinität die göttliche Dreifaltigkeit aus Vater, Sohn und Heiligem Geist. Der Hinduismus kennt die Triade aus Brahma als Schöpfer, Vishnu als Bewahrer und Shiva als Zerstörer. Und in der griechischen Mythologie teilt sich die Dreiheit der Götter Zeus, Poseidon und Hades die Herrschaft über Menschen und Götter ...«

Kaltenborn, der bis eben noch interessiert zugehört hatte, setzte sich mit einem Ruck auf.

»Und was soll uns dieser Exkurs sagen, Markus?«

»Dass wir es bei dem Trias-Vertrag und seinen Initiatoren mit Menschen zu tun haben, die genau wissen, was sie tun. Nehmen wir mal folgendes Szenario an: Russland kann seine über Jahre aufgelaufenen Verbindlichkeiten trotz Rohstoffreichtums nicht mehr zahlen. Die Amerikaner und die Deutschen, die jetzt schon die größten Exportpartner sind, stellen Russland ein Ultimatum. Doch Moskau ist quasi pleite. Also bleibt den Russen gar nichts übrig, als diesen Vertrag zu wollen. Die Deutschen wiederum, die zu 96 Prozent von ausländischen Rohstoffen abhängig sind, haben Russland damit in der Hand. Eine zwar ungleiche Partnerschaft, doch sie würde funktionieren. Dabei wird ein schmählich verlorener Feldzug von einst quasi umgedreht: Die Deutschen erobern ohne Krieg nach mehr als sechs Jahrzehnten auf elegante Weise das halbe Sibirien ...«

»... und erhalten damit auch ihre alte Stärke und ihr Selbstbewusstsein zurück«, ergänzte der Marokkaner. Er sah anerkennend auf den jungen Ermittler.

»Klingt sehr weit hergeholt.« Kaltenborn wirkte hilflos.

»Warum?«, fragte sein Gast. »Es mag hart klingen, aber de facto verhält es sich so.«

»Und was ist mit Amerika?«, warf Kaltenborn ein.

»Ein starkes Land braucht Konkurrenten nicht zu fürchten«, antwortete Saanigri. »China würde alles geben, um Amerika als erste Wirtschaftsmacht in der Welt abzulösen. Nehmen Sie Russland: Durch die Erlöse des Vertrages wird der Kapitalismus nach und nach erblühen. Endlich werden 280 Millionen Russen zu echten Verbrauchern und garantieren Milliarden an Umsätzen. Trias ist der Schlüssel zu einer gigantischen Gelddruckmaschine.«

Kaltenborn schluckte.

Croy hatte verstanden. »Die Frage ist doch, ob Stefan Rumpf mit diesem Vertrag in Zusammenhang zu bringen ist oder nicht. Wenn es wirklich bereits militante Gegner von Trias gibt, könnte er ihr Opfer gewesen sein. Ergo auch sein Amtskollege in Moskau ...«

»Schicken wir doch Beobachter zu der Prager Veranstaltung«, sagte Kaltenborn wie abwesend. »Dann wissen wir genau, was Spread nach Tschechien treibt.«

Der Marokkaner mahlte mit den Zähnen.

»Ich schlage vor, zwei V-Leute als Übersetzer und Croy als Beobachter einzuschleusen«, fuhr Kaltenborn fort. Der Marokkaner nickte, drückte seine Zigarette aus, klappte die Mappe zu und nahm sich Hut und Mantel. Er verstaute das Geldpäckchen in einer Innentasche.

»Es hat mich sehr gefreut«, sagte er, die Türklinke in der Hand.

Beide hörten, wie er sich im Sekretariat den schnellsten Weg nach Frankfurt am Main beschreiben ließ.

»Wenn dies alles so stimmt«, sagte Kaltenborn zu Croy, »waren wir bei unseren Ermittlungen auf dem falschen Dampfer. Der Marokkaner ist sein Geld wert.« Croy nickte matt. Er hatte das Gefühl, dass sich eine riesige Spirale immer weiter aufdrehte.

Gleichzeitig stiegen Zweifel in ihm auf. Er war etwas verwundert, wie offen Kaltenborn und Saanigri miteinander geredet hatten, und hielt ein gesünderes Misstrauen für angebrachter. Croys Hang dazu, nicht immer sofort zu glauben, was andere als offenkundige Tatsache hinnahmen, trat im Verlauf seiner Ermittlungen immer offener zu Tage. Tief im Innern fühlte er sich von Falschspielern umgeben. Nicht einmal Gabriela Malichova hatte ihm wirkliches Vertrauen eingeflößt. Und Michael Storm? Was trieb er in diesem Augenblick?

»Vielleicht ist Spread ja tatsächlich eine Art Schlüssel zu dem ganzen Schlamassel«, sagte er wie zu sich selbst. »Wir sollten ihn uns mal näher ansehen.« Kaltenborn brummte seine Zustimmung. Im Beisein Croys ließ er sich von ihrer gemeinsamen Sekretärin Witha ins Bundeskanzleramt verbinden und drängte auf ein persönliches Gespräch mit der Regierungschefin am kommenden Tag. Als Nächstes sprach er mit Washington und bat um Amtshilfe bei seinem Gegenüber im FBI-Hauptquartier. Deutschen Ermittlern Auskünfte über amerikanische Staatsbürger zu geben, war seit dem Anschlag auf das World Trade Center keine Selbstverständlichkeit mehr. Zu tief saß auch bei den Amerikanern das Misstrauen, die Deutschen könnten auf Grund ihres Rechtssystems mutmaßliche Terroristen an der langen Leine halten, bis ihre Verstrickungen für eine Inhaftierung ausreichten. Doch offensichtlich bewertete das FBI einen möglichen Zusammenhang zwischen Thomas Gordon Spread und den beiden Attentaten als hinreichend genug, um ihre Datenschleusen für das BKA zu öffnen. Kaltenborn war mehr als zufrieden.

5

Berlin-Mitte, Bundesnachrichtendienst, gleicher Tag, 12:43 Uhr

Agent Hans Strachow hatte soeben den Fahrstuhl verlassen, als plötzlich alle Lichter erloschen. Er befand sich auf einem fensterlosen Gang der streng gesicherten Dokumentationsabteilung, die wegen ihrer sensiblen Daten mehr als 30 Meter unter der Erde auf Etage 3 lag.

Er fluchte misstönend. Strachows kurzes Schimpfwort hallte von den Wänden in mehrfachen Echos wider. Langsam tastete er sich im pechschwarzen Gang vorwärts. Eine Reihe batteriegespeister Notlämpchen war aufgeflammt, die wie Positionslichter eines Rollfelds für Orientierung sorgten.

Eines von ihnen leuchtete grün. Das bedeutete, jemand anderer war hier unten, arbeitete in einem Raum und teilte, bis der Strom wieder floss, mit Strachow das Los der Dunkelheit. Das Gefühl, hier unten nicht allein zu sein, erleichterte ihn. Der BND-Agent drückte auf die Klinke der schweren doppelwandigen Blechtür, trat hinein und rief freundlich, aber energisch: »Hallo? Jemand zu Hause?«

»Kommen Sie rein und machen Sie nicht so einen Lärm.« Die Stimme gehörte unverkennbar zu Hess, den er hier nicht vermutet hätte.

»*Sie* hier unten?«, fragte Strachow frech. Hess war noch nie dabei gesichtet worden, selbst mal Recherchematerial aus der Dokumentationsabteilung besorgt, geschweige denn gelesen zu haben. Diese Fleißarbeit überließ er gern den jüngeren Mitarbeitern.

Zwar hatten sich Strachows Augen langsam an das Dunkel gewöhnt, den massigen Umfang seines Chefs sah er dennoch nicht.

»Machen Sie die Tür zu«, befahl Hess. Strachow wunderte sich über den Ton, spurte aber. Bevor er etwas sagen konnte, kam ihm Hess zuvor.

»Treten Sie näher, Strachow. Ich möchte Ihren Atem hören.«

Die unsichtbare Stimme aus dem Dunkel brachte den sonst so selbstsicheren Agenten einigermaßen aus der Fassung. Was war denn das für ein Spiel?

Strachow hatte sich langsam vorwärts bewegt. Soeben hörte er das leise Keuchen seines beleibten Chefs.

»Und jetzt bleiben Sie stehen!«

Irgendetwas wirbelte plötzlich mit einem pfeifenden Geräusch durch die Luft, schlang sich um seinen Oberkörper und riss ihn mit einem kräftigen Ruck auf den Steinboden. Er schlug hart auf. Der heiße Schmerz am Brustkorb raubte ihm fast die Besinnung, und er verkrallte die Finger in dem eisenharten Etwas, das sich wie ein dünnes Drahtseil anfühlte.

Bevor sich Strachow Gedanken darüber machen konnte, was mit ihm geschah, hörte er ein schadenfrohes Lachen.

»Na, Strachow? Gefällt Ihnen das? Wozu so ein Nachtsichtgerät doch nütze ist!« Hess lachte boshaft auf. »Haben Sie es schon vergessen? Ich war Nahkampfausbilder. Ich kann gut mit Seilen umgehen.«

Strachow strampelte panisch, doch es nützte ihm nichts. Das Seil zog sich nur noch fester um seinen Körper und schnitt ihm schmerzhaft ins Fleisch.

»Was soll das, Hess?« Er keuchte und wand sich auf den Steinen wie eine Schlange in einer engen Kiste. »Sind Sie völlig übergeschnappt?« Seine Gedanken wirbelten wild durcheinander, behinderten sich gegenseitig, er konnte nicht mehr klar denken.

Derart hilflos hatte er sich das letzte Mal in einem jener Ausbildungslager gefühlt, von dem Hess gesprochen hatte. Seine Trainer waren bei den Submissionsübungen nicht zimperlich gewesen und hatten die Rekruten jene Schmerzen spüren lassen, die sie im Fall eines Angriffs später anderen zufügen sollten.

»Hess!«, brüllte Strachow. »Es reicht!«

Doch Hess antwortete nicht, sondern wirbelte weiter mit dem Drahtseil durch die Luft, als hinge ein Wildpferd daran, das gezähmt werden musste. Strachow widersetzte sich nicht länger und versuchte stattdessen, mit dem Druck des Seils mitzugehen, um es zu lockern und so den Schmerzen ihre Spitze zu nehmen.

»Sie sind ein Verlierer, Strachow! Zuerst haben Sie bei Croys Ankunft in Prag am Flughafen mit Ihren V-Männern versagt, die BKA-Zecke dann mehrfach aus den Augen verloren – und nun ist Rumpfs Ehefrau tot! Wissen Sie eigentlich, was Sie damit angerichtet haben?« Hess holte Luft. Dann schrie er: »Sie gefährden die Operation, Sie Versager!«

Strachow war völlig überfordert. Er kannte das Gefühl nicht, selbst verhört zu werden.

»Und?«, fragte Hess mit drohendem Unterton. Er zog erneut das Seil straff. Strachow zuckte vor Schmerz zusammen. Er kannte diese Methoden vor allem von fernöstlichen Geheimdiensten, bei denen die Delinquenten in einem nachtdunklen Raum verhört und, wenn sie nicht schnell genug redeten, körperlich traktiert wurden.

»Prag nehme ich auf meine Kappe«, stöhnte Strachow, »aber dass meine Männer gleich die ganze Injektion …«

Hess riss erneut am Seil.

Strachow schrie auf.

»Sie haben es selbst angeordnet, Strachow!« Hess' Stimme donnerte durch den Kellerraum. »Soll ich Sie den Chinesen überstellen? Soll ich denen sagen, dass Sie Spread mit Ihrer Unfähigkeit in die Hände gespielt haben?«

Strachow versuchte, sich zu konzentrieren. Er dachte scharf darüber nach, was er antworten sollte. Was Hess gerade mit ihm tat, war für ihn unfassbar. Bislang hatte er sich seinem Chef gegenüber überlegen gefühlt und sich im Stillen lustig gemacht über dessen Wut, zum wiederholten Male bei einer Beförderung in die zentrale Leitung des BND übergangen worden zu sein. Hatte Hess bemerkt, dass er ihn im Grunde mit Geringschätzigkeit bedachte? Dass er, Strachow, seinen fettleibigen Vorgesetzten nicht ernster nahm als eine Fliege auf einem bereits leeren Käseteller?

Er änderte seinen Ton. »Es lief doch sonst alles glatt, Chef«, jammerte er jetzt unterwürfig. »Das BKA wird mit Hilpert bald den Täter haben. Da der seine Anweisungen nicht direkt von uns, sondern über einen tschechischen V-Mann mit Namen Kovarik bekam, tauchen wir bei einem Verhör gar nicht auf. Croy und sein Chef Kaltenborn werden von Hilpert und seinen Kameraden die Geschichte von der Russen-Mafia zu hören bekommen, die sie angeheuert hat. Und Storm wäre nach seinen schmerzhaften Erfahrungen in Piečany selbst Schuld, wenn er nochmals die Dienste des BKA annähme.« Er zerrte mit den Händen an dem Drahtseil. Es drohte ihm die Luft zu nehmen. Umsonst.

»Alles kalter Kaffee«, wütete Hess. »Man wird Nachforschungen anstellen, man wird bohren und bohren, bis man herausgefunden hat, wer Emma Rumpf getötet hat. Und sie dann noch in den Berliner Landwehrkanal zu versenken, war ja wohl das Dümmste, was Sie tun konnten.«

Der Agent hörte ein raschelndes Geräusch, dann ein Scheppern, als sei eine Blechdose auf dem Steinfußboden aufgeschlagen. Danach Schritte. Das Seil hatte nun keine Spannung mehr. Die Blechtür ging auf und schlug wieder zu. Strachow blieb erschöpft und starr vor Schmerzen auf dem Boden liegen. Nur wenige Augenblicke später flackerten die Leuchtstoffröhren an der Decke wieder auf und verströmten ihr kaltes weißes Licht in den Raum. Der Stuhl, auf dem Hess gesessen hatte, stand abseits von ihm und doch nur wenige Schritte von Strachow entfernt. Das Ende des Drahtseils lag lose auf dem Boden, sein Ledergriff mit der Schlaufe für die Faust war abgewetzt und fleckig.

Strachows Gedanken kreisten nicht nur um Rache. Er hatte den Wunsch, Hess dafür umzubringen, dass er ihn so demütigte.

Die Gelegenheit dazu würde er bald bekommen.

6

Berlin,
Bundeskanzleramt, Büro von Lydia Sprado,
28. November, 08:55 Uhr

Seit Tagen fühlte sich die deutsche Regierungschefin wie in einem Hamsterrad, das durch seine heftige Rotation auseinanderzufliegen drohte. Was auch immer sie durchdenken und lösen wollte, wurde durch neue Ereignisse überlagert. Sie war erschöpft und überlastet. Sie saß an ihrem peinlich aufgeräumten Schreibtisch, strich sich fahrig den kurz geschnittenen Pony aus der Stirn und blätterte in ein paar Akten. Ihre braunen Augen wirkten heute so dunkel und stumpf wie eine trockene Kastanie.

Der gewaltsame Tod Emma Rumpfs war intern mit etlichen Fragezeichen versehen, und nichts deutete auf eine schnelle Aufklärung hin. Für Atemlosigkeit sorgte auch die anhaltende Welle der Gewalt durch militante Mitglieder der Splittergewerkschaft ROK. Erst gestern hatten Unbekannte Abgeordnetenbüros in der Nähe des Reichstages angegriffen und Brandsätze hineingeworfen. Der Staatsschutz hatte daraufhin das Regierungsviertel abgeriegelt. Nachts patrouillierten Spezialeinheiten um die Regierungsgebäude.

Sie ahnte, woher die Wut Nahrung bezog: Der Benzinpreis war von einem Tag auf den anderen auf 2,10 Euro gestiegen, und die jüngsten Arbeitsmarktdaten aus Nürnberg klangen verheerend. Obwohl es der Wirtschaft wieder besser ging, verharrte die Quote der Arbeitslosen bei sechs Millionen Menschen.

Sie war kurz davor, die seit Monaten wütende Splittergewerkschaft *Revolutionäre Oppositionelle Kraft* als terroristische Vereinigung einzustufen und dem Generalbundesanwalt Ermittlungen zu empfehlen. Der G8-Gipfel stand viel zu dicht vor der Tür, um das Risiko einer Bedrohung aus dem eigenen Land einzugehen.

Hinzu kam, dass die Medien Fragen aufwarfen, die sie von ihrem Pult in der Bundespressekonferenz so einfach nicht beantworten *wollte*. Auch die BKA-Informationen über Trias hatten sie kalt erwischt. Die neue Mitwisserschaft des Sicherheitsapparates über ein bisher geheimes Projekt erzeugte in ihr diffuse Verlustgefühle: Ihr entglitt die Kontrolle und damit ein Stück Macht.

Bislang waren die Russen und Amerikaner sehr diskret vorgegangen und hatten die gleiche Vorgehensweise von Deutschland erwartet. Jetzt aber drohte, dass noch vor der Unterschrift des Vertrages von der Supermacht China, aber auch von den von Trias ausgeschlossenen EU-Ländern ein Orkan der Gegenwehr ausging. Sie fröstelte. Nachdenklich durchquerte sie ihr Büro und trat vor einen der Büroschränke, in dem sie eine ganze Kollektion an verschiedenfarbigen Strickjacken auf Bügeln hängen hatte. Sie entschied sich für ein Modell in Kaminrot und kehrte an ihren Schreibtisch zurück.

Die spannungsgeladene Mischung aus labiler Sicherheits- und Wirtschaftslage einerseits und die für Deutschland existenziell wichtigen Verhandlungen um die Sicherung von Rohstoffmärkten trieben die Bundeskanzlerin in diesem Augenblick zu einem Entschluss: Sie würde mit den Amerikanern und Russen darüber reden, ob man den billionenschweren Wirtschaftsvertrag nicht vorzeitig unterschreiben sollte. Während sie auf einem Stift kaute, kuschelte sie sich in die wärmende Jacke und zog die Beine ganz dicht an den Stuhl heran. Ihr Gesicht zeigte einen entschlossenen Ausdruck.

Als es an die schwere Eichentür zu ihrem Büro klopfte, reckte sie instinktiv das Kinn. Sie wollte Kampfeswillen zeigen, keine Schwäche. Wie sie sich im Innern fühlte, ging nicht mal ihren Ehemann etwas an.

»Verehrter Herr Kaltenborn, treten Sie ein.« Lydia Sprado gab sich betont herzlich. Sie kam gleich zur Sache, obwohl er noch in der Tür stand.

Kaltenborn sah erstaunt zu ihr hin. »Ich setze mich vielleicht erst einmal, was?«

»Sie dürfen«, sagte sie jovial.

»Danke«, murmelte er. »Ich bin nun ganz Ohr«, fügte er etwas lauter an.

»Schätzen Sie sich glücklich, von Fakten erfahren zu haben, die höchster Geheimhaltung unterliegen.« Sie sah ihn gönnerhaft an.

Kaltenborn blickte böse zurück. »Bei allem Respekt: Halten Sie diese arrogante Tonlage für berechtigt?«

Die Kanzlerin erblasste. »Was erlauben Sie sich …«

Kaltenborn hatte plötzlich Lust, der deutschen Regierungschefin mitten ins Gesicht zu schlagen. Sein Ton blieb aber beherrscht.

»Seien wir doch ehrlich: Während wir mühsam Indiz für Indiz sammeln, führen Sie und Ihre Berater die Ermittlungsbehörden durch Labyrinthe mit geheimnisvollen Kammern. Werten Sie dieses Verhalten bei der explosiven Mischung aus zwei Morden, einer miesen Presse und einer immer aggressiveren öffentlichen Stimmung für einen staatsmännischen Zug?«

Die Kanzlerin blickte kalt. »Nicht jede Information gehört nach draußen. Schon gar nicht, wenn sie noch nicht ausgegoren ist. Von wem haben Sie die Informationen über Trias erhalten?«

Kaltenborn ließ sich nicht beirren. »Vielleicht hätten wir zwei Morde verhindern können? Vielleicht könnten Emma Rumpf und ihr Mann noch leben?«

»Glauben Sie mir, ich bin mindestens so entsetzt wie Sie. Das müssen Sie mir glauben.«

Die alte Leier, dachte Kaltenborn grimmig. In Wirklichkeit tat sie sich selber leid, weil sie mit derartigen Entwicklungen mit Sicherheit nicht gerechnet hatte. Ihr stand offenbar das Wasser bis zum Hals, das sah man ihr an. »Wir haben einen der Attentäter verhört«, sagte er. »Wussten Sie, dass es ein Auftragsmord war? Es könnte gut sein, dass Sie sich mit Trias ein paar Feinde geschaffen haben, oder? Gehe ich recht in der Annahme, dass Stefan Rumpf von dem geplanten Vertragswerk wusste?«

Sprado sah ihn unbewegt an. Ihre Finger waren ineinander verknotet. Im Kanzlergarten patrouillierten derweil schwer bewaffnete Polizeieinheiten.

Schließlich sagte sie: »Er war der Unterhändler auf deutscher Seite.«

Für Kaltenborn bestätigte sich indessen, was er und Croy seit gestern geahnt hatten.

»Wusste der BND davon?«, hakte er nach.

Sie schüttelte den Kopf.

»Hätten *wir* davon gewusst, wäre er anders geschützt worden«, sagte Kaltenborn hitzig.

Die Kanzlerin bemühte sich um eine ruhige Stimmlage. »So sehr Sie auch glauben, im Recht zu sein, müssen Sie doch uns überlassen, wie wir hochsensible Staatsverträge vorbereiten. Es konnte ja nun wirklich niemand davon ausgehen, dass dieser Vertrag Verbrecher auf den Plan ruft.«

Kaltenborn nahm nun seinerseits ein paar Grad Hitze aus seiner Stimme. »Das Kind liegt im Brunnen. Gibt es etwas, was wir wissen müssen, aber nicht wissen *können*?« Er dachte daran, dass sein Wissensvorsprung gegenüber der Kanzlerin sehr viel größer war. Wenn stimmte, was Saanigri sagte, war die deutsche, aber auch die amerikanische und russische Regierung von Feinden umzingelt. Doch wer sie genau waren, das wusste auch Kaltenborn nicht.

Er registrierte etwas Warmes in Sprados Augen. »Mich beschäftigen gerade zwei furchtbar wichtige Dinge«, begann sie. Kaltenborn sah sie unbewegt an. »Als Honorar für die Vermittlung und die Ausarbeitung der Verträge werden zehn Millionen Dollar in bar an Spreads Organisation FIES fällig. Ich halte diesen Betrag für viel zu hoch, doch Spread ließ nicht mit sich handeln. Vielleicht lohnt sich ja eine kleine Recherche darüber, was der Mann mit dieser Summe anfangen will.« Die Kanzlerin lehnte sich auf ihrem Stuhl zurück. Ihr Instinkt sagte ihr, dass ein einzelner Mann mit so viel Geld wenig anzufangen hatte. Meistens versorgte er damit eine Interessengruppe, was ihr bei Spreads riesiger Organisation gar nicht so abwegig erschien. »Außerdem brennt mir die außerparlamentarische Opposition unter den Nägeln. Was wäre denn«, und jetzt beugte sie sich wieder Kaltenborn entgegen, »wenn aus deren Gewaltbereitschaft heraus so etwas wie ein zweiter Frühling der früheren Terrororganisation RAF erwachsen wäre? Könnte es sein, dass Trias von Feinden aus dem *Innern* torpediert wird?«

Kaltenborn stand auf, versenkte eine Hand in der Hosentasche und erlaubte sich einen Ausflug durch das geräumige Kanzlerbüro. Schließlich sagte er kühl: »Vielleicht mag Mister Spread schnelle Autos, große Häuser, teure Mädchen? Wer weiß? Und was eine neue RAF angeht: Niemals zuvor haben wir derartig viele Informanten und Spitzel im Innern Deutschlands beschäftigt wie in den letzten zwei Jahren. Unsere Terrorprävention ist von Innenminister Cromme bereits auf eine Spitze getrieben worden, die laut Umfragen kaum einem Bundesbürger schmeckt. Gäbe es also derartige Entwicklungen, würden wir davon sofort erfahren. Nein, Frau Bundeskanzlerin: Der Feind kommt von *außen*. Für diese – zugegeben – noch nicht genügend untermauerte Behauptung verwette ich meinen Stuhl im Bundeskriminalamt. Und nun entschuldigen Sie mich. Ich habe einen Termin mit meinen Kollegen vom FBI.«

Die Bundeskanzlerin sah ihm grimmig nach, wie er mit schnellen Schritten ihr Büro verließ.

Ihre Informationen waren nichts wert gewesen, dachte Kaltenborn beim Hinausgehen zornig. Dieses Gespräch war von der Sorte, die er kein zweites Mal brauchte. An der Türschwelle drehte er sich noch einmal um. Er sagte kurz: »Ich hoffe auf eine bessere Zusammenarbeit.« Dann war er durch die Tür.

Die Kanzlerin sah ihm sprachlos hinterher. Ihre Gefühle schwankten zwischen heftiger Verärgerung und einem gewissen Schuldbewusstsein, das allerdings nur von kurzer Dauer war. Sie reckte wieder ihr Kinn nach vorn und sagte sich: Nur wer handelt, kann gewinnen.

Indes war Kaltenborn auf dem Weg ins Auswärtige Amt. Im Büro des BKA-Verbindungsmannes gab er vorsichtshalber in das Hauptquartier nach Treptow die Anweisung durch, Spreads Kontobewegungen zu analysieren. Überraschend willig arbeitete seit dem vergangenen Abend auch der CIA in

Langley mit den Deutschen zusammen. Das hatte Kaltenborn seinem Amtskollegen beim FBI in Washington zu verdanken. In der bedeutendsten US-Polizeibehörde gab es nur wenige Mitarbeiter, die mit dem größten amerikanischen Geheimdienst keine Probleme im Informationsaustausch hatten. FBI-Vizepräsident Langdon gehörte zu diesen seltenen Exemplaren.

Kaltenborn war mit ihm per Du. Im Büro seines Verbindungsmannes im Auswärtigen Amt ließ er eine Leitung nach Washington D.C. aufbauen. Als sie stand, lehnte er sich in einem der Bürosessel zurück und erwartete seinen Gesprächspartner mit entspanntem Gesichtsausdruck.

7

Berlin-Mitte, Bundesnachrichtendienst, zur gleichen Zeit

Paul Hess lächelte dünn. In den letzten drei Stunden war ihm sein glückloser Agent mehrfach ausgewichen. Einerseits brauchte er Hans Strachow, denn er war ein Mitwisser in dem gefährlichen Spiel mit den Chinesen. Andererseits war er ihm bereits jetzt schon im Weg. Bevor der gewichtige BND-Referatsleiter den Faden weiterspinnen konnte, klingelte sein Telefon.

Als ihm seine Sekretärin erklärte, wer in der Leitung war, sagte er zu ihr: »Die abhörsichere Leitung, bitte.« Dann bekamen seine Augen eine gewisse Spannung.

»Ah, Kamidou Saanigri«, begrüßte ihn Hess mit Wohlklang in der Stimme. »wie geht es Ihnen?« Der Marokkaner und er kannten sich aus Bonner Zeiten, als Hess noch innerhalb des

BND für die Überwachung der ausländischen Botschaften zuständig gewesen war. Die marokkanische Botschaft galt als der wichtigste Umschlagplatz für Informationen aus dem Nahen Osten. Schon damals hatte Kamidou Saanigri gegen Cash an Hess verwertbares Wissen weitergegeben.

Sein Gesprächspartner kam offensichtlich gleich zur Sache, denn Hess sanken die Mundwinkel hinunter. Während er zuhörte, wurden seine Hände feucht und sein Kinn begann zu zittern.

»Wie stellen Sie sich das vor?«, entgegnete er. »Dass ich die Tschechen mal eben anrufe und sage: ›Überlasst uns bitte euer abgelagertes Y3‹? Seit sie in der NATO sind, bewachen die ihr Zeug, als wäre es aus purem Gold. Außerdem wollen sie es nach meinen Informationen für viel Geld weiterverscherbeln.«

»Eben«, bestätigte Saanigri. »Und die Gefahr besteht, dass es dabei in die falschen Hände gelangt. Bevor womöglich der seit Jahren untergetauchte Taliban-Chef Mullah Umar an das Zeug gelangt, lagern wir es lieber selbst bei uns ein und haben Vorrat für eine effektive Gegenwehr, wenn's hart auf hart kommt.«

»Was meinen Sie damit? Was ist mit Umar?« Hess mochte Nebenkriegsschauplätze nicht. Und als solcher kam ihm Saanigris Begehr vor. Er hatte mit General Kong vom chinesischen MSS und seinen Wünschen genug zu tun. Wenn er sich verzettelte, konnte womöglich doch die BND-Spitze dahinterkommen, was er gemeinsam mit Strachow trieb. Der Marokkaner räusperte sich.

»Seitdem Mullah Umar das Zepter der Untergrund-Taliban in Afghanistan übernommen hat, organisiert er den Widerstand neu. Wir glauben, dass er gezielte Anschläge auf die ISAF-Sicherheitstruppen plant. Und da Ihr Land dort mittlerweile 8000 Soldaten stellt, dürfte es im deutschen Interesse liegen, dass wir Umars Pläne mit seinen eigenen Mitteln durchkreuzen.«

Hess schwieg und dachte scharf nach. Einerseits hatte Saanigri insofern recht, dass man Terroristen nur dadurch neutralisierte, indem man sie auf die gleiche Weise vernichtete, wie sie selbst vorgingen: bis hin zu Selbstmordanschlägen mit effektiven Sprengmitteln. Wenn diese Drecksarbeit auch noch Muslime übernahmen, ohne dass sich Auftragnehmer aus dem gottlosen Westen die Hände schmutzig machten – umso besser. Andererseits war die Gefahr sehr groß, die Amerikaner könnten davon Wind bekommen, dass ausgerechnet ein deutscher Geheimdienst einen Araber mit tschechischem Sprengstoff versorgte.

Saanigri unterbrach seine Gedanken. Er berichtete von einem Treffen gewaltbereiter Takfiri in Casablanca am kommenden Samstag. »Wissen Sie, was sich hinter denen verbirgt?«, fragte er Hess.

»Eine Sekte. Halten sich für die Stellvertreter Allahs auf Erden und jagen jeden Abtrünnigen in die Hölle, der ihnen nicht gottesfürchtig genug ist oder mit dem Westen zu auffällig kooperiert. Sie passen sich den jeweiligen Kulturen, in denen sie leben, perfekt an. Sie kleiden sich wie Westeuropäer, sie saufen wie Westeuropäer, sie fluchen wie Westeuropäer ...«

»Mehr noch«, hüstelte Saanigri in den Hörer. »Sie sind wie die Feuer speienden Chimären aus der griechischen Mythologie, Mischwesen mit drei Köpfen. Vorne Löwe, in der Mitte eine Ziege, am Ende ein Drache. Aber innerlich bleiben sie fanatische Muslime und warten nur auf den geeigneten Moment, aus dem Dunkel zuzuschlagen. Es waren Takfiri, die in New York, Madrid, London und jüngst in Amsterdam agierten. Wir glauben, dass es nur eine Frage der Zeit ist, bis auch Berlin an der Reihe ist.« Er redete gerne blumig, wie jeder Araber.

»Welche Erkenntnisse liegen Ihnen denn dazu vor, Saanigri?« Hess langte nach einem Zahnstocher aus einem Plastikdöschen vor sich und fuhr sich damit zwischen die beiden vorderen Schneidezähne.

Der Marokkaner antwortete ihm ausweichend.

»Quellen unseres Sicherheitsdienstes wissen sicher, dass ein groß angelegter Anschlag auf die deutschen ISAF-Truppen unmittelbar bevorsteht. Und da sie ihre Befehle aus Berlin bekommen, liegt die deutsche Hauptstadt als weiteres Ziel auf der Hand.«

Hess schwitzte. Seine Hände waren so nass, dass ihm der Hörer mehrfach verrutschte.

»Wann genau und auf welches Camp?«, fragte er beunruhigt zurück.

»Kabul«, sagte Saanigri kurz. Die Offensive der Amerikaner und Deutschen hatte zwar für ein paar Monate zu einer Beruhigung der Lage geführt. Doch längst waren die Unruhen, geschürt von den Taliban, wieder aufgeflammt, schienen weiter zu eskalieren und waren nun direkt auf die Hauptstadt und damit auf den Amtssitz des Präsidenten gerichtet.

»Das heißt, ihr wollt das Treffen der Takfiri-Führer in Casablanca abschöpfen, um dann später selbst gegen die Terroristen vorzugehen?«

»So ist es geplant.«

»Gut, Saanigri, rufen Sie mich morgen Abend nochmals an. Dann weiß ich mehr. Ich muss erst einmal meine Regierung informieren.« Was Hess nicht sehen konnte: Der Marokkaner grinste zufrieden in den Hörer. Hess war auf die Bedrohungsgeschichte in Kabul angesprungen, und das war auch so geplant. Er hatte aus Peking die strikte Anweisung erhalten, die wahre Verwendung des Sprengstoffs zu verschweigen. Zu viel Wissen schade nur, meinte Lee Kong.

»Und noch etwas«, hakte Hess nach. »Warum wissen unsere Leute vor Ort nichts von dem geplanten Anschlag?«

Saanigri hüstelte erneut ins Telefon. »Weil gute Informationen sehr viel Geld kosten. Außerdem verlasst ihr Westler euch zu sehr auf solche Informanten, die schon längst von der Gegenseite gekauft sind. Sie legen falsche Fährten oder vergiften wichtige Informationen, indem sie absichtlich Ort, Zeit oder beteiligte Personen verwechseln. Eure Agenten sind längst nicht so dicht an den Führern der gewaltbereiten Zellen dran wie wir.«

Alles, was Saanigri eben gesagt hatte, wusste Hess. Dennoch war er wütend und beleidigt. Dass der BND überhaupt einen Fuß nach Kabul oder Bagdad bekommen hatte, war einzig seinen Alleingängen zu verdanken. Hätte man noch weiter Seite an Seite mit der CIA gearbeitet, stünde man heute auf verlorenem Posten.

Hess quetschte ein »Danke, Saanigri!« heraus und legte schnell auf.

Der BND-Referatsleiter wuchtete seinen massigen Leib aus dem Ledersessel und zog ein schmales Büchlein aus dem Regal hinter sich. Er machte sich ein paar wenige Notizen, die er mit *Marokko* und dem heutigen Datum überschrieb. Sodann vereinbarte er einen Termin bei seinem Vorgesetzten, BND-Chef Rubens. Kurz danach stampfte Hess zu seinem Agenten Hans Strachow ins Gebäude gegenüber.

Ohne zu klopfen, drückte er die Tür zu Strachows Büro auf. Eben zerknüllte der Agent einen Zettel, den er in den Papierkorb hinter sich warf. Hess sah ihm an, dass er noch immer gedemütigt war. Strachow würdigte ihn keines Blicks.

»Hören Sie, Strachow. Ich weiß, wie man sich nach *so was* fühlt. Melden Sie sich in einer Stunde in meinem Vorzimmer. Dort liegt ein Auftrag für Sie. Es geht nach Tschechien, genauer gesagt in das schöne Städtchen Pardubice bei Prag. Sie müssen im Sprengstoffwerk Semtin ein etwas größeres Päckchen abholen und einen 150-Tonnen-Transport organisieren. Die Einzelheiten entnehmen Sie meinen Anweisungen.«

Strachow war es unmöglich, sofort zu antworten. Ohne eine Erwiderung abzuwarten, drehte sich Hess auf der Türschwelle um. »Vermasseln Sie's nicht wieder, ich verlass mich auf Sie.«

Mitleidlos zog er die Tür mit einem lauten Ruck ins Schloss. Dann trampelte er kurzatmig über den langen Flur zurück in sein Büro.

Strachows Gesicht erzählte einen ganzen Band an Geschichten über einen Mord an einem Kollegen.

8

Prag,
gleicher Tag, 11:25 Uhr

Als Markus Croy an diesem Morgen in Prag landete, presste er eine randvoll gefüllte Aktentasche an sich. Er holte seine Waffe vom Grenzschutz und verließ mit aufmerksamen Blicken das Flughafengebäude. Seine Gefühle waren zwiespältig; aufgrund seiner Erfahrungen mit den beiden Schlägern hatte er auf einen Dienstwagen verzichtet. Bevor er in ein Taxi stieg, sah er sich mehrfach um. Am Himmel jagten Regenwolken von West nach Ost.

Er wirkte wie ein gehetztes Tier, das die Jäger bereits gewittert hatten. Doch seine Fahrt verlief ruhig. Dafür spielten seine Gedanken verrückt. In den 45 Minuten vom Flughafen in das Zentrum Prags hielten Zweifel sein Denken in der Zange. Die Rolle Storms machte ihm dabei die meisten Sorgen. Seit er wegen des marokkanischen V-Mannes und seiner Informationen zu Trias überstürzt aus Prag abgereist war, hatte Croy nichts mehr von dem Ex-DDR-Agenten gehört. Er fragte sich, ob Michael Storm, ähnlich wie Kamidou Saanigri, nicht doch aktiv auf beiden Seiten mitmischte. Doch welchen Sinn sollte es machen, außer jenem, dass man bei Geheimdienstlern nie wusste, *wie* selektiv sie vorgingen und an *wen* sie *welche* Informationen preisgaben?

Croy sah mit brütendem Gesichtsausdruck aus dem Seitenfenster des Autos. Bürogebäude der deutschen Siemens AG und der amerikanischen Citybank Incorporated schoben sich an ihm vorbei.

Er fühlte sich in einer Sandwichposition. Rechts und links von ihm agierten Menschen, die er nicht hundertprozentig einschätzen konnte. Immer dichter rückten diese Menschen an ihn heran, während er in der Mitte nach möglichen Auswegen und Lösungen suchte.

Er wählte aus dem Taxi Kaltenborns Nummer. Dessen Konterfei erschien auf dem Bildschirm seines Videotelefons.

»Ja, Markus, was gibt's?«

»Ich frage mich, wo sich Michael Storm derzeit aufhält. Was er tut, welche Rolle er spielt?«

Der BKA-Vize reagierte erst mit erstauntem, dann mit gereiztem Gesichtsausdruck.

»Ich nahm an, dass Sie in engem Kontakt zueinander stehen«, antwortete Kaltenborn. »Immerhin waren Sie mit ihm essen, er kennt unseren Ermittlungsstand …«

»Wirklich?«, spitzte Croy die Ohren. »Von wem denn?«

»Von mir«, sagte Kaltenborn kurz.

Die Mundwinkel des Ermittlers glitten abwärts.

Kaltenborn schnappte in sein Mikrofon: »Storm hat das Gefühl, dass Sie ihn nicht mögen und auch nicht ernst nehmen. Ist das so?«

»Ich versuche, professionell zu sein«, antwortete Croy.

»Aber ich gebe zu, mit ehemaligen MfS-Offizieren meine Probleme zu haben. Liegt wohl an meiner Herkunft. Ich halte ihn für unberechenbar. Immerhin war er über Jahrzehnte ein führendes Mitglied des DDR-Apparates und machte Jagd auf Gegner des Regimes. Dass derselbe Mann heute für den früheren *Klassenfeind* arbeitet, halte ich für mehr als nur einen schlechten Scherz.«

Kaltenborns Gesicht verzog sich leicht. »Dann schlage ich vor, Sie überlassen den Kontakt zu Storm mir. Möglicherweise brauchen wir ihn als Optikspezialisten gar nicht mehr.«

Croy sah, wie sich Kaltenborn in seinem Schreibtischstuhl zurücklehnte.

»Wofür denn dann?«, fragte er und starrte in die winzige Videokamera seines Telefons.

»Beratend, nur beratend«, lächelte Kaltenborn dünn. »Und *übrigens*«, sagte er und beugte sich dicht vor den Fokus seiner Bürokamera, »gebe ich Ihnen grünes Licht für Semtin. Ich schließe mich Ihrer Argumentation an, dass sich das Zeug schnellstmöglich in Luft auflösen sollte. Ich empfehle ein nochmaliges Treffen mit Gabriela Malichova. Sie verfügt über die Ausrüstung, die Sie brauchen werden. Ich muss jetzt die Übertragung beenden.«

Croy sah, wie sich Kaltenborns Hand bewegte. Dann erloschen das Bild und die Verbindung.

Er spürte ein unangenehmes Ziehen im Magen. Genau dieser Frau misstraute er mindestens so, wie er Storm für windig und unberechenbar hielt.

Als das Taxi den Prager Wenzelsplatz erreicht hatte, stieg Croy aus, schlenderte zu einem Tabakgeschäft, kaufte eine Handvoll deutscher Zeitungen und sah sich dabei unauffällig um. Ihm kam niemand verdächtig vor. Menschen hasteten an ihm vorbei und nahmen keine Notiz von ihm.

Dennoch schwelte das Gefühl in ihm, beobachtet zu werden. Er bog in eine Seitenstraße ein, ging in ein Bekleidungshaus, griff nach einer Hose und betrat eine Umkleidekabine. Er spähte durch den Vorhang auf das Menschengewühl. Kurze Zeit später verließ er das Kaufhaus durch den rückwärtigen Eingang wieder. Er befand sich auf einer belebten Straße, die von Straßenbahnschienen durchzogen war. Auf der gegenüberliegenden Straßenseite unterbrach ein kleiner Park die Häuserzeile. Er setzte sich in Bewegung und durchquerte einen Tunnel, auf dessen Dach die nationalen und internationalen Züge den nahe gelegenen Hauptbahnhof ansteuerten. Nach wenigen hundert Metern hatte er seine Pension erreicht. Er setzte sich in den Frühstücksraum und las flüchtig die Überschriften der Nachrichten- und Kommentarseiten. Dem Fahnder fiel auf, dass Reporter und Kommentatoren in Berichten und Leitartikeln auffällig desorientiert in den wenigen Brocken wühlten, die ihnen BKA und Auswärtiges Amt zum Stand der Ermittlungen überlassen hatten. Je dünner die Informationen, umso lustvoller die Kolportagen, dachte er abschätzig.

Clever fand er den Artikel einer Katja Kirchner in der Berliner *Tagespost.* Ihre Fragen und eingestreuten Kommentierungen deckten sich mit seinen Zweifeln. Sie hatte geschrieben:

»Wenn Rumpf tatsächlich das Opfer einer bislang unbekannten Gruppe wurde, warum starb sein russischer Kollege ebenfalls? Konnten die Enthüllungen um die Visa-Erteilungen und die jetzigen Restriktionen für manchen so schwerwiegend sein, dass sie als Tatmotive taugten? Und vor allem: Wer zu Sprengstoff greift, riskiert einen Höllenlärm, der bis in den letzten Winkel der Welt zu vernehmen ist. Wo sind die sonst so üblichen Bekennerbriefe, wo die Forderungen? Und wären Visa-Händler wegen der harten Restriktionen wirklich bereit, auf deutschem und russischem Boden ein Auto und ein Flugzeug wegzusprengen? Wer solche Taten vollbringt, muss unter Realitätsverlust und einer, wie man es den RAF-Terroristen zuschrieb, ›absoluten Unkorrigierbarkeit des verrückten Denkens‹ leiden. Was ist denn vollbracht worden, was ist erreicht? Niemals wird sich Deutschland korrigieren lassen und schon gar nicht hinnehmen, dass Terroristen deutschen Politikern diktierten, wie man Politik zu machen hat ... Was bleibt, sind Zweifel. Was wird uns verschwiegen? Und welche Rolle spielten die Geheimdienste? Waren sie wieder einmal unfähig, eine Tat zu verhindern, die, wäre sie wirklich aufgrund der Visa-Affäre geschehen, hätte verhindert werden können ...?«

Croy schob die Zeitungen beiseite. Diese Journalistin ist aus gutem Holz, dachte er anerkennend.

Auf einem weiteren Blatt Papier machte er sich erste Skizzen zu dem Einsatz in Semtin. Er musste jetzt noch Malichova überzeugen, dass sie ihm mit der Ausrüstung und einem Dienstwagen aus dem Wirtschaftsministerium behilflich war.

Croy packte seine Tasche zusammen, schulterte sie, schlenderte die Treppe zur Rezeption hinunter und wechselte noch ein paar Worte mit der Dame der Frühschicht. Dann wählte er von der Rezeption aus Malichovas Nummer im Ministerium und teilte ihr in dürren Worten Kaltenborns Zustimmung mit. Dass er Ausrüstung und einen Wagen brauchte, verpackte er in Worte, die nur er und Malichova verstanden.

»Packen Sie mir doch bitte den Koffer für meine Reise, besorgen Sie mir einen Reiseführer und fragen Sie nach, was ein Mietwagen kostet.«

Malichova antwortete: »Ich werde alles für Sie bis zum Nachmittag erledigt haben. Soll ich es zu den Minoritern bringen?«

»Eine hervorragende Idee«, antwortete Croy. Er würde schnellstmöglich herausfinden müssen, wo sich der Klosterorden in Prag befand.

Er verließ das Hotel, umquerte dabei dreckige Pfützen, besuchte das nur wenige Minuten entfernte Internetcafé in der Galerie des Prager Hauptbahnhofs und rief seine E-Mail-Adresse auf. Storm hatte ihm geantwortet. Croys Bitte um einen Treff beantwortete er mit einem Vorschlag: »Heute 18 Uhr, Eingang der Tschechischen Nationalbank.« Der Ermittler war sich plötzlich nicht mehr sicher, ob er gegenüber Storm nicht doch zu ungerecht war.

Er bestätigte die Mail und rief ein Portal mit historischen Prager Orten auf. Das Kloster der Minoriter war schnell gefunden.

Die Zeit bis zu seinem Treffen mit Malichova vertrieb sich Croy bei einem Spaziergang durch das Jüdische Viertel *Josefov,* kehrte in das Literaturcafé *Tisk* ein und arbeitete an einem abseits gelegenen Tisch weiter an der Einsatzskizze für Semtin. Er fühle sich entspannt, seine Stimmung war wieder gelöster.

Gegen 14 Uhr begab er sich zu den nahen Klöstern der Clarissen und des Minoritenordens und ihrer Klosterkirche *St. Agnes von Böhmen Na Frantisku* in der Prager Altstadt. Ihn trieb nicht nur der Reiz des Mystischen hierher: Kirchen eigneten sich vorzüglich zur Tarnung und zur Beobachtung möglicher Verfolger. Wer einem hier auf den Fersen war, fiel irgendwann auf. Croy blieb vorsichtig, beobachtete die Menschen um sich herum. Einzig zwei alte Damen spazierten ein kurzes Stück vor ihm. Sie unterhielten sich angeregt in Tschechisch und zeigten mit den Händen auf die besonders auffällig gestalteten gotischen Wasserspeier. Croy blickte ebenfalls zu ihnen auf. Die Mäuler der Dämonen, der Ausdruck der teuflischen Mischwesen, wirkten auf ihn wie Spiegelbilder der Täter. Sie waren für ihn auch immer noch fratzenhafte Phantome.

Als sein Videotelefon klingelte, sah er zunächst auf die Nummer: eine Berliner Vorwahl. Bevor er das Gespräch annahm, sah er sich rasch um. Niemand um ihn, der ihm auffiel. Die beiden Damen waren nur noch schlendernde Punkte. Der Anrufer hatte eine Videoübertragung unterdrückt. Er hielt sich das Telefon ans Ohr.

»Hier ist Croy.« Vor den eisernen Toren der Klosteranlage sah er einen staubigen Skoda Octavia stehen. Er erkannte Gabriela Malichova. Er hob die Hand und zeigte ihr drei Finger. Für ein längeres Gespräch hatte er keine Zeit und auch keine Lust.

»Meine Name ist Katja Kirchner«, klang eine klare, helle Stimme an sein Ohr. »Ich bin Journalistin der Berliner *Tagespost*. Wie ich hörte, ermitteln Sie im Fall Rumpf. Darf ich Ihnen ein paar Fragen stellen?« Croy war überrascht und gleichzeitig verärgert.

»Woher haben Sie meine Nummer?«, fragte er gallig.

»Unterschätzen Sie uns Journalisten nicht.«

Er spürte an ihrer Stimmlage, dass sie es ihm nicht verraten würde, auch wenn er weiterinsistierte.

»Wie war noch mal Ihr Name?« Sein Ton war keine Spur freundlicher.

»Katja Kirchner von der Berliner …«

»Ja«, unterbrach er sie schnell. »Jetzt weiß ich es. Sie sind die Autorin eines Kommentars, den ich las. Leider habe ich gerade wenig Zeit, und wie Sie wissen, darf ich während laufender Ermittlungen nicht …«

»Nicht so schlimm«, unterbrach sie ihn jetzt ebenfalls. »Ich laufe in Berlin nur gegen verschlossene Türen, und deshalb glaubte ich, Sie könnten mir weiterhelfen.«

»Selbst wenn ich das wollte«, sagte Markus Croy in sachlichem Ton, »dürfte ich es nicht. Dafür gibt es beim BKA eine Presseabteilung.«

»Die mauern da alle«, sagte sie mit trotziger, aber weicher Stimme.

Croy blieb reserviert. Ihm behagte es nicht, mit einer Journalistin, die er noch nicht einmal persönlich kannte, ein womöglich für ihn gefährliches Gespräch zu führen. Doch er wollte sie nicht gänzlich verprellen. Ihre Stimme gefiel ihm.

»Ich habe Ihren Kommentar gelesen und gebe zu, dass Sie Fragen aufgeworfen haben, die ich mir selbst auch stelle. Insofern segeln wir auf dem gleichen See, aber nicht in denselben Booten. Ich kann Ihnen also nicht weiterhelfen, selbst wenn ich es wollte.«

»Ich verstehe«, sagte sie. Es klang ein wenig deprimiert. »Darf ich Sie vielleicht später doch noch mal anrufen?« Ihre Stimme wärmte sein Ohr.

»Welchen Sinn würde das machen?«

»Ich könnte Informationen haben, die Sie unter Umständen interessieren. Ich bin die beste Freundin von Emma Rumpf.«

Das Landeskriminalamt Berlin schien den Medien gegenüber tatsächlich dichtgehalten zu haben. Offenbar wusste die Journalistin noch nicht, dass ihre beste Freundin nicht mehr am Leben war.

»Hören Sie«, sagte er hastig. »Ich habe gerade wirklich sehr wenig Zeit.«

»Dann auf Wiederhören«, sagte sie freundlich. »Ich bleibe an Ihnen dran, wenn es Ihnen nichts ausmacht.« Er hörte ein Klicken in der Leitung. Sie bleibt an mir dran, wiederholte er stumm und war unentschieden, ob er ihren letzten Satz mögen oder aufdringlich finden sollte.

Croy lief den Weg durch den feuchten Klostergarten zurück zu dem Auto, in dem Gabriela Malichova sich jetzt vom Lesen irgendwelcher Papiere aufrichtete. Auf seinem kurzen Weg wechselten Zorn und Mitgefühl einander ab. Zornig war er, dass seine Nummer nicht mehr geheim war. Gleichzeitig berührte ihn, dass eine Frau ihre Freundin verloren hatte, ohne davon zu wissen.

Noch ganz in Gedanken öffnete er die Wagentür und fiel in den Sitz neben Malichova.

Die Sprengstoffexpertin sah ihn neugierig an.

»Probleme?«

»Dieser Fall hat viele Akteure, zu viele«, sagte er gehetzt, kam dann aber sofort auf den Grund ihres Treffens zu sprechen.

»Es ist ein Dienstwagen Ihres Ministeriums?«, fragte er.

»Ja, es schien mir so am sichersten«, antwortete sie. »Das Auto steht offiziell in einer Werkstatt und wird deshalb die nächsten Tage nicht vermisst.«

»Verstehe.« Er nickte anerkennend.

Malichova fuhr an, bog nach wenigen Fahrminuten in eine Sackgasse und dann scharf rechts in eine Toreinfahrt ein. Sie gelangten in einen weitläufigen Hof, der im Stil der italienischen Renaissance mit zweigeschossigen Galerien umbaut war. Sie hielt an.

»Im Handschuhfach liegt alles, was Sie für die Operation brauchen. Ein deutsch-tschechisches Konversationswörterbuch, eine Identitätskarte, ein Stadtplan, Unterlagen und ein Grundriss über das Semtex-Lager in der Sprengstofffabrik sowie ein Funktelefon mit einer Videokamera und tschechischer SIM-Karte, die offiziell nicht existiert. Es kennen nur vier Leute die Nummer: Kaltenborn, Becker, Sie und ich.«

Croy nickte dankbar. Jetzt war er wieder vor ungebetenen Telefonaten geschützt.

»Im Kofferraum finden Sie vier Zünder, zehn Pakete C4-Plastiksprengstoff mit Magnetschalen und eine telefongesteuerte Fernbedienung.«

»Woher haben Sie das ganze Zeug?« Er sah ihr direkt in die Augen. Ihm kam es spanisch vor, dass eine Ministeriumsangestellte über eine derartige technische Ausrüstung verfügte.

Malichova wich ihm nicht aus. Sie kannte diesen Blick inzwischen und sah ihn spöttisch lächelnd an.

»Sie sind nicht der Erste, der auf diese Idee gekommen ist«, sagte sie.

»Ach …«

»Es ist an der Zeit, Ihnen reinen Wein einzuschenken. Ich kann mir vorstellen, dass Sie mir gegenüber etwas misstrauisch sind. Das halte ich in Ihrem Beruf für durchaus gesund.« Croy war perplex. Doch bevor er etwas antworten konnte, redete Malichova weiter. Ihr Ton war jetzt nüchtern, die Sätze schnörkellos.

»Als wir von dem nicht gekennzeichneten Sprengstoff erfuhren, machten wir der NATO und dem Chef unseres Inlandgeheimdienstes BIS davon Meldung. Während man in Brüssel auf eine schnelle Vernichtung drängte, wollten sich die BIS-Leute von den NATOkraten nicht unter Druck setzen lassen.« Natokraten, der Begriff gefiel Croy. Er lächelte fein, während Gabriela weiterredete. »Erst als wir an der tschechisch-österreichischen Grenze in *Dolni Dvoriste* im vorletzten Jahr bei einem Autofahrer zweieinhalb Kilo Semtex fanden, die er außer Landes schmuggeln wollte, wurden sie aktiv. Ich konnte und wollte es Ihnen nicht früher sagen, weil *auch ich* mir erst einmal ein Bild von Ihnen verschaffen wollte.«

»Und was passierte?«, fragte Croy schnell. »Ich will jetzt alles hören. Mir brennt die Zeit unter den Nägeln. Und außerdem: was heißt im Zusammenhang mit dem Sprengstofffund *wir*?«

Malichova nickte. »Das BIS schlug vor, das Y3 ganz offiziell abzutransportieren und in einem stillgelegten Steinbergwerk in der Nähe von Prag zu sprengen. Doch der Verteidigungsminister legte sich quer. Er wandte damals ein, dass man mit 150 Tonnen Y3 eine Menge Devisen einnehmen könnte. Den Rest der Geschichte kennen Sie bereits.«

»Warum haben Sie mir den ersten Teil bei unserer letzten Begegnung vorenthalten?«

»Weil ich vom BIS ausgewählt wurde, die Operation durchzuführen. Sie kennen meine Biografie noch nicht ...« Malichova sah aus der Seitenscheibe auf den Hof, auf seine alte Pflasterung. Sie grub sichtbar nach Argumenten. »Ich klinge Ihnen gegenüber nicht besonders glaubwürdig, nicht wahr?«

»Da haben Sie verdammt recht«, knurrte der Ermittler. Und fügte sofort an: »Waren Sie früher für den tschechischen Geheimdienst aktiv?«

»Ja. Ich bin dort ausgebildet worden als Sprengstoffexpertin. Ich sitze nicht umsonst auf diesem Stuhl im Ministerium.«

»Und wie kamen Sie als Kontaktfrau zum BKA?«

»Durch Ihren Chef Kaltenborn. Ich lernte ihn vor einigen Jahren auf einer Tagung kennen, bei der es um die aufkommende terroristische Bedrohung aus Nahost ging. Damals war er noch nicht erster Vizepräsident, sondern Hauptabteilungsleiter bei der Sicherungsgruppe und kümmerte sich um die Koordinierung des Personenschutzes für öffentlich gefährdete Personen in Meckenheim bei Bonn.«

»Und wie überzeugte er Sie, für das deutsche BKA zu arbeiten?«

Sie sah durch die Frontscheibe auf die Motorhaube. Regentropfen hatten ein hübsches Muster darauf gebildet.

»Na ja ...«, sagte sie gedehnt, »wir kamen uns näher ...«

»Verstehe«, sagte Croy und grinste in sich hinein. »Also eine Art Romeo-Verhältnis?«

»Das trifft es nicht«, sagte sie schnell und nagte an ihrer Unterlippe. Ihre Gesichtshaut wechselte von Blass zu Rosa.

»Wir hatten ein etwa zweijähriges Verhältnis«, erzählte sie leise.

»Aha«, sagte Croy kurz. »Nur ein Verhältnis oder eine

Beziehung?« Er sah auf ihr Profil. Ihre Nasenflügel bebten jetzt leicht.

»Für eine Beziehung hat es nie ganz gereicht. Wir waren uns sehr nah, es war schon so etwas wie Liebe. Außerdem hatte ich das Gefühl, dass Konrad ...« Gabriela blickte auf ihre Hände, die auf ihrem Schoß ruhten. »Ich glaube, Kaltenborn konnte und wollte zu seinen Gefühlen einfach nicht stehen. Unser Verhältnis tat mir eher weh, als dass es mich glücklich gemacht hätte. Verstehen Sie, was ich meine?«

Croy nickte kaum sichtbar. Ihn rührte Malichovas Geschichte an. Er dachte an Kaltenborn, und wie der wohl heute dazu stand.

Gabriela entzündete eine Zigarette, ließ die Seitenscheibe herunter und machte den Eindruck, jetzt erst einmal schweigen zu wollen.

Croys Gedanken glitten schlagartig ab. Das womöglich qualvolle Verhältnis von Malichova zu Kaltenborn erinnerte ihn an seine letzte, beinahe dreijährige Liebesbeziehung zu Anne, von der er sich sehr viel versprochen und in die er gleichwohl viel Kraft investiert hatte. Doch sie war zerbrochen. Er selbst hatte sie in ihrem Verlauf mit seinen eigenen Ängsten stranguliert.

Das war ihm nicht zum ersten Mal passiert. Je stärker er sich mit seiner Arbeit identifizierte und auf der Suche nach Anerkennung war, umso blinder wurde er für die Momente, die seine Beziehung stetig vergifteten. Als sei er auch daheim noch der Polizist, blieb er Anne gegenüber misstrauisch und eifersüchtig. Als wolle er immer wieder die Zweifel an sich selbst herausschreien, übertrug er diese Gefühle auch auf sie. Hing es mit dem Fehlen bedingungsloser Liebe und Geborgenheit in der Kindheit zusammen, oder hatte er einfach nur Angst vor einem Rivalen? Croy hatte einer Polizeipsychologin einmal erzählt, dass seine dunkelsten Jahre die seiner Kinderheimzeit gewesen seien. Fünf Jahre lang habe er nach mütterlicher Zuneigung, nach einem Anker gesucht, an dem er seine kindlichen Gefühle von Freude, Bedrohung und Überschwang festmachen konnte.

Als ihn endlich ein Ehepaar an Kindes statt aufgenommen hatte, da hatte sich diese unerträgliche Suche bereits wie Säure in seine Seele gefressen.

Er versuchte, diese Gefühle abzuwehren.

Ohne es selbst wirklich zu merken, forderte Croy von seiner Partnerin, immer und ausschließlich für ihn da zu sein. Seine tief sitzende Furcht, nicht mehr geliebt oder verlassen zu werden, verstellte ihm den Blick, machte ihn hart und ungerecht. Und oftmals war seine Eifersucht normal, doch manchmal schlug sie ins Pathologische um.

Am Ende stand er allein da. Die Trennung von Anne schleuderte ihn in einen bis dato nicht gekannten Abgrund. Nach vielen Wochen der Wut, Trauer, der Enttäuschung, aber auch der Larmoyanz gestand er sich die eigene Ohnmacht ein, Probleme und Konflikte zu lösen, die ihn in diese Sucht geführt hatten.

Er suchte nochmals die Hilfe der Psychologin des Bundeskriminalamts.

»Ich schaffe es nicht allein. Ich habe das Gefühl, in der Mitte meines Lebens bereits auf sein Ende zu sehen.«

Die Psychologin, eine Frau seines Alters, mit langen braunen Haaren, beinahe schwarzen Augen und einer sehr dezenten Brille ohne Rand, antwortete ihm: »Ihr Suchtverhalten hat Ihre Verlustängste nochmals verstärkt. Hinter jeder Sucht steckt eine Sehnsucht. Aber hinter jeder Sehnsucht verbirgt sich auch Hoffnung.«

»Sehnsucht wonach?«, fragte er.

»Möglicherweise nach der endgültigen Liebe. Doch die ist ein Ideal.« Sie hatte ihre Brille abgenommen und zur Seite gesehen, sich ihm nach wenigen Sekunden aber wieder zugewandt.

»Manchmal braucht man viele Menschen, um einen einzigen zu vergessen«, sagte sie. »Schauen Sie offen auf die Welt und lernen Sie, auf Ihre Erfolge stolz zu sein. Leben Sie Ihre Begierden aus, aber vermeiden Sie eine oberflächliche Befriedigung. Interessieren Sie sich wieder für die Probleme anderer. Die große Schwester von Hören heißt Zuhören.«

Die Psychologin empfahl ihm, ein Tagebuch zu schreiben.

Croy hielt sich daran bis heute. Seine Einleitungssätze lauteten: *Es gibt nur zwei Arten von Tragödien. Die eine ist, nicht zu bekommen, was man möchte, und die andere ist, es zu bekommen.* Das waren für ihn klare Aussagen, auch wenn sie nach einer Qual klangen, die er so oft durchlitten hatte.

Malichova riss ihn aus seinen Gedanken. Sie hatte ihre Zigarette durch das Fenster aus dem Wagen geschnippt.

»Alles in Ordnung, Herr Croy? Sie sahen gerade so …«

»Sie haben mich mit Ihrer Liebesgeschichte an meine eigenen Erfahrungen erinnert.« Doch bevor sie weiter nachfragen konnte, fügte er schnell, aber mit vorsichtiger Stimme an: »Warum haben Sie es nicht getan?«, fragte er vorsichtig.

»Was getan?«

»Den Job. Das Y3 vernichtet?«

»Kaltenborn wollte es nicht. Er sagte, es sei zu gefährlich. Obwohl wir nicht mehr zusammen sind, ist doch eine Art Beschützerinstinkt von seiner Seite geblieben.«

Sie schien die nächsten Fragen geradezu zu erwarten.

»Und wie ist es bei Ihnen?«, fragte Croy beinahe zärtlich. »Lieben Sie ihn noch?«

»Kennen Sie Beziehungen, die auf weite Distanzen funktionieren?« Fragend sah sie zu ihm auf. Die Regenfront war weitergewandert und hatte einer kalten Abendsonne Platz gemacht, die in den Wagen hineinleuchtete und ihr Haar noch heller färbte, als es ohnehin schon war.

»Fernwärme aus der Heizung ist sicher etwas anderes als ein Feuer aus dem Kamin«, meinte Croy.

»Und ich sitze eben lieber am Kamin und wärme mich direkt«, antwortete sie. Sie klang so selbstbewusst wie jemand, der unangenehme Erfahrungen verdaut hatte und endlich losgeworden war.

Er setzte sich in seinem Sitz aufrecht. »Wollen wir ...«

»... wieder zum Eigentlichen kommen?«

Croy nickte.

»An Ihrer Stelle würde ich es so machen ...« Malichova fasste in ein paar Sätzen zusammen, wie sie damals geplant hatte, selbst vorzugehen.

Ihr Vorschlag gefiel ihm. Er klang logisch und war relativ risikolos durchführbar. Er dachte an seine eigene Skizze. Sie sah ein wenig anders aus.

»Denken Sie daran, dass unsere Polizei noch immer wie zu kommunistischen Zeiten organisiert ist. Man weiß nie, wer Freund und wer Feind ist. Außerdem sitzen den Männern die Pistolen auffällig locker.«

»Erste Regel in unserem Geschäft: Was du nicht sicher nach Hause bringst, fass gar nicht erst an«, erwiderte Croy. Malichova besah ihn prüfend und griff dann nach ihrer Tasche.

»Ich steige hier aus und gehe zu Fuß ins Ministerium zurück.« Croy tippte ihr leicht auf die Hand. Sie sah ihn scheu an und stieg aus. Kurz drehte sie sich noch einmal zu ihm um, winkte ihm lächelnd zu und verschwand durch die Toreinfahrt aus seinem Blick.

Kaum war der BKA-Ermittler rückwärts auf die schmale Gasse hinausgefahren, meldete sich sein Telefon. Kaltenborn. Croy sah auf die Uhr. Bis zum Treffen mit Storm blieben ihm noch zwei Stunden. Er brauchte weitere Waffen, Munition und ein Nachtsichtgerät mit Restlichtverstärker. Die Gerätschaften würde er in Beckers Waffenkammer finden. Er war nicht in der Stimmung, mit seinem Vorgesetzten zu sprechen. Ihm waren die privaten Gefühle Malichovas noch zu präsent. Schließlich nahm er das Gespräch dennoch an.

»War es ein gutes Gespräch? Sie ist noch keine fünf Minuten weg, nicht wahr?« Kaltenborns Ton war jetzt der eines Polizisten.

Croy sah perplex aus der Frontscheibe auf die Straße vor ihm. Sie glänzte vor Nässe.

»Wohl hellseherische Fähigkeiten?«, brummte er in den Hörer.

»Gabriela schrieb mir eben über ihr Handy eine längere Nachricht. Klang danach, als möge sie meinen Sonderermittler.« Croy nahm wahr, wie fein Kaltenborn den Vornamen Malichovas betonte.

»Warum auch nicht?«, fragte Croy zurück. »Ich habe ihr mal ein bisschen zugehört. Frauen mögen das.«

Er steuerte das Auto auf einen kleinen Parkplatz unter drei Lindenbäumen. Dahinter öffnete sich ein schmiedeeisernes Tor, an dem ein größeres Messingschild hing: *Kinski Park*.

Croy stieg aus dem Wagen. »Moment«, sagte er in den Hörer. Er war sicher, genügend Zeit für einen Spaziergang zu haben.

»Ja … sie ist ein Profi«, sagte Kaltenborn gedehnt. »Sie erkennt genau, wer es ernst mit ihr meint und wer das nur vorgibt.«

Croy grinste in den Hörer.

»Wie geht es ihr denn?«, fragte Kaltenborn hinterher. In seiner Stimme lag eine Art Hast.

Croy war sich aber nicht ganz sicher. Er überlegte kurz und sagte dann vorsichtig: »Sie hat nach Ihnen gefragt.«

»Aha. Was wollte sie denn wissen?« Kaltenborn mühte sich jetzt um einen viel zu neutralen Ton, das spürte Croy. Er ging ein paar Schritte. Vor ihm lag ein Weg, der einen Hügel hinaufführte, auf dessen Scheitel eine Parkbank stand. Sie wird nass sein, dachte Croy.

»Wollen Sie eine ehrliche Antwort hören?«

»Ja, das will ich. Reden Sie schon. Es interessiert mich.«

Doch Croy entschloss sich, erst einmal abzuwiegeln. »Nichts Bestimmtes. Welche Frage hatten Sie erwartet?«

Kaltenborn schwieg. Das tat er selten. Er war es gewohnt, Gespräche zu lenken und ihnen die Richtung zu geben, die er wollte. Zielorientierte Kommunikation, nannte er das. Croy überwand den kleinen Anstieg. Er spürte, wie sich ihm die Kühle auf die Bronchien legte.

»Was hat sie Ihnen von mir erzählt?«, wiederholte der BKA-Vizepräsident seine Frage noch einmal sehr ruhig.

»Dass Sie mal ein Paar waren«, sagte Croy wahrheitsgemäß und hatte doch im selben Moment das Gefühl, etwas preiszugeben, wozu ihn Gabriela Malichova nicht autorisiert hatte.

»Ja, das waren wir«, bestätigte Kaltenborn. »Und sie ist genau die Art Frau, wie ich sie mir noch heute wünschte.«

»Warum haben Sie beide es nicht geschafft?«, fragte Croy zurück. Er steuerte auf die Bank zu.

»Weil sie nicht nach Deutschland kommen wollte. Es wäre ein Leichtes gewesen, sie in Wiesbaden oder heute in Berlin unterzubringen. Aber mir zu folgen hätte bedeutet, dass sie ihre Karriere in Tschechien aufgibt.« Croy hörte gespannt zu. Es war viel zu selten, dass Kaltenborn Persönliches aus seinem Leben preisgab. Der Ermittler hatte den Körperpanzer Kaltenborns immer gespürt, wenn es um dessen Privatleben ging. Vielleicht bekam er in Bezug auf Malichova wirklich keine Luft und konnte jetzt – wenn auch nur am Telefon – endlich seinen harten Kragen etwas weiten? Croy legte die Mappe mit den Einsatzplänen Malichovas auf das feuchte Holz der Bank. Die Papiere steckten in einer stabilen Plastikfolie. Er setzte sich auf sie und hörte weiter zu.

»Und es war nicht nur das«, bekannte Kaltenborn weiter. »Ihre Freunde, ihre Eltern hätten es nicht verstanden, dass sie als Tschechin zu einem Deutschen geht, um mit ihm zu leben. Man geht vielleicht nach Deutschland zum Geldverdienen, aber niemals, um einen Deutschen zu heiraten. Dafür sitzen die Vorurteile noch zu tief. Wir hätten beide an einer Front kämpfen müssen, an die wir nicht ziehen wollten.«

»Für Sie wäre es sehr viel einfacher gewesen«, sagte Croy und wusste um den provokativen Charakter seiner Bemerkung.

»Eine Ehe ist keine Einbahnstraße, Markus. Sicher hätte es von mir ebenso einiges an Engagement bedurft, um ihre Familie auf meine Seite zu ziehen ...« Kaltenborns Stimme hatte sich gerade etwas abgekühlt.

»Ja, das verstehe ich«, steuerte sein Ermittler einem möglichen Stimmungsumschwung entgegen. »Vor allem hätten Sie in Gabrielas Familie Vertrauen erzeugen müssen.«

»Was meinen Sie damit?«, fragte Kaltenborn.

»Dass sie gleichberechtigt ist und keine Furcht zu haben braucht, von einem Deutschen und seinem Umfeld aufgesaugt zu werden. Mir scheint doch, dass die Tschechen deshalb auch ein starkes Wir- und Heimatgefühl haben, weil sie noch immer fürchten, die Deutschen könnten sich über sie erheben, ihnen etwas wegnehmen oder sogar überkommene Besitzansprüche anmelden.«

Kaltenborn räusperte sich.

Ob er wusste, dass Malichova für ihn immer noch sehr starke Gefühle empfand? Croy beschloss, es ihm zu sagen. Allerdings nicht direkt und – wie er fand – auch nicht sehr originell.

»Ich glaube nicht an die Endgültigkeit einer Sache, wenn man von ihrem Ende nicht überzeugt genug war. Die rationale Entscheidung ist das eine. Sind aber die Gefühle dagegen gewesen, fiel eine Tür vielleicht ins Schloss, aber niemand drehte den Schlüssel herum – was dann? Insofern würde ich an Ihrer Stelle im Hinblick auf Gabriela nichts ausschließen.«

Kaltenborn sagte eine Weile nichts. Croy horchte in die Leitung hinein. Er hörte ein Rascheln wie von losem Papier.

»Hallo?«, fragte er.

»Ich bin noch da«, sagte Kaltenborn leise.

»Warum fragen Sie Malichova nicht direkt, wie sie darüber denkt? Oder haben Sie beide Angst davor, nicht mehr die Gleichen zu sein wie damals?« Croy spürte, wie ihm kalter Wind übers Haar strich.

»Hören Sie, Croy«, sagte Kaltenborn wieder fester. »Ich mag Sie. Sie sind ein feiner Kerl und können gut zuhören. Ich habe die Tür zu Malichova niemals wirklich verschlossen. Und vielleicht stoßen wir sie beide auch wieder auf … Es kommt auf die passende Gelegenheit an, die sich bislang nicht mehr bieten wollte, verstehen Sie?«

Kaltenborn sagen zu hören, dass er im Grunde zu feige war, den ersten Schritt zu tun, machte ihn eher sympathischer. Dass er stets den knallharten und beherrschten Mann gab, einen, den anscheinend nichts aus der Bahn werfen konnte und der so tat, als habe er sein Leben und seine Arbeit immer unter Kontrolle, hatte bei seinem Ermittler Croy immer für Abstand zu ihm gesorgt. Nun, wo sein nächster Mitarbeiter den Menschen Kaltenborn geradezu fühlte, war er ihm näher als jemals zuvor.

Als geniere Kaltenborn diese neue Nähe, wechselte er abrupt das Thema. »Bis zu Ihrem Einsatz in Semtin sind es noch ein paar Tage. Haben Sie keine Angst um sich?«

Croy gefiel diese Wendung nicht. Er hielt die Zerstörung

des veralteten Sprengstoffvorrats für wichtiger als eine Analyse darüber, was ihm dabei zustoßen mochte. Doch bevor er antworten konnte, hatte Kaltenborn wieder die Regie übernommen.

»Tun Sie mir einen Gefallen und halten Sie mich immer auf dem letzten Stand der Dinge. Und spielen Sie nicht den Helden. Vielleicht haben Sie es mit Gegnern zu tun, die im Gegensatz zu Ihnen nicht mehr an das Gute glauben. Sie müssen sehr vorsichtig sein ...Ich möchte Sie nicht verlieren.«

Den letzten Satz sagte er in einem für Croy ungewohnt weichen Ton. Dieser war irgendwie gerührt. »Trinken Sie einen Cardhu auf mich und zünden Sie eine Kerze an. Und Kaltenborn ... ich habe auch Träume, die ich mir noch erfüllen will. Schon deshalb ...«

»Und die wären?«, unterbrach sein Chef ihn wie ein vorlautes Kind.

»Dienstgeheimnis«, antwortete Croy kurz.

Kaltenborn grunzte etwas Unverständliches und legte dann – wie immer – schnell auf.

Während Croy sich von der Bank erhob und den Weg durch den Park zu seinem Wagen zurückkehrte, dachte er über das Gespräch mit Malichova und Kaltenborn nach. Sie war ihm längst nicht mehr so ungeheuer wie noch bei ihrer ersten Begegnung. Dennoch blieben bei ihm Reste von Zweifel. Und plötzlich war er sich auch bei Kaltenborn nicht mehr so sicher.

Auf dem Weg zu Beckers Büro brach die Vorderachse des Skodas plötzlich aus. Der Regen hatte die Buckel des alten Kopfsteinpflasters ausgewaschen und glatt gemacht. Croy war viel zu scharf um die Ecke gebogen. Seine Reifen gerieten aus der Spur und verdrehten dabei den Wagen. Nur um Haaresbreite verfehlte er ein Straßenschild, knallte mit einem Vorderreifen gegen den Bürgersteig und hatte Mühe, den Wagen wirksam abzubremsen. Er fluchte, fuhr nur noch im Schritttempo weiter und parkte wenig später direkt vor der Residentur.

Nicht weit von ihm saßen Männer in einem Wagen mit dunkel getönten Scheiben und registrierten jede seiner Bewegungen. Einer legte sein Fernglas wie ein Zielfernrohr an. Er sah, wie Croy seinen Wagen mit einer Fernbedienung schloss. Lichter blinkten auf. Jetzt spitzte Croy seinen Mund.

»Der pfeift irgendwas«, sagte der Spitzel.

Direkt neben dem Gebäude, an einer ausladenden Parkuhr, spielten zwei Jungen ein Spiel, bei dem man mit einem bisschen Geschick Geldstücke gewinnen, aber auch sehr schnell wieder verlieren kann. Sie warfen ihre Zweikronenstücke aus einem Abstand von etwa zwei Metern gegen die harten Mauern und hofften, die Münzen würden nicht wieder zu weit zurückspringen. Gewonnen hatte der, dessen Münze dabei am dichtesten an der Hauswand liegen blieb.

Ihnen war die Begeisterung anzumerken, denn die Jungen machten bei ihren Würfen so konzentrierte Gesichter wie erwachsene Spieler beim Pokern. Einer war ein schlechter Verlierer und rückte das verlorene Geldstück nicht heraus. Croy erinnerte die Szene an seine eigene Kindheit, an Szenen des Verlierens, in denen er seine Wut und Enttäuschung auch nie wirklich überzeugend hatte verbergen können – und es oftmals auch nicht gewollt hatte.

Der Streit der Prager Jungen um das Geld eskalierte. Der Verlierer stieß seinen Kameraden an. Der schob ihn zurück. Jetzt warfen sie sich böse Worte zu. Ihr Tschechisch verstärkte die Drohlaute in Croys Ohren zu einem bösen Zischen. Er war versucht, dazwischenzugehen. Doch er hielt sich zurück.

Die Spitzel beobachteten wie Croy die Szene mit Interesse. Der Verlierer hielt sein verlorenes Geldstück weiter fest umklammert. Sein Kamerad drehte sich von ihm weg, als gebe er seinen Gewinn verloren. Doch urplötzlich machte er kehrt und sprang mit seiner ganzen Kraft auf den anderen Jungen. Beide fielen zu Boden und wälzten sich im nassen Straßendreck. Croy war auf den Ausgang des Kampfes nicht scharf. Er stellte sich dicht vor die schwere Tür. Dann drückte er, unsichtbar für seine Beobachter, den Sicherheitscode 1978. Der Eingang öffnete sich einen Spaltbreit, Croy verschwand im Innern der Residentur. Es war 16 Uhr 12.

Der Spitzel setzte enttäuscht das Fernglas ab.

»Warum hat der Bulle nur so lange auf die Jungen gestarrt?«, fragte er seinen Begleiter.

Der zuckte die Achseln. »Vielleicht ein Homo.« Beide lachten abschätzig und verlegten sich wieder aufs Warten.

»Ah, Croy, kommen Sie. Kaffee?« Chris Becker, der Prager BKA-Verbindungsmann, versprühte einen für Croy unbekannten Charme. Doch er verneinte, denn er hatte es eilig.

»Sind schon Zecken vor Ort?«

»Ich fürchte ja«, antwortete ihm Becker. »Es wäre reines Wunschdenken zu glauben, dass wir beim Fall Rumpf unter uns bleiben.« Croy fröstelte leicht. Beckers Worte und das Büro mit dem kalten weißen Anstrich taugten als Wärmespender nicht.

»Dann wollen wir den Chef mal fragen, was er von all dem hält. Doch zuvor brauche ich eine umfangreiche Ausrüstung. Ich darf doch Ihre Waffenkammer plündern?« Croys Augen baten nicht, sie forderten. Becker folgte ihm.

»Bedienen Sie sich, aber bescheiden. Wir werden von der Zentrale in Berlin kurzgehalten.«

»Das Kennwort?« Croy registrierte erstaunt Beckers Zögern. Schließlich sagte er es ihm: *Ramses.*

Croy kannte sich aus. Der Grundrissplan Kaltenborns stimmte zentimetergenau. Er trabte die Treppe hinunter ins

Vestibül und von dort aus in den Keller. Auf seinem Weg erspähte er Jana Haintlova. Sie saß, hübsch frisiert, an einem Tischchen in einem Nebenzimmer und sortierte Papiere.

An der schweren Eisentür zur Waffenkammer war ein Schild mit dem Satz *Vertraue niemals deinem Schatten* angeschraubt.

Er schlüpfte hindurch. Typischer Geruch von Waffenöl schlug ihm entgegen, dumpf und einer Autogarage ähnlich. Auf einem Stehpult wartete eine Mischung aus Laptop und Computer. Croy tippte seinen Namen und als Kennwort »ein bisschen Ägypten« ein. Sofort leuchtete der Bildschirm auf und ein Programm namens *Omega* öffnete sich. Eine digital generierte Computerstimme fragte ihn: »Was wollen Sie tun?«

»Freigabe für Waffen und Zubehör«, antwortete Croy.

Sofort öffnete sich eine Art Tabelle, die sämtliche Waffen und Zubehör wie Schalldämpfer, Ersatzteile und Magazine sowie Munition auflistete, die in der Waffenkammer zu finden waren.

Mit dem Zeiger der Computermaus klickte er in übereinander angeordneten Kästchen die Leihgaben Beckers an. Croy fühlte sich ein bisschen wie beim Einkaufen im Internet. Als er wenig später die Waffentasche sorgfältig gepackt hatte, befanden sich in ihr ein Heckler& Koch-Revolver, zwei Magazine mit 25 Schuss 45er Kernmantelmunition, ein doppelt beplankter Schalldämpfer, eine Multicut-Zange, zwei Mobilfunktelefone mit Wecker und Zünderfunktion, vier Nebelgranaten und zwei langsam und zwei schnell zündende Handgranaten.

Er tippte auf *Schließen*. Wieder meldete sich die Stimme aus dem Innern des Rechners: »Sind Sie sicher, alles zu haben? Sagen Sie *ja* oder *nein.*« Auf Croys kurze Antwort verschwand die Tabelle. Er meldete sich aus *Omega* ab, verpackte das Waffenmaterial sorgfältig in der schwarzen Segelstofftasche und stellte sie beiseite. Dann verriegelte er die Tür von innen. Es erschien ihm sicherer, die Blaupausen des Lageplans der Sprengstofffabrik *Explosia* in einem Raum ohne Kameras und Mikrofone zu studieren.

Gerade hatte er sich in den Grundriss eingelesen, als sein tschechisches Funktelefon klingelte. Nur vier Menschen kannten diese Nummer. Croy runzelte die Stirn. War es Malichova? Er wollte jetzt nicht gestört werden. Doch der Anrufer war hartnäckig und der Klingelton unsäglich.

Croy nahm den Anruf an. »Ja?«

Kaltenborn war in der Leitung und klang sehr erregt. »Wir haben da was. Wo sind Sie?« Seine Stimme schnappte fast über.

»In der Waffenkammer bei Becker und rüste mich aus.«

»Ist Ihr Empfang da unten ausreichend?«

»Ich höre Sie ausgezeichnet.«

»Franz Hilpert, unser mutmaßlicher Attentäter von Rumpf, ist in Dresden, hat in einer Kneipe randaliert und die Kellnerin drangsaliert. Bei der Routineüberprüfung durch die örtliche Polizei tauchte er noch nicht im Fahndungsregister auf. Die Herausgabe unserer Suchmeldung muss sich um Sekunden überschnitten haben.«

»Das ist sehr ärgerlich.« Croys Stimmung drehte auf Missmut. Er nagte an seinem rechten Daumennagel.

»Aber wir wissen, wo er sich aufhält, und schlagen noch heute Abend zu. Hoffentlich hat Ihr Prager Singvogel nicht gelogen, und wir sind dem Richtigen auf der Spur.«

»Ich habe ihm ziemlich deutlich gezeigt, dass ich mit einer Fantasiegeschichte nicht zufrieden wäre.« Croy durchwühlte sein Haar. Ihn machte dieses Gespräch nervös.

Kaltenborn sagte nüchtern: »Wenn Hilpert auch noch auspackt, ist der Fall erledigt. Der Tscheche hat bereits ein Geständnis abgelegt.«

»Aber bei diesem ominösen Münchner tappen wir nach wie vor im Dunkel, oder?«

»Unser Fahndungscomputer hat zwar Männer mit Zöpfen ausgespuckt, aber alle haben ein Alibi oder sitzen noch im Knast.«

Croy biss sich auf die Unterlippe. »Was wissen wir denn über Hilpert? War er ein Stasi-Agent?«

Kaltenborn brauchte ein paar Sekunden, bis er antwortete. »Sein Lebenslauf ähnelt dem von Storm auffällig, sodass wir annehmen, die beiden müssten sich kennen. Sie haben beinahe das gleiche Alter und sind jeweils als Wirtschaftsspione im Westen gewesen. Grundsätzlich unterscheidet beide, dass sich Storm selbst deaktiviert hat und noch ein bisschen bei der Stasi-eigenen Rentenorganisation ISOR mitmischt, während sich Hilperts Spur nach 1989 verliert.«

»ISOR?«, fragte Croy.

»Heißt Initiativgemeinschaft zum Schutz der sozialen Rechte ehemaliger Angehöriger und bewaffneter Organe und der Zollverwaltung der DDR.« Kaltenborn holte tief Luft.

»Auch ein Tarnverein?«

»Nein«, schallte es aus dem Telefon, »unseres Wissens nicht. In dem Verein sind ehemalige Stasi-Mitarbeiter versammelt und streiten mit der Bundesregierung um die Anpassung ihrer Rentenbezüge an das Maß normaler Rentenbezieher. Aber Sie können darauf wetten, dass hier nicht nur über Geld geredet wird ...«

Croy nickte in den Hörer. »Wann greift das SEK in Dresden zu?« Er fühlte sich in Prag gerade deplatziert. Eigentlich gehörte er jetzt nach Dresden. Der Zugriff auf Hilpert war eine Kommandosache, die er zu gern selbst geleitet hätte.

»Jetzt. Die Truppen sind in Bewegung. Wenn wir seiner habhaft werden und er gesteht, schließen wir die Akte Rumpf und gehen wieder zur Tagesordnung über.«

»Tagesordnung?« Für Croy klang dieser Begriff in der derzeitigen Situation absurd.

»Für nächste Woche haben sich ein paar Kerle vom Secret Service angesagt, die sich in der Kreisstadt Bad Doberan und den angrenzenden Käffern um Marienstrand wegen des Weltwirtschaftsgipfels umsehen wollen. Sie wissen ja, Croy, dass die uns nicht trauen ...« Bevor Kaltenborn damit beginnen konnte, ihm seine Meinung über die Amerikaner mitzuteilen, unterbrach ihn der Sonderermittler schnell.

»Halten Sie mich über den Ausgang der Aktion auf dem Laufenden?«

»Na, sicher. Wiederhören.«

Croy schob das Funktelefon in die Innentasche seines Jacketts. Seine Nerven waren angespannt. Ihm wurde die Waffenkammer zu eng. Vorsichtig nahm er die Blaupausen zur Hand. Seine Hände zitterten.

10

**Dresden-Neustadt, Louisenstraße,
gleicher Tag, 16:43 Uhr**

Der Regen war aus Osten weiter nach Westen gezogen und war in Dresden als Schneegriesel angekommen. Das Wetter hatte den Himmel so stark eingefärbt, dass es bereits ungewöhnlich dunkel war. In der Louisenstraße herrschte eher Ruhe als Betriebsamkeit. Es hätte ein stiller, nasser Abend werden können.

Eine Kolonne von fünf dunkelgrau lackierten Passat-Limousinen bog in dichtem Abstand in ihre Zielstraße ein. Aufgewirbelte Tröpfchen strahlten vor ihren Scheinwerfern wie winzige Diamanten. Die letzten Meter bis zum Hauseingang Nummer 54 fuhren die Autos ohne Licht. Das Führungsfahrzeug vorn und das Sicherungsfahrzeug hinten stellten sich nun jeweils quer zur Straße und machten auf diese Weise eine kurze Strecke von etwa fünfzig Metern zu einer Art Tunnel.

Sie wurden nochmals von zwei Polizeiwagen abgeschirmt, die aus einer Querstraße kamen. Autotüren klappten leise auf. Zehn Männer, bekleidet in dunklen Kampfuniformen, Combat-Stiefeln, schwarzen Gesichtsmasken und anthrazitfarbenen Helmen, sprangen heraus. Dabei hielten sie ihre fünf Kilo schweren G36-Schnellfeuergewehre im Anschlag.

Niemand sagte ein Wort. Jeder wusste, was er zu tun hatte. Es war nicht der Moment für gebellte Befehle. Unter die martialisch anmutenden Einsatzkräfte hatten sich zwei Männer in Zivil gemischt, die beide schwarze Lederjacken und blaue Jeans trugen. Ihre Waffen sah man nicht, konnte sie aber erahnen: Die Innenholster verursachten kleine, aber sichtbare Ausbuchtungen.

Ihre Anweisungen kamen über Mikrofone, die sie sich an den Kragen gesteckt hatten, und landeten als Nachricht in winzigen Lautsprechern, die den Männern des Einsatzkommandos in den Ohren steckten. Sie beschrieben kurz und präzise, wie die Männer sich verteilen und bis an die Eingangstür des Apartments vorarbeiten und absichern sollten.

Dort angelangt, postierten sich vier der vermummten Kämpfer lautlos jeweils vor und neben der Wohnungstür. Zwei andere sicherten die darunterliegenden Etagen.

Auf ein Zeichen der Fahnder in Zivil zielte der Einsatzleiter der Sicherheitsgruppe mit seinem Gewehr auf das Schloss der Tür und zerstörte es durch drei gezielte Schüsse. Zeitgleich mit dem letzten Schuss trat er mit dem Fuß die Tür ein.

Kaum war der Eingang frei, drangen vier uniformierte Männer vorsichtig in den Flur und weiter in den Raum vor, während zwei andere die Nachhut bildeten.

Hilpert, der gerade dabei gewesen war, Revolver, Teile des Sprengstoffs und der Schnüre aus dem geheimen Fach unter der Decke zu verpacken, reagierte blitzschnell, riss den Arm mit der Waffe hoch und drückte zweimal ab. Er traf den ersten Mann des Einsatzkommandos direkt in den Brustkorb. Der kippte von der Wucht der 45er-Geschosse trotz seiner kugelsicheren Weste nach hinten weg; seine Kameraden eröffneten das Feuer und durchsiebten mit ihren Schnellfeuergewehren Wände, den Tisch und eines der Betten. Federn stoben aus der zerfetzten Bettdecke, wirbelten durch die Luft und legten sich wie die Blätter von weißen Kirschblüten auf den Boden. Hilpert war inzwischen in die benachbarte Küche gehechtet und hatte sich hinter der Tür verschanzt.

»Kommen Sie mit erhobenen Händen da raus!«, rief einer der Männer des Kommandos und schob sich dabei langsam in Hilperts Richtung. Der stieß die Tür zu, die gegen die Beine seines Gegners prallte. Der Polizist drückte ab, und die Kugeln durchschlugen das Brett, als sei es aus Papier.

Hilpert war am Bein getroffen, sprang aber dennoch zum Küchenfenster, riss es auf und zog sich im Moment an der Fensterbank hoch, als sich ihm der Lauf eines Schnellfeuergewehrs in den Rücken drückte. »Waffe fallen lassen!«, brüllte der Mann mit dem Gewehr. Hilpert parierte sofort.

Seine Finger lösten sich vom Revolver, der mit lautem Krachen auf den Fliesen aufschlug. Er hob die Arme. Während der andere ihn schnell und professionell abtastete, fing Hilperts Körper unkontrolliert zu zittern an.

Der Beamte zog ihn unsanft von der Fensterbank und presste ihn mit dem Gesicht gegen die Wand. Gleichzeitig drückte er Hilpert die Beine auseinander. Er schrie vor Schmerz auf.

»Sie sind verhaftet wegen des Verdachts der Bildung einer terroristischen Vereinigung und des Verdachts auf vorsätzlichen Mord. Sie haben das Recht zu schweigen.«

Während der Ex-Agent abgeführt wurde, durchsuchten zwei junge Beamte die Wohnung, sicherten Beweisstücke und entdeckten dabei die Klappe zu dem Geheimfach in der Wohnungsdecke.

»Oh«, sagte er. »Der Mann braucht kein Verhör mehr. Der ist auch so fällig für lebenslänglich.« Sein Kollege fragte irritiert: »Wie meinst du das?«

»Hier haben wir das gesamte Besteck für eine tödliche Operation. Wenn diese Beweise nicht ausreichen …« Er beschrieb dem Kommandoführer über ein winziges Ansteckmikrofon den eindeutigen Fund.

»Bleiben Sie als Wachen oben. Wir kommen sofort.«

Die Operation des Anti-Terror-Kommandos hatte nicht mehr als zwölf Minuten gedauert.

Bis auf einen Wagen verließen die Einsatzkräfte mit blinkendem Blaulicht die Louisenstraße, bogen in die Görlitzer Straße ab und verschwanden so geordnet, wie sie auch gekommen waren.

11

Prag.
BKA-Residentur.
17:22 Uhr

Während Croy die Grundrisse der Blaupausen vermaß, konnte er sich kaum konzentrieren. Immer wieder wanderten seine Gedanken zu Hilpert und dem Einsatz der Antiterroreinheit. Er war nervös und trommelte mit einem metallenen Druckbleistift auf seinen Handrücken. Unterhalb der Stirn spürte er einen schmerzhaften Druck, als würden ihm winzige Daumen von innen gegen die Augen gedrückt.

Er massierte seine Augäpfel mit den Mittelfingern, doch der Schmerz wurde immer unerträglicher. Er hatte das Gefühl, sie würden gleich herausspringen, und übrig blieben dunkle Löcher, in denen lose die Sehnen hingen.

Ein leises Vibrieren in der Innentasche seines Jacketts riss ihn zurück in die Realität.

Einsatz erfolgreich. Erwarte Rückmeldung. K.K.

Kaum hatte er die kurze Nachricht gelesen, ließ auch der unsägliche Druck hinter seinen Augen nach. Croys Kopf klärte sich wieder.

Er faltete die Blaupausen sorgfältig zusammen, griff nach seiner Waffentasche und verließ den Raum.

Es war 17 Uhr 30 Uhr. Bis zum Treffen mit Storm vor der Tschechischen Nationalbank blieben ihm noch dreißig Minuten.

Der Kontrast konnte kaum größer sein: Hier das im Stil des Art Noveaux 1902 erbaute prächtige Gemeindehaus mit seinen goldenen Verzierungen und dem Pulverturm – dort die steinerne Wucht des in den Dreißigerjahren errichteten Geldhauses.

Es war bereits kurz nach 18 Uhr, als Croy endlich einen Parkplatz gefunden hatte. Er sah angespannt aus; sein Haar war immer noch zerwühlt, und um seine Augen lagen Schatten, die sich einstellen, wenn man in ein paar Tagen viel erlebt und wenig davon verarbeitet hat.

Er spürte eine gewisse Aggressivität und fühlte sich fremd in dieser Stadt. Nicht weit von ihm entfernt stand ein Mann in einem schwarzen Mantel, einem schwarzen Barrett auf dem Kopf und einer Zigarette in der Rechten. Croy näherte sich ihm bis auf wenige Meter. Im gleichen Moment drehte sich der Mann auf den Hacken um.

»Ich spürte Ihren Atem«, rief ihm Storm zu.

Als Erstes sah Croy das Pflaster neben Storms Schläfe. »Im Bad gestolpert?«, fragte der Ermittler feixend.

Storm blieb bei der Wahrheit. »Man hat mich in der Slowakei in eine Falle gelockt«, sagte er zerknirscht.

»Was haben Sie denn *dort* getrieben? Führen da Spuren unseres Falles hin?«

»Nein, eine kurze Kur, war lange geplant.«

»Aha«, antwortete Croy knapp. Er war mal wieder kurz davor, Storm verbal anzugehen. Doch stattdessen fragte er: »Wie viele waren es?«

»Zwei Männer. Hatten sich als Kollegen von meinem Rentenverein ISOR angekündigt.«

»Und das haben Sie geglaubt?«, fragte Croy erstaunt.

»Ja, weil die Tradition nie durchbrochen wurde.«

»Welche Tradition?«

»In diesem speziellen Kurheim kurten schon vor dem Mauerfall aktive und inaktive Agenten des MfS. Es war und ist eine Art geschütztes Rückzugsgebiet.«

»Oh«, antwortete Croy. »Man lernt nie aus. Davon weiß unsere Seite ganz sicher nichts.«

»Offenbar doch«, sagte Storm jetzt grantig. »Die Schläger wussten, wo sie mich finden.«

»Dass wir Sie um Mitarbeit baten, wissen meines Erachtens nur mein Chef und ich«, sagte Croy abwehrend. Reine Spekulationen, die zu nichts führten, dachte er.

Storm sah aus, als überlege er.

Croy ergriff abermals das Wort. »Kennen Sie einen Mann, der Hilpert heißt?« Er sah Storm direkt an.

Der hielt gelassen seinem Blick stand. »Hilpert … Hilpert – ah: Meinen Sie Franz Hilpert?«

»Kennen Sie mehrere Männer dieses Namens?«

»Nein, aber es wird noch mehr geben. Reden Sie von dem früheren MfS-Agenten?«

Croy nickte unmerklich.

»Ich kenne einen Franz Hilpert aus derselben Abteilung innerhalb der Hauptverwaltung, der auch ich angehörte. Was ist mit ihm?«

»Er steht im dringenden Verdacht, den Anschlag auf Rumpf geplant und ausgeführt zu haben.« Croy sah gespannt zu Storm hin.

»Er war wie ich ein Optoelektroniker. Arbeitete nach der Wende für unsere russischen Freunde.« Storms Stimme war ganz ruhig.

»Trauen Sie ihm so etwas zu? Und wer könnte ihn beauftragt haben? Russen, Ukrainer?«

»Seine Kontakte dorthin waren gut genug. Ich könnte einen alten Freund beim FSB anrufen. Vielleicht weiß der ja mehr.« Croy sah, dass Storm zitterte. Die Luft hatte sich stark abgekühlt. Schneewolken trieben aus dem Osten heran. Von irgendwoher wehte eine Weihnachtsmelodie an ihrer beider Ohren.

»Suchen wir uns ein warmes Café«, sagte Croy aufmunternd.

»Nein«, bemerkte Storm nüchtern, »in Prag ist man nie allein. Zucker lockt Fliegen an, die lästig werden können. Wo steht Ihr Wagen? »

Sie liefen schweigend den Weg zurück, den Croy zuvor gekommen war.

Sein Begleiter ächzte ein wenig, als er neben ihm im Sitz versank.

»Mögen Sie Prag?«, fragte Storm.

Croy dachte kurz nach. »Die Stadt kommt mir mitunter so vor, als zöge sie sich für ihre Besucher extra unmodern an.«

»Schön gesagt«, antwortete Storm. »Fahren wir in Ihre Unterkunft und reden dort weiter über Hilpert.« Sein Ton klang, als dulde er keinen Widerspruch.

»Das ist gut«, antwortete Croy ehrlich. »Besorgen wir uns doch vorher eine Flasche Whisky, Baguettes, Käse, Trauben und Tomaten. Was meinen Sie?« Croy hoffte insgeheim, Storm werde nach ein paar Gläsern Whisky gesprächiger sein als bei ihrem ersten Treffen in Berlin.

In der Tat wirkte er begeistert und zog ein Päckchen Zigaretten aus der Manteltasche. Als sich sein Mantel bewegte, zog wieder dieser Geruch von Thymian und Minze zu Croy herüber.

Eine vage Hitze stieg in ihm hoch. Er fuhr jetzt unkonzentriert.

Seine Verfolger, die sich dicht hinter ihm hielten, nahm er nicht wahr. Und dann fiel es ihm ein: Hatte nicht auch Gabriela Malichova nach genau diesem Parfum gerochen? Konnte es sein, dass Storm und Malichova sich kannten? Was machte Storm eigentlich in Prag, und wie lange war er schon hier?

In keinem Moment wusste er, was er von Storm halten sollte. Ihn beschlich das Gefühl, Teilnehmer eines Spiels zu sein, unter das jemand gezinkte Karten gemischt hatte. Ihm war nur noch nicht klar, wer hier falsch spielte. Storm oder Malichova? Oder beide gemeinsam? Jetzt wurden seine Gedanken noch unpräziser. Liefen nicht eigentlich die Ermittlungen viel zu glatt? War es wirklich nur ein Zufall, dass Hilpert dem BKA auf so unspektakuläre Weise ins Netz ging?

Beinahe hätte er ein Auto von rechts übersehen. Croy bremste scharf.

Storm knurrte: »Na?«

»Sagt Ihnen der Name Gabriela Malichova etwas?« Croy fragte so unschuldig es ging. Ein leises Vibrieren in der Stimme konnte er dennoch nicht verhindern.

Storm sah zu ihm hin. Seine Stimme blieb unverdächtig ruhig.

»Nie gehört den Namen. Wer ist sie? Eine Mitarbeiterin von Ihnen?«

Croy schüttelte den Kopf. Log Storm? Er versuchte es mit einem Trick.

»Nein, aber sie kennt Ihren Namen.«

»Ahh.« Mehr war als Antwort von Storm nicht zu hören. Sie befuhren eine breitere Straße in der Altstadt, in der sich Laterne an Laterne reihte. Storm sah wieder nach vorn und dann in den Seitenspiegel. Plötzlich zuckte er zusammen.

»Croy, wir haben eine Zecke im Fell. Der gleiche weiße Honda, der schon in Piečany vor dem Sanatorium lauerte. Die Männer, die mich zusammenschlugen.«

Sie hatten den Stadtteil *Letna* erreicht. Hier befand sich das Fußballstadion des Clubs *Sparta Prag*, eine Mannschaft, auf die die Tschechen beinahe so stolz waren wie auf ihre Eishockey-Nationalmannschaft.

»Dieses Auto ist schon seit einiger Zeit hinter uns«, sagte Croy gleichmütig. »Festhalten.«

Croy bog jetzt scharf in eine schmale Seitenstraße ab. Der weiße Honda parierte das Manöver und schloss zu ihnen auf. Seine Scheinwerfer leuchteten bis in den Skoda hinein. Croy schaltete schnell in einen niedrigeren Gang, beschleunigte und schaltete wieder hoch. Der Skoda wankte etwas, als sie erneut nach links und dann wieder nach rechts in eine sehr schmale Straße einbogen. Croy und Storm sahen den Letna-Park vor sich, der sich von einer Anhöhe kommend bis beinahe einen Kilometer weit ins Tal Richtung Prager Messe Holesovice zog.

»Dort hinein«, quetschte Storm hervor.

Croy überlegte kurz. Mit seinem Ministeriumswagen in eine öffentliche Grünanlage zu fahren, war in etwa so auffällig, wie ein Raumschiff auf dem Wenzelsplatz Richtung Mond zu starten. Sie rasten mit aufgeblendeten Scheinwerfern auf das geöffnete, schmiedeeiserne Parktor zu. Der Honda war im Innern beleuchtet und hielt sich dicht hinter ihnen. Croy bemerkte zwei Männer, von denen einer eine Waffe in der Hand hielt.

»Vorsicht!« Der Skoda überfuhr eine hohe Bordsteinkante, hob kurz ab und machte einen weiten Satz durch das Tor. Sodann krachte er auf einen breiten Fahrradweg, der links und rechts von Linden gesäumt war. Der Wagen schrammte nur wenige Zentimeter an einem besonders stolzen Exemplar vorbei. Croy hielt das Lenkrad fest in der Hand. Er steuerte den auf der rutschigen Erde schwer auszutarierenden Wagen durch Büsche und Parkbänke hindurch einen Abhang hinunter. Dreck spritzte von den Hinterrädern an den Unterboden des Autos und machte dabei hässliche Geräusche.

Croy fing den schleudernden Wagen geschickt ab, hielt ihn weiter nach rechts auf einen kleinen Biergarten zu, der wegen des schlechten Wetters schon seit Wochen geschlossen war. Der weiße Honda hinter ihnen hatte Mühe zu folgen. Es war ein älteres Modell mit offensichtlich glatt gefahrenen Reifen. Ihre Verfolger hatten weniger fahrerisches Geschick als Croy. Das Auto rutschte gegen eine Parkbank und holte sich eine erste fette Beule. Mit durchdrehenden Reifen versuchten die Männer, den Wagen wieder in Bewegung zu bekommen. Croy nutzte den Vorsprung, umfuhr den Biergarten und stoppte den Skoda hinter der Bierausgabe – ein breiter, rechteckiger Bau aus Holz mit einem Schindeldach und einer Menge Büschen ringsherum. Der Skoda verschwand, unsichtbar für die Verfolger, hinter der rückwärtigen Wand. Croy und Storm sprangen aus dem Wagen, der Ermittler entsicherte seine Sig Sauer P 220. Sie schlichen leise zur Vorderseite der Bierausgabe und drückten sich dabei eng an die seitliche Holzwand.

»Man sieht unsere Reifenspuren«, bemerkte Storm.

»Wir knallen sie ab, wenn sie ihre Augen benutzen«, antwortete Croy.

Doch kein weißer Honda erschien. Stattdessen hörten sie aus der Ferne Polizeisirenen, die näher kamen.

»Oh, ich hätte gleich daran denken können«, sagte Croy zu Storm. »In diesem Stadtteil befindet sich das tschechische Innenministerium. Ich glaube, wir sind die Kerle los.« Storm kroch langsam aus der Deckung zurück in Richtung ihres Wagens.

»Ich habe Hunger«, sagte er. Croys Augen machten nochmals einen Ausflug ins Gelände. Dann zog auch er sich, in Deckung bleibend, gebückt zurück.

Sie rollten gemächlich über den Fahrradweg einen Hügel hinunter, der am Ende auf eine Kreuzung mündete, auf der sich mehrere Tramlinien und der Autoverkehr kreuzten. Croy gab Gas, schoss hinter einer abbiegenden Straßenbahn hervor auf die Straße und reihte sich schnell in einen kleinen Ampelstau ein.

Vor einem *Delvita*-Supermarkt stoppte Croy, schob sich seine Waffe in den Gürtel und kaufte schnell ihren Abendproviant ein.

In der Pension angelangt, zeigte die Besitzerin ein breites Lächeln.

»Wie geht es Ihnen, Herrrr Köhlerrrr?« Sie sah neugierig auf Croys Begleiter.

»Dobri, gut«, antwortete der Ermittler und stellte der auch heute mit viel zu viel Schmuck behangenen Frau Storm als Kollegen vor, mit dem er die nächsten Tagen »der Geschäfte wegen« in Prag zu tun habe. Sie nickte gleichgültig. Solche Sätze kannte sie zu gut.

Im Frühstücksraum schoben die Männer zwei Tische zusammen, gruppierten Gläser, Teller, Bestecke und die Flasche Whisky vor sich und setzten sich gegenüber. Storms eisgraue

Augen glitzerten im Licht der Deckenleuchte. Croy holte eine Karaffe mit Wasser. Storm packte sich die Hände voller Trauben.

»Kaltenborn deutete an, dass die Agentenkarriere Hilperts der Ihrigen ähnelte. Was könnte Hilpert zu einem Attentäter machen? Wer ist dieser Mann?«

»Einen Augenblick«, sagte Storm. Er griff in seine Tasche. In den Händen hielt er ein Funktelefon, an das er jetzt einen winzigen Aufsatz steckte. Croy blickte ihn fragend an.

»Ein Kryptonator. Verschlüsselt Gespräche. Eine chinesische Erfindung.« Storm hatte im selben Moment das Gefühl, gerade etwas Unbedachtes gesagt zu haben. Croy aber schien nichts bemerkt zu haben. So gleichgültig wie möglich tippte Storm eine Nummer ein und wartete. Croy sah ihn fragend an.

Storm schirmte sein Mobiltelefon mit einer Hand ab. Leise sagte er: »Ein Freund vom FSB. Er kannte Hilpert gut. Er wird uns etwas dazu sagen, was Hilpert zuletzt trieb.«

Croy schnitt indes die Baguettes in vier gleiche Teile und verteilte sie samt Käse, Trauben und Tomaten auf die Teller. Storm bat seinen Gesprächspartner auf Russisch um ausführlichere Informationen und um einen möglichst raschen Rückruf. Dann beendete er das Gespräch. Er setzte sich und begann zu essen.

Croy hielt sich einen Moment lang zurück, dann fragte er ungeniert: »Wieso haben Sie mit mir Probleme?«

Storm sah ihn konsterniert an. »Wer behauptet das?«

»Kaltenborn.«

»Ach, da hat er etwas missverstanden. Sie haben mir bei unserem ersten Treffen für meinen Geschmack zu viele Löcher in den Bauch gefragt. Glauben Sie mir: Wenn man nicht freiwillig zu einem Geheimdienst kam, sich aber dann mit der Situation arrangierte und später sogar mit Lust dabei war, holt einen dennoch ab und an das schlechte Gewissen ein. Ich habe mich als Jugendlicher nicht gegen die Vereinnahmung durch die Stasi gewehrt.«

»Ich bin Ihnen zu nahe getreten?«, fragte Croy.

»So kann man es auch sagen. Ich gehöre vielleicht zu den wenigen ehemaligen MfS-Offizieren, die tatsächlich bereuen, dem DDR-Staat bedingungslos ergeben gewesen zu sein. Das werfe ich mir heute selbst vor.«

Croy hatte Zweifel an dem, was Storm sagte. Er hätte sich spätestens nach der politischen Wende in der DDR 1989 von allen Kontakten zu anderen Geheimdiensten lossagen und ein neues Leben beginnen können. Doch das hatte er nicht getan.

»Warum haben Sie nicht wieder als Ingenieur in Ihrem Fachgebiet gearbeitet?«

Storm blinzelte ihn an. »Ein Agent bleibt immer ein Agent. Er ist eitel und misstrauisch. Wenn er viel erreicht hat, ist er sogar stolz auf seine Karriere. Aber er ist charakterlich von dem Beruf versaut.« Storm erhob sein Glas.

»Versaut?«, fragte Croy knapp.

»Auf die Gesundheit«, sagte Storm und blinzelte sein Gegenüber an. Croy fühlte sich gesünder denn je und sah auf Storms Pflaster über dem linken Auge.

»Ich will nicht von mir ablenken«, begann Storm, »aber nehmen wir Hilpert. Sein Lebenslauf ist typisch für einen Geheimdienstagenten. Was ich Ihnen jetzt erzähle, war mal top secret.« Sein Ton klang dabei so verschwörerisch, als hätten die Wände Ohren. Er langte nach einem Tomatenstück.

»Franz Hilpert war und ist noch heute stolz darauf, einer von den 6000 Auslandsspionen der DDR in der ehemaligen BRD gewesen zu sein. Er stammte aus Sachsen, war der Sohn eines Kommunisten. Er trug den Decknamen *Reiter,* war effizient, zuverlässig, loyal und diszipliniert. Mehr als zehn Jahre lebte er unter dem Namen eines anderen Mannes unbehelligt

– bis sein Legendenspender 1988 überraschend ums Leben kam.« Storm biss herzhaft in sein Baguette. Croy tat es ihm nach.

»Sie erinnern sich aber gerade überraschend genau an ihn. Vorhin taten Sie noch so, als sei Hilpert in Ihrem Leben nicht mehr als eine Fußnote gewesen.«

»Ich bin eben vorsichtig«, sagte Storm. Er griff nach dem Single Malt und füllte zwei Gläser. »Im Übrigen kannte ich als Leiter der Auslandsaufklärung jede Kaderakte *bis* zur kleinsten Fußnote.«

Croy grinste spöttisch. »Prosit! Mag es uns nützen.«

Storm murmelte etwas Unverständliches.

»Warum wurde Hilpert denn nun Spion?«, hakte Croy nach. Er hielt sein Glas in den Händen und sah ein wenig versonnen auf die braune Flüssigkeit. Dieses Gespräch hätte er jetzt lieber mit Hilpert selbst geführt. Doch der saß vermutlich in Bautzen bei Dresden in einer Hochsicherheitszelle und wartete auf seinen Anwalt.

»Im Unterschied zu den westlichen Geheimdiensten kam Hilpert nicht des Geldes oder des Abenteurertums wegen als Spion zur Staatssicherheit; er glaubte vielmehr an die sozialistische Sache. Hilpert war das Produkt eines Systems, das sehr langfristig plante und außerordentlich raffiniert vorging.«

»Ist das heute anders?«, warf Croy ein.

»O nein!«, rief Storm aus. »Auch heute akquirieren gute Geheimdienste ihre besten Leute nach genau demselben Prinzip.« Er fügte sarkastisch an: »Ich fürchte allerdings, dass heutzutage der Wille, das kapitalistische System zu wahren und zu schützen, eine wichtige Voraussetzung für einen Agenten der westlichen Welt ist.«

Croy überging diese Bemerkung. Sie führte zu gar nichts. Er fragte: »Wissen Sie denn, wann und warum er angeworben wurde?«

Storm machte den Eindruck, als sammle er seine Worte für die nachfolgenden Sätze von irgendwoher. Schließlich hatte er sie gefunden. »Alles nahm seinen Anfang, als er zu studieren begann. Wenn etwa Studenten an den Fachhochschulen durch Flexibilität, Intelligenz und Organisationstalent auffielen, registrierten professionelle Scouts diese Talente. Das Netz um Hilpert war besonders gründlich geknüpft.« Storm spülte seinen Mund mit einem Schlückchen Whisky.

»Und er ließ sich auch sogleich anwerben?«, fragte Croy äußerlich ruhig. Er sicherte sich jetzt ebenfalls eine Handvoll Trauben.

»Das war für ihn als SED-Mitglied eine Frage der Parteidisziplin. Und darin besteht der Unterschied zu mir. Ich wurde damals erpresst; er aber tat es freiwillig und aus Überzeugung.«

Croy erinnerte sich an sein Gespräch mit Storm in Berlin. Damals hatte er ihm erzählt, dass die Staatssicherheitsleute eine Mitarbeit zur Bedingung dafür machten, dass er überhaupt an einer Universität zugelassen würde und danach als Ingenieur arbeiten könnte.

»Musste er denn seine Eignung für das MfS beweisen?«, fragte Croy und spielte mit seinem Whiskyglas.

»Seine Feuerprobe bestand Hilpert, als ihn die Genossen vier Wochen lang in ein Stasi-Gefängnis einwiesen, um einen Zellenkollegen auszuhorchen. Der Mann stand unter Verdacht, auf einen Grenzsoldaten geschossen zu haben. Er sollte herausfinden, ob der Mann schuldig war, welche Motive er gehabt hatte und ob sie politisch motiviert waren. Seine letzte Prüfung führte ihn erstmals in den Westen, nach Hamburg, wo er einen Koffer voller Dollar, D-Mark und Britischer Pfund in die DDR schleusen sollte. Er kam zur Erleichterung seines Führungsoffiziers mit jedem Geldschein in die DDR zurück. Sein Lohn war seine zweite bürgerliche Existenz. Er ging als Mann mit einem fremden Namen in den Westen.«

»Wie kam er denn an diese Biografie? Haben sich das seine Führungsoffiziere ausgedacht?« Croy hatte bis heute nur selten die Gelegenheit gehabt, hinter das perfide DDR-Spitzelsystem zu schauen. Ihn wühlte das Gespräch auf. Er sprang auf und lief einmal quer durch den Raum. Storms Worte erinnerten ihn an seine Zeit mit Shirley, in der die Beschatter der Stasi zu seinem Alltag gehört hatten. Er setzte sich schnell wieder.

»Heute wie damals werden und wurden so genannte Legendenspender benutzt. In Hilperts Fall war es ein Karussell- und Riesenradbetreiber, der mehrmals im Jahr zur Kirmes in die DDR kam. Da an den Grenzkontrollstellen alle Pässe fotografiert und ausgewertet wurden, fiel den Auswertern des MfS die Ähnlichkeit mit Hilpert in Alter, Größe und Aussehen auf. Hilpert beschattete sein Opfer mehr als einen Monat lang. Er prägte sich dessen Habitus, seine Trink- und Essgewohnheiten und seinen Umgang mit Geld genauestens ein. Weil dessen Privatleben nicht passte, schrieben unsere Passfälscher in Hilperts Pass: elternlos. Mit dem Geld des MfS gründete er in Trier eine Unternehmensberatung für den optoelektronischen Anlagenbau. Wer Kunde wurde und wer nicht, entschied Hilpert nach der Brisanz seines Wissens und der Zuverlässigkeit seiner Buchhaltung. Wenn er Quellen suchte, schaltete er Anzeigen in Zeitungen. Er bot Jobs in Deutschland an, fragte die Bewerber, ob sie auch ins Ausland gehen würden, und platzierte so mehr als 45 informelle Mitarbeiter bei der NATO und EU in Brüssel oder in den Rüstungsbetrieben an der Saar. Er bezahlte sie in bar, das Geld dafür hob er in Österreich ab.« Storm griff nach der Wasserkaraffe und schenkte sich ein.

»Und wie bekam er sein Material über die Grenzen in die DDR?«, hakte Croy nach.

Storm hob kurz seine Hände. »Mit einer Miniaturkamera. So, wie ich damals auch. Ich stellte Mikropunkte her, die 1 x 1

Millimeter maßen, auf denen die Berichte abgelichtet waren. Dann nahm ich eine Ansichtskarte, vielleicht eine mit dem Rathaus der jeweiligen Stadt, löste die obere Fotoschicht ab, platzierte darunter die Mikropunkte und schloss die Schicht wieder. Auf die Karte schrieb ich: ›Heute war ich im zweiten Stock im Rathaus Dortmund. Viele Grüße ...‹ Empfänger wissen so genau, wo sie die Mikropunkte mit den Spionageberichten zu suchen haben. Ein Treppenwitz der Geschichte: Die Deutsche Bundespost half uns DDR-Agenten dabei. Sie beförderte die ostdeutschen Agentenberichte für 60 Pfennig pro Karte von West nach Ost.«

»Wie erfolgreich war Hilpert denn nun? Sie sprachen vorhin davon, er sei ein äußerst wichtiger Spion gewesen.«

»Hilperts Meisterstück war die Übersendung der Konstruktionspläne eines atombetriebenen Aufklärungssatelliten für die US-Armee. Die damalige Sowjetunion war begeistert.« Storm nahm wieder einen Schluck Whisky. Croy blieb bei Wasser.

»Und warum flog er auf?«, fragte er. »Anscheinend hatte er doch alles richtig gemacht, oder?«

»Zufall und die Unschuld eines Kindes führten zu seiner Enttarnung. Eines Tages stürzte sein Legendenspender bei der Reparatur seines Riesenrads ab. Bei der Löschung des Toten aus den Melderegistern stießen die Beamten auf zwei Männer des gleichen Namens, gleicher Herkunft, gleichen Geburtsjahres, aber unterschiedlicher Adresse. Fahnder vom Verfassungsschutz observierten ihn zwei Monate und stürmten dann sein Haus. Die Mikrokamera warf er noch schnell in die Spielzeugkiste seines Sohnes. Doch der unschuldige Kleine streckte sie ihm nach wenigen Minuten – in Anwesenheit der Fahnder – mit den Worten entgegen: ›Guck mal, was ich hier gefunden habe ...‹ Hilpert kam für vier Jahre in Haft. Seine Frau, die von dem Doppelleben ihres Mannes lange nichts gewusst hatte, verließ ihn bald darauf und nahm den inzwischen halbwüchsigen Sohn mit sich.« Storm schwenkte sein Glas. Er fummelte eine Zigarette aus der Innentasche seines Jacketts und entzündete sie. »Was Hilpert blieb«, sagte er nach dieser kleinen Pause, »war ein Scherbenhaufen aus verlorenen Illusionen und Zweifeln darüber, ob der Glaube an den Sozialismus auch immer die eigenen Taten rechtfertigte: die jahrelange Mimikry, die immerwährende Verstellung, der andauernde Vertrauensmissbrauch anderen Menschen gegenüber ...« Storm blies einen Rauchkringel gegen die Decke.

»Und wie ging's dann weiter? Hatten Sie noch Kontakt?«

»Ja, über die ISOR. Nach dem schmerzlichen Beitritt der DDR zu einem gesamtdeutschen Staat schlug Hilpert sich mit Gelegenheitsjobs durch. Offiziell lebte er von einer äußerst schmalen Zuwendung, die ihm der Staat als ehemaligem Angehörigen des DDR-Staatssicherheitsdienstes zubilligte. Inoffiziell versuchte er, mit den Russen in Kontakt zu kommen, seine alten Verbindungen wiederzubeleben.«

»Sie meinen, der Klassenfreund von damals konnte unmöglich zum Klassenfeind der Gegenwart geworden sein.«

»Dazu kann ich nur sagen, gehen Sie die Namenslisten des heutigen FSB durch, des Nachfolgers des KGB. Bis auf die Rentner und die Weggestorbenen sitzen immer noch die Offiziere von einst auf den Stühlen. Irgendwann im letzten Jahr meldete sich Hilperts ehemaliger Führungsoffizier bei ihm.«

»Beide rafften sich also gemeinsam wieder auf und begannen dort, wo der jeweils andere aufgehört hatte: beim Stehlen von Informationen und bei der Erledigung von Spezialjobs«, spann Croy den Faden weiter.

»So kann man es natürlich auch ...« Mitten in seinen Satz klingelte Storms Telefon. »Priwet, Igor. Was hast du herausgefunden?« Dann schwieg er und hörte zu. Zwischendurch nickte er mit dem Kopf. Und nach einer Weile: »Bist du dir da ganz sicher?« Einen Moment später sagte er: »Da, da, sbassiba. Do swidanja.«

»Und?«, fragte Croy, selbst des Russischen mächtig. »Worüber sollte er sich ganz sicher sein?«

»Hilpert gründete eine Firma mit Namen *Impex*. Offiziell eine Agentur für internationale Wirtschaftsbeziehungen. Igor sagt, dass seine Behörde dahintersteckt und von dort aus im großen Stil die Elektronik- und Rüstungsfirmen ausspäht, die im deutsch-französisch-belgischen Länderdreieck angesiedelt sind. Hilpert könnte seine alten Kontakte genutzt haben, um neue Kontakte aufzubauen.«

»Wie zuverlässig ist denn dieser *Igor*?« Misstrauen lag in Croys Stimme.

Storm sah zur Seite. Sollte er seinem Gegenüber erzählen, wie oft er und Igor sich in der Vergangenheit getroffen hatten? Wie sie gemeinsam Treffen mit ehemaligen CIA-Agenten veranstaltet und über alte Zeiten geredet hatten? Dass sich ihre Frauen kannten und sich ab und an noch heute in Moskau trafen und gemeinsam ins Bolschoi-Theater gingen?

»Vertrauen Sie mir einfach«, entschied sich Storm gegen zu ausführliche Informationen. »Ich kenne Igor sehr viel länger, als Sie glauben.«

Jetzt war es Croy, der sich seine Gedanken machte. Er fühlte sich manchmal wie Thomas, einer der Jünger Jesu, der an allem zweifelte und nur glauben wollte, was er auch wirklich sah.

»Möglicherweise ist er ja über seine neuen Verbindungen an die Blitzertonne und den Laser gekommen«, sagte Storm. »Hilperts Auftraggeber sitzen in der Abteilung Wirtschaft und Technologie beim russischen Inlandsgeheimdienst FSB in Moskau. Sein Führungsoffizier ist ein Mann namens Oberst Witali Jerofemow. Er war derjenige, der 1988 den Befehl gab, den Spionagesatelliten bis ins Detail nachzubauen. Igor sagte,

Jerofemow habe Hilpert mit deutschen BND-Agenten zusammengebracht. Ob sie etwas mit dem Attentat auf Rumpf zu tun haben, weiß er aber nicht.«

Croy dachte sofort an den Mann aus München, von dem der andere Attentäter geredet hatte.

Storm sah mitgenommen aus. Das lange Gespräch strapazierte ihn. Und dann der Whisky.

»Wenn Sie erlauben, würde ich dann gern gehen«, sagte er.

»Ja, sicher, ich halte Sie nicht auf. Es war ein interessantes Gespräch, und ich habe wieder etwas dazugelernt.«

»Wissen Sie«, sagte Storm ein bisschen von oben herab, »heutzutage interessiert sich kein Mensch mehr für die Geschichten von gestern. Aber Sie können mir glauben, dass die Geheimdienste sich dieser Vorgehensweisen bemächtigt haben. Sie nutzen menschliche Schwächen aus und versuchen, sie in Stärke umzumünzen. Ein wirklich guter Agent braucht lange, bis er ein authentischer Spion ist. Erst dann durchschaut er nicht nur den Auftrag selbst, sondern denkt auch an dessen Folgen. Er setzt schrankenlos durch, was er vorhat, schließt aber gleichzeitig auch Kompromisse. Er stellt seine eigenen Anliegen zurück oder verschiebt sie zumindest.« Storm setzte zu seinem letzten Schluck an.

»Auch ein Agent lechzt nach Liebe, Anerkennung und Angstfreiheit, oder?« Croy lächelte sein Gegenüber an.

»Natürlich! Das setzt Authentizität voraus. Wer nur die Bilder dieser romantischen Gefühle im Kopf hat, sie aber nie wirklich erfährt, wird auch als Agent scheitern.« Storm erhob sich.

Croy bat an der Rezeption um ein Taxi. Er begleitete Storm bis zur Tür. Ihre Verabschiedung kam über einen stummen Händedruck nicht hinaus. Dennoch sahen beide Männer mit den gleichen Blicken die Straße hinunter. Alles schien ruhig.

»Keine Späher«, murmelte Croy.

»Sie sind überall«, orakelte Storm zurück.

Als das Taxi außer Sichtweite war, entlud Croy schnell seine Waffentasche aus dem Skoda des tschechischen Wirtschaftsministeriums. Auf seinem Zimmer verstaute er die Landkarte der Umgebung des Sprengstoffwerks sorgsam in einer der Seitentaschen. Als er endlich im Bett lag, schlief er sofort ein und sank in einen traumlosen Schlaf.

Teil 3

ANGRIFF

1

Lezáky, ein Dorf in Ostböhmen,
2. Dezember,
10:34 Uhr

Hinter dem von Schornsteinen und Industrieanlagen zerklüfteten Stadtbild der ostböhmischen Stadt Pardubice geht es auf einer Landstraße dritter Klasse hinaus in eine Gegend mit starken Kontrasten. Tiefe Krater stillgelegter Steinbrüche unterbrechen die Hügel und Ebenen der ersten Ausläufer des Riesengebirges. Die Fahrt führt über kilometerlange Alleen mit Linden und Walnussbäumen und durch uralte Dorfanlagen mit Ställen, Brunnen, Plätzen und Kirchen. Das Dorf Lezáky gehörte bis 1944 mit zu diesem einmaligen Ensemble der ländlichen Zivilisation Böhmens. Doch es existiert nicht mehr. Der 50-Seelen-Ort teilte sich sein Schicksal mit vielen Dörfern Europas, die sich in den Jahren 1941 bis 1945 gegen die Deutschen erhoben hatten.

Dort, wo einst das katholische Gemeindezentrum stand, rollte soeben ein silberfarbener Audi A 8 vor und hielt. Ein Mann von Mitte sechzig entstieg dem vornehmen Wagen, streifte seine etwas zerknitterten Hosen wieder glatt und sah sich witternd um. Er hatte ein knochiges Gesicht mit einer hervorstechenden Nase, die wie ein Schnabel zu seinen dünnen Lippen herunterwuchs. Seine Physiognomie gab ihm den Ausdruck eines großen, hässlichen Vogels. Sein Name war Paul Graf von Sprock. Er war ein wohlhabender Mann. Sprock verdiente nicht nur sehr viel Geld als Düngemittelfabrikant; sein Vater Maximilian hatte bereits zu Lebzeiten eine größere Summe an den Sohn umgelenkt.

Sprock kannte sich hier gut aus. Sein Vater hatte während des Zweiten Weltkrieges ein Hinrichtungskommando geleitet, das neben den Männern des Dorfes auch Frauen und Kinder nicht verschont hatte. Sprock spazierte gemächlich zu einem flach gebauten Haus, in dem eine Gedenkstätte eingerichtet war. Im Innern erklärten mehrere Bild- und Texttafeln, wie es zu diesem Genozid gekommen war. Sprock sah verächtlich auf die Exposition. Obwohl sich alles in ihm sträubte, die Aufarbeitung der dramatischen Ereignisse aus tschechischer Sicht zu betrachten, trat er näher an die Tafeln heran. War es bloße Neugier, ein winziger Anflug schlechten Gewissens oder doch nur das Gefühl, sich noch einmal bestätigen zu lassen, worüber er längst ausführlich im Bilde war? Er konnte es sich selbst nicht beantworten. Sprock verschränkte die Arme hinter seinem Rücken, setzte eine Brille auf und begann, den teils in polemische Worte gefassten Ausstellungstext zu lesen. Zwischen den einzelnen Textteilen waren schwarz-weiße Fotografien aus der Zeit zwischen 1914 und 1944 eingefügt.

Die historische Rückschau markierte auch den Beginn der wechselvollen Geschichte der einstmals vereinten Republiken Tschechien und Slowakei: »Nach Bildung der Tschechoslowakei erließ die Regierung in Prag ein Dekret, wonach die ostböhmische Stadt Pardubice ein Zentrum der chemischen Industrie werden sollte«, las Sprock. »Die Verkehrswege nach Deutschland, Polen, zur Ukraine und südlich nach Österreich, Ungarn und weiter nach Südosteuropa waren gut ausgebaut; der Güterverkehr war garantiert.

1919 entstand das elektrotechnische Werk *Telegrafia*, ein Jahr später die Sprengstofffabrik *Explosia Semtín.*

Mit Beginn des Zweiten Weltkriegs lockte die prosperierende Wirtschaft auch gierige Parasiten an: Böhmen und Mähren wurden von Nazi-Deutschland zum Reichsprotektorat erklärt und der Chef des Reichssicherheitshauptamtes, SS-Obersturmführer Reinhard Heydrich, zu Hitlers Stellvertreter auf tschechischem Boden ernannt.

Mit der Besetzung der Region durch deutsche Truppen kannten auch die Produkte aus Pardubice nur noch eine Richtung. Die nach Westen.

Doch die Wehrmacht sah sich gut organisierten Partisanen gegenüber, die aus den Bergen heraus erbitterten Widerstand gegen die Besatzer leisteten …«

Sprock sah sich unruhig um. Es waren weitere Ausstellungsbesucher in seine Nähe getreten. Er fühlte Unbehagen, las aber weiter.

»Mit der Ankunft Reinhard Heydrichs 1941 in Prag verschärften sich die Auseinandersetzungen. In den ersten drei Monaten seiner Amtszeit ließ er 500 Todesurteile vollstrecken, 5000 Tschechen verschwanden spurlos in Arbeits- und Todeslagern.

Die Nachrichten über geschickte Sabotageakte der Untergrundkämpfer drangen bis nach London vor und mobilisierten die Abwehrfantasien der britischen Geheimdienste gegen die Deutschen. Ende 1941 reifte der Plan, eine Aufsehen erregende Aktion durchzuführen – ein Attentat auf den verhassten Reichsprotektor. Die Aktion erhielt den Decknamen *Anthropoid*. Unter strengster Geheimhaltung wurde ein eng ausgesuchter Kreis von Soldaten hierfür ausgebildet.

In der Nacht vom 28. auf den 29. Dezember 1941 landeten die Elitefallschirmabteilungen *Silver A*, *Silver B* und *Anthropoid* nahe den Unterschlupfen der Rebellen in den Dörfern Lezáky und Lidice. Sie hatten weitreichende Befugnisse: Kontaktaufnahme mit den Rebellen, Ausführung von Anschlägen auf deutsche Generäle und die Beseitigung Heydrichs. Über ihren Nachrichtensender – Tarnname *Libuse* – hielten sie fortan Kontakt mit London, um ihre Einsatzbefehle zu erhalten.

Anthropoid ging am Morgen des 29. Dezember 1941, um 2 Uhr 24, östlich von Pilsen mit Fallschirmen nieder. Ein Halifax-Bomber hatte Jozef Gabcik und Jan Kubis zu ihrem Absprungort geflogen.

Den beiden gelang es, sich nach Prag durchzuschlagen, zum dortigen Untergrund Kontakt aufzunehmen und für die nächsten Monate unterzutauchen. Hier erfuhren sie Einzelheiten über Heydrichs Gewohnheiten und seinen Tagesablauf. Am 27. Mai 1942, einem Mittwoch, postierten sie sich in einer Kurve in der Prager Innenstadt. In ihren Aktentaschen hatten sie eine zusammenlegbare Maschinenpistole *Sten Gun* sowie eine spezielle Handgranate mit hoher Explosivkraft. Von Kugeln getroffen, starb Heydrich nur wenige Tage später in einem Prager Krankenhaus. Seinen Tod rächte die Gestapo nach eigener Manier: Hitlers Geheimpolizei brannte das Rebellendorf Lezáky und weitere Ortschaften vollständig nieder, exekutierte Frauen, Männer, Greise und Kinder. Flüchtige wurden wie Hasen gejagt und dann getötet.

Zur Abschreckung weiteren Widerstands errichteten die Besatzer 1942 neben der Kirche von Lezáky eine Hinrichtungsstätte aus grauen Mauersteinen und einem Hakenkreuz ...«

Sprock räusperte sich, um seine Luftröhre zu säubern. Er tat dies so diskret, als seien die Nachfahren der Opfer dieser Hinrichtung persönlich anwesend. Und als er sich wieder den Ausstellungstafeln zuwandte, tat er dies mit Widerwillen in den Augen. Dennoch las er weiter.

»Im gleichen Jahr deportierten die Nazis vom Bahnhof Pardubice 560 Juden aus der Region in das Konzentrationslager nach Theresienstadt. Als die Russen 1945 Pardubice befreiten, stießen sie auf ihrem Weg immer wieder auf Massengräber mit tschechischen Widerstandskämpfern. Auch in den Dörfern Lidice und Lezáky hatten die Nazis in aller Eile die Hingerichteten verscharrt. Nur wenige Tage später erreichte das

Gestapo-Hauptquartier in Berlin die Nachricht vom Tod eines Mannes, der als einer der Henker von Lezáky Furcht und Schrecken verbreitet hatte: Hauptscharführer Heinrich Franzen. Unter Leitung eines blutjungen Leutnants hatte ihn ein Trupp russischer Agenten aufgespürt, verfolgt und nach einem massiv geführten Verhör an einer stattlichen Linde inmitten des Dorfes aufgehängt. Die damalige Geheimoperation trug den Namen *Roter Mohn*. Doch drei Männern gelang die Flucht vor der Rache des Geheimdienstkommandos. Ihre Namen und ihr Aufenthaltsort sind bis heute nicht bekannt ...«

Paul Graf von Sprock hüstelte. Er hatte genug gelesen. Hitze war in ihm aufgestiegen. Es widerte ihn an, wie seiner Meinung nach die Realitäten von damals verzerrt wiedergegeben wurden. Kriegszeiten sind keine Schonzeiten, dachte er verächtlich. Was in den Tagen nach der Ankunft der russischen Truppen geschah, wussten nur die beteiligten Familien der Wehrmachtsoffiziere und er selbst. Nicht auszudenken, dachte Sprock beim Hinausgehen, käme diese Geschichte ans Licht. Auf dem Rückweg schlug er einen Bogen zu einer großen Lichtung, auf der mehrere Holzkreuze und namenlose Gräber eingelassen waren. Seine Gedanken kippten in die Vergangenheit, von der ihm sein Vater so ausführlich berichtet hatte.

Nach Kriegsende hatten sich die geflohenen Angehörigen des Hinrichtungskommandos von Lezaky nach Reichenberg durchgeschlagen. Sie gelangten über verschlungene Wanderpfade nach Frydlant und überquerten bei Nacht die polnisch-tschechische Grenze bei Zawidow, nahe der deutschen Grenzstadt Görlitz. Hier trennten sich erst einmal ihre Wege.

Doch das Schicksal Heinrich Franzens ließ sie nicht los. Er war ihnen immer Vorbild gewesen, hatte gnadenlos die Feinde Nazideutschlands verfolgt, war ein charismatischer Anführer und für manch jungen Soldaten eine Vaterfigur gewesen. Die

Trauer über den verlorenen Kameraden, aber auch Wut und Hass auf die Russen führten sie ein Jahr später noch einmal zusammen.

Es war der 24. Juni 1946. Man war wieder zu dritt gekommen und traf sich im Ort ihres damaligen Abschieds.

Nichts an den Männern verriet, dass sie einst Waffen und Uniformen mit den SS-Totenköpfen an den Kragenspiegeln getragen hatten. Der Tisch im Gesellschaftsraum des Wirtshauses *Zur Linde* blieb für andere Gäste unsichtbar. Erst kam Bier, dann ein paar Schnäpse. Man wollte Sühne für den Tod Franzens und den Verlust der böhmisch-mährischen Volksgebiete. Vom Alkohol beschwingt und von Rache erfüllt, skizzierten sie auf losen Blättern ihre Gewaltfantasien über Anschläge auf die russische Generalität in Ostberlin und Truppenteile im nahen Dresden. Einer von ihnen, Maximilian Graf Sprock, Franzens engster Freund, schlug vor, herauszufinden, wer der Leutnant war, der seinen Kameraden auf dem Gewissen hatte. Als man aufbrach, schworen sie Nibelungentreue und tranken das letzte Glas auf den Geist des Führers.

Inzwischen waren weit mehr als sechs Jahrzehnte vergangen, und nie war ihnen der Zeitpunkt für ihren Rachefeldzug als richtig erschienen. Bis auf einen waren die Kameraden von einst inzwischen verstorben. Der letzte verbliebene Racheengel war Franzens Freund Maximilian Graf Sprock. Ein Mann im Alter eines Methusalems.

Paul, sein Sohn, war wieder an seinem Wagen angelangt. Er verließ die Überreste des Dorfes und schlug den direkten Weg nach Prag ein.

2

**Prag, Stadtteil Letna,
gleicher Tag, 21:14 Uhr**

Auf der *Mala Strana*, der *Kleinen Seite*, dem Stadtviertel an der Prager Burg, steht auf einem Plateau über der Moldau ein weißes Schlösschen mit reich verzierten Giebeln. Die Außenwände verzieren steinerne Früchte, wilder Wein umrankt das Eingangsportal.

Obwohl im Restaurant Platz für mehr als einhundert Gäste war, saßen nur zwei Männer im Raum. Beide sprachen Englisch miteinander.

Der eine, Thomas Gordon Spread, war mit der letzten Abendmaschine direkt aus New York nach Prag gekommen. Offiziell war er als Senior Fellow des FIES zu einem Vortrag geladen, in dem es um die strategische Partnerschaft zwischen den USA und den neuen EU-Beitrittsländern ging. Zur Sprache sollte die Abhängigkeit des Westens von den Rohstoffen und vom Erdölpreis kommen. Doch dies war auch der Zeitpunkt, um einen Auftrag in die letzte Phase zu führen.

Er sah mit ernsthafter Miene auf seinen Tischpartner.

Als der Kellner kam, bestellten sie zwei halbe Liter dunkles Bier und zwei doppelte Portionen Pflaumenschnaps. Spread schmatzte nach dem ersten Schluck genießerisch.

Dann sagte er: »Lieber Graf, können wir mit Ihrem Vater noch rechnen?« Spread war nicht nur der Vordenker von FIES, sondern auch deren eifrigster Geldbeschaffer. Jede Spende war wichtig.

Paul Graf von Sprock sah ihn durchdringend an. »Soweit

ich weiß, hatte er Ihnen doch die gewünschte Summe überwiesen, oder?«

Spread setzte einen bescheidenen Blick auf, sah auf seine Fingernägel. Er plante nie kurzfristig. »Meine Frage ging in eine andere Richtung, Graf. Wie lange, meinen Sie, kann er uns noch unterstützen?«

»Wenn der Vertrag erst einmal besiegelt ist«, sagte Sprock ausweichend, »sind wir beide nicht mehr von den Zuwendungen anderer für unser Netzwerk abhängig. Was denken Sie, wann wird es so weit sein?« Er nahm einen tiefen Schluck. Sein Adamsapfel tanzte. Vor seinem inneren Auge sah er den Koffer mit dem Geld schon vor sich.

Spread lächelte etwas angestrengt. Dann sagte er: »Laut Vertrag ist die erste Rate fällig, wenn der Entwurf von den beteiligten Ländern abgenommen ist. Das Treffen dafür findet nächste Woche in Berlin statt. Das wären zweieinhalb Millionen Dollar. Die weiteren drei Zahlungen werden aufgeteilt bis zum Termin der Unterschrift am Ende des Monats.«

Spread hatte darauf bestanden, das Geld in bar zu bekommen. Er hatte die Scheine gern vor sich.

»Wie es aussieht, werden wir und unsere Organisation bald mehr Geld haben, als wir jemals selbst verdienen würden. Damit dürften wir unseren Vorrat auffüllen und sogar noch unseren Veteranen einen Obolus zahlen können. Und Deutschland bekommt endlich, was es verdient«, ergänzte Spread.

Graf Sprock war zufrieden. Auf diesen Augenblick hatten sie lange zugearbeitet. Er nahm einen tiefen Schluck aus seinem Glas und lächelte sein Gegenüber an.

»*Wenn* alles so läuft, wie wir es uns vorstellen …«, ergänzte Spread.

»Wieso ›wenn‹? Haben Sie Zweifel?« Sprock waren Gewissheit und Sicherheit wichtig. Als geistiger Führer und einer der wichtigsten Unterstützer rechtsextremer Netzwerke in

Europa hatte er etliche Freunde, aber auch viele Feinde. Zwar hielt sich sein Verfolgungswahn in Grenzen; aber sein Haus in Berlin hatte er vorsorglich mit Alarmanlagen umgeben, die Fensterscheiben waren aus Panzerglas, und ein Wachdienst patrouillierte stündlich über das Gelände.

»Es gibt Nachrichten aus unseren Sicherheitszellen, dass uns Agenten auf den Fersen sind.«

»Wie kommen Sie darauf?« Sprock sah alarmiert auf sein Gegenüber.

»Meine Sicherheitsleute wollen beobachtet haben, dass ich mehrmals beschattet wurde. Immer die gleichen Männer, offensichtlich Chinesen. Das MSS hat in New York ein dichtes Spionagenetz mit einer Masse an willfährigen Informanten.« Spread hatte schon viel früher damit gerechnet. Doch so kurz vor der Ratifizierung von Trias ging ihm die Sache trotzdem durch und durch.

»Könnten die Chinesen den Vertragsabschluss überhaupt noch gefährden?«, fragte der Graf.

»Wenn ich das wüsste. Unser Sicherheitsdienst wird noch aufmerksamer hinsehen. Es wird nicht schaden herauszufinden, ob in meinem Quartier ein Maulwurf sitzt.« Spread machte eine Pause, die er mit Schwarzbier füllte.

»Zur FIES gehören Tausende Mitglieder. Wie wollen Sie *den* aufspüren?«, fragte Sprock mit dünner Stimme.

»Von Trias wissen nur sehr wenige«, sagte Spread lächelnd. »Ich halte es mit meinen Informationen wie mit dem Bau eines modernen Öltankers. Der gesamte Laderaum wird von einzelnen Laderäumen unterteilt und abgeschottet, um im Falle eines Kenterns nicht die gesamte Ladung zu verlieren.«

»Sehr kluge Strategie, die aber nichts nützt, sobald man einen Verräter an Bord hat.«

»Alle Besprechungen, Memoranden und der juristische Geschäftsverkehr zu diesem Vertrag laufen über meine Firma, die *Autumn Leaves Incorporated.* Und das sind gerade mal acht Personen.«

»Dort sollten Sie anfangen, nach einem möglichen Spion zu suchen«, befand der Graf.

»Vielleicht haben Sie recht«, antwortete Spread knapp. »Jedenfalls gibt es mehr Störungen, als ich mir jemals hätte vorstellen können«, fuhr er fort. »Es sind zwei Unterhändler gestorben. Das sind zwei Tote zu viel. Vor allem schmerzt mich der Tod unseres Kameraden Rumpf. Er war nicht nur für unsere Organisation sehr wichtig. Wir haben schließlich nicht bloß einen klugen, politischen Kopf und einen Mann mit großem Einfluss auf die deutsche Bundesregierung verloren. Ihn in unseren Reihen gewusst zu haben, hat mich doch immer mit Genugtuung erfüllt.«

Graf Sprock sah ihn kalt an.

»Große Ideen verlangen ihre Opfer, das brauche ich Ihnen nicht zu sagen. Wir haben im Krieg Millionen guter deutscher Soldaten verloren. Weder Amerika noch die Briten, Franzosen oder Russen haben den Opfern auf deutscher Seite eine Träne nachgeweint. Und nach dem Krieg? Deutschland musste wieder bluten, wurde von den Alliierten ausgeschlachtet, ausgeraubt, erpresst. Was war in den Jahren danach? Mit Erfindung der Europäischen Gemeinschaft und später der Europäischen Union blutete Deutschland erneut aus. Es ist endlich an der Zeit, dass die Nationalkonservativen durchgreifen. Ich sehe Deutschland als Nationalstaat stark gefährdet. Die Gleichmacherei der EU, die Anbiederung an Osteuropa, das kotzt einen alles an …« Sprock erstickte seinen Adrenalinschub mit mehreren Schlucken Schwarzbier, bevor er weitersprach. »Wenn wir nicht die Macht übernehmen, werden es die Bürokraten in Brüssel tun, und Deutschland wird bald aufhören, als Einheit zu existieren. Seit Jahrzehnten erpresst uns die Welt mit einer Schuld, die mehr als siebzig Jahre zurückliegt. Und Amerika und Russland werden uns, ohne es zu ahnen, mittels Trias helfen, zur alten Stärke zurückzukehren.«

Spread hatte mit leuchtenden Augen zugehört. Auch sein Glas war jetzt fast leer. Sprock übernahm die Regie, schnippte großspurig mit den Fingern, der Kellner blickte irritiert. Er bestellte erneut zwei doppelstöckige Slivovic. Sie nickten einander zu und stürzten den hochprozentigen Schnaps in zwei Schlucken herunter. Sprock fühlte sich beschwipst. Er schlug eine kämpferische Tonart an.

»Wir werden der Welt zeigen, was es bedeutet, Deutschland die Ehre genommen zu haben! Die Zuwendungen meines Vaters und der anderen Kameraden an die Weißen Ritter sollen nicht umsonst gewesen sein.«

»Wie weit ist denn Operation Morgenrot?« Spread hatte den Schnaps besser vertragen.

»Die Lieferung ist eingegangen. Muss aber noch für den Einsatz präpariert werden. Ich hoffe, der Präsident erscheint, wie geplant, persönlich in Marienstrand.« Der Graf beugte sich zu Spread hinüber, er flüsterte jetzt fast.

»Was wir vorhaben, könnte uns für immer hinter Gitter bringen. Wir müssen also sehr vorsichtig operieren. Die Zuwendungen unserer Kameradschaft einschließlich der Millionen meines Vaters dürfen nicht umsonst gewesen sein.«

Spread nickte zustimmend. Er hatte den warnenden Unterton registriert. Sprock sah jetzt sehr entschlossen aus. »Wir haben unseren Vätern versprochen, das Vermächtnis zu erfüllen. Wir werden unser Wort nicht brechen. Auf meinen Vater Maximilian, auf Ihren leider so früh verstorbenen Vater Heinrich!«

Spread und Sprock saßen noch bis weit nach Mitternacht zusammen, tranken Slivovic und Bier und sprachen über Marienstrand, ihre Väter und die Details ihres perfiden Plans. Die Rächer von einst hatten nun endgültig ihre Boten gefunden.

3

Prag,
BKA-Residentur,
am nächsten Morgen, 09:11 Uhr

Croys Stimmung war nicht die beste. Er war auf dem Weg in die Prager BKA-Residentur gewesen, als ihn ein Anruf Kaltenborns erreicht hatte, der ihn in seinen Vorbereitungen für die Vernichtung des Sprengstoffs in Semtin bremste.

»Warten Sie noch ab«, hatte er gesagt. »Machen Sie es in drei Tagen. Sie wissen doch, dass ein Freitag der beste Tag der Woche für so eine Aktion ist.« Croy hatte zunächst protestiert. Kaltenborn aber war hart geblieben und hatte ihm eines der Mantra der Agentenausbildung vorgebetet:

»Angestellte, Arbeiter und Manager sind am Ende der Woche nicht mehr so aufmerksam wie zu ihrem Beginn am Montag; Büros sind meist ab dem späten Nachmittag verwaist und damit ungehinderter zugänglich. Und die Bewegung eines Agenten auf Straßen und Plätzen wird durch die betriebsame Geschäftigkeit an einem Freitag erleichtert: Restaurants und Geschäfte sind belebter als an anderen Tagen, die Straßen stärker befahren. Es ist also nur zu Ihrem Schutz, Markus.«

Croy hatte Kaltenborn innerlich recht gegeben; dennoch brannte ihm die Operation unter den Nägeln. Er war nur noch ein paar Schritte von Beckers Office entfernt. Heute spielten keine Jungen mit Kronenstücken um den Sieg. Die Straße war beinahe menschenleer. Das schlechte Wetter lud nicht einmal Touristen zum Shoppen ein.

In der oberen Etage der BKA-Residentur traf Markus Croy

auf eine frisch gerougte Jana Haintlova, die sich die Wimpern getuscht und ein paar silberne Ohrringe angehängt hatte.

»Gut sehen Sie heute wieder aus.« Croy strahlte sie an. Er genoss den Anblick ihrer sich rötenden Gesichtshaut.

Instinktiv zog sie ihren Rock glatt. Croy lächelte fein.

Sie lächelte zaghaft zurück.

Croy öffnete die Tür zu Beckers Büro und verschloss sie leise hinter sich.

Der BKA-Verbindungsmann war nicht allein.

»Darf ich Ihnen Inspektor Malik vorstellen? Er ist tschechischer Kommissar beim amerikanischen FBI in Prag. Er ermittelt wegen des Angriffs auf Sie am Flughafen letzte Woche. – Möchten Sie Kaffee?« Becker trug heute eine Krawatte mit gelben und roten Punkten zu einem schwarz-weiß gestreiften Anzug.

Croy kam sich in seiner braunen Lederjacke, dem beigefarbenen Rollkragenpullover, blauen Jeans und braunen Lederschuhen etwas unangezogen vor. Auch Jiri Malik hatte einen Anzug an. Doch seine Krawatte war dezenter. Er war für einen FBI-Agenten ziemlich klein, hatte eine schiefe Nase und kaum sichtbare Lippen. Sein Kugelkopf war kurz rasiert, so, wie viele Tschechen gern ihr Haar trugen.

Sie gaben sich die Hand. Malik kam gleich zur Sache.

»Kovarik ist leider entkommen. Er muss Wind von unseren Ermittlungen bekommen haben«, sagte er in fließendem Deutsch.

»Das ist sehr ärgerlich, Herr Malik.« In Croy stieg Wut hoch. Reizbarkeit war eine seiner schwachen Charaktereigenschaften.

»Ich weiß«, sagte der Inspektor betrübt. »Aber Herr Becker hat mich darüber informiert, wonach Sie suchen.«

»Wonach suche ich denn?«, schnappte Croy. Malik blieb ruhig.

»Wie wir alle wissen, wird heute Abend der Chef des Federal Institute for Energy Sources einen Vortrag halten. Das Thema des Treffens der tschechischen Sektion des FIES mit amerikanischen Abgesandten ist aber zweitrangig. Wir glauben, dass der Mann aus einem anderen Grund hier ist.«

»Wie kommen Sie darauf?« Croy hatte sich wieder im Griff.

»Wir haben ihn beschatten lassen. Schließlich steht immer noch der kürzlich verstorbene Stefan Rumpf auf der Gastrednerliste. Grund genug, uns Spread näher anzusehen. Spread hat sich im Prager Stadtteil Mala Strana mit einem Mann getroffen, über den das FBI schon Mitte der Neunzigerjahre ein Dossier anlegte. Paul Graf Sprock. Aktiver Unterstützer der europaweiten Neonazi-Szene und Gründer des Netzwerks White Knights – die Weißen Ritter. Beide redeten mehr als fünf Stunden bei tschechischem Bier und Schnaps miteinander.«

»Und worüber sprachen sie?«, fragte Croy beiläufig.

Malik sah ihn irritiert an. »Wir hatten keine Richtmikrofone …« Er hüstelte verlegen.

»Halten Sie dieses Vorgehen für professionell, Herr Malik?« Croys Laune war endgültig im Keller. »Da sitzen zwei Schlüsselfiguren wie auf dem Präsentierteller, und das FBI dreht Däumchen, anstatt die Ohren auf Lauschen zu stellen?« Croy blickte böse, Malik betreten und Becker aus dem Fenster.

»Sind Sie nun fertig, und darf *ich* nun wieder reden?«, warf der Tscheche ein. Croy blinzelte ihn immer noch verstimmt an.

»Es könnte also sein, dass das FIES nicht nur von der Beratung der amerikanischen Regierung lebt, sondern auch Terroristen aus dem rechten Spektrum unterstützt.« Malik hasste Jobs, in denen er sich mit Neonazis auseinanderzusetzen hatte. Er war immer auf das Äußerste gefasst. Erst kürzlich war am Abend eine Hundertschaft tschechischer Neonazis am Wenzelsplatz aufgetaucht, dem Herzstück Prags. Sie waren aus den nördlichen Straßen und vom Süden mit heiseren Rufen dort angekommen, hatten mit ihrem Geschrei, Hakenkreuzfahnen und braunen Armbinden amerikanische Touristen erschreckt und waren kurze Zeit später vor den Mannschaftswagen der Polizei geflohen.

Becker und Croy sahen einander vielsagend an. Beim BKA war die deutsche Neonazi-Szene lange genug beobachtet worden. Es war gefährlich, den Amerikanern weiteres Territorium bei eigenen Ermittlungen zu überlassen. Deutschland konnte diplomatische Interventionen oder Leitartikel in einflussreichen US-Publikationen über aktuelle Bedrohungen von rechts nicht gebrauchen.

»Lieber Herr Malik«, sagte Croy jetzt in salbungsvollem Ton, »ich kann ja verstehen, wenn Sie und das FBI darin eine beunruhigende Entwicklung sehen. Ich schlage dennoch vor, dass wir uns von deutscher Seite der Sache annehmen.« Er sah mit festem Blick auf den tschechischen Inspektor. Der wich nicht zurück, nur sein Kugelkopf schwitzte leicht.

»Tun Sie das, Herr Croy. Aber vergessen Sie nicht, dass Sie auf tschechischem Gebiet operieren. Selbst wenn Sie hier als Sonderermittler tätig sind, werden wir, wenn nötig, zur Stelle sein und beherzt eingreifen.«

Malik stand auf und hob zum Abschied nur lahm die Hand.

Die leicht frostige Atmosphäre taute erst auf, als Becker und Croy wieder unter sich waren.

»Beobachten Sie Sprock und verhaften Sie ihn wegen Volksverhetzung, wenn's sein muss«, empfahl Becker mitleidlos. »Ich werde von hier aus recherchieren und Kaltenborn von der neuen Entwicklung informieren.«

Croy war Beckers Meinung. Weder dieses noch ein anderes Land brauchte braune Helden.

Becker sagte »Adieu!« und griff zum Telefon.

4

Prag-Altstadt,
Hotel Mala Strana,
am Nachmittag

Thomas Gordon Spread verbrachte beinahe den ganzen Tag in seinem Zimmer im Hotel *Mala Strana*. Zunächst las er sein Vortragsmanuskript und unterstrich die Betonungsstellen. Für 16 Uhr 30 bestellte er eine Masseuse auf sein Zimmer. Das Arrangement aus Massage und körperlicher Zuwendung würde ihn 150 Euro kosten. Ein wahrhaft köstliches Schnäppchen, dachte er.

Auf dem gleichen Flur, nur zwei Zimmer weiter, war Graf Sprock untergekommen. Beide hatten ausgemacht, dass sie sich erst zum Vortrag und danach zu einem Late Night Dinner treffen wollten. Sprock verbrachte den Tag mit einem Sightseeing in der Stadt. Diskret folgten ihm zwei Männer des tschechischen FBI-Büros.

Spreads Buchhalter und chinesischer Agent Alister Hu McCann war am Morgen in Prag eingetroffen. Ling Yu hatte ihren Auftrag, Spread zu töten, unmissverständlich formuliert. McCann war lange unschlüssig gewesen, wie er ohne großes Aufsehen einen Mann töten könnte, der ihn nicht nur gut kannte, sondern der höchstwahrscheinlich ständig von Leuten umgeben war. Ihm erschien ein Saal mit vielen Menschen zwar als gute Möglichkeit, weil er schnell untertauchen konnte; andererseits bestünde die Gefahr, dass Spread ihn erkannte oder jemand seine Waffe sah, bevor er abdrückte und sein Opfer entkam.

Und mitten auf der Straße? Ihm entgegengehen und ihm

mit dem vom Jackett verdeckten Revolver direkt eine Kugel verpassen? Ein Mann, der plötzlich tot umfiel und aus dem eine Menge Blut floss, war für Gaffer das perfekte Schauspiel. Zu viel Aufsehen, entschied er. Er war zwar ein Profi; doch einen Menschen zu töten, der ihn sehr gut kannte, das machte auch er zum ersten Mal.

Als McCann auf einer Litfasssäule las, dass in Prag die *Easteuropean Gulf Open* stattfanden, wusste er, wie er seinen Chef töten würde. Er mietete sich für zwei Nächte unter dem Namen Michael Hayden im Hotel *Mala Strana* ein. Sodann kaufte er eine Golfausrüstung mit einem 9er-Schläger, hielt ein auffällig langes Schwätzchen mit dem Portier am Empfang, wobei er eine hohe Dollarnote sehen ließ, und gab danach nochmals eine Menge Geld für Dienstbotenbekleidung im Stile des Hotels in einem Hotellerie-Konfektionsgeschäft aus.

Er wartete bis zum Nachmittag. Sein Rückflug ging bereits um 19 Uhr 05. Dass Michael Hayden offiziell zwei Tage blieb, war Teil seines Planes.

Just um 16 Uhr 25 nahm er den Telefonhörer zur Hand, wählte die Nummer von Spreads Zimmer und hielt zwei Finger auf seinen Kehlkopf gedrückt. Seine Stimme klang jetzt heiser und dumpf. Er meldete sich mit dem Namen Hayden, entschuldigte sich für die Störung und fragte, ob er denn bei seinem Golfpartner richtig sei. Der Angerufene verneinte und sagte, er müsse sich im Zimmer geirrt haben. McCann alias Hayden verwickelte Spread in ein kurzes Gespräch.

Spread war genervt. Gleich würde seine Masseuse erscheinen, die er sehnsüchtig erwartete. Um den Fremden abzuwimmeln, ließ er sich auf den Small Talk ein. Hayden hatte sein Ziel erreicht und fragte ihn schließlich, ob er von Prag auch so begeistert sei wie er. Als Spread erzählte, er bekäme gleich eine Massage und »ein bisschen mehr«, lachte Hayden.

»Wie viel Haut bekommt man denn für eine Handvoll Dollars?«

»Immerhin eine halbe Stunde«, prahlte Spread. Hayden wünschte gute Erholung und legte auf. Er klebte sich einen Oberlippenbart und hauchdünne, hautfarbene Gummiplättchen auf die Wangen, überpuderte sein Gesicht und sah in den Spiegel. Nun sah er aus wie ein schmieriger Hemdenverkäufer bei Woolworth. Er wartete noch etwa zwanzig Minuten. Als eine halbe Stunde beinahe vorbei war, plünderte er seine Minibar und postierte sich mit einem Tablett, zwei Gläsern und einer Flasche Champagner in seiner Dienstbotenkleidung in der Nähe des Zielzimmers. Seinen 9er-Golfschläger versteckte er hinter einem Vorhang des Etagenfensters. Nach seiner Rechnung musste die Masseuse demnächst aus dem Zimmer Spreads kommen. Nur zwei Minuten später öffnete sich tatsächlich Spreads Zimmertür, und heraus trat eine junge, vollbusige Tschechin, die eine Massagebank unter einem Arm trug und sich mit der freien Hand den Rock glatt strich. Sobald die Frau verschwunden war, klemmte McCann sich seinen Golfschläger unter den Arm, balancierte das Tablett auf einer Hand und klopfte an die Tür.

Er hörte ein deutliches »Just a moment«. Einen Augenblick später öffnete sich die Tür. McCann stieß mit dem Fuß dagegen. Sein Gegenüber wich erschrocken zurück. Mit dem Hacken schlug er sie schnell wieder hinter sich zu, feuerte im selben Moment das Tablett mit den Gläsern und der schweren Champagnerflasche direkt in Spreads Gesicht. Die Geräusche von klirrendem Glas hallten an der Wand wider.

Spread strauchelte und fiel mit schmerzverzerrtem Gesicht zu Boden. Er blutete aus Nase und Mund. Der Halbchinese verriegelte die Zimmertür und steckte den Schlüssel ein.

»Stehen Sie auf, Mister Spread!« McCann hielt den Golfschläger lässig in der rechten Hand. Der Amerikaner blickte ihn betäubt vor Schmerz an, erkannte ihn jedoch nicht. McCann registrierte, wie Spread nach dem Telefon schielte, das nur einen Schritt weit von ihm auf einer Konsole stand. Der Chinese riss das Kabel mit einem Ruck aus der Wand.

»Was tun Sie da? Was wollen Sie von mir?« Spreads Hände verkrampften sich zu Fäusten, das Haar klebte feucht und blutverklebt an seiner Stirn. Er war unfähig, sich zu erheben.

McCann machte einen Schritt auf ihn zu.

»Ich bin aus New York«, sagte er in einem merkwürdig mechanischen, beinahe roboterhaften Ton. »Extra hierher gereist, um Sie zu treffen. Sie sind Thomas Gordon Spread, und ich habe den Auftrag, Sie zu töten. Das Beste wäre, Sie ergeben sich Ihrem Schicksal. So geht es am schnellsten, und Ihre innere Qual ist nur von kurzer Dauer.« McCanns Gesicht hatte sich, während er sprach, nicht einen Millimeter verändert. Die Sätze, die er gesagt hatte, glichen beinahe genau denen, die er jüngst in einem Kung-Fu-Film gehört hatte.

»Sind Sie krank?«, fragte Spread etwas gefasster. »Haben Sie psychische Probleme? Sie klingen, als müsste man Sie umgehend in eine Anstalt einweisen.« Er versuchte, auf die Beine zu kommen. So einem Idioten, dachte er jetzt, bin ich noch nie begegnet.

McCanns Gesichtsausdruck veränderte sich. Spread blickte in einen aufgerissenen Mund und wütend blitzende Augen. Er sah, wie beide Arme des New Yorkers weit ausholten, den Schläger dabei mit beiden Händen fest umklammert. Instinktiv bedeckte er mit den Händen sein Gesicht, bevor das Schlageisen auf ihn zuraste. Millisekundenbruchteile lang durcheilte ihn die fürchterliche Angst vor barbarischen Schmerzen und den schrecklichen Folgen für seinen Kopf. Und dann spürte er einen messerscharfen Blitz, der wie mit Lichtgeschwindigkeit durch seine Ohren in die Fingerspitzen, die Arme hoch und in seinen Bauch zum Hirn jagte. Er bekam keine Luft mehr. Der Schmerzschock verkrampfte seine Atemmuskeln. Er spürte, wie er kollabierte. Tausend dunkle Farben, jede anders in ihrer Schattierung, legten sich über seine Sinne. Von sehr weit weg war ihm, als drehe jemand seinen Körper. Er nahm wahr, wie sein Rückgrat von einer schweren Last durchgedrückt wurde. Als er zu atmen versuchte, war da nichts mehr außer dem Boden, der sich ihm an die Lippen presste.

McCann kniete auf dem Rücken seines Opfers und holte zu seinem letzten Schlag aus. Spread spürte nicht mehr den heißen Fluss seines Blutes, das sich einen Weg durch die Nasenscheidewand, die zerschlagene Stirn und die zerschmetterten Ohren nach außen bahnte. Sein Kopf war auseinandergebrochen. McCann sprang angeekelt auf die Beine, spülte im Bad den Golfschläger und seine Schuhe mit klarem Wasser sauber, entnahm dem Kleiderschrank einen Wäschesack und presste seine blutverspritzte Dienstbotenkleidung hinein. Noch immer Gummihandschuhe über den Fingern, wusch er sich gründlich Gesicht und Hände. Dann öffnete er Spreads Minibar, griff nach dessen Champagnerflasche und verließ, gekleidet in dünne schwarze Leggings und ein weißes T-Shirt mit dem Aufdruck *Easteuropean Golf Open,* schnell den Tatort. Die Tür verriegelte er von außen.

Auf dem Weg in sein eigenes Zimmer grüßte McCann höflich eine Familie, die mit ihren beiden Töchtern auf einen Fahrstuhl wartete. Er machte sich reisefertig, wischte den Golfschläger noch einmal sorgfältig ab und verstaute ihn im Futteral. Dann ergriff er sein schmales Gepäck, packte den Champagner zwischen seine Socken und Unterhemden, zog die Tür zu und hängte ein Schild an die Klinke: *Do not disturb*.

Er zog sich die Golfmütze tief in die Stirn, nahm die Feuertreppe bis ins Tiefgeschoss, schlängelte sich durch die parkenden Autos und erklomm die steile Ausfahrt mit schnellen Schritten. Er winkte nach einem Taxi und fuhr direkt zum Flughafen Prag.

Er hatte noch ein wenig Zeit. Im Abflugterminal öffnete er die Flasche Champagner, setzte sie an und prostete sich selbst zu. Als die Maschine in der Luft war, hatte der Alkohol seinen Kopf leicht vernebelt. Ein Lächeln lag auf seinen Lippen, als ihn die Müdigkeit übermannte und er kurz darauf einschlief.

5

Prag-Zentrum,
Gemeindehaus,
gleicher Tag, 19:55 Uhr

Der Vortragsaal im prunkvollen Prager Gemeindehaus war bis auf den letzten Platz besetzt. Graf Sprock hatte sich auf dem Stuhl niedergelassen, auf dem eine Karte mit seinem Namen lag. Neben ihm saß der Chef der Prager Handelskammer. Vorn auf dem Podest prüfte ein Tontechniker das Mikrofon. Er blies hinein. Das Geräusch, das aus den Lautsprechern kam, erinnerte mit seinem Pfeifen an starken Wind, der durch Türritzen fegt.

Zuhörer unterhielten sich, ein paar Menschen husteten, andere wedelten sich mit der Einladungskarte Luft zu. Der Raum war stark überheizt. Von den Decken hingen schwere Leuchter, an den Wänden zeigten längst verstorbene Honoratioren ihre Konterfeis. Es war kurz vor 20 Uhr. Sprock schüttelte sein Handgelenk. Das Armband seiner *Donna Karan Watch* drückte. Er wandte sich um. Die Dolmetscher saßen in ihren Kabinen, blickten unbeteiligt auf die Kulisse des Saales.

An der hinteren Eingangstür stand ein mittelgroß gewachsener Mann mit längeren blonden Haaren, brauner Wildlederjacke und Bluejeans. Er bewegte seinen Kopf mal nach links, mal nach rechts.

Um 20 Uhr 10 schwappten erste Unruhegeräusche durch den Saal, die stetig anschwollen. Nach etwa zwanzig Minuten war Spread immer noch nicht auf der Bühne erschienen. Das Podest mit dem Mikrofon stand verwaist und still. Graf Sprock erhob sich und ging langsam hinter den Bühnenraum. Der Mann mit den halblangen blonden Haaren folgte ihm in sicherem Abstand.

Die Garderobe und der sich anschließende schmale Gang waren unbeleuchtet, Tische und Stühle standen da wie nie benutzt. Wo er Spread die ganze Zeit vermutet hatte, das letzte Mal seinen Vortragstext lesend, war anscheinend gar niemand gewesen. Sprock sah einen älteren Herrn am Ende des Ganges stehen, der in einer ihm fremden Sprache in sein Funktelefon hineinredete. Sprock verstand kein Wort. Er ging auf ihn zu, zeigte mit dem Finger auf Spreads Namen auf der Rednerliste der Einladung und machte ein fragendes Gesicht. Doch der Mann zuckte nur mit den Schultern.

Als er sich abwendete, sah er den blonden Fremden die Garderobe betreten. Sprock ging an dem Raum schnell vorbei.

Er verließ den Gemeindesaal mit einem merkwürdigen Gefühl. Etwas stimmte nicht, das war ihm klar. Doch was? Spread brauchte dieses Publikum, es waren Sympathisanten und Geldgeber des FIES. Er dachte scharf nach. Was hier geschah, konnte unmöglich Spreads Schuld sein. Vor der Tür rief er nach einem Taxi. Seinen Verfolger bemerkte er nicht.

Sprock fuhr zum Hotel *Mala Strana*, stieg in der vierten Etage aus dem Fahrstuhl und klopfte an Spreads Tür. Für ihn unsichtbar, drückte sich ein Mann dicht an die Ecke des Ganges auf derselben Etage. Sprock klopfte ein weiteres Mal. Keine Reaktion. Er rief Spreads Namen, horchte. Dann drückte er die Klinke hinunter. Verschlossen. Er sah durch das Schlüsselloch. Das Zimmer war zu dunkel, um etwas zu entdecken. Und dann nahm seine Nase einen üblen Geruch wahr, der ihn auf der Stelle ekelte. Sprocks Nervosität stieg. War Spread etwas zugestoßen?

Er nahm die Treppe, eilte zum Portier und redete aufgeregt auf ihn ein.

Der Anblick von Spreads Leiche war fürchterlich, der Gestank in dem Zimmer bestialisch. Zwei Angestellte mit dem Zweitschlüssel und Sprock hielten sich Stoffservietten vor die Nasen. Der Fremde aus dem Gemeindesaal war hinzugekommen und stand jetzt dicht hinter Sprock. Das Hirn von Spread war vollständig ausgetreten, die verletzte Halsschlagader hatte so viel Blut freigegeben, dass dessen Gesicht in einer roten Pfütze lag. Einer der Angestellten rief über sein Funktelefon die Polizei. Sprock war jetzt nicht mehr nur geschockt, er war *richtig aus dem Häuschen.*

Er gestikulierte mit den Händen, redete auf den Angestellten ein. Dabei zeigte er immer wieder auf den Toten.

Als ihm jemand auf die Schulter tippte, fuhr er erschrocken herum. Sprock sah in ein Gesicht, das ihm irgendwoher bekannt vorkam. Der Mann musterte ihn mit seinen auffällig blauen Augen.

»Mein Name ist Croy. Deutsches Bundeskriminalamt. Darf ich wissen, wer Sie sind und was Sie in diesem Hotelzimmer machen?«

»Ich … ich … kenne diesen Mann«, stotterte Sprock, alle Vorsicht vergessend.

»Ich muss Sie bitten, mich zu begleiten«, sagte Croy und

starrte ihm unerbittlich ins Gesicht. Sprock entschied, folgsam zu sein.

FBI-Inspektor Malik bestand darauf, beim Verhör von Sprock dabei zu sein. Croy war es recht. Die tschechischen Behörden würden dem BKA die Arbeit abnehmen, wenn sie den gewaltsamen Tod Spreads aufklären halfen.

»Dies ist und bleibt dennoch ein deutscher Fall, Herr Malik. Aber das brauche ich Ihnen ja eigentlich nicht zu sagen.« Malik nickte daraufhin leichthin und verzog seinen Mund zu einer Art Schnute. Nach Croys Ansicht ließen der Tod Stefan Rumpfs, ein dubioser Billionen-Dollar-Vertrag mit deutscher Beteiligung und ein bevorstehender G8-Gipfel im deutschen Marienstrand eine andere Bewertung gar nicht zu. Und sollte sich herausstellen, dass Spreads Tod mit Trias im Zusammenhang stand, wovon er mittlerweile fast überzeugt war, würde er auf Maliks und damit die tschechischen Befindlichkeiten keine Rücksicht nehmen.

Als die amerikanische Botschaft vom Tod Spreads und dessen Umständen erfuhr, gab sich der Konsul äußerst betroffen. Er selbst war Mitglied des FIES und hatte in Reihe 2 des Gemeindesaals gesessen. Er versprach den tschechischen Behörden, sich höchstpersönlich um die Überführung des Leichnams in die USA zu kümmern.

Inzwischen sicherten Beamte der Prager Kriminalpolizei Spuren am Tatort, fotografierten die Leiche und sperrten das Hotelzimmer für die kommenden Tage ab. Spreads Leichnam wurde zunächst in die Pathologie des Prager Universitätsklinikums überführt und landete kurz danach in einem Sack verschnürt im Kühlraum des dortigen Leichenkellers.

6

**Prag-Letna,
Polizeipräsidium,
kurze Zeit später**

Der Raum im Prager Polizeipräsidium, das dem Innenministerium angegliedert war, strahlte Kühle aus. Er war weiß getüncht, die Wände aus Beton. An den oberen Ecken der vier Wände hingen Kameras, die auf den einfachen Holztisch mit den drei Stühlen gerichtet waren. Vom vergitterten Fenster aus sah man auf den Letna-Park, in dem sich auch das Restaurant *Letensky Zamecek* befand, in dem Sprock und Spread am Abend zuvor noch Bier und Schnaps getrunken und über ihre großen Pläne debattiert hatten.

Sprock saß auf einem der Stühle und zitterte. Niemals zuvor hatte er sich in einer derartigen Situation befunden. Er war es gewohnt, das große Wort zu führen, Menschen vor sich zu haben, die ihm an den Lippen hingen, ihm folgten. Der tschechische FBI-Mann Malik und Markus Croy standen nebeneinander und sahen kalt auf ihn hinab.

»Woher kennen Sie Mister Spread? Wie stehen Sie zu ihm?«, fragte Malik. Seine schiefe Nase zeigte glatt an Sprock vorbei. Der brauchte einen Moment.

»Wir lernten uns bei einem Symposium amerikanischer Wissenschaftler zur pflanzlichen Gentechnologie kennen«, log der Düngemittelfabrikant. Seine Stimme war so tonlos wie Staub. »Ist aber schon ein paar Jahre her. Dazwischen trafen wir uns immer mal wieder am Rande von Veranstaltungen.«

»Und Sie hatten eine Einladung für heute Abend?«, fragte Malik ernst. Sprock bejahte und zeigte seine Einladungskarte.

»Und wie sollte es dann weitergehen? Kleiner Nachtplausch oder wie?« Malik klang jetzt quengelig.

»Ich plante wegen Spread sogar einen Tag länger zu bleiben. Wir wollten ins Tschechische Nationalmuseum.«

»Soso«, sagte Malik. Croy scharrte mit den Schuhen. Das war ihm alles zu seicht. Zu nichtssagend. Zu lau. Er übernahm kurzerhand das Gespräch.

»Herr Sprock, auf der Einladungsliste steht der Name Stefan Rumpf. Bedauerlicherweise kam er vor knapp zwei Wochen bei einem Attentat ums Leben. Sie haben sicher davon gehört oder gelesen. Kannten Sie ihn?« Croy sah ihn lauernd an.

Ihm schien, als denke Sprock ein bisschen zu lange nach, bevor er endlich wieder sprach.

»Natürlich, stand ja in allen Zeitungen«, sagte Sprock schließlich. »Mit Staatssekretären habe ich aber nicht so viel zu tun.«

»Eigentümlich, dabei arbeitete Rumpf eng mit Spread zusammen.« Croy setzte schnell nach: »Wie gut kannten Sie Spread?«

Sprock antwortete nun entschlossen: »Ich kenne ihn als Hansdampf in allen Gassen. Heute in New York, morgen in Los Angeles, übermorgen in Amsterdam oder Berlin. Als Senior Fellow bei dem FIES bleibt ... Entschuldigung, *blieb* ihm kaum Zeit für ein längeres Gespräch über sich und seine Vorhaben. Ich habe ihn einmal in seinem Büro in Manhattan besucht. Und sonst ...«

Bevor Croy nachhaken konnte, mischte sich Malik ein.

»Mister Sprock, wer, glauben Sie, wäre zu so einer brutalen Tat fähig? Jemand, der mit einem Schlagwerkzeug ein Zeichen setzen wollte, das jeder sehen sollte?«

Sprock zuckte mit den Schultern. »Wer einen Job wie Spread macht, hat ganz sicher Feinde. Immerhin gehören der

Organisation mehr als 6000 Mitglieder an, die weltweit miteinander vernetzt sind. Seine Auftraggeber saßen ja nicht nur im amerikanischen Kongress.«

»Das wissen wir alles, Sprock.« Croys Stimme war jetzt so scharf wie eine frisch geschliffene Axt. »Aber über *Sie*, Graf, wissen wir noch nichts. Dass Sie zufälligerweise zum Tatzeitpunkt im Gemeindehaus saßen, heißt noch lange nicht, dass Sie nichts mit Spreads Tod zu tun haben. Sie sind als aktiver Unterstützer der europaweiten Rechtsextremisten-Szene aufgefallen. Dass Nazis in der Lage gewesen wären beziehungsweise sind, einen solchen Mordanschlag auszuführen, zeigt der jüngste Bombenanschlag auf die Pariser Oper und die europaweiten Angriffe auf farbige Ausländer. Ihre Klientel in den USA, aber auch in Europa nimmt für Ihre Ideologie und den Fanatismus eine große Anzahl *ziviler* Opfer in Kauf. Störte Spread Ihre Aktivitäten?«

Sprock schluckte. Croy und Malik hatten bisher vor ihrem Gast gestanden. Jetzt setzten sie sich und rückten mit ihren Stühlen ganz dicht an ihn heran.

»Was sagen Sie dazu?«, drängte Malik scharf.

Sprock schob das Kinn nach vorn. Er ähnelte mit seiner stark nach unten gebogenen Nase einem Raubvogel, der dringend Beute brauchte.

»Ich könnte Ihnen jetzt mit dem Satz kommen, dass ich ohne einen Anwalt nichts mehr sage. Aber da ich nichts zu verbergen habe, nur so viel: Meine Freizeit verbringe ich, wie ich es für richtig halte. Ich habe mir nie etwas zuschulden kommen lassen oder war an irgendeiner Straftat beteiligt, von der Sie gerade sprachen. Und im Übrigen …«, jetzt beugte er sich seinerseits zu den Ermittlern vor, »stehe ich keiner Organisation nahe, die in Deutschland, Europa oder den USA verboten ist.«

Croy sah mit einem gewissen Blick auf Malik. Der hatte

verstanden, nickte, verließ den Raum und betrat ein Nebengelass. Er schaltete die Kameras ab und die Lautsprecher auf laut. Dann stellte er ein Tonbandgerät auf *Record* und wartete.

Sprock und Croy sahen aneinander vorbei. Der Ermittler blickte aus dem Fenster. Blätterlose Zweige schaukelten an Ästen im Rhythmus des scharfen Dezemberwindes. Sprocks Augen wanderten über die rissige Tischplatte zur Wand. Sie war mit Flecken erschlagenen Ungeziefers übersät. Spreads zerschlagener Kopf ging ihm nicht aus dem Kopf. Sie hatten nicht nur ihre Überzeugungen miteinander geteilt, sondern auch ihr größtes Geheimnis. Ihre Väter waren enge Freunde gewesen und hatten Seite an Seite gekämpft. Der Verlust Spreads war nicht nur ein herber Schlag und ein emotionaler Schock. Er war eine Katastrophe.

So saßen sie eine ganze Weile lang.

Aus den Augenwinkeln beobachtete Croy sein Gegenüber. Die Falten um Sprocks Mund waren keine Hinterlassenschaft vielen Lachens. Sie zogen sich von der Nasenpartie kommend nach unten. Dadurch zeichneten sie sein Gesicht aggressiv, aber auch vergrämt.

Croy stellte sich den Gedankenalarm vor, der jetzt in Sprocks Kopf herrschen musste. Er fragte sich, was den Amerikaner mit dem Deutschen verbunden hatte. Wie radikal waren sie? Sieht so jemand aus, der für seine Überzeugungen töten würde?

Er dachte aber auch an seine Mission in Semtin.

»Sie haben Chemie studiert?«, fragte Croy beinahe nett.

Sprock, der in eine Art Ruhezustand verfallen war, wachte so langsam auf wie ein Computer, dessen Bildschirm sich abgeschaltet hatte.

Dann nickte er. »Chemie, Biologie, ein bisschen Volkswirtschaft.«

»Ihr Vater heißt Maximilian. Ist das richtig?«

Sprock schien überrascht. »Er ist schon sehr alt. Macht wohl nicht mehr lange.«

»Graaaaf Sprooock.« Croy zog den Namen so lang, als verkoste er den ersten Schluck eines unbekannten Weins. Er drückte seinen Rücken durch. »Mein Kollege Malik ist ein wenig beunruhigt darüber, dass Ihre Spuren in ganz Europa zu finden sind. Wiking Jugend in Deutschland, Front National in Frankreich, Combat 18 in Großbritannien, World Church of the Creator in den USA ... Außerdem schreiben Sie Artikel für die Kampfblätter der Blood- and Honor-Bewegungen in Tschechien, Schweden, Holland ...«

»Ich sagte Ihnen schon«, erwiderte Sprock mit Arroganz in der Stimme, »dass mir nichts vorzuwerfen ist, was strafrechtlich relevant wäre.«

Croy wurde langsam wütend, blieb aber gefasst. Sprock log, was seine Bekanntschaft zu Spread anging, das war klar. Genauso klar schien aber auch zu sein, dass dieses Verhör zu nichts führen würde. Zeitverschwendung, dachte Croy, versuchte es aber trotzdem.

»Die County von New York führt seit 1946 Thomas Gordon Spread und seine mittlerweile verstorbene Mutter als Julius und Magda Franzen. Sie meldeten sich 1946 als Übersiedler in Immigrant Island an und gaben die Verfolgung durch Nationalsozialisten als Gründe an. Seine Mutter benannte Julius in Thomas Gordon um, als er sechs Jahre alt war, gab ihm den Namen ihres künftigen zweiten Ehemanns, eines New Yorker Bankiers. Spreads Vater Heinrich Franzen und Maximilian Graf Sprock waren in einer SS-Kompanie in Ostböhmen stationiert. Vermutlich waren sie sogar befreundet. Ist es also wirklich nur ein Zufall, dass sich die beiden Söhne kennen? Waren Sie nicht in Wahrheit dicke Freunde?« Croys Augen waren eisgrau.

Während der Ausführungen Croys hatte Sprocks linkes Augenlid zu zucken begonnen. Die Linien um seinen Mund stachen jetzt noch härter hervor. Croys Erkenntnisse hatten ihn überrascht und seinen Blutdruck in die Höhe getrieben. Ihm war die Verunsicherung darüber, was Croy womöglich noch alles wusste, deutlich anzusehen. Der Ermittler hatte ins Schwarze getroffen.

»Verstehen Sie doch«, warb Sprock jetzt um Verständnis, »dass man im Angesicht des Todes eines Freundes erst einmal vorsichtig ist mit dem, was man sagt.«

»Wenn man nichts zu verbergen hat, ist Vorsicht eher verdächtig«, konterte Croy. »Was haben Sie zu verbergen?«

Sprock, der sich den Abend gänzlich anders vorgestellt hatte, dachte fieberhaft darüber nach, was er als Nächstes sagen sollte. Er rettete sich mit einer Notlüge. In keinem Falle durfte Marienstrand ins Spiel kommen.

»Richtig ist, dass unsere Väter befreundet waren«, sagte er nach einem kurzen Moment des Schweigens. »Und richtig ist auch, dass wir uns besser kennen, als ich vorhin zugab. Wir unterstützen beide eine Gruppe, die den Namen Weiße Ritter trägt. Sie kümmert sich ausschließlich um die Betreuung ehemaliger Wehrmachtsangehöriger, die auf Grund ihres Alters oder ihres sozialen Umfelds Hilfe brauchen. Eine Art Samariterdienst, wenn Sie verstehen ...«

Croy unterbrach ihn grob lachend. »Eine feine Gesellschaft, in der Sie sich da befinden. Sie schreckt das Blut nicht ab, das an den Händen von Altnazis klebt.«

Sprock gab sich unbeeindruckt. »Sie denken, ich akzeptiere uneingeschränkt, was damals geschah? Da irren Sie sich! Jeder Krieg hat seine widerlichen Begleiterscheinungen. Nehmen Sie die Amerikaner und die unendliche Geschichte von Guantanamo. Das Gefängnis auf Kuba ist auf internationalen Druck kaum geschlossen, da wird schon das nächste Hochsicherheitsgefängnis für Terroristen im von *amnesty international* schwer kontrollierbaren Alaska eröffnet. Was geschah in den drei Golfkriegen, in Afghanistan, in Vietnam und Korea? Das ist doch Staatsterrorismus im Auftrag des Dollars! Eigentlich müssten Sie ein Amerikafeind sein. Sind Sie es?«

»An wen oder was ich glaube, tut überhaupt nichts zur Sache, Sprock. Sie infiltrieren demokratische Gesellschaften mit einer undemokratischen Ideologie. Und darauf steht wenigstens Verurteilung wegen Volksverhetzung. Und ich frage mich, warum Sie noch niemand deswegen am Arsch hatte.« Croy war erregt aufgesprungen und warf Sprock einen wütenden Blick zu.

Sprock lächelte dünn. Er kannte den Grund. Schließlich hatte er einflussreiche Freunde. »Warum machen Sie Ihren Job? Für wen? Für sich? Für eine deutsche Gesellschaft, die an ihrem Wirtschaftssystem langsam krepiert? Bemerken Sie nicht die unheilvolle Spirale, in der wir uns alle drehen? Profit erzeugt den Drang zu mehr Profit. Nehmen Sie die Aktionäre. Sie wollen Gewinne, Gewinne, Gewinne. Es ist ihnen, mit Verlaub, scheißegal, ob dafür Menschen entlassen werden oder eine deutsche Firma ins Ausland geht. Es soll mittlerweile sogar Aktionäre geben, die die Sozialisten wählen, aber Aktien von Rüstungskonzernen kaufen. Machen Sie sich nichts vor: Sie dienen einem faulen System. Und wir Rechtskonservativen sagen: Zuerst die Interessen des Volkes und dann ...«

Bevor Sprock sein Programm herunterbetete, das Croy für so verlogen hielt wie die angeblichen Volkswohltaten des Dritten Reiches, schnitt er ihm das Wort ab.

»Sie wollen wissen, warum ich diesen Job mache? Ich mache ihn, weil ich mir niemals von solchen Lurchen, wie Sie einer sind, erzählen lassen will, was gut und was schlecht ist. Mag sein, dass wir in miesen Zeiten leben, in denen nur gilt, was der Stärkste vermag. Das gilt übrigens auch für das Verbrechen. Es gibt also viel zu tun, um Leute wie Sie in die Schranken zu weisen.«

Beide schwiegen jetzt. Croy ärgerte sich, dass er sich hatte provozieren lassen. »Warum waren Sie wirklich in Prag?«, fragte er. »Was hatten Sie gestern Abend im Restaurant so Wichtiges mit Spread zu besprechen?« Ihn wurmte die Amateurhaftigkeit Maliks, der keine Abhörtechnik eingesetzt hatte. Er rechnete nicht damit, dass Sprock mehr preisgab, als ihm nützte. Doch dann sagte Sprock etwas, das ihn aufhorchen ließ.

»Spread sprach davon, dass er ausspioniert und beschattet würde. Angeblich von chinesischen Agenten, von denen es in Washington nur so wimmelt. Ich empfahl ihm, erst mal in seinen eigenen Reihen nach faulen Eiern zu suchen. Damit wollte er auch gleich beginnen, wenn er wieder zurück in Amerika sei.«

»Was denken Sie? Warum sollte Spread Feinde haben?«

»Wir wissen beide, dass mit Entwicklung *dieses Vertrags* dessen Gegner gleich mit geschaffen werden.«

»Ach«, wirbelten Croys Worte hinüber zu Sprock, »wovon reden Sie? Was wissen denn *Sie* von einem angeblichen Vertrag?«

Sprock entgegnete kühl: »Von Spread selbst, er hat mir davon erzählt.«

»Hatte er einen Verdacht? Gab es Menschen in seinem Umfeld, denen er nicht länger traute?«

Sprock hob die Schultern und warf sein Gesicht in Falten. »So detailliert haben wir nicht darüber gesprochen. Es war ja auch nur ein Verdacht. In so einer Position verliert man schnell den Überblick, wer einem wohl gesonnen ist und wer ein Judas sein könnte.« Sprock schwieg und sah blicklos an die leere Wand.

»Nehmen wir an, es gibt wirklich einen solchen Vertrag.

Würden Sie davon nicht außerordentlich profitieren? Sie könnten Ihre Netzwerke stärken, politische Parteien infiltrieren, Gesellschaften unterwandern …«

»Hören Sie auf!«, fuhr ihn Sprock an. »Behalten Sie Ihre Fantasien für sich. Ich weiß nicht, wie oft Sie selbst schon verhört wurden. Angenehm ist das nicht. Schon gar nicht, wenn man einen guten Freund verloren hat.«

»Sie tun mir ja so leid«, ätzte Croy. Er brach das Verhör an dieser Stelle ab. Es gab ein paar Anhaltspunkte, die er weiterverfolgen konnte. Er glaubte nicht, aus Sprock noch Essenzielles herausholen zu können. Mit Inspektor Malik im Nebenraum besprach er das weitere Vorgehen und verließ dann das Polizeipräsidium. Malik würde Sprock entlassen müssen. Vorerst hatten sie gegen ihn nichts in der Hand.

Vor dem Gebäude stauten sich die Autos in Zweierreihen vor einem Tunnel, der den Verkehr unter der Moldau hindurch in die Randbezirke Prags lenkte. Die Luft war stickig von Benzin- und Dieselgasen. Über der goldenen Stadt hing eine Glocke aus schmutzigem Nebel.

In der Pension informierte der Ermittler seinen Vorgesetzten Kaltenborn über Spreads Tod, über Inhalt und Ausgang des Verhörs und bat um eine Untersuchung und Observierung der Kameradschaft der Weißen Ritter. Sprock geriet auf die Liste jener, die man neutralisieren würde, sobald die Beweise ausreichend waren. Außerdem versprach der BKA-Vize eine vorsichtige Recherche über eine mögliche Verwicklung chinesischer Agenten in den Fall. Er dämpfte Croys Erwartungen mit den Worten, dass Peking immer mauere, wenn man die Behörden auf die weltweiten Umtriebe ihrer Konsulatsmitarbeiter ansprach.

Unbemerkt von den Prager Ermittlern und Markus Croy, setzte sich Sprock noch in derselben Nacht aus Prag ab. Er nahm den letzten Vorortzug ins nordöstlich gelegene Reichenberg, fuhr mit einem Taxi in das 50 Kilometer entfernte Gorzelec, den polnischen Teil der Stadt Görlitz. Das Verhör von Croy ging ihm nicht aus dem Kopf. Hatte er zu viel verraten? Doch mit dem Hinweis auf die Chinesen hatte er dem Ermittler Futter gegeben, das dieser auch erwartet hatte. Sprock hielt sich nicht mehr für jung genug, die Strapazen eines Verhörs oder einer Beugehaft durchzustehen. Es war nur von Vorteil, dachte er, wenn die Ermittler die Feinde von Trias jagten. Auch wenn Spread tot war, lebten doch die Denkfabrik und die ihr angeschlossenen Netzwerke wie das der Weißen Ritter weiter. Trias war eine Art Lebensversicherung für die Zukunft. Auch wenn die Vermittlungsprovision nun nicht mehr Spread persönlich erhielt, so floss sie doch auf das Konto seiner Firma *Autumn Leaves Incorporated.* Und da war er schließlich selbst Mitgesellschafter. Dieser Ermittler, dachte Sprock beunruhigt, kann eins und eins zusammenzählen.

Zu Fuß passierte er den deutsch-polnischen Grenzposten, der ihn nur müde durchwinkte. Die Europäische Union hatte mit dem Beitritt der Polen und der Tschechen zum Schengener Abkommen Fakten geschaffen, die vor allem zwielichtigen Gestalten nützlich war.

In Görlitz bestieg der Düngemittelfabrikant erneut ein Taxi und ließ sich zur Freude des Fahrers über die Bundesstraße 115 bis ins etwa einhundert Kilometer entfernte Cottbus kutschieren. Nichts wies mehr daraufhin, dass auf jener Straße, kurz hinter Görlitz, ein Auto mit drei Personen in die Luft gesprengt worden war. Aus der Droschke heraus weckte er seinen Berliner Chauffeur und bestellte ihn auf kürzestem Weg an den Cottbusser Hauptbahnhof. Von dort brachte ihn sein Fahrer in neunzig Minuten über die Bundesautobahn nach Berlin, genauer gesagt in den Stadtteil Zehlendorf. In einer schmalen Straße entlang des Kleinen Wannsees lag auf einem parkähnlichen Grundstück die Familienvilla der Familie Sprock. Der Graf verdunkelte zunächst alle gepanzerten Fenster, zog die Telefonleitung aus der Dose, duschte gründlich und zog sich völlig übermüdet in sein Schlafzimmer zurück. Ihm war klar, dass er ab sofort seine Kräfte schonen musste. Vor ihm lagen anstrengende Tage.

7

**Berlin,
am nächsten Morgen,
4. Dezember, 10:00 Uhr**

Wie immer saß Katja Kirchner in der Morgenkonferenz ihrer in Berlin verlegten Zeitung *Tagespost* neben dem Chef der Lokalredaktion. Der Ablauf des Meetings aller Redakteure und Ressortleiter war ritualisiert. Heute mischten sich auch zwei Volontäre unter die fest angestellten Journalisten. Der Chefredakteur pries oder kritisierte verschiedene Artikel der vorangegangenen Ausgabe, stellte einzelne Autoren heraus oder ging verächtlich über sie hinweg. Seine leitenden Redakteure, gleichzeitig für Leitartikel wie auch für einzelne Ressorts der Innen- und Außenpolitik, Wirtschaft, Feuilleton und Sport verantwortlich, geißelte oder lobte er selten. Sie bekamen in seinen Augen genügend Geld, um ihre Sache ordentlich zu machen. Nach etwa zwanzig Minuten Blattkritik stellten die Ressortleiter die wichtigsten Themen des Tages vor. Wie so häufig ging es um die Splittergewerkschaft ROK, die mittlerweile auf Grund einer Anweisung aus dem Bundeskanzleramt vom Verfassungsschutz beobachtet wurde.

Der Pulverdampf, den sie mit spontanen Demonstrationen

erzeugten, hatte sich wie ein giftiger Nebel über Deutschland gelegt. Das Innenministerium hatte weitere Hundertschaften von Bereitschaftspolizisten an die Ränder der Großstädte ab zweihunderttausend Einwohner verlegt. Innerhalb kurzer Zeit waren nach dem Muster internationaler Schutztruppen kasernenartige Anlagen errichtet worden. Die Observation der Brennpunkte des Auslands stand nun auch für Deutschlands Brandherde Pate. Die Deutsche Linkspartei (DLP) hatte im Deutschen Bundestag vorsorglich Protest eingelegt. Die Chefs der ROK saßen gleichzeitig auch im Vorstand der Partei.

Die Redakteurskonferenz beschloss zügig einen Leitartikel zum Thema »Deutschland im Widerstand«. Nach einer kurzen Diskussion über die politische Richtung des Herzstücks der nächsten Ausgabe ließ sich der Chefredakteur vernehmen. Er war ein Mann von Ende fünfzig mit grauen, glatt geschniegelten Haaren und einer Brille mit Gläsern von daumenstarker Dicke. Er wandte sich direkt an seine beiden Stellvertreter, die Verantwortlichen der Meinungsseite. Er sagte: »Halten Sie es so wie immer: Kommen Sie als Verfasser nach der Schlacht den Feldherrnhügel herunter und erschießen Sie die Verwundeten. Lassen Sie es ordentlich krachen. Links gegen Rechts gegen die Mitte und dann: alle gegen alle. Deutschland im Widerstand heißt vor allem: Kein Stein bleibt auf dem anderen.« Er sah wie ein weiser Uhu durch seine Brille auf die anwesenden Journalisten.

Die Runde blickte begeistert auf ihren Vorsitzenden. Markige Worte wie diese waren der Stoff, von dem hier alle träumten. Schließlich kamen die Redakteure zum entspannten Teil des alltäglichen Treffens: Klatsch und Tratsch aus der Politikerszene.

Es kam nicht selten vor, dass derbe Witze die Runde machten oder Politiker, von der Bundeskanzlerin abwärts, geschmäht wurden. Und genau so oft passierte es, dass nur kurz nach dieser Morgenkonferenz eben jene geschmähten Politiker die Redaktion für Interviews oder Hintergrundgespräche benutzten. Da schloss man Allianzen für den Augenblick: Die Journalisten genossen es, den Mächtigen nahe zu sein, und die Mächtigen waren glücklich, ihre Botschaften nach außen tragen zu können.

Als der Lokalchef an der Reihe war, sorgte er gleich zu Beginn der Vorstellung seiner Themenpalette in der Runde für einige Aufregung.

»Einer unserer Informanten im Berliner Polizeipräsidium ist der Überzeugung, dass ein prominenter Todesfall verheimlicht wird. Wir wollen der Sache heute intensiv nachgehen.«

»Welche Hinweise hat er denn?«, fragte der Chefredakteur, betont desinteressiert. Er führte eine überregionale Zeitung, in der zwar das Lokale seinen Platz haben musste, doch ginge es nach ihm, würde er jetzt gar nicht mehr zuhören. Er hielt das Lokale nicht für die große, weite Welt.

»Auffällig viele Meetings der Berliner Polizeispitze unter Einbeziehung der Chefs aller Mordkommissionen, des Bundeskriminalamts, Bundeskanzleramts und Landesamts für Verfassungsschutz. An Meetings in dieser Besetzung kann sich unser Informant nicht erinnern. Und er ist seit mehr als zwanzig Jahren bei der Berliner Polizei.«

Die anwesenden Redakteure sahen jetzt doch gespannt auf den Lokalchef und den Chefredakteur. Der fummelte am Gestell seiner Brille. Es roch nach einer unglaublichen Story mit Fortsetzungspotenzial. Schon dieses Meeting war vielen eine Nachricht wert. Katja Kirchner kritzelte mit ihrem Füllhalter einen Satz auf einen Zettel und schob ihn zu ihrem Nachbarn, dem Lokalchef. Der sah irritiert auf die Nachricht und sagte dann mit einem leichten Beben in der Stimme: »Kollegin Kirchner aus dem Politikressort regt gerade an, einen gewissen Markus Croy vom Bundeskriminalamt zu kontaktieren. Sagen Sie doch selbst etwas zu diesem Mann, Frau Kirchner.«

Die Journalistin sah entschlossen in die Runde.

»Was ich Ihnen jetzt sage, ist vertraulich und muss deshalb hier im Raum bleiben. Ich schlage vor, dass die Volontäre nun die Konferenz verlassen.« Sie sah um Verständnis bittend auf die Youngsters, die sich vom Fortgang der Konferenz aufregende Minuten versprochen hatten. Der Chefredakteur nickte ihnen unmissverständlich zu. Sie erhoben sich mit säuerlichen Mienen. Einer von ihnen sah enttäuscht zurück. Die Türen schlossen sich.

»Auch wenn meine Recherchen vom BKA nicht bestätigt wurden, so ist doch klar, dass eine wichtige Spur zu den Attentätern nach Prag führt. Die dortigen Ermittlungsbehörden sind offensichtlich sehr viel auskunftsbereiter als ihre deutschen Kollegen. Über eine Informantin der Tageszeitung *Rude Pravo* erfuhr ich, dass der Sonderermittler des BKA – sein Name ist wie bereits erwähnt Markus Croy – auf eine Verschwörung stieß, bei der große Mengen von nicht registriertem Semtex-Sprengstoff eine entscheidende Rolle spielen. Ich bin an einem Punkt angelangt, an dem ich von Berlin aus nicht mehr weiterkomme.« Es war nicht nur der Ehrgeiz, der sie trieb. Sie glaubte, dass auch Prag eine Chance war, den Geheimdienstagenten aus dem Weg zu gehen. Dazu kam ihre Ahnung, dass sie einem Fall auf der Spur war, mit dem man sich die nötigen Meriten verdienen konnte, um in ihrem Job weiterzukommen.

Die Journalisten redeten jetzt wild durcheinander, sie spekulierten und fantasierten.

Der Chefredakteur ließ sie gewähren. Doch schließlich unterbrach sein Bariton mit einem kräftigen »Nun mal langsam!« die Wortgebirge seiner Redakteure. »Ich verstehe ja, dass diese Geschichte nach großer Welt klingt. Vielleicht kann uns ja Frau Kirchner noch ein paar Details schildern.« Er sah sie aufmunternd an. Sie blickte abwehrend zurück.

Nach einer kurzen Pause sagte sie: »Liebe Kollegen, versteht, dass ich der Bitte des Chefredakteurs vorerst nicht nachkommen *kann*. Bevor ich etwas in die Welt rufe, habe ich vorher genau zugehört. Leider bin ich an diesem Punkt noch nicht gewesen.«

Ihr Chef warf ihr einen prüfenden Blick zu. Dann sagte er: »Ich denke, Sie sollten sofort nach Prag fahren und versuchen, von dort zu recherchieren und diesen Croy zu treffen. Spätestens übermorgen erwarte ich mindestens *einen* nachrichtenwürdigen Artikel von etwa zwei Spalten, auf achtzig Zeilen. Ihr Bericht sollte an die Informationen anknüpfen, die Sie in der letzten Woche über das Attentat an Stefan Rumpf verarbeitet haben. Und keine Deals mit dem BKA-Mann, die Sie vorher nicht mit mir abgesprochen haben, okay?« Der Chefredakteur klang freundlich, aber bestimmt.

Die Journalistin lächelte, schob ihre Blätter zusammen und erhob sich von ihrem Platz.

»Ach, und noch etwas«, schob er leise nach. »Ich erwarte Sie vor Ihrer Abreise nochmals in meinem Büro. *Ich* möchte *gern* Details wissen. Also bis gleich.« Dann wandte er sich wieder den anwesenden Redakteuren zu. Auf dem Weg durch den Konferenzraum zur Eingangstür sah ein Redakteur Katja Kirchner mit einem merkwürdigen Ausdruck in den Augen hinterher.

»Eine aufregende Zeit«, murmelte der Chefredakteur und verabschiedete seine Crew in den Arbeitstag.

8

Peking, Ministerium für Staatssicherheit, gleicher Tag

Lee Kong, Spionagechef des chinesischen MSS, war zufrieden. Mit dem Tod von Spread war man dem Ziel, die Beteiligten an der Entstehung von Trias auszuschalten, sehr nahegekommen. Fehlte noch Senator Gordon Smith, der im Auftrag der US-Regierung Spreads Gewährsmann war. Sein Tod dürfte die schon jetzt sichtbare Verwirrung unter den Beteiligten der drei Länder noch verstärken. Er hoffte, die Ratifizierung des Vertrages damit erheblich zu verzögern. Peking hätte dann einen ausreichenden zeitlichen Spielraum, um weltweit bei anderen Regierungen Stimmung gegen Trias machen zu können. Das Billionengeschäft wäre am Ende und Chinas ehrgeizige Ziele hätten einen Feind weniger.

Peking arbeitete bereits am Entwurf eines Brandbriefes, den man durch seine Botschafter den südamerikanischen, asiatischen und arabischen Regierungen übergeben wollte. Vielleicht konnte man sich auf diese Weise auch muslimische Terrorzellen zu Nutze machen. Trias roch geradezu nach einem guten Grund, Selbstmordattentäter nach Berlin, Moskau und Washington auszusenden. General Kong fühlte sich wieder obenauf.

Doch zunächst musste Senator Smith unschädlich gemacht werden. Er war der letzte verbliebene Trias-Unterhändler. Mit seinem Tod, erhoffte sich Kong, wäre die Kopflosigkeit aller drei Regierungen programmiert und der Vertrag vorerst am Ende.

Doch so einfach, wie er glaubte, kamen seine Agenten an den Senator nicht heran. Er war gut abgeschirmt. Sein Personenschutz war nach den Anschlägen auf Rumpf und Kirijenko verdreifacht worden. Sein Wagen fuhr immer in einer Kolonne, hatte zwei Doubles und war gepanzert. Sein Wohnhaus glich einer Festung, und vor seinem Büro im amerikanischen Kongress saßen sich die Muskelmänner im Weg.

Ling Yu würde es nicht einfach haben. Lee Kong erwartete ihren Vorschlag für morgen.

Er griff nach dem Telefon.

»Saanigri? Ah, seien Sie gegrüßt. Wie ist das Wetter in Casablanca?« Sie redeten englisch miteinander. Wegen ihrer unterschiedlichen Akzente bekam ihr Gespräch einen dissonanten Klang.

»Kühl, Mister Kong. Sehr kühl für diese Jahreszeit. Gerade einmal 15 Grad. Was kann ich für Sie tun?«

»Wann ist denn mit der Operation in Semtin zu rechnen? Ich weiß gern, was läuft und woran ich bin.«

Er vertraute dem Marokkaner, weil dieser sich bisher stets loyal verhalten hatte. Doch Kong glaubte – so, wie BKA-Vizepräsident Kaltenborn auch –, dass Saanigri für jeden Auftraggeber arbeitete, der mit dem Lohn nicht knauserte. Solange er sich dabei an die Regeln hielt, hatte Kong damit kein Problem.

»Keine Sorge, Mister Kong. Mister Hess weiß nichts von der wahren Verwendung des Sprengstoffs und hat meine Cover-Story geglaubt. Wenn ich mich richtig erinnere, rollt der Transport noch in dieser Woche, wahrscheinlich am Freitag. Haben Sie schon entschieden, wo die Trucks entladen werden sollen, Mister Kong?« Saanigri war froh, in Kong einen Auftraggeber zu haben, der ihm augenscheinlich vertraute und ihm kleinere Nebenkriegsschauplätze nachsah. Dennoch blieb er vorsichtig.

»Wenn ich richtig informiert bin, geht der kürzeste Weg

über die Slowakei zur ukrainischen Grenze in Uschhorod. Unsere Freunde in Kiew haben die Grenzbeamten bereits geschmiert. Wir nehmen die Lieferung kurz hinter der ukrainischen Grenze in Empfang. Ist denn die Spedition schon klar?«

»Natürlich, Mister Kong. Ein kleines Familienunternehmen aus der Nähe der ostböhmischen Stadt Hradec Kralove. Sprechen fließend Russisch und Ukrainisch, haben hervorragende Kontakte in die Ukraine. Sind auf den Gütertransport von Prag nach Kiew spezialisiert. Neutrale Planen, 15-Tonner. Es wird ein Konvoi von zehn Trucks. »

»Ich empfehle, die Kolonne mindestens zu dritteln, wenn nicht sogar zu vierteln. Falls die Laster aus irgendeinem Grunde angegriffen werden, verlieren wir wenigstens nicht alle Fahrzeuge.«

»Mit Verlaub, das ist unnötig«, erwiderte Saanigri. »Wenn die Kolonne Semtin verlässt, wird sie in maximal zwölf Stunden die ukrainische Grenze erreicht haben. Mit solchen Katzentransporten habe ich Erfahrung.«

»Katzentransport? Was meinen Sie damit?« Lee Kong klang irritiert.

»Nachts sind alle Trucks grau. Ob drei Laster oder fünfundzwanzig.«

»Das leuchtet mir ein, Mr. Saanigri. Was steht auf den Frachtbriefen?«

»Zement. Die Semtex-Pakete sind von Zementpaketen kaum zu unterscheiden. Falls wir wirklich in eine Kontrolle rutschen, kämen wir mit dieser Deklarierung noch am weitesten.«

»Und was wissen die Fahrer?«

»Sie wissen nur, dass sie mit ihren LKW unbedingt zügig in der Ukraine ankommen müssen, weil sonst die Bauarbeiten für einen Lebensmittel-Supermarkt wegen fehlenden Zements unterbrochen werden müssen.«

»Supermarkt? Warum Supermarkt?«

»Sind momentan die einzigen Gebäude, die schnell und unbürokratisch genehmigt werden. In Tschechien, der Slowakei wie auch der Ukraine. Das ist allgemein bekannt.«

»Eine gute Tarnung«, befand Kong. »Haben die Männer denn schon ihren Extralohn bekommen?«

»250 Dollar für jeden Fahrer bei Lieferung.«

»Na, dann viel Erfolg, Mister Saanigri. Ich hoffe, auf die Deutschen ist Verlass.«

»Ich kenne Hess seit Jahren. Er hat mich noch nie enttäuscht.«

»Er wird nicht selbst nach Semtin fahren?«

»Nein, aber er hat einen Adlatus, auf den er große Stücke hält. Sein Name ist Hans Strachow. Er leitet die Operation.«

»Gut. Dann hören wir uns, wenn der Konvoi gestartet ist.«

»Wann darf ich denn mit meinem Scheck rechnen, Mister Kong?«

»Wenn die Operation abgeschlossen ist. Reicht Ihnen das?«

»Natürlich, Mister Kong. Auf Wiederhören.«

»Auf Wiederhören, Mister Saanigri.«

9

Langley, US-Bundesstaat Virginia,
CIA-Hauptquartier,
gleicher Tag

»Also gut, Leute, es ist klar, dass wir schon heute unsere Truppen in Stellung bringen müssen. Lehman, haben Sie Kontakt nach Bratislava aufgenommen?«

»Ja, Sir, General Mason erwartet unsere Anweisungen.«

»Okay, wir spielen das Szenario jetzt noch einmal vollständig durch. Ich darf doch ab jetzt um unbedingte Aufmerksamkeit bitten?« Special Agent Vincent Talo war ein klein gewachsener, drahtiger Mann mit kurzen schwarzen Haaren, braunen Augen und einer Gesichtsfarbe zwischen Ocker und Sepia. Er hielt eine Tasse in der Hand, in der eine Ladung Kaffee gefährlich vor und zurück schwappte.

Er sah erwartungsvoll auf die Runde. Der Amerikaner italienischer Herkunft gehörte zur *Abteilung RE, Russia/Easteurope* und hatte sich im letzten Jahr um die Aufspürung eines der größten Sprengstoffgeschäfte in Chicago verdient gemacht. Dabei hatte zwar sein Aufklärungsteam kräftig mitgeholfen, doch wo sich die Herren aus Tschetschenien befanden und welches Lagerhaus mit einer Drohne vernichtet wurde – das verdankte er seinem Spürsinn und seinen sehr verlässlichen Informanten.

»Ich fasse also unsere Erkenntnisse nochmals zusammen. Die Informationen unseres marokkanischen Verbindungsmannes decken sich mit der Telefonaufklärung der letzten beiden Tage. Demnach haben Washington, Moskau und Berlin kurz vor dem G8-Gipfel kardinale Probleme. Außer Senator Gordon Smith sind alle Verantwortlichen für Trias von bislang unbekannten Tätern ausgeschaltet worden. Wir nehmen an, dass der Anschlag auf Sachalin in Ostrussland mit diesen Attentaten in Zusammenhang steht. Weiterhin ist zu befürchten, dass Smith ebenfalls auf der Todesliste steht ...« Der Zwischenruf eines Mitarbeiters unterbrach seinen Redefluss.

»Warum waren wir an den Ereignissen nicht eher dran, Vincent?«

Talo sah mit der Miene eines ungeduldigen Lehrers auf den Fragesteller. Er gönnte sich einen tiefen Schluck.

»Weil die Administration in Washington Projekt Trias geräuschlos und unter strengster Geheimhaltung vorbereitete. Außerdem dürfte auch Ihnen bekannt sein, dass alle G8-Vorbereitungen vom präsidenteneigenen Secret Service selbst geplant und überwacht werden. Reicht das?« Talo schnippte mit dem Finger gegen seine Tasse.

Der Zwischenrufer nickte ergeben. Was der Agent seinen Mitarbeitern verschwieg, war, dass ihm sein marokkanischer Informant bereits kurz vor dem Meeting die Nachricht von Smith' geplanter Hinrichtung übersandt hatte.

»Okay, dann weiter. Von Saanigri wissen wir, dass morgen Nacht eine LKW-Kolonne von Semtin bei Pardubice aus startet und sich mit Zielrichtung Uschhorod in der Ukraine quer durch Tschechien und die Slowakei bewegt.«

Vincent Talo nahm eine Fernbedienung zur Hand und drückte auf einen Knopf. Ein Stück Wand fuhr in die Decke und gab eine detaillierte Karte Osteuropas frei. Er zoomte einen zwei mal zwei Meter großen Ausschnitt Tschechiens und der Slowakei auf den Bildschirm. Mit einem Zeigestock illustrierte er die weitere Route.

»Der Konvoi wird von Pardubice kommend die Städte Mohelnice und Hranice passieren, dabei die Mährischen Beskiden durchqueren und bei Makov die tschechisch-slowakische Grenze durchfahren. Hier wäre die erste Möglichkeit, die Fahrer außer Gefecht zu setzen und die Kolonne zu stoppen. Andererseits wäre hier auch die Aufmerksamkeit für das Ergebnis der Operation sehr groß. Durch die Hohe und Niedere Tatra geht es weiter über Vazec und Budomir nach Uschhorod in der Ukraine. Dort soll die Kolonne aufgelöst und die Fracht umgeladen werden. 150 Tonnen reinster Sprengstoff. Unregistriert, jederzeit für Anschläge zu missbrauchen. Mein Vorschlag wäre: Da wir mit den Ukrainern keine Militärabkommen haben, aber mit den Slowaken schon, greifen wir den Konvoi in diesem Stück hier an, also zwischen Vysne Nemecke und Uschhorod. Wir hätten dafür einen Korridor von etwa 25 Kilometern.«

Ein junger Mann meldete sich zu Wort, es war Lehman. Er

trug eine schwarze Hornbrille, gescheitelte Haare, ein hellblaues Hemd und einen steingrauen Anzug. Er war frisch von der Militärakademie als Agenten-Eleve zu Talos Team gestoßen und fiel vor allem dadurch auf, dass er ständig Fragen stellte.

»Ja, Lehman?«

»Wir befinden uns dort mitten in den Karpaten, richtig?« Special Agent Talo nickte zustimmend.

»Es ist sehr bergig dort, könnte also sein, dass unsere Lenkraketen das Ziel verfehlen.«

»Das glaube ich nicht«, knurrte Talo. Er blickte den Nachwuchs an, als habe er ihn vorher noch nie gesehen.

»Warum nicht?« Lehman kannte diesen Blick.

»Wie Sie sicher auf der Akademie gelernt haben, fliegen die modernsten Lenkraketen heute nicht nur mit Lasersteuerung, sondern auch mit human-biometrischer Zielorientierung. Und da hoffentlich Menschen die Trucks fahren und keine Aliens und außerdem nach so einer langen Fahrt die Wärmeabstrahlung der Motoren konstant ist, dürften Bergspitzen keine Probleme darstellen. Es sei denn, es sitzen dort gerade Menschen und wärmen sich an einem Feuerchen.« Die Anwesenden lachten, Lehman blickte jetzt doch unsicher drein.

»Also gut, weiter«, sagte Talo und nahm noch einen Schluck Kaffee.

»Um 18 Uhr startet der Konvoi in Semtin. Wir rechnen mit etwa dreizehn Stunden Fahrzeit für insgesamt 640 Kilometer. Gegen 23 Uhr sind die Trucks spätestens an der tschechisch-slowakischen Grenze in Makov. Die Grenzbeamten winken auf unsere Anweisung die Trucks durch. Weitere sieben Stunden später erreicht die Kolonne dann die slowakisch-ukrainische Grenze. Dass wir zurzeit gemeinsam mit den Slowaken eine geheime Truppenübung durchführen, ist wirklich ein Segen, denn …«

Wieder störte Lehman. In Talos Gesicht kam Farbe durch.

»Wie sicher können wir sein, dass die Chinesen von der Militärübung nichts wissen?«

Verärgert sah der Italoamerikaner auf den jungen Mann. Talo hielt nicht viel von Menschen, die ihn ständig unterbrachen. Er gab seiner Antwort einen scharfen Ton und gestikulierte mit den Händen.

»Erstens hat Saanigri seinem Auftraggeber Lee Kong die Fahrtroute als absolut sicher verkauft, und zweitens ist die Delta Force nicht umsonst unsere unsichtbarste Eingreiftruppe.«

Lehman zuckte betroffen zurück. Er hatte auf der Akademie gelernt, dass die Chinesen wie die Russen ihre Augen und Ohren überall hatten. Talo entschärfte sich etwas.

»Deklariert ist das Aufeinandertreffen beider Einheiten als Katastrophenschutzübung des Slowakischen Roten Kreuzes. Ich vermute mal, dass solche Übungen in vielen Ländern parallel zueinander stattfinden. Die alle zu observieren, übersteigt selbst ein Milliarden-Ameisen-Volk wie das der Chinesen. Reicht Ihnen das?« Lehman bekam rote Ohren.

Die Runde lachte erneut. Dann wurden alle wieder ernst.

»Zwischen sechs und sieben Uhr morgens erreicht der Transport unser Operationsgebiet. Es gibt da ein paar Dörfer mit insgesamt 1200 Menschen. Wir haben die strikte Anweisung, die Lenkraketen so zu platzieren, dass außer dem Konvoi niemand zu Schaden kommt. General Mason wird unseren Einsatzbefehl abwarten und dann die Raketen abfeuern. Wir werden mit ihm über einen Satelliten in Verbindung bleiben. Ich hoffe, jeder weiß, was er zu tun hat. Das war's. – Ach, Peggy«, wandte er sich an eine junge Agentin, »würden Sie mich in mein Büro begleiten?«

Die anderen Agenten verließen den Meeting Room. Der Countdown für Operation *Big Fish* ging in die entscheidende Phase.

Talo kannte Peggy als einsichtvolle, freundliche Agentin und zwanghafte Trägerin roter Cowboystiefel. Tatsächlich hatte er sie noch kein einziges Mal ohne gesehen.

Peggy war eine zierliche, drahtige Person, die ihre rötlichen Haare raspelkurz trug. Sie war Anfang dreißig, hatte braune Augen und eine kleine Nase, die mit Sommersprossen übersät war. Sie trug eine graue Weste ohne Jackett, dazu einen gleichfarbigen Rock, darunter ein rosafarbenes Hemd mit ausgestelltem Kragen und – rote Cowboystiefel. In der Abteilung nannte man sie *Boner*. Sie machte Kampfsport, redete immer ein bisschen zu laut und wirkte ein wenig zu maskulin. Entschlossen sah sie auf ihren Vorgesetzten.

»Setzen Sie sich doch.« Talo wies auf einen Stuhl vor seinem Schreibtisch.

»Kennen Sie Ling Yu? Die chinesische MSS-Residentin in New York?«

Peggy nickte so heftig mit dem Kopf, als hätte sie über diese Person alles gelesen, alles gehört und alles gedacht.

»Gut«, sagte Talo lächelnd. »Ich möchte, dass sie ausgeschaltet wird. Und zwar dieses Mal endgültig. Wir haben sie mehrfach versucht auszuweisen, sie kam immer wieder auf verdeckten Wegen zurück. Sie ist seit Jahren eine Gefahr für unser freiheitliches Rechtssystem. Lee Kong wird es verkraften. Bis er jemand Neuen geschickt und installiert hat, der sich auch noch so gut in New York auskennt, dürfte einige Zeit vergehen.« Talo sah mit väterlichem Blick auf die nur unwesentlich jüngere Agentin.

»Haben Sie den Entwurf zu Trias mal gelesen?«

»Ja. Für mich gibt es nur zwei mögliche Feinde des Vertrags. China und die Europäer. Indien fällt seit unserer strategischen Zusammenarbeit vor allem auf dem atomaren Verteidigungssektor heraus. Bleiben die Europäer? Eher nein, Killerkommandos sind nicht ihr Stil. Also die Chinesen.

Denen ist alles zuzutrauen. Wenn wirklich was dran ist an meiner vagen Vermutung, dass Smith auf der Todesliste chinesischer Agenten steht, müssen wir etwas unternehmen.« Peggy ist eine gute Jägerin, dachte Talo bei sich. Laut sagte er: »Der Tod Ling Yus muss wie ein Unfall aussehen. Veranstalten Sie ein Essen und benutzen Sie Curare.«

»Okay«, sagte sie freudig lächelnd, »Curare klingt gut.« Sie verließ den Raum. Ihre Stiefel schurrten dabei über den Holzboden, als sei er voller Kreide.

10

Prager Altstadt,
5. Dezember

In jener Nacht, in der Spread erschlagen und Sprock von Markus Croy verhört worden war, kam auch der geschwächte BND-Agent Hans Strachow in Prag an. Sein Nachtlager schlug er auf einer Couch im Prager BND-Verbindungsbüro auf. Die Rückmeldung eines V-Mannes aus Semtin bei Pardubice hatte er für neun Uhr morgens verabredet. Lief alles nach Plan, stünden die Pakete mit insgesamt 150 Tonnen Y3 für die Verladung in die LKW schon bereit.

Doch der Abtransport der Ladung kam ihm noch schwierig vor.

Die zehn ukrainischen Kennzeichen für die Laster lagen in seinem Wagen, ebenso die Frachtpapiere, die frech einen Baustofftransport behaupteten. Und um an den Grenzen zur Slowakei und zur Ukraine kein Risiko einzugehen, zog Strachow die beiden Bewacher von BKA-Ermittler Croy ab. Er kaufte vier weitere Wachmänner, die ihm sein V-Mann empfohlen hatte. Die beiden Agenten und die vier Söldner waren auf die geräuschlose Ausschaltung von Menschen trainiert. Sie machten sich schon heute auf den Weg zu ihrem Einsatzort nach Makov und Uschhorod. Ausgerüstet waren sie mit Beretta-Standard-Revolvern, C4-Sprengstoff, genügend Schnüren, ein paar Zündern und vier Schalldämpfern.

Der V-Mann meldete, wie verabredet, pünktlich Vollzug. Strachows Telefon war Croys ähnlich. Keine Ortung, nicht verzeichnet, beinahe Luft.

»Die LKW-Ladungen liegen bereit. Wir rechnen aber nicht vor Freitagnachmittag mit ihnen.«

Strachow sah auf die Uhr. Ihm blieben noch mehr als achtundzwanzig Stunden Zeit. Ihm war es recht. Er wollte zum Friseur und hatte lange nicht mehr mit dem Prager BND-Residenten geplaudert.

»Geht in Ordnung«, meldete er zurück. Doch das war nicht die ganze Wahrheit. Er lachte boshaft in sich hinein.

Um 16 Uhr 42 des gleichen Tages traf auch Katja Kirchner in Prag ein. Sie hatte den *Hungaria-Express* vom Berliner Hauptbahnhof genommen und sich ein Zimmer im Hotel *Ambassador* am Prager Wenzelsplatz reserviert. Für die 340 Kilometer brauchte der Zug der Deutschen Bahn beinahe fünf Stunden, ein seit Jahren vernachlässigter Schienenkorridor, vor allem auf deutscher Seite. Der Fußweg von Prag Hlavni Nadrazi, dem Hauptbahnhof, bis zu ihrem Hotel betrug nicht mehr als fünf Minuten. Noch in der Lobby wählte sie über ihr Funktelefon die Nummer von Markus Croy.

Er klang überrascht. Eher unwillig schlug er ein Treffen für den frühen Abend im Café *Slavia* vor.

»Nicht länger als eine halbe Stunde«, sagte er in einem Ton, der keine Verhandlungen erlaubte.

Croys mehrmalige Versuche, Michael Storm zu erreichen, waren gescheitert. Hatte er ihn erneut zu sehr spüren lassen, für wie groß er im Grunde den Abstand zwischen ihnen beiden hielt? Er wusste, dass es ihm immer schon schwer gefallen war, über seinen Schatten zu springen. Vor allem dann, wenn ihm der Grund dafür nicht einleuchtend genug und der Aufwand nicht dem Ergebnis gleichberechtigt war. Und Storm, der ihm von Kaltenborn aufgrund der unklaren Ermittlungslage als Recherchierhilfe zur Seite gestellt worden war, erwies sich nicht als die erhoffte Hilfe. Croy hatte sich nie als Einzelkämpfer empfunden, und James Bond war er auch nicht. Deshalb hatte es ihn anfänglich sogar gereizt, mit einem erfahrenen Agenten eine Ermittlung gemeinsam zu führen. Doch außer den Fährten in Hilperts Leben und seiner möglichen Zusammenarbeit mit dem BND legte Storm keine weiteren Spuren frei, auf denen Croy vorwärtskam.

Croy verabschiedete sich von der Idee, Storm mit nach Semtin zu nehmen. Er würde diesen Job auch allein bewältigen. Wozu war all das Training gut gewesen? Er konnte selbst mit verbundenen Augen eine Bombe bauen.

Er aß zu Mittag, wo nur die Einheimischen, Taxifahrer und Polizisten hingingen. Die in Tschechien beliebten und sehr billigen Jidelna-Lokale kochten einfach, aber gut. Bei einem Schweinebraten mit Klößen und Weißkraut in der Nähe der Prager Messe dachte Croy darüber nach, was er alles über den Ermittlungsstand wusste und wo seine Lücken waren.

Klar war, sortierte er seine Gedanken, dass nunmehr drei an Trias beteiligte Männer auf unnatürliche Weise gestorben waren: Rumpf, Kirijenko und Spread. Unklar war bis jetzt noch, wer auf Seiten der US-Administration den Hut aufhatte.

Er machte sich eine Notiz.

Von Spread war bekannt, dass er der Sohn eines hohen Nazis gewesen war und bis zu seinem Tod offenbar rechtsextreme Gruppierungen finanziell unterstützt hatte. Sein

Freund Sprock ging sogar noch weiter, indem er das intellektuelle Futter für einige der militantesten Kameradschaften beisteuerte. Blieben noch die anderen Beteiligten. Der Attentäter Rumpfs, Franz Hilpert, war MfS-Offizier gewesen, hatte Kontakte zum russischen Inlandsgeheimdienst FSB und war in Dresden verhaftet worden. Er machte sich erneut eine Notiz: *Verhör, FSB, Spur?*

In Gewahrsam war auch einer der Attentäter und sein Verfolger vom Prager Flughafen; sein Kumpan, der mutmaßlich auch mit in Görlitz gewesen war, hatte diese erneute Attacke nicht überlebt. Blieb noch der große Unbekannte. Der Mann aus München, von dem der Tscheche gesprochen hatte. Den er als Drahtzieher im Hintergrund titulierte. War das vielleicht der BND-Kontakt? Oder konnte er Sprock gemeint haben? Waren die drei hochrangigen Opfer etwa dem Komplott von Neonazis zum Opfer gefallen? Doch wo war deren Motiv? Etwa Trias zu verhindern? Aber warum? Der Vertrag stärkte Deutschland auf unermessliche Weise für viele Jahre. Nationalkonservative und Nazis müssten den Vertrag eher lieben als hassen, dachte Croy weiter. Und trugen Rechtsextreme wirklich einen Zopf? Wo war Sprock jetzt? Croy ärgerte es noch immer, dass er und Malik nichts gegen ihn in der Hand hielten, was eine Festsetzung rechtfertigte.

Croy bestellte einen weiteren Kaffee, süßte ihn, goss Milch hinein und sah auf eine der Tatra-Straßenbahnen, die gerade viel zu schnell in eine enge Schienenkurve rollte und gefährlich nach links schwankte. Der Stahl ihrer Räder verursachte ein ohrenbetäubendes Kreischen. Jetzt schaute er nicht mehr allein aus dem Fenster.

Was weiß ich noch und was nicht?, trieb er sich weiter an. Er suchte nach den Motiven. Wenn der marokkanische V-Mann recht hatte, musste Trias die meisten Regierungen der Welt zum Feind haben. Am meisten betroffen wären allerdings die

Supermächte Indien, China, vielleicht aber auch Frankreich und Großbritannien.

Er schrieb erneut einen Gedanken auf. Hinter Großbritannien machte er ein Fragezeichen. Indien und China unterstrich er. Was war mit Sprocks Hinweis auf mutmaßliche chinesische Verfolger Spreads? Lag in einem dieser Länder der Schlüssel für die Attentate? Was war denn nun mit den Ukrainern oder Weißrussen? Konnte man das Motiv der Visa-Restriktionen und ihre Folgen endgültig streichen? Ansatzpunkte für Attentäter aus diesem Gebiet gab es, außer Drohbriefen, keine. Er notierte noch ein paar Worte, die letzten waren: *Semtin Freitag*.

Während Markus Croy den Kaffee leerte, beschloss er zwei seiner nächsten Schritte. Er würde noch heute Abend ein ausführliches Gespräch mit Kaltenborn zum Stand der Ermittlungen führen und, bevor ihn sein Vorgesetzter wieder aus Prag abkommandierte, die Operation in Semtin hinter sich bringen. Die Tasche mit dem technischen Gerät lag in der Pension bereit.

Die Informationen, die die CIA von Saanigri über den Sprengstofftransport bekam, waren zu Croy und Kaltenborn bisher nicht vorgedrungen. Und die Amerikaner dachten nicht im Traum daran, ihr Wissen mit den Europäern zu teilen.

Saanigri wusste, dass er mit dem Feuer spielte. Doch der marokkanische Agent verließ sich auf Kaltenborn und Kong, die ihm beide glaubhaft ihren Schutz zugesichert hatten. Seine Art zu arbeiten machte ihn sich selbst gegenüber nicht sympathisch; andererseits verdiente er gutes Geld und schob vor die Furcht die Hoffnung, dass er ohne Schaden aus dieser heißen Sache herauskäme.

11

Washington D.C.,
gleicher Tag, vormittags

MSS-Agentin Ling Yu hatte etwa drei Wochen gebraucht, bis sie alle Termine von Senator Gordon Smith kannte. Informanten im Kapitol zu installieren, war für keinen Geheimdienst leicht. Die Ängste vor Enttarnung waren aus gutem Grunde groß. Zu tief saßen bei den meisten Senatoren, Abgeordneten, Referenten und Sekretärinnen das Misstrauen und die Eindrücke der Schauprozesse, die in den USA nach dem Fall der Mauer mit enttarnten amerikanischen Sowjetagenten veranstaltet worden waren. Die Strafmaße blieben selten unter fünfzehn Jahren, ihr Ziel hieß meist Hochsicherheitsgefängnis St. Quentin.

Und doch hatte Ling Yu es geschafft, die engste Sekretärin des Senators über das Telefon einer Journalistin anzuzapfen.

Wie auch der BND in Deutschland verfügte der chinesische Geheimdienst über Stammdaten von Journalisten, die zumeist ohne deren Mitwissen missbraucht wurden. Telefonmitschnitte, Beschattungen und vom Geheimdienst umgedrehte Freunde der Redakteure gehörten mit zu den Datenströmen der Geheimen, aus denen sich Puzzles über bestimmte Personen oder politische Sachverhalte zusammenbauen ließen.

Die *Washington Post*-Journalistin Sarah Sanders war so ein Fall. Spätestens mit den ersten Veröffentlichungen über die Attentate in Europa und ihre Spitzfindigkeit bei der Beschreibung von möglichen Spuren nach Washington geriet die Journalistin ins Fadenkreuz der Chinesen. Als nächsten Coup plante sie ein Interview mit Senator Smith zu den Morden in Europa. Immerhin würde sie nach dem sensationellen Auflagenzuwachs der linksliberalen *Post* in den letzten zwei Jahren mehr als 1,5 Millionen Leser erreichen.

Ähnlich den Geheimdiensten schöpfen große Zeitungs-, Fernseh- und Onlineredaktionen ihre Informationen nur zu gern von engen Mitarbeitern in den politischen Machtzentralen ab. So eine Informantin war die langjährige Sekretärin von Gordon Smith. Während die Journalistin Sanders so immer bestens über interne Vorgänge im Kapitol informiert war, erfuhr die Smith-Vertraute aus erster Hand von Sanders, wie man bei der gedruckten und der Onlineausgabe der *Washington Post* über bestimmte Personen in Senat und Repräsentantenhaus dachte und welche Richtungen Leitartikel oder andere Kommentare nehmen würden.

Auf Grund dieser Informationen kam Senator Gordon Smith einer möglichen Verurteilung durch die Presse meist zuvor und stimmte im Bedarfsfall seine Entscheidungen darauf ab. Dieses Rezept bewährte sich bis heute; er hielt sich länger als viele andere Politiker im bedeutendsten amerikanischen Gremium und war noch nie über eigene Fehler gestolpert.

Seine bislang makellose politische Arbeit hatte US-Präsidentin Nancy Wood mit der delikaten Aufgabe belohnt, auf Seiten der US-Administration den Geheimvertrag Trias mit Russland und Deutschland auszuhandeln.

Ling Yu hatte schon vor einigen Tagen Paul Hess dazu beglückwünscht, dass sein Dienst mit Katja Kirchner eine offensichtlich gut informierte Journalistin neutralisiert hatte; sie allerdings würde Sarah Sanders nicht unter Zwang als Quelle verpflichten, sondern die *Post*-Journalistin ohne deren Wissen abschöpfen.

Um ein Zeitfenster für ein Interview zu finden, ging die

Post-Journalistin am Telefon mit der Smith-Vertrauten die Termine des Senators durch.

Schon seit mehreren Tagen hockten chinesische Agenten mit einer winzigen Empfängerschüssel, einer darauf montierten kurzen Antenne und einem Empfänger auf dem Dach gegenüber dem Redaktionsgebäude der größten amerikanischen Zeitung. Sanders' Mobilfunknummer herauszufinden war leicht; ihr Telefon anzupeilen noch leichter.

Die Termine des Senators gelangten so über eine verschlüsselte Leitung direkt aus Washington in die zentrale Residentur des chinesischen Geheimdienstes nach New York.

Nach kurzer Überlegung erschien Ling Yu ein Zahnarzttermin als sicherster Zeitpunkt und Erfolg versprechendes Umfeld für einen geräuschlosen Abgang des letzten Unterhändlers von Trias.

12

Washington, D.C.
Vorort Alexandria,
11:00 Uhr

Als Dentist war Dr. Warren Weizman nie bereit gewesen, seine eher bescheidene Zahnarztpraxis im Washingtoner Stadtteil Alexandria gegen ein Ärztehaus mit mehr als zwei Behandlungsräumen in Washington zu tauschen. Solch ein Wechsel erschien dem beinahe 60-Jährigen zu unsicher; seine Patienten waren ihm treu, ihre Krankenakten kannte er aus dem Kopf. Und kam ein neuer Patient, hatte er die Freiheit, ihm abzusagen oder ihn anzunehmen. Außerdem lebten in Alexandria genügend begüterte Menschen, die sich eine Zahnarztbehandlung leisten konnten, ohne krankenversichert zu sein. Weizman hatte sich schon vor Jahren am Ende der King Street, dort, wo sie auf den Fluss Potomac stößt, ein kleines Reihenhaus im Kolonialstil gekauft, umgebaut und im Erdgeschoss den Warte- und Behandlungsraum eingerichtet. Die Holzbalken des Hauses waren mit roten Klinkersteinen eingefasst; auf der offenen Veranda vor dem Erdgeschoss standen für seine Patienten zwei Mahagonitische und mehrere Korbstühle bereit.

In der Nachbarschaft von Weizmans Praxis befanden sich Restaurants und teure Boutiquen, einen Steinwurf weiter begannen die Hafenanlagen des Flusses. Er leistete sich gerade mal eine Sprechstundenhilfe, die allerdings auch nur dreimal in der Woche kam.

Dass er sich unlängst von einem Mitarbeiter des *Distrikt-Verbandes niedergelassener Dentisten* überreden ließ, einen weiblichen Trainee für drei Monate aufzunehmen, ärgerte ihn schon wieder. Die nicht mehr ganz so junge Studentin mit den offensichtlich asiatischen Wurzeln war ihm zwar sympathisch; doch wollte sie die ersten Tage zunächst nur hospitieren, bevor sie ihm direkt am Patienten assistierte. Und als sie ihn mit intimen Fragen über seine Patienten und ihre grundsätzliche Einstellung zu Gesundheit und Vorsorge löcherte, bereute er seine Entscheidung.

Senator Gordon Smith kam seit mehr als fünfzehn Jahren in seine Praxis. Er lebte mit seiner Familie in einem prächtigen Haus in Old Town; seine beiden Kinder Florentine und Lance – zwölf und fünfzehn Jahre alt – hatte Weizman schon behandelt, als sie kleine Kinder waren und die Milchzähne locker wurden. Auch dessen Frau Linda, eine Rechtsanwältin, war seine Patientin. Smith' heutiger Behandlung waren wieder einmal etliche Anläufe vorausgegangen. Eigentlich war es für ihn nur ein Routinetermin, der allerdings schmerzhaft werden könnte. Der Senator hatte schon seit längerem über eine Temperaturempfindlichkeit an einem seiner oberen Mahlzähne geklagt. Den daneben liegenden Eckzahn hatte Weizman bereits schon vor einigen Monaten von hinten angebohrt, von Zahnfäule befreit und mit einer Füllung versehen. Vermutlich war auch jetzt wieder das Gleiche zu tun, wobei Weizman den Zahn wegen einer vorhandenen Karies von unten bis kurz vor die Wurzel würde aushöhlen müssen.

Weil Ferienzeit war, hatten die beiden Kinder des Senators schulfrei und seine Ehefrau ein paar Urlaubstage genommen. Der Politiker war noch kurz bei ihnen vorbeigefahren, hatte, wie verabredet, den Fisch fürs Abendbrot vorbeigebracht und fuhr anschließend weiter in die Zahnarztpraxis. Als die Wagenkolonne des Senators eintraf, war es elf Uhr.

Die Fahrer, das Double und die zwölf Bodyguards blieben vor der Praxis in ihren schwarzen Lincolns sitzen. Der weibliche Trainee empfing Smith mit warmen Worten und begann in plauderndem Ton ein Gespräch. Smith war es recht; er mochte Weizman, er vertraute ihm, doch zahnärztliche Eingriffe konnte er überhaupt nicht leiden. Da kam ihm ein bisschen Ablenkung gerade recht. Weizman steckte den Kopf durch die Verandatür, begrüßte seinen prominenten Patienten und sagte, er sei gleich für ihn da.

Dann winkte er die Hospitantin zu sich und forderte sie auf, zunächst die Unterfüllung und dann das Amalgam-Gemisch anzurühren. Er selbst würde in seinem zweiten Behandlungszimmer den Patienten von zehn Uhr zu Ende versorgen.

Die Studentin entnahm einer Glasvitrine das Legierungspulver, einen Keramiktiegel, einen winzigen Löffel und einen Schaber. Sie mischte das Amalgam in der normalen Dosis aus Silber, Zinn, Kupfer und Zink ineinander. Dann griff sie blitzschnell in ihre Kitteltasche und förderte ein in Folie eingeschweißtes Tütchen und eine winzige, mit einer Flüssigkeit aufgezogene Pipette zutage. Sie riss das Tütchen auf und streute das darin enthaltene, stark bitter riechende Pulver in den Tiegel. Dann knickte sie die Glasspitze der Pipette ab und träufelte zwei zähflüssige Tropfen auf das Gemisch. Es roch nach Vanille und half, das Gemisch nicht vorzeitig auszuhärten. Mit dem Schaber vermengte sie den grauen Brei zu einer konsistenten Masse.

Auf der Veranda las Smith indessen in einer der zahlreichen Illustrierten, die auf einem der beiden Tische verstreut lagen. Als sein Funktelefon klingelte, nahm er nur widerwillig den Anruf an.

»Das kann nicht wahr sein«, schrie der Senator in den Hörer. »Was, zum Teufel, geht hier eigentlich vor?«

Seine Sekretärin war in der Leitung. Sie hatte durch die Zeitverschiebung zu Europa eben erst vom Tod Spreads erfahren.

»Ich komme sofort«, bellte Smith in den Hörer. »Machen Sie mir einen Termin beim Stabschef des Weißen Hauses.« Er strich sich nervös über seine kreideweißen Haare.

Ohne Weizman von seinem Fortgang zu unterrichten, strebte er schnell seiner Kolonne zu und besprach sich mit seinen Bodyguards. Die Fahrer wendeten nacheinander die schweren Lincolns und glitten auf der King Street über den George Washington Memorial Parkway zurück ins etwa 15 Kilometer entfernte Kapitol.

Dr. Weizman verabschiedete nur Minuten später seinen Zehn-Uhr-Patienten und rief nach der Studentin. Keine Antwort. Von der Veranda ging er in sein Büro, in den Flur, in das zweite Behandlungszimmer und in die Waschräume. Niemand. Er weckte seinen Computer auf und öffnete den Ordner *Video Files*. Seit sich Schadenersatzklagen von Patienten wegen angeblicher Operationsmängel häuften, empfahl der Dentistenverband seinen Mitgliedern Überwachungskameras an den Zahnarztstühlen. Weizman hatte, für ungeübte Augen unsichtbar, eine schlauchförmige Fingerkamera direkt im ersten Buchstaben des Herstellernamens der Operationslampe verbaut. Da sie über dem Kopfende des Patienten hing, nahm die Panoramalinse den gesamten Raum in den Blick. Weizman fuhr das Video so weit zurück, bis er die Hospitantin beim Anmischen des Amalgams sehen konnte. Er traute seinen Augen nicht, als er sah, wie sie das Tütchen und die Pipette aus der Kitteltasche nahm und deren Inhalt mit dem Brei vermischte.

Er griff zum Telefon und ließ sich in das Büro von Senator Smith verbinden. Anschließend rief er einen befreundeten Laborarzt, später die Polizei an.

Etwa zur gleichen Zeit erfuhr auch die chinesische Residentur in New York von der Pleite.

CIA-Special Agent Vincent Talo erhielt von den Vorkommnissen erst am Nachmittag Kenntnis.

13

**Washington D. C.
Weißes Haus,
11:45 Uhr**

Die Lagebesprechung mit dem Stabschef des Weißen Hauses war nur kurz. Man einigte sich auf eine Videokonferenz mit den Regierungsvertretern von Russland und Deutschland am frühen Abend, Berliner Ortszeit. Smith war erregt, der Stabschef blieb beherrscht.

»Was schlagen Sie vor? Was wollen wir besprechen?«, fragte der Senator mit klirrender Stimme. Schweißperlen glänzten auf seiner Stirn. Sein Haar schimmerte im fahlen Bürolicht so grau wie ein Schimmelpilz.

Ihm war nicht nur heiß, weil die Heizungen im Büro des Stabschefs auf höchster Stufe bollerten.

»Beruhigen Sie sich«, sagte sein Gegenüber. »Die Lage ist tatsächlich ernst, aber der Vertrag ist nicht in Gefahr. Die Feinabstimmungen schaffen wir auch ohne Spread.«

»Aber er ist der Dritte aus dem Team. Das ist ja alles unerträglich.« Der Senator sah verzweifelt aus.

»Lassen Sie uns nach vorn blicken«, erwiderte sein Gegenüber. »Wir haben noch eine gewisse Wegstrecke vor uns …«

Es läutete. Der Stabschef überlegte kurz, welches der beiden Telefone den Lärm machte. Er hob ab und hörte zu.

»Sind Sie da ganz sicher?«, fragte er ungläubig. Er sah kurz auf Senator Smith und dann jäh wieder auf die Papiere, die vor ihm auf der Tischplatte lagen.

»Ja, aber sicher. Wir werden das Nötige tun …« – »Sie meinen, ganz weg aus Washington? Gut, ich werde mit ihm reden …« – »Ja, das können Sie. Verlassen Sie sich auf mich …« – »Okay, Wiederhören.«

Smith sah den Stabschef fragend an, der sich offensichtlich gerade selbst sammeln musste.

»Herr Senator«, begann er düster, »ich muss Ihnen etwas sehr Unangenehmes sagen.«

Der Senator sah ihn mit großen Augen an.

»Jemand wollte Sie heute Vormittag in der Zahnarztpraxis von Dr. Weizman mit Strychnin vergiften. Die Laboranalyse der Zahnfüllung zeigte eine ausreichende Menge des Giftes, um Sie innerhalb weniger Tage zu töten …«

»War es Weizman?«, unterbrach ihn Smith.

»Nein, angeblich seine neue Sprechstundenhilfe, eine Studentin. Das FBI scannt gerade die Videoüberwachungsbilder aus der Praxis, um die Frau identifizieren zu können.«

Senator Smith legte die Fingerspitzen aneinander und hielt sie sich vor den Mund.

»Was schlagen Sie vor?«, fragte er den Stabschef. Sein Ton war jetzt so ruhig wie ein Fluss ohne Strömung.

»Verlassen Sie mit Ihrer Familie Washington.«

Smith schüttelte den Kopf. »G8 ist in knapp zwei Wochen. Trias hat absolute Priorität.«

Der Stabschef wippte nachdenklich mit dem Kopf.

»Es ist Ihre Entscheidung, Senator.«

14

Bundeskriminalamt,
Berlin-Treptow,
später Nachmittag

Trotz der ewigen Konkurrenz zwischen den Ermittlungsbehörden CIA und FBI setzte der Führungsstab beider Behörden gemeinsam mit dem deutschen BKA eine Maschinerie in Gang, die ab sofort einen neuen Takt zum Schutz des G8-Gipfels vorgeben sollte. Die Residenturen, Botschaften und Kontaktbüros von CIA, FBI und BKA wurden weltweit angewiesen, in den bevorstehenden zwei Wochen rund um die Uhr besetzt zu sein. V-Leute und Quellen der Amerikaner in den Regierungen, Behörden und Firmen hatten sich ab sofort mehrmals täglich zu Rapports zu melden. Wie ein Schwarm hungriger Heuschrecken besetzten Hunderttausende von Informanten Bahnhöfe, Flughäfen, Busterminals und Schiffsanleger von Australien über Asien, Europa in die USA, um jede noch so kleinste Information abzusaugen und zur Verwertung in ein eilig geschaffenes Lagezentrum mit Sitz in Washington zu übermitteln.

Auf einer spontan angesetzten Videoschaltkonferenz mit Konrad Kaltenborn und Kanzleramtschef Wilkens in Berlin referierten die transnationalen Ermittler von Washington aus die weiteren Schritte zu einem möglichst störungsfreien Ablauf der Unterschrift von Trias. Der anfängliche Streit darüber, ob ein zeitliches Vorziehen Sinn mache oder ein geheimer Ort außerhalb des Seebades Marienstrand gefunden werden müsse, war schnell geklärt. Ein weiteres Ergebnis der Unterredung war, dass man die bislang eher lasche Zusammenarbeit der Dienste sehr viel enger verzahnen müsse.

Auf die Frage von CIA-Special-Agent Talo, warum kein Vertreter des deutschen Bundesnachrichtendienstes in die Vorgänge mit einbezogen würde, antwortete Kaltenborn nur knapp: »Es gibt Verdachtsmomente, die wir zwar nicht beweisen, aber auch nicht vollständig ausschließen können.«

Kaltenborn bat um Nachsicht, nicht detaillierter sein zu können. Er stieß auf Verständnis der Amerikaner, die ihrerseits zu viele Beispiele kannten, bei denen hoch angesehene Mitarbeiter amerikanischer Nachrichtendienste zu Söldnern oder Doppelagenten geworden waren. Die Männer einigten sich auf die Gründung einer amerikanisch-deutschen Arbeitsgruppe mit Sitz in Berlin. Sie würde von nun an unter Führung von BKA-Vizepräsident Kaltenborn die verbleibenden Tage bis zu G8 die Fahndung nach den Tätern und den Schutz hochrangiger Politiker überwachen.

Talo sagte zu, die zuständigen Agenten vom russischen Geheimdienst FSB von der Videokonferenz zu informieren. Der Stabschef seinerseits wollte das Briefing der zuständigen Mitarbeiter des *Secret Service* übernehmen, der traditionell in den USA Regierungsmitglieder, Senatoren und Abgeordnete des Kongresses schützte.

Über den bevorstehenden Sprengstofftransport aus Semtin in die Ukraine ließ Talo erst einmal nichts verlauten. So weit ging die neue deutsch-amerikanische Allianz nun doch nicht.

Als die Monitore abgeschaltet waren, sagte Kanzleramtschef Wilkens zu Konrad Kaltenborn: »Ich werde nicht zulassen, dass Sie den BND bei dieser brisanten Sache heraushalten.«

Kaltenborn sah den für die Koordination der deutschen Geheimdienste zuständigen Minister einige Sekunden schweigsam an. Dann sagte er kalt: »Könnten Sie sich vorstellen, dass hochrangige BND-Beamte in die Attentate verwickelt sind?« Wilkens zeigte einen empörten Blick. Kaltenborn fügte an: »Und Gnade Ihnen Gott, Sie vermasseln es. Gefährden Sie nicht die vielleicht schwierigste Ermittlung der letzten Jahre.«

Kaltenborn wartete eine mögliche Erwiderung gar nicht erst ab. Eigentlich war es nicht sein Stil, als Beamter, der im Sold der Regierung stand, einen ihrer Vertreter so hart anzugehen. Doch seit sein Vorgesetzter einen Schlaganfall erlitten hatte und keinen seiner Untergebenen aus der Schusslinie der Politik heraushalten konnte, übernahm Kaltenborn diese delikate Aufgabe. Er hielt es für richtig zu sagen, was Sache war. Auch wenn er sich, wie er selbst zugab, manchmal im Ton vergriff. Jetzt nickte er Wilkens bemüht freundlich zu und verschwand in den Gängen des Berliner Regierungssitzes an der Spree.

Obwohl Wilkens Kaltenborns Art nicht ausstehen konnte, war er doch klug genug, dessen Drohung nicht überzubewerten. Schließlich stand für die Regierung eine Menge auf dem Spiel.

15

Prager Altstadt, gleicher Tag, früher Abend

Markus Croy erfuhr von Kaltenborn die Details der Videokonferenz, als er in Prag auf dem Weg zum Treffen mit Katja Kirchner war. Als sein Funktelefon klingelte, befand er sich direkt auf dem *Altstädter Markt* vor dem prächtigen Renaissance-Haus *U Minuty*, »Zur Minute«. Er setzte sich auf zwei feuchte Steine am Sims des Gebäudes, in dessen Fassade der Kampf zwischen zwei Reiterhorden gemeißelt war. Viel zu reden war nicht; Kaltenborn hatte wenig Zeit und fasste schnell zusammen, worauf man sich mit den Amerikanern geeinigt hatte. Kaum war das Gespräch beendet, sinnierte Croy darüber nach, ob ihm Kaltenborn möglicherweise etwas verschwieg. Wie er auf diesen Gedanken kam, wusste er nicht. Es war nur so ein Gefühl.

Im Café *Slavia* entschied er sich für den Tisch, an dem er und Gabriela Malichova einige Zeit zuvor gesessen hatten, bestellte einen Weißwein aus dem südböhmischen Anbaugebiet Mikulov und wartete. Er sah sich um. Keine suchenden Blicke anderer Gäste. Da sie beide vergessen hatten, ein Erkennungszeichen auszumachen, hielt er seine Augen zur Tür gerichtet.

Als eine blonde Frau mit einem Hund hereinkam, der schnüffelnd und sabbernd die ersten Tischbeine untersuchte, hielt er sie nicht für seinen Gast. Sie interessierte sich zunächst mehr für das neugierige Tier als für die Menschen im Café. Der Ermittler belächelte die Agilität des Hundes, die eingedrückte Schnauze und den weißen Fleck auf der Brust. Die Frau sah sich nun scheu und mit suchendem Blick um. Offenbar war sie verabredet. Kurz vor Croys Tisch stoppte der Hund. Er hatte eine Fliege auf dem Boden entdeckt. Flach auf den Boden gedrückt, ließ er sie nicht aus den Augen. Croy amüsierte sich.

»He, wem gehörst du denn?«, fragte er auf Deutsch.

Der Hund hob den Kopf, als verstünde er ihn. Seine Besitzerin trat hinzu, streckte die Hand aus und fragte: »Sind Sie Markus Croy?«

Es überraschte ihn, wie jung sie war. Am Telefon hatte ihre Stimme dunkel und eher nach einer reifen Frau geklungen. Ihre blonden Haare hatte sie zu einem winzigen Zopf gebunden, den ein schwarzes Gummi zusammenhielt. Ihre Gesichtshaut war eher blass, die Lippen mit einem rosa Ton überzogen. Als sie ihm gegenüber Platz nahm, sah er leichte Schatten unter ihren grünlich schimmernden Augen.

»Ein schönes Exemplar«, wies er auf das Tier.

»Er ist noch jung. Ziemlich verspielt. Ich nehme ihn überall mit hin. Als Wachhund taugt er aber nicht.« Sie setzte sich und lächelte ihn an.

»Hatten Sie eine gute Reise?«, fragte er höflich. Statt einer Antwort reichte sie ihm erneut die Hand, in der sie eine Visitenkarte versteckt hielt. Sie glitt in seine Rechte.

»Lesen Sie, was ich draufgeschrieben habe«, sagte sie leise und drehte sich nach der Bedienung um, die sie bereits fixierte. Croy schob die Karte unauffällig zwischen die Blätter des Speisenangebots. Er las vier Worte:

Ich habe einen Schatten.

Croy sah aus den Augenwinkeln durch das Fenster auf die schmale Straße und registrierte einen Mann mit kurz geschorenen hellen Haaren in einem schwarzen Trenchcoat. Er lehnte an der dem Café *Slavia* gegenüberliegenden Mauer der Uferböschung zur Moldau und sah ungeniert auf die Fenster des Cafés.

Croy entnahm seiner Aktentasche einen Stift und schrieb auf die Rückseite der Karte: *Sind Sie auch verkabelt?*

Sie schüttelte den Kopf. Die Geräuschkulisse aus klapperndem Geschirr und Stimmengewirr erschien ihm sicher genug, um ungestört zu reden. »Machen Sie sich keine Sorgen. Wir werden jetzt den Tisch wechseln. Es soll Leute geben, die einem nicht nur Wünsche von den Lippen ablesen.«

Sie nickte leicht und beugte sich unter den Tisch. »Komm, Charlie.« Der Hund sprang auf die Beine.

Der Mann auf der Straße wurde nervös. Er verrenkte sich den Hals. An ihrem neuen Tisch saß Croy einem in Gold gerahmten Spiegel so gegenüber, dass er die Straße und den Verfolger im Blick hatte. Er hatte Katja auf ihrem Stuhl in einen toten Winkel geschoben. Charlie bekam eine Schale mit Wasser.

Croy hielt sich jetzt nicht mehr mit einer Vorrede auf.

»Was haben Sie für mich, Frau Kirchner? Worum geht es? Was führt Sie nach Prag, und warum wollten Sie mich treffen?« Er sah die Journalistin mit einer Mischung aus Neugierde und Gelassenheit an.

Sie verströmte den Ausdruck einer Frau mit Sorgen. Ihre Finger wanden sich ineinander, ihr Blick flackerte nervös.

»Nun … ich will Ihnen einen Vorschlag machen und Sie auch nicht lange aufhalten.« Ihre Stimme vibrierte leicht.

»Einen Vorschlag?«, gab er sich reserviert.

»Man kann es auch einen Deal nennen«, sagte sie forsch. »Ich sage Ihnen, was ich weiß, und Sie helfen mir bei der Lösung eines für mich schwierigen Problems.« Die Journalistin hatte jetzt einen bittenden Blick.

Croy war unsicher. Er verstieß gegen eine Dienstvorschrift, wenn er während laufender Ermittlungen mit Jounalisten

Kontakt aufnahm. Andererseits erinnerte er sich an ihren Zeitungsartikel, der klar und konkret geschrieben war.

Als er ihr antwortete, gab er seiner Stimme eine gewisse Strenge.

»Was auch immer wir jetzt besprechen, bleibt unter uns. Sie wissen, dass die Welt der Ermittlungsbehörden und die der Medien nicht zusammenpassen.«

Die Journalistin lächelte dünn. »Ich weiß, dass wir normalerweise immer erst dann Nachrichten publizieren, wenn sie passiert sind. Hier liegt der Fall aber etwas anders. Ich sitze mit Ihnen in erster Linie als Privatperson zusammen und erst dann als Journalistin. Sie können sich also auf mich verlassen. Würde ich Teile unseres Gesprächs für einen Artikel verwenden, wäre dies unser letztes Treffen gewesen. Warum sollte ich mir einen Informanten kaputtmachen?« Sie sah ihn herausfordernd an.

Croys Miene verzog sich keinen Millimeter.

»Ich bin kein Informant, Frau Kirchner. Auch ich sitze hier, weil ich mit Ihnen möglicherweise eine kurze Kooperation eingehe. Was wissen Sie also, was ich noch nicht weiß? Gibt es da was?« Während er sie fragte, sah er aus den Augenwinkeln in den Spiegel. Der Mann war verschwunden. Verdammt, dachte Croy.

Die Journalistin bekam davon nichts mit.

»Ich bin eine gute Freundin von Emma Rumpf. Wussten Sie das?«

Er ließ trotz eines Ziehens im Magen das Gespräch weiterlaufen.

Sie erzählte ihm von Emma Rumpfs enger Zusammenarbeit mit ihrem Mann im Auswärtigen Amt, von den tausenden Protestbriefen und Warnungen, die in Berlin aus der Ukraine und Weißrussland eingegangen waren und von der Untätigkeit des BND diesen Drohungen gegenüber.

Croy nickte zerstreut mit dem Kopf. Das war ihm bekannt. Als sie über Rumpfs Geheimnistuerei sprach, über die Zweifel seiner Ehefrau, tat er interessiert.

»Hatte Sie eine Ahnung, worum es da ging?«

»Eben nicht. Er blieb oft in seinem Apartment, statt nach Hause zu kommen. Er lernte angeblich noch einmal Wirtschaftsenglisch und deutete nur an, dass es um eine bedeutende Sache gehe, die strenger Vertraulichkeit unterliege ...« Croy erkannte, dass die Journalistin – viel mehr als er – im Dunkeln tappte. Dass Rumpf einer der Köpfe von Trias gewesen war, schien in den Redaktionen glücklicherweise noch nicht angekommen zu sein.

»Wissen Sie, wo sich diese Wohnung befindet?«, fragte Croy.

»In der Jägerstraße, gleich hinter dem Auswärtigen Amt. Meine Freundin und ich besuchten Stefan Rumpf dort zweimal, brachten ihm Küchenutensilien und Bettwäsche. Ein kleines Apartment, nichts Besonderes.«

»Irgendetwas Auffälliges dort? Mehr als nur ein Telefon, Diktiergerät, Computer, Stapel von Akten?«

»Nein, nichts Derartiges. Er blieb nur oft bis weit nach Dienstschluss in seinem Büro und ging dann, statt nach Hause, in sein Apartment. Dabei liegen beide Wohnungen etwa gleich weit vom Auswärtigen Amt entfernt. »

»Eine andere Frau? Ging er fremd? Was meinen Sie?«

»Ein gehörnter Ehemann, der den Staatssekretär aus Eifersucht tötete? Alles ist möglich. Dagegen spricht meines Erachtens aber die Art des Attentats. Niemand außer Terroristen benutzt Müllcontainer für einen Sprengstoffanschlag. Viel zu aufwändig. Das war die Arbeit von Profis.«

Sie hat recht, dachte Croy anerkennend.

»Wie eng waren Sie denn mit Emma Rumpf in Kontakt? Sprachen Sie jeden Tag miteinander oder mehrmals täglich? Trafen Sie sich öfter?«

Die Journalistin runzelte die Stirn. Und dann weiteten sich ihre Augen.

»Waren? Sprachen? Trafen? Warum reden Sie von ihr in der Vergangenheit?«

Croy biss sich auf die Unterlippe. »Sie wissen nicht, dass sie tot ist? Die Polizei hat ihre Leiche im Wasser des Landwehrkanals gefunden.«

Die Journalistin wurde sehr blass. Sie fühlte, wie ihr Gleichgewichtssinn schwankte. Vor ihre Pupillen fiel ein nasser Schleier. Wie ein Film, der viel zu schnell abgespielt wurde, rasten Bilder gemeinsamer Tage durch ihren Kopf. Er griff nach ihrer Hand und sah sie mitfühlend an.

»Nnnein …«, stammelte sie tonlos, »das kann nicht sein.« Sie vergrub ihr Gesicht in den Händen. Croy fühlte sich schlecht. Er konnte ihr nicht die Aufmerksamkeit schenken, die sie jetzt vermutlich brauchte. Das Verschwinden ihres Verfolgers machte ihn viel zu nervös.

»Katja«, sprach er sie tröstend mit ihrem Vornamen an. »Ich kann verstehen, wie Sie sich jetzt fühlen …«

»Lassen Sie mir kurz Zeit …«, bat sie leise.

Croy schwieg. Seine Gedanken schweiften zu jenem Zeitpunkt, als er das erste Mal vor seinen neuen Eltern stand, einer Frau und einem Mann, die ihn gewinnend anlächelten, ihn in ihre Mitte nahmen und aus dem Kinderheim in sein neues Zuhause führten.

Katja brach als Erste das Schweigen und riss ihn in die Gegenwart.

»Dieser Mann da draußen ist der Grund, warum ich Sie treffen wollte.« Sie hatte sich wieder gefangen. Ihr war schnell klar geworden, dass sie mit dem Tod ihrer Freundin allein und an einem anderen Ort fertig werden musste.

»Schießen Sie los«, entfuhr es Croy etwas zu derb.

»Kann ich Ihnen vertrauen?«, fragte sie verschüchtert.

Croy hörte ihre Ängstlichkeit heraus. Hier die Nachricht von einer toten Freundin, dort ein Grobian als Ermittler. Er versuchte es mit Humor.

»Wenn Sie keine Straftat begangen haben, bleibt alles unter uns«, sagte er lächelnd, griff nach ihrer Hand und drückte sie. Sie war warm, ihre Finger grazil. Katja wehrte sich nicht dagegen. Ihre Stimme war jetzt wieder fester.

»Zwei Männer, offensichtlich Agenten, fingen mich kurz nach dem Attentat vor Emmas Wohnung ab, nahmen mich mit in irgendeine Lagerhalle am Berliner Westhafen und zwangen mich unter Druck zu einer Zusammenarbeit. Ich komme damit einfach nicht klar. Ich muss Informationen abliefern, die ich aus meiner Freundin und anderen Recherchen herausholen soll. Es ist ...«

Croy sah Tränen. »Beruhigen Sie sich. Woher waren die Männer? Welcher Dienst?«

»Haben sie nicht gesagt. Ich bin wirklich sehr unglücklich ... ich kann das nicht ... meine beste Freundin ... ich bin Journalistin ... ich ...«

»Bitte beruhigen Sie sich, Katja. Hat man Sie körperlich angegriffen?«

»Nein ... nein ...« Sie entzog ihm ihre Hand und schnäuzte sich die Nase.

Nach kurzem Schweigen sagte er: »Was glauben Sie, kann ich für Sie tun?«

»Mich vor diesen Männern schützen. Mir helfen, aus dieser Vereinbarung herauszukommen. Ich bin kein Spitzel, ich würde auch nie einer sein. Verstehen Sie?«

Croy verstand sie. Wer wie er aus der DDR kam, hatte für dieses Thema Antennen.

»Mich kotzt es an, wie der Staat für seine Interessen immer wieder die Grenzen des Privatlebens überschreitet. Längst überlagert das Sicherheitsbedürfnis des Staates die persönliche

Freiheit des Bürgers ...« Sie warf den Kopf zurück, ihre Augen hatten sich verengt. Croy befand, dass sie gerade ziemlich gut aussah.

»Das ist mir durchaus bewusst«, sagte er kurz.

Mit Hinweis auf seine knappe Zeit schrieb ihr der Ermittler auf die gleiche Visitenkarte die Telefonnummer von Konrad Kaltenborn und forderte sie auf, ihm ausführlich über ihre Begegnung mit den Agenten zu berichten. Wichtig sei vor allem, wo sich diese Lagerhalle genau befinde, wie die Männer aussahen, was sie gefragt und wonach sie gesucht hatten.

»Ich bin für Sie weiter erreichbar«, sagte er in beruhigendem Ton und fügte dann beschwörend hinzu: »Im Interesse Ihrer eigenen Sicherheit müssen Sie sich unauffällig verhalten und so tun, als sei auf Sie weiterhin Verlass. Arbeiten Sie ganz normal in Ihrer Redaktion weiter. Treffen Sie sich mit Ihren Freunden und reden Sie über möglichst belanglose Themen. Die Agenten sollen glauben, dass Sie kooperativ sind. Wir schaffen Ihnen diese Leute schnellstmöglich vom Hals. Haben Sie das verstanden?«

Katja schniefte immer noch, blickte auf ihre Finger, die sie jetzt wie ein eingeschüchtertes kleines Mädchen ineinander verknotete. Sie sagte: »Ich kriege das schon hin. Und danke für Ihre Hilfe.«

»Sie beweisen eine bewundernswerte Stärke, Frau Kirchner. Bleiben Sie tapfer. Sie werden sehr bald wieder ein normales Leben führen. Und nun denke ich, werden wir gehen.«

Er gab dem Kellner einen Wink. Sie griff in ihre Tasche, entnahm ihr eine weitere Visitenkarte und schrieb ein paar Worte darauf. Sie schob sie über den Tisch. Er sah erst darauf, als er gezahlt hatte.

Brauchen Sie mich in Prag?

Er hob überrascht die Augenbrauen.

»Was haben Sie vor?«

Die Journalistin langte erneut nach der Karte und schrieb: *Die Mörder von Emma finden.*

Croy schüttelte den Kopf und sagte: »Diese Verantwortung kann ich nicht übernehmen. Was ist, wenn Sie dabei verletzt werden? Ich halte Sie auf dem Laufenden.« Diese Frau hat Courage, dachte er anerkennend.

Katja stand auf, kehrte sich mit einem deprimierten Gesichtsausdruck von ihm ab, zog ihren Hund mit sich und warf ihm an der Tür nochmals einen Gruß zu. Er sah ihr mitfühlend nach.

Als Croy nur wenige Minuten später das Lokal verließ, war die Straße vor dem Café beinahe menschenleer. Der Mann im Trenchcoat war verschwunden. Wie auch die Journalistin und ihr Hund. In seinem Innern tauchte das Wort *Misstrauen* auf. Das beständige Gefühl, das er so gut kannte. Doch hier verhielt es sich anders. Er konnte sich nicht erklären, warum. Lag es an ihrer offenen Art? Irgendetwas löste die Journalistin in ihm aus, was er sich noch nicht erklären konnte. Er spürte eine gewisse Zuneigung, aber auch Abwehr. Es durchlief ihn erst heiß, dann kalt.

Er war niemand, der einen Menschen schneller als nötig an sich heranließ. Die Gründe dafür lagen in ihm selbst. Sie waren eine Art Selbsttherapie nach durchlittenen Erfahrungen. Seine aktuelle mentale Stärke war das Ergebnis eines langwierigen Erkenntnisprozesses und der Akzeptanz einer Dialektik, die er lange Zeit mit Fassungslosigkeit registrierte: Während sich die Türen seiner Karriere stetig öffneten, schlugen sie in seinem Privatleben immer wieder zu. Die verlässlichste Konstante seines Lebens hieß deshalb *Arbeit*. Um Terroristen und andere Gewalttäter aufzureiben, war die Verbindung von Technik, Fantasie und einer nötigen Portion körperlicher Kraft unabdingbar. Croy zog seine Befriedigung aus der Fähigkeit zum analytischen Denken, aus seinem Gerechtigkeitsempfinden, einer gewissen Härte und deutlich ausgeprägtem Siegeswillen. Und so war es kein Zufall, dass er sowohl im normalen Tagesgeschäft als auch als Undercover-Agent anderen Kollegen oftmals den Schneid abkaufte. Trotz dieser Talente und Erfolge hatte er Zweifel an der eigenen Wertschätzung.

Mit eingefrorenem Gesicht sah er auf die Silhouette der Prager Burg, die pittoreske Bebauung ringsum und die Menschenströme auf der alten Karlsbrücke. Ein Gemälde, so zeitlos wie die Stadt selbst.

Es begann wieder leicht zu regnen. Die Tropfen waren eiskalt und drangen ihm in den Kragen. Er schritt über die Tramgleise hinüber zu einer Imbissstube. Entgegen seiner Gewohnheiten bestellte er einen Tee mit tschechischem Rum. Croy seufzte tief auf. Langsam leerte er den Becher. Der Geschmack des Gebräus erinnerte ihn an Hustensaft aus seiner Kindheit.

Er stellte den halbvollen Becher ab und lenkte seine Schritte auf die andere Straßenseite, zur Steinmauer, die das Ufer zur Moldau als Hochwasserschutz begrenzte. Hier hatte der fremde Mann gestanden und ihn und die Journalistin beobachtet. Croy sah sich um. In einer nahen Seitenstraße stand ein führerloser, dunkelgrauer Peugeot Kombi mit Diplomatenkennzeichen im Halteverbot. Touristen liefen quer über die Fahrbahn. Ein Schwung Tauben pickte Gehwege ab, Wind fuhr hörbar durch die letzten Blätter einer großen Linde.

Da war niemand, der Croy auffiel.

Er spazierte gemächlich zu seinem Skoda Octavia, den er in einer Seitenstraße abgestellt hatte. Als er um die Ecke bog, sah er die Journalistin auf einer Parkbank sitzen. Sie hatte ihre Hände vor das Gesicht geschlagen. Der Boxer lag zu ihren Füßen. Als er näher kam, hörte er sie weinen. Er empfand Mitgefühl und setzte sich vorsichtig neben sie. Sie blickte zu ihm auf. Ihre Augen waren gerötet, ihr Gesicht angeschwollen.

»Sie sehen traurig aus«, sagte sie.

»Ich?« Croy schluckte. »Aber Sie sind es, die weint«, erwiderte er. »Kann ich Sie irgendwohin mitnehmen?«

Es drängte ihn zwar, allein zu sein und die Konzentration zu finden, die er für seine Vorhaben brauchte. Der morgige Tag in Semtin würde seine ganze Kraft kosten. Doch er empfand nicht nur Mitleid mit der Frau, die so unvorbereitet erfahren hatte, dass ihre beste Freundin nicht mehr lebte. Er spürte eine aufkeimende Zuneigung.

»Emma und ich kannten uns viele Jahre und standen uns deshalb sehr nahe«, sagte Katja mit brüchiger Stimme. Croy wusste keine Antwort. Er schwieg. Sie lehnte sich jetzt an ihn. Er dachte an die BKA-Psychologin, an sein Tagebuch, an Anne, seine letzte Beziehung. So saßen sie noch eine ganze Weile.

Später setzte er Katja am Innenstadtbahnhof *Mazarykovo Nadrazi* ab, dem wichtigsten Verkehrsknotenpunkt für Berufspendler und Touristen, die aus den Vororten und weiter entfernten Regionen morgens in Prag einfielen und am Abend müde oder lärmend die Stadt verließen. Gabriela Malichova hatte peinlich genau darauf geachtet, dass der Dienstwagen des Ministeriums keinerlei Verdacht erregte. Er wirkte innen aufgeräumt, beinahe zu steril.

Croy bremste und hielt.

»Machen Sie sich keine weiteren Umstände, ich nehme von hier aus ein Taxi.« Katja strich eine Locke aus ihrer Stirn.

»Was werden Sie nun tun?«, fragte Croy und setzte ein gewinnendes Lächeln auf.

»Eigentlich täte es mir gut, heute Abend nicht allein in dieser fremden Stadt zu sein.«

»Falls Sie es nicht aushalten, rufen Sie mich an. Ich bleibe bis morgen früh in Prag.«

Sie nickte dankbar. Er sah ihr hinterher, bis sie und ihr Hund aus seinem Blickfeld verschwunden waren.

Er wünschte sich plötzlich, dass sie ihn anrief.

Zurück in der Pension, ging er konzentriert Punkt für Punkt seines Einsatzplanes durch. Parallel dazu überprüfte er den Inhalt seiner Waffentasche. Eingelegt in den Plan der Sprengstofffabrik und ihrer Umgebung war ein Computerausdruck. Erstaunt über diesen Fund, begann er sofort zu lesen. Gabriela hatte ausführlich dargelegt, wie der Y3-Sprengstoff in die Welt gekommen war. Vor vierzig Jahren stellte ein gewisser Stanislav Brebera, Chemiker im Sprengstoffwerk Explosia, der Öffentlichkeit einen Zunder vor, der 94 Prozent Nitropenta mit 6 Prozent Hexogen enthielt. Er erhielt den Namen Y3 Semtex und avancierte kurze Zeit später zum weltweit erfolgreichsten Explosionsgemisch der Nachkriegsgeschichte. Er war kostengünstig herzustellen, war wegen seiner weichen Konsistenz gut formbar und auf Grund seiner normalen Stoßfestigkeit und des hohen Wärmewiderstands gut zu transportieren. Allerdings waren Spreng- oder Zündkapseln nötig, um das chemische Gemenge aus Nitrogruppen, Salpetersäuren, Formalin und Ammoniak zur Detonation zu bringen. Bei den Terroranschlägen der vergangenen Jahre war es das hochempfindliche Bleistyphnat, das als so genannte Initialzündung diente. Elektroimpulse brachten dabei die Kapsel zur Explosion. Der dabei entstandene Druck und eine enorme Hitze zündeten wiederum das Y3 Semtex, das mit einer Geschwindigkeit von acht Kilometern pro Sekunde auseinanderflog und eine Hitze von 6000 Grad Celsius entwickelte.

Croy lächelte etwas mokant über den Historienausflug Malichovas, war ihr aber gleichzeitig dafür auch dankbar.

Jetzt musste er »nur« noch in die Salzstollen gelangen, die Sprengladungen anbringen, zünden und verschwinden.

Der Ermittler konzentrierte sich nochmals auf die wichtigsten Koordinaten: Wo war der Haupteingang und wo der Zutritt zu den unterirdischen Anlagen? Wo genau brachte er die Sprengladungen am unauffälligsten an, und wie viel Zeit würde bleiben, um dem Inferno zu entkommen? Er studierte die Fotos mehrerer Aufklärungssatelliten, die seit dem Beitritt Tschechiens zur NATO die Erdoberfläche mit allen Gebäuden, Flughäfen, Militärbasen und unterirdischen Bunkern zentimetergenau abscannten. Malichova hatte ihm die gestochen scharfen Bilder in einem versiegelten Umschlag mit in den Folder gelegt. Endlich hatte er die Zeit, sie sich genauer anzusehen. Ihm fiel auf, wie chaotisch die Anlage von oben betrachtet wirkte, und stellte sich vor, wie sie in alle Einzelteile zerbarst. Er musste nur weit genug davon entfernt sein, wenn die enorme Ladung hochging. Er verpackte die Materialien sorgfältig, schob die Waffentasche unters Bett und verteilte davor seinen Rucksack mit der Kleidung, die Schuhe und eine weitere Jacke. Dann brachte er das Bettzeug so durcheinander, dass es beinahe auf dem Boden lag und ein ungebetener Gast nicht unter die Schlafcouch sehen konnte. Das Zimmer wirkte nun wie das eines Travellers, der wenig Sinn für Ordnung, aber umso größere Lust an Chaos hatte.

Er dachte eben über seine weitere Abendgestaltung nach, als sein deutsches Videotelefon klingelte. Katja war auf dem Schirm.

Als die Journalistin eine halbe Stunde später an seine Tür klopfte, war Croy frisch geduscht, trug ein legeres weißes Hemd zu einer dunkelblauen Jeans und weißen Turnschuhen. Seine Haare waren noch feucht und rollten sich im Nacken zu Locken.

Als er öffnete, sagte er sofort entschuldigend: »Verzeihen Sie die Unordnung.«

Sie sah sich kurz erstaunt um. Statt eines Kommentars streckte sie ihm eine Flasche Champagner entgegen. Ihre Augen glänzten. Er war überrascht. Damit hatte er nicht gerechnet.

Katja trug einen eng geschnittenen und hoch geschlossenen Mantel, der die schmale Silhouette ihres Körpers nachzeichnete und nur am Kragen ein winziges Stück hellblauen Blusenstoff freigab. Sie war dezent geschminkt und trug Ohrringe aus winzigen blauen Kristallen. Croy sog den Duft eines leichten Parfüms ein. Sie gefiel ihm, und der Lockstoff wirkte.

»Geben wir dem Abend, was er verdient, Mister Croy.«

»O ja, lassen Sie uns doch in den Frühstücksraum gehen«, schlug er vor.

Sie folgte ihm. Croy setzte sich auf den Stuhl, auf dem kürzlich noch Michael Storm das Leben Franz Hilperts nachgezeichnet hatte. Die etwas gespreizte Atmosphäre zu Beginn wurde schnell vom Champagner entkrampft. Und obwohl Katja aus ihrer Niedergeschlagenheit anfangs keinen Hehl machte, heiterte sich ihre Stimmung nach und nach auf. Sie trank schnell und hatte schließlich ein Glas Vorsprung. Als die Flasche leer war, sprach Croy von plötzlichen Hungergefühlen und bestand auf einem Pizzarestaurant um die Ecke. Katja willigte beschwipst ein. Die Pizza war schlecht, doch der Weißwein anständig. Als sie wieder vor die Tür traten, segelte der Gleichgewichtssinn Katjas in unruhigen Gewässern. Croy war nüchterner geblieben. Der Einsatz in Semtin am nächsten Tag hatte wie ein Schatten über dem Abend gelegen und ihn etwas verspannt. Sie drückte sich jetzt beschwipst und etwas unbeholfen an ihn. Der Wind war zugig und kalt. Im Licht der Straßenlaternen sah er feine Puderstäubchen auf ihren Wangen.

»Soll ich Ihnen ein Taxi rufen?«

Sie fasste ihn an die Hand. »Nein, seien Sie ein Kavalier. Lassen Sie mich trauriges Mädchen jetzt nicht allein.« Zwischen ihn und sie passte nicht mal mehr ein Blatt Papier.

Der Hund fiepte leise.

Croy fühlte Zweifel, Begierde und Lust. Sie hüllte ihn mit diesem Parfüm ein, das so leicht wie ein Atemhauch war. Katja blickte ihn verspielt und zutraulich, aber mit einer Spur Unsicherheit an. Das Glück, das er jetzt spürte, war lautlos gekommen. Und irgendwie fürchtete er, dass es ihn laut polternd wieder verließ.

»In die Pension?«, fragte sein Mund ihren.

»Ja«, öffneten sich ihre Lippen.

Er hielt ihre Hand fest, aber nicht zu fest. Gemeinsam liefen sie durch den kalten Dezemberregen die dunkle Straße hinunter, bis sie eine kleine Kurve einfach verschluckte.

Im Zimmer seiner Pension bestand er trotzdem darauf, dass er auf dem Boden schlief. Die Lage war bereits kompliziert genug. Jetzt ein Verhältnis mit dieser zugegebenermaßen attraktiven Frau anzufangen, konnte seinem Gefühl nach nur zu Schwierigkeiten führen. Und die waren das Letzte, was er im Augenblick brauchen konnte. Außerdem hielt er es für geschmacklos und billig, diese Situation auszunutzen. Katja hingegen blieb nicht mehr die Zeit, sich über Croys Zaudern zu wundern. Der Alkohol knickte ihr augenblicklich die Beine weg. Sie warf noch schnell einige Kleidungsstücke und ihre Ohrringe ab und versank von einem Moment auf den anderen in einem tiefen, ruhigen Schlaf.

Croy suchte sich einen Platz am Boden. Der Boxer hatte sich vorsichtig an ihn herangerobbt und legte die Schnauze auf seinen Füßen ab. Croy ließ es geschehen. Ihm erschien sein Handeln zwar konsequent; aber dass er mit einer Frau richtig glücklich war und sie mit Haut und Haaren geliebt hatte, lag schon zu lange zurück, als dass er diese Situation nicht bedauerte.

16

Prag,
6. Dezember,
am Morgen

Es regnete so stark, als verabschiede sich die Welt für immer vom Tageslicht. Über der Stadt lag ein graues Dampfgemisch, aus dem sich die goldenen Türme Prags wie Spitzen eines überirdischen Riffs erhoben. Gewaltige Pfützen sammelten sich auf den Kopfsteinpflastern, über die der Wind so stark fegte, dass er auf ihnen Wellen erzeugte.

Croys Funktelefon riss ihn aus dem Schlaf. Noch benommen stellte er die Weckfunktion ab. Seit seinen Ausflügen mit Zelt, Schlafsack und Boot hatte er nicht mehr so hart geschlafen.

Katja schien nicht wach geworden zu sein. Sie atmete ruhig und regelmäßig. Was gestern Abend geschehen war, kam ihm plötzlich sehr unwirklich vor. Sein Rücken schmerzte, sein linker Arm fühlte sich taub an. Er stemmte sich aus seiner Bodenlage nach oben und beugte sich über die schlafende Journalistin.

»Guten Morgen«, flüsterte er leise. Keine Reaktion. Er sprach etwas lauter. Sie schnurrte wie ein Kätzchen auf einer warmen Bank vor einem noch wärmeren Ofen. Er zog seinen Kopf zurück. Sie sah ihn verschlafen an, bedeckte aber sofort ihr Gesicht mit den Händen.

»Das brauchen Sie noch nicht«, sagte er ironisch. Er zog sich ins Bad zurück. Die heiße Dusche linderte die körperlichen Camping-Syndrome. Als er, nur mit einem schmalen Handtuch bekleidet, ins Zimmer zurücktrat, saß Katja aufrecht im Bett, die Decke dicht an sich herangezogen.

»Habe ich mich gestern Abend gut erzogen benommen?«, fragte sie schüchtern. Sie sah ungeniert auf Croys nackten Oberkörper, auf seine minimale Brustbehaarung, auf die gut ausgebildeten Muskeln seiner Oberarme und Beine. Der Ausflug ihrer Augen endete, wo das Handtuch begann. Eine Handbreit unter seinem Bauchnabel.

»Ja, das haben Sie.« Croy genoss die Wärme, die ihre Augenwanderung in seinem Innern auslöste. Er kämpfte erst gar nicht gegen seine aufsteigenden Gefühle an. Er hob Katjas Bettdecke am Fußende an, löste sein Handtuch und schlüpfte geschmeidig über ihre nackten Beine zu ihrem Kopf. Katja versank augenblicklich in eine waagerechte Lage.

»Ich mag Männer, wenn sie sich Zeit lassen«, wisperte sie noch in sein Ohr.

Vor dem Fenster war der Prager Berufsverkehr in vollem Gang. Autos schoben sich Meter für Meter vorwärts, stoppten, fuhren wieder an. Menschen drängten sich zwischen den Autos hindurch, stiegen in überfüllte Straßenbahnen oder warteten das nächste Verkehrsmittel ab. Es regnete in Strömen.

Beinahe zwei Stunden später lag die Bettdecke aufgeschlagen quer über dem Bett. Katja duschte, während Markus Croy auf dem Weg in den Frühstücksraum war. Auf seinem Gang hinunter pfiff er ausgelassen und etwas schief das romantische Ouvertüren-Motiv *Notre Dame* aus der gleichnamigen Oper des Wiener Spätromantikers Franz Schmidt.

Als sie sich nach einem ausgiebigen Frühstück und der gemeinsamen Lektüre deutscher Tageszeitungen auf den Weg nach Pardubice machten, war es weit nach Mittag. Der Regen hatte sich noch verstärkt. Lautstark trommelten Tausende

Wassertropfen auf Motorhaube und Wagendach. Die Wischerblätter des Skodas leisteten wacker Widerstand. Katja Kirchner saß mit glänzenden Augen, aber fröstelnd und mit angezogenen Beinen neben ihm. Ihr Hund sah aus dem Fond zwischen ihnen nach vorn.

Während er den Wagen aus der Stadt steuerte, blickte Croy angestrengt durch den Dunst auf die Straße. Das Navigationsgerät leitete sie jetzt in Richtung Ostböhmen. Auf freier Strecke wanderte ab und an seine Hand zu ihr hinüber, wo sie nicht allein blieb. Das Radio bot Dionne Warwicks *Yours*. Croy summte das Lied leise mit.

Als sie nach beinahe neunzig Minuten Fahrzeit die ersten Vororte Pardubices passierten, war es kurz vor sechzehn Uhr. Croy bat Katja nochmals eindringlich, ihm später nicht zu folgen. Er hielt am Marktplatz, der von mittelalterlichen Häusern umbaut war und in dessen Mitte eine breitstämmige Linde und eine Pestsäule standen. Ihre Figuren illustrierten das Leiden der grausamsten Epidemie des Mittelalters.

Croy zeigte auf ein italienisches Restaurant, an dessen Dachfirst, aufgereiht wie Perlen, die zwölf europäischen Fahnen hingen. »Treffen wir uns dort um acht. Also in etwa drei Stunden.«

Katja nickte nur stumm, nahm seine Hand und küsste ihn flüchtig auf die Wange. Als Croy abgefahren und um die nächste Ecke gebogen war, setzte sie sich zu Füßen der Linde auf eine Parkbank, schlug den Kragen ihres Mantels hoch und sah scheu auf den Platz, den sie ohne Croy wohl nie betreten hätte. Mit einem Hund ist man nie allein, dachte sie und schickte sich ins Warten.

Croy folgte indessen der Beschilderung in den Pardubicer Vorort Semtin. Seine Fahrt führte an ockerfarbenen Mietskasernen aus den Siebzigerjahren, an schmucklosen Einfamilienhäusern aus den Dreißigerjahren, aber auch neu errichteten Fertighäusern vorbei. Aus der Ferne sah er Schornsteine von etwa dreißig Metern Höhe und wenig später die Umrisse des Sprengstoffwerks *Explosia*. Das Werk lag in einer Talsenke, nur unweit von einigen Wohnhäusern in Plattenbauweise entfernt. Sie waren beinahe bis an die Werkstore herangebaut und machten nicht den Eindruck, von einem fähigen Architekten entworfen worden zu sein.

Er parkte unauffällig zwischen den Autos von Anwohnern, ging ein paar Schritte zu Fuß und stellte sich neben ein Transformatorenhäuschen, das ihm durch ein überhängendes Dach Schutz bot. Der Regen hatte zwar leicht nachgelassen und war in Niesel übergegangen, doch er war kalt und wehte ihm in den Kragen. Croy hielt sich ein Fernglas mit starker Brennweite vor die Augen und fokussierte seine Okulare scharf.

Bis auf das Herzstück des Chemiekomplexes – er sah zahllose Röhren mit Ventilen, Flanschen, Elektrokästen und Eisenrädern – waren da noch vier zweistöckige Steinbaracken, die offensichtlich die Verwaltung beherbergten. Den Eingang in die unterirdischen Stollen sah er von seinem Beobachtungspunkt noch nicht. Dafür aber vereinzelte Arbeiter, die nach seiner Überzeugung demnächst in den Feierabend gehen müssten. Das Gelände erschien ihm erstaunlich zahm bewacht. Der Metallzaun rings um das Areal herum war zwar mit dichtzackigem Militärdraht überhüllt worden; doch Kameras waren nur am Haupttor und auf den Dächern der Baracken montiert. Croy zählte sie und kam auf acht Videospione. Er suchte das Gelände weiter ab und stoppte bei einem steingrauen, führerlosen Peugeot-Kombi, zoomte dichter heran und sah auf das Kennzeichen. Irgendeinen Gedanken löste das Fahrzeug in ihm aus. Er kam nicht darauf. Das Kürzel CD für *Corps Diplomatique* war deutlich zu erkennen. Er notierte sich Zahlen und Buchstaben und gab die Kombination per

Kurzmitteilung mit seinem tschechischen Funktelefon an das BKA in Berlin weiter.

Schnell sah er auf die Uhr. Kurz vor fünf. Zurück in seinem Wagen hörte er die Werksirenen heulen. Er startete den Motor. Er wusste, dass ihm nun nicht mehr viel Zeit blieb.

Zufall und Kalkül trafen an diesem Ort aufeinander wie eineiige Brüder. Dass Croy und mit ihm gleichzeitig BND-Agent Hans Strachow in Semtin waren, mochte als Zufall gelten, aber auch als Kalkül. Croy und Strachow wussten beide um die Vorzüge eines Freitags für geheime Operationen in Büros, Firmenzentralen und Lagern.

Croy passierte die Schranke mit seinem von Malichova präparierten Ausweis, doch der Mann vom Werkschutz stoppte ihn. Als Croy die Scheibe seiner Wagentür herunterließ, blickte ihn der Wachmann schief an, zeigte auf seine Uhr und sagte auf Tschechisch: »Wir haben gleich Feierabend.«

Croy nickte verständnisvoll und gab seinem Gesicht einen gehetzten und gleichzeitig entschuldigenden Ausdruck. Er konnte und wollte es nicht riskieren, in ein längeres Gespräch in der für ihn noch immer fremden Sprache verwickelt zu werden.

»To je dulezita kontrola, prosim! Eine wichtige Kontrolle, bitte!«, sagte er souverän und achtete darauf, dass er sein R dabei schön rollte. Schließlich hatte er in der Schule Russisch gelernt.

»Dobri«, sagte der Wachmann, zeigte nochmals auf seine Uhr und winkte ihn durch. Offensichtlich hielt man den Zeitpunkt des Feierabends hier peinlich genau ein. Während sein Wagen langsam über das Werksgelände rollte, sah er auf sein Mobiltelefon. Noch immer keine Antwort aus Berlin wegen des Nummernschilds. Croy spürte eine innere Unruhe, fragte sich, was der Fahrer des Peugeot hier verloren hatte. Er umkreiste mit seinem offiziellen Ministeriumswagen kurz den Haupteingang des Werks und stellte das Auto an der rückwärtigen Seite ab. Zwischen ihm und dem mysteriösen Peugeot stand lang und breit eine flache Halle, die aus Betonfertigteilen zusammengesetzt worden war und nur sehr wenige Fenster hatte. Er griff nach seinem breiten Waffenkoffer und ging die wenigen Meter zum Lager zu Fuß. Dabei drückte er seine Bauchmuskeln gegen die Waffe in seinem Holster. Dass er sie spürte, machte ihm Mut.

Er gab sich äußerlich ruhig und souverän. Aber in seinem Innern rumorte es. Als ginge er hier täglich ein und aus, schob er sich lässig durch die Drehtür ins Lagerhaus, spazierte bis ans Ende des kurzen Flurs und sah sich einem Wachmann gegenüber, der vor mehreren Monitoren saß.

»Dobri rano, Pane«, grüßte er freundlich und drückte seinen Ausweis gegen die Scheiben.

Der Mann fixierte den Ermittler kurz, erhob sich dann unwillig und deutete auf die Uhr über sich. Sie zeigte auf 17 Uhr 12.

Croy aber schob seine Identitätskarte durch eine schmale Öffnung: Marcik Croy, Controller, las der Wachmann. Sein Kreuz war beinahe so breit wie die Tür, durch die Croy hindurchwollte.

Der Wachmann verengte seine Augen. Croy spürte ein mulmiges Gefühl, dann aber ertönte ein digitales Geräusch, die Tür neben dem Wächterbüro sprang auf. Croy konnte passieren.

Die Beschilderung führte ihn vom Office direkt in die oberirdischen Lager des offiziell eingelagerten und registrierten Sprengstoffs. Die Halle war von Betonsäulen abgestützt, von denen, bis auf zwei Laufgänge, senkrechte und waagerechte Metallstreben abgingen. Schwere Holzregale zogen sich zwischen den Streben entlang, auf denen in handlichen Paketen

Tausende Kilo Plastiksprengstoff gestapelt waren. Croy machte sich in einem Inventurbuch Notizen, besser gesagt: Für den Fall, dass der Wächter ihn aufhielt und befragte, zeichnete er Haken in eine Tabelle, die zu einem peniblen Controller passten. Meter für Meter schob er sich dabei an eine schwere Eisentür heran. Sie trennte den offiziellen vom verbotenen Bereich ab. Laut Malichova befand sich hier der Eingang zu den unterirdischen Stollen, in denen einhundertfünfzig Tonnen Y3 lagerten, die es aufgrund ihrer fehlenden Registratur quasi offiziell gar nicht gab.

Er hörte ein Rumoren, dann das Schurren von Schuhen.

Croy drückte sich dicht an einen der Betonpfeiler und lauschte. Er sah keine Gesichter. Leise Männerstimmen, die Englisch miteinander sprachen, drangen an sein Ohr.

»… kümmere mich darum.« Croy hörte ein Geräusch wie das Knurren eines Hundes. »Packen Sie mir das Zeug so ein, dass nichts verrutschen kann.«

»Alles klar, wo steht Ihr Wagen?«

»Direkt vor dem Eingang. Ist der Lieferschein in Ordnung?«

»Ja, ist er.«

»Gut, beeilen Sie sich. Ich möchte spätestens um acht an der Grenze sein.«

»In Ordnung, Chef.«

Croy verharrte lautlos. Einer der beiden Männer machte sich ausgerechnet an dem Regal zu schaffen, hinter dem er lauerte. Der Ermittler schob leicht seinen Kopf nach vorn, dann machte er vorsichtig einen winzigen Schritt zur Seite und dann noch einen. Durch die Fugen zwischen Regalen und Metallträgern sah er das Profil des Mannes. Croys Augenbrauen hoben sich. Was hatte der Wachmann hier verloren? Und wer war der andere Kerl? Schmuggelten sie Sprengstoff?

Croy hörte sein Herz schlagen. Er ärgerte sich, seine Tasche mit den Gerätschaften am Boden des benachbarten Regals abgestellt zu haben. Wollte er an sie herankommen, müsste er vier Meter lautlos überwinden.

Der Wachmann entnahm dem Regal jetzt mehrere Pakete C4-Sprengstoff und legte sie vorsichtig auf eine Transportkarre. Croy schlich wie in Zeitlupe auf seine Tasche zu. Dabei hielt er sich so gut es ging in Deckung.

Als er sie beinahe greifen konnte, krachte etwas sehr Hartes gegen seinen Hinterkopf. Ein rasender Schmerz fuhr ihm vom Kopf in die Beine, seine Knie knickten ein, er klappte hilflos in sich zusammen und verlor Sekunden später das Bewusstsein.

Hans Strachows Gesicht hatte den Ausdruck eines wilden Tieres. Kurz dachte er darüber nach, ob jetzt nicht die Gelegenheit gekommen wäre, Croy endgültig auszuschalten. Viel zu dicht war er an ihn herangekommen. Doch da war noch der Wachmann, der sein Zeuge sein würde. Es reichte schon, dass er die Lastwagen in den unterirdischen Stollen hineindirigiert hatte und mitbekam, dass Strachow tschechisches Eigentum stahl.

Er warf ein Eisenrohr beiseite. Scheppernd schlug es auf dem Betonboden auf. Der Wachmann stürzte indes erschrocken auf ihn zu.

»Sie sind auf einen deutschen Agenten hereingefallen«, fuhr Strachow sein Gegenüber an. »Eine Zecke der besonders ekelhaften Art. Ich frage mich, was er hier verloren hat. Verpacken Sie das Zeug im Wagen. Sie haben nichts gesehen, verstanden?«

Der Wachmann nickte und hielt die Hand auf. Während Strachow ihm ein paar grüne Scheine hineindrückte, sagte er: »Und passen Sie auf, dass er nicht zu früh aufwacht. Wenn es sein muss, ziehen Sie ihm mit der Eisenstange noch eins über den Schädel.«

»Geht klar«, antwortete der andere und leckte sich die Lippen. »Ich liebe Euros. Vielleicht haben Sie auch noch einen Extraschein für meinen Cousin? Er hat schließlich wie verabredet die Trucks in den Stollen gelassen.«

Strachow hielt kurz inne, griff dann mit verzogenem Mund nach einem weiteren Hunderter.

»War eine gute Idee, die Lastwagen gestern Nacht schon zu beladen, was, Chef?« Der Wachmann sah anbiedernd zu Strachow.

»Ich bin eben ein Profi.« Strachow rieb sich selbstgefällig das Kinn.

Strachow hatte sein kleines Nebengeschäft gut getarnt. Als Abgesandter der französischen Botschaft in Berlin ließ er sich zwanzig Pakete mit jeweils zehn Kilogramm offiziell registriertem C4-Plastiksprengstoff aushändigen und bezahlte sie in bar. Am Grenzkontrollpunkt Zinnwald in Ostsachsen hatte er vorsichtshalber Buchstaben und Nummern seines französischen Diplomatenkennzeichens hinterlegt. Aufgrund internationaler Immunitätsbestimmungen brauchten derart gekennzeichnete Autos keinen Zoll der Welt zu fürchten.

»Laden Sie das Zeug jetzt ein und machen Sie sich auf den Weg zur Schranke am Ausgang des Stollens. Ich möchte keine Überraschungen beim Abtransport erleben«, befahl er dem Wachmann.

»In Ordnung.« Der Tscheche lud das letzte von zwanzig Paketen auf die Elektrokarre. Er warf eine Plane über die Sprengstoffpakete, fuhr sie aus der Halle zu dem grauen Kombi und sortierte die zweihundert Kilogramm schwere Fracht in das Auto. Es war eine ausreichende Menge, um einen ganzen Straßenzug mit mehrstöckigen Gebäuden dem Erdboden gleichzumachen.

Unterdessen vergewisserte sich Strachow, dass Croy weiterhin bewusstlos war, und trat durch eine schwere Eisentür zu einem Paternoster, der die Oberfläche mit der Tiefe verband. Er sah hektisch auf die Uhr. Nach einer ihm endlos erscheinenden Abfahrt erreichte er den Fuß des Salzschachtes. Er war wie ein Plateau gebaut, von dem ein breiter, mit einem Sand-Mörtel-Gemisch planierter Transportweg ins Dunkel führte. Der nur von einigen wenigen Glühbirnen beleuchtete Platz markierte auch gleichzeitig das Ende des Salzstocks. Der Konvoi der Sattelschlepper stand in zwei Reihen hintereinander exakt geparkt vor ihm. Die schweren Eichenholzregale, in denen tags zuvor noch 150 Tonnen Sprengstoff in Kisten gestapelt waren, waren vollständig leer geräumt.

Ihre Fahrer saßen bereits in den Kabinen und warteten auf sein Zeichen. Sie stammten aus der Ukraine, sprachen kein Wort Tschechisch und wurden in Dollars bezahlt. Ihre Ladung hielten sie für Zement und das Werk für eine Bindemittelfabrik.

Strachow eilte an ihnen vorbei, verfiel in einen leichten Dauerlauf und verschwand im Dunkel. Eine kleine LED-Taschenlampe wies ihm jetzt den Weg. Nach etwa zweihundert Metern stieg der unterirdische Weg leicht an und wurde immer steiler. Nach weiteren dreihundert Metern lief der Tunnelweg auf eine kreisrund ausgebaggerte Öffnung ins Freie zu. Schon von weitem wurde eine alte, rot-weiß lackierte Schranke mit senkrecht verlaufenden Eisenstäben sichtbar, die mehr als zwei Meter hoch und etwa zehn Meter breit war. Sie war noch nicht geöffnet worden. Der BND-Agent presste sich jetzt mit seiner rechten Schulter dicht an die weißlich schimmernde Salzwand und setzte nur noch langsam und sehr vorsichtig einen Fuß vor den anderen. Er langte unter seine weit geschnittene Lederjacke und hielt einen großkalibrigen Revolver in der Hand. Noch während er auf das Tunnelende zuschritt, schraubte er einen doppelwandigen Schalldämpfer auf die Waffe. Als er beinahe im Freien angelangt war, presste er sich auf den Boden und robbte die letzten Meter ins Licht. Das Wachhäuschen stand seitlich versetzt vom Tunneleingang, bot keinen Sichtkontakt zu den beiden Wachen am Zentraleingang der Firma und markierte mit seiner Tür die rechte Begrenzung zu der rot-weißen Barrikade. Zwei Männer in blauen Wachschutzuniformen – einer von ihnen war Strachows Kompagnon – unterhielten sich über irgendetwas in tschechischer Sprache. Ihre Revolver der einheimischen Marke *Ceska* hingen in Außenholstern an ihren Gürteln. Strachow wusste, dass beide ihre Schicht gerade erst begonnen hatten und nicht vor fünf Uhr morgens abgelöst würden. Bis dahin wäre der Konvoi längst in sicheren Gefilden.

Strachow bewegte sich jetzt nur noch in Zentimeterabschnitten vorwärts. Beide Wachmänner lehnten mit dem Rücken zu ihm an ihrem Kontrollpult. Der BND-Agent hob im Liegen seine Waffe vor die Augen, zielte kurz und schoss aus etwa zwei Metern Entfernung direkt durchs Fenster. Das erste Projektil durchdrang das Genick des einen Wächters, trat aus dessen Stirn wieder aus und flog durch die gegenüberliegende Fensterscheibe ins Freie. Bevor der zweite Mann in Deckung gehen konnte, war Strachow aufgesprungen und schoss durch die zerstörte Scheibe aus kurzer Distanz in dessen linkes Ohr. Der Wachmann kippte ganz langsam zur Seite weg.

»Tut mir leid, Kumpel, aber Tote reden nicht«, sagte Strachow mit einem hässlichen Grinsen und nahm ihm das Geld wieder ab. Er verstaute seine Waffe, betrat schnell das Wachhäuschen, zog die Männer nacheinander durch die Tür hinaus, schleifte sie zur rückwärtigen Wand und legte sie übereinander in den Schlamm.

Zurück im Wachhäuschen suchten seine Augen kurz den Auslöser für den Hubmechanismus der Schranke. Ein unauffälliger roter Knopf. Er drückte ihn. Ächzend und knirschend hob sich die Barrikade an. Dann ergriff er den Telefonhörer und legte ihn auf den Tisch. Ein Besetztzeichen, so Strachows Kalkül, ließ eher auf lebende Wachmänner schließen, als wenn permanent niemand ans Telefon ging. Sein Blick fiel auf einen Stapel wärmender Decken. Der Agent breitete sie über die beiden Toten aus und sprintete den sechshundert Meter langen Transportweg zurück ins Dunkel des Schachts.

Noch außer Atem gab er den Fahrern das Startkommando. Die Lastwagen rollten nacheinander aus dem unterirdischen Stollen ins Freie hinaus. Sein Schlund öffnete sich hinter dem Werk und mündete auf einen schmalen Asphaltweg, der zur E52 und damit direkt zur Grenze in die Slowakei führte. Auf den LKW-Planen war lediglich das Logo der Spedition zu sehen.

Als der letzte Sattelschlepper in einer Wolke aus Staub verschwunden war, sprang Strachow zurück in den Paternoster. Croy lag noch immer besinnungslos dort, wo er ihn niedergeschlagen hatte. Ein winziges Rinnsal aus Blut zog sich von dessen Hinterkopf den Hals entlang auf seine Schulter. Strachow beugte sich über ihn, grinste dabei abfällig und sagte zu dem regungslosen Ermittler: »Du musst noch sehr viel lernen, Kleiner.« Er fuhr sich mit der Hand über den kurz geschorenen, schweißnassen Kopf. Jetzt, wo der Zopf ab war, sah er nicht mehr aus wie ein alerter Ganove. Eher wie ein serbischer Terrorist.

Er verließ das Gebäude, startete seinen Wagen und rollte langsam vom Hof. Der Wachschutz an der Schranke salutierte freundlich. Es kam nicht jeden Tag ein französischer Diplomat in die Sprengstofffabrik.

Markus Croy brauchte lange, um endgültig aus seinem Dämmerzustand zu erwachen. Zwar hatte er sehr weit entfernt eine Stimme wahrgenommen und sogar verstanden, was sie sagte, doch seine Reflexe waren noch zu betäubt gewesen, als dass er hätte darauf reagieren können. Als er endlich in der Lage war, sich zu erheben, fühlte sich sein Kopf an, als stecke er in einer Schraubzwinge.

Er orientierte sich nur mühsam und versuchte sich an den Hergang seines Niederschlags zu erinnern. Ein Blick auf seine Armbanduhr sagte ihm, dass er beinahe eine Stunde so dagelegen haben musste. Als ihm endlich wieder bewusst war, zu welchem Zweck er hier war, schoss ihm eine hohe Dosis Adrenalin durch den Körper. Unvorsichtig riss er die Eisentür zu den Stollen auf, sprang in den Paternoster und glitt langsam in die Tiefe. Unten angelangt, starrte er fassungslos auf die leeren Regale. Einzig die frischen Reifenspuren der Sattelschlepper machten ihm blitzschnell klar, was hier passiert war. Er tastete nach seiner Wunde. Seine Hände waren verklebt.

Auch Helden haben schlechte Tage, dachte er zerknirscht, doch besser fühlte er sich von dieser Erkenntnis nicht. Er zuckelte wieder ans Tageslicht, fahndete kurz nach seiner Waffentasche, ergriff sie. Croy atmete durch. Er schwankte leicht durch den Korridor am Wachposten der Lagerhalle vorbei, wunderte sich kurz, dass die Monitore abgeschaltet waren und der Mann nicht auf seinem Platz saß.

Zurück in seinem Wagen wählte er die Nummer von Konrad Kaltenborn in Berlin. Als er ihn am Apparat hatte, schilderte Croy etwas atemlos und unter Schmerzen, was sich zugetragen hatte.

Der Ermittlungsführer reagierte mit einer Mischung aus Erstaunen, Grimm und Besorgnis.

»Sie können von Glück reden, dass Sie noch leben.«

»Es war von Anfang an der Wurm drin«, knurrte er. »Vielleicht hätte ich sehr viel früher starten und nicht auf Ihren Rat hin abwarten sollen.«

Kaltenborn ging darauf nicht ein.

»Wir werden den Konvoi zerstören«, sagte er stattdessen entschlossen. »Unsere Taskforce verfolgt die Kolonne bereits über Satellit. Wir werden ihn aufreiben, wo das Aufsehen am geringsten ist.«

»Sie alle, einschließlich CIA, *wussten* davon? Und ich riskiere hier meinen Hintern?« Croy war außer sich. Hatte er deshalb erst am Freitag nach Semtin fahren sollen? War er zu einem Spielball geworden?

»Beruhigen Sie sich, Markus, und kommen Sie nach Berlin zurück. Ich glaube, die dicken Bretter bohren wir inzwischen nicht mehr in Tschechien, sondern hier. Ich erwarte Sie morgen zu Dienstbeginn.«

Croy bestätigte zwar, aber er war wütend und gekränkt. Es war schließlich sein Plan gewesen, auch wenn er misslungen war. Wäre es nach ihm gegangen, hätte er der Sprengstofffabrik sehr viel früher einen Besuch abgestattet. Aber darüber jetzt nachzudenken war müßig, ja irrational. Croy fühlte sich nicht ernst genommen und in seiner Eitelkeit verletzt. Missgelaunt und unter Schmerzen fuhr er ins Zentrum der Stadt zurück. Unterwegs fragte er sich, warum der tschechische Geheimdienst anscheinend von all dem nichts wusste.

Es war kurz nach halb acht. Katja erwartete ihn bereits. Als sie seine Verletzungen am Hinterkopf sah, erschrak sie. »Was ist passiert?«, fragte sie.

»Ich bin einer Eisenstange begegnet«, versuchte er es mit Humor. Obwohl es sie drängte, fragte Katja Kirchner nicht weiter nach. Ihr war klar, dass Markus Croy kein einfacher Streifenpolizist war, der den ganzen Tag nichts weiter tat, als Falschparker aufzuschreiben. Zurück im Auto bestand sie auf einer Notversorgung aus dem Verbandskasten des Wagens. Auf der Rückfahrt nach Prag übernahm sie das Steuer. Croy war wortkarg, nicht nur wegen seiner Schmerzen. Es tat ihm leid, dass er, was seine Arbeit anbelangte, Katja gegenüber verschlossen blieb. Doch er wollte und durfte über Details seiner verdeckten Einsätze mit einer Vertreterin der Medien nicht reden. Auch wenn sie sich so nahe gekommen waren am Morgen.

17

**Berlin-Wedding,
deutsches Terrorabwehr-Zentrum,
7. Dezember**

In dem Raum mit den zwei mal drei Meter großen Plasmabildschirmen und einer Vielzahl an kleineren Monitoren hatten mehr als zwanzig Mitarbeiter Platz. Tatsächlich waren aber nur sechs Männer und zwei Frauen anwesend. Markus Croy war noch auf dem Weg nach Berlin.

Alle Agenten außer Vincent Talo vom CIA und BKA-Vizepräsident Kaltenborn starrten auf die Bilder, die ihnen der Aufklärungssatellit lieferte. Talo, der neben seinem deutschen Kollegen die Leitung der Operation hatte, telefonierte im Beisein des BKA-Vize gerade mit seinem Vorgesetzten in Langley. Es war dort Mittagszeit. Die Tschechen hatte man von der Operation erst gar nicht informiert. Bratislava hatte einen Geheimdienstvertreter entsandt, denn schließlich wollte man auf slowakischem Gebiet zuschlagen und den Konvoi stoppen, bevor er die Ukraine erreichte.

Auf dem Bildschirm waren die Lastwagen deutlich zu erkennen. Der Satellit überstrich mit einer Spezialkamera das osttschechische Gebiet in einer Höhe von fünfzehn Kilometern. In ihm war eine modifizierte Form der Hubble-Objektive verbaut. Die Kameras waren in der Lage, aus mehr als zehn Kilometern Entfernung messerscharfe Bilder von kleinsten Objekten zu liefern. Zusätzlich dazu hatten die Amerikaner noch ein Awacs-Aufklärungsflugzeug in die Luft geschickt, das jene Momente mit seinen Kameras überbrücken sollte, in denen der Satellit aufgrund der Erdkrümmung verstümmelte Bilder sendete, ehe der nachfolgende Satellit dieses für die Spionage unangenehme Manko wieder ausglich. Noch waren es mehr als acht Stunden, bis die Delta Force von ihrem slowakischen Übungsgebiet aus den Konvoi angreifen würde.

Auch BND-Referatsleiter Paul Hess beobachtete vor dem Bildschirm seiner Kommunikationskonsole *Sonic* den LKW-Tross. Von der konspirativen BND-Wohnung in der Berliner Philippstraße aus verfolgte die Behörde geheime BND-Kommandooperationen im Ausland via Satellit und griff gegebenenfalls auch ein. Dies war zwar nicht mehr ihre Operation, doch bei ihrem vermeintlichen Erfolg wollte er dabei sein.

Spezialagent Hans Strachow war noch auf dem Weg von Semtin nach Berlin. Er hatte vorgehabt, direkt über den Grenzübergang Görlitz zu fahren, und würde für die beinahe 450 Kilometer lange Strecke etwa vier Stunden brauchen. Hess erwartete seinen Adlatus in den nächsten Minuten. Von der Ladung, die Strachow in einem als Diplomatenfahrzeug getarnten Peugeot mit sich führte, ahnte er nichts. Er wusste auch nicht, dass der Agent soeben die Ausfahrt Waltersdorf im Südosten Berlins entlangrollte und seinen Wagen auf einem der riesigen Parkplätze des größten Einkaufszentrums am Rande der Millionenstadt parkte. Im Schutz der Dunkelheit wechselte Strachow die Diplomatenkennzeichen gegen offizielle deutsche Nummernschilder aus, kehrte sofort wieder auf die Autobahn A 13 zurück und nahm den kürzesten Weg durch die Stadt zu jener konspirativen BND-Wohnung, in der ihn Hess schon sehnsüchtig erwartete.

Seine hochexplosive Ladung lag noch immer, getarnt mit mehreren Decken, in seinem Wagen. Er hielt es zwar für ein Risiko, nicht zuvor nach München in seine Privatgarage gefahren zu sein, um die Sprengstoffpakete verschwinden zu lassen. Andererseits trieb ihn eine Hybris an, die er sich selbst gegenüber mit *No risk, no fun* übersetzte.

Als Strachow die Scanner des Eingangsbereichs passiert hatte, war Hess dabei, die Koordinaten der Slowakei in den Rechner des deutschen Spionagesatelliten *Argus 7* zu tippen.

»Strachow, kommen Sie. Wir wollen doch gemeinsam die Babys über die Grenzen schaukeln sehen, was?« Hess war erstaunlich guter Dinge. Mehrmals hatte er in den letzten Tagen merkwürdige Nachfragen von BND-Chef Carl Rubens abwehren müssen. Es ging eigentlich immer um die gleiche Frage: Ob ihm, Hess, Unregelmäßigkeiten oder gar verräterische Aktionen aufgefallen seien, die auf Maulwürfe innerhalb des BND hinwiesen? Hess hatte das natürlich verneint, war aber auf der Hut. Sie mussten weiterhin sehr vorsichtig agieren, dachte er, wenn sie nicht spätestens mit dem Ende von Trias auffliegen wollten. Andererseits waren die Chinesen zufrieden mit dem Stand der Dinge: Bis auf Senator Smith waren die Trias-Autoren ausgeschaltet, was nach Ansicht Pekings die Politiker so sehr verunsichern sollte, dass sie den Vertrag vorerst auf die lange Bank schoben.

Und dann hatte Strachow einen der größten Sprengstoffvorräte der Welt gesichert, die sicherlich als Druckmittel überzeugten, falls der Vertrag nicht auf »normalem« Wege zu verhindern war. Amerika würde es sich zweimal überlegen, ob es als Antwort auf die Bedrohung gleich mit dem Einsatz von atomaren Sprengköpfen drohen würde. Zumal es nie erfahren würde, wer *wirklich* hinter all dem steckte. Da verließ er sich ganz auf Lee Kong.

Hess folgte zwar diesem Kalkül, doch er war nicht hundertprozentig davon überzeugt, dass die Strategie aufging. Allzu ernste Sorgen machte er sich allerdings nicht. Gut ein Drittel des vereinbarten Honorars von einer halben Million Dollar war bereits auf Umwegen von Peking in seiner Privatwohnung in München angekommen und an einem sicheren Ort versteckt. »Sicher« bedeutete nach Ansicht von Paul Hess: Man musste darauf sitzen oder schlafen. Strachow würde seinen Anteil bekommen, wenn die von ihm organisierte Operation in der Ukraine ein Erfolg geworden war. Der Gesamtbetrag war fällig, wenn Trias offiziell auf dem G8-Gipfel kein Thema mehr war. Und es sah danach aus, als sei dieses Ziel zum Greifen nah.

Strachow fiel auf den Stuhl neben Hess, der grunzend seinen fetten Leib ein wenig zur Seite schob. Die Wut auf seinen Vorgesetzten war noch immer nicht so abgekühlt, dass er ihm entspannt hätte gegenübertreten können. Die Abstrafung in den Kellern des BND war in ihm so präsent wie der Bypass einem herzkranken Patienten. Dennoch entschied er sich für eine leichtere Laune. Schließlich standen sie vor dem erfolgreichen Abschluss einer mehr als dreisten Aktion. Nach Ansicht Strachows waren sie mit dem größten Sprengstoffdiebstahl der letzten Jahrzehnte all jenen zuvorgekommen, deren Gewaltbereitschaft nur einem begrenzten Ziel galt. Und wenn 150 Tonnen Y3 gezielt als Mittel zur Abschreckung eingesetzt werden würden, so würde mit dem Untergang von Trias ein drohendes wirtschaftliches Ungleichgewicht in der Welt wieder ins Lot gehoben. Zu guter Letzt fühlte sich der Agent obenauf, weil er ein eigenes Drohpotenzial in seinem Wagen liegen hatte, mit dem sich bequem Forderungen gegenüber Hess aufstellen ließen.

»Chef«, schmeichelte Strachow, »würden Sie so einen LKW selber fahren, oder wäre Ihnen diese Nummer zu gefährlich?«

Hess zeigte ein festes Lächeln. »Damals in Beirut, in den frühen Achtzigerjahren, als ich der Wehrsportgruppe Hoffmann nachjagte, knallte es in einer Tour vor und hinter mir. Die Menschen beschossen sich gegenseitig, es herrschte Bürgerkrieg. Die Libanesen und die Hisbollah waren nicht gerade zimperlich in der Wahl ihrer Waffen. *Diese* Ladung da ist im Vergleich viel sicherer. Y3 *kann* gar nicht hochgehen, wenn niemand die Ladung zündet.« Hess japste. Viel reden strengte ihn an.

»Alles alte Kamellen«, sagte Strachow grinsend.

Hess nickte. Er dachte ähnlich.

Sie zoomten den Konvoi dichter heran und gingen wieder auf Totale. Träge krochen die LKW über die Straßen Ostmährens. Strachow nickte ein, Hess atmete schwer in den verdunkelten Raum.

Die Kolonne befand sich nun kurz vor der Ortschaft Makov, dem tschechischen Grenzkontrollpunkt zur Slowakei.

Um eine möglichst hohe Auflösung des Zielgebietes zu erhalten, senkten die Techniker im Terrorabwehrzentrum des Bundesinnenministeriums den amerikanischen Spionagesatelliten vom Typ *Keyhole* in einen niederen Orbit ab. Zwar verschlang dieses Manöver gerade mehrere tausend Dollar, weil es den chemisch angetriebenen Satelliten stark in seiner Lebensdauer beschränkte; doch je niedriger die Erdumlaufbahn, umso höher die Auflösung der Kamerabilder, die gerade gestochen scharf in das Lagezentrum einliefen und sich nur mit einer winzigen Verzögerung auf den hochauflösenden Bildschirmen verteilten.

»Gleich wird der Konvoi die tschechische Grenze erreichen«, ließ sich Talo vernehmen. »Er wird durchgewunken werden, wie verabredet.« Der CIA-Mann trug ein weißes Hemd mit einer Krawatte, die er jetzt löste und ihren Knoten weit nach unten zog. Sein krauses schwarzes Haar glänzte feucht.

Alle Beteiligten sahen gespannt auf die Bilder. Doch kaum hatte das erste Fahrzeug gestoppt, fuhr es auch schon wieder an. Der ganze Konvoi passierte die Grenze in weniger als zwei Minuten.

CIA-Agent Talo sah triumphierend auf Kaltenborn. »Auf unsere Truppen ist Verlass.«

Kaltenborn lächelte steif. Er mochte das übertriebene Selbstbewusstsein der Amerikaner bei militärischen Einsätzen nicht.

»Sir!«, rief aufgeregt einer der Beobachter vor seinem Bildschirm. »Sehen Sie ... Wenn wir näher heranzoomen, ist statt des Kontrollpunkts nur eine brache Fläche zu erkennen. Keine Baracken, keine Dächer, nichts.«

Der Triumph wich aus Talos Gesicht. Fragend sah er zu Kaltenborn.

»Gehen Sie nochmals zurück mit den Bildern. Ich will mir das genauer ansehen.«

Und tatsächlich. Das Gelände sah aus, als habe hier nie etwas gestanden. Ödland, Krater, zersprungene Steine. Kaltenborn griff zum Telefon.

»Geben Sie mir fix Chris Becker«, rasselte er ins Telefon und starrte weiter auf die Monitorwand. Seine grauen Augen waren eine Nuance dunkler geworden.

»Chris«, sagte er zu seinem Prager Residenten, »zapfen Sie doch mal den tschechischen FBI-Verbindungsmann an, ob in Makov an der Grenze zur Slowakei alles in Ordnung ist. – Ja, ja, es ist dringend. Rufen Sie schnell zurück.«

Nur Minuten später erreichte Beckers Rückruf das Berliner Terrorabwehrzentrum. Kaltenborns Miene verfinsterte sich, während er zuhörte. Als er wieder aufgelegt hatte, sagte er in die Runde: »Vor nicht ganz dreißig Minuten wurde der Kontrollpunkt samt Personal über den Haufen geschossen. Vermutlich hat niemand überlebt. Jetzt haben wir all die Aufmerksamkeit, die wir nicht wollten. Ich vermute, dass der Regierungssitz auf der Prager Burg in heller Aufregung ist.«

Talo griff an Kaltenborns Arm.

»Es ist zwei Uhr morgens. Ich bin sicher, die Tschechen haben nur ein paar Wachleute vor dem Präsidentenzimmer sitzen. Und außerdem: Solange die nicht den Konvoi mit dem Attentat in Verbindung bringen, ist alles gut.«

»Und wenn doch?«, fragte Kaltenborn besorgt zurück und wusste sogleich, dass dies eine unnötige Frage war.

»Dann rauchen hier bald die Leitungen«, antwortete Talo erwartungsgemäß. »Steve«, wandte er sich an einen Mitarbeiter, »ich brauche eine Verbindung zum Stabschef des Weißen Hauses.« Der nickte. Talo hatte seine Leitung innerhalb von wenigen Minuten. »Sir«, sagte er in beschwörendem Ton, »kennen Sie die neuesten Entwicklungen?«

»Ja, das FBI hat mich soeben aus Prag informiert.«

»Gut«, sagte der CIA-Agent. »Um die Kolonne mit dem Sprengstoff zu zerstören, *bevor* die Chinesen in der Ukraine an den Stoff kommen, brauchen wir Gewissheit, was Prag derzeit plant. Wir können Verfolgungsjagden und Hubschraubereinsätze der Tschechen nicht gebrauchen. Und schon gar nicht deren Erkenntnis, dass es ihr eigener Sprengstoff ist, der da durch die Slowakei schaukelt.«

»Was schlagen Sie vor, Talo?«

»Telefonieren Sie mit der Kanzlei von Präsident Mokry und finden Sie heraus, in welche Richtung die Vermutungen der Tschechen laufen. Sollten die an den Konvoi keine Gedanken verschwenden, wären wir fein raus. Andererseits sollten Sie sich etwas einfallen lassen, um uns freie Schusslinie zu gewähren.«

Der Stabschef stöhnte in den Hörer. »In welchen Zeiten wir leben.« Er legte auf.

Im Lagezentrum war es stiller als je zuvor. Mit angespannten Gesichtern beobachteten alle Beteiligten, wie sich die LKW-Kolonne auf den Bildschirmen Zentimeter für Zentimeter in Richtung Uschhorod vorarbeitete. Mittlerweile war es vier Uhr geworden. Inzwischen war auch Markus Croy im Lagezentrum eingetroffen. Seine schmerzhafte Kopfverletzung empfand er zwar als ein Handicap, aber nach dem Debakel in Semtin wollte er sich das Schauspiel und den zu erwartenden Triumph der Operation nicht entgehen lassen. Während er sich an die Seite Kaltenborns stellte, hielt er sich einen kalten Lappen an den Kopf.

»Das ist Markus Croy, mein Sonderermittler.«

Talo sah nur kurz zu ihm hin und sagte dann: »Er sieht müde aus.«

»Sie haben aber scharfe Augen«, erwiderte Croy. Seine Stimme fröstelte ein wenig.

»Noch schärfer sind meine Krallen, wenn man mich ärgert.« Talo blickte glatt an ihm vorbei, während er sprach.

»Oh, Spiderman ... sehr erfreut. Ich wollte Sie schon immer mal kennen lernen.« Croys Stimme war jetzt eisig.

»Ich hätte Semtin jedenfalls nicht so vergeigt«, grinste Talo frech. Croy schluckte, sein Adamsapfel tanzte kurz auf und nieder.

Der BKA-Vize hatte langsam genug von dem Rivalengeplänkel. »Hört mal ...«, versuchte er zu schlichten. Doch Croy fuhr ihm dazwischen und fauchte zu Kaltenborn:

»Ach, er ist sogar Spiderman und Superman in einem. Holen wir doch die anderen Jungs her. Die wollen sicher auch ein Autogramm.« Als Reaktion drehte sich Talo jetzt in Richtung des BKA-Ermittlers, stupste ihm provozierend mit dem

Finger vor die Brust und machte dann eine eindeutige Drohgebärde.

»Kommen Sie beide mal mit«, sagte Kaltenborn jetzt grimmig. Croy sah kampfeslustig auf Talo. Der stand mit gespreizten Beinen vor ihm.

Abstand voneinander haltend, folgten beide Agenten dem BKA-Vizepräsidenten, der mit weit ausholenden Schritten auf ein etwas abseits gelegenes Büro zusteuerte. Talo kaute auf seiner Unterlippe. Croys Mundwinkel hingen tiefer als bei Charles Laughton in *Zeugin der Anklage*.

Nach einer guten Viertelstunde traten die drei Männer wieder heraus. Croy und Talo gingen jetzt nebeneinander und sahen etwas betreten aus, Kaltenborn schritt ihnen souverän voraus. Croys Mundwinkel zeigten wieder Normalstellung.

Der schrille Klang eines Telefons hallte durch das Lagezentrum. Sofort schwiegen die anwesenden Beobachter des Geschehens an den Bildschirmen. Talo nahm den Hörer ab. Es war der Stabschef des Weißen Hauses. Er stellte den Apparat auf Lautsprecher.

»Bis auf ein paar aufgeregte Landpolizisten der Metska Policie haben wir derzeit keine Störenfriede auf tschechischem Gebiet«, krähte der hohe Regierungsbeamte in den Hörer. Kaltenborn konnte sich ein Grinsen nicht verkneifen. So ähnlich hatte er die sächsischen Beamten auch bezeichnet, als sie auf den Tatort des Bombenanschlags auf Außenamts-Staatssekretär Stefan Rumpf gestoßen waren.

»Dann führen wir die Operation weiter wie geplant?«, fragte Talo.

»Ziehen Sie das durch«, antwortete der Stabschef nüchtern. »Es geht hier nicht um nationale Sicherheitsinteressen *eines* NATO-Staates«, sagte er nüchtern. Talo bestätigte kurz, legte auf, schritt zu einem Pult und bog sich das Mikrofon zurecht,

Er hatte den Großbildschirm und damit auch die Bewegung des Konvois genau im Blick.

Er drückte auf einen roten Knopf. Ein leises Fiepen ertönte. Nach einer kurzen Weile meldete sich eine Bassstimme.

»Hier General Mason. Sprechen Sie, Special Agent Talo.« Die Stimme des Generals war so ruhig wie ein träge dahinfließender Strom.

»Es ist an der Zeit, die Operation zu starten. Sind Sie bereit, General?«

»Unsere Truppen warten nur auf ein Zeichen.«

»Gut. Die Trucks sind noch etwas mehr als achtzig Kilometer vom Zielgebiet entfernt. Es sind genau zehn Fahrzeuge. Jedes von ihnen ist mit fünfzehn Tonnen Y3-Sprengstoff vollbeladen. Ihr Abstand voneinander beträgt jeweils etwa fünfzig Meter. Die genauen Koordinaten können Sie von der *Awacs* jederzeit abrufen. Wir schlagen vor, dass Ihre Truppe den Konvoi in einer Schlucht angreift, die dem Grenzübergang in Uschhorod etwa fünfzehn Kilometer vorgelagert ist. Wie wollen Sie vorgehen?«

Der General grunzte etwas Unverständliches.

»Sorry?«, fragte Talo.

»Unsere Boden-Luft-Raketen sind lasergesteuert. Ihr Strahl lenkt die Bomben. Sie müssen sich das so vorstellen: Wenn Sie einen Terroristen töten wollen, der vor einem Altar in einer Kirche kniet, aber das Kreuz auf der Kirchturmspitze heil bleiben soll, umfliegen unsere elektronisch gesteuerten Raketen einfach das Bauwerk. Sie dringen genau dort ein, wo wir sie hinprogrammiert haben, und töten den Terroristen. Mann tot, Kirche heil. War das verständlich?« Die Stimme des Generals klang aus den Lautsprechern, als sei sie aus poliertem Stahl.

Kaltenborn lächelte dünn, seine Stirn warf Falten.

Talo gab sich gefasster. »Alright«, sagte er kühl, »ich denke, der Konvoi wird gegen 6 Uhr 45 den Nullpunkt erreicht haben. Wir melden uns für den Countdown gleich wieder. Ende.«

Talo drückte erneut auf den roten Knopf, wandte sich an Croy und Kaltenborn und sagte: »Ich kann solche Menschen nicht ausstehen.«

»Superman-Syndrom«, murmelte Croy. Talo grinste zustimmend.

18

Zwanzig Kilometer vor Uschhorod, slowakisch-ukrainische Grenze, gleicher Tag, 06:14 Uhr Ortszeit

»Der Laster da ganz vorne hat's gut«, knurrte Alexej in ukrainischer Sprache. Er war der Fahrer des vierten Trucks. »Der hat freie Sicht, während wir hier durch den Staub wie auf dem Mars fahren.« Die Scheinwerfer seines LKW beleuchteten Millionen von Sandpartikeln, die von den Reifen der vor ihm fahrenden Wagen aufgewirbelt wurden. Die Kolonne fuhr jetzt nur noch ein sehr mäßiges Tempo. Das Gebiet war bergig und kurvenreich, sodass die Motoren Mühe hatten, mit ihrer schweren Fracht das ohnehin geringe Tempo zu halten.

»Hör auf zu jammern«, tönte es aus dem Bordfunk. »Dafür werden wir gut bezahlt. 250 Dollar sind nicht zu verachten. Deine Familie kann's doch auch gut gebrauchen. Du kannst endlich dein Dach flicken und deiner Mascha ein neues Kleid kaufen.«

»Von 250 Dollar? Du machst wohl Witze. Typisch Mieter in einem Neubaublock. Weißt du, was mittlerweile eine einzige neue Dachschindel kostet?«

»Sag's mir! Mehr als eine Flasche Wodka?« Ein derbes Lachen krächzte durch den Bordfunk.

»Ach, was du redest«, antwortete Alexej deprimiert. »Wodka kriegst du für ein paar lumpige Hrywnja an jeder Straßenecke. Aber eine ordentliche Dachschindel, schön gebrannt aus braunem Ton, winterfest, frosthart mit langer Lebensdauer, eine aus den Kiewer Bergen, die das Dach so vornehm macht …«

»Ja, ja«, unterbrach ihn sein Kollege. »Träumst du immer noch davon, dein Haus fürs Leben zu haben? Sei froh, dass du dein eigenes Dach überm Kopf hast. Was morgen kommt, ist doch eh egal. Genieße einfach die Plagen der Gegenwart.«

»Du weißt, dass ich da anders denke. Irgendwann muss es doch auch mal uns gut gehen. Meine Kinder sollen später studieren, meine Mascha soll endlich ihre Mikrowelle bekommen …« Alexej sah aus dem Seitenfenster. Es war stockdunkel um ihn herum. Die Scheinwerfer seines Trucks hatte der Staub fast blind gemacht.

»Ach, Träumer …«, erwiderte sein Kollege wenig achtungsvoll.

»Und du, Dima? Wofür willst du die 250 Mäuse ausgeben?« Obwohl Alexej ahnte, was sein Kamerad antworten würde, hoffte er auf eine kleine Überraschung. Umsonst.

»Ich versaufe sie. Tag für Tag, Woche für Woche, Monat für Monat. Von 250 Dollar kann ich mir jeden Tag eine Flasche Wodka besorgen. Mehr als ein Jahr lang … das nenn ich gute Aussichten …«

»Du spinnst«, antwortete Alexej. »Denk mal an deine Tochter. Wenn du dich jeden Abend zulaufen lässt, wird sie den Respekt vor dir verlieren. Und ein Vater ohne Respekt …« Er trat abrupt auf die Bremse, weil er dem Truck vor ihm gefährlich nahe gekommen war.

»Ach was, Respekt. Das ist das Leben, was soll man machen. Eta schisn, schto delatj.«

»Du steckst den Kopf in den Sand, und dein Arsch guckt noch raus«, erwiderte Alexej.

»Na und? Dann seh ich wenigstens nicht, wer mir reintritt ...« Dimas letzte Worte gingen in einem ohrenbetäubenden Knall unter. Genau um 6 Uhr 34 raste ein Flammenorkan durch die Luft und schlug an die Frontscheiben der Fahrer. Alexej trat reflexartig auf die Bremse, sah, wie das Führungsfahrzeug und der Truck seines Kameraden zeitgleich in die Luft gehoben wurden und dort einen Moment lang zu schweben schienen. Mehrere Explosionen folgten, begleitet von Donnerschlägen, die durch die Echos in der Schlucht noch vervielfacht wurden. Die Druckwellen schleuderten die Trucks nacheinander aus der Spur. Sie fielen so leicht zur Seite wie Matchbox-Autos nach einem Tritt mit dem Fuß. Alexej hatte sich vor Angst laut brüllend auf sein Lenkrad geworfen und beide Arme schützend über den Kopf gehalten. Er bemerkte nicht mehr, wie sein LKW, von einer Rakete getroffen, sich zunächst um die eigene Achse drehte, eine höllische Hitze durch das Führerhaus raste, seine Ladung explodierte und der Truck zu einem einzigen Splitterhaufen aus Metall zerfiel.

Da war er selbst nur noch Asche. So, wie die anderen zehn Fahrer und die vier von Strachow gedungenen Söldner auch.

Im Lagezentrum der Terrorabwehr im Berliner Innenministerium brandete Beifall auf. Die anwesenden Frauen und Männer beglückwünschten sich wortreich für die erfolgreiche Vernichtung des Konvois. Ein paar Männer zeigten das Victory-Zeichen. Auf den Monitoren sahen die Abwehrspezialisten nur noch dichten schwarzen Qualm, mehrere Erdkrater und aus den Berghängen herausgeschlagene, breite Felsspalten. Die gespenstische Szenerie wurde von brennenden Bäumen und Büschen beleuchtet.

Wind trieb die Asche der Fahrer mit dem Flugsand des Tals

in die Anhöhen rund um die ukrainischen Tiefebenen um Uschhorod.

In der konspirativen BND-Wohnung in der Berliner Philippstraße hatten zwei Männer minutenlang fassungslos auf ihren Bildschirm gestarrt, dem messerscharfe Bilder vom Einschlag der Raketen geliefert worden waren. Paul Hess war immer noch wie gelähmt. Hans Strachow war indes aufgesprungen und hatte unablässig ein sehr deutsches Schimpfwort gebrüllt, das in dem schallisolierten Raum wie ein Hohlkörper gegen die Wände geprallt war. Und dann, Sekunden später, brachen sich ihr Entsetzen, ihre Fassungslosigkeit Bahn. Hess sah garstig auf Strachow.

»Jetzt halten Sie endlich die Schnauze!«, verlangte er erregt. »*Woher*, zum Teufel, konnten die Amerikaner von diesem Transport wissen? Wer war außer uns und dem Marokkaner noch in die Sache eingeweiht? *Wer*, Strachow?« Sein Jähzorn trieb in Hess sadistische Fantasien hoch. Sie kreisten nicht mehr nur um Stahlseile, die sich um Strachow wie die Fangarme einer mörderischen Riesenkrake legten. Dieses Mal würde er ihn härter anpacken als im Keller des BND. Zuerst würde er ihn mit einem Elektroschocker bewegungsunfähig machen, dann ihn mehrmals mit kaltem Wasser übergießen und auf den hilflos Liegenden mit einem Schlagstock einschlagen, in dessen Kopf feine Nadelspitzen eingearbeitet waren. Eine neue Spezialität der Polizei aus Israel, von der Hess ein paar Exemplare von Mossad-Kollegen geordert hatte.

Anschließend würde er Strachow aus seiner Abteilung strafversetzen lassen. Vielleicht in die Poststelle? Auf Hess' Gesicht lag die pathologische Glückseligkeit eines Wahnsinnigen. Er war so außer sich, dass seine Unterlippe vibrierte. Böse blickte er zu Strachow, erwartete eine Antwort und wusste doch, dass es keine gab. Es sei denn, Strachow gäbe zu, ein Verräter zu sein. Doch das schloss er aus. Dennoch war er der Verantwortliche der Operation gewesen. Deshalb würde er ihn bestrafen. Aber da waren noch die Chinesen. Hess schwirrte der Kopf. Wie würden sie angesichts dieser Pleite reagieren? War sein Leben überhaupt noch sicher?

»Wie geht es denn nun weiter?«, fragte Strachow kleinlaut. »Soll ich den Marokkaner überprüfen lassen? Es war ja Ihr Kontakt, wenn ich mich nicht irre.«

Hess wirbelte auf dem Stuhl zu ihm herum. Strachow sprang geistesgegenwärtig zur Seite, während sein gewichtiger Chef auf den Boden rutschte und dort wie ein gestrauchelter Stier atemlos liegen blieb.

»Ich mache Sie fertig!«, ächzte das Schwergewicht.

Strachow blickte abschätzig auf seinen am Fußboden liegenden Chef.

»Ich versetze Sie in die Poststelle!«, kreischte Hess hysterisch. Er kam einfach nicht vom Boden hoch.

Strachow war bereits an der Tür. Sein Blick war voller Hass.

»Ich habe es auch satt, Sie ekelhafter Fettsack!«

Er presste eine Hand auf die Scanner, die Türen öffneten sich und schlossen sich sogleich hinter ihm.

Es war noch sehr früh am Morgen.

General Lee Kong hatte in Peking Minuten zuvor noch bei Hühnerbrustfilet im Mandelmantel mit Basmatireis gesessen, als ein Mitarbeiter der Hauptverwaltung »Aufklärung« eine Verbindung zu einem chinesischen Aufklärungssatelliten für ihn herstellte. Er lieferte etwas zeitversetzt dieselben Bilder, die auch das Berliner Terrorabwehrzentrum gerade eben aus dem Orbit erreicht hatten.

»Waaaaasss?«, schrie Kong ganz und gar unchinesisch. Fassungslos sah er auf die glasklaren Bilder seiner persönlichen

Niederlage. Als es vorbei war, drückte er mehrmals auf *Replay*, verfolgte den Angriff wieder und wieder. Seine Stimmung schlug um in Zorn und heiße Wut. Er wählte die Nummer von Kamidou Saanigri, doch das Telefon klingelte ins Leere. In Berlin meldete sich nur die Mailbox. Er drückte auf einen Knopf seiner Sprechanlage. Regungslos und mit ergebenem Blick nahm ein Mitarbeiter das rasende Bellen Lee Kongs entgegen. Er machte sich zwei Notizen.

Als Kong kurze Zeit später von Generalstabschef Zhou, dem Oberkommandeur der chinesischen Streitkräfte, und Ministerpräsident Jiang, Chinas mächtigstem Mann, einbestellt wurde, drückte ihm Überlebensangst die Luft ab. Er kannte die chinesische Strafe für *Versagen* nur zu gut. Und als Versager fühlte er sich in der Tat. Nach den von ihm selbst aufgestellten Regeln drohte ihm für diese Niederlage eine standgerichtliche Erschießung.

Doch sowohl Zhou als auch Regierungschef Jiang reagierten überraschend sanft und boten ihm sogar einen Stuhl an. Auf dem Schreibtisch Jiangs lag die mittlerweile juristisch geprüfte Protestnote gegen Trias in vierfacher Ausfertigung. Im Beisein von Lee Kong unterschrieb er das Dokument, das nur wenige Minuten später per Kurier und dann weiter mit dem Flugzeug nach Washington, Moskau und Berlin ausgeflogen werden würde. Der Brief machte nun offiziell, dass Peking von dem Billionenvertrag wusste und ihn vehement ablehnte.

Kong sah schweigend auf den Präsidenten. Er wusste, dass diese Protestnote ein Fehler war. Seiner Ansicht nach würden die jeweiligen Regierungen die Existenz eines solchen Vertrages leugnen und damit China vor aller Welt bloßstellen. Und ein paranoides Peking, das in dem Ruf stünde, überall Gefahr zu wittern, und nicht davor zurückschreckte, hanebüchene Vermutungen publik zu machen, taugte wohl kaum als ernst zu nehmender Geschäftspartner. Diese Meinung hatte Jiang anfangs ebenfalls überzeugt. Doch im Angesicht der Ereignisse der letzten Tage hatte sich seine Überzeugung verflüchtigt.

»Genosse General«, wandte sich Jiang direkt an Kong. Der sah schweigend zu ihm auf.

»Mittlerweile glaube ich, von Anfang an falsch beraten worden zu sein. Anstatt sofort in geheime Verhandlungen mit den jeweiligen Regierungen über Trias einzusteigen, bevorzugte das MSS die rabiate Variante. Vier Menschen sind bereits tot. Aber auch dies konnte Trias nicht aufhalten. Ich hoffe, dass unsere Protestnote dafür sorgt ...«

Kong unterbrach den Ministerpräsidenten schroff. »Mit Verlaub, Genosse Ministerpräsident, ich glaube nicht, dass ein Stück Papier den Vertrag noch verhindert. Würden *wir* uns von Protestnoten beeindrucken lassen?«

Chinas mächtigster Mann sah seinen Geheimdienstchef regungslos an. An seinem Hals schwollen zwei Adern gleichzeitig an. Er wurde laut. »Nun, dann bin ich gespannt, welchen Vorschlag Sie noch präsentieren werden? Sollen wir etwa Washington, Moskau und Berlin bombardieren?«

Lee Kong kam der Wutausbruch des chinesischen Regierungschefs nur gelegen. Nach seiner Erfahrung waren es genau diese Gefühle, die zu heldenhaften Entscheidungen führten. Er selbst blieb weiterhin sehr ruhig.

»Nein, so weit würde ich nicht gehen«, sagte er fein lächelnd. »Aber wir haben ein Mittel der psychologischen Kriegsführung noch nicht ausgereizt.«

»Und das wäre?«, fragte sein Gegenüber immer noch erzürnt. Der chinesische Armeegeneral, der sich bis eben noch zurückgehalten hatte, rutschte auf seinem Bambusstuhl unruhig hin und her.

»Erpressung.«

Durch das überraschte Schweigen der beiden anderen Herren bekam das Wort in dem riesigen Raum einen nachhaltigen Klang.

»Ich stelle mir dabei Folgendes vor …«, begann Lee Kong, unterbrach aber sofort seinen Satz, als sich der Ministerpräsident erhob.

»Davon will ich nichts wissen«, sagte er abwehrend. »Ich lasse Sie jetzt allein.«

Chinas Staatsoberhaupt verließ mit würdevollem Gesicht den Raum.

19

Berlin,
BKA-Hauptquartier,
gleicher Tag, 09:30 Uhr

Markus Croy hatte sich nach dem Angriff der Delta Force gerade zwei Stunden Schlaf gegönnt. Er stolperte ins Bad, duschte sich schnell, entnahm seinem Rucksack ein frisches Hemd und frische Hosen und verließ das Hotelzimmer am Berliner Alexanderplatz. Er fuhr mit der Berliner Schnellbahn, stieg am Bahnhof Treptower Park aus und ging die wenigen Meter zu Fuß hinüber zu den Treptowers. Die größte deutsche Versicherung und die BKA-Abteilung für politisch motivierte Gewalttaten teilten sich eines der höchsten Gebäude Berlins.

Obwohl es ein Samstag war, herrschte auffällig viel Betrieb in der sensibelsten Behörde der deutschen Bundesregierung. Als er durch die Drehtür gegangen war, steuerte ein Mann auf ihn zu, der ihm bekannt vorkam. Er war hochgewachsen, schlank, Anfang sechzig und trug sein weißes Haar an den Ohren etwas länger, das Haupthaar sauber gescheitelt. Der

Mann steckte in einer dunkelblauen Jeans, einem hellblauen Oberhemd und einem Jackett, dessen Stoff leicht changierte. Croy sah ihm ins Gesicht – und stutzte. Er kannte ihn irgendwoher. Die eisgrauen Augen des Mannes blickten ihn fragend an – bis er sich einen Augenblick später zu erinnern schien. Der Mann lächelte jetzt breit und zeigte mit einem Finger auf ihn.

»Markus Croy, stimmt's?«

Der Ermittler lächelte überrascht und nickte.

»Wie lange ist das wohl her, hm?«

Croy dachte nach. »Zehn Jahre? Mehr sogar?«

Ihm wollte partout der Name seines Gegenübers nicht einfallen. Vor allem hatte sich seine Stimme bei ihm eingeprägt. Sie war dunkel, klang etwas heiser, mit einem breiten, norddeutschen Dialekt.

»So lange? Lassen Sie mich überlegen«, bat ihn der andere und sah in die Luft, als schwebe dort gleich die richtige Zahl vorbei. So standen sie schweigend einige Sekunden.

»Stimmt. Aber es war vor elf Jahren«, sinnierte Croy. Der Mann nickte zustimmend.

»Wir haben uns bei den Kriminalisten in Brühl kennen gelernt. Ich hielt einen Vortrag über illegale Zuwanderer, und Sie löcherten mich damals mit Zwischenfragen.«

Croy grinste ihn an. Er erinnerte sich vage an das, wovon der Mann sprach. »Die mit den Vietnamesen?«

»Richtig, das war eine davon. Sie fragten mich, wie man mit den DDR-Vietnamesen umgehen müsse, die seit etlichen Jahren im Osten lebten, aber nur geduldet waren und nie einen deutschen Pass bekamen und seit Jahren von illegalen Geschäften lebten. Übrigens kann ich Ihnen die Frage bis heute nicht beantworten, denn …« Der Mann wurde von einem Kollegen unterbrochen, der ebenfalls zur Drehtür hereinkam.

»Guten Morgen, Henning«, sagte er. Der Angesprochene nickte ihm freundlich zu.

Jetzt fiel es Croy ein. Vor ihm stand Henning Kühl, der Chef der deutschen Bundespolizei, Herr über mehr als vierzigtausend Beamte. Kühl stammte aus Hamburg und war ihm vor allem deshalb in guter Erinnerung, weil er ein Mann war, der bedächtig redete und zuhören konnte. Er blieb auch dann noch geduldig, wenn die Studenten Fragen stellten, auf die man besser einen Schnaps trank, als sie zu beantworten. Doch was hatte Kühl hier verloren? Hatte er seinen Dienstsitz nicht im Innenministerium? Croy verwarf weiteres Nachdenken.

»Wo war ich stehen geblieben?«, fragte Kühl immer noch freundlich lächelnd.

»Bei den Vietnamesen, die auch heute noch ein Problem darstellen.«

»Ach richtig, ja. Nun, wir werden sie wohl niemals ausweisen, auch wenn sich viele von ihnen immer noch von der Schmuggelei zollpflichtiger Waren ernähren. Aber das ist jetzt kalter Kaffee. Wie geht es Ihnen, Markus? Sind Sie auch in Berlin gelandet?«

Croy erzählte ihm die Kurzfassung seiner Karriere beim BKA, sparte seinen derzeitigen Auftrag aber aus.

»Und was machen Sie aktuell?« Diese Frage kam aus dem Munde Kühls viel zu beiläufig, als dass Markus Croy darauf hereinfiel.

»Top secret«, antwortete er lächelnd.

»Sie sind als Sonderermittler unterwegs und klären das Attentat der letzten Wochen auf. Habe ich recht?«

»Woher wissen Sie …?« Croys Gesicht spannte sich.

»Ich kenne Ihren Chef Kaltenborn seit Jahren. Außerdem sitze ich in den internen Lagebesprechungen des Innenministeriums und bekomme regelmäßige Neidanfälle, wenn ich höre, wie heiß es an der Front zugehen kann. Meine Arbeit am Schreibtisch dagegen ist …«

»Verzeihen Sie«, unterbrach ihn Croy schnell. »Eigentlich müsste ich …«

Kühl suchte Croys Augen. »Ein paar Minuten haben Sie noch für mich.« Und jetzt warf Kühl einen Köder aus. »Wussten Sie, dass es offensichtlich erhebliche Misstöne zwischen Bundeskanzleramt und der Leitungsebene unserer Behörde gibt?«

»Misstöne?«, fragte Croy zurück. Er hatte Kühl zwar durchschaut, schluckte dessen Köder aber dennoch.

»Sie wissen schon. Die gemeinsamen Straßeneinsätze von Polizei und Bundeswehr. Schmeckt mir übrigens auch nicht. Sind ja schon südamerikanische Verhältnisse.«

Croy fragte sich, worauf Kühl hinauswollte.

»Schnell einen Kaffee in der Kantine?«, fragte ihn der hohe Beamte.

Croy überlegte kurz, willigte dann ein und nickte dankbar.

Der Bundespolizeichef umfasste freundschaftlich Croys Schulter und dirigierte den Sonderermittler in der Cafeteria an einen Ecktisch mit Blick auf den Eingang.

Die Kellnerin, eine ausladend gebaute Person, stellte ihnen ungefragt zwei Pötte mit dampfendem Kaffee direkt vor die Nasen.

»Frau Schulz«, lachte Kühl, »ein Unikum. Arbeitet hier, seit die Terrorabwehr hier sitzt. Ich möchte wissen, welche Dienstgeheimnisse sie nicht kennt.«

Obwohl Croy den Mann nur als Dozenten kannte, war er ihm vertraut. Er überlegte. Rauchte Kühl noch? Er hatte ihn mit Zigarette in Erinnerung. Doch Kühl machte keine Anstalten, ein Päckchen aus der Tasche zu ziehen.

»Keine Zigarette zum Kaffee?«, fragte Croy.

»Schon lange nicht mehr«, wehrte Kühl ab. »Habe damit aufgehört, als ich fünfzig wurde. Das ist schon ein paar Jährchen her.«

»Glückwunsch«, sagte Croy. Er selbst hatte mit achtzehn Jahren seine ersten Zigaretten geraucht und es wieder gelassen. Sie hatten ihm einfach nicht geschmeckt.

»Wissen Sie eigentlich, *warum* Rumpf unterwegs nach Görlitz war?«, fragte Kühl.

Croy legte den Kopf schief. Der Mann sprang jetzt doch ungewohnt schnell zwischen den Themen hin und her.

»Er war zu einer Lagebesprechung im Bundespolizeipräsidium unterwegs. Es ging um Rumänen, die illegal über die Grenzen nach Deutschland kommen.«

Kühl wiegte den Kopf.

»Ich verrate Ihnen ja keine Dienstgeheimnisse, wenn ich von den Problemen rede, die wir mit unseren osteuropäischen Nachbarn haben.« Kühl formulierte langsam und akzentuiert. Croy erinnerte sich. Durch gezielte Zwischenfragen bekam man Nordlichter wie ihn schneller in Fahrt.

»Von welchen Problemen sprechen Sie? Schmuggeleien, Grenzverletzungen, Korruption?«

Kühl hob kurz die Arme. »Langsamer«, sagte er. »Gelegentlich sollten wir nicht vergessen, dass wir es bei den Osteuropäern von Polen über die Esten, Litauer, Tschechen, Ungarn bis hin zu den Sloweniern mit Völkern zu tun haben, die sich immer Richtung Westen orientiert haben. Allerdings sieht die Situation heute so aus: Wir haben ein ausgeprägtes Grundinteresse daran, dass unser bekanntermaßen sehr volatiler Arbeitsmarkt nicht von Schwarzarbeitern überschwemmt wird und auf der anderen Seite unsere Sicherheitsinteressen nicht durch unkontrollierte Nomadenbewegungen ausgehöhlt werden.«

So reden sie alle, dachte Croy. In Bildern, nie wirklich konkret. Aber an der Front, da, wo er kämpfte, war die Wirklichkeit konkret. Was hieß *Sicherheitsinteressen ausgehöhlt*? Aber darauf würde ihm Kühl keine genaue Antwort geben. Sprachen Politiker nicht nur zwischen den Zeilen, sondern dachten sie vielleicht auch so? Wirkten vielleicht deshalb manche politischen Entscheidungen auf den ersten Blick so wirklichkeitsfremd?

»Was also wollte Rumpf wirklich in Görlitz?«, drängte Croy auf eine Antwort. »Gab es konkrete Hinweise auf Bedrohungen durch« – und jetzt gab Croy seiner Stimme einen ironischen Klang – »nomadisierende Slawen?«

Kühl, dem Croys Stimmfärbung nicht verborgen blieb, antwortete in sachlichem Ton. »Die neuen EU-Beitrittsländer haben nicht nur Rechte, sondern auch Pflichten. Eine der wichtigsten ist, in ihren eigenen Ländern für demokratische Verhältnisse zu sorgen. Dazu gehört vor allem ein funktionierendes, überschaubares Rechtssystem, das ein rigides Durchgreifen gegen Schleuserbanden mit einschließt. Wir glauben, dass dies noch nicht in ausreichendem Maße geschieht. Man könnte auch sagen: Manche dieser Länder sind froh, wenn ihr Arbeitsmarkt durch Zugvögel entlastet wird, die dann *zuerst* in Deutschland ankommen, denn wir haben von allen westlichen EU-Staaten nicht nur die östlichste Grenze, sondern auch die größte Magnetwirkung. Aus diesem Grund wollte Rumpf nach Görlitz. Es war nicht nur sein rumänischer Amtskollege, der dort wartete. Es war auch sein Wille, ein Zeichen gegen die laxe Kontrollpraxis der EU-Neulinge zu setzen – zumindest was deren Verhinderung von Schleusungen angeht.«

Für Croy waren die Informationen, was die Ausländerpolitik der Bundesregierung anging, denkbar uninteressant. Sie hatten nichts mit seinem Fall zu tun. Rumpf war schlichtweg deshalb umgebracht worden, weil er einer der verantwortlichen Autoren von Trias war. Davon war er mittlerweile überzeugt. Doch wusste Kühl davon?

»Wie gut kennen Sie denn das Vorleben Rumpfs?«, fragte Croy so neutral es ihm möglich war.

Kühl sah ihn prüfend an.

»Rumpf war ein sehr guter Beamter«, holte der Bundespolizeichef aus. »Vor allem sein Engagement in der Fremdenpolitik des Außenamts war erstaunlich, aber manchmal schien er über das Ziel hinauszuschießen.«

»Wie meinen Sie das?«, fragte Croy, einen gewissen Unterton bei Kühl wahrnehmend.

»Er konnte sich bei diesem Thema schnell in Rage reden. Ich kenne interne Gesprächsprotokolle, in denen er Rumänen als geldgierige Zigeuner und Afrikaner und Türken als Rassenschänder an deutschen Frauen bezeichnete.«

Croy reagierte mit einer Mischung aus Empörung und Unglauben. »Und man hat ihn nicht sofort …?«

»Suspendiert, meinen Sie? Es waren und blieben interne Protokolle.«

»Niemand sagt so etwas *nur* dahin, oder?« Croy hoffte, Kühl noch weiter aus der Reserve zu locken. Vielleicht wusste er ja etwas über Rumpfs nationale Gesinnung, was er, Croy, noch nicht ahnte.

Kühl zuckte die Schultern und sagte kurz: »Ich bin da ganz Ihrer Meinung.« Er erhob sich abrupt.

»Moment«, bat Croy. »Denken Sie, er sympathisierte mit dem rechten Rand der CDU?«

»Soviel ich weiß, verließ er die CDU bereits vor einem Jahr. Aber ich muss nun leider gehen«, antwortete Kühl nun bestimmt.

Croy ließ nicht locker. »Warum haben Sie mir von Rumpfs Entgleisungen erzählt? Sehen Sie darin irgendeinen Hinweis auf die Attentäter?«

»Vielleicht runden meine Informationen auch nur Ihr Bild von Staatssekretär Rumpf ab. Forschen Sie doch mal. Ich muss jetzt leider los. Ich werde im Bundeskanzleramt erwartet.«

Sie tauschten Telefonnummern aus und verabredeten ein

Abendessen, wenn der Fall endlich gelöst und G8 vorüber war.

Minuten später betrat Croy das Büro Konrad Kaltenborns. Der BKA-Vizepräsident empfing seinen Fahnder betont herzlich. Croy berichtete ihm zunächst von Kühls Interna aus dem Auswärtigen Amt. Doch Kaltenborn schien abwesend und desinteressiert. Er forderte von Croy vielmehr einen ausführlichen Bericht über dessen missglückten Semtin-Einsatz.

Als Croy endete, fragte Kaltenborn: »Wir wissen möglicherweise bald, wer Sie niederschlug und die Sprengstoffpakete abtransportierte.«

Croy wirkte gespannt.

»Inspektor Malik hat die noch lebenden Wachmänner in Semtin ausgequetscht. Einer von ihnen konnte den Mann einigermaßen präzise beschreiben.«

»Die noch *lebenden*? Wie meinen Sie das?«

»Bevor die Trucks mit dem Sprengstoff den Semtiner Salzstock verließen, wurden zwei von ihnen regelrecht hingerichtet. Die Arbeit eines kaltblütigen Profis. Nach Geheimdienstmanier, würde ich sagen.«

In Croy stieg die Erinnerung an sein Versagen wie Magensäure hoch. Diese Vorgänge mussten sich abgespielt haben, als er bewusstlos auf dem Boden gelegen hatte.

»Wer ist der Unbekannte? Wie präzise ist die Beschreibung des Wachmannes?«

»Genug dafür, ihn demnächst enttarnen zu können. Die Spur dieses Mannes führt nach Berlin. Nachdem Sie uns die Diplomatennummer per Kurzmitteilung durchgaben, setzten wir einen Wagen der Grenzschutzabteilung der Bundespolizei auf ihn an. Er benutzte ein französisches Kennzeichen, das schon längst nicht mehr gültig ist.«

Deshalb war Kühl also hier, stellte Croy fest.

»Wir beschatten den Kerl seitdem rund um die Uhr. Es sieht so aus, als käme er aus unseren eigenen Reihen.«

Croys Nerven spannten sich an. Kaltenborn blieb äußerlich gefasst.

»Wir tippen auf den Bundesnachrichtendienst. Falls tatsächlich Männer einer BND-Abteilung auf eigene Rechnung Wildwest spielen, schreiten wir ein, bevor wir ein High Noon erleben.« Kaltenborn schien sich selbst zuzulächeln. Für Croys Geschmack klang das alles etwas zu lax.

»Sind zwei Morde nicht High Noon genug?«

Kaltenborn blickte düster. »Ja und nein. Wir dürfen nicht zu früh dazwischengehen. Ich möchte, dass Sie herausfinden, wer sich hinter diesem mysteriösen Sprengstoffdiebstahl verbirgt. Sie haben dabei völlig freie Hand. Ich werde Kanzleramtschef Wilkens in seiner Rolle als Geheimdienstkoordinator darüber in Kenntnis setzen, dass wir mutmaßliche BND-Angehörige im Visier haben.«

Croy nagte an seinem Daumennagel.

»Und was ist mit den Chinesen? Gibt es nicht irgendeinen Hinweis auf eine mögliche Verstrickung?«

Kaltenborn fingerte zwischen zwei Papierbögen und zog ein kurz gefasstes Memorandum hervor.

»Unsere V-Leute wollen von einem Streit zwischen Ministerpräsident Jiang, seinem Verteidigungsminister und dem Staatssicherheitschef gehört haben. Sie stützen sich dabei auf Aussagen eines Adjutanten im Regierungspalast. Aber für besonders auffällig halte ich das nicht.«

Croy sah das anders. Für ihn waren diese Informationen ein Hinweis darauf, dass Peking irgendetwas plante.

»Aber es ist ein Indiz, das ich für wichtig und nachforschenswert halte.«

Kaltenborn brummte irgendetwas, während Croys Augen unzufrieden blitzten. Als sich sein Chef, scheinbar desinteressiert an einem weiteren Gespräch, seinem Telefon zuwandte, wusste Croy, dass von Kaltenborns Seite jetzt nichts mehr kommen würde. Der Ermittler stakste einmal quer durch dessen Büro, sah durch das Fenster hinunter auf die Spree und verließ dann auf leisen Sohlen den Raum. Seine Miene glich der eines Kindes ohne genügende Beachtung.

Obwohl das Klima zwischen dem BKA und ihrem für Gegenspionage zuständigen Äquivalent beim BND bei vielen Beobachtern als vergiftet galt, hatte Croy aus Studententagen einen Kollegen beim BND, den er um einen Gefallen bat. Der Mann war nach seinem Diplom in der Auswertungs- und Dokumentationsabteilung des deutschen Auslandsgeheimdienstes gelandet. Allerdings war er Croy als ein Zögerer in Erinnerung. Am Ende eines längeren Gesprächs bat dieser ihn dennoch eindringlich um eine Liste aller Telefonate, die in den vergangenen vier Wochen aus der Abteilung »Terrorabwehr Osteuropa« geführt worden waren.

»Das kann mich meine Stellung kosten«, wiegelte sein Studienkollege zunächst ab.

Croy zögerte kurz und legte dann in seine Stimme einen werbenden Unterton. »Und wenn ich dadurch ein Schlangennest aushebe? Ich könnte es so aussehen lassen, als wäre das niemals ohne deine Zivilcourage möglich gewesen.«

»Um Gottes willen, nein. Wenn, machen wir das konspirativ. Schließlich sind wir hier beim BND. Ich würde als Verräter gelten. Verstehst du das?«

»Nein«, beschied ihm Croy ehrlich, fügte dann aber an: »Dann tu es nur für mich. Ich kann schweigen wie eine Sphinx. Darf ich auf dich zählen?« Croy lauschte in den Hörer.

»Ich melde mich. Lass mich darüber nachdenken.«

Croy wusste, dass er jetzt nicht weiterinsistieren durfte. Sein ehemaliger Kommilitone würde sich sonst nur noch mehr verschließen. Wie eine empfindliche Scheißauster, ergrimmte sich Croy kurz.

Er überraschte ihn allerdings positiv, dass der BND-Archivar nach nur einer halben Stunde zurückrief und eine Aufstellung der Telefonate noch bis zum Abend versprach.

»Ich werde mich dafür gebührend revanchieren«, dankte ihm Croy.

»Wenn du nur dichthältst, reicht mir das schon«, bekam er zur Antwort.

20

Berlin-Mitte,
Bundeskanzleramt,
gleicher Tag, 11:00 Uhr

Es war durchaus üblich, im Bundeskanzleramt an Samstagen Besprechungen zur politischen Situation abzuhalten. Zudem erschien der Bundeskanzlerin die politische Lage so instabil, dass sie in keinem Fall bis Montag mit einer Bewertung warten wollte. Sie forderte zunächst den deutschen Bundesinnenminister auf, einen kurzen Bericht zu dem Raketenangriff abzugeben. Der sah zuvor etwas tadelnd auf den Chef der Bundespolizei, Henning Kühl. Er war mit einigen Minuten Verspätung zu der hochgeheimen Besprechung erschienen.

Eberhard Cromme, von seinen engsten Mitstreitern *Ebby* genannt, beugte sich in seinem Sessel nach vorn. Er breitete weit seine Arme aus, als wolle er den gesamten Kabinettstisch einschließlich aller fünfzehn Minister umarmen. Seine Finger spreizte er dabei weit ab. Das theatralische Entree beeindruckte allerdings keinen der Anwesenden, sie waren es gewohnt. Cromme, Volljurist und ehemaliger Staatsanwalt, ein Mann mit Halbglatze, hervorstehenden Augen, fleischiger Nase und mächtigem Kinn, gehörte dem Kabinett von Kanzlerin Sprado seit zwei Jahren an. Er hatte sich nach langen Diskussionen mit seiner Idee durchgesetzt, dass die Bundeswehr auch im Innern gegen massive Angriffe auf die innere Sicherheit eingesetzt wurde.

Obwohl das Bundesverfassungsgericht Bundeswehreinsätze ausdrücklich auf die Abwehr terroristischer Angriffe begrenzt hatte, hatte die Regierung mit Beginn der ersten Ausschreitungen durch Anhänger des militanten Flügels der Splittergewerkschaft ROK schwer bewaffnete Bundeswehrstaffeln in den Einsatz geschickt. Bundesverteidigungsminister General Rasmus Schönfelder hatte daraufhin seinen Rücktritt angeboten, weil er fürchtete, die Soldaten und Offiziere der Bundeswehr könnten tatsächlich irgendwann aus einer Straßenschlacht heraus zu Mördern am eigenen Volk werden. Doch Sprado hatte ihn nicht gehen lassen, und Schönfelder war eingeknickt. Finanzminister Cloppenburg hatte auf die angespannte Lage des Bundeshaushalts hingewiesen. Kanzlerin Sprado aber war hart geblieben. In den letzten Monaten waren deutsche Soldaten mehrmals in bewaffneten Panzerspähwagen ausgerückt. Sie verhinderten Seite an Seite mit der Polizei der Bundesländer Demonstrationen und setzten militante Demonstranten mit Waffengewalt fest.

Wie durch ein Wunder gab es bislang keine Toten. Innenminister Cromme, der anfangs den Beifall der Politik auf seiner Seite gehabt hatte, wurde trotz dieser scheinbaren Erfolge nach und nach kaltgestellt. Es war die Vermessenheit, die Cromme ausstrahlte, wenn er über noch längst nicht erschöpfte Möglichkeiten der Umsetzung von innerer Sicherheit sprach.

Cromme hielt seinen Bericht über das Gefecht vom Vorabend kurz. Dabei ließ er unerwähnt, dass nach Informationen von Konrad Kaltenborn einer oder mehrere BND-Agenten in die Sache verwickelt waren. Er stellte vielmehr heraus, wie effektiv das neue Terrorabwehrzentrum arbeite, das er gegen den Widerstand oppositioneller Politiker ins Leben gerufen hatte. Das beifällige Nicken seiner Ministerkollegen tat ihm gut. Doch der Verteidigungsminister hatte noch eine Frage.

»Stimmt es, dass gestern Abend lediglich ein Vertreter des Bundeskriminalamts, nicht aber des Bundesnachrichtendienstes und des Militärischen Abschirmdienstes vor Ort im Lagezentrum war?«

Crommes Augen traten noch eine Spur weiter aus ihren Höhlen. »Der Einsatz war eine Sache zwischen den Amerikanern, den Slowaken und uns. Die Ermittlungen im Fall Rumpf übertrug der Generalbundesanwalt meinen Leuten. Warum sollten wir also 22 Spieler aufs Feld schicken, wenn die Stammmannschaft den Sieg nach Hause trägt?« Cromme liebte Fußballvergleiche. Er sah Ähnlichkeiten zum alltäglichen politischen Geschäft in der Hierarchie, dem Mannschaftsaufbau, der Motivation, dem Training, der Strategie und Taktik.

Der General sah ihn kalt an. »Bislang glaubte ich«, sagte er giftig, »dass derartige Geheimoperationen auf eine breite Basis von Behörden gestellt werden. Auch ich wäre gestern Abend gern dabei gewesen. Schließlich war es vor allem eine Operation von *Militärs* befreundeter Staaten.«

Kanzlerin Sprado ließ den Ball laufen. Sie registrierte mit Interesse, wie brüchig das Verhältnis zwischen beiden Ministern war.

»Wenn es Ihnen darum geht, *dabei* zu sein, frage ich mich, warum ich immer erst um Ihre Truppen kämpfen muss, wenn die Polizei auf der Straße Hilfe gegen den Mob braucht«, erwiderte Cromme.

An dieser Stelle unterbrach Lydia Sprado den Disput. Die

Gefahr war groß, dass sich beide Minister nun doch in Kompetenzrangeleien und verletzten Eitelkeiten verloren.

»Ich bitte die Anwesenden um Nachsicht, dass der Kanzleramtsminister und der Bundesaußenminister nun mit mir die Runde verlassen.«

Beifälliges Nicken. Schließlich wartete das Wochenende. Die Bundeskanzlerin hob die Sitzung auf und murmelte etwas wie »gute Erholung«.

Vor Sprados Dienstzimmer saßen die FIES-Sondergesandten Ralph Weinstein und Boyan Chopov. Gemeinsam mit den Mitarbeitern von Senator Smith hatten sie die Aufgaben von Stefan Rumpf und Sergej Kirijenko übernommen und Trias zur Unterschrift vorbereitet. Und seit der Senator selbst einem Attentat nur knapp entgangen war, hatte Weinstein in Washington administrative Aufgaben übernommen. Sprado bat die Männer in ihr Amtszimmer und schwenkte dabei ein weißes Blatt Papier. Ihr Blick war kampfeslustig.

Wegen der Zeitverschiebung zwischen Washington, Moskau und Berlin hatten die jeweiligen Regierungsvertreter das Protestschreiben Chinas gegen die Ratifizierung von Trias zu unterschiedlichen Ortszeiten erhalten. Kanzlerin Sprado war nun auch im Besitz der hübschen Provokation.

»Wie reagieren wir darauf?«, fragte Lydia Sprado ihre Gäste. »Was sagt die Regierung in Washington, was sagt Moskau?« Erwartungsvoll sah sie die beiden Unterhändler an. Die nickten sich kurz zu. Weinstein übernahm.

»Ignorieren«, sagte er kurz.

Deutschlands erste Frau strich ihren Pony zur Seite. Ansonsten hielt ihre Frisur wie Beton.

»Ignorieren?«, wiederholte sie. Zweifel lag in ihrer Stimme. »Kennen Sie den Franzosen Sartre?«

Weinstein nickte vorsichtshalber, auch wenn er gar nichts verstanden hatte. Doch dann sagte er: »Nein.«

»Dichter, Philosoph, Existentialist«, lächelte Sprado etwas überlegen. »Er meint, etwas zu ignorieren ist ein bisschen wie Selbstmord. Der Ignorant bringt sich selbst um die Freiheit einer Reaktion. Und wissen Sie, was er daraus folgerte?« Weinsteins und Chopovs Köpfe blieben jetzt doch unbeweglich.

»Der Ignorant bekommt von der Welt als Schicksal zurück, was er ihr durch seine Ignoranz vorenthielt. Auf die Chinesen bezogen könnte das bedeuten: Schweigen wir jetzt einfach, riskieren wir unter Umständen eine Verschärfung der ohnehin belasteten Beziehung. Andererseits ...«, sie kaute auf ihrer Unterlippe, »... kann uns Peking mal gern haben. Trias ist nicht mehr zu verhindern und unsere Sicherheitsbehörden endlich auf Zack. Wie wahrscheinlich ist denn«, wandte sie sich an Boyan Chopov, »dass Moskau aufgrund der Protestnote nicht einknickt?«

Chopovs Brillengläser funkelten. »Präsident Semjonow ist ein Kriegsveteran. Was ihn beeindrucken würde, wären chinesische Atomraketen, die Sibirien als Ziel hätten. Aber ein Blatt Papier? Pah ...«

Sprado richtete den Blick auf Ralph Weinstein. »Und Nancy?«

Auch Weinstein gab sich gelassen. »Die Präsidentin mochte einen Ihrer Vorgänger ziemlich gern. Er war bekannt dafür, die Entscheidungen über heikle Vorgänge auf die lange Bank zu schieben. Die deutschen Medien erfanden damals den Begriff des *Aussitzens*.«

Die Kanzlerin lächelte und griff sich erneut an die Stirn. Ihr Pony fiel jetzt wie ein Fächer. »Gut. Dann also ...« Und Chinas Protest segelte in ein Fach, auf dem das Wort *Ablage* stand.

»Meine Herren«, fuhr sie mit einem feierlichen Blick fort, »wir stehen vor weiteren bedeutsamen Entscheidungen. Die beiden Attentate von Görlitz und Kirow, fünfundzwanzig Tote bei der Sprengung des Flüssiggas-Terminals auf der Insel Sachalin und der Diebstahl von 150 Tonnen Y3-Sprengstoff sowie seine Zerstörung durch amerikanische Truppen in der Slowakei haben zu Verunsicherung und Nervosität auf allen Seiten geführt. Aus dieser Situation heraus gibt es ...« – Kanzlerin Sprado holte kurz Luft – »eindeutige Signale aus Washington und Moskau, entweder die Unterzeichnung von Trias auf unbestimmte Zeit zu verschieben oder aber über eine kurzfristige Entscheidung nachzudenken. Ich habe Ihnen einen Vorschlag zu machen, den Sie bitte mit Washington und Moskau abstimmen wollen.«

Das Treffen dauerte mehr als drei Stunden. Um Trias Wirklichkeit werden zu lassen, fielen im Verlauf einige bedeutsame Sätze mit weit reichenden Folgen. Vor allem war die Rolle der deutschen Medien ein heiß umkämpftes Thema. Am Ende wurde sich das Trio einig. Sie verabredeten absolutes Stillschweigen über jedes gesprochene und geschriebene Wort ihres Meetings.

Es waren nur noch wenige Tage bis zum Beginn des G8-Gipfels im Ostseebad Marienstrand.

21

Marokko, Casablanca,
gleicher Tag,
12:37 Uhr,
Ortszeit

Während Lee Kong in Peking einen perfiden Plan schmiedete, begann in Marokkos Hauptstadt Casablanca ein Hasentreiben auf einen Mann, den der Chinese bis zum Vortag noch für vertrauenswürdig und ein Organisationstalent gehalten hatte.

Lee Kong sah in ihm den Schuldigen des Misserfolgs in der Slowakei. Zudem war Kong froh, nicht in Ungnade gefallen zu sein, und setzte nun alles daran, weitere Risiken zu vermeiden. Saanigris Wissen, das war Kong klar, glich einer Zeitbombe, die, wenn sie hochginge, seinen sicheren Tod an einem chinesischen Galgen bedeuten würde.

Der Marokkaner erfuhr von dem Untergang des Sprengstoffkonvois über seine eigene Satellitenstation. Sie war in einem Tiefkühlschrank verbaut und hatte ihren Standort in seinem Keller. Warum er dennoch in Casablanca geblieben war, anstatt unterzutauchen, blieb sein Geheimnis.

Die Männer kamen zu fünft. Sie sahen nicht wie Staatsanwälte aus und trugen ihre Waffen sichtbar unter engen Lederwesten. Gemeinsam drangen sie in das Gebäude vor, in dem der Marokkaner sein Büro hatte. Doch es war verschlossen. Schließlich war Wochenende. Sie traten mit Wucht die leichte Tür ein.

»Ausgeflogen«, quetschte einer der Männer hervor. Sie kippten Benzin über Tische, Stühle, Schränke, Fußboden und Türen und warfen anschließend ein Streichholz in die Treibstofflachen. Seelenruhig überquerten sie die Straße, während das Gebäude in ihrem Rücken lichterloh brannte.

In Saanigris Stamm-Café zwei Querstraßen weiter quälten sie den Wirt mit glühenden Zigarettenstummeln so lange, bis sie mehr als nur einen Ort erfuhren, an dem sie Saanigri finden könnten. Sie erschossen den Mann noch hinter seinem Tresen.

Bei der zweiten Adresse fanden die Killer ihr Opfer. Der Marokkaner saß, wie an jedem Samstag, bei seinem Barbier vor einem riesigen Spiegel, ein weißes Tuch über Schulter und Beinen. Der Bartschneider führte eben sein Rasiermesser an Saanigris Hals, als die fünf Todesengel nacheinander den kleinen Laden betraten.

»Das trifft sich gut«, sagte deren Wortführer kalt. »Schneide ihm gleich die Kehle durch. Tust du es nicht, so erledigen wir es.« Saanigri erstarrte. Der Barbier trat einen Schritt zurück, klappte das Messer zusammen. Der Anführer der fünf trat dicht an ihn heran und drückte ihm die Mündung einer Baretta an die Schläfe.

»Und nun walte deines Amtes, Barbier. Wie man sauber schneidet, hast du schließlich gelernt.« Der zögerte und zitterte, wie unter Strom gesetzt.

»Mach schon, sonst stirbst du als Erster.« Der Killer entsicherte seinen Revolver. Klack. Der Barbier zuckte zusammen. Saanigri beobachtete durch den Spiegel die Szene hinter sich. Millimeter für Millimeter schob er seine vom Friseurtuch bedeckten Hände zu seiner Waffe, die in seiner Innentasche steckte. Die schwarze Automatik war zwar nur ein Kleinkaliber, doch wenn sie traf, töteten auch ihre Kugeln. Ganz dicht war er an ihr dran, fühlte schon ihren kurzen Lauf. Er hatte keine Furcht mehr. Er nahm sich vor, mindestens einen der Killer zu töten, bevor man ihn selbst zur Hölle schickte. Fest umspannte er ihren Griff und zog sehr langsam den winzigen Hahn zu sich.

Der Anführer des Quintetts bemerkte aus den Augenwinkeln, dass sich unter dem Friseurtuch von Saanigri etwas tat. Er sah nicht mehr als den Aufwurf einer Falte, die sich um Millimeter hob und wieder senkte. Blitzschnell riss er seinen Revolver von der Schläfe des Barbiers und schoss genau dorthin. Der Lärm erschreckte alle Beteiligten, auch Saanigri, doch die Kugel hatte ihn nicht getroffen. Sie war glatt durch das Tuch in den Boden eingeschlagen. Dennoch tat der Marokkaner so, als sei er verletzt. Er stöhnte auf und ließ den Kopf nach vorn sinken. Der Barbier nutzte die Situation und stach mit seinem Messer auf den Schützen ein. Der schlug dem Friseur mit dem Kolben direkt auf den Mund. Zähne splitterten, Lippen rissen auf. Er schoss ihm in die Stirn. Der Barbier brach beinahe sofort und mit ungläubigem Staunen in den Augen zusammen.

Saanigri nutzte den Lärmpegel, um den Hahn der Automatik zu spannen, drehte den Lauf der Waffe durch seinen Umhang in Richtung der anderen Männer, die seitlich von ihm standen. Als Orientierung half ihm der Spiegel. Er drückte viermal mit flachen, matten Geräuschen ab. Drei der Männer brachen nicht sofort zusammen, starben aber gemeinsam. Der vierte Angreifer hechtete zur Seite, zog dabei seine Waffe und schoss Saanigri aus weniger als zwei Metern Entfernung direkt zwischen Ohr und Kiefer. Der Marokkaner sackte schwer gegen die Lehnen des Friseurstuhls, die Augen offen, den Rücken halb zum Spiegel gewandt.

Weiß vor Wut versenkte der unverletzt gebliebene Anführer der Gruppe sein Magazin vollständig im Oberkörper des Marokkaners. Lachen von Blut durchtränkten das weiße Tuch Saanigris. Der Barbier lag zusammengekrümmt auf der Erde, sein Gesicht war bis zur Unkenntlichkeit zerstört. Der Schusswechsel hatte nur wenige Sekunden gedauert.

22

**Peking,
Regierungspalast,
8. Dezember, 7:45 Uhr Ortszeit**

Mit dem ergebnislosen Verhallen des chinesischen Protests war die Zustimmung zu Lee Kongs Plan einer Erpressungsstrategie nur noch eine Formsache. Ausgerechnet Staatschef Jiang zitierte den umtriebigen General für diese delikate Aufgabe zu sich. Es war 7 Uhr 45 chinesischer Zeit. Der Spionagechef sah sich einem Mann gegenüber, dessen Augen wütend blitzten.

»Diese ... diese Europäer führen uns vor, als seien wir ihre Schüler. Das ist nicht akzeptabel.« Jiang sah aus, als werde er demnächst explodieren. General Kong gab sich äußerlich ruhig. Ehe sich Jiang besann und wieder vernunftgesteuert zu denken begann, musste Kong das innere Feuer des Ministerpräsidenten am Lodern halten. Jiang sollte emotional entscheiden, wenn es um die chinesische Sache ging. Kong lud deshalb seine Wortwaffen durch.

»In der Tat, Genosse Ministerpräsident. Seit der Schulterschluss zu Amerika quasi Staatsdoktrin der Europäer ist, müssen wir uns als Chinesen auf unsere genuinen Stärken konzentrieren: Loyalität, Vaterlandsliebe, Aufopferung. Nur so werden wir unseren Feinden den Schneid abkaufen.« Kongs Worte verfehlten ihre Wirkung nicht.

Jiang stimmte mit einer Kopfbewegung zu. Solche Worte gefielen ihm. Sie waren markig und ließen keine Zweifel an der Richtigkeit ihres Denkens und Handelns.

»Wie gehen wir nun vor?« Jiang sah erwartungsvoll auf General Kong. Der hatte sich seine Worte längst zurechtgelegt.

»Wir treten in eine neue Art des Kalten Krieges mit Amerika, Russland und Deutschland ein. Wir werden alle Ingredienzien der Machtspiele unseres wunderbaren Geheimdienstes ausschöpfen. Dabei spielen Zeit und Ausführung eine wichtige Rolle.«

»Was genau planen Sie?« Jiang klang ungeduldig. Der General blieb bei seiner Taktik vernebelter Worte.

»Wollen wir mit einer neuen Strategie Erfolg haben, müssen wir in spätestens fünf Tagen einen Brief formuliert und an die Empfänger übergeben haben. Darin bedrohen wir die Teilnehmer des G8-Gipfels mit einem Potenzial, von dem niemand auf dieser Welt wissen kann, dass wir es besitzen. Wir müssen davon ausgehen, Genosse Ministerpräsident, dass Trias entweder mit Beginn des G8-Gipfels oder im Verlaufe der dreitägigen Veranstaltung im deutschen Ostseebad Marienstrand unterzeichnet wird.« Kong blickte zu Jiang, der ihn mit seinen eisgrauen Augen fixierte. Abschließend sagte er: »Es ist an der Zeit, die Truppen zu sammeln. Sollten die drei Staaten nicht einlenken, wird sie die Unterschrift des Vertrages teuer zu stehen kommen.«

»Alles schön und gut«, sagte Jiang schließlich. »Aber werden Sie mir nun sagen, was Sie mit *Potenzial* meinen?« Der Geheimdienstchef zog seine Stirn in Falten.

»Ich habe nicht nur die Aufgabe, Sie zu schützen, ich habe die Pflicht dazu. Je weniger Sie über unsere – zugegeben perfide – Vorgehensweise erfahren, umso geringer die Gefahr, dafür offiziell belangt zu werden. Offen gesagt, Genosse Ministerpräsident: Wir werden nichts tun, was unserem wunderbaren Land schaden wird. Aber wir sind nicht umsonst der am meisten gefürchtete Geheimdienst der Welt. Wir wählen unsere Methoden nicht nach Moral, sondern nach Effektivität und zu erwartenden Ergebnissen aus.«

Chinas mächtigster Mann hatte verstanden und fühlte gleichzeitig eine gewisse Ohnmacht gegenüber Kong. Der General, das spürte Jiang, sah sich als der eigentliche Boss unter den Machthabern der kommunistischen Partei.

Über dem Abschied der beiden Männer aus dem Büro des Ministerpräsidenten lag eine angespannte Atmosphäre. Lee Kong verbeugte sich zwar kurz vor Jiang, bevor er dessen Amtsräume verließ; doch sein körperlicher Gestus strahlte dabei eine harte, militärische Strenge aus. Als sein Spionagechef gegangen war, spürte Jiang ein merkwürdiges Zittern seiner Hände.

23

Berlin-Mitte,
9. Dezember, gegen 11:00 Uhr

Beinahe zeitgleich klingelten die Telefone in sämtlichen Vorzimmern deutscher und internationaler Chefredakteure von Fernseh-, Radio- und Zeitungsredaktionen in Deutschland. Mitarbeiter des Bundespresseamtes luden zu einer kurzfristig anberaumten Berichterstattung an die sensibelsten Verkehrsknotenpunkte der Viermillionenstadt. An jenem Montag sollten selbst für den trainierten Betrachter des politischen Berlin merkwürdige Dinge passieren. Schweres Gerät der Bundespolizei und der Bundeswehr schob sich, aus allen Himmelsrichtungen kommend, langsam auf die großen Bahnhöfe der Stadt vor und riegelte sie innerhalb kürzester Zeit mit etwa 12 000 Beamten aus allen Bundesländern ab. Auch die drei Flughäfen Tegel, Tempelhof und Schönefeld sowie die ehemaligen Flugfelder der Alliierten in Gatow und Sperenberg glichen in wenigen Minuten einer Festung. Flüge wurden kurzfristig gestrichen, Züge auf offener Strecke gestoppt. Auf den wichtigsten Straßenkreuzungen im Ost- und Westteil der Stadt bildeten Polizeieinheiten massive Ringe, die für mehr als zwei Stunden undurchdringlich blieben. Von der plötzlichen Blockade war auch der einreisende Verkehr auf Autobahnen betroffen. Berlin glich einer Festung. Phantom-Bomber, MIG-29-Abfangjäger und vier brandneue Typhoon-Kampfflugzeuge überflogen in geringer Höhe das Zentrum der Stadt. Einzig die Medienleute hatten Zutritt zu der grandios organisierten Blockade und berichteten über das Ereignis, als filmten sie den Einstieg Deutschlands in einen Krieg.

Die überraschende Präsenz Tausender Sicherheitskräfte und deren offensichtlich weit gehende Befehlsgewalt blieben auch den Heerscharen an Agenten der unterschiedlichsten Geheimdienste in Berlin nicht verborgen. Über die diplomatischen Vertretungen ihrer Länder gelangten die Informationen über die hermetisch abgeriegelte deutsche Hauptstadt an die jeweiligen Lagezentren der Regierungen. Einzig die Chinesen und Israel reagierten mit speziellen Anfragen, ob Berlin ein unerwartetes Sicherheitsproblem habe. Doch das Kanzleramt beschwichtigte. Die Abriegelung Berlins sei eine Art Übung für den Ernstfall einer massiven terroristischen Bedrohung. Während sich Tel Aviv mit der Auskunft begnügte, glühten zwischen der Pekinger Botschaft an der Berliner Jannowitzbrücke und der Kanzlei des Ministerpräsidenten die Telefondrähte heiß. Doch wie immer die Chinesen auch die Lage betrachteten: Die Begründung Berlins, dass dies nur eine Notfallübung sei, war erst einmal nicht zu widerlegen.

Man behalte sich dennoch weitere Anfragen vor, hieß es.

In den Redaktionen der örtlichen Verlage, der Fernseh- und Radiostationen rüsteten sich die Journalisten zu einer aufwändigen Berichterstattung. Solch ein Ereignis hatte es in der deutschen Hauptstadt noch nicht gegeben. Eine Terrorabwehrübung, in der alle Verteidigungsapparate miteinander verzahnt werden sollten, war ein einmaliges Schauspiel, das attraktive Bilder- und Reportageszenen versprach.

Auch Redakteure der Berliner *Tagespost* waren vor Ort. Katja Kirchner und weitere Kollegen aus der politischen und der lokalen Redaktion hatten sich mit ihren Presseausweisen bis dicht an das Bundeskanzleramt herangearbeitet.

Paul Graf von Sprock war an dem Spektakel noch weniger als desinteressiert. Bis in die Villenvororte Berlins drangen die vieltönigen Sirenen der Polizei- und Bundeswehreinheiten ohnehin nicht. Ihm brannte ein ganz anderes Vorhaben unter den Nägeln, das sich mit einer Beobachtung von Sicherheitsleuten noch weniger vertrug als Glut mit einem Eimer Wasser.

Über ihre Botschaft in Berlin drangen nur spärliche Informationen über die Berliner Ereignisse an die Verbindungsleute des BKA in Prag. Den Zeitungen der tschechischen Hauptstadt war die Vorberichterstattung über den Aufmarsch von Terrorabwehreinheiten, deutschem Militär und Tausenden von Schutzpolizisten nur ein paar Zeilen wert. In Prag war man viel zu sehr mit sich selbst beschäftigt. Wieder einmal wackelte die politische Allianz aus Sozialisten und Christdemokraten – ein Vorgang, an den sich die Tschechen seit Mitte dieses Jahrzehnts gewöhnt hatten. Auch Gabriela Malichova blieb nicht viel Zeit, um über Sicherheitsaufmärsche in der Hauptstadt des mächtigen Nachbarstaates nachzudenken. Sie hatte genug zu tun, der Prager Burg den dreisten Diebstahl des Y3-Sprengstoffs und seiner »vorsorglichen« Vernichtung durch eine amerikanische Spezialeinheit plausibel zu erklären und gleichzeitig eine diplomatische Verstimmung zwischen Washington und Prag zu vermeiden. Im tschechischen Ministerium für Wirtschaft und Technologie jagte zwischen den Behörden eine Telefonkonferenz die andere.

Zeitgleich zum Beginn der Terrorabwehrübung in Berlin setzten auf dem etwa 200 Kilometer entfernten, nordöstlich von Berlin gelegenen Militärflughafen Laage bei Rostock mehrere Hubschrauber amerikanischer und russischer Bauart auf. Zwei Typhoon-Kampfflugzeuge und drei MIG-29-Abfangjäger überflogen im Minutenabstand das Gebiet. Den Bewohnern der Region erschien daran nichts Auffälliges: Der Militärstützpunkt Laage war gleichzeitig auch Übungsgelände für die Frischlinge aus den Fliegerakademien der Bundeswehr. Auch dass ein paar Kriegsschiffe mehr als sonst im Seegebiet zwischen Wismar im Westen und Stralsund im Osten ankerten, bedeutete für die Anrainer nichts Ungewöhnliches. Schließlich waren östlich von Rostock Marineeinheiten der Bundeswehr stationiert.

Dass die Insassen der Hubschrauber besonders beschützenswert waren, zeigte die Präsenz einer Spezialeinheit zweier Staffeln von Luftlandetruppen der Bundeswehr. Sie hatten die Hubschrauberlandeplätze umstellt und hielten sich die gesicherten G36-Schnellfeuergewehre vor die Brust. Scharfschützen hatten sich an den Rändern des Flugfeldes in Bäumen, hinter mit Gras bewachsenen Flugzeugsilos und in gepanzerten Fahrzeugen postiert. Ein Awacs-Aufklärungsflugzeug war vom amerikanischen Fliegerhorst Rammstein gestartet und funkte Videodaten in das militärische Lagezentrum des Jagdgeschwaders 73.

Das Gesicht von Bundeskanzlerin Sprado glühte. Ihr war eindeutig die Aufregung über das bevorstehende Ereignis anzusehen. Die Kanzlerin und ihr Organisationsstab standen inmitten des Spaliers der Soldaten, die ihrerseits nicht ahnten, wer aus den Helikoptern steigen würde. Sie tippte Kanzleramtschef Wilkens in die Seite.

»Gute Arbeit, alle Achtung.« Wilkens' Augen leuchteten stolz, sein Gesichtsausdruck drehte augenblicklich von Anspannung auf Dankbarkeit. Seit vergangenem Samstag hatte ein klein besetzter Organisationsstab das Treffen zwischen der deutschen Bundeskanzlerin, dem russischen Präsidenten und seiner amerikanischen Amtskollegin im Eilverfahren vorbereitet.

Als sich die Bordtüren aller vier Hubschrauber öffneten, fuhr eine starke Bö über die Landebahn. Die Haare der Bundeskanzlerin wehten ihr in die Stirn. Mit fahrigen Bewegungen versuchte sie, ihren losen Pony unter Kontrolle zu bringen. Während sie noch mit ihrer Frisur kämpfte, entstieg die amerikanische Präsidentin Nancy Wood dem Helikopter; sie deutete Sprados Handbewegung als Begrüßung und winkte freudig zurück. Die Kanzlerin löste sich aus dem Spalier und ging mit einem betont herzlichen Gesichtsausdruck auf sie zu. Sie drückten sich intensiv beide Hände und tauschten Höflichkeiten aus. Im Rücken der Präsidentin hatten sich bereits die Einstiegsluken der russischen Helikopter geöffnet, aus denen Präsident Semjonow mit wackligen Schritten und seine weitaus jüngeren Mitarbeiter auf schmalen Ausstiegstreppen wesentlich hurtiger hinunter aufs Rollfeld eilten.

Semjonow schritt auf die beiden Frauen zu, umfasste sie fröhlich mit beiden Armen und drückte sie kurz an sich. Dabei sagte er hechelnd: »Was ihr gerade in Berlin veranstaltet, ist ein bisschen wie beim Räuber- und Gendarm-Spiel, oder?«

Die Kanzlerin blickte ernst und erwiderte gegen den Wind auf dem Rollfeld: »Mit dem Unterschied, dass man als Kind nicht fürchten muss, in diesem Spiel umgebracht zu werden.« Semjonow gefror das Lächeln auf den Lippen. Präsidentin Wood hakte sich bei Sprado unter, und gemeinsam gingen sie auf die angetretenen Luftlandetruppen zu, die mit ehrfürchtigen Blicken das mächtige Führungstrio mit den Augen begleiteten. Auf Befehl eines Kommandeurs öffnete sich das Spalier aus den martialisch anmutenden Soldaten zu einer Gasse, die direkt vor drei schwarzen Audi-Limousinen endete.

Als der Fahrzeugtross nach etwa 800 Metern vor dem nur hohen Offizieren vorbehaltenen Gesellschaftssaal des Stützpunkts vorfuhr, war es 12 Uhr 53.

Beim Anblick seiner Dekoration gönnte sich die Kanzlerin ein mokantes Lächeln. Der sonst vollmöblierte Raum war in aller Eile leer geräumt und auf das Wesentliche reduziert worden. Soldaten der Bundeswehrkaserne hatten ein breites Podest gezimmert, auf das sie grüne Tarnplanen gelegt hatten, um das unansehnlich rohe Holz zu kaschieren. Mehrere Tische waren zu einer einzigen langen Tafel zusammengeschraubt worden, auf der ebenfalls Planen aus olivfarbenem Leinenstoff lagen. Um die Tische waren einfache Stühle gruppiert, deren Sitzflächen mit schwarzem Leder bezogen waren. In metallenen Ständern steckten die Fahnen Russlands, der USA und Deutschlands. Ein findiger Leutnant hatte sie aus einem Gymnasium in der nahen Stadt Güstrow entliehen. Nur das Bild des deutschen Bundespräsidenten war für den Geschmack der Bundeskanzlerin zu sehr in die Ecke gerutscht.

Zwei Soldaten servierten von großen Tabletts Kaffee, Tee, Erfrischungsgetränke, Cocktailschnittchen und frisches Obst. Als sich die Türen des Saales hinter ihnen schlossen, schritt Lydia Sprado zu einem kleinen Pult. Zwei Dolmetscher gingen vor seitlichen Pulten in Position. Der russische Präsident war des Englischen nicht mächtig. Die Kanzlerin bog das Mikrofon zu sich heran, sprach ihre Gäste höflich mit Namen und Titel an und kam dann mit launigen Worten zur Sache.

»Ich weiß nicht, wie es Ihnen geht: Aber mich erinnert diese Szene hier an ein Freischärler-Camp, in dem sich Rebellen mit ihren ehemaligen Gegnern treffen, um endgültig Frieden zu schließen.« Sie sah über die Ränder ihrer Lesebrille auf ihre Gäste, die beifällig und sogar amüsiert nickten. Die eingeflochtene Doppeldeutigkeit des Satzes hatte vor allem der russische Präsident sehr wohl registriert. Er hob beide Daumen, als verkünde er einen Sieg.

Ihre Augen wandten sich jetzt direkt an acht Männer, die einträchtig nebeneinandersaßen und zum Pult der Kanzlerin nach vorne schauten: FIES-Fellows Ralph Weinstein und Boyan Chopov, BKA-Vizepräsident Konrad Kaltenborn, Markus Croy, der Chef des Bundespresseamtes in Berlin, Martens, der Referent des russischen Präsidenten in Moskau Tscherkassow, der Stabschef des Weißen Hauses, Freeman, und Special Agent Vincent Talo vom CIA. Das Oktett hatte in den letzten drei Tagen über eine permanent geschaltete Videoleitung Kontakt zwischen Berlin und Washington gehalten. Bei ihrem ersten Treffen am Samstag beschlossen sie zunächst aus Sicherheitsgründen einstimmig, ab sofort den Mitarbeiterstab um Senator Gordon Smith aus dem weiteren Vorgehen herauszuhalten. Die Befürchtung, ausländische Agenten könnten nach dem geplatzten Anschlag auf den Senator dessen Telefone und damit auch seine Termine überwachen, war zu groß.

Bundeskanzlerin Sprado setzte erneut zum Sprechen an.

»Bevor wir zum eigentlichen Grund unseres Treffens kommen, lassen Sie mich kurz ein paar Worte der Anerkennung sagen. Ihre Gruppe musste mehrere Probleme bewältigen, deren Lösung höchste Priorität hatte und der strengsten Geheimhaltungsstufe unterlag. Wie bekommt man drei Regierungschefs innerhalb von zwei Tagen gemeinsam zur selben Zeit an einen von der Öffentlichkeit abgeschirmten Ort? Welche Strategie ist die beste, um genau zu jenem Zeitpunkt die Medien an einem weiter entfernten Ort zu konzentrieren? Und das drängendste Problem: Wie erreicht man, dass die ausländischen Geheimdienste von dem Treffen und seinem Inhalt keinen Wind bekommen?« Lydia Sprado zeigte jetzt einen sehr bedeutungsvollen Gesichtsausdruck. Als die Dolmetscher ihre Übersetzungen beendet hatten, verfehlten ihre lobenden Worte ihre Wirkung nicht. Die Männer um Konrad Kaltenborn sahen etwas verlegen, aber auch mit Stolz auf die Kanzlerin.

»Das kleine und sehr fantasievolle Ablenkungsschauspiel in Berlin scheint zu funktionieren«, sagte die Kanzlerin und sah wohlwollend auf die Urheber dieser Idee, Weinstein und Chopov. Die kleine Schmeichelei hinterließ sichtbar Wirkung.

Kaltenborn, der gemeinsam mit CIA-Agent Talo und Markus Croy die Leitung der kleinen Task Force übernommen hatte, war für die Umsetzung des Manövers zu einem gewaltigen Terrorangriff auf das Zentrum Berlins verantwortlich gewesen. Das Bundespresseamt wiederum hatte alle Berliner

Büros in- und ausländischer Medienvertretungen zur Berichterstattung über die größte Berliner Polizeiblockade aller Zeiten gelockt.

Lydia Sprado blickte von den Männern weg auf die amerikanische Präsidentin Wood und ihren russischen Amtskollegen Semjonow.

»Und dass Sie beide nun hier sitzen, so spontan kommen konnten, war auch ein Stück herausfordernder Denkarbeit.«

Weinstein und Chopov hatten die Routinetermine der drei Regierungschefs am heutigen Montag verglichen und unverfängliche, aber wasserfeste Begründungen für deren Verschiebung verfasst. Um Präsidentin Nancy Wood von den USA möglichst unauffällig nach Deutschland zu fliegen, brachte man sie zunächst auf die Azoreninsel Terceira. Vom dortigen amerikanischen Stützpunkt ging es in knapp vier Stunden mit einer Boeing *Dreamliner* 777-200 zunächst auf den militärischen Teil des Flughafens Köln-Bonn. Hier erwartete sie ein eilends umlackierter Hubschrauber der Bundeswehr. Auch Moskau stimmte unkompliziert zu, dem schon etwas greisen Präsidenten Semjonow eine längere Flugreise mit einem ebenso unauffälligen Helikopter nach Deutschland zuzumuten.

Für die Bundeskanzlerin war die Anreise nicht weniger kompliziert. Die Flugbereitschaft und ihr Wagenpark standen unter ständiger Beobachtung von Berliner Boulevardjournalisten, die offensichtlich einen Maulwurf im Bundeskanzleramt für seine Informationen bezahlten. Lydia Sprado war deshalb schon am Sonntagabend von ihrer Berliner Privatwohnung, unauffällig mit einem Kopftuch und hellbraunem Mantel bekleidet, in ein Taxi gestiegen, das eine ihrer engsten Mitarbeiterinnen steuerte. In der Ortschaft Wilhelmshorst im Berliner Nachbarlandkreis Potsdam-Mittelmark wartete in einer Garage auf dem Grundstück eines befreundeten Ehepaares der gepanzerte Audi auf sie.

Um auch hier nicht aufzufallen, verzichtete Lydia Sprado auf eigenen Wunsch ausdrücklich auf Begleitschutzfahrzeuge mit Bodyguards des Bundeskriminalamts. Sie gelangte in weniger als zwei Stunden über drei verschiedene Autobahnabschnitte zum Luftwaffenstützpunkt Rostock-Laage, auf dem sie in der Nacht auch Quartier nahm. Außenminister Kohlhoff und Bundeskanzleramtschef Wilkens waren am heutigen Montagvormittag in schwarzen Mercedes-Limousinen eingetroffen. Obwohl ihre Büros nicht unter dem gleichen Beobachtungsdruck standen wie das der Bundeskanzlerin, hatten beide Politiker gleichfalls auf Begleitschutz verzichtet.

»Allerdings haben wir für diesen Moment unseres Beisammenseins, für diesen Zweck, einen unglaublich hohen Preis entrichtet. Damit dieses für unsere Länder so bedeutende Vertragswerk mit Leben erfüllt werden konnte, mussten andere hoch verehrte und geschätzte Mitarbeiter dafür mit ihrem Leben bezahlen. Ich schlage vor, eine Schweigeminute einzulegen.« Die Miene von Kanzlerin Sprado zeigte jetzt allen gebotenen Ernst.

Während die Runde dem Vorschlag Sprados still nachkam, drang der Lärm startender und landender Kampfjets durch die Fenster in den Raum. Kaltenborn wurde in diesen Minuten das Gefühl nicht los, dass gerade irgendwo in Deutschland ein gefährliches Komplott in Planung war. Angespannt dachte er darüber nach, dass Croy und er auf der Zielgeraden ihrer Ermittlungen sehr aufmerksam sein mussten. Der BKA-Vize betrachtete kurz das Profil seines Sonderermittlers; den ruhigen Gesichtsschnitt, das etwas chaotisch liegende weizenfarbene Haar. Er spürte väterliche Gefühle für den mehr als zwanzig Jahre Jüngeren.

Nach Beendigung der gemeinsamen Schweigeminute ermunterte Bundeskanzlerin Sprado ihre Gäste zu einer körperlichen Stärkung. In kurzer Zeit waren die Tabletts leer, wobei sich Präsident Semjonow und die beiden New Yorker *FIES*-

Abgesandten Weinstein und Chopov als besonders hungrig erwiesen.

Nancy Wood nippte an einem Wasserglas, stocherte etwas lustlos in einer Porzellanschüssel mit Salat und begnügte sich ansonsten mit klobigen Scheiben einer roten Zuckermelone. Auch Lydia Sprado nahm die Kargheit militärischer Versorgung praktisch: Sie hielt sich an Kaffee mit viel Milch und ohne Zucker.

Nach einer Weile schlug sie leicht mit einer Gabel an ihr Wasserglas. Ohne Mikrofon sagte sie in die Runde:

»Ich schlage vor, wir reden nun gemeinsam über die Ratifizierung des Vertrages mit dem offiziellen Namen *Abkommen über die exklusive Lieferung von Rohstoffen aus Sibirien an die Vereinigten Staaten von Amerika und Deutschland bis zum Jahre 2058*. Dazu möchte ich bitten, alle Mikrofone abzuschalten.«

Der kurze Diskurs über den richtigen Zeitpunkt der Unterschrift und seine Begleitumstände verbrauchte nicht mehr Zeit als ein hektisches Frühstück zu dritt. Nach etwa zwanzig Minuten hatte man sich auf den Zeitplan geeinigt und eine interessante Lösung gefunden.

Kaltenborn und Croy waren dem Diskurs aufmerksam gefolgt, hielten sich aber mit Vorschlägen zurück. Dies war eine Angelegenheit zwischen den Repräsentanten der drei Staaten. Als klar war, dass die trilateralen Gespräche kurz vor dem Abschluss standen, beugte sich der BKA-Vize dicht an das Ohr seines Sonderermittlers heran. Er flüsterte: »Die Feinde des Vertrages werden so lange nicht ruhen, bis sie ihn endgültig verhindert haben. Die kommende Woche wird zeigen, von welcher Seite die Bedrohung kommt.«

»Der Countdown läuft bereits, das kann ich spüren«, flüsterte Croy zurück.

Als der russische Präsident um ein Schlusswort bat, erteilte es ihm Kanzlerin Sprado mit freudigem Gesichtsausdruck.

»Sehr verehrte Anwesende«, begann Semjonow hustend seine kurze Rede, »mit Trias wird es Russland endlich wieder gelingen, zu den mächtigsten und einflussreichsten Ländern der Erde aufzusteigen. Schon heute wissen wir, dass die Einnahmen aus Mütterchen Russlands fruchtbarer Erde nicht nur dem zügigen Ausbau der teils noch jämmerlichen Infrastruktur zugutekommen werden, nein: Auch unsere Milliardenschulden werden damit getilgt, Investitionen gefördert, Schulen und Universitäten neu gebaut, die Forschung in Wissenschaft und Technik angekurbelt. Nicht zuletzt – und hier bitte ich um Verständnis unserer Partner in Europa und jenseits des Atlantiks – werden wir auch das Militär und vor allem unsere Atomwaffentechnik modernisieren.« Semjonows markige Worte hinterließen Eindruck. »Wie Sie alle wissen, habe ich vor mehr als sechzig Jahren gegen die deutschen Besatzer gekämpft ... nun sind wir Partner und Freunde. Dennoch bin ich der Überzeugung, dass nur ein sehr starkes Russland das Gleichgewicht der Welt halten und damit dem internationalen Terrorismus oder dem Hegemoniestreben anderer Staaten die Stirn bieten kann.« Semjonow nickte der Kanzlerin und der amerikanischen Präsidentin aufmunternd zu. Die hatten, vor allem während des letzten Satzes, erheblich an Gesichtsfarbe eingebüßt. Allen war klar, welche »Modernisierungen« nötig waren, um Terroristen oder sogar anderen Staaten »die Stirn bieten zu können«, wie Semjonow es so schön formuliert hatte. Und ein Russland mit einem hochmodernen Militär und weiterentwickelter Atomwaffentechnik wollte nun wirklich niemand. Doch Lydia Sprado und ihre Amtskollegin Nancy Wood fassten sich schnell wieder. Man würde weitere Abkommen schließen, die eine Aufrüstung nicht zuließen. Außerdem war Semjonow mit seinen weit über achtzig Jahren in ihren Augen ein Auslaufmodell, dem bald ein jüngerer und hoffentlich moderner Präsident nachfolgen würde.

»Ich danke Ihnen, Sergej Iwanowitsch«, sagte Sprado mit

falschem Lächeln. »Ich denke, es bleibt noch Zeit für ein Glas Champagner.« Sie winkte ihrer Assistentin zu, die beflissen den Raum verließ und mit einem Karton unter dem Arm zurückkehrte. Die Kanzlerin hatte die sechs Flaschen am Abend zuvor aus ihrem eigenen Keller geholt und im Kühlschrank der Offizierskantine verstauen lassen. Obwohl sich die Anwesenden entspannt und erleichtert gaben, lag über dem Raum wegen des Schlussworts Semjonows und seines eindeutigen Hinweises auf die zukünftige Stärke und Bedeutung Russlands eine Atmosphäre gekünstelter Freude.

Als die Hubschrauber wieder abhoben und Bundeskanzlerin Sprado in ihrem Dienstwagen saß, gingen ihr die Worte Semjonows nicht aus dem Kopf.

Ihre Assistentin beugte sich aus dem Beifahrersitz zu ihr nach hinten.

»Komischer Kerl, der russische Präsident.«

Die Bundeskanzlerin nickte nur stumm.

Nach einer Weile sagte sie: »Hoffentlich ist der Preis, den wir für diesen Vertrag zahlen, nicht zu hoch.« Sie umklammerte dabei den braunen Pappeinband der deutschen Übersetzung des Vertrags mit beiden Händen. Ihre persönliche Referentin sah beunruhigt durch die Frontscheibe auf die Straße.

Parallel zur Rückreise der Bundeskanzlerin zogen Bundeswehr und Polizei die Truppen von den neuralgischen Verkehrsknotenpunkten Berlins ab. Mit dem Eintreffen der Bundeskanzlerin vor ihrem Amtssitz im Berliner Tiergarten waren alle Barrieren beseitigt.

In den gleichen Stunden lief der Countdown für den G8-Gipfel in Marienstrand an. Sondereinheiten von Polizei und Bundeswehr errichteten von Land aus, zu Wasser und aus der Luft sichtbare und unsichtbare Sperrgürtel, die es Attentätern und anderen fanatischen Störern unmöglich machen sollten, zu den Regierungschefs und ihren Delegationen vorzudringen. Observationsteams der acht weltgrößten Geheimdienste versuchten sich in dem kleinen Ort an der deutschen Ostsee nicht gegenseitig auf die Füße zu treten. Sie stocherten in der Kanalisation, werteten beinahe jeden Zentimeter des Luft-, Boden- und Wasserraums aus und übersandten an ihre Regierungen letzte Lageeinschätzungen von den Sicherheitsbedingungen vor Ort. Ihre Anforderungen für den Personenschutz lagen dem Berliner Bundesinnenministerium, den zentralen und lokalen Verfassungsschutzbehörden und parallel dazu der Abteilung Innere Sicherheit des Bundeskriminalamts mit ihren angeschlossenen Landeskriminalämtern schon länger vor. Geregelt waren diese Maßnahmen in der deutschen Polizeidienstverordnung 130, in der Schutz, Betreuung und die vorbeugenden Maßnahmen bei hohen Staatsbesuchen penibel und restriktiv vorgeschrieben waren.

Doch Sollbruchstellen gibt es überall. Gewollt oder ungewollt. So, wie in den angeblich sichersten Gefängnissen der Welt Architekten Fugen einbauen, durch die man von innen und von außen im Falle einer Katastrophe dringen konnte, so war auch Marienstrand verwundbar. Doch nicht, weil es freiwillig geschah. Der G8-Gipfel war das wohl meistgeschützte und auch am professionellsten durchdachte Spektakel der Welt. Seine Fassade zeigte nur einen kleinen Ausschnitt von dem, was die Sicherheitsstrategen diskutierten, forderten und am Ende auch durchsetzten. Der Erfolg von allem lag auch stets *hinter* dem, was sichtbar war. Doch so sehr die Abwehrspezialisten analysierten und dabei alle Konjunktive ihrer Sicherheitsängste bemühten, blickten sie dennoch nicht gründlich genug in den kleinen Ort an der Ostsee hinein. Sie hatten einfach nicht jeden Stein umgedreht.

24

**Köln,
gleicher Tag, zur gleichen Zeit**

Obwohl sich Graf Sprock in seiner Berliner Jugendstilvilla sehr viel sicherer fühlte als außerhalb ihres schützenden Dachs, musste er handeln. Die Terrorabwehrübung im Zentrum Berlins kam ihm gerade recht. Seine Gedanken über das Erlebte der letzten Tage und das Verhör in Prag spielten immer noch verrückt. Die Zeit wurde knapp. Er zwang sich zu mehr Konzentration. Er schlief sich gründlich aus, bereitete am nächsten Morgen die Filiale seiner Bank telefonisch auf die Auflösung eines seiner Konten vor und machte sich am Nachmittag auf den Weg.

Sprock war nicht nur ein altmodischer Geschäftsmann, er war, was Geld anbelangte, auch ängstlich. Er hielt sich zwar für eine Art geistigen Führer in einer Welt, die seiner Meinung nach einer neuen Führerideologie bedurfte; doch sein Sicherheitsbedürfnis im privaten Umfeld sowie sein Umgang mit alltäglichen Dingen offenbarten einen Kleingeist, dem es an Profil mangelte. Obwohl er seiner Bank schon seit vielen Jahren die Treue hielt, misstraute er dem Transfer von größeren Summen. Nicht nur des Phishings wegen, bei dem elektronische Spione die Kontozugänge von Privatkunden abscannten und so den Bankraub leicht machten; nein, auch die Möglichkeit des Nachverfolgens getätigter Überweisungen und die schleichende Aufweichung des Bankgeheimnisses beunruhigten Sprock.

Auf seinem Weg zur Bank hielt er an einer Postfiliale und erwarb eine leere Pakethülle, Schnur und festes Klebeband. Später, am Bankschalter, stapelte er wie in einem Gangsterfilm aus den Sechzigerjahren die Geldscheine in einen Aktenkoffer, schob ihn in das Postpaket, verschnürte und versiegelte es und ließ sich von seinem Fahrer zum Berliner Hauptbahnhof chauffieren. Gegen eine Gebühr von zehn Euro gab er das mit genau 571 312 Euro beladene Postpaket an der Gepäckaufbewahrung auf.

Danach fuhr er weiter zum Berlin International Airport, nahm die Maschine um 16 Uhr 10 nach Köln-Bonn und buchte für zwei Wochen ein Zimmer im unauffälligen Hotel *Leonet* in der Nähe des Kölner Rudolfplatzes. Während er so tat, als gehe er seinen Geschäften als Inhaber der Düngemittelfabrik Sprock GmbH im rheinischen Städtchen Wesseling nach, trieben ihn aber ganz andere Absichten an.

Mit Spreads Tod waren auch die Zweifel gekommen. War das Vermächtnis gefährdet, das ihnen ihre Väter und ehemalige Offiziere der Wehrmacht hinterlassen und dessen Erfüllung sie geschworen hatten? Doch die Vorbereitungen für den Racheplan waren nach Ansicht Sprocks viel zu weit fortgeschritten, als dass er noch daran rütteln sollte.

Es war beinahe 23 Uhr, als Sprock mit einer Reisetasche unter dem Arm sein Hotel verließ. Ein Taxi brachte ihn zu seiner Firma. Obwohl ihn der Werkschutz natürlich kannte, hielt er den eigenen Vorschriften gemäß und mit einem Lächeln im Gesicht seinen Ausweis an die Scheibe. Er entriegelte das Schloss einer Garage, die sich zu ebener Erde neben dem Gebäude mit den Forschungslabors befand, und zog an einem Hebel. Die Tür klappte nach oben auf und verschwand in einer breiten Spalte im Mauerwerk. Sichtbar wurde die Front eines weißen Transporters, auf dessen blank geputzter Frontscheibe sich das Licht zweier Laternen der Hofseite gegenüber spiegelte.

Sprock steuerte den Kleinlaster aus der Garage, parkte ihn mit der Rückseite zur Eingangstür des Laborgebäudes und ließ die Ladetüren weit offen stehen. Ein gläserner Lift brachte den Fabrikanten in die Ebene 2 zu den Labors F und G, die beide miteinander verbunden waren. Mit einer Fernbedienung legte er die Alarmanlage lahm, betrat das Labor F und stellte sie anschließend wieder scharf. Er wollte ungestört bleiben. Die Einrichtung des Labors war wenig spektakulär: keine Umwälzpumpen, keine Gummischläuche, keine Glasleitungen, die zu Kolbenflaschen führten, keine Tanks, aus deren Überdruckventilen Dämpfe von Kühlflüssigkeit brodelten.

Einem biometrisch gesicherten Schrank entnahm er sechs etwa 30 Zentimeter lange, armdicke Röhren aus Stahl. Sie waren jeweils an ihren Vorder- und Rückseiten mit Deckeln verschraubt. Er öffnete jeweils nur eine Seite, kippte die Röhren leicht an und ließ ihr Innenleben vorsichtig auf die Arbeitsplatte gleiten. Vor ihm standen nun sechs Gebilde, die wie Haarsprayflaschen aussahen und etwa auch die gleiche Höhe hatten. Sprock griff über sich nach einer Stiege im Regal, in die jeweils sechs kreisrunde Löcher eingestanzt waren. Mit weißen Gummihandschuhen sortierte er vorsichtig die sechs Sprayflaschen hinein und befüllte aus einem Tank zwei durchsichtige Zehn-Liter-Kanister mit destilliertem Wasser. Behutsam stellte er die Stiege und die Kanister mit dem Aquadest in einen Trolleywagen, schob ihn aus dem Labor und nahm den Lift ins Erdgeschoss.

Als der weiße Lieferwagen das Werksgelände verließ, war es weit nach Mitternacht. Sprock winkte den Männern des Werkschutzes launig zu. Sie kannten die Angewohnheit ihres Chefs, bis tief in die Nacht hinein zu arbeiten.

Der Transporter fädelte sich auf die Autobahn A 1 in Richtung Norden ein. Seine Ladung hatte Sprock dicht hinter dem Fahrersitz unter einer Decke verstaut. Es war zwei Uhr morgens.

Etwa zur gleichen Zeit, Tausende Kilometer weiter östlich, betrat der chinesische Geheimdienstgeneral Lee Kong sein Büro im Zentralgebäude des MSS in Peking. Sein Arbeitstag begann mit der für ihn befriedigenden Nachricht, dass Kamidou Saanigri tot war. Der Marokkaner hatte ihn zwar jahrelang mit Informationen über nahöstliche Terrornetzwerke versorgt; aber mittlerweile wusste Kong auch, wer die Operation in der Slowakei geleitet hatte. Und wer anders als Saanigri sollte den Sprengstofftransport an Special Agent Talo verraten haben? Wer sonst kannte die Einzelheiten? Er hatte richtig gehandelt. Doppelagenten waren ein unberechenbares Risiko. Er würde andere Informanten finden, dachte er.

Doch auch sein Mittelsmann beim BND hatte versagt. Wie hieß er noch? Während Kong einen Tee aufbrühte, überlegte er angestrengt. Er griff nach Saanigris Kassiber, der ihm vor Beginn der Operation in Semtin per Kurier zugegangen war. Der Spionagechef blätterte ruhelos in den Papieren, dann fand er den Namen: Hans Strachow. Während er Hess kannte, sagte ihm der Name Strachow so wenig wie weißes Papier. Bis zum Untergang des Konvois hatten sie ihre Arbeit gut gemacht. Doch das Inferno von Samstagnacht machte nach Ansicht des Generals jeglichen bisherigen Erfolg zunichte. Und brauchte er die BND-Männer denn noch für Marienstrand? Dort würde er von Geheimdienstmännern umzingelt sein, bei denen man nie wusste, auf wessen Seite sie gerade standen.

Kong sah in Gedanken versunken von seinem Schreibtisch auf die Pagoden eines Klosters in den nahen Bergen. Sollte er die beiden deutschen Agenten lediglich bestrafen oder gleich ausschalten? Bei letzterer Möglichkeit würde er sich zweier Mitwisser entledigen, denen er überdies noch ein stattliches Honorar schuldete. Sein Blick fiel auf das Konterfei eines seiner Vorgänger, der im chinesisch-japanischen Krieg Mitte des letzten Jahrhunderts gefallen war. Unter dem Foto stand der Satz: *Willst du die Viper bezwingen, entreiße ihr nicht nur die giftigen Zähne.* Kong beschloss, die alte Volksweisheit der Chinesen zu beherzigen.

25

**Berlin-Treptow,
BKA-Hauptquartier, 10. Dezember,
vier Tage bis zum G8-Gipfel,
08:30 Uhr**

Am nächsten Morgen besprach sich Kaltenborn mit seinem engsten Stab. CIA-Agent Talo und Kanzleramtschef Wilkens saßen ihm gegenüber, Markus Croy neben ihm. Weitere BKA-Staatsschutzbeamte hatten sich ihnen angeschlossen, zwei Männer und zwei Frauen. Der BKA-Vizepräsident wollte, wie er es nannte, eine mögliche Gefährdung der G8-Teilnehmer aus der Sicht »vagabundierender Angreifer« beleuchten. Zunächst aber fasste Kriminalkommissar Markus Croy die Lage zusammen.

»Wir müssen davon ausgehen, dass mögliche Feinde des Vertrages nach wie vor Attentatspläne hegen.« Croy sah beifälliges Nicken. Er sprach weiter. »Es gibt also unseres Erachtens mehrere Bedrohungslagen, die aus völlig verschiedenen Richtungen kommen. Wir sehen momentan vier Spuren. Eine davon führt nach Peking, zwei nach Deutschland und eine eher undeutliche Spur nach Moskau.«

»So viele Spuren, und das vier Tage vor so einem Großereignis«, stöhnte CIA-Agent Talo, als höre er von diesen Tatsachen das erste Mal. Er blickte zu Kaltenborn.

Der zuckte mit den Schultern und meinte: »Ich glaube, wir kriegen das noch in den Griff.«

Croy sah ungeduldig zu den beiden Männern.

»Sprechen Sie weiter«, sagte Kaltenborn.

»Gestern Mittag starb in Casablanca ein für uns wichtiger Kontaktmann. Kamidou Saanigri fädelte im Auftrag des chinesischen Geheimdienstes und mit Unterstützung aus Deutschland den größten Sprengstoffdiebstahl nach dem Zweiten Weltkrieg ein, verriet ihn aber der CIA. Das ist doch richtig, oder, Mister Talo?«

Der CIA-Agent bewegte seinen Kopf nicht einen Millimeter. »Offensichtlich war Saanigri nicht nur in diesem Punkt geschwätzig, oder, Mister Kaltenborn?« Der verstand die Spitze sofort, sein Englisch war hervorragend. Kaltenborn zwinkerte mit den Augen und hoffte, dass sich sein Ermittler während dieses Meetings an die Absprachen hielt. Sie wollten nicht mehr preisgeben als nötig. Die Amerikaner mussten nicht alles wissen.

»Ich verstehe wirklich nicht, wovon Sie reden, Mister Talo.« Kaltenborn sah unschuldig auf eine etwa daumennagelgroße Spinne, die an einer Ecke zwischen Decke und Bürowand ein Netz baute.

»Wissen Sie denn inzwischen, wer sich hinter der *deutschen Unterstützung* verbirgt?« Talos Augen spazierten jetzt in die gleiche Richtung.

Kaltenborn vermutete, dass Talo ihm die Unwissenheit nicht abnahm.

»Ja, zwei Söldner aus einem geheimdienstlichen Umfeld«, antwortete Croy an Kaltenborns Stelle. »Aber dazu werde ich später noch etwas Konkretes sagen.« Er folgte damit seinem Vorgesetzten. Auch hielt er selbst es nicht für klug, vorzeitig zu verbreiten, dass es sich um zwei Männer des deutschen BND handelte.

Talo übernahm jetzt. »Wir erfuhren von einem Mittelsmann aus der New Yorker MSS-Residentur, dass die ehemalige Statthalterin von Lee Kong, eine Frau namens Ling Yu, einen Anschlag auf Senator Gordon Smith geplant hatte. Ihr Vorhaben scheiterte jedoch. Dies sind deutliche Hinweise darauf, dass Peking mit allen Mitteln Trias verhindern will. Wir haben Ling Yu übrigens mittlerweile liquidiert und die als Konsulat getarnte MSS-Residentur geschlossen. Damit dürften wir das chinesische MSS in den USA erheblich geschwächt haben.«

Kaltenborn sah anerkennend auf den CIA-Mann. Der beugte sich zu dem BKA-Vize hinüber und sagte leise in dessen linkes Ohr: »Peggy, meine beste Agentin, hat erst den Koch eines chinesischen Restaurants mit ein paar schmerzhaften Griffen für einige Minuten ausgeschaltet. Dann hob sie das Pfeilgift Curare unter die Glasnudeln. Ein geleeartiger Extrakt aus der Rinde einer südamerikanischen Lianenart. Absolut geschmacklos und tödlich. Lähmt Atmung und den Herzmuskel innerhalb weniger Minuten. Sie zog sich die Kochmütze des armen Küchenakrobaten über, schlang sich ein schmutziges Geschirrhandtuch um die Hüften und servierte unserer Todeskandidatin ... darf ich sagen ... *the last meal*?« Talo grinste breit.

Kaltenborn übersetzte sich die letzten Worte Talos mit *Henkersmahlzeit*. Er bekam einen trockenen Mund.

Talo lehnte sich wieder in seinen Stuhl zurück. Er hatte so leise gesprochen, dass Croy von all dem nichts verstand.

»Der Senator ist jetzt in Sicherheit?«, fragte er bei Talo nach.

»Wir haben ihn und seine Familie gegen seinen Willen aus Washington ausgeflogen.«

Croy kehrte indes zu seinem eigentlichen Text zurück. »Wir haben noch etwas in Erfahrung bringen können. Es sind etwa einhundertfünfzig Kilo C4-Sprengstoff aus Semtin gestohlen und in einem Fahrzeug mit Diplomatenkennzeichen abtransportiert worden ...«

»Wir müssen wissen, wohin der Sprengstoff ging«, schoss Talo dazwischen. Ihm schwante Böses. Schließlich war seine Behörde für die Sicherheit des Präsidenten mitverantwortlich.

»Gibt es Videoaufzeichnungen von der Grenze, Beobachtungen von Augenzeugen, eine Recherche bei den diplomatischen Vertretungen in Tschechien?« Und dann fügte er zynisch an: »Ist meine Annahme richtig, dass niemand hier im

Raum zweifelsfrei ausschließen kann, dass der Mann den Sprengstoff nicht für private Zwecke gestohlen hat, sondern eventuell den halben G8-Tagungsort zerlegen will?« Talo war jetzt richtig aus dem Häuschen.

»Wir sind an dem Mann natürlich dran. Er wird beobachtet, seitdem er Semtin verlassen hat«, sagte Kaltenborn ruhig.

»Er muss, so schnell es geht, neutralisiert werden«, warf Talo ein.

»Da haben Sie recht. Auch daran arbeiten wir bereits.« Kaltenborn lächelte kühl. Und er wusste auch schon, wie das geschehen würde.

Schnell übernahm Croy wieder die Regie. »Eine andere Spur, die wir verfolgen, führt zu einem Düngemittelfabrikanten aus Berlin. Sein Name ist Paul Graf Sprock, ehemals ein guter Bekannter des ermordeten T. G. Spread. Bei ihm fanden wir ein handfestes Motiv für ein mögliches Attentat.«

Croy hatte nun die gespannte Aufmerksamkeit aller. »Wie wir alle wissen, liegen in den Biografien hochrangiger Persönlichkeiten sehr häufig auch Gefährdungspotenziale verborgen. Wir haben also die Herkunft, den Werdegang, die politische Karriere und das private Umfeld der wichtigsten Regierungsvertreter durchleuchtet. Dabei sind wir auf eine Verbindung zwischen Sprock, Spread und« – jetzt machte er eine Pause – »dem russischen Präsidenten Semjonow gestoßen.«

Im Raum war es jetzt vollkommen still. Alle sahen auf Croy.

Der berichtete nun ausführlich über die Ergebnisse der Recherchen in russischen Archiven. Dabei ließ er kein Detail aus.

»Wie viele Männer seiner Generation gehörte Semjonow in den Kriegsjahren der Roten Armee, gleichzeitig aber auch dem KGB an. Es war damals eine Ehre, seinem Vaterland im Krieg gegen die Deutschen an zwei Fronten zu dienen: beim Einsatz an der Front und als Aufklärer an einer unsichtbaren Front. Semjonow gehörte zu diesen Männern. Man zog ihn 1943 ein, als er gerade achtzehn war. Die Deutschen waren in verlustreiche Feldzüge in Russland verwickelt. Semjonow kam zu einem Aufklärungsbataillon, das vor den feindlichen Linien mit Hilfe von Schallmessung die Stellungen der Gegner bestimmte. Gleichzeitig verübte er für den KGB hinter den feindlichen Schützengräben Anschläge, die die Deutschen vor allem beim Nachschub mit Lebensmitteln treffen sollten. Später gehörte er zu jenen Truppen, die nach Zurückschlagung der Faschisten weiter nach Osten vorrückten. So kam er auch in die damalige Tschechoslowakei, genauer gesagt in die Partisanendörfer Lezáky und Lidice im östlichen Teil Böhmens.«

Croy erläuterte die Geheimoperation *Roter Mohn* und die Liquidierung des deutschen Gestapo-Offiziers Heinrich Franzen durch die Hand des russischen Leutnants. Zum Ende seiner detailreichen Schilderungen machte der Sonderermittler des BKA eine kurze Pause. Dann sagte er:

»Der Leutnant von damals ist der heutige Präsident Russlands.« Er ließ dem Satz die nötige Zeit, um den Raum vollständig auszufüllen. Die Gesichter seiner Zuhörer zeigten ein reines, unschuldiges Erstaunen.

Markus Croy sprach weiter.

»Sein Opfer Heinrich Franzen war der Vater von Thomas Gordon Spread, dem Initiator von Trias. Er war nach dem Krieg mit seiner Mutter nach Amerika ausgewandert und hatte den Namen seines Stiefvaters angenommen. Sprock wiederum ist der Sohn des Wehrmachtsoffiziers, der an der Seite Franzens die Hinrichtungen von Lezáky mit verantwortete. Die Ermittlungen des FBI in Prag und eigene Recherchen führten uns zu Neonazi-Gruppen in ganz Europa, in denen Franzen junior, alias Spread, und Sprock junior bis vor kurzem noch gemeinsam den Ton angaben. Beide gründeten ein Netzwerk mit Namen Weiße Ritter, das seit Mitte der Neunzigerjahre mit Millionenbeträgen neonazistische Jugendorganisationen, rechte Vereine und Gruppierungen anleitet und unterstützt. Spread konnte nie nachgewiesen werden, aktiv an Ausschreitungen oder Terroranschlägen von Rechtsnationalen beteiligt gewesen zu sein. Als Chef des Federal Institute for Energy Sources hielt man schützende Hände über ihn. Offenbar war es wichtiger, die einflussreichste Denkfabrik der USA und seinen Chef zu erhalten, als Spreads Ziele zu durchleuchten.«

»Und irgendwann zogen sich die schützenden Hände zurück«, folgerte Talo.

Croy nickte stumm. Ihm war wieder der Anblick des Hotelzimmers gegenwärtig. Die mit Blut verspritzten Wände, Spreads zerschlagenes Gesicht. Er sagte mit belegter Stimme: »Die Ermittlungen sind von den Tschechen übernommen worden. Es gibt derzeit keine nennenswerten Ergebnisse. Allerdings werden in diesen Minuten die Villa Sprocks in Berlin und sein Firmensitz in Wesseling durchsucht.«

Croy machte eine Pause. Es war erneut totenstill im Raum. Bevor jemand eine Frage stellen konnte, sprach er weiter.

»Wie Sie aus den Ermittlungsakten wissen, ist Rumpfs Ehefrau Emma unter bislang mysteriösen Umständen ums Leben gekommen. Als man sie aus dem Berliner Landwehrkanal barg, fanden die ermittelnden Beamten in ihrer Manteltasche nicht nur eine fast aufgelöste, zusammengerollte Pappmappe mit Statistiken und Analysen ihres Mannes, sondern auch einen völlig aufgeweichten Zettel, auf dem mit einem Kugelschreiber eine Telefonnummer notiert war. Wir hatten einige Mühe, die ineinander verlaufenen Zahlen zu rekonstruieren. Mittlerweile ist aber bekannt, wem die Nummer gehört.« Croy machte eine winzige Pause. Die Teilnehmer des Meetings ließen ihn nicht aus den Augen.

»Der Anschluss ist auf den Namen Paul Graf von Sprock in Köln registriert.« Würde Croy nach Aufmerksamkeit gieren, so hatte er davon jetzt mehr als genug.

»Das hat uns insofern überrascht«, sagte er weiter, »weil wir aus Rumpfs Vita keinerlei Hinweise herauslasen, die ihn auch nur in die Nähe nationalkonservativer oder neonazistischer Netzwerke rückten.« Nicht ganz unerwartet fiel ihm sein Gespräch mit Bundespolizeichef Kühl ein, der ihm Auffälligkeiten Rumpfs gegenüber Ausländern verraten hatte.

»Was hatte denn Rumpf mit Sprock zu tun?«, fragte Talo ungeduldig. Croy sammelte sich.

»Ich bin der festen Überzeugung, dass Spread den Trias-Vertrag nicht uneigennützig entwickelt hat und Sprocks Netzwerk und andere rechtsextreme Gruppen davon profitieren. Also eine Art Komplott.«

»Und die Bundesregierung, die USA und Russland haben sich ahnungslos vor deren Karren spannen lassen?« Talo sah ungläubig auf den Ermittler.

»Es könnte so sein. Bewiesen ist *noch* nichts.«

»Was wissen Sie außerdem?«, fragte der CIA-Agent ungeduldig. Dass die Deutschen wachsende Probleme mit Neonazis hatten, war ja längst kein Geheimnis mehr.

»Ich lernte Sprock in Prag kennen. Er besuchte einen Vortrag von Spread, den jener aber zu diesem Zeitpunkt nicht mehr verlesen konnte. Spread lag bereits ermordet in seinem Hotelzimmer.«

»Und Sie ließen ihn laufen?«, fragte Talo erregt.

»Nach einem Verhör, ja. Er hatte ein Alibi. Und zu jenem Zeitpunkt fahndete niemand nach ihm.«

Talo schüttelte den Kopf. »Und nun haben wir von eben jenem Sprock vielleicht ein Attentat auf den russischen Präsidenten am Hals.«

»Kann durchaus sein«, sagte Croy zerknirscht.

»Tatsache ist doch, dass wir mindestens drei unüberschaubare Sicherheitsrisiken haben. Einen bislang Unbekannten, der im Besitz von hundertfünfzig Kilo Plastiksprengstoff ist;

einen größenwahnsinnigen chinesischen Geheimdienstchef, der einen Vertrag verhindern will; und eine Horde Neonazis, von denen wir bislang nicht genau wissen, was sie vorhaben. Habe ich etwas vergessen, Mister Kaltenborn?« Der BKA-Vize knurrte etwas Unverständliches.

»Aufgrund der Bedrohungslagen gibt es nur eine Schlussfolgerung: Wir blasen den Gipfel ab, bevor es zu spät ist ...«

»Geht nicht, Talo!«, trompetete Kanzleramtschef Wilkens prompt. »Deutschland braucht diesen Gipfel. Wie Sie wissen, haben wir einige innerdeutsche Probleme aufgrund des hohen Ölpreises, der erneut gestiegenen Arbeitslosigkeit und einer erstarkten außerparlamentarischen Opposition. Die Bundeskanzlerin will diese Veranstaltung. G8 wird *hier* stattfinden.«

»Und Sie glauben tatsächlich, die Sicherheit der Regierungschefs garantieren zu können?«, fragte Talo Wilkens mit arrogantem, aber auch verärgertem Unterton.

»Ich koordiniere die deutschen Geheimdienste, Mister Talo. Das dürften Sie wissen.«

»Wenn Sie da mal nicht die Kontrolle verloren haben«, konterte der CIA-Agent und schüttelte genervt den Kopf.

Kaltenborn nahm Talos Faden auf. »Der Mann mit dem gestohlenen Sprengstoff ist unser kleinstes Problem. An ihm sind wir dran, der kommt nicht weit. Die Chinesen zu kontrollieren dürfte in der Tat etwas schwieriger sein. Ich denke aber, dass wir über offizielle diplomatische Kanäle punkten könnten. Und was Sprock anbelangt: Hier ist lediglich eine intensive Ermittlungs- und Fahndungsarbeit nötig.«

Er hatte kaum geendet, als es an der Tür zu seinem Büro heftig klopfte.

»Herein!«

Ein junger BKA-Beamter eilte auf Kaltenborn zu und drückte ihm hektisch zwei Blatt Papier in die Hand.

»Verdammt!« Kaltenborn sprang auf und stakste mit wuchtigen Schritten um den Besprechungstisch herum. »Verdammt! Verdammt! Verdammt!« Die Augenpaare seiner Zuhörer verfolgten ihn mit einer Mischung aus Schreck und Neugier.

»Hier steht ...«, er wedelte mit dem ersten Blatt Papier durch die Luft, doch dann blieb ihm der Atem weg. Er konnte nicht glauben, was dort stand. Sprachlos sah er in die Runde.

»Geben Sie es *mir*«, sagte Croy fürsorglich zu seinem Vorgesetzten. Kaltenborn reichte das Papier folgsam weiter. Während Croy zu lesen begann, gab er seiner Stimme Festigkeit.

»An die Veranstalter des Treffens der G8-Mitgliedstaaten in Marienstrand, Deutschland

Sie planen, mit amerikanischen Imperialisten und hegemoniesüchtigen Russen einen Vertrag zu beschließen, der die Welt an den Rand einer wirtschaftlichen Katastrophe bringt. Deutschland ist dabei, gemeinsam mit den USA und Russland die Weltmacht an sich zu reißen. Wer das Öl hat, hat die Macht.

Im Kampf gegen den ungerechtesten Vertrag, den die Nachkriegsgeschichte kennt, werden wir jedes Mittel nutzen, um ihn zu verhindern. Sie haben Ihr eigenes Schicksal, Frau Bundeskanzlerin, und die Schicksale des russischen Präsidenten und der amerikanischen Präsidentin in der Hand. Wir erwarten von Ihnen bis zum 14. Dezember, 14 Uhr deutscher Ortszeit, die Erfüllung folgender Forderungen:

Sie veröffentlichen in der New York Times eine Geburtsanzeige mit folgendem Inhalt: ›Wir geben mit großer Freude die Geburt unseres Sohnes Matthew bekannt. Auf dass die Guten ins Paradies kommen und die Bösen auf ewig in der Hölle brennen.‹

Zur Sühne Ihrer imperialistischen Planungen zahlen Sie bis zum selben Tag zugunsten unserer Organisation einen

Strafzoll in Höhe von 100 Millionen US-Dollar auf ein Konto auf den Cayman-Inseln ein. Die Nummer werden Sie erfahren.
Sollte beides nicht bis zu den vereinbarten Terminen erfolgen, werden Präsident Semjonow, Präsidentin Wood und Sie, Frau Bundeskanzlerin, das G8-Treffen aller Voraussicht nach nicht überleben.«

Croy sah blinzelnd in die Runde. »Eine Unterschrift fehlt.«

Jetzt gab es unter den Anwesenden kein Halten mehr. Erregte Stimmen überlagerten sich gegenseitig, Wortfetzen flogen wie zornige Hornissen durch den Raum. Kaltenborn setzte sich mit seinem Bass als Erster durch.

»Ruhe!«, verlangte er, »Ruhe, bitte!«

Er sah ungeduldig auf Ermittler Croy und Special Agent Talo. Beide diskutierten immer noch miteinander.

»Ich würde Sie beide bitten, mir zuzuhören. Danke.«

Sie hielten abrupt inne.

»Ob dieser Erpresserbrief echt ist, werden wir sofort prüfen lassen. Linguistiker müssen da ran, Kalligraphen, die ganze Armada an Spuren- und Deutungsspezialisten. Von wem der Brief auch immer ist: Wir müssen so oder so Sprock finden und ihn unschädlich machen. Gibt es erste Vermutungen?«

Talo meldete sich zu Wort. »Ich tippe auf die Chinesen. Allerdings kann ich mir nicht vorstellen, dass Staatschef Jiang von einem derartigen Brief Kenntnis hat.«

Kaltenborn sagte: »Es könnte auch Sprock selbst sein, der in die Trickkiste greift. Er gaukelt uns mit dem Brief vor, die wichtigsten Regierungschefs töten zu wollen, um von seinem eigentlichen Ziel, dem russischen Präsidenten, abzulenken.«

»Gegen Sprock als Verfasser spricht Art und Weise des Briefes«, warf Croy ein. »Als Nationalkonservativer und als Chef eines deutschen Neonazi-Netzwerks wird ihm eher an einem starken Deutschland gelegen sein. Andererseits kann er 100 Millionen gut gebrauchen. Jetzt, wo sein Freund und Gesinnungsgenosse Spread nicht mehr lebt.«

Talo rief dazwischen: »Nein! Ich tippe eher auf chinesische Terroristen. Der Verfasser spricht von aufstrebenden Nationen. China ist eine solche Nation. Vielleicht die gierigste von allen.«

»Das könnte man auch von einigen osteuropäischen Ländern behaupten«, warf eine BKA-Beamtin ein, »die mit Dumping-Steuersätzen und -Löhnen westeuropäische Investoren in großem Stil anlocken und mit Milliardensubventionen beglücken.«

»Vielleicht«, sagte Talo. »Nehmen wir dennoch an, es handelt sich um chinesische Terroristen: Könnte es sein, dass die gleiche Organisation die Anschläge auf Rumpf, Spread und Kirijenko verübt hat? Und wäre die gleiche kriminelle Energie Sprock wirklich zuzutrauen? Würde das zu ihm passen? Ein Düngemittelfabrikant als Terrorist, eine Neonazi-Organisation als Terrornetzwerk?«

Die Ermittler sahen sich zweifelnd an. Kanzleramtschef Wilkens schien überfordert, er blickte mit blassem Gesicht in die Runde. Kaltenborn nickte ihm mitfühlend zu und sagte streng: »Sie halten bitte Funkstille bis frühestens morgen Mittag. Bis dahin wissen wir, ob wir G8 verschieben oder veranstalten. Haben wir uns im Interesse der Sicherheit dieses Landes und der Ruhe seiner Bürger verstanden?« Kaltenborns Blick ließ Wilkens keine Wahl. Er nickte nur stumm.

Während sich Croy an Sprock heftete, nahm Talo Tuchfühlung zu Informanten nach Peking auf. Croy stellte eilig ein Fahndungsteam zusammen. Er fragte bei LKA-Beamten in Köln Ergebnisse ihrer Durchsuchung der Büros und der Labore der Düngemittelfabrik ab und ließ Fahndungsaufrufe an alle Polizeidienststellen und öffentlichen Ämter versenden. Indessen besprach Kaltenborn mit seinen Kommissaren das Vorgehen bei der weiteren Observierung Strachows. Er schärfte ihnen ein, jede noch so kleine Auffälligkeit sofort an ihn weiterzuleiten. Dass Kaltenborn nicht sofort den Befehl zur Verhaftung des Agenten gab, führte zu einer längeren Diskussion unter den Beamten. Aber da war Kaltenborn schon aus dem Zimmer verschwunden. Ihre Mutmaßungen führten zu keinem Ergebnis.

Nur kurze Zeit später teilte der Wachschutz von Sprocks Firma mit, dass ihr Geschäftsführer in der vorvergangenen Nacht in einem weißen Transporter mit unbekanntem Ziel davongefahren sei. Die Bilder der Überwachungskameras zeigten klar und deutlich Sprock, wann er angekommen, wie lange er im Laborgebäude geblieben war, den Wagen beladen und den Hof wieder verlassen hatte. Croy löste eine Fahndung nach einem weißen VW-Transporter des Typs *Crafter* aus.

Weitere zwei Stunden später erreichte ein weiteres Fax ohne Absenderkennung den Einsatzstab. Der Erpresser teilte darin lediglich seine Kontonummer mit.

26

Berlin-Mitte und München-Pullach,
Bundesnachrichtendienst,
gleicher Tag, gleiche Zeit

Strachow war weder am Montag noch am heutigen Tag zum Dienst erschienen. Trotz mehrfacher Versuche seines Vorgesetzten Hess, ihn in seinem Berliner Apartment oder der Münchner Privatwohnung aufzuspüren, blieb die Suche nach dem Agenten erfolglos. Der BND-Referatsleiter war über das spurlose Verschwinden Strachows so erregt, dass er die Türen seiner Abteilung mit Fußtritten malträtierte. Den im Affekt angedrohten Entlassungsbrief hatte er bereits diktiert. Er schrieb darin an den Chef des Bundesnachrichtendienstes, Rubens:

> »*Einer meiner Mitarbeiter, der BND-Beamte Hans Strachow, verstieß in den letzten Wochen mehrfach gegen die ureigensten Sicherheitsinteressen der Behörde und riskierte damit eine Gefährdung der Sicherheit der Bundesrepublik Deutschland. Strachow ist als gefährlich einzustufen und nicht mehr in der Lage, derart verantwortungsvolle Aufgaben wie die eines Geheimdienstmitarbeiters wahrzunehmen. Deshalb bitte ich mindest um eine Versetzung in einen nichtsicherheitsrelevanten Bereich, wenn nicht gar um seine unehrenhafte Entlassung aus dem Dienst.*«

Nach seinem Diktat verließ Paul Hess die BND-Zentrale und nahm die Abendmaschine nach München, um in der Außenstelle des BND in München-Pullach an einer Lagebesprechung teilzunehmen.

Doch auch innerhalb der Spitzelbehörde funktionierte die stille Post. *Gut informiert ist, der gut informiert wird.* Gerade in der Welt der Geheimdienste konnte einem diese Binsenweisheit helfen, die eigene Karriere und das Leben zu verlängern.

Über einen Duzfreund und ehemaligen Agenten seiner Abteilung, der als persönlicher Referent in die Führungsspitze zu BND-Chef Rubens gewechselt war, erfuhr Strachow nur Minuten später vom Inhalt des Briefes.

Als ihm der Absender den Wortlaut mittels codierter Kurzmitteilung aus Zahlen und Buchstaben übersandt hatte, breitete sich Bitterkeit und Wut in Strachow aus. War er bis zu diesem Zeitpunkt noch willens, den Auftrag der Chinesen mit

Hess gemeinsam zu beenden, wollte er jetzt nur noch Sühne. Sühne für die Schmerzen, die ihm Hess im Keller der Dokumentationsabteilung mit einem Stahlseil zugefügt hatte. Sühne für die vielen Momente, in denen Hess mit gebellten Befehlen die Abteilung terrorisiert und geknechtet hatte. Und dann diese Versagensgefühle, die er spürte: Er machte Hess für die letzten Wochen verantwortlich, in denen er, Strachow, sich wie ein Amateur fühlte, der versuchte, ein bisschen Krieg zu spielen.

Strachow beschloss, Hess eine letzte Chance zu geben oder ihn aus dem Weg zu räumen. Sein Vorhaben entsprang jenem Geheimdienst-Credo, das man ihm während seiner Ausbildung mit auf den Weg gegeben hatte. Moral und Gewissen, hatte er gelernt, waren zwei Tugenden, die bei einem Geheimdienstmitarbeiter oftmals sehr unscharf blieben. Auch Strachow fragte sich bei seinen Einsätzen oft, ob sein Auftrag eigentlich mit seinem ganz persönlichen »Bauplan« zusammenpasste.

Andererseits durfte man nicht zu zimperlich sein; man musste immer damit rechnen, dass der Gegner noch abgebrühter war als man selbst. Hess war solch ein Gegner. Sein Vorgesetzter war ihm, seinem einstmals engsten Vertrauten, gefährlich nahegekommen, war vom Freund zum Feind geworden. Wenn er jetzt nicht handelte, würde Hess siegen, davon war er überzeugt.

Während Hess glaubte, Strachow sei in Berlin, aber verweigere seinen Dienst, war sein Agent längst in München. Sein dortiges Apartment stammte noch aus der Zeit, als der BND im beschaulichen Pullach residierte. Die Sprengstoffpakete hatte er in seiner Garage in ein altersschwaches Regal eines schwedischen Massenmöbelherstellers einsortiert und mit einer Lastwagenplane abgedeckt.

Seine Beobachter warteten auf einen Moment, der ihnen nicht nur Strachow lieferte, sondern sie auch dorthin führte, wofür der Sprengstoff bestimmt war.

Teil 4

KAMPF

1

München-Pullach,
Außenstelle des BND,
12. Dezember, 17:35 Uhr

Feierabend. Paul Hess wuchtete seinen Leib aus dem Schreibtischsessel und polterte aus seinem Büro. Er war müde und hungrig, schob immer noch Hass auf seinen Agenten Hans Strachow und wollte nach Hause. Als er sein Büro verließ, nahm er den Lift in die Tiefgarage, steuerte seinen Dienstwagen aus der Tiefe, stoppte kurz an der Schranke, zeigte seinen Ausweis und bog auf einen schmalen Asphaltweg ein, der die Behörde mit einer vierspurigen Ausfallstraße verband. Sie führte bis in die Innenstadt von München und wurde nur einmal von den Schienen eines S-Bahn-Übergangs zerschnitten. Hess nahm seinen Verfolger nicht wahr; dafür war der Verkehr zu dicht, und in der Luft lag Nebel.

Der Mann, der ein paar Autos weiter hinter ihm fuhr, hielt sich während der Fahrt immer wieder ein kleines Opernglas vor die Augen. Er folgte ihm mit Abstand bis fast vor die Tür seines Hauses im nahe gelegenen Münchner Villenvorort Grünwald.

Seine Besoldungsstufe und die Höhe der Alimente erlaubten es Paul Hess nicht, wertvolles persönliches Gut zur Schau zu stellen. Außer seinem ererbten Elternhaus besaß er einen Hahn aus Zinn, der am Giebelfirst hockte und den er im letzten Jahr mit einer Goldlackierung überzogen hatte. Da glänzte er nun, während die Bezüge der Sofas im Hausinnern verschlissen und an den Ecken aufgerissen waren. Die alten Furniere seiner Küchenmöbel brachen auf, sein Kühlschrank rostete unter dem weißen Lack, Ess- und Couchtisch zeigten ihr Alter mit Flecken und Schrammen aller Art.

Es war eine Art von Haus, in dem man am Weihnachtsmorgen nicht aufzuwachen wünschte.

Seit sich seine Frau mit den beiden Kindern vor mehr als zehn Jahren aus dem gemeinsamen Haushalt verabschiedet hatte, betrieb der BND-Referatsleiter sein Haus als Soloprojekt. Abwechslung in der Lebensöde kam immer dann auf, wenn die Skatfreunde am Samstagabend bei ihm einfielen und anschließend im Haus nächtigten, weil Schnaps und Rotwein ihre Beine knickten.

Aber heute war erst Donnerstag. Hess war mit der Mittagsmaschine aus der Berliner BND-Zentrale in die Außenstelle gekommen. Er hatte jetzt Bier und Nüsse um sich und rekelte sich matt und schwer auf den schlaffen Kissen seiner abgeschabten Couch. Seine Gedanken wanderten zurück. Drei Monate war es jetzt her, als der chinesische Geheimdienst MSS über seine New Yorker Residentin Ling Yu ein *stilles* Treffen anberaumt hatte. Anfangs hatte der BND-Referatsleiter geglaubt, es handele sich um eine Angelegenheit unter *Partnern*. Er reiste unter dem Decknamen *Nogard* nach Paris, zu einem Treffen am Gare du Nord. Sprechen war nicht erlaubt. Die gute, alte Zeitung war das Erkennungssignal, ein Wagen mit getönten Scheiben und gefälschten Kennzeichen der Transportklassiker. Im Satellitenbezirk Belleville, in der Nähe des Hochhausriesen Maine-Montparnasse, übergab man ihm in einer schmutzigen Bar ein schmales Kassiber mit Papieren, die er an Ort und Stelle lesen sollte. Da war von einem Billionen-Dollar-Vertrag die Rede, der kurz vor der Unterschriftsreife stehen sollte.

Paul Hess verstand. Man brauchte ihn, weil vor allem der chinesische Geheimdienst alles daransetzen sollte, diesen Vertrag zu verhindern. Doch welche Rolle sollte er dabei spielen?

Nur wenige Tage später erreichte ihn per Kurier ein Modemagazin aus Paris, in das die CD »Music for Airports«, Volume 7, eingeklebt war. Der Track war in fünf Parts eingeteilt, in denen nur elektronische Ambient-Musik zu hören war. Nach einer Pause von etwa zwei Minuten meldete sich Ling Yu zu Wort. Sie sprach Englisch, ihre Stimme klang dabei seltsam gepresst:

»*Mister Hess, nachdem Sie die Papiere gelesen haben, sind wir sicher, Ihr Interesse geweckt zu haben. Wir wissen, dass man Ihnen jahrelang bei Beförderungen die kalte Schulter gezeigt hat. Erst bei der letzten Beförderungsrotation vor zwei Monaten hat man Sie wieder links liegen lassen. Sie sind jetzt bald Ende fünfzig, und langsam schwant Ihnen sicher das Unheil der Pensionierung, ohne dass Sie je den Sprung unter das Führungsquartett geschafft hätten. Mit unserem Großauftrag an Sie wird Ihr Leben noch einmal Geschwindigkeit bekommen und sich vielleicht von einer Minute zur anderen verändern. Sie haben es in der Hand, wieder jemand zu sein. Wir bieten Ihnen eine halbe Million Dollar als Lohn dafür an, dass Sie die chinesischen Interessen in dieser Angelegenheit unterstützen. Sie wissen sicherlich, wie Sie mich erreichen.*« Und die Stimme von Ling Yu verebbte.

Mit den beiden Attentaten an Rumpf und Kirijenko glaubte Paul Hess, dass die geheime Operation *Kiss* abgeschlossen sei. Er hoffte, dass ihm und seinem Agenten Strachow weitere Aufträge dieser Art erspart würden.

Doch er hatte sich geirrt.

Seufzend griff er nach der Fernbedienung. Per Daumendruck schwamm er kurzatmig durch die Fernsehkanäle. Ein Wirtschaftsmagazin verglich die Renditen für Geldanlagen. Das inspirierte ihn und trieb ihn auf die Beine. Einhunderttausend Euro seines Agentenlohns lagen im Auto, die er jetzt einfach mal beschnuppern und berühren wollte. Er öffnete die

Kellertür und stieg eine Treppe hinab. Ihre letzte Stufe endete vor der Tür seiner Tiefgarage. Er entriegelte sie, drückte auf den Impulsgeber seines Schlüsselanhängers, worauf die Blinker seines Autos dreimal grüßten. Schatten von Regalen und darin gestapelten Kleinteilen zuckten an den Wänden auf. Hess pfiff das Refrainmotiv des Beatles-Songs *When I'm 64*.

Er öffnete die hintere Wagentür und klappte den abgeschabten Kindersitz seines jüngsten, aber mittlerweile schon halbwüchsigen Sohnes aus der Verankerung – für Hess die letzte Erinnerung an den Nachwuchs, heute als Taschenhalter in Gebrauch. Er hob ihn hinaus – und hörte plötzlich ein schurrendes Geräusch. Er spitzte die Ohren. Stille. Beide Hände am Kindersitz, machte er vom Wagen weg einen Schritt rückwärts und stieß mit den Ellenbogen an etwas Hartes, das aber auch weich war und jetzt sogar hörbar atmete. Vor Schreck unfähig, sich zu bewegen, und gleichzeitig vom Kindersitz behindert, blieb Hess schweigend stehen. Sein Herz begann unregelmäßiger zu schlagen. Er sah so angestrengt in die Dunkelheit wie ein Mensch, der von einem Moment zum anderen erblindet war.

Hess wusste genau, wo der Hammer lag, mit dem er sich wehren konnte; an welcher Wand der Spaten und die Axt hingen und in welcher Schublade eine alte, aber geladene 45er Walther nur noch entsichert zu werden brauchte. Aber vor ihm stand breit und mächtig sein Wagen, hinter ihm ein Unbekannter, der ihm seinen Atem in den Nacken blies. Er spannte die Muskeln an. Wieder strich ein Hauch, so leicht wie ein Windzug an einem fast windstillen Tag, an seinen Nackenhaaren entlang. Hess erschauerte. Er ließ den Kindersitz fallen und schnellte herum, doch da spürte er bereits, wie sich die rissigen Fasern eines Stricks um seinen Hals legten. Sein Gegner sprang flink zur Seite und zog das Seil mit einem Ruck zusammen. Hess traten die Augen aus den Höhlen,

Kehlkopf samt Stimmbändern und Sehnen drückten seine Luftröhre zu. Er zerrte an dem Strick, trat nach hinten, schlug mit den Armen um sich. Langsam wichen die Kräfte, die seinen massigen Leib aufrecht hielten. Er rang nach Luft, spürte, wie seine Knie immer weicher, sein Schweiß immer heißer wurden. Die Situation überforderte und lähmte ihn. Sein Gewicht und sein Asthma, die Atemnot und die Sauerstoffschwäche seiner Muskeln brachten ihn langsam um. Er sackte lautlos, aber noch lebend zu Boden.

Sein Angreifer knotete das straffe Seil mehrmals zusammen und zog den wehrlosen BND-Agenten durch den Dreck des Garagenbodens zur Tür, durch die Hess vor einigen Minuten noch fröhlich pfeifend hereingekommen war.

Als Hess seinem Mörder endlich ins Gesicht sehen konnte, lag er bereits im Sterben. Der BND-Referatsleiter für *Terrorabwehr Osteuropa* erstickte, während ein Mann mit roten Haaren und den Augen eines Chinesen auf ihn heruntersah. Alister Hu McCann zog den Sterbenden endgültig unter die Treppe des Kellers, faltete eine darunter befindliche Autoplane auseinander und deckte sie wie ein Totentuch über den Leichnam.

Der Agent verließ die Garage auf dem gleichen Weg, den er auch gekommen war: durch die Eingangstür. Er machte sich nicht mehr die Mühe, sie zu schließen. Sein Spezialwerkzeug hatte er wieder behutsam in seinem Rucksack verstaut.

McCann setzte eine Sonnenbrille auf, drückte den falschen Schnurrbart fest unter die Nase und zog sich eine Mütze tief in die Stirn. Während er mit gemächlichen Schritten zur nahe gelegenen vierspurigen Hauptstraße spazierte, schaukelten hinter ein paar Fenstern Gardinen verräterisch. Er rief nach einem Taxi, das ihn direkt in die Münchner Innenstadt fuhr.

Der Fahrer sprach kein Englisch, dafür aber einen für McCann unverständlichen bayerischen Dialekt. Der chinesische

Agent schrieb ihm die Adresse auf ein Blatt Papier, das er aus seinem Kalender riss. Während der Fahrt beobachtete der Taxichauffeur seinen Fahrgast verstohlen im Rückspiegel. Es kam nicht oft vor, dass ein Asiate im Millionärsvorort Grünwald nach einem Taxi rief. Und wenn doch, dann sprachen sie wenigstens ein paar Brocken Deutsch, riefen einen direkt vors Haus und standen nicht am Rand einer ungemütlichen Ausfallstraße.

2

**München-Innenstadt,
vierzig Minuten später**

McCann war ganz in Gedanken versunken. Hess umzubringen war Ling Yus letzter Auftrag an ihn gewesen. Die Chinesen hatten neben dem Marokkaner Saanigri auch den BND-Beamten Paul Hess beschuldigt, den Verlust des wertvollen Sprengstoffkonvois durch einen Raketenangriff der Amerikaner mit verantwortet zu haben. Der Auftrag in München passte ganz gut in seine Reiseplanung. Zuvor war er nach dem Mord an Thomas Gordon Spread von Prag aus nach Wien gereist, um den tschechischen Ermittlern möglichst weiträumig aus dem Weg zu gehen. Sein eigentliches Ziel aber war der G8-Tagungsort Marienstrand. Auf Anraten der New Yorker Geheimdienst-Residentin hatte er sich vorübergehend in Wien ein Apartment gemietet und dort auf weitere Instruktionen gewartet. Es war ihre Strategie, während des G8-Treffens einen nervenstarken und kaltblütigen Agenten in Europa zu haben, der im Bedarfsfall in den Verlauf des Gipfels eingreifen und ihn sabotieren konnte. Da es keinen Direktflug von Wien nach Rostock gab, musste er in München zwischenlanden. Der Mord an Paul Hess war schnell verdientes Geld.

Nach beinahe vierzig Minuten Fahrzeit hielt das Taxi vor dem feinen Hotel *Mandarin Oriental* in der Neuturmstraße. Hier hatte Spreads einstiger Buchhalter und späterer Mörder unter falschem Namen eine Suite gemietet, die er aber morgen bereits wieder verlassen würde. Alister Hu stieg aus dem Taxi – und gab viel zu wenig Trinkgeld.

Der Taxichauffeur fluchte leise. Er parkte seinen Mercedes auf dem Taxihalteplatz rechts neben dem Hotel und sah missmutig durch die Frontscheibe auf das vernieselte Dezemberwetter. Durch die Erdgeschossfenster des Hotels sah er, wie zwei Pagen einen Christbaum schmückten. Heute Abend würde er nicht viel verdienen, das wusste er. Selbst der Taxifunk klang müde, Fahrten wurden kaum angefordert. Er machte ein Nickerchen. Als er nach ein paar Minuten wieder zu sich kam, sah er im Rückspiegel, wie der Besitzer eines Art-déco-Antiquitätengeschäfts für Möbel aus den Zwanziger- und Dreißigerjahren seine Ladentür verschloss – ein hochgewachsener, elegant anmutender Herr von Anfang fünfzig, gekleidet in einen schwarzen Mantel, schwarze Hosen, schwarze Schuhe. Er steuerte direkt auf das Taxi zu. Unter dem Arm hielt er eine Zeitung. Der Chauffeur richtete sich auf.

»Machen Sie auch eine nur kurze Fahrt?«, fragte der Geschäftsmann. Seine Haut war für diese Jahreszeit auffällig braun.

»Wohin soll's denn gehen?«

»In die Fraunhoferstraße.«

»Da sind Sie ja zu Fuß schneller.« Der Taxifahrer sah zu dem fein gekleideten Mann, doch dann brummte er: »Steigen Sie ein.«

Seine Laune blieb schlecht. Wenige Minuten später war er um acht Euro reicher, zwei Geldstücke waren Trinkgeld. Sein Fahrgast verschwand in einem alten, aufwändig restaurierten Wohnhaus. Die Zeitung ließ er achtlos auf dem Rücksitz liegen.

Das Taxi steuerte abermals den Halteplatz in der Nähe des *Mandarin Oriental* an. In der Ferne heulte eine Polizeisirene und wurde, während sie verebbte und wieder anschwoll, immer lauter. Kurz vor seinem Standplatz sah er den Lärmmacher, der jetzt auch noch mit quietschenden Reifen hielt. Zwei Polizisten stürmten in die Polizeiwache, die in einer Kurve seitlich des Hotels in einem roten Backsteingebäude ihren Sitz hatte.

Der Chauffeur stellte den Motor ab, griff nach der Zeitung hinter sich und blätterte sich durch das bunte Blattgemisch. Bei einer Meldung hielt er inne. Ihre Überschrift lautete: *Polizei unsicher: Terroralarm auch für München?* Jeder Verdächtige sei in diesen Tagen zu melden, schrieb darin der Autor, der »augenscheinlich aus dem arabischen oder asiatischen Raum« käme. Aufgrund von Hinweisen auf »drohende Anschläge gewaltbereiter Einzel- und Gruppentäter« auf dem bevorstehenden G8-Gipfel müsse die Bevölkerung jetzt sehr genau hinsehen, damit die »freiheitliche Rechtsordnung« nicht bedroht werde. Als Grund führte der Journalist das Attentat auf Stefan Rumpf an.

War es der Bayer in ihm, der, gewöhnt an markige Worte eines konservativen und pflichteifrigen Landesinnenministers, für eine beflissene Staatsräson sensibilisiert war? Oder gehorchte der Fahrer nur einem instinktiven Gefühl, das ihm suggerierte, sein vorletzter Fahrgast könnte aufgrund seines Aussehens verdächtig gewesen sein? Aber eigentlich ärgerte ihn immer noch der Geiz des Chinesen. Vielleicht hatte er auch einfach nur zu wenig zu tun an diesem Abend. Also stieg er, die Zeitung unter dem Arm, aus seinem Mercedes, trabte den kurzen Weg hinüber zum Polizeirevier, drückte auf den Klingelknopf und wartete. Nach ein paar Sekunden hörte er eine Männerstimme aus dem Lautsprecher.

»Womit kann ich dienen?«

»Ich wollte etwas melden. Einen Verdächtigen.«

Ein Summer ertönte, eine stahlbewehrte Tür sprang einen Spaltbreit auf. Der Taxifahrer schritt durch einen kammergroßen Vorraum. Er sah das Fahndungsplakat eines gewissen Paul Graf von Sprock. Der Name sagte ihm nichts, aber die Nase des Mannes erschien ihm bemerkenswert krumm. Am Ende des Vorraums hing eine Schwingtür in einem abgeblätterten Holzrahmen. Er stieß sie auf, woraufhin sie heftig knarrte, und gelangte in einen schmalen Flur, von dem eine Menge weiß lackierter Türen abgingen. Eine davon stand weit offen.

Ein langbeiniger, dünner Mann mit stechend blauen Augen und einem sehr blassen Gesicht kam ihm entgegen. Er konnte Mitte dreißig, aber auch Mitte vierzig sein. Jedenfalls war er kein Grünschnabel mehr.

»Hauptwachtmeister Luger.« Eine schmale, weiche Hand flog ihm entgegen, die der Taxifahrer erstaunt drückte. Er kannte aus seinem Chauffeursleben nur wenige Polizisten, die ihm die Hand geschüttelt hatten.

»Bitte.« Die weiche Hand wies auf einen Stuhl. Der Mann setzte sich und sah sich neugierig um.

»Nun?«

Lugers Augen verbohrten sich in sein müde aussehendes Gegenüber. Der Taxifahrer berichtete in knappen Worten von seiner Fahrt aus Grünwald in die Stadt zum Hotel. Er beschrieb dabei den Chinesen mit den roten Haaren ausführlich.

Die weichen Hände schrieben ein paar Worte auf einen Zettel. Dann entließen sie den Stift und legten sich wieder geruhsam nebeneinander auf den Tisch.

»Was war denn an dem Mann nun verdächtig? Schlitzaugen findet man auf dem Straßenstrich am Hauptbahnhof auch.«

Der Taxifahrer sah verunsichert auf die Gitter vor den Fenstern. Dann sagte er verlegen lächelnd: »Er roch so verdammt stark nach Schweiß, und seine Haare klebten ihm an der Stirn. Er passte einfach nicht in die Gegend. Wer bei mir in Grünwald in ein Taxi steigt, riecht nach teurem Parfüm, hat frisierte Haare und steht nicht verschwitzt an einer dunklen Ausfallstraße unter einer Laterne. Wenn Sie mich fragen, hatte der da eigentlich nichts zu suchen.«

Die Hände des Polizisten bewegten sich wieder und beschäftigten den Stift mit ein paar Worten.

»Wir gehen der Sache nach«, sagte er und blickte bedeutsam auf den Taxifahrer. »Lassen Sie mir Ihre Telefonnummer hier, falls wir Sie nochmals brauchen.«

Der Beamte geleitete seinen Besucher durch den Flur zur Eingangstür und schob ihn dabei leicht von hinten hinaus auf die Straße.

Zurück an seinem Schreibtisch dachte Luger konzentriert darüber nach, ob er es riskieren sollte, einen Ausländer, der sich eines der teuersten Hotels der Stadt leisten konnte, mitten in der Nacht wegen einer Personenkontrolle zu belästigen. Immerhin konnte man nicht ausschließen, dass der Unbekannte ein Diplomat, Geschäftsmann oder sogar ein Politiker war. Vielleicht hatte er einfach nur mit einer Frau der feinen Münchner Gesellschaft seinen Spaß gehabt. Andererseits erinnerte Luger sich daran, dass oft am Anfang nur ein harmloser Hinweis und am Ende ein imposanter Ermittlungserfolg standen.

Der Hauptwachtmeister beorderte über Funk einen Streifenwagen zurück aufs Revier, besprach kurz sein weiteres Vorgehen und lief die paar Schritte hinüber zum Hotel. Die Concierge am Eingang war an diesem Abend nicht mehr besetzt. Der Polizist hielt sich nach links, durchquerte einen schmalen Gang und kam nach wenigen Schritten in einen saalähnlichgroßen Raum, in dem eine leicht geschwungene Treppe hoch zu einer Galerie führte. Die Rezeption war darunter eingebaut und wirkte etwas eingezwängt. Der Nachtportier stand an einem Tresen aus rotem Kirschholz. Er war ein alerter junger Mann mit rosigen Wangen, mit Gel in den blonden Haaren und Hunderten von Sommersprossen auf Stirn und Nase. Seine Augen rannten geschäftig hin und her, als ihm der Polizist seinen Dienstausweis zeigte.

»Ich suche einen Mann mit folgender Beschreibung.« Der Polizist sagte, was er wusste, und fügte dann an: »Der Asiate kam vor etwa eineinhalb Stunden zurück ins Hotel. Er spricht offensichtlich nur Englisch.«

Der Portier gab sich konzentriert und trieb nebenher seine Computermaus mit einer seltsamen Geschmeidigkeit über das Gummi-Pad. Mit einem Fingerdruck rief er das Programm mit der Übersicht der Buchungen auf.

»Könnte ein Amerikaner sein«, sagte er mit einer Stimmlage in Falsett. Er schaltete seinen Gesichtsausdruck auf wichtig.

»Hier ... Sein Name ist Miller. Edward Miller aus New York. Ein Geschäftsmann, denke ich. Wir haben eine Landmaschinenmesse in München. Kann sein, dass er deshalb hier ist.«

»Welches Zimmer?«, fragte der Polizist.

»355, ein Apartment. Kostet 'ne Stange Geld. Was hat er denn ausgefressen?«

Luger überging die Frage.

»Bis wann hat er gebucht?«

»Reist morgen früh ab. Wir haben ihm einen Flug nach Rostock-Laage reserviert.«

»Hat er gesagt, wo er von dort aus hin will?«

»Keine Ahnung. Vielleicht nur ein Kurztrip an die See? Am Sonntag fliegt er nach München zurück.«

Der Polizist tippte mit einem Finger auf den Empfangstisch.

»Dieses Gespräch bleibt unter uns, verstanden?«

Der Kopf des Portiers wackelte gefällig. Dann fragte er in quengeligem Ton: »Was hat er denn nun ausgefressen?«

»Er hat ein schlechtes Parfüm benutzt. Und das wird in

München streng bestraft. Gute Nacht.« Die Sommersprossen des Portiers wirkten auf einmal sehr eingefroren.

Noch auf dem Weg zurück auf die Wache wurde Luger klar, wonach er suchen musste. Zurück im Büro nahm er eine Deutschlandkarte zur Hand. Vom Eintrag *Rostock* fuhr er mit dem Zeigefinger nach Osten. Nach nicht mal einem Zentimeter war er im Küstenort Marienstrand gelandet. Argwohn keimte in ihm auf. War der Besuch eines amerikanischen Geschäftsmanns in Rostock drei Tage vor Beginn des G8-Gipfels nur ein Zufall? Oder gehörte er vielleicht der amerikanischen Delegation an? An diese Information würde man schnell gelangen. Aber weshalb hatte er einen Rückflug nach München gebucht? Von Frankfurt aus gingen sehr viel mehr Maschinen in die USA als vom Airport München.

Luger war schlau genug zu wissen, dass man sich in diesen Tagen schnell ein Disziplinarverfahren einhandeln konnte, wenn man das Landeskriminalamt nicht rechtzeitig über bestehende Verdachtsmomente informierte. Er sandte seine bisherigen, sehr schmalen Erkenntnisse über das interne Datennetz des Polizeipräsidiums München an den Dienst habenden Beamten im LKA weiter. Es war 1 Uhr 40.

3

Berlin-Treptow,
BKA-Hauptquartier,
13. Dezember, früher Morgen

Croy lag leise schnarchend und zur Seite gedreht im Bett seines Hotelzimmers am Alexanderplatz. Als sein Funktelefon fiepte, war es kurz nach halb vier am Morgen. Bis der helle Ton in sein Unterbewusstsein gedrungen war, verging einige

Zeit. Noch gar nicht ganz bei sich, rollte er sich seitwärts auf die Kante des Bettes, während ein LKA-Beamter aus München am anderen Ende des Telefons wortreich auf ihn einredete.

»Langsam, langsam«, sagte er müde und horchte den Vorschlägen des Mannes in der Leitung.

»Nein, halten Sie sich noch zurück«, sagte Croy nach einer Weile mürrisch. »Ich möchte vorher noch einmal nachdenken dürfen. Danke. Wiederhören.«

Er weckte seinen CIA-Kollegen. Als er Talo an der Strippe hatte, reagierte der nicht weniger gereizt.

Beide trafen sich wenig später im nahe gelegenen Büro des BKA. Während Talo die CIA-Datenbank mit dem Namen *Edward Miller* fütterte, griff Croy auf die Datensätze des BKA und von Interpol zu. Dank Kaltenborns Intervention und Talos Verbindungen konnten die beiden Ermittler nun auch die FBI-Fahndungslisten nutzen. Während die Bildschirme das Wort *Search* zeigten, holte Croy zwei Becher mit Automatenkaffee. Es waren nur wenige Minuten vergangen, bis auf Talos CIA-Personenregister die Worte *Not found* erschienen. Er sah hoffnungsvoll auf die Rechner Croys, die immer noch Namen für Namen zeigten. Bislang kamen wenigstens keine negativen Resultate.

Abrupt stoppte das Suchprogramm und baute das schwarzweiße Porträt eines Mannes mit asiatisch geschnittenen Augen und hellen, etwas schütteren Haaren auf. Neben dem Foto waren seine biografischen Daten sowie Alter, Größe, Gewicht und Herkunft sowie der Tag seines Ablebens aufgelistet. Croy tippte überrascht auf den Button *Details.*

»Passt auf die Beschreibung des Mannes in München, doch dieser hier ist schon tot ...« Seine Stimme klang etwas belegt. Er spürte, wie sein Blutdruck stieg. Talo sah ihm gespannt über die Schulter. Croy fiel sofort die Parallelität zu Hilperts

Doppelidentität ein. Der Agent war nur deshalb aufgeflogen, weil sein Legendenspender vom Riesenrad seiner eigenen Kirmes gestürzt war. Storm hatte also recht gehabt. Die Geheimdienste arbeiteten alle – ob zu Zeiten des Kalten Krieges oder heute – nach dem gleichen Prinzip.

Edward Miller, geboren am 14. April 1967, kam am 25. Juni 2007 aus bisher ungeklärter Ursache bei einem Autounfall ums Leben. Die Abteilung Criminal Investigative Division beim FBI übernahm die Ermittlung, stellte sie aber am 1. September 2008 mangels Beweisen für eine äußere Gewalteinwirkung wieder ein. Millers Wagen vom Typ Lincoln LS war von der Fahrbahn abgekommen und mehr als 20 Meter tief in eine Schlucht gestürzt. Der Wagen wurde beim Aufschlag zerstört und brannte vollständig aus.

Croy sah Talo an. »Gleich zwei Asiaten, die Edward Miller heißen und sich sehr ähnlich sehen, sind schon eigenartig. Klar kann es ein Zufall sein. Aber mir kommt's komisch vor …« Er wollte noch etwas anfügen, aber der CIA-Agent geriet richtig aus dem Häuschen.

»Ich denke, unser Münchner Freund ist ein chinesischer Agent und hat sich vor zwei Jahren einen Namen ausgeborgt«, rief er, sprang auf und griff nach einem Telefon. Beide Männer informierten jeweils ihre Vorgesetzten. Während es in Langley erst zehn Uhr am Abend war, musste Croy Kaltenborn aus dem Tiefschlaf reißen.

»Festnehmen«, knurrte der BKA-Vize in den Hörer und gähnte laut seinen Bettpfosten an.

4

München-Innenstadt, etwa zur gleichen Zeit

Keine Streifenwagen standen vor McCanns Hotel, niemand lungerte auf den Gehwegen herum, nur ein einziges Taxi wartete einsam auf seinem Halteplatz, dessen Fahrer zurückgelehnt und mit offenem Mund schnarchte. In McCanns Zimmer bauschte der Wind die weißen Stores vor den Fenstern auf. Irgendetwas im Raum summte leise, so, als sei eine Klimaanlage in Betrieb. Doch die hatte McCann wegen der feucht-kalten Witterung abgeschaltet und stattdessen die Heizung aufgedreht. McCann war in seiner Tiefschlafphase. Ganz tief im Dunkel. Er träumte, dass er weit unten in den Tiefen eines sehr warmen, aber beinahe schon lichtlosen Wassers sei, mit einem Schwertfisch im Arm, an dessen kräftiger Rückenflosse er sich festhielt. Die Augen des Fisches waren so durchsichtig wie Gelee. Die Waffe an seinem Maul zerteilte das Wasser, während sie rasend schnell immer tiefer hinabtauchten, bis nur noch Dunkelheit herrschte. Plötzlich wendete der Fisch. McCann verlor den Halt, strampelte dabei wild mit den Beinen und bekam im allerletzten Moment dessen Schwanzflosse zu fassen. Er sah, dass eine mächtige Harpune im Genick des Fisches steckte, Blut das Wasser rot färbte und der Leib aufzuckte, als sei er unter Starkstrom gesetzt. Mächtige Wasserblasen stiegen auf, verwirbelten zu tiefroten Strudeln und hüllten McCann vollständig ein. Er rief verzweifelt nach dem Fisch, der mittlerweile leblos und als schwerer Kadaver in die Tiefe sank. Doch es kam kein Ton aus ihm heraus.

Als McCann kurz erwachte, lag seine Bettdecke auf dem

Boden, seine Beinmuskeln schmerzten, und das Kopfkissen war ein einziger großer Knoten. Noch benommen von seinem Traum, öffnete er kurz die Augen und sah am Fußende seines Bettes in drei Paar rote Lichtpunkte, die ihre scharfen Strahlen auf ihn richteten. War das ein neuer Traum? McCann sank wieder aufs Kissen zurück.

»Stehen Sie auf, Mister Miller!«, drang eine scharfe Stimme von weit her in sein Unterbewusstsein. Völlig schlaftrunken drehte er sich auf die Seite. Er kannte keinen Mister Miller. Diesen Traum wollte er nicht. Dann folgte ein derber Schlag gegen sein Bettgestell. Seine Lider flogen auf. Ein Paar der doppelten Lichtpunkte starrte ihm jetzt direkt ins Gesicht.

Wie von einer Nadel gestochen, setzte er sich auf. Das Licht der Mikroscheinwerfer warf auf seinen nackten Oberkörper ein paar helle Kreise.

»Raus aus dem Bett«, schnarrte die gleiche Stimme aus dem Licht, »und ziehen Sie sich endlich Ihre Hosen an.« Den chinesischen Agenten beschlich eine düstere Vorahnung. Während er sich erhob, verfolgten ihn die Spots und beleuchteten jede seiner Bewegungen. Er hörte ein metallisches Klicken. Hatte einer seiner Besucher eine Waffe entsichert? Im nächsten Moment brach das helle Licht der Deckenlampe über ihn herein.

Er sah sich drei Polizeibeamten gegenüber, die Infrarotbrillen trugen, auf denen wie kleine Gnome Scheinwerfer vom Durchmesser eines Ein-Euro-Stücks befestigt waren. Sie hatten Schutzhelme auf und hielten Schnellfeuergewehre im Anschlag. McCann stand steif wie ein kahl gebrannter Baum vor ihnen, das Gesicht weiß wie Schnee.

»Sie sind Edward Miller?« McCann nickte und zog sich Shorts über seine Blöße.

»Wir haben Grund zu der Annahme, dass Sie genau *diese* Person nicht sind. Ist das korrekt?«

McCanns Ahnungen begannen sich zu bestätigen. Es war nur eine Frage der Zeit, bis sie ihn über die weltweit vernetzten Datenbanken identifiziert und herausgefunden hatten, wo er sich zu welchem Zeitpunkt aufgehalten hatte und wie sein Klarname lautete. Der Weg von ihm zu den beiden Leichen von Spread und Hess wäre dann nur noch kurz. Bevor er zu viel sagte und damit gegen den Kodex eines aufgeriebenen Agenten verstieß, bat er um eine Zahnpflege. Zuvor schlüpfte er in seine Hosen und rückte sie sich über eine der Innentaschen zurecht. Dabei griff er nach einem kleinen, runden Etwas, das er mit der Hand fest umschloss.

»Wir behalten Sie dabei im Auge, falls Sie nichts dagegen haben.« Der Polizist mit der schnarrenden Stimme drückte sich jetzt dicht an McCann heran.

Der Agent nickte stumm, beugte sich über das Waschbecken, und schob sich, von den Beamten unbemerkt, das kleine Etwas in die linke Wangentasche. Dann biss er kräftig zu.

Während McCann noch seine Bürste gebrauchte, spürte er, wie seine Atmung verkrampfte, sein Herzschlag erlahmte und ihm schwindlig wurde. Noch immer vornübergebeugt, begann McCann stark zu zittern, seine Knie gaben nach, er brach zusammen. Von sehr weit weg hörte er die aufgeregten Stimmen der Polizisten. Schaum waberte aus seinem Mund, der wie die Blasen eines starken Spülmittels immer dichter und dichter wurde. Seine Muskelfunktionen erloschen, seine Augen erblindeten, sein Herz hörte auf zu schlagen.

Als sich die Polizisten erschreckt und fassungslos über ihn beugten, war er längst wieder dort, von wo er Minuten zuvor hergekommen war: im Dunkel eines nie geträumten Traums.

5

**Berlin,
BKA-Hauptquartier,
wenig später**

Der Freitod von »Edward Miller« erreichte Ermittler Croy und Agent Talo nur kurze Zeit später. Noch war der Himmel blassgelb von den Abermillionen Laternen der Großstadt eingefärbt. Ein typischer Berliner Dezembermorgen: graukalt, ohne Schnee, ohne Romantik, ohne Sinn für diese Jahreszeit. Enttäuscht vom Ausgang des Polizeieinsatzes, sahen sie wortlos auf ihre Ermittlungsakten. Die Schreibtischlampen warfen helle Kegel auf die Mappen.

»Wer schlussendlich auch immer dieser Mann war«, brach es aus Talo heraus, »er tötete sich nach Manier eines Geheimdienstagenten. Zyankalikapseln sind der effektivste Ausweg, einem Verhör zu entgehen.« Croy sah ihn müde an. »Er nahm sein Wissen mit ins Grab. Und das deprimiert mich.«

Nur kurze Zeit später schlug die Berliner CIA-Station Alarm. Nach deren Informationen war die gesamte Führungsspitze des chinesischen Geheimdienstes MSS auf dem Weg nach Deutschland und würde gegen zehn Uhr deutscher Zeit in Frankfurt am Main landen. Die Rede war von drei Männern und einer Frau, die unter falschem Namen und als japanische Diplomaten getarnt reisten. Abgewickelt hatte diese »Spezial-Buchung« der Chef des Booking Office der Air China, ein chinesischer V-Mann der CIA in Langley. Über ihn waren die Sicherheitsbehörden schon seit Jahren im Bilde, welche Personen von China aus in die USA einreisten.

Croy und Talo ärgerten sich zunächst sichtlich erregt darüber, dass die CIA-Kollegen erst jetzt ihre Erkenntnisse weitergegeben hatten. Der zuständige Mitarbeiter begründete die Verspätung mit der neunstündigen Zeitverschiebung zu China. Talo buchte sich in die Frühmaschine ein, die von Berlin nach Frankfurt ging. Sie würde dort gegen acht Uhr landen. Die Observation der Chinesen wollte er persönlich leiten.

Inzwischen hatte auch Kaltenborn das Großraumbüro erreicht. Er nippte an seinem ersten Tee, als die aufgeregte Stimme eines jungen BKA-Aufklärers endgültig seinen Tag einleitete. Die Bürouhr zeigte auf fünf.

»Chef«, rief der junge Mann, »unsere Leute haben da was! Unsere Zielperson bewegt sich in München aus dem Haus. Fährt aus der Innenstadt Richtung Süden.«

»Dranbleiben«, kollerte Kaltenborn, »aber unauffällig. Die Sicherung des Sprengstoffs hat oberste Priorität, dann erst die Unversehrtheit der Zielperson, verstanden?«

Der junge Mann gab die Anweisungen durch sein Mikrofon an die Besatzung eines weißen Volkswagen Passat weiter.

Kaltenborns Beamte waren dem BND-Agenten seit dem vergangenen Abend auf der Spur. Doch Hans Strachow hatte seine Wohnung erst heute Morgen wieder verlassen. In der Nacht hatten ihm die Beamten einen Peilsender unterhalb der Stoßstange angeklebt. Als er in seinem steingrauen Peugeot Kombi in Richtung Grünwald aufbrach, folgten ihm die beiden Beamten unauffällig.

Es war kurz nach sechs Uhr, als der Agent dicht vor dem Haus seines Vorgesetzten Paul Hess parkte und mit einer kleinen schwarzen Tasche unter dem Arm auf den Klingelknopf drückte. In Gedanken ging er schnell noch einmal durch, in welchem Stil er Hess begegnen wollte. Seine Entscheidung war gefallen. Er würde ihm den Revolver vor die Nase halten, seinen Anteil am Agentenlohn der Chinesen fordern, ihm anschließend ins Knie schießen und ihn dann langsam vor sich her in die Garage treiben. Dort würde er ihn in seinen Wagen zwingen und in sicherer Entfernung auf einen kleinen Knopf eines präparierten Handys drücken. Bäng, bäng, dachte Strachow lustvoll. Während er sich dem Haus näherte, griff er nach seiner Waffe und hielt sie nach unten gerichtet in der Hand.

Die Männer des Observationsteams schlichen sich indessen von der anderen Seite des Hauses an. In ihren Händen hielten sie 45-Millimeter-Revolver, ihre Gesichter waren angespannt und leicht verschwitzt.

Strachow hatte bereits viermal auf den Klingelknopf gedrückt und wurde ungeduldig. Er spähte durch das Fenster im Erdgeschoss, sah aber nichts, weil angegraute Gardinen wie Schleier davorhingen. Rasch blickte er sich um. Die Straße war an diesem Morgen noch sehr ruhig. Er entnahm seiner flachen schwarzen Tasche einen doppelwandigen Schalldämpfer und schraubte ihn auf seine P 220. Dann schoss er zweimal auf das Schloss und drückte die Tür auf. Er war noch auf der Schwelle, als er hinter sich eine grollende Stimme hörte.

»Ganz langsam die Hände nach oben und die Waffe fallen lassen. Machen Sie schon! Und ganz ruhig, Freundchen.«

Strachow zögerte kurz, parierte aber und drehte sich wie in Zeitlupe um. Er sah in zwei Augenpaare, die unfreundlicher nicht funkeln konnten. Es waren groß gewachsene, kräftige Männer in Zivil, von denen einer jetzt seine Marke des Münchner Landeskriminalamts vor Strachows Nase baumeln ließ. Einer von ihnen trug ein Tattoo am Hals, das einen halbnackten Schwertkämpfer mit einem Körper jenseits des guten Geschmacks zeigte. Dem anderen war irgendwann die Nase platt gedrückt worden.

»Waffe her«, sagte der Tätowierte. Als Strachow sie ihm reichte, warf er sie hinter sich ins Gras. Zu dritt standen sie zwischen Tür und Flur. Von Hess hörten die drei nichts.

»Wir sind auf der Suche nach ein paar Paketen, die nicht Ihnen gehören.«

Strachows Gedanken überschlugen sich. Was wussten die Männer und was nicht?, fragte er sich schneller, als er darüber nachdenken konnte.

»Wovon reden Sie?«, fiel es aus ihm heraus.

»Spielen Sie nicht den Ahnungslosen. Wir wissen längst, dass Sie aus Tschechien zwanzig Pakete Sprengstoff zunächst in Ihrem Wagen gebunkert und dann über einen netten kleinen Umweg von Berlin nach München transportiert haben. Übergeben Sie uns das Zeug, und wir plädieren für mildernde Umstände.« Er meinte es offenbar ernst, das sah der Agent ihm an. Und dass seine Möglichkeiten sehr begrenzt waren, wusste Strachow auch ziemlich genau. Selbst wenn er den Männern den Weg zu seiner Beute zeigte, würden ein paar Pakete fehlen, sie würden ihn festnehmen und wegen versuchten Mordes beschuldigen.

Ihm kam eine Idee.

»Mehr als fünf Pakete habe ich nicht«, sagte er frech. »Der Rest liegt sicher verstaut in meiner Behörde. Mit Eingangsstempel, ganz offiziell, ohne Tricks. Ein Auftrag meines Chefs.« Er war überzeugt, mit seiner Notlüge die Dinge im Gleichgewicht zu halten.

Die Beamten sahen sich kurz an. Plattnase übernahm. »Was haben Sie denn da in Ihrer Tasche?«

»Nichts von Belang«, sagte Strachow in einem Ton, als habe er gerade das Wort Unschuld erfunden.

»Zeigen Sie doch mal her«, grunzte der Polizist. »Und keine Tricks.«

Wenn die Beamten den Impulsgeber für den Initialsprengstoff fanden, hatte er verloren. Es war ihm gestern Abend in der Tiefgarage des Bundesnachrichtendienstes unbemerkt gelungen, den Dienst-BMW von Hess auf totale Zerstörung zu trimmen. Etwas wehmütig hatte er sich dabei von einer anständigen Portion tschechischen Plastiksprengstoffs verabschiedet. Doch jetzt fühlte Strachow, wie ihm alle Felle wegzuschwimmen drohten. So weit wollte er es indessen nicht kommen lassen. Der Hasadeur in ihm brach durch.

Mit einem kräftigen Ruck schleuderte er die Tasche direkt zwischen die erhobenen Waffen der LKA-Beamten. Derart überrumpelt, blickten die beiden Beamten leicht blöde auf die Situation. Strachow duckte sich nach unten weg, ergriff dabei hastig die am Boden liegende Tasche und sprintete sofort die Straße hinunter. Der Mann mit dem Tattoo nahm die Verfolgung auf. Plattnase warf sich in den Passat, wendete mit quietschenden Reifen und versuchte, dem fliehenden Agenten, von einer Nebenstraße kommend, den Weg abzuschneiden. Die Tasche eng an sich gepresst, schlug Strachow Haken wie ein Feldhase vor englischen Jagdhunden. Er sprang über Gartenzäune, trampelte über Beete, landete in einer grell beleuchteten Pfütze, rappelte sich wieder auf, sprintete quer über die Straße auf das nächste Grundstück. Sein Verfolger blieb dicht an ihm dran. Das Keuchen der beiden Männer war deutlich zu hören, ihre Schuhabsätze klackerten wie bei einem rasanten Stepptanz auf den Steinen. Strachow sah nun die vierspurige Autostraße in einem Abstand von wenigen hundert Metern vor sich. An ihr hatte am Abend zuvor bereits Alister Hu McCann gestanden und nach der Ermordung von Paul Hess ein Taxi genommen. Wie die Öffnung eines Tunnels erschien ihm die rettende Straße, er konzentrierte sich ganz auf den Punkt, an dem er seine Verfolger hoffentlich abschütteln würde.

In rasanter Fahrt und mit einem unerhörten Satz flog der weiße LKA-Passat über die Geschwindigkeitsschikane einer Nebenstraße direkt auf den Weg, auf dem Strachow entlanghetzte. Der BND-Agent prallte in vollem Lauf auf die Frontpartie des Wagens. Die Tasche mit dem Explosionszünder segelte durch die Luft. Sie schlug hart auf dem Asphalt auf. Strachow rollte mit einem unfreiwilligen Salto über die Motorhaube, prallte an einen Gartenzaun und fiel wie ein nasser Sack zu Boden. Dort blieb er mit eingedrücktem Brustkorb, mehreren gebrochenen Rippen und stark blutendem Kopf regungslos liegen. Und dann gab es einen ungeheuren, Ohren betäubenden Knall.

Über die Häuser hinweg sahen die beiden Kriminalbeamten meterhohe Flammen und dichten schwarzen Qualm aufsteigen. Sie ließen den verletzten Agenten liegen, warfen sich in ihr Auto und rasten in Richtung der Katastrophe. Beide Etagen des Hauses von Paul Hess klafften weit auseinander. Steine, Holz, Glas, Mobiliar und der gänzlich zerstörte Hausrat lagen mehr als 100 Meter in den Nachbarschaftsgärten verstreut. Durch das rechte Nachbarhaus zog sich, wie nach einem Erdbeben, ein Riss vom Untergeschoss bis zum Dachfirst. Vom Haus des ehemaligen BND-Referatsleiters Paul Hess standen nur noch drei Stützbalken. Da der Explosionspunkt in der geschlossenen Garage lag, war die Wucht der Druckwelle nach außen abgemildert worden. Dennoch hatte die Explosion den beinahe zwei Tonnen schweren BMW mit solch einer Wucht angehoben, dass er die Garagendecke zertrümmert hatte und durch den Fußboden zu den Wohnetagen geschossen war. Da Strachow die 100-Kilo-Sprengladung direkt neben dem Tank angebracht hatte, entzündeten sich zusätzlich noch 60 Liter Benzin. Die hoch aufschlagenden Flammen fraßen sich gierig durch verstreute Reste von Couchen, Sitzbezügen und Bettdecken, durch Kissen, Bücher, Regale, Schränke und Wände.

Eine halbe Stunde später sicherten Feuerwehr, Polizei und Kriminalbeamte den Explosionsort ab und versuchten, erste Spuren zu sammeln. Strachow war inzwischen ins Klinikum

München-Harlaching gebracht und dort notärztlich versorgt worden. Mit einem ersten Verhör, so hieß es, war nicht vor einer Woche zu rechnen.

Als BKA-Vize Kaltenborn in Berlin vom Ausgang der Operation erfuhr, war er mehr als unzufrieden. In seinen Augen *musste* es doch möglich sein, einen Verdächtigen auch unverletzt festzunehmen. Auf die Statistik ihrer Ermittlungen ließ er zwar nichts kommen, doch rühmen konnte sich sein Team damit nicht. Er sah bereits den Innenminister vor sich, der voller Bedenken und zögerlicher Kritik altklug mit dem Kopf schaukelte.

Kaltenborn verabredete mit dem Chef des Bundesnachrichtendienstes, Rubens, ein Treffen in der Münchner Klinik und landete zwei Stunden später auf einem kleinen Militärflughafen in der Nähe von Fürstenfeldbruck.

Aus dem Faxgerät des Einsatzstabes in Berlin knatterte um 6 Uhr 18 das dritte Schreiben des Erpressers. Darin hinterließ er lediglich eine Telefonnummer, auf der man ihn ab heute, 15 Uhr deutscher Zeit, erreichen könne. Croy informierte sofort Entschlüsselungsspezialisten, die die Nummer prüften. Sie stießen dabei auf einen Satellitenbetreiber im australischen Melbourne. Der hatte mehrere Blocks mit Hunderten von Zahlenkombinationen an Nutzer weltweit vermietet. Seiner Auskunft nach setzte das Wählen dieser Nummer lediglich eine Software in Betrieb, die über eine Verschlüsselungsarithmetik den tatsächlichen Anschluss der Nummer anwählte. Die Spezialisten gaben auf. Markus Croy schickte Kaltenborn das Fax über das Landeskriminalamt in München hinterher.

6

**Frankfurt am Main,
gleicher Tag, 10:10 Uhr**

Regentief *Daphne* hing schwer wie ein nasser Mantel über dem Flughafen. Das Flugzeug vom Typ Airbus A 380 der Air China setzte auf dem Asphalt des Rhein-Main-Flughafens mit schlitternden Reifen auf. Im Terminal hielten sich zwanzig BKA-Beamte und ihre Verstärkung vom CIA für eine Rund-um-die-Uhr-Bewachung bereit. Sie saßen in Autos, schlenderten als Flughafenpersonal getarnt durch die Empfangshalle oder zogen wie Touristen Koffer hinter sich her. Ein Beobachter konfiszierte einen mobilen Blumenstand für zwei Stunden. Er schob ihn so dicht es ging an den Ausgang des Ankunftsgates heran und versteckte eine Kamera in einem Strauß mit dunkelroten Rosen. Die zwanzig Männer waren über eine Interkommunikation miteinander verbunden. Sie flüsterten in winzige Mikrofone, die mit winzigen Lautsprechern verbunden hinter ihren Ohrmuscheln klebten. Einer der Männer, ein kurz geschorener Typ, gekleidet in Hawaiihemd, Leinenhosen und Slipper, flüsterte gerade in sein Mikrofon.

»Wusstest du, dass Asiaten behaupten, Europäer aufgrund ihrer Gesichtsphysiognomie kaum voneinander unterscheiden zu können?« Der Empfänger dieser Nachricht war etwa 30 Meter von ihm entfernt. Er stand, als Geschäftsreisender getarnt, mit einer schwarzen Aktentasche vor einem Zeitungsstand und blätterte absichtlich ziellos in den Gazetten.

»Gilt doch auch umgekehrt«, funkte er zurück. »Wer kann schon von sich behaupten, einen Mongolen von einem Kambodschaner oder einen Japaner von einem Chinesen zweifelsfrei unterscheiden zu können?«

»Ich nicht. Verdammte Schlitzaugen haben sie doch alle.«

Die Männer wussten, dass eine zweifelhafte Erkennung und die Observation des chinesischen Geheimdiensttrosses zwar eine herausfordernde, aber lösbare Aufgabe war.

Frankfurt war das deutsche Drehkreuz in die Welt. Hier landete täglich und manchmal auch parallel eine zweistellige Zahl an Flugzeugen aus Asien. Also war ein Spezialteam des BKA in die Rollen von Passkontrolleuren und Zollbeamten gewechselt, um die drei Männer und eine Frau des chinesischen Geheimdienstes zu identifizieren und ihre Beschreibungen an ihre Kollegen weiterzuleiten. Eine Videokamera hielt zusätzlich ihre Gesichter und Kleidung fest, um bei einer späteren Identifizierung auf die Bilder zurückgreifen zu können.

Lee Kong rechnete damit, dass er und seine Agenten bei ihrer Ankunft observiert würden. Dafür war er erfahren genug. Daher bediente sich der chinesische Geheimdienstgeneral eines einfachen Tricks. Er hatte die Gruppe auf zwei verschiedene Flugzeuge aufgeteilt. Gemeinsam passierten sie Passkontrolle und Zoll, betraten das Ankunftsterminal und trennten sich dann wieder.

Chinas mächtigster Geheimdienstmann steuerte die Erfrischungsräume an, dicht gefolgt von einem Mann, der etwa die gleiche Größe hatte. Von einem Vorraum mit etlichen Wasserbecken gingen jeweils nach links und rechts die Toiletten für Damen und Herren ab. Nur wenige Minuten später verließ eine exaltiert gekleidete Frau mit einer übergroßen Sonnenbrille im Gesicht die Sanitäranlagen. Ihre pechschwarzen Haare hatte sie zu einem Knoten aufgesteckt, in dem zwei längliche Metallnadeln steckten. Sie trug violette Pluderhosen, goldverzierte Schuhe, hatte sich zwei helle, weiche Schals um den

Hals geworfen und deutlich zu viel Make-up aufgetragen. Sie schüttelte ihre Hände aus, als seien sie noch nass. Fast auf dem Fuße folgte ihr ein Mann, der jetzt aussah wie Lee Kong. Gleiche Brille, gleicher Anzug, gleiche Schuhe, gleiche Frisur. Er war ein gekaufter Informant, der nichts wusste und der ohne Diplomatenstatus mitgereist war. Der Trick funktionierte. Während die merkwürdig aufgeputzte Asiatin von den Ermittlern zwar bemerkt, aber nicht als Mitglied der Gruppe identifiziert wurde, heftete sich ein BKA-Mann an den vermeintlichen General. Der stieg gemeinsam mit den anderen vier Agenten in eines der beiden Taxis, die sie in die Innenstadt brachten. Die Observationsteams hielten sich in mehreren Autos dicht hinter ihnen. Mitten an einer Kreuzung hielt einer der Wagen. Das Lee-Kong-Double stieg aus und lief zu Fuß weiter. Als ihn die Ermittler eingeholt hatten, trug er keine Brille mehr, wies sich korrekt aus.

»Scheiße«, fluchte einer der Beamten. Zornig, auf den falschen Mann hereingefallen zu sein, wurde das Double dennoch verhaftet, später aber wieder frei gelassen.

Die vermeintliche Chinesin war im Flughafengebäude geblieben. Sie schlenderte gemächlich an den hell erleuchteten Geschäften der Einkaufsmall des Frankfurter Flughafens entlang, sah in die Schaufenster von Modegeschäften, nestelte sich an den Haaren und übte dabei den femininen Gang. Nach gut einer Stunde brach sie ihren Auftritt ab und nahm die Rolltreppen in die Tiefebene. Sie bestieg einen Vorortzug in den Frankfurter Stadtteil Rödelheim, wo sie ausstieg und ein paar Querstraßen weiter in einem begrünten Innenhof in einem chinesischen Restaurant mit Namen *Huan-Ying* einen Platz im dunkleren Teil des Gastraumes fand.

Durch das Chinalokal zog sich ein roter Teppich, Papierlampions mit roten Baumwollfransen hingen über den Tischen. Sie waren mit den Versen eines chinesischen Lieds bedruckt.

Der Mann, mit dem Lee Kong hier verabredet war, hatte ihm die Gegend empfohlen. Rödelheim war der Ort, in dem die meisten Frankfurter Migranten mit dunkler Hautfarbe lebten. Hier fielen nur Wikinger auf.

Nach etwa zehn Minuten betrat ein hochgewachsener, hagerer Mann das *Huan-Ying*. Er sah aus wie Mitte sechzig, schlenderte erst zum Tresen, tuschelte eine Weile mit dem Barmann, ließ einen Geldschein sehen und setzte sich dann ebenfalls an einen rückwärtigen Tisch. Reserviert sah er zu dem Transvestiten hinüber. Dessen Aufzug stieß ihn augenscheinlich ab.

Kong war amüsiert. Seine Verwandlung war perfekt.

»Michael«, raunte er auf Englisch zu dem Mann hinüber, »haben Sie schon gefrühstückt?«

Storm sah überrascht auf.

»Kennen wir uns?«, fragte er in abwehrendem Ton.

Kong tuschelte leise: »Wann erwachen chinesische Drachen nach einem langen Winter?«

Storms Miene hellte sich auf. Er antwortete ebenso leise: »Wenn die Mandelbäumchen blühen …«

Er stutzte nochmals kurz, dann zog Helle in sein Gesicht.

»Meine Güte, Lee Kong, Sie sehen ja aus wie ein Experiment …«

Der General grinste breit, nahm die Sonnenbrille ab und lüftete sein Kunsthaar. »Reden Sie trotzdem mit mir?«

»Ja, aber nur, wenn Sie mir den Namen Ihres Erfinders nennen.«

Kong lachte scharf, mit fast wildem Klang. Seine männlichen Züge und die Schminke standen dabei in groteskem Gegensatz zueinander.

»Können wir hier offen sprechen?«, fragte der General.

»Ich denke, ja. Der Tresenmann ist um einen Hunderter reicher. Dafür hält er die Tische um uns herum frei.«

Lächelnd sagte der General: »Der Flughafen war voll von deutschen Schnüfflern. Meine Verkleidung ist so etwas wie Notwehr, verstehen Sie?«

Storm nickte nur scheinbar mitfühlend. Dieser Aufzug war wirklich zu lächerlich. Er dachte bissig, dass Kong zu den Generälen zählte, die immer Gefreite blieben, auch wenn sie mehrmals befördert worden waren.

Beide bestellten Glasnudeln mit Hühnerfleisch, angerichtet in einer Soße mit Mandeln, Kiwi und Mangos. Als Kong in seinem femininen Aufzug Happen für Happen auf die Gabel schob, bekamen seine Bewegungen etwas Gespreiztes. Storm schüttelte sich und kämpfte zur Ablenkung derweil immer wieder mit den Fruchtstücken, die, mit der Soße vermengt, von seiner Gabel rutschten.

Kong war gespannt darauf, welche Nachrichten Storm für ihn hatte. Er spürte eine große innere Unruhe, seitdem er Berlin erpresst hatte, ohne allerdings über eigene Waffen zu verfügen, die er nach erfolglosem Ablauf des Ultimatums hätte einsetzen können. Diese Vorgehensweise war auch für ihn neu; doch Chinas Staatsspitze und die massiven Sicherheitsvorkehrungen in Marienstrand hatten ihm keine andere Wahl gelassen. Peking durfte in keinem Fall in die Schusslinie geraten. Und er selbst, ein Ortsunkundiger, hätte es ohne Verbündete nie geschafft, ein Waffenarsenal in den Konferenzort zu schmuggeln.

Während Kong den Faden wieder aufnahm, kaute er dabei hektisch. Er fühlte sich sehr unwohl in seinem Aufzug. Doch Job war für ihn Job. Auch wenn er gegen die eigene Ästhetik verstieß.

»Was haben Sie seit unserem letzten Telefonat am Montag erreicht?«, fragte der General verschwörerisch leise. »Welche Waffen hat Ihr Kontaktmann, die er uns zur Verfügung stellen kann?«

»Möchten Sie gar nicht wissen, um wen es sich handelt? Wo bleibt Ihr Misstrauen, General?«

»Offen gestanden vertraue ich Ihnen bei der Auswahl des Personals. Aber gut: Wer ist er? Wäre er bereit, bis zum Äußersten zu gehen?«

Storm sah aus dem Fenster auf die Wand des Hofes gegenüber. Eine schöne Wand aus gelbem Backstein, bewachsen mit grünem Efeu. Er legte lautlos seine Gabel ab, tupfte sich mit der Serviette über den Mund und sagte: »Er ist ein elender Nazi.«

Lee Kongs Adamsapfel zuckte auf und nieder. »Nazis sind Menschen, die meinen, dass der Zweck die Mittel heiligt. Erzählen Sie mir mehr über ihn.«

»Das ist aber eine längere Geschichte.«

»Wir haben Zeit«, antwortete der General. Er bewunderte Menschen, die für ihre Überzeugungen die halbe Welt in Schutt und Asche legten. Er hielt sich zwar für einen überzeugten Kommunisten und war ein glühender Anhänger des chinesischen Gesellschaftsmodells; aber letztendlich, sagte er sich, war es egal, auf welcher Seite der Barrikade man stand. Wer an etwas Großes glaubte, musste so konsequent sein, für seine Überzeugungen andere und sich selbst zu opfern.

Kong und Storm aßen schweigend zu Ende. Als die Bedienung nach den Tellern griff, fragte der General: »Einen Cynar zur Verdauung?«

Storm war zwar erstaunt, stimmte aber zu. Ein Chinese, der Cynar trank? Er mochte dieses wunderbar bittere Getränk, das einen anständigen Schuss Zitrone und höchstens einen Fingerhut voller Wasser vertrug. Kong ist vom Westen versaut, dachte er ironisch.

»Nun?«, fragte der General.

»Der Mann, um den es sich handelt«, begann Storm, »ist mir von einem früheren Überläufer bekannt. Sein Name ist

Piet Sydow, geboren in Hamburg. Ein ehemaliger Jungnazi einer militanten Wehrsportgruppe, der in den Achtzigerjahren vom Verfassungsschutz gesucht wurde. Als sich das Netz um ihn herum immer mehr zuzog, sah er nur noch einen Weg, einer drohenden Verhaftung zu entgehen: die Flucht in die DDR. Er schlüpfte unter das schützende Dach des Ministeriums für Staatssicherheit und erklärte sich bereit, unter einer neuen Identität als Stasi-Spitzel im europäischen Ausland unterzutauchen.«

»Was für eine Biografie!«, warf Lee Kong ein.

»Es kommt noch besser«, grinste Storm.

»Nach eingehender Prüfung schickten ihn unsere Leute mit einer neuen Identität und operiertem Gesicht in den Westen zurück. Sein damaliger Führungsoffizier ist ein alter Freund von mir, Oberst Gerhartz. Nach der politischen Wende verdingte sich Sydow als Informant und V-Mann beim Bundesamt für Verfassungsschutz und durchdrang fortan die innerdeutsche rechtsradikale und neonazistische Szene. Mein alter Freund Gerhartz schöpfte Sydow vor kurzem noch einmal ab. Über ihn bekam ich den Zugang zum Chef der deutschen Sektion der Weißen Ritter – eben unserem Mann. »

»Weiße Ritter?«, fragte Kong. »Ich hörte davon. Sie sind vor allem in Asien auf dem Vormarsch. Kreuzgefährlich.« Storm nickte. Der Cynar wurde gebracht.

»Ein Ableger der Denkfabrik Spreads«, ergänzte Storm.

»Oh«, kommentierte Kong knapp. Sie prosteten sich zu.

»Seit Ende der Achtzigerjahre dehnen sie sich von den USA nach Europa aus. Mitglieder waren ausschließlich Kongressabgeordnete, Wirtschaftsmanager, Börsenmakler, Kulturschaffende und Geisteswissenschaftler mit weißer Hautfarbe. Hauptziele sind die ideologische Stärkung rechtskonservativer Regierungen, die Unterwanderung von Militär und Sicherheitsbehörden und der Kampf gegen angeblich unkontrollierte Völkerwanderungen aus Südosteuropa, Afrika, Asien und Lateinamerika in die USA und nach Westeuropa. Sydow hat meinem alten Freund Gerhartz sogar geflüstert, wo wir unseren Mann finden können.«

»Wie heißt er?«, fragte Kong.

»Paul Graf von Sprock. Schon mal von ihm gehört?«

Kong verneinte. »Warum sollte dieser Mister Sprock nun mein Mann sein?«

»Weil er vermutlich den russischen Präsidenten töten will.«
Kong schluckte. Doch seine Augen verrieten Achtung.

»Die Russen haben seit einiger Zeit ihre Archive über den Zweiten Weltkrieg für die Öffentlichkeit zugänglich gemacht.«

Storm schilderte ihm die Ereignisse, die auf Heydrichs Tod in Prag gefolgt waren, von den Massenhinrichtungen, dem Spezialauftrag an KGB-Leutnant Semjonow und dem Tod von Spreads Vater. Kongs schmale Augen sahen vor Neugier jetzt fast europäisch aus. »Und wie eng sind heute ihre Verbindungen?«, fragte er gespannt.

»Sprock war ein sehr enger Freund Spreads, so, wie schon ihre Väter. Beide trieben Millionen Summen an Spenden ein, stärkten so die Weißen Ritter in ganz Europa, die jetzt sogar in einigen europäischen Kommunalparlamenten sitzen und mitregieren. Übrigens erfuhr Sprock als Unternehmer immer auch die Unterstützung hochrangiger Regierungsvertreter und deutscher Wirtschaftsbosse. Auch Stefan Rumpf soll nach Angaben von V-Mann Sydow den Weißen Rittern angehört haben.« Storm machte eine Pause. Dann fuhr er fort: »Sollten Sie also Sprock begegnen, sagen Sie ihm nicht als Erstes, dass Sie derjenige waren, der den Staatssekretär liquidieren ließ.«

»Warum sollte ich? Sie wissen, dass Ihr Exkollege Hilpert den Auftrag vom BND bekam. Ich bin nur *ein* Part des Spiels.«

So lief es in diesem Geschäft nicht selten, dachte Storm. Am Ende eines Dramas mit tödlichem Ausgang wollten alle Beteiligten höchstens Statisten, aber niemals Hauptdarsteller gewesen sein.

»Wissen Sie denn, *wie* Paul Graf von Sprock vorgehen wird? Es gibt perfektere Orte für einen Mord als das bestgesicherte Meeting der Welt.« Kong hatte dessen Namen jetzt so genießerisch ausgesprochen, als kaue er dabei auf Gold.

»Sprock ist Chemiker und Besitzer einer Düngemittelfabrik. Über einen amerikanischen General, der selbst Mitglied der US-Sektion der Weißen Ritter ist, bezog er vor zwei Jahren auf äußerst verschlungenen Wegen ein Paket mit fünf Giftgasgranaten aus amerikanischen Militärbeständen.«

»Fabelhaft«, murmelte Kong. »Und er schießt sie einfach in die Menge, oder wie?«

»Das soll Sprock selbst erklären.«

»Die Granaten sind nie vermisst worden?«

»Nein. So, wie der Y3-Sprengstoff in Semtin nach Beitritt Tschechiens zur NATO abgeschrieben und damit offiziell nicht mehr vorhanden war. Es ist ja leider verloren gegangen ...« Storm sah ihn prüfend an.

Der Spionagechef überspielte schnell seine Pleitegefühle, die immer noch in ihm rumorten wie verdorbener Fisch. Er fächerte sich Luft zu, fragte: »Um welche Spezies Giftgas handelt es sich?«

»Um *Lost*, ein Senfgas, entwickelt von den beiden deutschen Chemikern Lommel und Steinberg, das bereits im Ersten Weltkrieg eingesetzt wurde. Verätzt die Lungen und löst die Schleimhäute in der Luftröhre ab. Schwere Atembeschwerden mit Erstickungsanfällen, blutigem oder flüssigem Ausfluss bis hin zum Tod sind die Folge. Das Gas wird als Aerosol versprüht, bleibt an der Kleidung haften und wird über die Haut oder über die Atemwege aufgenommen.«

»Eigentlich ein widerliches Zeug«, sagte Kong dennoch achtungsvoll, »aber hocheffektiv. Woher stammen die Granaten?«

»Sie gehörten zum Bestand einer kleineren amerikanischen Militärbasis in der Osttürkei. Vor nicht ganz fünf Jahren sind sie aussortiert und in ein Zwischenlager in Arizona transportiert worden.«

»Wo sie noch heute lagern?«

»Ja, bis auf die fehlenden fünf, die jetzt wahrscheinlich mit Sprock in Marienstrand sind.«

Kong grinste breit. »Diese Menge reicht allemal aus, um sämtliche Teilnehmer des G8-Gipfels einschließlich Medienvertretern, Sicherheitsleuten, Köchen, Kellnern und sonstigem Bedienpersonal zu vergiften oder gar zu töten.«

Storm ließ Kongs Bemerkung unkommentiert. Er hatte sich schon vor etlicher Zeit einen Jasmintee bestellt und nippte jetzt zum ersten Mal an dem mittlerweile kalten Getränk. Durch die Tür des chinesischen Schnellrestaurants pfiff kalter Wind. Kong sah hinüber zu dem Tresenmann. Der polierte ganz versonnen Gläser.

»Und Sprock ist wirklich einverstanden?«

Storm bejahte.

»Einem Neonazi Asyl gewähren? Hm. Aber für eine gute Sache soll man auch mit seinem Feind schlafen. Allerdings hätte ich mit ihm einen Mitwisser mehr.«

»Sie könnten ihn nach der Operation auch erledigen«, sagte Storm kalt. »Bei Nazis hält sich mein Mitleid in Grenzen.«

Kong sah ihn durchdringend an. »Schöner Vorschlag und der nächste Auftrag für Sie, Mister Storm. Ich benutze den Mann, und Sie bringen ihn um. Sie tun etwas für Ihr Gewissen, und ich schütze mein Land.«

Storm, dem dieser Vorschlag überhaupt nicht gefiel, ließ sich seinen Unwillen gar nicht erst anmerken. Er brauchte

Geld. »Das kostet Sie aber ein bisschen mehr als das monatliche Salär, das Sie zahlen.«

»Wie viel?«, fragte Kong unbeeindruckt.

»Fünfzehntausend Euro, in bar«, sagte Storm.

»Ich gebe Ihnen zwanzigtausend«, erwiderte Kong.

»Eine erste Anzahlung noch heute Abend«, verlangte Storm.

»Gut. Die Chinese National Bank befindet sich im Zentrum, beinahe neben dem Hotel. Wenn Sie mich begleiten wollen …«

Während Storm die Rechnung beglich, rückte sich Kong die falschen Haare und den Kunstbusen zurecht.

Unterwegs in die Bankencity Frankfurts klingelte Storms Funktelefon. Kong sah neugierig zu ihm hin.

Storm fragte in den Hörer: »Kann ich dich später zurückrufen? So dringend wird es doch nicht sein, oder?« Er lauschte kurz, sagte dann: »Na, siehst du, bis in Kürze.« Sein Gesicht hellte sich auf. »Ja, das wünsche ich dir auch. Mach's gut, mein Junge.«

Kong sah ihn fragend an. In Storm stieg Ärger auf. Er mochte diese Distanzlosigkeit nicht.

»Mein Enkel. Er hat mal wieder ein Problem, das meine Tochter nicht allein lösen will. Ich werde später mit ihm reden.«

In Storm machte sich Aufregung breit. Die nächsten Tage würden sehr schwierig und für alle Seiten sehr gefährlich werden. Ihm war heiß.

Das Hotel *Karo* lag eingeklemmt zwischen mehreren Türmen aus Glas und Beton. Sie waren von zwei Großbanken und einer Versicherung geleast worden. Ihr Jahresumsatz betrug insgesamt mehr als 20 Milliarden Euro.

Ganz unscheinbar wirkte dagegen ein flaches Gebäude mit einem mit Marmor und Edelstahl umbauten Eingang, dessen Türgläser zu keinem Augenblick den Eindruck machten, als könne man sie eintreten, geschweige denn durchlöchern. Der Eingang führte in einen drei mal vier Meter großen Raum, auf den mindestens vier Kameras von der Decke herunterstarrten. An seinen Wänden hingen abgenutzte Geldautomaten, die mit chinesischen Schriftzeichen übersät waren. Die *Chinese National Bank* beschäftigte in Frankfurt am Main keine Menschen, nur Technik.

Lee Kong zückte seine Karte und schleuste zehntausend Euro in einer Fünfhunderter-Stückelung aus dem Automaten in seine Brieftasche, die mit den vierzig Scheinen deutlich überfordert war.

Storm wahrte Abstand, drückte sich außerhalb der Automatenbank unauffällig an eine Telefonzelle und beobachtete die Menschen um sich.

Junge Männer, gekleidet in hellgraue Anzüge und dunkle Mäntel, schritten hastig an ihm vorbei. Und wenn Windböen ihre Krawatten aufwirbelten und das sorgfältig gelegte Haar zerzausten, griffen sie hektisch mit ihren Händen in die drohende Unordnung. Die meisten von ihnen kamen aus der Richtung der Geldzentralen, strömten den U-Bahn-Eingängen zu und verschmolzen auf den Rolltreppen zu Kolonien grauer Geister.

Storm sah keine Verfolgergesichter, roch keine Gefahr.

Kong, der in seinem grellen Aufzug für Storms Geschmack viel zu viel Aufmerksamkeit erregte, gab sich von den neugierigen Blicken der Passanten unbeeindruckt. Er drückte Storm leidenschaftslos ein größeres Bündel Geldscheine in die Hand und raunte ihm Zeit und Ort ihres nächsten Treffens ins Ohr. Dann verabschiedeten sie sich knapp und ohne große Worte.

Während der chinesische Geheimdienstgeneral in den Hoteleingang verschwand, überquerte Storm die Straße und rief ein Taxi heran.

»Fahren Sie einfach so lange geradeaus, bis ich *halt* sage.«

Von der Rückbank aus rief er den Anrufer von eben zurück. Beide sprachen nicht mehr als fünf Minuten miteinander. Zum Fahrer sagte Storm: »Stoppen Sie hier«, zahlte, stieg aus und verschwand im Menschengewühl der Frankfurter Innenstadt.

Chinas Geheimdienstchef hatte das *Karo* sofort wieder durch den rückwärtigen Ausgang verlassen und narrte im weiteren Verlauf mögliche Verfolger mit elenden Tricks. Er wechselte häufig die Straßenseiten und blieb länger vor Schaufensterscheiben stehen. Ungefähr in der Mitte der Bruder-Jakob-Straße schlüpfte er schnell durch die rot lackierte Eingangstür eines anonymen grauen Gebäudes. Auf einem Messingschild war der Name *Frankfurter Skatclub e.V.* eingraviert. Das Haus erschien von der Straße her gesehen sehr schmal und geduckt, erstreckte sich aber weit in den Innenhof hinein. In seinem Innern reihte sich Kartenspiel an Kartenspiel hinter Glas an den Wänden; Pokale standen säuberlich aufgereiht nebeneinander auf blank geputzten Regalen. In der Mitte des Raumes breiteten sich zwei mächtige Holztische aus, um die jeweils drei Stühle gruppiert waren. Die gesamte Einrichtung war eine gut gemachte Fälschung. Der Zugang zur Etage darüber war nur mit geübtem Auge erkennbar. Eine riesige Klappe in der Decke, die geschickt mit dem Deckenstuck abschloss, führte, wenn man vorher eine Leiter anstellte, in einen lang gestreckten Flur, von dem genau acht Türen abgingen. Hinter denen lagen Zimmer, die mit allen Annehmlichkeiten ausgestattet waren: Fernseher, kleines Bad, Couch, Doppelbett, Sessel und mehrere Anschlüsse für drahtlose Telefonie und Datenübertragung.

Der Frankfurter Skatclub war eine Absteige für Agenten. Sein Tarnname war *Roses*.

Als Lee Kong die Geheimdienstherberge betreten hatte, setzte er sich an den großen Tisch, nahm eine Zigarette aus dem Etui und atmete genüsslich den Rauch ein. Am anderen Ende des Raumes öffnete sich eine Tür, durch die eine ältliche Frau mit weißen, zu einem riesigen Dutt gedrehten Haaren kam. Sie trug eine Kittelschürze und brachte den Geruch von Kaffee und Zigarettenrauch mit. Die Frau stutzte kurz, als sie Kongs albernen Aufzug sah. Dann hielt sie ihm schweigend einen Zettel vor die Augen. Sie war stumm, das wusste er. Sie zeigte auf die Leiter. Kong antwortete ihr mit den Händen und stellte eine Frage. Sie wirbelte als Antwort flink Zeichen in die Luft. Dann verschwand sie wieder hinter der Tür.

Kong stellte die Leiter an, drückte auf einen im Deckenstuck eingelassenen Schalter. Mit einem leisen Surren öffnete sich die Klappe zur oberen Etage hin. Er steuerte direkt auf Zimmer Nummer 3 zu, warf sein schmales Gepäck in einen der Schränke und zog sich vorübergehend um.

Die nächsten Stunden verbrachte der Spionagechef unter dem Dach des *Roses*. Über einen im Telefon eingebauten Kryptonator baute er eine Verbindung zu seinem Agententross auf. Nach dem kurzen Gespräch sah er auf die Uhr. 14 Uhr 32. In einer halben Stunde würde das Telefon klingeln, hoffte er. Kongs deutsche Sprachkenntnisse waren zwar nur mäßig; doch für eine kurze Erklärung würde es reichen.

7

Berlin-Treptow,
BKA-Hauptquartier,
14:39 Uhr

Croy fühlte sich, als stünde er vor einer leeren Wand. In einer knappen halben Stunde würde sein Chef Kaltenborn zwar von München aus den Erpresser kontaktieren; doch der laue Stand der Ermittlungen machte ihn nervös und unzufrieden. Unbeherrscht stieß er die Akten auf seinem Schreibtisch herum. Seine Hände waren schwer, heiß und fühlten sich geschwollen an. Mit einem Finger strich er über den Bildschirm seines Computers und betrachtete die Spur, die sich durch den Staub zog. Er sah auf den Schmutz auf seinem Finger und wischte ihn an der Hose ab. Dann sah er auf seine Hose, sah auf seine Uhr, sah auf nichts. Gedanklich suchte er das Bild Katjas. Er hatte seit einigen Tagen schon keinen Kontakt mehr zu ihr. Sie verschwamm langsam vor seinen Augen.

Er ging in die Waschräume, wusch Hände und Gesicht. Als er sich durchs Haar fuhr, entdeckte er immer neue Beweise seines fortschreitenden Alters. Seine Augen sahen aus, als brauchten sie Ruhe. Croy blickte auf die Uhr. 14 Uhr 56. Es war bereits ein langer Tag.

Durch die Wände des Waschraums hörte er aufgeregte Stimmen. Er eilte zurück.

»Wir wissen, wer der Erpresser ist!« Die Männer liefen aus dem Großraumbüro zusammen und sahen erwartungsvoll auf einen Videoschirm, der BKA-Vize Kaltenborn aufrecht und entschlossen auf einem Schreibtischstuhl zeigte. Der Ton war gut, das Bild ohne Flimmern. Croys noch eben müde Augen glänzten wieder frisch.

»Ich habe soeben die Telefonnummer angerufen, die uns der Erpresser schickte. Am Apparat war ein Mann, der ein holpriges Deutsch sprach. Die mithörenden Auswerter wollen einen fernöstlichen, vielleicht sogar chinesischen Slang herausgehört haben. Wie auch immer: Der Mann nannte endlich Ross und Reiter. Der Erpresser sei ein alter Bekannter von uns und rede im Namen einer uns ebenso längst bekannten Gruppe. Paul Graf von Sprock und das Netzwerk Weiße Ritter. Sein zweiter Satz lautete – und jetzt halten Sie sich alles, fest –, dass er bei Nichterfüllung des Ultimatums *Senfgas* einsetzen wolle …«

Kaltenborns letzte Worte schlugen ein wie eine Bombe. Sprachlos und bestürzt sahen sich die Ermittler an.

»Giftgas?«, fragte einer von ihnen wie gelähmt.

»Ja, *Giftgas.*« Kaltenborn beugte sich dicht vor das Objektiv der Kamera. »Wieder eine Irrengruppe mehr, die die Welt erpressen will. Gestern muslimischer Terror, heute Rechtsnationale. Und wer weiß, was uns übermorgen erwartet. Und ob es die Welt *dann* überlebt …«

»Niemand kennt den letzten Tag«, stürzte es aus Croy bitter und zum Bildschirm gewandt hervor.

Im Großraumbüro der BKA-Terrorabwehr war es plötzlich totenstill.

»Wissen wir, woher der Anruf kam?«, fragte Croy schließlich.

»Nein«, blinzelte Kaltenborn in die Kamera. »Der Mann legte blitzschnell wieder auf. Vermutlich hätte eine Fangschaltung nichts genutzt.«

Croy sammelte sich kurz und sagte dann mit druckvoller Stimme: »Wir werden diesen Mistkerl finden und ihn unschädlich machen.«

»Rubens vom BND und ich nehmen uns jetzt weiter Strachow zur Brust«, antwortete Kaltenborns Konterfei und verschwand vom Bildschirm.

Croys Jagdtrieb war wieder erwacht. Zurück an seinem Schreibtisch warf er die Blätter der *Akte Rumpf* schwungvoll von einer Seite auf die andere. Darunter waren auch die Schriftstücke, die Polizisten im völlig durchweichten Mantel bei Emma Rumpfs Leiche gefunden und in einem aufwändigen Verfahren getrocknet und versiegelt hatten. Sie waren teilweise sogar lesbar geblieben, denn sie waren eng zusammengerollt gewesen. Er blätterte in ihnen, sah auf die Statistiken, die ihr Ehemann zusammengetragen hatte.

Da war ein handschriftlich verfasster Brief, dem ein größeres Stück einer Ecke fehlte. Er hatte den Satz: *Grüße an den Kameraden Rumpf* nicht vergessen. Hier könnte die Telefonnummer gestanden haben, die Emma Rumpf herausgerissen hatte. Croys Betriebstemperatur stieg weiter an.

Rasch blätterte er weiter und stieß kurz darauf in seiner Akte auf eine Folie, in der ein bräunlich angelaufener Zettelrest lag. Die Telefonnummer in Köln-Wesseling. Vorsichtig nahm er ihn heraus und passte ihn in den handgeschriebenen Brief ein. Mit einem durchsichtigen Tesa-Band klebte er die beiden Enden zusammen. Er hielt den Brief gegen das Schreibtischlicht, um zu sehen, ob die Ecke richtig angepasst war. Croy überflog noch einmal seinen Inhalt:

Verehrter Mister Spread, in gespannter Erwartung des gemeinsamen Unternehmens überreiche ich Ihnen ein paar wichtige Daten für die weitere Ausarbeitung unseres gemeinsamen Projektes. Grüße an den Kameraden S.R. Ihr P.S.

Gerade wollte er ihn beiseitelegen, als er ein Wasserzeichen mit einer winzigen Signatur entdeckte. Mit einer Lupe in der Hand und zusammengekniffenen Augen setzte er Buchstaben für Buchstaben zu drei Wörtern zusammen: *Heilquelle Bad Doberan*. Etwas klingelte in ihm. Durch diesen Ort war er schon einmal in Richtung Marienstrand gefahren. Aber da hatte Stefan Rumpf noch gelebt. Er überlegte nicht lange.

»Ich denke, ich weiß, wo wir unseren Mann suchen müssen«, unterbrach er mit kräftiger Stimme die immer noch erregt miteinander diskutierenden Beamten seines Teams. Ihre Köpfe flogen zu ihm hin. Croy hatte jetzt alle Aufmerksamkeit. Er zeigte auf den Brief und das Wasserzeichen. Für Höflichkeiten war keine Zeit.

»Ab sofort klärt ihr folgende Fragen: Von wo in Bad Doberan könnte das Blatt Papier stammen? Aus einem Hotel, einer Pension oder Privatunterkunft? Aus einem Schreibwarenladen, einem Touristenshop, einem Supermarkt? Wer hat einen weißen Transporter in Bad Doberan gesehen, wer einen Mann, auf den Sprocks Beschreibung passt? Was tat er, was sagte er, wohin ging er, und wo ist er jetzt? Macht alle Informanten scharf, treibt sie an, und wer nichts liefert, fliegt aus der V-Mann-Kartei. Verstanden?«

Zustimmende Blicke, doch einer fragte: »Ist das wirklich eine konkrete Spur, Chef?«

»Das wissen wir, wenn ihr mir Ergebnisse liefert.« Mehr konnte Croy dazu auch nicht sagen. Über Bauchgefühle wollte er hier nicht sprechen. Und die sagten ihm, dass er womöglich richtig lag.

Zurück an seinem Schreibtisch, fand er die rührigen Beschreibungen örtlicher Chronisten über Marienstrand. Angeheftet war auch ein Prospekt über das Städtchen Bad Doberan. Beides landete in der Innentasche seines Jacketts.

Obwohl er unter Strom stand, wählte er Katjas Nummer.

Seit sie sich so nahegekommen waren, war sie ein Teil seiner angenehmen Erinnerungen. Doch ihr Telefon klingelte ins Leere.

»Markus, wir haben da was«, rief eine Viertelstunde später eine Frau aus seinem Team, eine begeisterungsfähige Person mit einem Hang zur Großspurigkeit. Croy sah gespannt auf die Beamtin. Sie überprüfte sämtliche Tank- und Raststätten des Landkreises Bad Doberan.

»Einem Tankstellenpächter in der Ortschaft Kritzmow ist gestern ein Mann unangenehm in Erinnerung geblieben. Er fuhr genau so einen Lieferwagen, wie wir ihn suchen. Volkswagen Crafter, weiß.«

»Und was war da los?«, fragte Croy gespannt.

»Sein Besitzer wollte eine bestimmte Biersorte kaufen – Reißdorff Bier, ein obergäriges Kölsch. Hatten sie natürlich nicht. Soll sich daraufhin lautstark beschwert haben, bezeichnete die Tankstelle als Osthütte und sprang ziemlich angefressen in seinen Lieferwagen.«

Trotz der Anspannung machte sich Heiterkeit breit.

»Kann der Pächter den Mann beschreiben?«, fragte Croy jetzt wieder ernst.

»Ziemlich genau sogar. Passt, vor allem die auffällige Nase.«

Croy war elektrisiert. Wenn Sprock wirklich in der Nähe des Tagungsortes war, musste er sofort eine Entscheidung treffen. Er zog einen Beamten seines Dienstranges zu sich heran und übergab ihm stellvertretend die Verantwortung für die weitere Einkreisung Sprocks. Dann eilte er zum Fahrstuhl, der ihn ein paar Etagen tiefer ins Basement der Behörde brachte. Er besuchte zunächst die Kleider-, dann die Waffenkammer. Der Sonderermittler achtete penibel darauf, welche Kleidung in den nächsten Tagen komfortabel war. Er passte sie den Situationen an, die ihn möglicherweise erwarteten. Neben der obligatorischen schusssicheren Polizeiweste wählte er vor allem eher eng anliegende Hosen, Jacken, Hemden und T-Shirts aus: Falls er kriechen, klettern oder springen musste, war die Gefahr zu groß, dass ein ausladender Stoff irgendwo hängen blieb und ihn damit gefährdete. Schließlich packte er einen langärmligen Latexanzug zum Schutz vor Kontaktgiften auf der Haut dazu, schwarze Kniestrümpfe, derbe, halbhohe Schuhe, eine schwarze Wollmütze, eine Armbanduhr mit eingebautem GPS-Empfänger, Lederhandschuhe mit eingebauten Magnetfäden und ein paar Knieschützer. Sein Kleidersack landete neben der ausladenden Waffentasche aus Prag hinter ihm auf dem Rücksitz seines nagelneuen Dienstwagens aus Rüsselsheim.

Obwohl Semtin ein ärgerlicher Flop gewesen war, hatte er die Ausrüstung aus der Prager Waffenkammer kurzerhand mit nach Deutschland genommen. Er fühlte sich beinahe gut bewaffnet. Doch die Niederlage in der Sprengstofffabrik klebte in seinen Erinnerungen wie Kerzenwachs auf Kleidung. Er durfte nicht noch einmal versagen. Croy wollte von nun an bis auf die *unmöglichste* Begegnung vorbereitet sein.

Seine Augen strichen über die Regale. Er sah technisches Gerät, das nur dann Erfolg versprach, wenn man selbst kein Schlappschwanz war.

»Was Bestimmtes?«, fragte ihn der Waffenwart mit schläfriger Stimme. Croys Augen blieben bei hübschen Totmachern und raffinierten Kletterhilfen hängen. Er zögerte noch.

»Gehen Sie alleine irgendwo rein oder mit einer Mannschaft?«

Croy sah ihn kurz prüfend an. Er sagte es ihm, vernebelte aber seinen Auftrag.

Der Beamte blickte so reglos wie die Sphinx.

»Einsatz dicht oder auf dem Meer?«, hakte er nach. Er wartete Croys Antwort gar nicht erst ab. »Wie wäre es mit dieser

Schnellfeuerharpune aus Titan? Formschön, scharf, aber nicht ganz billig. Sollten Sie heil wieder zurückbringen.« Die Sphinx lebte, Croy war amüsiert.

»Ich hatte nicht vor zu tauchen. Ich brauche was zum Schießen, zum Klettern und einen zuverlässigen Schutz vor Gasen. Und wenn's dunkel wird, etwas sehr Lichtempfindliches. Ich möchte noch sehen können, was andere nicht mehr sehen dürfen.«

»Ah«, bekam er zur Antwort. Der Beamte griff nun behände in die unterschiedlichsten Regale. Er legte dem Sonderermittler technisches Gerät auf den Tisch wie ein Krämer die Produkte seines Ladens: einen Heckler&Koch-Revolver mit sechs Magazinen, sechs Stäbe C4-Sprengstoff und als Initialsprengstoff Bleistyphnat, ein Schnellfeuergewehr G36 mit 250 Schuss Munition, zwei 50-Meter-Abseilrollen mit Karabinerhaken, Abstoppautomatik und Rückzugwinde, eine Brille mit eingebautem Nachtsichtgerät, umschaltbar auf Röntgenstrahlung, ein hochempfindliches Hand-GPS-Navigationsgerät und eine Atemschutzmaske mit eingebautem Giftgasfilter und Messer in verschiedenen Größen. Der Waffenwart sah ihn triumphierend an. Croy war beeindruckt, aber er schob die Messer beiseite. »Davon habe ich bereits ein besonders schönes Exemplar«, sagte er etwas steif. »Haben Sie noch etwas zum Schneiden oder Sägen? Möglichst leise, aber effektiv und mit ausreichender Akkuleistung?«

»Na sicher«, sagte die Sphinx mit glücklichem Lächeln.

Einen Moment später lagen eine Mikrokreissäge mit Elektroantrieb und vier Akkus vor ihm. Croy betastete ihre Metallzähne. Sie waren so scharf wie die diesjährige Miss World.

Würde er so ein Gerät wirklich brauchen können? Nach kurzer Überlegung entschied er sich dafür. Croy verstaute die gesamten Utensilien einschließlich Nebelgranaten in einem schwarzen Seesack, den ihm der Beamte schweigend über die

Theke schob. Der Ermittler unterschrieb mehrere Zettel, bedankte sich und verschwand durch die vergitterte Tür in den unterirdischen Gang.

»Und Sie brauchen wirklich diese niedliche Harpune nicht?«, rief ihm der Waffenwart hinterher.

Doch da war Croy schon im Aufzug in die Etagen darüber.

Auf dem Hof der Behörde startete er seinen Wagen und rollte durch die Innenstadt nach Norden in Richtung Autobahn davon. Kaum hatte er die A 19 in Richtung Rostock erreicht, klingelte sein Telefon. Sein Stellvertreter war am Apparat, der den neuesten Kenntnisstand referierte.

»Das Blatt Papier mit dem Wasserzeichen stammt aus einer Druckerei, die sich auf Schmuck- und Briefpapiere spezialisiert hat. Sie beliefert sämtliche Hotels in der Gegend und versieht ihre Produkte mit immer den gleichen Wasserzeichen. Zwei geschwungene Linien, die sich horizontal und vertikal kreuzen und Ähnlichkeiten mit religiöser Symbolik aufweisen.«

»Gut, gut«, drängte Croy unzufrieden. »Aber gibt es denn nichts Konkreteres? Habt ihr die Gästelisten der Hotels und Pensionen abgegrast?«

»An denen sind wir noch dran. Außerdem telefoniere ich gleich mit den Kollegen vom Verfassungsschutz. Mit Sicherheit halten die sich einen ganzen Schwung an V-Männern, die sich in der rechten Szene gut auskennen. Einer von denen kann uns garantiert weiterhelfen.«

»Informieren Sie vorher Kaltenborn. Und checken Sie einen möglichen V-Mann gründlich. Ich traue denen nicht.«

»Mach ich. Ich rufe Sie wieder an. Bis dann!«

Croy konnte sich nicht vorstellen, dass ein Erpresser unter seinem wahren Namen in einem Hotel abstieg. Das Risiko, aufgespürt zu werden, war viel zu groß.

So war es dann auch. Laut Kaltenborn war der Name

Sprock weder bei den Zimmervermittlungen noch in den Pensionen oder Hotels des Städtchens registriert.

Auch wenn es Croy zunächst schien, als sei seine Fahrt eine Reise ins Ungewisse, machte er sich auf den Weg. Für den Ermittler waren die Stadt und die Umgebung keine Fahrt in unbekanntes Terrain. Schließlich hatte er bereits vor Wochen mit den lokalen Sicherheitsbehörden die notwendigen Schutzmaßnahmen in der Verwaltung des Landratsamtes debattiert.

Bereits vier Kilometer vor dem Ortseingangsschild *Ostseebad Marienstrand* hatten Militärpatrouillen Sperren errichtet. Ihre Maschinenpistolen hielten sie dabei im Anschlag. Lediglich die Zufahrten zu den Einfamilien- und Wochenendhäusern, die sich vor dem Ort befanden, waren gegen Vorlage eines Passierscheines befahrbar. Die Luft hatte sich auf beinahe Frostgrenze abgekühlt.

Als Croys Wagen auf die Sperren zurollte, machten zwei Soldaten die Straße eng. Er stoppte. Wortfetzen von Befehlen und schnarrende Töne aus winzigen Funkgeräten drangen an sein Ohr; die Militärposten verlangten seinen Dienstausweis und forderten in herrischem Ton eine Erklärung, warum er hier sei. Weißer Atemdampf waberte aus ihren Mündern.

»Eine Ermittlung«, sagte Croy kurz und sah dabei so unbeteiligt wie nötig auf die martialisch anmutenden Männer.

Sie berieten sich und ließen ihn dann passieren. Je näher er dem Zentrum des Kurortes kam, umso lauter wurden die Geräusche jaulender Panzermotoren und gefräßiger Bagger. Pioniereinheiten errichteten hinter der beinahe zwei Meter hohen Sperrwand zur See eine weitere, etwas niedrigere Barriere, die sich mehr als einen Kilometer vor den Dünen auf dem Strand entlangzog. Er hörte das Klackern von Stiefeln, als Soldaten über gepflasterte Wege eilten. Trupps gepanzerter Fahrzeuge sicherten Waldwege, die Fußgängerpromenade und die angrenzenden Parkplätze ab. Ihre Reifen hatten die Rabatten aus winterharter Tuja und immergrünem Kirschlorbeer zerpflügt. Hubschrauber überflogen lärmend in Minutenabständen das gesamte Areal. An der Seebrücke, die mit ihren mehr als zweihundert Metern wie ein Laufsteg ins Meer hinausragte, hatte eine Fregatte der Bundeswehr festgemacht. Weiter draußen ankerten Barkassen der Wasserpolizei. Leichte Minensuchschiffe schickten Radarstrahlen in die Tiefe, um mögliche Unterwassergefahren auszumachen. Drei Tage vor dem offiziellen Beginn des meistgeschützten Politikertreffens der Welt war nicht nur der kleine Küstenort Marienstrand, sondern auch die weitere Umgebung zur *No-Human-Zone* erklärt worden.

Zwar hatte die ROK seit Monaten versucht, gegen das Treffen der reichsten Industrienationen mobil zu machen; doch jeder Protest würde an der großzügigen Sicherheitszone abprallen wie ein Tennisball an einer Steinmauer. Die militante Gegenbewegung war ohnehin schon seit Wochen von Zivilfahndern durchsetzt und von Informanten verseucht worden. Die Hoffnung der Demonstranten, wenigstens in Sichtweite der Politiker ihre Proteste mit Getöse zielgenau zu platzieren, war erst kürzlich zerstoben. In einem Eilverfahren hatte das Landgericht Rostock eine zwei Kilometer lange Bannmeile rund um das Seebad genehmigt. Die Regierungschefin hatte daraufhin persönlich im Justizministerium der mecklenburgischen Landeshauptstadt Schwerin angerufen und sich mit warmen Worten für diese Entscheidung bedankt.

Croy blieb etwa zwanzig Minuten in Marienstrand und sah sich gründlich um. Sodann fuhr er zurück nach Bad Doberan, zu einem Termin mit den örtlichen Ermittlungsbeamten. Sie hatten in den letzten Stunden versucht, Sprock und seinen weißen Lieferwagen aufzuspüren. Noch auf dem Weg dorthin erreichte ihn ein Anruf von Kaltenborn.

»Sagt Ihnen der Name Piet Sydow etwas?« Croy dachte kurz nach.

»Nein, nie gehört.«

»Er war in den Achtzigern der Kopf einer militärisch organisierten Neonazi-Gruppe. Er steht seit Jahren als V-Mann in den Diensten des Verfassungsschutzes. Treffen Sie sich mit ihm. Er hat Informationen, die uns weiterbringen. Er könnte am frühen Abend bei Ihnen sein.« Sie verabredeten einen Treffpunkt.

Was Kaltenborn da wieder einfädelte, gefiel dem Ermittler gar nicht. Schon der Ex-Stasi-Agent Storm hatte sich als unzuverlässig und rätselhaft entpuppt. Wo war er überhaupt abgeblieben? Was trieb er? Croy erwehrte sich nun schon zum wiederholten Male dem Gefühl, zwischen den Fronten zu operieren. Auf welche Seite gehörte Storm? War er gar ein Doppelagent wie Kamidou Saanigri, der in Casablanca sein, wie Croy urteilte, gerechtfertigtes Ende gefunden hatte? Für Menschen, die sich für eine Seite nicht entscheiden konnten, hatte er kein Mitleid.

In Gedanken sammelte er die Truppen, ordnete sie in Freunde und Feinde. Hier er, Kaltenborn und die CIA; dort Storm, mysteriöse Chinesen und der rechtsradikale Sprock. Und nun dieser V-Mann. Piet Sydow. Ein ehemaliger Nazi. Er sah auf die Uhr. 17 Uhr 35.

Bad Doberan war bereits in den Händen der Truppen des Bundesinnenministers und des Ministeriums für Verteidigung. Auf dem Weg zum örtlichen Kriminalkommissariat fragte er sich, wie viel der schwer verletzte Strachow inzwischen preisgegeben hatte. Es wurmte ihn, das Verhör mit dem BND-Verräter nicht selbst führen zu können. Solange Sprock ein Phantom blieb, brannte Croy auf Neuigkeiten von den beiden anderen Ermittlungsfronten. Wie weit war Talo wohl gekommen? Hatte er die Chinesen unter Kontrolle?

Mit entschlossener Miene betrat Croy das Polizeigebäude des Erholungskaffs. Seine beiden Gesprächspartner waren Männer um die vierzig, die sich offenbar zu wenig bewegten und vielleicht zu viel Bier tranken. Während sie vor Croy den mageren Stand ihrer Erkenntnisse referierten, legten beide die Hände liebevoll auf ihren Bäuchen ab.

8

Bad Doberan,
Bundesland Mecklenburg-Vorpommern,
kurz vor 18:00 Uhr

Piet Sydow umfuhr zunächst das Zentrum der Kurstadt und bog schließlich scharf in eine Kurve zum Stadtmarkt ein. Dort parkte er den Wagen, schlüpfte zwischen kleinen Verkaufsständen hindurch und sog den Duft von Käse, Oliven und geräuchertem Fisch ein. Von irgendwoher wehten kitschige Weihnachtsklänge heran. Eine Marktfrau mit geröteten Wangen bot Eier und frisches Geflügel an. Als er das Zentrum durchquert hatte, verlangsamte Sydow seine Schritte. Er war in Sichtweite des 70 Meter hohen Münsters angelangt. Die einstige Klosterkirche des Zisterzienserordens und der weit ausladende Kirchgarten standen einem düsteren Haufen von dunkelroten Ziegelgebäuden gegenüber, in denen einst die Mönche gewohnt hatten und die um mehrere Höfe herumgebaut waren. Die Wuchtigkeit des Bauwerks stand in krassem Gegensatz zum Klosterpark, in dem blätterlose Buchen wie Gespenster standen. Die vier stämmigen Bäume, die den Weg zum Tor des Münsters säumten, wirkten wie uralte Äbte vor ihrer Heimstatt.

Unter einem dieser Buchenbäume stand ein Mann, reckte

das Kinn und sah in die Luft. Seine Beine überkreuzten sich, der Mantel war hochgeschlossen und lastete ihm schwer auf den Schultern. Hell leuchteten seine Haare gegen die schmutziggraue, frostige Luft.

»Sind Sie Croy?«, rief Sydow, als er dichter heran war. Der andere Mann antwortete nicht und wartete ab, bis ihm Kaltenborns Empfehlung ins Gesicht sah. Dann streckte er seine Hand aus. Sydow griff erfreut zu.

Croy packte ihn blitzschnell und zog den V-Mann mit einem kräftigen Ruck dicht an sich heran. Croys Augen bohrten sich in die seines perplexen Gegenübers.

»Wer sind Sie, Sydow?«, fragte er. »Warum vertraut Ihnen das BKA?« Er wäre nicht der erste V-Mann, der in der Nazi-Szene Informationen einsammelte und sie meistbietend an Interessenten weiterverhökerte. Sogar an die Ausgespähten selbst, um deren Vertrauen zu festigen.

Sydow sah ihn kalt und schweigend an. Dass ihn das Bundeskriminalamt aus irgendeinem wichtigen Grunde dringend sprechen wollte, hatte ihn anfangs erschreckt. Zu vital waren noch immer die Erinnerungen an die Jagd der Behörde auf ihn und seine Gruppe.

»Ein Mann namens Kaltenborn sagte mir am Telefon, dass er meine Kenntnisse braucht. Er meinte, es ginge um Leben und Tod, und fügte noch an, dass er wisse, wovon er rede. Und dass ich unserem Land damit einen großen Dienst erweisen würde.« Sydows Gesicht war blass.

»Hat er das gesagt, ja?« Croy wunderte sich. Großer Dienst fürs Land. Der Lieblingssatz aller Sicherheitsbehörden, wenn es um die Verhinderung oder Ausspähung einer möglichen Gefährdung durch Dritte ging. Er hielt ihn für eine Phrase. Warum sagte ausgerechnet Kaltenborn solche Worte?

Sydow spürte jeden Atemzug, den Croy machte. Die Augen des Ermittlers waren jetzt zwei leuchtend blaue Kugeln aus

Stahl. Der V-Mann ging in die Offensive. Er fragte in schneidendem Ton zurück: »Es liegt was in der Luft, nicht wahr? Etwas, wofür ihr einen Verbindungsmann braucht, der exzellente Kontakte zur rechtsextremen Szene hat. Nur deshalb bin ich hier.«

Croy lockerte seinen Griff etwas. Er blieb dennoch auf Tuchfühlung mit ihm. Der Mann erschien ihm eine Spur zu dreist.

»Was sagen Ihnen die Weißen Ritter?«

Sydow tat, als denke er scharf nach. »Ein clever strukturiertes, ultrarechts gerichtetes Netzwerk«, sagte er schließlich. »Ließen vor zwei Jahren in einem anonymen Internet-Blog verlauten, dass sie sich aufgelöst hätten. In der Tat gab es seit diesem Zeitpunkt keine Aktionen mehr, die im Namen der Weißen Ritter geschahen. Allerdings tauchte bei Neonazi-Demonstrationen, Gedenkveranstaltungen für ehemalige Wehrmachtsgrößen oder auf Internetpamphleten immer wieder der Name einer ihrer geistigen Führer auf: Graf Paul von Sprock.«

Croy sah Sydow noch einmal durchdringend an, dann gab er dessen Hand frei. Während der V-Mann an ihr herumrieb, wechselte Croy seine Beinstellung. Dieser falsche und pathetische Patriotismus, dieses völkische und nationalistische Wortgeklingel – all das spülte in dem Sonderermittler einen gallebitteren Geschmack hoch.

Der V-Mann sagte, noch etwas gestresst: »Wir sind ihm seit langem auf den Fersen, aber können ihm keine direkten Tatbeteiligungen, beispielsweise an Ausschreitungen, nachweisen. Sprock ist seit Jahren der Ideengeber einer immer stärker werdenden nationalkonservativen Sammelbewegung, die sich von Deutschland über Westeuropa nach Russland bis zum asiatischen Raum vorgearbeitet hat.«

»Wer ist *wir*?«

»Ich arbeite für den Kölner Verfassungsschutz. Mein Standort ist Berlin.«

Croy nickte leicht und blieb misstrauisch. Er langte in seine Tasche und zog den Erpresserbrief heraus. »Lesen Sie ihn.«

Sydows Augen rannten über das Blatt und kommentierten den Inhalt mit ungläubigem Staunen. Dann sagte er: »Brandgefährlicher Mann.«

Croy sah ihn entgeistert an. »Mehr haben Sie mir nicht zu sagen?«

Sydow fröstelte. »Sprock tut hier so, als sei das Gipfeltreffen eine Art spätkapitalistische Weltverschwörung. Er glaubt, sein Angriff werde die Welt vor dem Untergang bewahren. Deshalb diese dreisten Drohungen. Geldgierig scheint er obendrein zu sein ...«

»Er will Giftgas einsetzen, wenn wir seine Forderungen nicht erfüllen«, kollerte Croy in seine Richtung.

Sydow gab sich entsetzt. »*Was* will er?«

»Sie haben richtig gehört. Trauen Sie ihm das zu?« Sydow sah jetzt nachdenklich aus.

»Sprock sieht sich als eine Art Führer, und wozu Führer fähig sind, wissen wir nicht nur von Hitler und Saddam.«

»Können Sie sich erklären, warum Sprock nicht schon früher verhaftet worden ist? Eine Anzeige wegen Volksverhetzung hätte genügt.«

»Weil er von niemandem angezeigt worden ist. Wo kein Kläger, da kein Richter.«

»Und was ist mit Ihnen, Sydow? Warum haben Sie all die Jahre gezögert, Ihr Wissen über Sprock an die Staatsanwaltschaft weiterzugeben?«

Sydow strich mit den Händen beinahe liebevoll über die alte Rinde eines Buchenbaumes. Croy blickte dabei auf Sydows Profil. Er sah auffallend lange, beinahe feminin wirkende Wimpern, eine Ausbeulung wie von einer genähten Fleischwunde oberhalb seines Wangenknochens und eine feine Narbe, die von seinem rechten Ohr bis zum Mundwinkel verlief. Die Kaumuskeln des V-Mannes arbeiteten. Zögernd sagte er: »Es hat vielleicht etwas mit meiner Erziehung und meiner eigenen Vergangenheit zu tun. Ich bin unter Nationalsozialisten aufgewachsen. Mein Großvater war Studienrat, mein Vater Mitbegründer der Deutschen Volksunion. Ich selbst stand jahrelang an der Spitze der Wikingjugend, war im engsten Zirkel der Wehrsportgruppe Hoffmann. Sprock ist vermutlich ein Schwein, das stimmt. Aber er hat selbst nie jemanden angegriffen, geschweige denn verletzt …«

Croy dröhnten die Ohren. »Wo liegen seine Schwachstellen? Wo kriegen wir ihn zu packen?«

»Darf ich Ihnen zunächst eine Gegenfrage stellen?«

Croy brummte irgendwas.

»Was wissen *Sie* bisher über Sprock?«

Croy sagte es ihm.

»Wussten Sie auch, dass sich Spread, er *und* Rumpf aus Kindertagen kannten?«

Croys Augenbrauen schnellten empor.

»Wir glaubten bisher, dass es nur das Freundschaftsduo Heinrich Franzen und Maximilian von Sprock gab.«

»Es waren vier«, sagte Sydow.

»Wie bitte?«

»Maximilian Graf von Sprock, Heinrich Franzen, Ludwig Rumpf und mein Großvater. Friedrich Sydow. Alle vier waren Mitglieder der Waffen-SS. Ihre Dienstgrade reichten vom Hauptscharführer bis zum Obersturmführer. Goebbels kannte die Männer aus dem Umfeld Himmlers, dem Reichsführer SS und Chef der Deutschen Polizei im Reichsministerium des Innern.«

Sydow sah an Croy vorbei auf das völlig lichtlose evangelische Münster, das mit seinen beiden unterschiedlich hohen

Türmen, dem ausladenden Hauptschiff und den später angesetzten Nebengelassen wie das Modell eines unentschlossenen Architekten wirkte. Ihn durchströmte etwas Warmes. Gleichzeitig fror er immer stärker. Und das lag nicht nur an den niedrigen Temperaturen.

»Wir waren übrigens auch überrascht, als wir auf Rumpfs Nähe zu rechtsextremen Gruppen stießen«, sagte Sydow weiter.

»Seit wann wussten Sie über dessen *akzentuierte* Freizeitinteressen Bescheid?«, fragte Croy. Ihm wirbelten die gehörten Informationen ungeordnet im Kopf herum.

»Seit ich den Tipp bekam, dass die Bundesregierung ein ganz großes Ding plant und dafür Thomas Gordon Spread beschäftigte.«

»Und warum schwiegen Sie?«

Sydow antwortete ungehalten. »Rumpf war einundsechzig, ein vertrauenswürdiger Beamter im Auswärtigen Amt. Ihm blieben nur noch vier Jahre bis zu seinem Ruhestand. Ich glaube, man sollte Rücksicht auf seine Verdienste nehmen.«

Croy stießen die Worte Sydows bitter auf. Aber es war nicht der Zeitpunkt darüber zu streiten, was schwerer wog: eine staatsfeindliche Gesinnung oder Verdienste fürs Vaterland.

»Wissen Sie, wo sich Sprock aufhält?«

»Ich könnte mir vorstellen, dass er hier ganz in der Nähe ist. Quasi vor unseren und den Tausenden Augen der Sicherheitsbeamten. Kommen Sie«, sagte Sydow jetzt leichthin, »verlassen wir diesen feuchten Ort und wärmen uns irgendwo auf. Ich möchte Ihnen etwas über ein Haus namens Morgenrot erzählen. Doch vorher brauche ich einen Drink und einen Happen zu essen.«

Auch Croys Mund war über das Gespräch trocken geworden. Und Hunger hatte er schon den ganzen Tag. Doch ihm lief die Zeit davon, und er spürte es. Schweigend machten sie sich auf den Weg zurück in das Zentrum des Städtchens. Weithin sichtbar hatten sich die Abwehreinheiten aus Polizei und Militär auf den Plätzen und Straßen mit ihrer rollenden Technik breit gemacht. Die Bundeskanzlerin und ihre Gäste, das wusste Croy, würden spätestens morgen hier eintreffen. Der Countdown war längst zum Showdown geworden.

In der Abendbeleuchtung war der Vorgarten des Bad Doberaner Lokals *Kamp* ein reizendes Fleckchen. Der gelbe Kegel einer Laterne fiel auf einen kräftigen Eibenbusch mit blauen Beeren, der wie ein Wächter vor den Vorderfenstern der kleinen Pension stand. Um ihn herum bildeten Farne und üppig dicke Moospolster einen runden Teppich. Zwei Spatzen saßen auf den feinen Spitzen der Eibe und schwangen im Küstenwind leise mit.

Durch die vorderen Scheiben des Lokals war zu erkennen, wie Markus Croy auf ein Gegenüber einredete, das nicht zu sehen war. Innen war es stickig und heiß, das Holz im Kamin war bereits gut durchgebrannt. Aus der Küche wehten die Takte seichter Popmusik in den Gastraum hinein. Der Tisch neben den beiden Männern war unbesetzt.

Croy sah jetzt aus dem Fenster auf die beiden Spatzen, die auf dem Zweig der Eibe aufgeregt umherhüpften. Sydow war soeben angerufen worden und gestikulierte mit seiner freien Hand in einer Ecke des Lokals, während er leise, aber mit angespanntem Gesichtsausdruck in den Hörer sprach. Als er an den Tisch zurückkehrte, sah er müde aus.

Der V-Mann setzte sich wieder und schwieg einen Moment lang. Dann sagte er: »Ich bitte Sie, mir jetzt gut zuzuhören. Die Geschichte von Haus Morgenrot ist spannend, aber auch komplex.«

Croy sah sein Gegenüber aufmerksam an. Er fühlte sich immer dann am besten informiert, wenn sich jemand die Mühe machte, Zusammenhänge auch schlüssig zu erklären.

»Als Marienstrand im vergangenen Jahr den Zuschlag für die Abhaltung des G8-Gipfels erhielt, erweckten die Veranstalter auch das ehemalige Kurheim Haus Morgenrot aus seinem Dornröschenschlaf. Bei der allerersten Durchleuchtung der Geheimdienste und der Vorauskommandos der Regierungen Mitte dieses Jahres waren Semjonows Berater und die Männer der Kreml-Security von der Ruine hoch entzückt. Sie baten darum, hier den russischen Präsidenten und seine Begleitung einquartieren zu dürfen.«

Croy nickte. »Ich hörte und las davon«, sagte er. »Berlin zeigte sich sehr großzügig. In nicht einmal drei Monaten Bauzeit entstand ein Schmuckstück, das die lächerliche Renovierungssumme von fünf Millionen Euro verschlang.«

»Knappe Zeit braucht eben flinkes Tun«, ergänzte Sydow. »Doch was niemand wusste oder wissen wollte: Das Haus war zwischen 1934 und 1936 die Sommerresidenz von Hitlers Propagandaminister Josef Goebbels. Vier Männer waren damals seine ständigen Begleiter: Maximilian Graf von Sprock, Heinrich Franzen, Ludwig Rumpf und mein Großvater Friedrich Sydow. Aus Tagebuchaufzeichnungen geht hervor, dass sie mit Goebbels im oder am Strand vor Haus Morgenrot Redemanuskripte für seine Vorträge entwarfen und diese, beseelt von Wein, mit besonders deftigen Schlagworten nationalsozialistischer Propaganda füllten. Doch das war nicht ihr einziges Hobby. Zusammen konstruierten sie mit dem Champagner- und Weinliebhaber Goebbels einen raffinierten Weinkeller, der, einer Katakombe gleich, dem Sturm eines jeden Kriegsangriffs trotzen und als Lager für bessere Zeiten dienen sollte. Doch im Gegensatz zu den Nachbarvillen verfiel Haus Morgenrot später zu einer Ruine.«

Croys Kaumuskeln mahlten. »Und wohin soll dieser Geschichtsausflug führen?«

»Vielleicht hätte die Regierung bei der Renovierung nicht so schnell sein sollen«, sagte Sydow. Croys Gesicht war ein einziges Fragezeichen. »Offenbar sind den Architekten, Restaurateuren, Maurern, Zimmerleuten, Elektrikern und Klempnern die unterschiedlichen Mauersteine an einer Wand des Kellers nicht aufgefallen. Vielleicht waren sie nicht feucht. Also überputzte man sie in einem Schwung mit den anderen Wänden. Doch hinter diesen Mauersteinen führt ein Gang hinunter in das labyrinthartige Weindepot, das übrigens von einem Schacht gut durchlüftet wird, der ins Freie führt.«

»Warum betonen Sie die Konstruktion des Weinkellers so auffällig? Was hat es damit auf sich?«, fragte Croy drängend.

Sydow sah auf die dampfende Tasse Tee vor sich. Er sprach weiter. »Außer Spread kannte sich jeder der drei Söhne in dem Geheimgang gut aus. Die Familien Sprock, Rumpf und mein Großvater hielten auch nach dem Krieg den Kontakt zu ehemaligen Angehörigen der Wehrmacht in ganz Deutschland. Noch in den späten Vierzigerjahren traf man sich gern in Haus Morgenrot und feierte Familienfeste fast so wie in alten Zeiten. Paul, Stefan und meinen Vater quälte oft die Langeweile. Sie spielten deshalb in der Weinkatakombe Verstecken. Ein ganz besonderer Kick, denn von einem Hauptraum führen kleine Nebengänge ab, die sich selbst auch wieder verzweigen. In jedem dieser Nebengelasse war Wein aus verschiedenen Jahrgängen in Regalen abgelegt und nummeriert.«

»Wie erfuhren *Sie* davon? Sie dürften damals noch nicht gelebt haben.«

»Mein Vater erzählte oft davon. Doch ab den späten Fünfzigerjahren reiste er nicht mehr in die DDR und kam somit auch nicht wieder nach Marienstrand zurück.«

»Und warum glauben Sie, existiert das Labyrinth heute noch?«

»Sprock besaß ein ständiges Einreisevisum in die DDR. Er machte mit der DDR-Regierung Geschäfte. Düngemittel,

Schädlingsbekämpfungsmittel, dieses Zeug eben. Die Villa stand nach dem Krieg immer leer. Und ich bin fast sicher, dass er hier öfter war und noch immer Freunde oder Bekannte im Ort hat.«

»Wieso kamen Sie nicht früher auf die Umtriebe des Grafen?«

»Weil mein Einsatzgebiet Westdeutschland und nicht die DDR war. Mein MfS-Führungsoffizier war nicht auf Informationen aus dem Osten, sondern aus dem Westen scharf.«

»Ich weiß nicht, ob ich Ihnen trauen soll.« Der BKA-Ermittler hatte sich jetzt in seinem Stuhl zurückgelehnt und hielt dabei die Arme verschränkt.

»Diese Entscheidung muss ich Ihnen überlassen. Sie haben eigentlich keine andere Wahl. Ihnen bleibt viel zu wenig Zeit, um eigene Ermittlungen anzustellen, die Sie am Ende doch zu diesem Labyrinth führen.«

Croy gab ihm innerlich Recht. Doch seine Zweifel blieben.

»Ich denke, dass sich Sprock in seinem Versteck in Sicherheit wiegt«, sagte Sydow. »Er weiß zwar, wer ich bin, doch gehört hat er von mir schon seit Jahren nicht mehr. Es passt zu Sprock, dort zu sein, wo sich die Ratten am wohlsten fühlen. Rechtsradikale sind eine Spezies, die sich feige im Schutz der Dunkelheit und der unzugänglichen Tiefe tummelt, um zum großen Fressen unbemerkt an die Oberfläche zu kommen. Ich weiß, wovon ich rede.«

»Waren Sie auch eine feige Ratte?« Ehe Sydow zurückschnappen konnte, klingelte Croys Videotelefon. Storm war am Apparat und auf dem kleinen Schirm. Der BKA-Ermittler verließ überrascht den Gastraum und stellte sich vor die Tür. Irgendetwas schnürte ihm gerade die Luft ab.

»Wo sind *Sie* denn?«, fragte er in nicht gerade nettem Ton. Bei Storm verstand er keinen Spaß mehr. Croy fühlte sich schlichtweg hinters Licht geführt.

»Ich sitze in Hamburg bei einem Friseur, lieber Herr Croy. Ich kam eben mit dem ICE hier an. Entschuldigen Sie mein langes Schweigen, aber ich habe etwas gekränkelt.«

»Soso, kränkeln und dann beim Friseur«, schnarrte Croy dazwischen. »Dann werden Sie uns wohl auch in den nächsten Stunden kaum dienlich sein, nehme ich an.«

»Ich bedaure«, sagte Storm und sah mit treuem Blick aus dem Videoschirm auf Croy.

»Ich darf dennoch meine Verwunderung darüber ausdrücken, was Sie bislang für uns geleistet haben«, sagte Croy gestelzt. »Kaltenborn versprach sich sicher mehr von Ihnen. Bei allem Respekt, Storm: Aber das war alles *nichts.*« In Gedanken spuckte er wütend aus. Doch Storms Miene veränderte sich nicht einen Millimeter. Seelenruhig blickte er in seine Kamera. Im Hintergrund sah Croy zwei große Spiegel. Das Geschäft schien ansonsten leer zu sein.

»Welchen Eindruck Sie auch immer von mir haben, lieber Herr Croy: *Sie* müssen damit leben, nicht ich. Ich wünsche Ihnen Glück.« Der Bildschirm erlosch augenblicklich, das Display war kurz schwarz, dann blendete das Menüfenster auf. Das Telefon fragte: *Videodatei speichern?* Croy drückte auf *Nein.*

Während sich Storm die Haare im Nacken kürzen ließ, studierte Kong, der mit ihm von Frankfurt aus angereist war, die aktuelle Ausgabe der *International Herald Tribune* im nahen Bahnhofslokal bei einem Bier und fünf Zigaretten. Die Zeiten, als er noch in der Bonner Botschaft tätig gewesen war, hatten ihre Spuren in Kongs Genusswelt hinterlassen.

Ganz ungeniert spuckte Croy jetzt doch noch auf den Boden. Dieser Kerl, dachte er, ist nichts als ein verdammter Wichtigtuer. Eben wollte er an seinen Platz zurückkehren, als sein

Telefon erneut klingelte. Er klappte es auf. Talo war auf dem Schirm.

Die Stimme des CIA-Agenten war mit einem scharfen Rauschen unterlegt. Es klang, als säße er neben einem Ventilator von der Größe eines Hubschrauberrotors. Seine Stimme kämpfte hörbar gegen den Lärm an. Croy sah im Hintergrund grünliche Armaturen und harte Kanten.

»Unsere Mandanten sind auf dem Weg nach Marienstrand«, meldete Talo. »Es sind fünf. Ich bin ihnen dicht auf den Fersen.« Weiße Punkte störten das Bild, es rutschte manchmal etwas zur Seite oder verzerrte die Gesichtszüge des CIA-Agenten.

»Ich verstehe Sie schlecht, Vincent. Was ist das für ein Lärm?«

»Ich sitze in einem Hummer Five, vollgestopft mit Mikrowellengeräten für Sprachortung. Leider sind die Motoren dieser Kampftrucks etwas rau.« Talo drehte sein Videotelefon in den Innenraum des Trucks. Die Kamera zeigte Bilder wie aus einem Bunker mit militärischen Instrumentarien.

»Und was planen sie?«, fragte Croy. Er hatte das Telefon zugeklappt und presste es wegen der schlechten Übermittlungsqualität an sein Ohr.

»Sie reden übers Kochen, über Frauen, über Geld. Vielleicht ahnen sie, beschattet zu werden. Aber das wundert mich nicht. Unsere fernöstlichen Mandanten kommen mit dem Misstrauens-Gen auf die Welt.«

»Und was hat Kaltenborn aus Strachow herausgeholt? Stecken unsere Mandanten mit in der Verschwörung gegen Rumpf und Trias?«

»Ja, zum Teil kamen die Anweisungen wohl aus Peking und New York. Kaltenborns Protokoll über das Verhör liest sich in weiten Teilen wie ein Politthriller. Auch Ihr Freund Michael Storm taucht darin auf.«

Schon wieder dieser verdammte Name, dachte Croy. »Auf welcher Seite steht er?«

»Völlig unklar. Mal wird er von BND-Agenten in der Slowakei zusammengeschlagen, mal vermutet ihn Strachow in Prag und Peking. Sehr merkwürdig.«

Croy sagte nichts darauf. Wenn Storm mit gezinkten Karten spielte, so würde ihn das nicht wundern. »Und der Name Gabriela Malichova? Hat Strachow den erwähnt?«

»Ja, angeblich hatte oder hat Storm mit ihr eine Liaison.«

»Scheißkerl«, entfuhr es Croy. Jetzt wusste er, warum sie so auffällig nach Minze und Thymian gerochen hatte.

»Wie bitte? Was sagten Sie gerade?«

»Nichts, sprechen Sie weiter, Vinc.«

»Das ist vorerst alles. Wie dicht sind Sie inzwischen Sprock auf den Fersen?«

»So dicht, dass er sich fürchten sollte. Ich weiß seit etwa einer halben Stunde, wo er sich mutmaßlich aufhält.«

»Wann nehmen Sie ihn hoch?«

»Ginge es nach mir, heute Abend noch. Doch die Amtsrichter schlafen schon.«

»Wir würden …«

»Ich weiß, Vincent. Ihr in Amerika würdet reinpoltern, jeden umlegen und erst dann den Untersuchungsrichter anrufen.«

Talo schwieg einen Moment. Croy übernahm. »Zwar ist die Strafprozessordnung in Deutschland eng gestrickt, aber bei Gefahr im Verzug geht's auch hier ohne richterliche Anordnung.« Er hielt sich selbst nicht für einen Zögerer. Aber wenn das Gefühl in ihm erwachte, dass etwas nicht ganz rund lief, schenkte er diesen Empfindungen Glauben. Ein Draufgänger war er nicht. Doch hatte er eine Wahl? Bis zum Ablauf des Ultimatums um 14 Uhr deutscher Zeit blieben ihm noch etwas mehr als fünfzehn Stunden.

»Ich werde ihn um zwei Uhr hochnehmen.«

»Das ist eine gute Zeit. Die Phase, in der Menschen am unaufmerksamsten sind. Gott mit Ihnen, Markus.«

»Danke, Vincent. Wer an Gott glaubt, muss auch mit dem Teufel rechnen.«

»Eben«, antwortete Talo und legte auf.

Zurück im Lokal bat Croy den V-Mann um eine detaillierte Beschreibung des Weindepots.

Dann gab er kurzerhand die Rolle des müden Ermittlers. Sydow nickte verständnisvoll und verließ das Lokal. Die beiden Spatzen waren schon längst aus der Eibe davongeflogen.

Zur gleichen Zeit bestiegen Michael Storm und General Kong von Hamburg aus den Regionalexpress nach Rostock. Es war 22 Uhr 46.

9

Berlin-Mitte,
Wohnung der Bundeskanzlerin,
zur gleichen Zeit

Von außen gesehen machte das Wohnhaus des Ehepaars Sprado in der Nähe des von Touristen bevölkerten Hackeschen Marktes und unweit des romantischen Monbijou-Parks einen ordentlichen Eindruck. Der Putz war gestrichen, der Stuck restauriert worden. Das Haus war seit einigen Wochen vollständig in der Hand von Sicherheitsbeamten. Kameras und Bewegungssensoren überwachten den Eingang und die Zufahrt des Hauses. Zäune aus Metallplatten und Stacheldraht umschlossen weitläufig den Zugang des Hauses wie ein lebensfeindlicher Kokon. Alle vier Stunden wechselten die Polizeibeamten und Spezialkräfte des Berliner Innenministeriums ihre Männer aus. Die Strategie war klar: Je unverhohlener die Zurschaustellung von Staatsmacht und Staatsschutz, umso wahrnehmbarer die Eindeutigkeit der Haltung gegenüber Provokation oder gar Angriffen. Die verbalen Attacken der Außerparlamentarischen Opposition und die Aktionen ihrer teils gewaltbereiten Anhänger schürten ein Klima aus Misstrauen, Verfolgungswahn und Abwehr. Seit Tagen sah das Ehepaar Sprado auf Protestplakate und Transparente, auf denen unverhohlen die Ablösung der Bundesregierung gefordert wurde und eine feindselige Haltung gegenüber dem G8-Treffen zum Ausdruck kam.

Die Demonstranten hatten sich zwar in sicherem Abstand von den Polizeiwächtern aufgebaut; aber nur wer erblindet war, übersah die in Worte gefasste Gegenwehr, die wie Aufschreie der zumeist jugendlichen Kritiker klang.

Die Sprados saßen noch zu später Stunde bei Tisch. Es war ihr letzter gemeinsamer Abend, bevor ihr Tross am morgigen Samstag in aller Früh nach Marienstrand aufbrach.

Der Mann der Kanzlerin war Physiker. Seit seine Frau und ihre Partei die Wahlen gewonnen hatten, traute er sich nicht mehr, seinen Anzug auszuziehen, bevor sie zu Bett gingen. Zu oft passierte es, dass Referenten der Kanzlerin zu später Stunde die gemeinsame Privatheit durchbrachen, weil es angeblich bedeutende Gründe dafür gab. Selbst ihre beiden erwachsenen Kinder waren in Rollen geschlüpft, die sie freiwillig so nie übernommen hätten.

Heute Abend steckte er in einem beigefarbenen Anzug mit braunen Strümpfen und blauem Oberhemd. Wenigstens den obersten Knopf hatte er geöffnet. Seine Frau trug ein austernfarbenes Kostüm mit grauem Pelzbesatz an Ärmeln, Kragen und Saum. Ihre Hand schnippte gerade versehentlich Asche zwischen das Porzellangeschirr. Eigentlich rauchte sie nicht mehr; doch die Aufregungen der letzten Wochen hatten für einen eklatanten Rückfall gesorgt. Sie war bereits bei ihrer zweiten Schachtel *Shephard's Hotel* angekommen, und noch immer lag die gemeinsame Bettruhe in einiger Ferne. Der Physiker hasste Zigaretten, aber er liebte seine Frau.

Ihre Köchin, eine Frau in mittleren Jahren mit hell gefärbten Haaren und einer Schürze um die Hüften, hatte einen ganzen Zander zubereitet und dazu ein Gemüse aus Möhrenspitzen, Lauch, Knoblauch und gehackten Nüssen serviert. Gerade brachte sie ein Kännchen mit zerlassener Butter, als die Bundeskanzlerin zu ihrem Mann sagte: »Man müsste die Geheimdienste auflösen. Ich habe zwar noch nicht das vollständige Protokoll des Verhörs mit dem BND-Agenten Hans Strachow gelesen; aber das, was ich weiß, bringt mich enorm in Rage und zu eben jenem Schluss. Offenbar macht mancher Beamte in diesem Land, wozu *er* Lust hat.« Die Kanzlerin sah zornbebend auf den toten Fisch. Die Köchin verließ still den Raum. Die Tür ließ sie dabei einen Spaltbreit offen.

»Einen besonders effektiven Eindruck hinterlassen sie nicht«, haute ihr Mann in dieselbe Kerbe. »Wo bleiben nach den Tausenden von Drohbriefen die Analysen über Gefahrenpotenziale aus Russland, der Ukraine, Weißrussland? Wenn du nicht mal vom Verfassungsschutz über die Militanz der ROK ausreichend informiert warst, fürchte ich, dass quasi jederzeit ohne dein Wissen weitere Gewaltaktionen vorbereitet werden, die dich eiskalt erwischen. Geschweige denn der Anschlag auf Stefan Rumpf. Hinnehmbar ist das jedenfalls nicht.« Die Stimmung am Tisch schaukelte sich hoch.

Die Kanzlerin stach wütend in ihren Fisch. Ungeduldig fummelte sie eine Gräte von ihrer Gabel. Endlich war sie zwischen ihren Fingern.

»Und wenn ich an den BND denke, an diese Schlangengrube, in der die Kontrollorgane nicht das Wort wert sind, was es bedeutet …«

»Richtig, richtig«, sagte ihr Mann. »Man könnte fast glauben, da herrscht Absicht vor. Will man dich schwächen, mit Absicht gegen eine Wand laufen lassen? Will man dich vielleicht politisch straucheln sehen?«

Das Gesicht der Kanzlerin wurde jetzt feuerrot. »*So* habe ich das noch gar nicht gesehen!«, sagte sie scharf.

»Das solltest du aber«, antwortete ihr Mann ungerührt. Er warf ein Möhrenstück in den Mund.

»Weißt du«, sagte sie einen Moment später in etwas ruhigerem Ton, »der Bund und die Länder geben für die einzelnen Landesämter und für das Bundesamt für Verfassungsschutz, den Bundesnachrichtendienst und die ihnen angeschlossenen Kontroll- und Aufsichtsgremien jedes Jahr Milliarden an Euro aus. Ganz zu schweigen vom Militärischen Abschirmdienst, der aus dem Etat des Verteidigungshaushalts bezahlt wird …«

»Und«, hustete ihr Mann aufgrund einer verqueren Gräte im Hals über den Tisch, »vergiss die Spezialeinheiten der Bundespolizei nicht …«

»Also haben wir insgesamt zig Tausende Männer und Frauen unter Sold, die im Spionagedienst stehen. Wer weiß schon, wie viele abtrünnige Agenten und andere faule Eier darunter sind. Offen gesagt, müsste man sie alle in die Wüste schicken.«

Die Kanzlerin hatte ein Stück Knoblauch erspäht. Sie stach hinein. »Mhhh, lecker«, gurrte sie. »Doch das geht natürlich nicht.« Ihre Augen funkelten noch immer.

»Nein, das geht nicht«, nickte ihr Mann. »Aber als Physiker sage ich dir …« – sie sah genervt zu ihm auf –, »jedes System besteht aus einer Vielzahl an Teilchen. Für den einen Betrachter mögen sie chaotisch hin- und herfliegen, ein anderer erkennt darin eine Ordnung. Doch ohne einen inneren

Kern, um den sich die Teilchen bewegen, würde jedes System auseinanderfliegen und wäre unnütz. Was wäre denn, wenn du die Geheimdienste neu ordnest?«

»Puh«, stöhnte sie, »redest du etwa von einer *Reform?* Ich kann dieses Wort nicht mehr hören ...«

»Bezeichne es, wie du willst. Lege die sechzehn Verfassungsschutzämter zu einem zentralen Inlandsgeheimdienst zusammen, schließe den BND als Auslandsgeheimdienst mit an und gründe eine Art Zentrale, in der alle Aktivitäten überschaubar sind.«

»So war das DDR-Ministerium für Staatssicherheit organisiert«, murmelte sie. Die Kanzlerin sah an ihrem Mann vorbei aus dem Fenster auf die hell erleuchtete Kuppel des Museums für Ur- und Frühgeschichte.

»Es war effektiv, wie wir alle wissen«, sagte er.

»Das würden die Amerikaner niemals verstehen«, antwortete sie. Ihr entglitt eine Möhrenspitze, die sie geschickt aus der Zanderpampe fischte. »Aber ganz unrecht hast du nicht. Der Job des Geheimdienstkoordinators wird jedenfalls seit Jahren nicht mehr so ausgefüllt wie erwartet. Eigentlich müsste es in der Tat so etwas wie ein Geheimdienstministerium geben, das als Kopf dieser Medusa fungiert. Eine Art Nationale Sicherheitsagentur.«

Ihr Mann nickte freudig. »So könnte es besser laufen. Und ich habe eine Idee: Du nennst sie NAST. Klingt griffig und kräftig – und nasty.« Lydia Sprado warf einen raschen Blick auf ihren Mann und kicherte dann.

»Carl Rubens werde ich ablösen«, setzte sie einen drauf. »Er hat als BND-Chef nie getaugt ...« Sie hielt inne, lachte jetzt etwas schrill. »Sie werden mich alle lynchen. Du glaubst ja gar nicht, wie ungern sich amtlich bestallte Schnüffler auf die Finger sehen lassen. Aber wie wir durch das Verhör des BKA von Agent Strachow mittlerweile wissen ...«

Die Köchin unterbrach ihr Gespräch. Sie hielt ein Telefon in der Hand.

»Für Sie.« Lydia Sprado nickte. »Danke, Theresa.« Die Köchin trat einen Schritt zurück. Konrad Kaltenborn war am Apparat.

»Was gibt's so spät am Abend?«, fragte sie einen Tick zu herrisch. Ihr Mann verzog das Gesicht.

»Wir haben ein schwer wiegendes Problem, Frau Bundeskanzlerin.« Ehe der BKA-Vize weitersprechen konnte, fuhr sie dazwischen.

»Die letzten Wochen waren ein einziges, schwer wiegendes Problem, Herr Kaltenborn!«

»Ich kann ja Ihre Erregung verstehen, doch ...« Weiter kam er nicht.

»Halt!«, fuhr sie ihn an. Sie warf ihre Gabel aus der Hand, die klirrend auf ihrem Teller aufschlug. Fischsauce spritzte über den Tisch. Sie sprach jetzt laut, ihre Stimme bebte. Der Physiker zog den Kopf ein.

»Wir haben es geschafft, mit unseren amerikanischen und russischen Freunden den vielleicht bedeutendsten Vertragsabschluss der vergangenen Jahrzehnte, wenn nicht gar des Jahrhunderts auszuhandeln. Es mussten dafür Menschen sterben! Keine unserer aufgeblasenen Sicherheitsbehörden schaffte es, diese Tragödien zu verhindern. Und unsere Polizei scheint gegen die aufflammende Gewalt auf den Straßen kein Rezept zu haben. Wollen Sie mir jetzt etwa mit weiteren Problemen kommen?« Sie hielt inne und schnaufte böse in den Hörer.

Kaltenborn unterdrückte eine wütende Entgegnung. Er riss sich zusammen und sagte: »Ja, das werde ich. Es gibt eine ernst zu nehmende Gefahrenlage für den G8-Gipfel. Wir haben eine Bombendrohung erhalten. Die Erpresser verlangen sehr viel Geld und kündigten an, den Tagungsort mit Giftgas zu beschießen. Ich denke, das sollten Sie wissen.« Lydia Sprado schluckte. Ihre Augen waren jetzt so geweitet, als sehe sie eine Erscheinung aus dem Jenseits.

»Wer … wer …«, stammelte sie.

»Sie meinen, wer die sind?«, fragte Kaltenborn souverän. »Briefeschreiber aus dem rechten Spektrum. Wir halten es für das Klügste, uns eng mit Ihrem Kanzleramtsminister abzustimmen. Wir wollen Sie nicht über die Maßen damit belasten, Frau Bundeskanzlerin.« Lydia Sprado war noch so außer sich, dass auch ihre nächste Frage wie das Stammeln eines kleinen Kindes klang.

»Und was … was …«

»Sie meinen, was wir gerade tun? Noch sind es nur Drohbriefe, die wir auswerten. Allerdings haben wir alle Sicherheitskräfte zusammengezogen, um auf das Schlimmste vorbereitet zu sein.«

Die Kanzlerin hatte sich wieder im Griff. »Kann denn das Treffen unter diesen Voraussetzungen überhaupt stattfinden?«

Kaltenborn ließ sich einen Moment Zeit. Er nutzte gerne winzige Gesprächspausen als dramaturgisches Mittel.

»Wir, die CIA und die Vertreter des Secret Service sind der Meinung: ja. Wir sind den Bombenlegern sehr dicht auf den Fersen. Natürlich bleibt ein gewisses Restrisiko …«

Die Kanzlerin verlor erneut die Contenance. »*Restrisiko*? *Wer* bestimmt, *was* ein *Restrisiko* ist?«

Kaltenborn ging auf die Frage nicht ein. Die Antwort würde nur eine weitere Frage nach sich ziehen. Stattdessen sagte er: »Ich möchte Sie bitten, die höchste Sicherheitsstufe nicht erst für morgen, sondern schon heute Abend auszulösen. So verschaffen wir uns die nötigen menschenfreien Korridore, um unbescholtene Bürger nicht unnötig mit unseren nicht ganz zimperlichen Maßnahmen zu behelligen.«

Die Kanzlerin hustete ihm ein »Ja« zu und Kaltenborn legte auf.

Als Lydia Sprado das Telefon beiseitelegte, war ihr der Appetit aufs Essen gründlich vergangen. Sie sagte zu ihrem Mann mit eiskalter Stimme: »Wieder erfahre ich erst von einer Gefährdung, wenn sie schon real vorhanden ist und vielleicht sogar hochrangige Persönlichkeiten in Gefahr sind. Ich werde gleich nach dem Wochenende einen Referentenentwurf für die Neuordnung der Geheimdienste veranlassen.«

Die Köchin war nicht zufällig Zeugin des Gesprächs der Bundeskanzlerin geworden. Zurück in ihrer Küche griff sie nach ihrem Funktelefon und eilte hastig in den Vorratsraum, den sie hinter sich verschloss. Als beim Kölner Bundesamt für Verfassungsschutz das Telefon klingelte, verband man die Frau mit einem Spezialisten der Abteilung »Innere Abwehr«.

Kanzlerin Sprado besprach sich derweil über ihren abhörsicheren Hausanschluss mit Kohlhoff und Wilkens. Kurz darauf ordnete das deutsche Innenministerium höchste Alarmbereitschaft für alle Polizeidienststellen, die Bundespolizei und die GSG 9 an. Die Bundeswehr löste für ihre Truppenstandorte die höchste Gefechtsbereitschaft aus. Der Tagungsort um Marienstrand wurde in einem Umkreis von zehn Kilometern zur Sicherheitszone der höchsten Priorität erklärt.

10

Bad Doberan, Bundesland Mecklenburg-Vorpommern, 23:05 Uhr

Markus Croy blieb noch eine Weile allein im Restaurant *Kamp* sitzen, nippte an seinem Weißweinglas und sah auf die Flammen im Kamin. Er wählte die Nummer vom Hotel *Albatros* in Marienstrand und ließ sich mit dem Zimmerservice verbinden. Er fragte nach einer ganz bestimmten Person. Croys Herz klopfte bis zum Hals. Als sie am Telefon war, atmete der Ermittler erleichtert durch. Am Ende des kurzen Gesprächs lachte Croy in den Hörer und gab ein Versprechen ab.

Auf seinem Zimmer, das eine Etage über dem Restaurant lag, programmierte Croy eine Anrufweiterleitung, schaltete das Videotelefon ab, entnahm die kleine Chipkarte und tauschte sie gegen eine präparierte SIM-Karte aus. Dann setzte er ein zweites, sehr einfaches Funktelefon mit einer Nummer in Betrieb, die offiziell gar nicht existierte.

Die Zeit bis zu seinem Ausflug nach Marienstrand verbrachte Croy später liegend auf dem Bett, teils oberflächlich schlafend, teils angespannt nachdenkend.

Gegen 0 Uhr 30 rief Kaltenborn von einer Münchner Nummer aus an. Seine Stimme klang verschwörerisch leise.

»Markus, hören Sie genau zu. Wir haben einen zweiten Mann vor Ort in Marienstrand. Ich kann Ihnen aus ganz bestimmten Gründen zu seiner Person nichts Näheres sagen. Er versucht, für Ihre eigene Orientierung einen Peilsender anzubringen.«

»Zu wem soll mich dieser Sender führen?«, fragte Croy alarmiert.

»Auf jeden Fall zu Sprock und zu einem chinesischen Geheimdienstgeneral. Er heißt Lee Kong. Kreuzgefährlicher Mann.«

»Haben Sie das von Strachow erfahren?«, fragte Croy.

»Nein, von eben jenem Kontaktmann«, sagte Kaltenborn. »Von Strachow wissen wir wiederum, dass Kong mit dessen Vorgesetzten Hess oft Kontakt hatte. Strachow vermutet, dass der Chinese der Drahtzieher der Attentate ist. Wir drehen den BND-Verräter schon seit Stunden durch die Mangel.«

»Bei seinen schweren Verletzungen?«

»Ein Arzt spritzt ihn immer wieder mit Amphetaminen fit. Wir wissen beinahe alles, aber eine entscheidende Frage ist noch nicht beantwortet. Wo ist Sprock?«

»Wenn Sydow recht hat, in einem unterirdischen Stollen. Den ungefähren Grundriss habe ich bekommen.«

»Gut. Möglicherweise wird Sie genau dorthin auch der Peilsender führen. Wenn Sie das Signal über Ihr GPS bekommen, wissen Sie, wo Sie die beiden Terroristen suchen müssen. Wenn es nicht anders geht, liquidieren Sie Sprock und Lee Kong.«

»Wird mir der dritte Mann eine Hilfe sein?«

»Davon gehe ich aus.«

»Wer ist es?«, fragte Croy in hartem Ton.

»Sie werden ihn erkennen. Bitte akzeptieren Sie ...«

»Nein, ich akzeptiere nicht. Es ist meine Haut, die versengt werden könnte, nicht Ihre.«

»Haben Sie Angst?«

»Natürlich! Sie bedeckt meinen Kopf!«

Kaltenborn schwieg, als denke er nach. Dann sagte er in einem Ton, der keinen Widerspruch duldete: »Vincent Talo wird übrigens auch noch in der Nacht bei Ihnen sein. Dann sind Sie zu dritt. Ich wünsche Ihnen Glück.« Kaltenborn trennte die Leitung. Croy starrte fassungslos auf das Telefon.

Er rannte in seinem Zimmer auf und ab. Teils vor Wut, teils vor Anspannung wegen der nächsten Stunden. Um sich etwas abzulenken, überprüfte Croy seine Ausrüstung aus der Berliner und der Prager Waffenkammer. Er probierte nochmals ihre Handhabung aus und verpackte sie wieder.

»Nie wieder Semtin«, quetschte er zwischen den Zähnen hervor. Dann löschte er das Licht und entspannte sich für eine kurze Zeit.

11

Ostseebad Marienstrand,
14. Dezember, erster Tag des G8-Gipfels, 01:55 Uhr

Als Lee Kong und Michael Storm kurz vor zwei Uhr nachts mit dem Taxi von Rostock kommend in Marienstrand eintrafen, salutierten die Wachen vor der angeblichen Japanerin und ihrer Begleitung. Einer der beiden Diplomatenpässe lautete auf den Namen einer Konsulin, der andere wies seinen Besitzer als Botschaftsattaché aus. Beide Dokumente waren zwar nicht perfekt gearbeitet, aber Soldaten besaßen dafür nicht den geschulten Blick. Sie wunderten sich nur ein wenig, dass die ersten Teilnehmer der Konferenz mitten in der Nacht eintrafen. Doch trotz verschärfter Sicherheitsvorkehrungen lautete die strikte Anweisung, bei Vorlage des Diplomatenpasses eines Teilnehmerlandes zu salutieren und freundlich die Absperrungen zu öffnen.

Miss Kong sah triumphierend auf Storm. Der blinzelte wie verrückt. Kong hatte ihm mit geübten Handgriffen mittels zweier kleiner Gummiplättchen die Augen zu asiatischen Sehschlitzen reduziert.

Für die Japaner war Haus Meerblick hergerichtet worden.

Hier kurten über Jahre Lungenkranke und Asthmatiker oder beglückte der DDR-Gewerkschaftsbund seine Mitglieder mit Betriebsferien am Meer. Die zweiundzwanzig Zimmer des klassizistischen Bauwerks waren nochmals neu mit einer beigefarbenen Satin-Tapete tapeziert worden, auf die tanzende Elfen und Schmetterlinge aufgedruckt waren. Die Betten waren zwar europäisch, dafür aber die Einrichtungsgegenstände aus Japans Folkloreschatz hierher transportiert worden. Man wollte es den weit gereisten Gästen so angenehm wie möglich machen. Es dominierten die Farben Gelb und Rot.

Lee Kong und Michael Storm richteten sich nur zum Schein in einem Apartment ein, das in zwei einzelne Räume aufgeteilt und mit jeweils einem Bett, einem Tisch, zwei Sesseln und einem eingebauten Kleiderschrank eingerichtet war. Jedes Zimmer hatte zudem die technischen Voraussetzungen für eine weltweite Kommunikation. Kong war zufrieden. Dass die Japaner als letzte der Delegationen anreisen würden, hatte ihm einer seiner wichtigsten Informanten im japanischen Geheimdienst geflüstert.

Für den Weltwirtschaftsgipfel strichen mehrere Galileo-Satelliten der Europäer und GPS-Orbitspione der Amerikaner den Kurort in einer Höhe von 25 Kilometern ab. Sie lieferten nicht nur zentimetergenaue Bilder. Kong war klar, dass die Satelliten mit ihren hochfeinen Antennenempfangsanlagen auch jedes Gespräch an die europäische und amerikanische Spionageabwehr weiterleiteten und die Apartments wahrscheinlich zusätzlich verwanzt waren.

Es klopfte an seiner Zimmertür. Storm stand vor ihm, in festen Stiefeln, das Barett auf dem Kopf, gekleidet in eine Lammfelljacke und mit asiatischen Augen. Sie sprachen kein Wort.

Kong schlüpfte vorsichtig in einen schwarzen Lodenmantel und strich ihn über den Schultern und an den Hüften behutsam glatt. Er wählte ebenfalls feste Lederstiefel und setzte einen schwarzen Filzhut auf. Sein zweites Gesicht und die Kleidung verstaute er in einem Rucksack. Zu zweit verließen sie Haus Meerblick durch den Haupteingang. Die Metalldetektoren schwiegen.

Der Strand lag in nicht ganz 100 Metern Entfernung vor ihnen. Vor den Dünen zog sich ein Zaun aus Metallplatten entlang. Sein Anfang und sein Ende verschwanden im Dunkel. Storm deutete auf einen schweren schwarzen Mercedes-Geländewagen, der direkt unter einer aus Guss gefertigten Laterne stand. Seine Seitenscheiben waren verdunkelt. An seiner Heckscheibe steckte ein Schild. Darauf stand: A 1.

»Möglicherweise die Bundeskanzlerin«, sagte Storm flüsternd. Kongs aufgeregtes Nicken verschlang die Dunkelheit.

»Unsere Leute müssten demnächst ebenfalls hier eintreffen«, antwortete Kong.

»Wir werden diese scheinheilige Veranstaltung bald aufreiben. Das wird ein Fest«, kicherte Storm auf Englisch.

Der General sagte als Antwort etwas Unverständliches.

An der Absperrung zum Strand hin mussten sie sich legitimieren. Sie kamen problemlos durch und liefen auf den Sand zu, auf den der starke Wind viel Wasser getrieben hatte. Er war fest und gab unter ihren Stiefeln kaum nach. Sie hielten sich in Richtung Westen. Nach etwa 400 Metern öffnete sich der Wald oberhalb der Steilküste, und ein verwilderter, schmaler Weg wurde sichtbar.

Im Niesel und dem schummrigen Licht der Laternen erschien ihnen das strahlende Weiß von Haus Morgenrot tatsächlich wie eine märchenhafte Kulisse aus einer längst vergangenen Zeit.

»Hier muss es irgendwo sein«, flüsterte Storm. Kong griff in seine Manteltasche und förderte ein winziges Nachtsichtgerät mit nur einem Sehrohr zu Tage. Er drückte es Storm in die Hand. Obwohl es stockdunkel um sie herum war, wurden dank des hochauflösenden Restlichtverstärkers zwischen einer Insel von Stranddisteln vier etwa zehn Zentimeter hohe Hölzchen sichtbar, die aufrecht in der Erde steckten. Storm ging in die Knie und wischte mit bloßen Händen den schweren, feuchten Strandsand innerhalb der Markierungen zur Seite. Beide Männer sahen auf eine Klappe, die mit einem winzigen Metallgriff versehen war. Storm hob sie an. Auf einer schräg gestellten Holzleiter stiegen Kong und er beinahe zehn Meter in die Tiefe. Storm, der sich hinter Kong gehalten hatte, verschloss die Klappe vorsichtig hinter sich.

12

Marienstrand,
02:19 Uhr

Markus Croy kam an der ersten Barrikade zum Stehen. Wie für ein militärisches Sperrgebiet üblich, streckten sich die Zacken der Stacheldrahtrollen jedermann entgegen, der sie überwinden wollte. Die Zäune aus Metall waren ineinander verhakt und mehr als zwei Meter hoch. Scheinwerfer tasteten mit ihren gelben Fingern durch den Dunst jeden Winkel der Straße und des angrenzenden Waldes ab. Abseits der Straße lagen unzählige G8-Gegner auf Matten und in Decken eingehüllt am Waldrand. Rock- und Punkmusik lief, Zigarettenrauch waberte durch die Luft. Transparente lagen eingerollt neben ihnen. Die Stimmung war friedlich, kam Croy aber angespannt vor. Sie frieren bestimmt, dachte er.

Ein Unteroffizier der Bundeswehr leuchtete mit einer schweren silberfarbenen Taschenlampe auf Croys Auto, als wolle er es scannen. Er schwenkte schließlich in das Innere des

Wagens, auf das Armaturenbrett, den Beifahrersitz, den Fond und zurück auf das Lenkrad, Croys Hände und dessen Gesicht. Der Ermittler kniff die Augen zusammen.

»Sämtliche Papiere, bitte.«

Croy reichte seinen Führerschein, Fahrzeugschein, Personal- und Dienstausweis durch das offene Wagenfenster heraus. Der Unteroffizier leuchtete die Dokumente ab und bewegte beim Lesen die Lippen. Croy sah durch die Frontscheibe auf die Situation vor sich. Er schätzte, noch mindestens einmal kontrolliert zu werden.

»Darf ich wissen, warum Sie um *diese Zeit* hier sind?«

»Eine dringliche Ermittlung«, antwortete Croy. »Wenn Sie beim Einsatzstab nachfragen, wird eine Genehmigung für mich vorliegen.« Der Unteroffizier griff nach seinem Funkgerät. Er gab langsam und deutlich die Daten Croys durch und fragte nach einer Aufenthaltserlaubnis.

»Momentchen«, schnarrte es aus dem Funkgerät zurück. Der Wachoffizier trat zurück in die Dunkelheit. Er knipste sein *Mag Light* aus. In der kalten Luft lag ein diffuses, metallisches Brummen. Nach einer kurzen Weile trat er wieder neben den Wagen.

»Sie können passieren. Aber halten Sie immer Ihre Papiere parat.«

Croy ließ das Auto mit Schrittgeschwindigkeit durch einen schmalen Korridor rollen, der links und rechts von Barrieren begrenzt war. Er fuhr direkt auf das Hotel *Albatros* zu, in dem er vor drei Wochen schon einmal logiert hatte. Da war der Kurort noch ein harmloses Seebad gewesen und Stefan Rumpf am Leben. Obwohl ihn viele Augenpaare scharf beobachteten, hielt ihn doch niemand auf. Er parkte seinen Wagen in der Nähe des Wirtschaftshofes, nahm die Waffentasche an sich und mied den direkten Weg unter den Laternen. Der Eingang des Hotels war beinahe so hell beleuchtet wie das fürstliche

Casino in Monte Carlo. Ein paar Meter vor Beginn des roten Teppichs stand eine Metalldetektor-Anlage, an der niemand vorbeikam. Croy bemerkte, dass sie der letzte Schrei war: ein kombinierter röntgen-biometrischer Scanner, der nicht nur die Daten der Haut und der Iris nahm, sondern einen Menschen quasi bis auf die Knochen durchleuchtete. In sicherem Abstand schlich er seitlich daran vorbei, seine Waffen geschultert. Zwei Wachmänner, die ihm entgegenkamen, musterten ihn kurz.

Auf der zum Meer hin gerichteten Seite des viereckigen Hotelbaus sah er rechts von sich ein Taschenlampenlicht, das kurz aufblinkte und dann wieder erlosch. Croy schritt genau darauf zu.

»Sind Sie es?«, fragte eine helle, klare Frauenstimme.

»Ja«, gab Croy ebenso leise zur Antwort.

Als Croy sie vor zwei Stunden angerufen hatte, hatte er Fortune. Um möglichst unbehelligt an Haus Morgenrot heranzukommen, war ihm die Idee gekommen, das Zimmermädchen anzurufen, das ihm vor knapp einem Monat den Tee auf sein Hotelzimmer in Marienstrand gebracht hatte. Er erinnerte sich noch genau, wie sie auf die Pistole auf seinem Apartmenttisch und seine Oberarme gesehen hatte. Ihr wiederum war im Gedächtnis geblieben, wie Croy sie angesehen hatte, mit diesem *Begehren* im Blick. Bevor er sie um diesen Gefallen bat, hatte er nicht lange um den heißen Brei geredet und sie in seinen Plan – wenn auch nicht vollständig – eingeweiht. Er hielt das Risiko, Geheimnisse zu verraten, für geringer als das der Niederlage, die ihm drohte, wenn er keine Hilfe von außen bekam. Sie hatte zunächst unsicher geklungen. Er hatte um ihr Vertrauen geworben, an ihr Gewissen appelliert. Schließlich hatte sie sich aber bereit erklärt, ihm zu helfen, solange durch sie niemand Schaden nehmen würde.

Er sah ihre schlanke Gestalt, das blaue Kostüm, die blaue

Dienstkappe. Ihr Gesicht konnte er kaum erkennen. Aber ihrer Stimme vertraute er.

»Kommen Sie hier entlang«, flüsterte ihm das Zimmermädchen zu. Sie blieb dicht am Schattenrand und führte ihn zu einem flachen Gebäude, das dem Hotel als Lager diente. Sie schlüpften beide hinein. Sie drückte ihm einen Schlüssel in die Hand.

»Was haben Sie herausgefunden, Janina?«

»Sie haben sich meinen Namen gemerkt?«

»Ja.« Er lächelte sie durch die Dunkelheit an.

»Vor etwa einer halben Stunde sind zwei Japaner angekommen. Etwas später weitere fünf. Sie bezogen Quartier im Haus Meerblick. Ein Page hat zwei von ihnen vor nicht ganz zehn Minuten in Richtung Strand weggehen sehen.« Janina war kaum zu verstehen. Croy hörte angestrengt zu.

»Das haben Sie gut gemacht«, lobte er sie mit Butter in der Stimme.

Sie lächelte dankbar.

»Ist vor Haus Meerblick auch ein Metalldetektor installiert?«

»Ja, vor allen Gästehäusern. Warum fragen Sie?«

»Wenn sie bewaffnet wären, hätte man ihre Knarren entdeckt.«

»Was auch immer Sie vorhaben, Herr Croy. Achten Sie auf sich. Hier ist alles so ... *militärisch* ...«

»Machen Sie sich Sorgen um mich?«

»Ein bisschen ja.« Unsichtbar für ihn errötete sie. »Wo man auch hinsieht: hier Soldaten, Polizisten, Maschinenpistolen, Panzerkanonen und dort Demonstranten und Steinewerfer. Außerdem glaube ich nicht, dass Sie wegen eines Kaffeekränzchens hier sind, oder?«

»Nein, aber so etwas Ähnliches.« Er schurrte mit den Schuhen. Sie bemerkte seine Unruhe.

»Sehen Sie den Champagnerkarton?« Das Mädchen zeigte mit dem Finger auf die Ecke gleich neben der Tür.

»Ich sehe nichts.«

»Sehr gut«, sagte sie und hob ein Stück schwarzer Folie an. Jetzt sah er die Kiste.

»Wie gewünscht, habe ich dort eine Pagenuniform in Übergröße hineingelegt.«

»Das haben Sie gut gemacht. Und keine Flasche für uns drin liegen lassen?«

»Sie scherzen ...«

»Bei Champagner scherze ich nie.«

»Ich kann ja eine kalt stellen.«

»Aber nur, wenn Sie bis morgen früh auf mich warten. Allein trinken macht nämlich einsam.«

Sie kicherte. »Ich gehe dann mal wieder. Vielleicht vermisst man mich schon.« Sie öffnete die Tür.

Croy hörte sie raschelnd davongehen. Ein bisschen fühlte er sich wie James Bond.

Er knipste eine Taschenlampe an, die nicht länger als sein Finger, aber beinahe so hell wie ein Scheinwerfer war. Schnell dimmte er sie herunter und strich mit ihrem fahlen Licht durch den Lagerraum. Er sah auf Kartons mit Gebäck und Besteck, Hunderte Partien an Laken, Handtüchern und Schürzen, Regale mit Wein, Saucen und Ölen. Es roch so süßlich wie in einer Bäckerei und so dumpf wie in einem Kartonagewerk.

Croy entnahm seiner Waffentasche eine großvolumige Weste, die bedeutend mehr Taschen als Knöpfe hatte. Er verstaute darin drei Munitionsmagazine, das Tauchermesser, die Multicut-Zange, das GPS-Navigationsgerät mit Bewegungsmelder und einer schlauchförmigen Mikrokamera, zwei Schalldämpfer, zwei Nebelgranaten, zwei herkömmliche Handgranaten, die Brille mit dem Nachtsichtaufsatz und zwei Feuerzeuge. Die Tasche wog jetzt etwa 18 Kilogramm und lastete schwer auf seiner schusssicheren Kaevelar-Weste. Er streifte sich die magnetischen Handschuhe über, schloss sie fest um seine Handgelenke und schob sich die beiden Revolver in den Gürtel. Die sechs Sprengstoffstäbe, den Initialsprengstoff, die Drähte, Klemmen und das präparierte Funktelefon verpackte er in eine Art Gürteltasche, die er Richtung Steißbein schob. Die Antigiftgas-Maske und die Flasche mit dem reinen Sauerstoff steckten in einem winzigen Rucksack, den er fest auf seinen Rücken band. Die Abseilrollen mit der Abstoppautomatik, der Rückzugswinde und den Karabinerhaken verzurrte er um seine Hüften.

Die Tragegurte der Waffentasche legte er so um, dass sie ihm im Falle eines Falles als Transportrucksack dienen konnten. Bedauernd sah er auf das zusammengeklappte Schnellfeuergewehr und die restlichen Munitionsmagazine. Beides würde er nicht mitnehmen können, wenn er seine Bewegungsfähigkeit nicht einschränken wollte. Er verstaute die Waffe im Champagnerkarton und warf die Folie darüber.

Dann zog er sich die Stiefel aus, schlüpfte geschickt in die dunkelblaue Pagenhose und das dazu passende Jackett. Unsicher überlegte er, ob es nicht doch verdächtige Ausbuchtungen an Hüften, Bauch oder Rücken gab. Auf dem Weg hinüber zu Haus Morgenrot steuerte er eine Pfütze an. Sein Spiegelbild zeigte ihm eine unförmige, verfettete Gestalt, die eine Diät vertragen könnte. Er trieb sich zur Eile an.

Zwei Soldaten begegneten ihm, die ihn höflich grüßten. Inmitten einer Hochsicherheitszone erscheint niemand harmloser als der Page eines Luxushotels. Da die russische Delegation erst am nächsten Tag anreiste, war der Metalldetektor vor Haus Morgenrot noch nicht in Betrieb. Vier Angehörige eines Sondereinsatzkommandos standen breitbeinig und mit Schnellfeuergewehren im Anschlag vor einer schmalen Steintreppe, die über wenige Stufen hinauf zu einer breiten Terrassentür führte. Sie bildete gleichzeitig den Eingang in das Gästehaus. Ein Scheinwerfer bestrahlte den gesamten Eingangsbereich, während im Innern alle Lichter gelöscht waren. Croy tippte mit der Hand leicht an seine Pagenmütze, als er die Wachen passierte.

»Gibt es ein Problem?«, fragte ihn einer der Männer, ein Polizeileutnant.

»Bin von der Nachtschicht«, antwortete Croy, »nur ein letzter Rundgang. Kann ein bisschen dauern. Bevor die Russen morgen früh stänkern …«

»Vertrauen ist gut, Kontrolle ist besser«, sagte einer der Soldaten.

»Lenin«, murmelte Croy, drückte die Terrassentür auf und befand sich in einer großzügigen Loggia, die im Kolonialstil mit Tischen, Stühlen und Sofas aus Korbgeflecht möbliert war. Dahinter gelangte er in eine Art Eingangshalle, von der mehrere Zimmer abgingen. An den Wänden hingen sehr unterschiedliche Landschaftsbilder der expressionistischen Maler Alexej von Jawlensky, Paul Klee, Wassily Kandinsky und Lyonel Feininger. Über ihnen war ein Spruchband mit einem Satz Jawlenskys in kyrillischer Sprache aufgehängt: *Meine Arbeit ist mein Gebet.*

Von der Mitte des Vestibüls führte eine breite Holztreppe in die beiden oberen Etagen. Außer in der Küche schaltete Croy überall die Lichter ein. Zum Schein tat er sehr geschäftig. Der Polizeileutnant sah prüfend in das Haus, dann wendete er sich wieder ab.

Die Männer standen mit dem Rücken zu ihm in entspannter Haltung. Einer von ihnen rauchte.

Croy tastete nach seinem Funktelefon. Als er Kaltenborn in der Leitung hatte, sagte er leise: »Bin jetzt im Operationsgebiet. Allerdings stören vier Wachen vor dem Haus. Die müssen weg. Schaffen Sie das?«

»Für wie lange?«, fragte Kaltenborn.

»Fünfundvierzig Minuten«, sagte Croy und fragte sich gleichzeitig, ob er sich nicht damit selbst zu sehr unter Druck setzte.

»Ich gebe das gleich an Henning Kühl weiter. Bis so ein Befehl durchgestellt ist, dauert es erfahrungsgemäß ein paar Augenblicke.« Croy verspürte ein Gefühl der Beruhigung. Immerhin befehligte sein ehemaliger Dozent auch die Truppen der GSG 9.

»Mir brennt allerdings die Zeit unter den Nägeln«, drängte er. »Je schneller die Bewachung abgeschaltet wird und damit die Guten nicht mit den Bösen verwechselt werden, desto größer meine Erfolgschancen.«

Sie verabschiedeten sich schnell und leise. Croy öffnete die Tür zur Küche und verschloss sie augenblicklich wieder hinter sich. Sydow hatte ihm erzählt, dass von hier aus eine Treppe in die Vorratskeller führte, unter denen sich der Stollen mit dem Weinlager befand.

Noch war ihm völlig unklar, wie er in den Stollen gelangen konnte. Er entledigte sich seiner Pagenkleidung, legte sie sorgfältig zusammen und schob sie kurzerhand auf einer Pfanne in den Herd. Dann schob er sich die Brille mit dem Nachtsichtsensor vor die Augen und betrat, vorsichtig einen Fuß vor den anderen setzend, die Leiter in die Tiefe.

Unsichtbar für Croy und ebenso unsichtbar für die oberirdischen Sicherheitskräfte saßen sich in zehn Metern Tiefe drei Männer in einem Raum gegenüber. Er bildete das Zentrum des Stollens, von dem sternförmig mehrere kleinere Gänge abgingen, die in noch kleinere Nebenräume führten. Obwohl die Böden betoniert und die Wände gemauert waren, roch es hier unten so schimmlig wie in einer Gruft. Bis auf den Latrinenraum waren in den anderen Nebengelassen in diversen

Holzregalen Champagner-, Weißwein- und Rotweinflaschen gelagert. Sie waren mit einer Patina aus Schimmel und Staub überzogen und fühlten sich rissig und rau an. Einfache Glühbirnen hingen von den Decken und verbreiteten ein hartes weißes Licht.

Der Hauptraum der unterirdischen Anlage war vier mal sechs Meter groß. In der Mitte standen ein länglicher dunkler Eichenholztisch und vier dazu passende Holzschemel. Holzgestelle, in denen Lebensmittelvorräte einsortiert waren, zogen sich um den gesamten Raum herum und reichten vom Boden bis an die Decke. Darunter, beinahe zu ebener Erde, standen fünf zylinderförmige, etwa 20 Zentimeter hohe, schwarz lackierte Stahlbehälter aufrecht nebeneinander. Ihre Deckel waren verplombt. Eine lang gestreckte und eine sehr viel kürzere Holzkiste daneben waren mit jeweils zwei Vorhängeschlössern gesichert. In der Ecke des Raumes lag ein schwarzer, sehr großer Werkzeugkoffer.

Auf dem Tisch standen drei Gläser und ein halbvoller Krug mit Wasser. Sprock trug ein weißes Jackett zu einer blauen Leinenhose. Storms Stirn stand unter Schweiß.

Sprock knurrte: »Wir können von Glück reden, dass die Belüftung nach außen noch funktioniert.« Er beugte sich über den Grundriss der unterirdischen Gewölbe. Der trug das Datum des 22. Juli 1935.

»Was für eine Konstruktion ist das?«, fragte Storm beiläufig.

Sprock hob den Kopf. »Ein Schacht ist in die Wände eingelassen, führt nach oben zur Küche, geht unter den Fliesen entlang und endet an der Hauswand. Bei den Windverhältnissen hier oben ist es ein Wunder, dass der kleine Auslass nicht längst zugeschüttet ist.«

»Und den hat noch niemand bemerkt?«, fragte Lee Kong ungläubig.

»Der Luftauslass besteht aus vier schmalen Spalten und sitzt wirklich beinahe unsichtbar direkt im Granitmauerwerk. Die Wand zieht sich zu ebener Erde um das gesamte Haus als eine Art Außenschmuck herum. Den Granit haben die Bauleute nicht angerührt. Trotz seines Alters sieht er noch tadellos aus. Stammt aus einem Werk in Italien, damalige Freunde meines Vaters.«

»Faschisten?«, fragte Storm.

Sprock sah ihn scharf an.

»Na, na«, sagte Lee Kong. »Sagen Sie, Sprock, wie haben Sie es geschafft, unbemerkt hier hereinzukommen?«

Der Graf lächelte dünn.

»So, wie Sie beide auch. Durch die Bodenklappe. Ich bin bereits seit ein paar Tagen hier, habe einen Passierschein von Kameraden vor Ort. In dieser Gegend hat unsere politische Gruppe eine Menge Sympathisanten.« Er grinste vielsagend. Storm knurrte irgendetwas. Kong enthielt sich eines Kommentars.

»Lassen Sie uns jetzt besprechen, wie wir weiter vorgehen, falls das Ultimatum wirkungslos bleibt«, drängte Sprock.

Storm griff nach seinem Wasserglas, trank und gähnte herzhaft. Das war nicht seine Zeit.

Sprock erhob sich und fasste nach einem der Stahlbehälter. Seine Oberseite war mit einer Plombe versehen, die er jetzt brach. Er schraubte den Deckel mit wenigen Umdrehungen ab und kippte den Behälter etwas an. Eine Granate kam zum Vorschein, die er langsam in seine Hand rutschen ließ. Sie war dunkelgrün und trug als einzige Markierung ein Totenkopfzeichen. Darunter stand in roten Lettern: DANGER. Sprock legte die Granate vorsichtig auf den Tisch. Storm sah interessiert auf den Vorgang. Der chinesische General schluckte.

Sprock öffnete die Schlösser zweier grüner Holzkisten und klappte den Deckel der länglicheren Kiste hoch. Es wurden fünf Panzerfäuste sichtbar, die in Ölpapier verpackt waren und übereinanderlagen. Sprock hob eine von ihnen heraus und legte sie ebenfalls auf den Tisch. In der zweiten Kiste kamen drei Heckler&Koch-Revolver zum Vorschein.

»Was haben Sie jetzt vor?«, fragte der General. Er blickte mit Respekt auf die Waffen.

Sprock sah sehr ernst aus.

»Ich erkläre Ihnen jetzt, was Sie hier vor sich sehen. Dies ist eine rückstoßfreie, schultergestützte Panzerabwehrwaffe, die von einer Person getragen und eingesetzt werden kann. Sie wiegt nicht mehr als dreizehn Kilogramm. Sie kann aus geschlossenen Räumen abgefeuert werden und ist in der Lage, Panzerungen bis zu einer Stärke von siebenhundert Millimeter zu durchdringen. Sie können sich also vorstellen, wie butterweich die Granaten durch Mauerwerk dringen. Die auf einen winzigen Punkt konzentrierte gewaltige Kraft beträgt sagenhafte zehntausend Kilogramm pro Quadratzentimeter. Die Geschwindigkeit des Geschosses erreicht achttausend Meter pro Sekunde.« Sprock schwieg, als wolle er seine Erklärungen wirken lassen.

Kongs Augen blickten glücklich.

»Sind die Giftgasgranaten genauso aufgebaut wie die herkömmlichen Sprenggranaten? Welche optischen Steuerungssysteme benutzen Sie?« Storm lief um den Tisch herum. Dies war sein Fachgebiet.

Sprock nickte. »Sie sind absolut identisch. Ein Mantel aus Sprengstoff, innen das Gas. Schlägt die Granate ein, wird das Gas freigesetzt. Und dann …«

Storm unterbrach ihn schnell. »Und wie wollen Sie nun von diesem Keller aus ein Ziel erfassen?«

»Indem ich einen Laserentfernungsmesser auf diese Schiene hier schiebe.« Sprock fuhr mit dem Daumen über die Oberseite der Panzerfaust. »Ein Feuerleitrechner ermittelt nach einer kurzen optischen Verfolgung des Zieles mittels Winkelgeschwindigkeit und Zielentfernung einen Haltepunkt, der mir dann angezeigt wird. Eine Geschossablenkung durch Wind kann in diesem Falle vernachlässigt werden. Auf die Art treffe ich Ziele bis zu einer Entfernung von sechshundert Metern sehr genau.« Sprock lächelte.

»Fantastisch«, schwärmte Storm. »Die Technik hat enorme Fortschritte gemacht.« Dann gähnte er erneut herzhaft.

»Das mag alles sein«, beharrte Kong und sah tadelnd auf Storm. »Doch wir operieren aus einem Keller, zehn Meter unter der Erde. Wie lösen wir denn nun das Problem? Wie kommen wir unbemerkt an die Oberfläche, wenn wir praktisch von Sicherheitskräften umstellt sind?«

»Kommen Sie, ich zeige Ihnen die Antwort auf Ihre Frage.«

Sprock ging voraus. Kong folgte ihm. Storm hustete laut und langte dabei mit zwei Handgriffen zwischen die Utensilien auf dem Tisch.

Croys GPS-Empfänger begann plötzlich leise zu fiepen. Ihn durchfuhr ein Gefühl der Erleichterung. Unter ihm waren also wirklich Menschen. Er war nicht umsonst hier. Das Signal war noch sehr schwach. Der Undercover-Agent des BKA befand sich in einem der Vorratsräume der Küche von Haus Morgenrot. Ging er nach links, verstärkte sich das Signal. Ging er nach rechts, wurde es schwächer. Geradeaus war es am stärksten. Doch da war eine Wand. Er stellte ein kleines Messgerät auf. Es arbeitete nach einem sehr einfachen Prinzip: Es maß mit einem Fühler die Bewegungen in der Luft. Er stellte es auf die Erde und stand dann sehr still. Auf einer kompassähnlichen Anzeige drehte sich jetzt langsam ein feiner Zeiger in die Richtung, aus der ein Luftzug kam. Von rechts. Auch wenn das Signal des Peilsenders zusehends schwächer wurde, tastete sich Croy vorwärts. Das Nachtsichtgerät färbte seine Umgebung grünlich ein. Er war jetzt beinahe am Ende des letzten Vorratsraumes angelangt. Rasch orientierte er sich. Er stand vor der Außenmauer des Hauses, die gleichzeitig über ihm auch die Küche begrenzte.

Vorsichtig klopfte er die Mauer ab. An einer Stelle klang sie hohl. Croy klappte sein Tauchermesser auf und stach in die Mauer. Er kam nicht sehr weit. Das Material war zu hart. Also setzte er seine Mikrokreissäge in Gang. Ihre Zähne fraßen sich leise surrend in den Stein. Croy betete, dass die Geräusche unter ihm nicht zu hören waren. Ob Kaltenborn es geschafft hatte, die Wachen abzuziehen? Croys Gedanken wirbelten durcheinander. Er zwang sich zur Konzentration.

Croy schnitt ein Rechteck von etwa 20 mal 20 Zentimetern heraus. Der Hohlraum hinter den Mauersteinen schien ein Luftschacht zu sein. Er schätzte, dass er breit genug war, um einen Mann von seiner Größe aufzunehmen. Er sog die Luft ein, die von unten kam. Sie roch nach Brot und Waffenöl.

Vorsichtig und ohne zu riskieren, dass Steinbrocken durch den Schacht nach unten fielen, vergrößerte er das Rechteck. Als er glaubte, sich hindurchzwängen zu können, hielt er die Säge an und sah sich suchend um. Wo konnte er die Haken befestigen, die sein Gewicht von hielten, wenn er sich in den Schacht hinunterließ?

Er zerrte an den Versorgungsleitungen, die von den Bädern und der Küche durch die Decken und die Böden irgendwo nach unten führten. Sie machten einen stabilen Eindruck. Er schlang ein dünnes Stahlseil um die Rohre, befestigte es mit zwei Karabinerhaken und führte die Seile über eine kleine Rolle, die er bei sich selbst am Gürtel und an den Stiefeln an Metallösen einhakte. Eine manuelle Winde erlaubte ihm, das Seil Zentimeter für Zentimeter abzurollen und so vorsichtig in die Tiefe zu gleiten. Croy stemmte sich auf die breite Steinkante der ausgesägten Wand, schloss alle Knöpfe seiner

Westentaschen, spannte noch einmal seine Nachtsichtbrille fest und ließ sich vorsichtig kopfüber in den Schacht hinunter. Die Luft, die ihm entgegenschlug, roch faulig und feucht. Durch den Restlichtverstärker seiner Brille schimmerten die stockdunklen Wände wie in tiefem Meereswasser grünlich und hell; ihre Ausbuchtungen und Kanten hatten schwarze Rahmen. Das Tunnelende blieb für ihn noch unsichtbar.

Wie in Zeitlupe glitt er mit dem Kopf voran in die Tiefe. Stück für Stück gab die Rolle das Seil frei, das ihn hart gespannt hielt. Blut pochte in seinen Schläfen. Wieder kamen die Gedanken an seinen Misserfolg in Semtin in ihm hoch. Welche Fehler er da gemacht hatte, würde er noch zu analysieren haben. Doch hier und jetzt war er zum Erfolg verdammt. Das letzte Mal hatte er während der Ausbildung kopfüber in Übungsschächten gehangen. Aber extreme Situationen, dachte er, erforderten einen extremen Einsatz. Dabei hielt er sich selbst nicht für übertrieben mutig. Aber wenn er merkte, dass nur besondere Anstrengungen zu einem bestimmten Ziel führten, und wenn er dieses Ziel um jeden Preis erreichen wollte, überwand er beinahe alles. So war es bei Shirley gewesen, als sie sich beide dagegengestemmt hatten, dass die Männer vom Staatssicherheitsdienst in ihre Beziehung eingriffen. Und später, als er seine Heimat für ein unbekanntes Land verließ. Es gehörte ganz sicher Mut dazu, sein ganzes Leben hinter sich zu lassen, ohne zu wissen, was einen auf der anderen Seite der Mauer erwartete. Und jetzt, da er kopfüber in einem Schacht hing, von dem er nicht wusste, ob er ihn jemals an sein Ziel brachte, empfand er ähnlich: Er fühlte Beklemmungen, aber er fühlte auch die Pflicht, sie zu überwinden.

Je näher er dem Ende des Tunnels kam, umso verbrauchter roch die Luft, die von irgendwo da unten kam. Er griff nach der Flasche mit dem Sauerstoff und versprühte einige Stöße vor sich in die Tiefe. Auch der Lichteinfall verringerte sich dramatisch; trotz des hochempfindlichen Restlichtverstärkers konnte er kaum noch etwas sehen. Vorsichtig öffnete er eine seiner Westentaschen, ließ die winzige Taschenlampe in seine Hand gleiten und leuchtete den Tunnel ab. Jetzt sah er einen Gitterrost, der dick mit Feuchtpilzen bewachsen war und den Schacht verschloss. Noch 20 Zentimeter. Wie ein Schwimmer auf dem Startblock streckte er weit seine Arme über sich nach vorn. Mühelos hob er den schmierigen Rost von seinem Steinrahmen und lehnte ihn an das Mauerwerk. Croy löste die Atemmaske aus ihrer Tasche und stülpte sie sich über. Auf Pilzsporen in der Lunge konnte er verzichten. Außerdem blickte er jetzt direkt auf winzige Lichtschlitze, durch die kaum noch gesunde Atemluft zu ihm drang.

Croy konzentrierte sich. Befand er sich jetzt direkt über dem geheimnisumwobenen Stollen, von dem Sydow am Abend gesprochen hatte? Wie kam er da hinein? Er ließ sich so weit hinunter, bis sein Kopf beinahe die Lichtschlitze berührte. Sein GPS-Gerät zeigte unter ihm keinerlei Bewegungen, dafür aber permanent einen roten Punkt. Das war nur der Peilsender, wusste Croy. Menschen schienen keine anwesend zu sein. Angestrengt lauschte er. Er hörte nichts als das leise Rauschen seines Blutes in den Ohren. Wie ein Turner griff er nach dem Seil, zog den Oberkörper nach oben und stellte sich auf die Füße. Dabei schwang er nur noch wenige Millimeter über dem Ende des Luftschachtes. Er verdrängte den Gedanken an das Risiko, mitten in eine Ansammlung von Terroristen zu springen, und entschied sich für den freien Fall. Das Überraschungsmoment zumindest war auf seiner Seite.

Mit einem kräftigen Ruck enthakte er das Seil, das mit einem lauten Pfeifen nach oben zurückschnellte. Als Croy den Boden des Schachtes berührte, gab er augenblicklich nach. Er fiel mit den Füßen voran durch die Decke des Raumes unter ihm, schrammte dicht an Regalecken vorbei, riss dabei einen

Teil von Sprocks Proviant mit und landete hart auf dem Betonfußboden. Zementbrocken und Schilfrohr, die Überreste der Decke, prasselten auf ihn herab. Seine Knie knickten ein, er fiel zur Seite, sprang aber sofort wieder auf die Füße, zog dabei einen der Revolver aus dem Gürtel und hielt ihn dicht vor sich. Seine Mündung zielte in den Raum. Er war allein. Vor ihm standen der Tisch mit der Panzerfaust, eine Giftgasgranate, drei Gläser und ein halbvoller Wasserkrug. Sein Atem rasselte. Beim Fall durch die Decke war ihm die Sauerstoffmaske verrutscht. Aber die Luft hier unten schien besser zu sein als die im Schacht. Er schob sich die Maske auf die Stirn. Croy lauschte erneut auf Geräusche. Alles ruhig. Er ordnete seine Gedanken, die zwischen Genugtuung und Unbehagen hin und her rasten.

Croy hatte das Gefühl, einen Volltreffer gelandet zu haben, doch wo waren die drei Männer? Und wie sicherte er die Granaten? Sein Blick fiel auf die beiden olivgrünen Holzkisten. Er klappte sie auf und sah beeindruckt auf die vier Panzerfäuste und die Revolver. Seine Augen verengten sich. Noch immer hörte er nur sich selbst. Er blickte sich vorsichtig um. Die beiden abgehenden Schächte schienen ohne Bewegung zu sein. Sein GPS-Gerät zeigte nur den einen festen Punkt. Vorsichtig einen Fuß vor den anderen setzend und den Revolver vor sich gerichtet, durchquerte er den Raum, betrat den ersten Gang, spähte in die Nebengelasse und sog dabei den schweren Geruch von Wein, Moder und Holz ein. Keine Spur von den Männern. Er zog sich in den Hauptraum zurück.

Ihm blieb wahrscheinlich nicht viel Zeit, das wusste er. Dennoch hielt er kurz inne. Er durfte sich keinen Fehler leisten. Eine überhastete Entscheidung würde die schlimmsten Konsequenzen nach sich ziehen.

Es gab zwei Möglichkeiten: Entweder, er nahm die Waffenkisten und die Granaten an sich, wartete, bis die Männer zurückkamen, und überwältigte sie dann. Allerdings gab es ein paar offene Fragen. Würden sie bewaffnet sein, wie viele waren es mittlerweile, was, wenn nicht alle zurückkamen? Das waren verdammt viele Unsicherheiten. Oder er vernichtete das Zeug mit seinen Sprengstoffstäben. Dann wäre die gröbste Gefahr erst mal gebannt. Aber die Explosion konnte die Stollen verschütten, vielleicht trat sogar Giftgas durch die maroden Decken nach oben aus? Er konnte niemanden warnen. Von hier unten drang kein Signal nach außen. Außerdem würden die Männer die Explosion wahrscheinlich hören und wären gewarnt.

Beide Vorgehensweisen steckten voller Risiken. Croy wog noch einmal seine Überlegungen ab und traf eine Entscheidung.

Er hob die Panzerfaust vom Tisch und legte sie in die längliche Kiste zurück. Die kürzere Kiste mit den Revolvern stellte er dazu, entnahm der größten seiner Westentasche eine Stange C4-Sprengstoff, schob sie auf eine schmale Stahlhalterung und verdrahtete sie mit zwei kurzen Elektroschnüren. Das Päckchen verband er mit einer winzigen Röhre Initialsprengstoff und schob zwei Verbindungsdrähte in einen winzigen Sender ohne Zeitschaltuhr. Die Minibombe platzierte er zwischen die beiden Kisten. Dann schaltete er das Funktelefon mit der präparierten SIM-Karte ein und wählte eine Nummer. Er musste nur noch auf den Anrufknopf drücken.

Blieben noch die Stahlröhren. Sollte er die Senfgasgranaten in den Metallhülsen belassen und mit sich schleppen? Ihm war klar, dass er sterben würde, wenn ein Großkalibergewehr seine Waffentasche und die Stahlröhren durchschoss. Der Aufprall eines Projektils würde reichen, die Granate zu zünden. Wenn das geschah … Er verdrängte die Gedanken und traf eine weitere Entscheidung. Vorsichtig nahm er jede einzelne Granate aus ihren Metallhülsen. Die Zünder mit der Sprengladung waren oben aufgeschraubt und versiegelt. Nur durch eine enorme Druckeinwirkung oder durch große Hitze würde der Initialsprengstoff die Granate zur Explosion bringen. Croy tat, was er in seiner Ausbildung gelernt hatte. Er entschärfte jede Granate einzeln und mit großer Langsamkeit. Schweiß trat ihm dabei auf die Stirn, doch seine kräftigen Hände packten wie mechanisch zu. Dabei half ihm die Multicut-Zange, die er wie ein Klempnerwerkzeug um den Zünderkopf legte und ihn so von den Geschosshülsen löste. Zwischendurch vergewisserte er sich wie ein lauerndes Tier, ob er noch immer allein war. Als die vier Zünder vor ihm lagen, waren beinahe fünfzehn Minuten vergangen. Er verpackte sie in einen seiner Rucksäcke, zog sich dennoch zur Vorsicht die Giftgasmaske über das Gesicht, nahm den Revolver in die rechte und das Funktelefon in die linke Hand. Die Granatenhülsen mit den eingebauten Giftgasflaschen trug er durch einen der Stollen zu einem Weinkeller, durch dessen Mitte eine dicke Steinwand mit einer schweren Holztür lief. Er entriegelte sie; die Luft dahinter roch so faulig wie frischer Humus. Er schob seine tödliche Fracht hinter eine Palette Rotwein aus dem Jahre 1932 und verriegelte die Tür wieder hinter sich.

Dann verließ er den Stollen.

Je weiter er lief, umso dunkler wurde es um ihn herum. Er setzte sein Nachtsichtgerät auf. Jetzt sah er wieder klarer. Nach seinen Berechnungen müsste er jetzt wenigstens 50 Meter vom Explosionsort entfernt sein. Er lief weiter. Nach rechts, nach links. Die Gänge schienen sich zu ähneln. Sydow hatte von einem Labyrinth gesprochen. Er sah auf sein GPS-Handy. Kein Empfang.

Er drückte auf *Anruf*.

Der Knall klang trocken und dumpf. Croy glitt schnell in eines der Nebengelasse. Es klirrte leise. Croy war an ein Weinregal gestoßen. Er presste sich an die Wand. Und dann spürte er den zunächst schwachen Luftzug, der immer stärker wurde und durch den Stollen rollte wie das freigelassene Wasser eines Staudamms. Doch die Druckwelle schwappte durch die Gänge an ihm vorbei. Dafür musste es einige der Weinregale getroffen haben. Glas zerschellte wie auf einer serbischen Hochzeit.

Kong, Storm und Sprock zuckten zusammen. Obwohl sie bereits auf Strandsand standen, war das dumpfe Beben bis zu ihnen gedrungen und hatte sich sofort mit den Wellenschlägen vermengt. Eine Taschenlampe in der Hand, blickten sie auf die Bodenklappe, die unter einem ausladenden und verwucherten Stranddistelbusch am Fuße der Steilküste in die Erde eingelassen war.

»Was war das?«, fragte Sprock mit Furcht in der Stimme.

»Könnte ein großer Wellenbrecher gewesen sein«, meinte Storm.

»Nein«, sagte Lee Kong alarmiert. »Hier stimmt etwas nicht. Das rieche ich. Was geht hier vor?«

Der Graf sah eisig auf seine beiden Besucher.

»Wer weiß, was für Fliegen Sie mit Ihrer Spur angelockt haben!«

»Langsam, meine Herren«, versuchte sich Storm in Verharmlosung. Doch in Lee Kong schaukelte sich etwas hoch.

»Was soll das heißen, Mister Sprock? Halten Sie uns für unprofessionell?«

Storm bewegte sich unmerklich von den beiden weg. Doch der General war auf der Hut. Er drehte sich nach ihm um.

»Wo wollen Sie hin?«

»Ich denke, wir sollten uns mal ein Bild von der Lage machen. Dann wissen wir, ob dieses dumpfe Geräusch aus dem Stollen kam.«

»Bleiben Sie hier!«, befahl Kong. »Wer weiß, was uns *dort* erwartet.«

Sprock hatte sich gerade die nassen Hände an seinem weißen Jackett abgewischt. Sie hinterließen graue Streifen. »Dieses Donnergeräusch kam aus der Richtung des Hauptraumes. Was ist, wenn es die Granaten, die Panzerfäuste, die Revolver, die Munition, also *all das* erwischt hat?«

»Hören Sie auf zu jammern, Sprock. Wir müssen klar denken.« Der General versuchte, das Zepter in der Hand zu behalten. Storm preschte vor.

»Ich schlage vor, wir sehen uns draußen mal ein wenig um. Als wir kamen, ging hier unten am Strand nicht ein einziger Soldat Wache.«

Sprock und Kong sahen ihn merkwürdig an. Der General sagte hektisch: »Halten Sie diesen Vorschlag nicht für viel zu riskant?«

»Wenn wir nicht zurückkönnen, gibt es nur ein seit- oder vorwärts«, erwiderte Storm. »Ich sehe links und rechts von mir nur Strand, aber vor uns eine Klappe, hinter der was lauern könnte.«

»Eine Möglichkeit gibt es noch«, warf Sprock dazwischen. »Den Abwasserschacht. Ein sehr schmaler Tunnel, der hinüber zum Hotel *Albatros* und dann weiter ins Meer führt.«

»Warum wissen wir von dem noch nichts?«, fragte Kong.

»Er war die Antwort auf die Frage, von wo aus wir die Giftgasgranaten abfeuern werden«, antwortete Sprock.

»Aus einem Tunnel?«, bohrte Kong weiter.

»Nein. Vom Meer. Haben Sie vorhin nicht den schwarzen Koffer gesehen? In ihm lagert meine Taucherausrüstung.«

Kong sah ihn ungläubig an.

»Das Wasser wird mit Infrarottechnik von oben abgescannt. Wie wollen Sie da unentdeckt bleiben?«

»Er hat eine eingebaute Kühlung. Funktioniert nach dem ähnlichen Prinzip wie beim Tarnkappenbomber F 117. Durch winzige Leitungen wird Kühlflüssigkeit in den Stoff gepumpt, der dadurch nie wärmer als zwei Grad wird. Die Innenisolation schützt den Körper vor der Kälte.« Sprocks Miene wirkte kennerisch.

»Also wenn das so ist…«, sagte Kong und blickte auf Storm.

Der sagte stattdessen: »Wir sollten zu unseren Babys zurückkehren. Vielleicht ist ja tatsächlich nur ein Weinregal umgekippt.«

»Wir haben nur diesen einen Plan, oder?« Kong sah erst auf Sprock, dann auf Storm.

»Für einen Plan B hatte ich nicht genügend Zeit«, meinte Sprock und wandte sich überheblich an General Kong. »Sie können froh sein, dass ich Sie überhaupt mit ins Boot genommen habe. Ich gehe voran.«

Der chinesische Geheimdienstgeneral biss sich auf die Zunge. Er hatte nicht übel Lust, Sprock einen Kinnhaken zu versetzen. Doch stattdessen achtete er jetzt darauf, dass Storm vor ihm ging.

Croy war indes den Weg zurückgeeilt, den er glaubte, auch gekommen zu sein. Ihm reichte es nicht, zu wissen, dass die Bombe hochgegangen war. Er musste in Erfahrung bringen, ob die Waffen tatsächlich zerstört waren. Zusammengestürzte Wände hielten ihn jäh auf. Ein Teil des Stollens war verschüttet.

Er atmete schwer, schwitzte. Der Latexanzug ließ keine Luft zu ihm durch. Grübelnd richtete er den Kegel seiner Taschenlampe nach vorn. Selbst wenn die Waffen noch existierten, war es jetzt wichtiger, den Nazigrafen und den chinesischen General unschädlich zu machen. Und dann war da noch dieser dritte Mann. Der Unbekannte. Croy hasste es, prekäre Situationen nicht unter Kontrolle zu haben, vielleicht ins Ungewisse zu laufen und dadurch Misserfolge zu riskieren.

Warum nur hatte Kaltenborn partout nicht sagen wollen, wer sein Informant war? Sydow konnte es nicht sein, der war zu weit weg. Der Marokkaner war tot. Malichova in Prag.

Während Croy das Luftmessgerät aufbaute und sich mühsam orientierte, schlichen seine Gegner vorsichtig den Stollen zurück. Sprock, der als Erster ging, blieb immer wieder stehen und lauschte. Die anderen beiden taten es ihm gleich.

»Hören Sie was?«, fragte Kong.

»Nein, nichts«, sagte Storm.

»Gut, dann weiter«, befahl Sprock. Er fühlte, wie ihm aufkommende Müdigkeit zu schaffen machte.

Der Zeiger des Luftmessgeräts zeigte, ähnlich einem Kompass, nach Norden. Croy musste nach links. Er blieb leise und spitzte die Ohren. Und dann hörte er von fern Männerstimmen, die immer deutlicher wurden. Er machte einen Satz in eine der Nischen und drückte sich an die Wand. Den entsicherten Revolver hielt er weit von sich gestreckt.

Von der Ostseite des Strandes näherte sich ein schwarzes Ungetüm. Seine LED-Scheinwerfer waren aufgeblendet, zwei weitere Lampenpaare strahlten vom Dach. Schräg gegenüber von Haus Morgenrot stoppte das Fahrzeug, seine Lampen erloschen, und zwei Männer sprangen heraus. Der kleinere von beiden hielt ein Gerät mit Namen *Bare Skin* in der Hand, dessen Oberfläche sich verfärbte, je näher er dem beinahe unsichtbaren Eingang zu dem unterirdischen Stollen kam. Es maß die Ausdünstungen menschlicher Haut in der Luft. Beide Männer trugen Overalls, die bis auf ihr Gesicht den gesamten Körper bedeckten. Die Männer hofften, dass sie diese neuartige biometrische Erfindung zur weiteren Unterscheidbarkeit von Individuen zu den Männern unter der Erde führte. Da sie über keinerlei Daten der Gesuchten verfügten, wählten sie die Einstellung: *General Human Perspiration*.

Sie ließen drei Männer und eine Frau in dem schwarzen Truck zurück. Die gefälschten japanischen Pässe hatten sie ihnen abgenommen und ihre Arme und Beine mit Handschellen und Fußketten fest fixiert. Kongs Vorhut war neutralisiert.

Croy lauschte angestrengt auf die Stimmen, die nun immer näher kamen. Er hörte das Schurren ihrer Schuhe und umfasste seine Waffe mit beiden Händen. Die Glühlampe warf in dem Gang ein diffuses Licht. Er gab sich selbst ein Kommando, sprang aus seinem Versteck in den Gang und rief zornig: »Stehen bleiben und alle Hände weit nach oben!«

Sprock, der als Erster ging, erstarrte. Storm verbarg sein Gesicht hinter Sprocks Rücken. Kong fummelte an irgendwas. Croy presste seinen Rücken mit der Waffentasche seitlich an die Wand.

»Hands up!«

Sprock folgte als Erster. Dann Storm. Nur Kong, der den Rücken Storms als Deckung nutzte, widersetzte sich. Croy schoss gegen die Decke des Stollens. Die Kugel prallte ab und pfiff irgendwo durch den Gang davon. Zementbrocken fielen zu Boden. Jetzt waren auch Kongs Hände in der Luft. Etwas glitzerte auf, wirbelte durch die Luft und streifte Croys Hals. Storm trat blitzschnell zur Seite und machte für Croy Platz. Der schoss, trotz des beißenden Schmerzes, in die Richtung des Generals, der aufjaulte wie ein getretener Hund. Er hielt sich die linke Schulter. Croy spürte, wie ihm das Blut in den Kragen rann. Dann erkannte er den Stasi-Agenten – und sah gleichsam wie eine Erscheinung auf ihn.

»Sieh mal an, wen wir hier haben«, knurrte Croy böse, leicht schleppend und wegen des chinesischen Generals auf Englisch.

Storm ahnte, was Croy als Nächstes plante. Er sagte schnell: »Ich bin auf Ihrer Seite. Und jetzt nicht erschrecken.« Croy blieb in Habacht-Stellung. Storms Anwesenheit hatte ihn für Sekunden aus der Fassung gebracht.

Der ehemalige Stasi-Agent langte in seine Lammfelljacke und richtete das Schießeisen auf Kong. »So, meine Herren, wir spielen jetzt das Spiel: Alles hört auf mein Kommando.« Auch er sprach Englisch.

Croy sah ihn perplex an. War das nur ein Trick von Storm? Die Gedanken jagten ihm durch den Kopf wie Windhunde bei einer Hasenhatz. Er hielt seine Waffe weiter auf die drei Männer gerichtet und wünschte, er hätte das Schnellfeuergewehr oder eine Maschinenpistole dabei.

»Tasten Sie die Männer nach Waffen ab, Storm. Machen Sie schon!«

Storm parierte sofort. Ihm war klar, dass Croy ihm misstrauen *musste*.

»Den Mantel weit auf, Kong«, befahl Storm. Auf dem Gesicht des Generals prangte die ganze Bandbreite von Hass und Killerfantasien.

»Kollaborateur!«, zischte er. »Lump! Verräter wie Sie sterben. Das wissen Sie.«

»Aber erst, wenn Sie nicht mehr am Leben sind, Kong.«

Croy und Storm sahen auf eine Palette drei- und vierzackiger Wurfsterne, die fein säuberlich vor und hinter einer dünnen Glasfaserfolie steckten und keinen Metalldetektor der Welt zum Winseln brachten.

»Ninja Dragon Stars!«, stieß Storm erstaunt hervor.

Croy nickte. Eines von den Dingern musste seine Haut unterhalb des Kiefers gestreift haben.

»Ausziehen!«, befahl Croy. Kong gehorchte. Er ließ den Mantel auf den Boden gleiten. Graf Sprock fasste sich ans Jackett.

»Na?«, warnte Croy. Er machte einen Schritt auf ihn zu, tastete ihn schnell ab. Aus den Augenwinkeln sah er auf Storm. Der hielt Kong weiter in Schach. Sprock war sauber.

Storm ging in die Offensive. An Sprock gewandt, sagte er: »Wussten Sie, dass der chinesische Geheimdienstchef in Ihrem Namen drei Erpresserbriefe schrieb? Darin unterstellte er Ihnen, dass Sie nicht nur Semjonow, sondern alle acht Regierungschefs wegen des Trias-Vertrags ermorden wollen, und verlangte darüber hinaus 100 Millionen Euro.«

Kong tat etwas, was Croy in dieser Situation völlig absurd erschien: Er kicherte. Seine Augen waren nur noch Striche.

Der Graf sah mit einem hässlichen Gesichtsausdruck auf den General. »Und ich habe Ihnen vertraut«, sagte er böse. »Ich glaubte, wir sitzen in einem Boot. Sie versprachen mir politisches Asyl nach meiner Rache an Semjonow. Ich glaubte, Sie kämpfen für unsere Sache, für nationale Wertgefühle, für die Freiheit von den hegemonialen Bestrebungen Amerikas ...«

»Große Worte«, feixte Kong, der sich kaum wieder beruhigen konnte.

»Es war ein unverzeihlicher Fehler, Ihnen beiden zu trauen.« Sprock wirkte fast traurig. Storm reagierte nicht. Er hatte genug damit zu tun, Kong auf Abstand zu halten. Die Sammlung an Wurfsternen in dessen Mantel hatte ihn überrascht. Kong hatte sein kleines Waffenarsenal geschickt vor ihm verborgen.

Kong hatte indes aufgehört zu lachen. Er sah in zwei Revolverläufe. Immer noch erschien es ihm absurd, dass er, einer der einflussreichsten Männer des aufblühenden China, hier mit Männern stand, von denen einer ein Verräter, der andere ein Bulle und der dritte ein verweichlichter Rechtsextremer waren. Wieder verspürte er den Drang, laut aufzulachen.

»Ihr alle drei«, redete er Croy, Storm und Sprock voller Verachtung an, »seid nur Würmer, Parasiten, Nichtsnutze. Was wisst *ihr* denn von Freiheit und Patriotismus?« Er wandte sich an Markus Croy. »Sie stützen und erhalten als Beamter eine imperialistische Großmacht. Und Sie tun dabei, als kämpften Sie für eine gerechte Sache. Das ist grotesk! – Und Sie, Storm, sind ein abgehalfterter Agent, der die Seiten so schnell wechselt wie ein dummer Soldat ohne Ehre.« Ehe er sich an Sprock wenden konnte, rammte ihm Storm den linken Ellenbogen in die Magengegend. Kong japste nach Luft.

Croy sagte zu Storm: »Lassen Sie von ihm ab. Ich bin gespannt, was er dem Grafen zu sagen hat.« Warum er Kong reden ließ, war ihm nicht ganz klar, es war unprofessionell und wahrscheinlich dumm und gefährlich. Aber der Rucksack drückte ihm ins Kreuz, und seine Weste mit dem Waffenarsenal zog an seinen Schultern. Er war völlig erschöpft und hatte die ganze Jagd satt. Was hier gerade geschah, erschien ihm wie eine Art notwendige Reinigung nach Wochen des Mordens, der Verfolgung und des Versteckspiels. Außerdem war er neugierig. Unbemerkt von den anderen, drückte er auf seinem Videotelefon die Taste *Record.* Ein interner Speicherchip erlaubte ihm die Aufzeichnung von Gesprächen bis zu einer Stunde.

»Was ist, General? Müde geworden?« Croy blickte ihn herausfordernd an.

Kong hielt sich eine Hand vor den Bauch. Er würdigte Storm nun keines Blickes mehr. In seinem Innern braute sich etwas zusammen, er wartete nur auf den richtigen Augenblick. Der Graf machte nicht den Eindruck, als denke er noch konzentriert. Seine Augen flackerten, die Mundwinkel zuckten. So sieht jemand aus, der in der Falle sitzt, dachte Croy. Er hat enorme Angst und gibt sich langsam auf.

Kong brach schließlich das Schweigen. »Sie glaubten allen Ernstes, ich gewähre einem Enkel Hitlers Asyl? Für wie dumm halten Sie mich? China ist ein viel zu stolzes Land, um abgehalfterte Neonazis auszuhalten. Wegen mir hätten Sie Semjonow umlegen können. Russland ist ein Feind Chinas, so wie die USA und Deutschland auch. Die politisch Verantwortlichen haben jedes Augenmaß verloren. Was diese Regierungen mit Trias zukünftig vorhaben, ist eine große Sauerei. Ihren Ländern drohen mit Sicherheit in Zukunft unkalkulierbare globale Auseinandersetzungen. Im Grunde führen drei Länder ab sofort und für die nächsten fünfzig Jahre einen Wirtschafts- und Verteilungskrieg gegen den Rest der Welt. Haben Sie das wirklich nicht begriffen? Aber China wird dabei nicht tatenlos zusehen, das schwöre ich bei allem, was mir heilig ist.«

»Ach ja?«, fragte Storm zurück. »Was ist Ihnen denn heilig, General? In Folge Ihres persönlichen Rachefeldzugs starben, wenn ich richtig zähle, neun Menschen. Dazu gehören Thomas Gordon Spread, Stefan Rumpf …«

»Was?« Sprock war plötzlich wieder ganz da. »Sie waren das? Sie haben meine Kameraden getötet?« Er machte eine Bewegung, als wolle er auf Kong zuhechten. Croy drückte ihm schnell die Waffe gegen die Brust. »Hiergeblieben!«

Sprock und Kong standen sich gegenüber wie die beiden Cowboys in *High Noon*. Sprock kochte innerlich.

»Dann hatte Spread also recht, dass er von Chinesen beobachtet und verfolgt wurde. Sie dreckiges Schwein.«

Kong sah ihn an wie eine Schabe, die er nur aus einer Laune heraus davonkriechen ließ. »Und Sie?«, höhnte er. »Wen haben Sie auf dem Gewissen? Wie ich erfahren musste, gehörten Sie, Spread und Rumpf doch alle drei dem Weiße-Ritter-Netzwerk an, deren Ideologie ja eindeutig ist. Die weiße als die überlegene Rasse, der Nationalstaat vor der Europäischen Union … Dann die wüsten Beschimpfungen in Ihren Pamphleten über eine *staatsterroristische* Politik der USA. War der Grund für Trias vielleicht gar nicht die Unabhängigkeit Amerikas und Deutschlands von den Rohstoffmärkten, sondern eine Art Altersvorsorge eines noch vergleichsweise jungen

Netzwerkes, das damit viele Millionen Dollars abschöpfen wollte? Um vielleicht irgendwann mit Gewalt die Macht in Europa an sich zu reißen? Spread und Rumpf haben den Tod verdient. Sie sind die wahren Verräter an der Gleichberechtigung aller Länder auf Wohlstand.«

Jetzt lächelte Sprock. »Alle drei Regierungen haben sich, ohne es zu ahnen, vor unseren Karren spannen lassen. Trias war und ist als eine Art Versorgungswerk geplant. Und ich bin mir sicher, dass unsere Kameraden weltweit dafür sorgen, dass wir mit am Trog sitzen, wenn es was zu essen gibt. Darauf können Sie Gift nehmen.«

»Meine Herren«, sagte Croy jetzt mit einer gewissen Genugtuung. »Was Sie in den letzten Stunden auch immer geplant haben: Es hätte Trias nicht verhindern können. Der Vertrag ist in der letzten Woche von allen Beteiligten unterschrieben worden.« Croy ließ diese Nachricht wirken, bis er sein Ziel erreicht hatte. Kong entglitten die Gesichtszüge.

»Ich freue mich, dass davon nichts an die Öffentlichkeit durchgesickert ist«, schob Croy nach, »wundere mich aber gleichzeitig auch darüber. Offensichtlich stehen Sie, lieber General, einem der unprofessionellsten Geheimdienste vor, die es gibt.« Der General zuckte zurück, als hinge ein fauliger Fisch vor seiner Nase.

»Wann und wo?«, presste er zwischen den Zähnen hervor.

»Als wir in Berlin eine Terrorübung abhielten. Parallel dazu unterschrieben die Präsidenten Russlands, der USA und die deutsche Bundeskanzlerin in aller Ruhe den Vertrag im Anschluss an eine private Konferenz auf einer Militärbasis in Nordostdeutschland.«

Lee Kongs Gesicht war jetzt so grau wie Staub. Aus den Augenwinkeln sah er auf Storm. Der hielt – aus Unachtsamkeit, Müdigkeit oder wegen fehlender Übung – seine Waffe gefährlich tief gesenkt. Bevor Croy ihn warnen konnte, schlug Kong zu. Der Ermittler stieß Sprock von sich. Er stand zwischen dem Gang und dem kleinen Raum, in dem sich Holzregale, Weinflaschen und ein paar leere Holzkisten mit aufgedruckten Hakenkreuzzeichen befanden.

Kong und Storm wälzten sich auf der Erde, beschimpften sich dabei unflätig und versuchten, sich gegenseitig an die Kehlen zu gehen. Kong war nicht nur gewandter als Storm, er war auch jünger. Graf Sprock machte derweil eine ungeschickte Bewegung.

Croy verlor die Nerven. Er drückte ab. Ein runder Fleck in Rot erschien auf Sprocks weißem Jackett. Er vergrößerte sich schneller, als Sprock brauchte, um zu Boden zu gehen.

Vom Knall erschreckt, kämpften die beiden anderen noch verbissener um den Sieg. Croy konnte nicht viel tun. Das Risiko, den falschen Mann zu treffen, war ihm zu groß. Auf einmal war Kong in der Oberlage und drückte seine Hände kraftvoll auf Storms Gurgel. Croy hielt ihm den Revolver an die Schläfe.

»Langsam aufstehen!«

Kong reagierte wie ein Schweißhund, der eine Blutspur aufgenommen hatte: nämlich gar nicht. Er drückte nur noch fester zu.

Storms Beine zuckten. Seine Hände waren vor Anstrengung schneeweiß und hatten sich in Kongs Armen verkrallt. Croys Gedanken überschlugen sich. Brauchte man Kong noch, um mehr Klarheit zu gewinnen? Oder sollte er Kong in die Schläfe schießen? Das käme einer Hinrichtung gleich. Er traf eine Entscheidung. Er zielte auf Kongs Fuß und drückte einmal ab. Der Oberkörper des Generals flog, wie von einem starken Stromstoß getroffen, von Storm weg und traf gegen Croys Beine, der, das Gleichgewicht verlierend, nach hinten wegkippte. Im Fallen entleerte er sein gesamtes Magazin. Staubbrocken und Holzstücke pfiffen durch die Luft wie beim Abriss eines irischen Reihenhauses. Kugeln schlugen in die Wände ein, trafen den Chinesen mehrmals in die Beine, Brust und die Hüften, verfehlten Storm nur knapp und durchzuckten gleichfalls die Leiche von Sprock, dass es aussah, als schüttelten ihn Elektroschocks zurück ins Leben. Von irgendwoher erklangen hektische Männerstimmen. Sie drangen wie durch Watte in die Katakomben. Zwei Männer in schwarzen Overalls erschienen im Gang vor dem völlig verrauchten Raum. Plötzlich war es sehr still. Munitionsdampf waberte durch die Luft wie ein Geist.

13

Marienstrand, am späten Vormittag, gleicher Tag

Sergej Iwanowitsch Semjonow fasste soeben Bundeskanzlerin Sprado unter, als einer seiner Berater nach ihm rief.

Beide Politiker drehten sich nach dem Mann um. Er kam ihnen im Laufschritt entgegen und sagte: »Ministerpräsident Jiang würde Sie gerne telefonisch sprechen. Ich glaube, es ist dringend.«

»Sagen Sie ihm, dass ich ein reizendes kleines Rendezvous mit der deutschen Bundeskanzlerin habe, das bis Sonntag geht. Danach stehe ich ihm selbstverständlich zur Verfügung.« Er wandte sich wieder ab und sagte leise zu ihr auf Russisch: »Er wird sich furchtbar darüber ärgern, dass er seine Geheimdienstarmee auf einen Vertrag ansetzte, den wir auf unserem kleinen Geheimtreffen in Ostdeutschland schon längst unterschrieben haben. Und niemand trug es nach außen. Das«, sagte der russische Präsident mit vor Stolz fast erstickter Stimme, »ist die eigentliche Meisterleistung der letzten Tage gewesen.«

Lydia Sprado war etwas nachdenklicher. »Mit dem Kopf durch die Wand macht Beulen. Andererseits: Bei der Bedrohungslage blieb uns gar nichts anderes übrig, als unsere Feinde zu narren. Und unser Luftwaffenstützpunkt in Laage war das perfekte Territorium dafür. Kleiner Kreis, gut abgeschirmt, verlässliche Sicherheitsbeamte.« Sie dachte in dem Moment an Konrad Kaltenborn, an dessen verbale Angriffe, seine Respektlosigkeit vor ihrem Amt. Doch ihr Ärger darüber war verflogen. Er hatte mit seinen Leuten nicht nur einen Vertrag gerettet, auch wenn der längst in trockenen Tüchern gewesen war. Ihr Leben und das vieler anderer hochgestellter Politiker hatten in seinen und den Händen seines unerschrockenen Undercover-Agenten Markus Croy gelegen.

Semjonow war mit seinen Gedanken schon wieder ganz woanders. »Übrigens ist es schade, dass ich nun doch nicht in diesem reizenden kleinen Märchenschloss unterkommen konnte. Von außen so liebevoll und mit Stil restauriert.«

»Wir hatten weder Mühen noch Kosten gescheut«, antwortete sie ihm. Sie dachte kurz nach. Schließlich überspielte sie das Drama der vergangenen Nacht mit einer fabelhaften Lüge: »Leider explodierte eine alte Gasleitung, die Decken stürzten ein, das gute Porzellan …«

»Und was musste ich hören?«, unterbrach Semjonow. »Es gab noch einen kleinen Zwischenfall gestern Nacht?«

»Nicht der Rede wert«, antwortete Lydia Sprado. »Wo es etwas zu essen gibt, da kommen auch die Ratten. Wir haben sie kurzerhand ausgeräuchert.«

Semjonow strahlte sie an. »Die Deutschen, die Russen und jetzt auch noch die Amerikaner … sie sind das unschlagbare Trio neuer Weltverbundenheit.«

Kichernd betraten sie den Saal, in dem sich am ovalen Konferenztisch bereits die anderen sechs Regierungschefs und ihre engsten Berater versammelt hatten, die pünktlich am Morgen eingetroffen waren. Durch das Fenster sah man Patrouillenboote auf See und kreisende Hubschrauber. Soldaten standen als kilometerlange Kette zwischen Düne und den Konferenzhotels.

14

Peking,
Regierungspalast,
21:38 Uhr Ortszeit, gleicher Tag

Für Ministerpräsident Jiang waren die letzten Stunden dieses Tages zu einem persönlichen Waterloo geworden. Am frühen Abend Pekinger Ortszeit erfuhr er über einen verschlüsselten Funkspruch eines Pekinger Kontaktmannes vom Tod seines Spionagechefs. Kurz darauf ereilte ihn die Nachricht, dass vier weitere Agenten des Guoanbu zunächst von den Deutschen verhaftet und dann dem japanischen Geheimdienst überstellt worden waren. Dass sie irgendwann auspackten, war nur eine Frage der Verhörmethoden. Jiang wusste, dass die Japaner in ihren Folterfantasien nicht minder zimperlich waren als das chinesische MSS.

In seiner ersten wuterfüllten Reaktion legte er seinem Verteidigungsminister Zhou den Rücktritt nahe, bot ihm aber an, als Wehrdienstbeauftragter in eine der Provinzen im Norden des Landes zu gehen. Eine halbe Stunde später hieß es, dass Zhou sich mit seiner Dienstwaffe selbst gerichtet hatte. Als Chinas Präsident auch noch erfuhr, dass Trias bereits einige Tage vor dem G8-Gipfel unterschrieben worden war, geriet er außer sich. Und als Russlands Präsident ihn vor einigen Minuten mit seiner Absage an ein persönliches Telefonat düpierte, kochte seine Galle endgültig über.

Jiang bestellte umgehend die einflussreichsten Militärs in den Regierungspalast ein. Er tobte und schrie und verfluchte seinen bislang engsten Partner Russland als Verrätervolk.

»Unsere Truppen sollten sofort über die gemeinsame Südostgrenze einmarschieren, um das Schlimmste zu verhindern und Moskau wieder zu disziplinieren«, donnerte er.

Obwohl seine Generäle ähnlich dachten, redeten sie beschwichtigend auf den Staatschef ein. Jiang war nur mit Mühe zu beruhigen, behielt sich aber für die nächsten Wochen eine grundsätzliche Richtungsänderung gegenüber Moskau vor.

Zwei gezielte Raketen, dachte er auf dem Weg in seine Privatgemächer grimmig, direkt auf die verdammten Moskauer Zwiebeltürme und den Kreml abgeschossen, würden schon reichen.

15

**Marienstrand,
erster Tag des G8-Gipfels, früher Nachmittag**

Im Säulensaal von Hotel *Albatros* saßen sich BKA-Vizepräsident Konrad Kaltenborn, Sonderermittler Markus Croy und CIA-Agent Vincent Talo an einem ausladenden runden Tisch gegenüber. In seiner Mitte standen ein Tablett mit Tee, Kaffee, Mineralwasser, Cola, Kirschsaft und eine Schale mit roten Weintrauben. Darum gruppierten sich Tassen, Teller, Gläser und Servietten aus blauem Stoff. Der Saal war als Reminiszenz an die Räume der Jahrhundertwende gestaltet, in dem die betuchten Bürger in großem Stil ihre Feste feierten, Kapellen aufspielten und die Essen eher Banketts als Stehempfänge waren.

Ein festlich geschmückter Weihnachtsbaum stand auf prominentem Platz beinahe in der Mitte des Saales. Er war von der Spitze bis zu seinem Fuß mit leuchtend dunkelroten Kugeln, silbernem Lametta und in Goldpapier eingewickelten Schokoladenstückchen behängt.

Kaltenborn referierte soeben die letzten Erkenntnisse aus dem Verhör, das er mit BND-Agent Hans Strachow geführt hatte, bevor dieser, wahrscheinlich wegen der mehrfach injizierten hohen Dosen an Methylamphetamin, körperlich zusammengebrochen war.

»Und wie geht es Michael Storm?«, unterbrach ihn Croy. »Wird man seinen Kehlkopf retten können?«

Kaltenborn hob die Schultern und machte ein unwissendes Gesicht. Auf Croys Gesicht lagen die Schatten der vergangenen Nacht.

»Die Ärzte meinen, er habe großes Glück gehabt. Normalerweise überlebt einen gequetschten Kehlkopf niemand länger als zwanzig Minuten. Die Blutzufuhr war aber offenbar nicht unterbrochen. Es hat allerdings auch seine Stimmbänder erwischt. Er wird in jedem Fall längere Zeit nicht sprechen können.« Kaltenborn griff nach einer Tasse und schenkte sich schwarzen Tee ein. Er rührte Milch und Zucker hinein, dann trank er vorsichtig.

»Wie kam es, dass Storm so derart zwischen die Fronten geriet?«, fragte Croy vorsichtig. »Ich hielt ihn lange Zeit für einen bloßen Wichtigtuer.«

»Alles, was Storm tat, hatte er mit mir abgesprochen«, sagte Kaltenborn. »Obwohl er lästige Späher um sich hatte, wusste nicht einmal der BND, welche Karte Storm als nächste zog. Nur in der Slowakei passte er nicht genügend …«

Croy unterbrach hitzig seinen Vorgesetzten. »Aber warum haben Sie mich nicht informiert?«

Kaltenborn hielt seinen Ton weiter auf kleiner Flamme. »Es ging nicht, Markus. Storm wollte und sollte in die unmittelbare Nähe General Kongs. Diese Operation musste unter allen Umständen geheim bleiben. Leider auch vor Ihnen.« Kaltenborn ahnte, dass Croy dieses Bekenntnis nicht glücklich machte. Das Gesicht seines Sonderermittlers bestätigte sein Gefühl.

»Heißt das, Sie waren schon sehr früh darüber informiert, dass die Chinesen da mit drin steckten?« Croys Augenbrauen saßen drei Stockwerke höher als sonst.

Kaltenborn bejahte. »Aber ich glaubte anfangs nicht daran. Ich kontaktierte Storm in Frankfurt, er konnte aber nicht reden, weil Kong dicht neben ihm stand. Doch er rief mich später aus einem Taxi und aus einem Friseurgeschäft in Hamburg zurück. Er schilderte mir detailliert, was der Spionagechef vorhatte.«

Croy schwirrte der Kopf. Hatte Storm ihn nicht auch genau von dort angerufen und ihm quasi die Hilfe »krankheitsbedingt« aufgekündigt?

»Wieso diese Geheimnistuerei? Warum war ich zwar mittendrin, aber nicht *dabei*?« Croys Wangenmuskeln zuckten. Nach dem Ende seiner nächtlichen Operation war ihm nicht viel Schlaf geblieben.

»Es geschah zu Ihrem eigenen Schutz. Was Sie wissen mussten, erfuhren Sie durch eigene Recherchen. Manchmal ist zu viel Mitwissen nicht gut. Es hemmt die eigene Kreativität. Sie brauchten Storm nicht als Freund an Ihrer Seite. Aber wir brauchten Storm bei den Feinden. Und diese Sache hat er gut gemacht.« Kaltenborn griff nach seinem Tee. Croy sammelte sich wieder. Er trank einen Schluck Kaffee und sah zu Vincent Talo. Der CIA-Agent hatte bislang schweigend zugehört.

»Wie krank muss Sprocks Denken gewesen sein, wenn er glaubte, er könnte als Einzeltäter einen Präsidenten auf einem derartigen Gipfeltreffen hinrichten?«, sagte Croy nach einer Weile. »Welch ein Größenwahn!«

Talo beugte sich aus seinem Stuhl zu Croy vor. Doch gleich darauf rutschte er wieder zurück und strich seinen Schlips glatt.

»Ich denke, die Wahrnehmung von Individualtätern ist oft derart verzerrt, dass sie ihre Taten für gut und richtig halten«, referierte Talo. »Aus Böse wird Gut und aus dem vermeintlich Unterdrückten ein Unterdrücker. Sprock – wie auch Spread und vielleicht auch Rumpf – fühlten sich in ihrer Gesinnung nicht ernst genug genommen, fühlten sich als Outlaws. Und aus dieser Rolle heraus wollte Sprock nun zeigen, dass er zu Unrecht unterschätzt und an den gesellschaftlichen Rand gedrängt wurde. Dabei war ihm jedes Mittel der Aufmerksamkeit recht.«

»Die Europäer haben die Rechtsextremen, die Araber Al-Qaida«, sagte Kaltenborn nachdenklich.

»Ist das wirklich so einfach?« Croy schüttelte den Kopf und verschränkte die Beine. Vor dem Fenster machte ein Schwarm Möwen gehörig Lärm. Etwas lauter sagte er: »Meiner Meinung nach operieren terrorbereite Muslime und ihre Nachahmer inzwischen deshalb weltweit, weil ihre geistigen Brandstifter nicht mehr nur national denken. Aber sie unterscheiden sich sehr wohl erheblich von den überwiegend in Europa und Asien akzeptierten Neonazis. In unserem Kulturkreis sehen sich die Nationalen und ihre teils radikal-ideologischen Anhänger immer noch einer aufgeklärten und gebildeten Bürgerschicht gegenüber, die den Begriff *Nationalsozialismus* mit den Gräueltaten des Zweiten Weltkriegs in Verbindung bringt. Terrorbereite Muslime wie die Takfiri, die Taliban, militante Schiiten oder die Hamas morden zwar auch, aber im Namen Mohammeds. Im Namen Hitlers heute Wahlen zu gewinnen oder Anschläge durchzuführen, würde nicht funktionieren.«

Kaltenborn atmete kurz durch. »Unsere Gesellschaft wird diese Phänomene aushalten müssen, oder« – der BKA-Vize griff nach einer Flasche Kirschsaft – »man stellt das System einmal vom Kopf auf die Füße. Die Wurzel allen Übels ist doch die Gesellschaftsstruktur selbst. Sie produziert linksextreme oder rechtsextreme Gruppierungen, angepasste, heuchlerische oder opportunistische Bürger.« Er goss sich das Glas halb voll.

»Auf diese Gesellschaft haben wir einen Amtseid geleistet. Das sollten wir nicht vergessen«, erwiderte Croy. »Wir haben Menschen getötet, die unser Land schädigen wollten. Auch wir müssen unsere Gesellschaft aushalten – oder die Waffen abgeben und zu Priestern werden.«

Kaltenborn wiegte den Kopf. Croy schenkte sich Kaffee nach. Er hatte plötzlich Lust auf eine Zigarette.

Talo sah aus dem Fenster, auf den Schwarm Möwen, die sich jetzt auf den Buhnen verteilt hatten, die aufs Meer hinausragten. Er wollte und konnte sich an diesem Gespräch nicht beteiligen. So, wie seine beiden Kollegen auch, hatte er einen Eid auf die Verfassung und damit auf die Gesellschaft der Vereinigten Staaten abgelegt. Am Sonntag würde er nach Washington zurückfliegen, und wahrscheinlich stapelten sich auf seinem Schreibtisch längst die Akten neuer Fälle. Und Weihnachten stand vor der Tür.

Eine helle Frauenstimme wehte zu ihnen hinüber.

»Herr Croy?« Der Ermittler sah sich um. Die Stimme kam ihm bekannt vor. Er lächelte breit und winkte dem Mädchen zu.

»Kommen Sie bitte herüber.«

Sie war in eine blaue Dienstuniform gekleidet. Als sie kurz vor dem Tisch stand, erhoben sich die drei Männer. Sie sah verlegen zu ihnen hin.

»Das ist das Zimmermädchen, das mir geholfen hat«, sagte er an seine Kollegen gewandt.

»Ich heiße Janina«, sagte sie leise und streifte Croy dabei mit einem fragenden Blick.

»O ja, Janina«, wiederholte Croy entschuldigend und sah auffordernd zu Kaltenborn und Talo. Ihr flogen nacheinander zwei Hände zu, die sie schüchtern drückte. Der Ermittler umfasste zurückhaltend, aber doch mit Kraft ihre Schultern. Sie nahm es gelassen.

»Ohne sie wäre ich nicht so leicht in das Haus und somit zum Tatort gelangt.«

»Alle Achtung«, sagte Kaltenborn. »Sie haben Mut bewiesen. Dürfen wir Ihnen etwas anbieten?«

Sie sah von Kaltenborn zu Croy, schwieg einen Moment und sagte dann: »Haben Sie nicht vorgeschlagen, zusammen Champagner zu trinken, wenn Sie gesund wiederkehren?«

Croy lachte auf. »Aber natürlich! Entschuldigen Sie ... ich hatte es vergessen.«

»Kein Problem«, lächelte sie schelmisch. Kaltenborn und Talo sprangen die Augen auf wie Samenpollen in einer Blüte. Janina steuerte grazil auf die Bar zu und flüsterte dem Kellner etwas ins Ohr. Croy sah ihr leicht nervös hinterher.

Kaltenborn grinste. »Manchmal ist es leichter, den Mund zu halten als ein Versprechen.«

Croy blickte etwas betreten. Ihm fiel Katja Kirchner ein. Er hatte sie vorhin noch gesehen, als sie mit ihrem Boxer an der Leine das Akkreditierungsbüro für Journalisten betrat. Er nahm sich vor, sie sehr bald zum Abendessen zu bitten. Doch zuerst musste er sein Versprechen einlösen ...

Kurz sah er zu Kaltenborn und Talo. »Sieht sie nicht aus wie eine Wassernixe?«, sagte er leise zu den beiden Männern. Die beiden blickten irritiert. Dann stand er hastig auf. »Warten Sie, Janina ...«, rief er ihr zu.

Das Mädchen winkte ihm fröhlich zu.

Epilog

**Berlin,
Bundeskanzleramt,
21. Dezember, eine Woche nach dem G8-Gipfel**

Lydia Sprado erhob ihr Glas und sah auf die geladenen Gäste. Unter die Männer und Frauen hatten sich auch der Innenminister Eberhard Cromme, der Chef der Bundespolizei, Henning Kühl, Verteidigungsminister General Rasmus Schönfelder und Außenminister Henrik Kohlhoff gemischt. In einer Ecke des Kanzlerbüros stand eine grüne Fichte im Weihnachtstüll.

»Lassen Sie mich Ihnen ein paar Worte sagen. Mit der Aufklärung dieser scheußlichen Verbrechen und der Gefangennahme der Attentäter haben Sie, meine Damen und Herren, der inneren Sicherheit einen großen Dienst erwiesen. Niemand wird es schaffen, die Regierung unseres Landes zu erpressen und ihre Absichten zu hintertreiben. Deutschland wird zu einer globalen und wirtschaftlich unabhängigen Macht aufsteigen und auch eine solche bleiben. Wir stehen gemeinsam mit unseren Partnern Amerika und Russland an der Schwelle zu einem neuen Zeitalter, das uns Wohlstand bringen wird.« Sie machte eine Pause und blickte entschlossen in die Runde. »In diesem Zusammenhang habe ich mich entschieden, unseren Abwehrkampf gegen äußere und innere Störer nochmals durch eine Neuordnung unserer Geheimdienste zu stärken. Hinweg mit den dezentralen Strukturen, die unter Umständen dazu ermutigen, Gesetze zu brechen. Jeder von uns kennt die Protokolle des Verhörs mit diesem ... BND-Agenten ...« Die Kanzlerin sagte die letzten Worte mit Abscheu in der Stimme.

Ihre Gäste machten nicht den Eindruck, als freuten sie sich auf weitere Schläge in dieselbe Kerbe. Doch Lydia Sprado legte noch einmal nach und wiederholte mit zornbebender Stimme, was sie bereits zu ihrem Mann am Abend zuvor beim Essen gesagt hatte. »Offen gesagt: Die Lektüre macht mich wütend. Mehr noch, sie widert mich an. Ich will hier nichts verallgemeinern. Aber offenbar macht mancher Beamte in diesem Land, wozu *er* Lust hat. Wo bleiben nach all den Drohbriefen die Analysen über Gefahrenpotenziale aus Russland, der Ukraine, Weißrussland? Niemand wusste von einem bevorstehenden Anschlag auf Stefan Rumpf. Dabei bezahlen unsere Dienste angeblich Tausende Informanten. Bund und Länder geben für die einzelnen Landesämter und für das Bundesamt für Verfassungsschutz, den Bundesnachrichtendienst und die ihnen angeschlossenen Kontroll- und Aufsichtsgremien jedes Jahr mehrere Milliarden Euro aus. Ganz zu schweigen vom Militärischen Abschirmdienst, der aus dem Etat des Verteidigungshaushalts bezahlt wird. Wie kann ich wissen, ob nicht noch mehr abtrünnige Agenten und andere faule Eier darunter sind?« Sie hob kampflustig das Kinn und sagte: »Ich möchte die Inlands- und den Auslandsgeheimdienst neu ordnen.«

Die Gesichter ihrer Gegenüber versteinerten augenblicklich. Geschickt machte Sprado sich jetzt die Worte ihres Mannes, des Physikers, zu eigen. »Jedes System besteht aus einer Vielzahl an Teilchen. Sie mögen für das Auge eines Laien chaotisch hin und her fliegen, der Wissenschaftler aber erkennt darin eine Ordnung. Doch ohne einen inneren Kern, um den sich die Teilchen bewegen, würde jedes System auseinanderfliegen und wäre unnütz. Deshalb macht für mich nur eine Zentralisierung Sinn. Ob am Ende eine Art Nationale Sicherheitsagentur stehen wird, weiß ich noch nicht. Die Ergebnisse meiner Überlegungen fließen derzeit in einen Referentenentwurf ein, der, wenn es nach mir geht, sehr bald in ein Gesetz münden wird. Ich gebe Ihnen darüber rechtzeitig Bescheid. Auf Ihre Gesundheit!« Ihr Gesicht war gut durchblutet, ihre Augen leuchteten. Sie war gespannt, wie die anwesenden Geheimdienstler reagieren würden.

BND-Chef Rubens meldete sich zu Wort. Ihn würde sie als Erstes ablösen, dachte die Kanzlerin freudvoll.

»Ich halte eine einzige Zentrale für den In- und Auslandsgeheimdienst für kontraproduktiv«, sagte er vorsichtig.

Sein Kollege vom Bundesamt für Verfassungsschutz haute in die gleiche Kerbe. Seine Tonlage war etwas schärfer. »Sie wollen wirklich das Modell des DDR-Staatssicherheitsdienstes übernehmen? Womöglich einen Geheimdienstminister ernennen?«

Jetzt trauten sich auch die Chefs der Landesämter für Verfassungsschutz aus der Deckung. Ihre Proteste klangen wie das Knurren und Heulen aufgescheuchter Wölfe. Nur der Vertreter von Q4, der geheimsten Behörde Deutschlands, zuständig für die Innenrevision der Geheimdienste und den Schutz vor abtrünnigen Agenten, lächelte selig. Sein Amt würde durch eine solche Zusammenlegung gestärkt werden. Die Behörde mit Sitz in Nürnberg würde zukünftig einen noch besseren Überblick über die beamteten Schlapphüte haben.

Lydia Sprado hatte all diese Reaktionen erwartet.

Dann sagte sie in barschem Ton: »Wenn Sie sich alle wieder beruhigen wollen? Ich denke, dass Ihre Reaktion zeigt, wie wichtig diese Reform ist. Ich möchte nie mehr erleben, dass Agenten aus Berlin Wildwest spielen und ihr Behördenchef und der Verfassungsschutz in Köln davon nichts ahnen. Auch die Landesämter für Verfassungsschutz – und hier denke ich vor allem an Bayern – bekamen von all dem nichts mit. Es kann nicht sein« – ihre Stimme klang jetzt wie das Singen eines Sägeblatts –, »dass ich von einer Gefährdung erst erfahre, wenn sie schon real vorhanden ist und vielleicht sogar hochrangige Persönlichkeiten betrifft. Die letzten Wochen haben mir gezeigt, wie ineffektiv das momentane Geheimdienstsystem ist. Das war's von mir zu diesem Thema.«

Markus Croy schlug das Herz bis zum Hals. Ein zentraler Geheimdienst bedeutete nicht nur eine Verschlankung sämtlicher Behörden und damit Arbeitsplatzabbau. Er bedeutete auch mehr Kontrolle über die Agenten und mehr Transparenz in ihrer oft undurchsichtigen Arbeit. Ziemlich sicher machte sich Sprado mit dieser Entscheidung eine Vielzahl an Feinden. Vielleicht brachte sich die Bundeskanzlerin sogar in Gefahr.

Croy beschlichen düstere Vorahnungen. Wie würde wohl sein nächster Job als Sonderermittler aussehen? Musste er womöglich die Mörder einer Bundeskanzlerin jagen?

Lydia Sprado hatte schon ihre Papiere zusammengeschoben und war im Begriff zu gehen, als BKA-Vizepräsident Konrad Kaltenborn um die Aufmerksamkeit der Bundeskanzlerin bat. Sie sah nervös zu ihm hin. Kaltenborn war jemand, vor dem sie Respekt hatte, aber der sie auch verunsicherte. Solche Menschen mochte sie gar nicht.

Markus Croy sah gespannt zu ihm auf.

Der Innenminister verzog indes sein Gesicht. Was auch immer sein Untergebener jetzt sagte: Er würde Kaltenborn nach diesem Treffen die Leviten lesen. Für seinen Geschmack war er im Verlauf der Ermittlungen zu oft übers Ziel hinausgeschossen – ob mit Worten oder mit Verfügungen. Kaltenborn, dachte Eberhard Cromme fest, muss diszipliniert werden.

»Verehrte Frau Bundeskanzlerin und Herren Minister«, begann Kaltenborn, »beinahe alle, die wir hier sitzen, sind Beamte des Staates, und Sie sind unsere Dienstherrin. Wir kennen unsere Pflichten. Die Ermittlungen der vergangenen Wochen führen mich zu der Frage, ob wir, die wir hier sitzen, einige der dramatischen Wendungen hätten verhindern können. Ich halte Ihre persönlichen Schlussfolgerungen für erstaunlich und beachtenswert. Ich vermute allerdings, dass Sie gegen viele Widerstände zu kämpfen haben. Es wird sicher auch Gegner dieser Reform geben …« Kaltenborn sah herausfordernd auf die anwesenden Geheimdienstchefs, doch keiner von ihnen schenkte ihm einen Blick.

Croy nagte an seiner Unterlippe. Kaltenborn schien die gleichen Ahnungen zu haben wie er.

Sprado verknotete die Finger ineinander. Kaltenborn vermied einen vorwurfsvollen Ton. Er sprach eher wie ein Berater, der am Ende schlauer war als am Anfang. »Wie auch immer diese Reform ausgeht: Ich denke, die Feinde des Vertrages werden keine Ruhe geben. Mit der Ausschaltung der Chinesen ist es wohl nicht getan. Ich fürchte, dass es im Verlauf der nächsten Monate oder Jahre immer wieder zu mehr oder weniger dramatischen Störungen gegen die Trias-Länder kommen wird. Ich empfehle Ihnen daher, nicht nur auf eine Neuordnung der Geheimdienste zu sehen, sondern auch eine Art Trias-Schutzgruppe zu bilden, die bei terroristischen Angriffen mit den USA und Russland an einem Strang zieht.«

Die Kanzlerin ließ sich nicht anmerken, wie sehr sie dieser Vorschlag aufwühlte. In der Tat rumorte in ihr die Furcht, dass die Angriffe der Chinesen und die geplante Racheaktion von Graf Sprock nur der Anfang einer massiven Gegenwehr von Ländern sein könnte, die die wirtschaftliche Vormachtstellung der Trias-Länder brechen wollten.

Die Bundeskanzlerin versuchte ein dankbares Lächeln. Ihre Sicherheitschefs hielten sich weiter bedeckt.

»Ich halte Ihren Vorschlag für mehr als nützlich, Herr Kaltenborn. Er zeugt von Ihren hervorragenden Analysefähigkeiten. Ach, übrigens …« Lydia Sprado machte eine winzige Pause und fuhr dann fort: »Denken Sie, dass Ihr Vorgesetzter jemals wieder seinen Dienst antreten kann? Der Schlaganfall schien schlimmer gewesen zu sein als erwartet. Stünden Sie als sein Nachfolger bereit?«

Kaltenborn war auf diese Offerte so wenig vorbereitet wie ein Autofahrer auf Blitzeis. Er schrak ein wenig zusammen und umkurvte vorsichtshalber ein Statement mit einer Gegenfrage.

»Ich möchte eher *Sie* etwas fragen: Derzeit üben Menschenrechtsgruppen wie Amnesty International, die Liga für bedrohte Völker und die russische Sektion der Liga für Menschenrechte massive Kritik an Moskau wegen der Verhaftung der gesamten Spitzenvertreter der Sibirien-Kommission. Sie sitzen unschuldig in Haft. Mittlerweile dürfte es sich bis zu Präsident Semjonow herumgesprochen haben, dass der chinesische Geheimdienst MSS hinter dem Anschlag auf Kirijenko und der Zerstörung des Flüssiggas-Terminals auf Sachalin steckte. Machen Sie Ihren Einfluss geltend, dass die Aktivisten um Oleg Grischenko freikommen? Moskau und durch Trias auch wir müssen zukünftig scharfe Kritiker an unserer Rohstoffpolitik aushalten können.«

Sprado nickte Außenminister Kohlhoff zu, der sich eilfertig eine Notiz machte. Ohne einen weiteren Kommentar verließ die Kanzlerin erhobenen Hauptes den Raum. Das Stimmengewirr aufgeregter Diskussionen verfolgte sie bis in ihr Dienstzimmer.

Als das Licht im Büro der Kanzlerin erlosch, war es schon spät am Abend. Längst waren ihre Gäste gegangen, aber ihr Ehemann war gekommen.

»Das war heute ein sehr merkwürdiger Tag«, sinnierte sie.

Der Physiker sah sie aufmerksam an.

»Es kam genau so, wie ich es mir dachte. Ein kollektiver Aufschrei gegen die Zusammenlegung der Geheimdienste. Die

Wölfe glauben, aus ihren angestammten Jagdgebieten vertrieben zu werden.«

»Du musst weiter vorsichtig agieren«, empfahl ihr Mann. Er hielt einen Themenwechsel für angebracht. »Wann waren wir eigentlich das letzte Mal tanzen?«

Sie dachte nach und bohrte sich den Finger in die Stirn, bis sie schmerzte. Ihr Mann sah an die Decke, die mit Holz verkleidet war.

»Vor zwanzig Jahren?«, überlegte sie laut. »In Palma de Mallorca? Mit Manuel, seiner Frau und ihren beiden schwulen Freunden?«

»Dann werden wir um die Weihnachtszeit nach Palma fliegen und dort tanzen gehen. Was sagst du?«

Sie hielt den Kopf schräg.

»Was du für *Ideen* hast.«

Er half ihr in den Mantel, sie stiegen in den Lift, traten vor die Tür und sogen die kalte Berliner Luft ein. Sie war dunstig und roch nach Regen; vereinzelt fielen sogar schon Tropfen. Als die gepanzerte Limousine vorgefahren war, sackte sie mit einem leisen Stöhnen in die champagnerfarbenen Ledersitze. Wenige Fahrminuten später hielt der Wagen vor ihrem Wohnhaus; ihr Ehemann sprang als Erster aus dem Wagen und hielt ihr die Autotür auf. Er ergriff ihre Hand und zog sie sachte an sich. Sie gingen durch die Tür. Kurz darauf leuchtete hinter den gepanzerten Fensterscheiben ihrer lang gestreckten Wohnetage die Zimmerbeleuchtung auf.

In etwa 200 Metern Entfernung stand ein Mann von Ende dreißig mit einem hoch lichtempfindlichen Fernglas hinter den verdunkelten Fenstern einer konspirativen Wohnung in einem viergeschossigen Wohnhaus. Er trug eine Art schwarze Anglerweste mit vielen kleinen und zwei größeren eingenähten Taschen. Er sah zur Kanzlerwohnung hinüber. Der Mann strich mit den Objektiven über die angrenzenden Straßen, die geparkten Einsatzfahrzeuge des Personenschutzes und einen Nebeneingang des Hauses. Er setzte das Fernglas ab. Der Späher, ein indianischer Typ mit schwarzen Haaren, dunklen, schräg stehenden Augen und platter Nase, zog die Gardinen vor die Scheiben und öffnete ein Futteral, das über seiner Schulter hing. Ihm entnahm er ein Nachtsichtzielgerät, schob die Gardinen erneut vorsichtig beiseite und hielt es sich vor das rechte Auge. Ein Fadenkreuz wurde sichtbar, das die Fenster seiner Zielwohnung so nahe rückte, dass er die Details der Einrichtung erkannte. Eine Tür öffnete sich, durch die das Kanzlerehepaar nacheinander geschritten kam. Er hatte Lydia Sprado jetzt so gut im Visier, dass er mit seiner Waffe nur noch abzudrücken brauchte. Ein kaum hörbares technisches Fiepen ertönte. Der Unbekannte griff in eine der kleineren Taschen seiner Weste und hielt einen Pager in der Hand. Eine Nachricht in englischer Sprache: *Operation Hexagon has begun.* Der Mann verließ die konspirative Wohnung so leise, wie er gekommen war.

DANKSAGUNG

Mein besonderer Dank gilt meiner engsten Familie und jenen Freunden, die Geduld bewiesen und auch in bewegten Zeiten an meiner Seite blieben.

Gedanken und Dank an David Jenning, Roman Haintl und Philip M. Jákobs; Dr. Bertold Höcker, Margret Kolbe, Jana Lettau, Andreas Puskeiler, Hanna und Steffen Schneider – und Angela Kuepper und Markus Naegele.

Ich fühle mich denen verbunden, die mir Türen öffneten, aber aus verständlichen Gründen dahinter verborgen bleiben sollten.